U1012383

文/白/对/照

太平廣記

十四

〔北宋〕李昉 等 编纂
谦德书院 译

团结出版社

图书在版编目（CIP）数据

文白对照太平广记 / (北宋) 李昉等编纂；谦德书院译. -- 北京：团结出版社, 2022.10

ISBN 978-7-5126-9290-9

Ⅰ. ①文… Ⅱ. ①李… ②谦… Ⅲ. ①笔记小说－小说集－中国－北宋②《太平广记》－译文 Ⅳ. ①I242.1

中国版本图书馆CIP数据核字(2022)第001044号

出版：团结出版社

（北京市东城区东皇城根南街84号 邮编：100006）

电话：（010）65228880　65244790（传真）

网址：www.tjpress.com

Email：65244790@163.com

经销：全国新华书店

印刷：北京天宇万达印刷有限公司

开本：145×210　1/32

印张：286.75

字数：8200千字

版次：2022年10月　第1版

印次：2022年10月　第1次印刷

书号：978-7-5126-9290-9

定价：880.00元（全十四册）

目 录

卷第四百六十六　水族三

卷第四百六十七　水族四水怪

卷第四百六十八

水族五水族为人

卷第四百六十九

水族六水族为人

卷第四百七十

水族七水族为人

卷第四百七十一　水族八

卷第四百七十二　水族九龟

卷第四百七十三　昆虫一

卷第四百七十四 昆虫二

卷第四百七十五 昆虫三

卷第四百七十六 昆虫四

卷第四百七十七　昆虫五

卷第四百七十八　昆虫六

卷第四百七十九 昆虫七

卷第四百八十 蛮夷一

卷第四百八十一　蛮夷二

卷第四百八十二　蛮夷三

卷第四百九十一　杂传记八

卷第四百九十二　杂传记九

卷第四百九十三　杂录一

卷第四百九十四　杂录二

卷第四百九十五　杂录三

卷第四百九十六　杂录四

卷第四百九十七　杂录五

卷第四百九十八　杂录六

卷第四百九十九　杂录七

卷第五百　杂录八

卷第四百六十五—卷第五百

卷第四百六十五　水族二

峰州鱼

峰州有一道水，从吐蕃中来，夏冷如冰雪。有鱼长一二寸，来去有时，盖水上如粥。人取烹之而食，千万家取不可尽。不知所从来。（出《朝野佥载》）

海虾

刘恂者曾登海船，入舵楼，忽见窗板悬二巨虾壳。头、尾、钳、足具全，各七八尺。首占其一分，嘴尖利如锋刃，嘴上有须如红箸，各长二三尺。双脚有钳，钳粗如人大指，长二尺余，上有芒刺如蔷薇枝，赤而铦硬，手不可触。脑壳烘透，弯环尺余，何止于杯盂也。《北户录》云："滕循为广州刺史，有客语循曰：'虾须有一丈长者，堪为拄杖。'循不之信，客去东海，取须四尺以示循，方伏其异。"（出《岭表录异》）

瓦屋子

瓦屋子，盖蚌蛤之类也，南中旧呼为蚶音憨。子。顷因卢钧尚

峰州鱼

峰州有一水道，是吐蕃国里流过来的，在夏天时水冷得和冰雪一样。水里有种鱼身长一二寸，来去全按着季节和时令，鱼浮在了水面，和粥一样厚。人们捕鱼来煮着吃，千万家也是捕捞不完的。不知道是从哪里来的。（出《朝野佥载》）

海虾

刘恂以前登上了一只大海船，进入舵楼里面，突然看见窗板上面挂着两个巨大虾壳。头、尾巴、双钳及脚都很完整，各长有七八尺，头占了总长度的十分之一，它的嘴又尖又利和刀刃一样，而嘴巴上的须子和根红色的筷子一样，各长有二三尺。每对脚上都有钳子，钳子与人的大拇指一样粗，长有两尺多，上面还长着和蔷薇花刺一样又锋利又硬的红色的小刺，不可以用手触碰。脑壳的部分用火去烘透，弯成环形后有一尺多长，就和一个盂盆一样。《北户录》里说："滕循在任广州刺史时候，有一个客人对滕循说道：'有大虾的须有一丈多长，可以当拐杖使用。'而滕循不相信这话。那个客人去了东海，取回了一根有四尺长的虾须给滕循看了看，他这才信了客人说的奇特的事。"（出《岭表录异》）

瓦屋子

瓦屋子，是属于蚌蛤一类的，在南中一带过去叫它蚶子。后来又书作镇，遂改为瓦屋子，以其壳上有棱如瓦垅，故以此名焉。壳中有肉，紫色而满腹，广人犹重之，多烧以荐酒，俗呼为天脔炙。食多即壅气，背膊烦疼，未测其性也。（出《岭表录异》）

印鱼

印鱼，长一尺三寸，额上四方如印，有字，诸大鱼应死者，先以印印之。（出《酉阳杂俎》）

石斑鱼

僧行儒言，建州有石斑鱼，好与蛇交。南中多隔蜂窠，窠大如壶，常群螫人。土人取石斑鱼就蜂侧炙之，标于竿上，向日，令鱼影落其窠上，须臾，有鸟大如燕数百，互击其窠，窠碎落如叶，蜂亦全尽。（出《酉阳杂俎》）

井鱼

唐段成式云，井鱼脑有穴，每噏水，辄于脑穴蹙出，如飞泉，散落海中，舟人竞以空器贮之。海水咸苦，经鱼脑穴出，反淡如泉水焉。成式见梵僧善提胜说。（出《酉阳杂俎》）

异鱼

异鱼，东海人常获鱼，长五六尺，腹胃成胡鹿刀槊之状，或号因为卢钧尚书一直镇守这里，就改了叫作瓦屋子，因为它壳上面有棱和屋瓦的垅一样，因此就用这个给它起名。壳中有肉，是紫色的，很丰满，广东的人非常喜欢它，很多人用火烤着来做下酒菜吃，所以人们把它当做天上的烤肉块。但吃多了就会呼吸不畅，而且后背和胳膊会疼痛，人们还不了解它们的性质。（出《岭表录异》）

印 鱼

印鱼，它长有一尺三寸，而且额头上面呈四方形，似印章一样，上面有字，各种大鱼应该死去时，就先用这印印在大鱼身上。（出《酉阳杂俎》）

石斑鱼

行儒和尚说道，建州有种石斑鱼，爱好与蛇交合。南中这带有许多蜂巢，大小像一个水壶，经常成群出来蛰人。土人就拿来石斑鱼去靠近蜂巢的附近拿火烧，挂在木杆子上，向着太阳，随之让鱼的影子落在蜂巢上，不一会儿，就有几百只燕子般大小的鸟，轮流攻击蜂巢，所以巢被弄碎像树叶一样地落到了地上，蜂也死光了。（出《酉阳杂俎》）

井 鱼

唐代段成式说道，井鱼的脑袋上面有一个洞，每当它吸水时，水就会从它的脑袋上面的洞快速喷出来，似飞出的泉水一样，散落在海里面，船上的人们都争着去用空的器具接水并储存。海水本来是又咸又苦的，经过这鱼脑的洞再喷出来，却淡得和泉水一样。这件事是段成式见到了印度僧人善提胜后听他说的。（出《酉阳杂俎》）

异 鱼

异鱼是东海人经常捕的鱼，长有五六尺，它肚子里的胃，呈现出

秦皇鱼。（出《酉阳杂俎》）

螃蜍

傍海大鱼，脊上有石十二时，一名篱头溺，一名螃蜍，其溺甚毒。（出《酉阳杂俎》）

鳝鱼

郫县侯生者，于沤麻池侧得鳝鱼，大可尺围，烹而食之，发白复黑，齿落复生，自此轻健。（出《录异记》）

玳瑁

玳瑁形状似龟，唯腹背甲有烘点。《本草》云："玳瑁解毒，其大者悉婆萨石，兼云辟邪。"广南卢亭，海岛彝人也。获活玳瑁龟一枚以献连帅嗣薛王。王令生取背甲小者二片，带于左臂上以辟毒。龟被生揭其甲，甚极苦楚。后养于使宅后北池，伺其揭处渐生，复遣卢亭送于海畔。或云，玳瑁若生，带之有验，是饮馔中有益毒，玳瑁甲即自摇动；若死，无此验。（出《岭表录异》）

海术

南海有水族，前左脚长，前右脚短，口在胁旁背上，常以左脚捉物，置于右脚，右脚中有齿啮之，方内于口。大三尺余，其声"术术"，南人呼为海术。（出《酉阳杂俎》）

盛箭器和刀槊的模样，有人叫它为秦皇鱼。（出《酉阳杂俎》）

蝣 蛤

傍海地方的大鱼，脊背有石十二时，一个名字叫篱头溺，还有一个名字叫螃蛤，这种鱼的尿有着很大毒性。（出《酉阳杂俎》）

鳝 鱼

郫县侯生，于沤麻池附近捉到了一条鳝鱼，它的直径约有一尺，如果煮着吃了，就会白发变黑，而且掉了的牙齿又会生出来，从此就会身体轻健。（出《录异记》）

玳 瑁

玳瑁有着和龟一样的形状，只是它腹部和背部的壳上有着烘烤后一样的斑点。《本草》上面说：“玳瑁能够解毒，其中大玳瑁都是婆萨石，并且还能避邪。”广南卢亭，海岛彝人。活抓一只玳瑁龟去献给了边帅的儿子薛王。这薛王就命令取下了龟的二小片背甲，然后戴在他的左臂上用来避毒。这龟被活活揭下它的甲壳，痛苦到了极点。之后放在使君住宅后的北面池子里面养着，等它被揭掉甲壳的地方慢慢长好，再让卢亭把它送回海边去。有人说，被揭下了甲壳的玳瑁龟若是活着，人带着它的甲壳就会有灵验，如果你吃的饭菜里有毒，玳瑁甲壳就会摇晃起来。相反被揭下甲壳后玳瑁若是死了，就不会有这种灵验了。（出《岭表录异》）

海 术

南方有种水产，它的前左脚长，而前右脚短，口长在肋旁的后背之上，经常用左脚来抓东西，然后放在右脚上面，右脚里有牙齿咬住东西，然后才放到口里。它大的有三尺多长，它的声音就像“术术”，南方的人叫它海术。（出《酉阳杂俎》）

海镜

海镜，广人呼为膏叶，盘两片，合以成形。壳圆，中甚莹滑。日照如云母光。内有少肉如蚌胎，腹中有红蟹子，其小如黄豆，而螯具足。海镜饥，则蟹出拾食，蟹饱归腹，海镜亦饱。或迫之以火，则蟹子走出，离肠腹立毙。或生剖之，有蟹子活在腹中，逡巡亦毙。（出《岭表录异》）

水母

水母，广州谓之水母，闽谓之鮀。痴驾反。其形乃浑然凝结一物，有淡紫色者，有白色者，大如覆帽，小者如碗。肠下有物如悬絮，俗谓之足，而无口眼。常有数十虾寄腹下，咂食其涎。浮泛水上，捕者或遇之，即欻然而没，乃是虾有所见耳。《越绝书》云，海镜蟹为腹，水母虾为目。南中好食之，云性暖，治河鱼之疾，然甚腥，须以草木灰点生油再三洗之，莹净如水精紫玉。肉厚可二寸，薄处亦寸余，先煮椒桂或豆蔻，生姜缕切而炸之，或以五辣肉醋，或以虾醋，如鲙食之。最宜虾醋，亦物类相摄耳。水母本阴海凝结之物，食而暖补，其理未详。（出《岭表录异》）

蟹

蟹，八月腹内有芒，芒真稻芒也，长寸许，向东输与海神，未

海镜

海镜，广东的人叫膏叶，形状像两个盘合起来一样。壳是圆圆的，壳的中间非常光滑晶莹。在太阳光的照射之下可以发出和云母一样的光彩。它的壳内有少许肉就像蚌肉一样。肚子里面有红色蟹子，和黄豆一样小，可是它的螯等器官都长得非常完全。海镜如果饿了，小蟹子就会出来找吃的，小蟹子如果吃饱了就会回到海镜肚子里，海镜也就饱了。有的人把海镜于火边上烤，那么那些小蟹就会走出来，它们一离开海镜的肚子就立刻死了。然后有的人在活着时剖开海镜，看见在海镜的肚子里面有小活蟹子，但不一会儿，它也死了。（出《岭表录异》）

水母

水母，广州的人都叫它为水母，而福建的人叫它为鲊。痴驾反。是凝结为整体的一个生物，其中有淡紫色的，白色的，而大的和倒扣过来的帽子一样，小的就和碗一样。它肠子下有似悬挂着的棉絮的东西，在平常人眼里它是脚，可是它不长嘴也不长眼。常会有几十只虾寄居在水母肚子之下，吃水母涎水。而水母它一般会漂浮在水面之上，捕鱼的人若是遇到它，这水母就会很快沉下去，那是因为虾看见了东西。《越绝书》上说，海镜以蟹为腹，水母以虾为目。南中人喜欢吃它，说水母是暖性物，可以治疗吃河鱼后得的病，但是太腥，一定要用草木灰和生油多次清洗，就干净得和水晶与紫玉一样的。肉厚大概有二寸，就算薄的地方也有一寸多。先煮好一些椒桂或者豆蔻，把生姜切成丝再用油炸好，或是用五辣肉醋，再或者用虾醋，和水母丝一起拌着吃。而最适合的是虾醋，而这也是物类之间互相辅佐互相摄取之理。水母本来是阴海里面凝结成的生物，人们吃了它可以补暖，这其中的道理还是不清楚。（出《岭表录异》）

蟹

蟹，在八月时肚子里面有芒刺，这芒是真正的稻芒，它长有

输芒，不可食。（出《酉阳杂俎》）

百足蟹

善苑国出百足蟹，长九尺，四螯。煎为胶，谓之螯胶，胜凤喙胶也。（出《酉阳杂俎》）

蛣蟹

平原郡贡蛣蟹，采于河间界，每年生贡。斫冰火照，悬老犬肉，蟹觉犬肉即浮，因取之。一枚直百钱，以毡密束于驿马上，驰之至京。（出《酉阳杂俎》）

鲭鱼

鲭鱼，章安县出焉。鲭子朝出索食，暮还入母腹，中容四子。颊赤如金，甚健，网不能制，俗呼为河伯健儿。（出《酉阳杂俎》）

鹦鹉螺

鹦鹉螺，旋尖处屈而咮，如鹦鹉嘴，故以此名，壳上青绿斑，大者可受二升。壳内光莹如云母，装为酒杯，奇而可玩。（出《岭表录异》）

红螺

红螺，大小亦类鹦鹉螺，壳薄而红，亦堪为酒器。刳小螺为足，缀以胶漆，尤可佳尚也。（出《岭表录异》）

一寸多，朝向东方献给海神，但不献芒刺，是不能吃的。（出《酉阳杂俎》）

百足蟹

善苑国产百足蟹，身长九尺，有四只螯。将蟹螯煎熬为胶，称作螯胶，胜过凤喙胶的。（出《酉阳杂俎》）

蝳蟹

平原郡进献蝳蟹，这是在河间一带捕捉的，而且每年都进献活的。劈开冰然后用火照明，再悬挂老狗肉，这些蝳蟹觉察到是狗肉就会浮上来，因此就捕捉了。这蟹一只值一百钱，把它用毡子密封起来绑在驿马之上，飞奔着送至京城。（出《酉阳杂俎》）

鲭鱼

鲭鱼，出产在章安县。它的幼鱼早上出去找食吃，晚上又回到母亲肚子里面，肚子中可以装下四只幼鱼。鱼两颊的颜色像红铜，非常健壮，渔网都制不住它，人们把它叫作河伯健儿。（出《酉阳杂俎》）

鹦鹉螺

鹦鹉螺，它螺旋尾部尖端是弯曲着的，与鹦鹉的嘴一样，人们就是根据这个来给它命名的，它的壳上有着青色和绿色的斑点，大的可以装下两升东西。壳内光滑晶莹得像云母一样，将其装饰成酒杯，新奇可以玩赏。（出《岭表录异》）

红螺

红螺，大小类似鹦鹉螺，它的壳很薄而且是红色，也用来做酒器。将小螺挖空去做脚，用胶再粘牢，然后涂上漆，特别地令人喜爱。（出《岭表录异》）

鸯龟

初宁县里多鸯龟，壳薄狭而燥，头似鹅，不与常龟同，而能啮犬也。（出《南越志》）

鲵鱼

鲵鱼如鲇，四足长尾，能上树。天旱，辄含水上山，以草叶覆身，张口，鸟来饮水，辄吸食之。声如小儿，峡中人食之，先缚于树鞭之，身上白汁出，如构汁，去此方可食，不尔有毒。（出《酉阳杂俎》）

鲎

鲎雌常负雄而行，渔者必得其双。南人列肆卖之，雄者少肉。旧说，过海辄相积于背，高尺余，如帆，乘风游行。今鲎壳上有物，高七八寸，如石珊瑚，俗呼鲎帆。至今闽岭重鲎酱。十二足，壳可为冠，次于白角。南人取其尾为小如意。（出《酉阳杂俎》）

飞鱼

飞鱼，朗山朗水有之，鱼长一尺，能飞，即凌云空，息即归潭底。（出《酉阳杂俎》）

虎蟹

虎蟹，壳上有虎斑，可装为酒器，与红蟹皆产琼崖海边，虽非珍奇，亦不易采得也。（出《岭表录异》）

鸯龟

初宁县里有很多鸯龟，它的壳又薄又窄并且干燥。头和鹅一样，与平常的龟却不一样，但能咬狗。（出《南越志》）

鲵鱼

鲵鱼像鲇鱼一样，长着四只脚长尾巴，能爬上树。天旱的时候，就含着水上山，用草叶盖在身上，张着口，鸟来喝水，就吸住吃了。叫声像小孩子声音，山里人吃鲵鱼时，先把鲵鱼捆到树上用鞭子抽打，等身上出现白汁，像构树汁一样，去掉汁才能吃，不然就有毒。（出《酉阳杂俎》）

鲎

鲎鱼中雌鱼常常背着雄鱼行走，打渔的人一定能成对地捉到。南方人把鲎鱼摆在市场上卖，雄鱼肉很少。旧的传说说，渡海时就互相背在背上，高一尺多，像船帆一样，能乘风游行。现在鲎鱼的壳上有个东西，高七八寸，像石珊瑚一样，一般人叫它鲎帆。现在福建一带还是很重视这个鲎鱼酱。鲎鱼有十二只脚，他的壳可以用来做帽子，而且仅次于白角。南方的人用它的尾巴制作成小如意。（出《酉阳杂俎》）

飞鱼

飞鱼，在朗山的朗水里有这一种鱼，鱼长有一尺，可以飞翔，忽然就飞上了云空，忽地就回到了潭水的底部。（出《酉阳杂俎》）

虎蟹

虎蟹，它壳上有着虎皮般的斑点，能装饰酒器。和红蟹一起产在琼崖海边，虽然不是奇特珍贵的东西，但也不是容易抓到的。（出《岭表录异》）

蠔

蠔即牡蛎也，其初生海岛边，如拳石，四面渐长。有高一二丈者，巉岩如山，每一房内，蠔肉一片，随其所生，前后大小不等。每潮来，诸蠔皆开房，伺虫蚁入，即合之。海夷卢亭者以斧楔取壳，烧以烈火，蠔即启房，挑取其肉，贮以小竹筐，赴虚市，以易�米。蠔肉大者鲃为炙，小者炒食，肉中有滋味。食之即甚，壅肠骨。（出《岭表录异》）

赤鲩公

鲤脊中鳞一道，每鳞上有黑点，大小皆三十六鳞。唐朝律，取得鲤鱼，即宜放，仍不得吃。说赤鲩公，卖者决六十。（出《酉阳杂俎》）

雷穴鱼

兴州有一处名雷穴，水常半穴，每雷声，水塞穴流，鱼随流而出。百姓每候雷声，绕树布网，获鱼无限。非雷声，渔子聚鼓击于穴口，鱼亦辄出，所获半于雷时。韦行规为兴州刺史时，与亲故书，说其事。（出《酉阳杂俎》）

虬 尾

东海有鱼，虬尾似鸱，鼓浪即降雨，遂设像于屋脊。（出《谭宾录》）

蠔

蠔即牡蛎，早时生在海岛旁边，像拳头般大的石头，从四面慢慢地生长。有的会长得高一二丈，和高大险峻的山一样，每一石壳内，都有着一片蠔肉，随着壳而长。前前后后的蠔大小也不相等。而每当涨潮之时，所有蠔全部张开壳，遇到了虫子进去，壳就会合上。有一个南海人叫卢亭的用斧子楔取一整个的蠔，而且用烈火去烧它，蠔就张开壳，然后挑出里面的肉，再装到小竹筐里面，到集市上面去卖，将之用来交易米。蠔肉里大的就腌好烤着吃，然后小的就炒着吃，肉非常有滋味，吃多蠔肉会堵塞肠胃。（出《岭表录异》）

赤鲩公

鲤鱼脊背上面有一道鳞，而每片鳞上面都有一个黑点，大小总共三十六片鳞。根据唐朝的律法，一捉到鲤鱼，就该放掉，不可以吃，并且说卖赤鲩公鱼的，要杖打六十板。（出《酉阳杂俎》）

雷穴鱼

兴州有个地方叫作雷穴，里面常常有半穴水，在打雷时，水就会满穴而且往外面流，鱼也会随水流而出来。百姓们每到打雷时，就围绕着树布置鱼网，可以网到无数的鱼。若是无雷声，打渔的人就会在雷穴洞口安上几面鼓敲打起来，鱼也可以出来，但捕到的鱼儿只有打雷时候的一半。韦行规在做兴州刺史之时，给他的亲朋故友写信，就说了这件事。（出《酉阳杂俎》）

虬尾

东海里有一种鱼，它长着虬龙一样的尾巴，样子像鸱鸟，它如果用尾巴掀起波浪，就会要下雨，人们就在屋脊上面放上它的像。（出《谭宾录》）

牛鱼

海上取牛鱼皮悬之，海潮至，即毛竖。（出《谭宾录》）

蝤蝶

蝤蝶，大者长尺余，两螯至强。八月能与虎斗，虎不如。随大潮退壳，一退一长。（出《酉阳杂俎》）

奔䱐

奔䱐，一名瀱，非鱼非蛟，大如舡，长二三丈，若鲇，有两乳在腹下，雄雌阴阳类人。取其子着岸上，声如婴儿啼。项上有孔，通头，气出吓吓作声，必大风，行者以为候。相传懒妇所化，杀一头，得膏三四斛，取之烧灯，照读书纺绩辄暗，照欢乐之处则明。（出《酉阳杂俎》）

系臂

系臂如龟，入海捕之，必先祭。又陈所取之数，则自出，因取之。若不信，则风浪覆舡。（出《酉阳杂俎》）

鸡嘴鱼

李德裕幼时，常于明州见一水族，有两足，嘴似鸡，身如鱼。（出《酉阳杂俎》）

剑鱼

海鱼千岁为剑鱼，一名琵琶鱼，形似琵琶而喜鸣，因以为名。

牛 鱼

在海上取来一张牛鱼皮悬挂着，若是海潮来了，它的毛就会立马竖起来。（出《谭宾录》）

蟳 蝶

蟳蝶，它大的长有一尺多，两个螯强劲有力。在八月之时，可以与老虎拼斗，老虎是敌不过它的。随大潮而退壳，退一次潮壳就长大一次。（出《酉阳杂俎》）

奔 䱐

奔䱐，它的另一个名字叫瀱，它不是鱼但也不是蛟，大小和一条船一样，样子似鲇鱼，在它的肚子下面有两个乳房，它们雌雄的阴物阳物都与人类似。抓它的幼鱼然后放到岸上面，叫声似婴儿啼哭。它的脖子上面有一个孔洞，通到头上面。若是它出气发出了“嚇嚇”声音之时，一定会刮大风，行路人用它判断天气。相传它是懒女人变化成的，杀掉一只奔䱐，可以得到三四斛的油膏，用油膏来点灯，照着看书和织布就会昏暗。照着欢乐之地就明亮。（出《酉阳杂俎》）

系 臂

系臂像龟一样。入海捕捉它之时，事先必须要祭祀。还要说出要捕取的数目，它就会自己跑出来，从而捕到它。如果不守信用多捕了，风浪就会去把你的船倾覆了。（出《酉阳杂俎》）

鸡嘴鱼

李德裕幼时，常在明州见到一种水生动物，它长着两只脚，而且嘴像鸡，身子却像鱼。（出《酉阳杂俎》）

剑 鱼

海鱼活一千年就会变成剑鱼，它的另一个名字叫作琵琶鱼，样

虎鱼老则为蛟；江中小鱼，化为蝗而食五谷者，百岁为鼠。（出《酉阳杂俎》）

懒妇鱼

淮南有懒妇鱼，俗云，昔杨氏家妇，为姑所怒，溺水死为鱼。其脂膏可燃灯烛，以之照鼓琴瑟博奕，则烂然有光，若照纺绩，则不復明。（出《述异记》）

黄雀化蛤

淮水中，黄雀至秋化为蛤，至春复为黄雀，雀五百年化为蜃蛤。（出《述异记》）

天牛鱼

天牛鱼，方员三丈，眼大如斗，口在胁下，露齿无唇，两肉角如臂，两翼长六尺，尾五尺。（出《南越记》）

子像琵琶而且又喜欢鸣叫，人们根据它的这个特点来给它起这个名字。然后虎鱼老了就会变成蛟。江里面的小鱼，会变成蝗虫来吃五谷；活到一百岁，就会变成老鼠。（出《酉阳杂俎》）

懒妇鱼

淮南有一种鱼叫懒妇鱼，世俗传说，从前杨家有一个媳妇，婆婆讨厌她，她就掉到水里淹死后变成了鱼。而鱼的脂膏可以用来燃烧当作灯烛使用，若是用它来照耀这打鼓、弹琴、弹瑟和下棋等，就会灯火灿烂，若是用它照耀纺纱、织布等，则会昏暗不明。（出《述异记》）

黄雀化蛤

淮水里，黄雀到了秋天就变成了蛤，到了春天就又变成黄雀，黄雀五百年就会变成蜃蛤。（出《述异记》）

天牛鱼

天牛鱼，方圆三丈，眼睛大得像斗一样，它的嘴在它两肋下面，牙齿外露而且没有嘴唇，它的两个肉角和手臂一样，两个翅膀长六尺，尾巴长五尺。（出《南越记》）

卷第四百六十六　水族三

夏　鲧

尧命夏鲧治水，九载无绩。鲧自沉于羽渊，化为玄鱼。时植鬐振鳞横游波上，见者谓为河精，羽渊与河海通源也。上古之人于羽山之下修立鲧庙，四时以致祭祀。常见此黑鱼与蛟龙瀺灂而出，观者惊而畏之。至舜命禹，疏川奠岳，行遍日月之下，唯不践羽山之地。济巨海则鼋龟为梁，逾峻山则神龙为负，皆圣德之感也。鲧之化，其事互说，神变犹一，而色状不同。玄鱼黄熊，四音相乱，传写流误，并略记焉。（出《王子年拾遗记》）

东海人

昔人有游东海者，既而风恶舡破，补治不能制，随风浪，莫知所之。一日一夜，得一孤洲，共侣欢然。下石植缆，登洲煮食，食未熟而洲没。在船者砍断其缆，舡复漂荡，向者孤洲，乃大鱼也。吸波吐浪，去疾如风，在洲上死者十余人。（出《西京杂记》）

夏鲧

尧让夏鲧去治水，治了整整九年却没有成绩。鲧就把自己淹死在了羽渊里面，变成了一条黑鱼。常常竖起鱼脊晃动自己的鳞甲自由在水面游着，看见的人就把叫它河精，羽渊和河、海的源头都是相通的。上古百姓在羽山之下修建鲧庙，一年四季里都会来祭祀鲧。经常看见这条黑鱼与蛟龙一同在水中出没，这些观看的人惊奇并且害怕它们。等到舜让大禹疏导江河，祭祀大山的时候，大禹走遍天下，他却唯独不到羽山一带去。渡大海之时，大鳖与大龟就是这渡海的桥梁，在攀登崇山峻岭之时，神龙就背着他过去了，这都是圣德感召呀。鲧的变化，在传说里并不统一，但对他变成神的说法却是一致的，变化中具体情形是各有不同说法的。玄鱼黄熊，因为这四个字的音易于混淆，传写中会有错误，在这里我略加记录。（出《王子年拾遗记》）

东海人

从前有向东海航行的人，遭遇大风船漏水了，修补也无济于事，就随着风浪，不知漂向哪里。漂了一天一夜，漂到了一个孤岛之上，一起坐船的人都非常高兴，走下船将缆绳拴在了石头上面，登上孤岛去煮吃的，吃的还没煮熟这孤岛就沉没了。而在船上的人立马砍断缆绳，这船又漂荡了起来。而刚才的小孤岛不是岛，是一条大鱼，它吞吐波浪，游去之时像风一样快，在这孤岛上面死的有十几个人。（出《西京杂记》）

昆明池

昆明池，刻石为鲸鱼，每至雷雨，鱼常鸣吼，鬐尾皆动。汉世祭之以祈雨，往往有验。（出《西京杂记》）

徐景山

魏明帝游洛水，水中有白獭数头，美净可怜，见人辄去。帝欲取之，终不可得。侍中徐景山奏云："臣闻獭嗜鲻鱼，乃不避死，可以此诳之。"乃画板作两鲻鱼，悬置岸上，于是群獭竞逐，一时执得。帝甚嘉之，谓曰："闻卿能画，何以妙也？"答曰："臣未尝执笔，然人之所作，自可庶几耳！"帝曰："是善用所长也。"（出《续齐谐记》）

潘惠延

平原高苑城东有鱼津，传云，魏末，平原潘府君字惠延，自白马登舟之部，手中箅囊，遂坠于水，囊中本有钟乳一两。在郡三年，济水泛溢，得一鱼，长三丈，广五尺，刳其腹中，得顷时坠水之囊，金针尚在，钟乳消尽。其鱼得脂数十斛，时人异之。（出《酉阳杂俎》）

葛玄

葛玄见遗大鱼者，玄云："暂烦此鱼到河伯处。"乃以丹书纸内鱼口，掷水中。有顷，鱼还跃上岸，吐墨书，青墨色，如木叶而飞。又玄与吴主坐楼上，见作请雨土人，玄曰："雨易得耳。"即书符著社中，一时之间，大雨流淹。帝曰："水中有鱼乎？"玄复书符

昆明池

昆明池，在石头上面刻画了一条鲸鱼，每每要打雷下雨之时，鲸鱼经常吼叫，佃与尾都动了起来。汉代就祭鲸鱼来祈求下雨，往往很灵验。（出《西京杂记》）

徐景山

魏明帝在游洛水时，洛水里有几只白獭，长得干净又美又可爱，但一看见人就会离开。明帝想要捉到白獭，却始终捉不到。而侍中徐景山对着明帝说道："我听说水獭爱吃鲻鱼，可以不顾自己的死活，我们可以用鲻鱼来诱骗它。"接着就在木板上画了两条鲻鱼，悬挂于岸上，因此群獭竞相靠近木板画，一下子就都被捉住了。明帝十分赞赏他，对他说道："听说你善于画画，怎么会画得这么好？"徐景山回答："我不曾拿笔画过画，但是别人画的画，我可以照着画下来。"明帝就说："你很善于发挥自己的长处呀。"（出《续齐谐记》）

潘惠延

平原郡的高苑城东面有一个卖鱼渡口，传说，魏末之时，平原郡潘府君字惠延，从白马津上船到官任去，而手里拿的装有计算工具的口袋掉到水里去了，口袋里面还有一两石钟乳。在做郡守的第三年，济河水泛滥越过江堤，抓到了一条鱼，三丈长，五尺宽，剖开鱼的肚子，就得到了那时掉在水里面的口袋，金针还在，石钟乳被消化光了。而那条鱼共熬了几十斛的油脂，当时的人们认为这件事情很奇异。（出《酉阳杂俎》）

葛玄

葛玄遇到有一个人送他一条大鱼，而葛玄说："暂时就请这条鱼去河伯那里吧。"于是就用笔蘸红水写到纸上放到鱼嘴里、把鱼儿扔到水里面。不一会儿，鱼回来又跳到了岸上，吐出了一张墨书，青黑色的，像树叶一样飘着飞了。还有一次葛玄和吴国国君坐在楼上，他

掷水中，须臾，有大鱼数百头，使人取食之。（出《神仙传》）

介象

介象与吴主共论鲻鱼之美，乃于殿庭作坎，汲水满之，并求钓。象起饵之，须臾，得鲻鱼。帝惊喜，乃使厨人切食之。（出《神仙传》）

龙门

龙门山在河东界，禹凿山断门，阔一里余，黄河自中流下。两岸不通车马。每暮春之际，有黄鲤鱼逆流而上，得者便化为龙。又林登云，龙门之下，每岁季春有黄鲤鱼，自海及诸川争来赴之。一岁中，登龙门者，不过七十二。初登龙门，即有云雨随之，天火自后烧其尾，乃化为龙矣。其龙门水浚箭涌，下流七里，深三里。（出《三秦记》）

池中鱼

《风俗通》曰："城门失火，祸及池鱼。"旧说："池仲鱼人姓字也，居宋城门，城门失火，延及其家，仲鱼烧死。"又云，宋城门失火，人汲取池中水，以沃灌之，池中空竭，鱼悉露死。喻恶之滋，并伤良谨也。（出《风俗通》）

们看见土人作法求雨，葛玄就说：“雨很易得到呀。”立刻写了一张符放在了祭坛里，一时间，下了一场大雨，水流得到处都是。而吴帝说：“水里有鱼吗”？葛玄写一张符扔入水中，不一会儿，就出现了几百条大鱼，让人们抓去吃。（出《神仙传》）

介象

介象和吴国皇帝一同谈论鲻鱼美味，就在殿前院子里面挖了个坑，打来水然后把坑灌满，一起钓鱼。介象使用鱼饵来垂钓，一会儿，钓到了一条鲻鱼。吴帝又是惊又是喜，就让他的厨子切好了然后拿来吃。（出《神仙传》）

龙门

龙门处于河东界内。大禹凿平了龙门山，而且开辟龙门，有着一里多的长度，黄河就从中间流下去了。两岸不可以通车马。每年到晚春之时，就有黄色的鲤鱼逆流而上，它们之中过了龙门的就会变成龙。还有林登说道，龙门下，每年的晚春有着黄色鲤鱼，自大海及各河流争着抢着来龙门。一年之内，成功越过龙门的，不会超过七十二条。而且刚一登上龙门，就会被云雨跟随着，天降大火烧它们的尾巴，它们就变化成了龙。那龙门的水流速度极快地像箭一样射出，往下流了七里，水有三里深。（出《三秦记》）

池中鱼

《风俗通》中说道：“城门失火，祸及池鱼”。在旧传说里：“池仲鱼是一个人的姓名，他住在宋国城门的附近，而城门被火烧，火一直蔓延到他家，仲鱼被火烧死了。”又有的说，宋国城门被火烧，人们提护城河里面的水，用其来浇灭这一场大火，护城河里面的水就被提空了，所以河里的鱼儿没有水都死去了。这个说法意思是比喻坏事的滋长，连带地伤害了好人。（出《风俗通》）

通川河

通川界内多獭，各有主养之，并在河侧岸间。獭若入穴，插雉尾于獭孔前，獭即不敢出去。却尾即出，取得鱼，必须上岸，人便夺之。取得多，然后自吃。吃饱，即鸣板以驱之，还插雉尾，更不敢出。（出《朝野佥载》）

行海人

昔有人行海得洲，木甚茂，乃维舟登岸。爨于水傍，半炊而林没于水，遽断其缆，乃得去。详视之，大蟹也。（出《异物志》）

阴 火

海中所生鱼蜃，置阴处有光。初见之，以为怪异。土人常推其义，盖咸水所生，海中水遇阴晦，波如然火满海，以物击之，迸散如星火，有月即不复见。木玄虚《海赋》云："阴火潜然。"岂谓此乎？（出《岭南异物志》）

裴 伷

唐裴伷，开元七年，都督广州。仲秋，夜漏未艾，忽然天晓，星月皆没，而禽鸟飞鸣矣。举郡惊异之，未能谕。然已昼矣，裴公于是衣冠而出，军州将吏，则已集门矣。遽召参佐洎宾客至，则皆异之，但谓众惑，固非中夜而晓。即询挈壶氏，乃曰："常夜三更尚未也。"裴公罔测其倪，因留宾客于厅事，共须日之升。良久，天色昏暗，夜景如初，官吏则执烛而归矣。诘旦，裴公大集军府，询

通川河

通川河里面有着很多的水獭，各有它们的主人来饲养，都在河边上。水獭若是进入洞穴里面去，就会在洞口前插上一根雉鸡尾毛，水獭就会不敢去出洞。拿开了雉鸡毛就立刻跑出去，抓了鱼，就必须上岸去，于是主人就会夺下来。抓得多了才可以自己吃。等吃饱了，主人就会敲着木板驱赶水獭进洞，又会插上雉鸡毛，它就不敢再出来了。（出《朝野佥载》）

行海人

昔日有个人坐船于海上走，遇上了一块陆地，那里树木长得非常的茂盛，于是就拴好船登陆。在靠近水边的地方烧火做饭，饭做到了一半，树林就沉没到水里面了，他赶快砍断缆绳，才得以离开。仔细看了看，这陆地原来是一只大螃蟹。（出《异物志》）

阴 火

海里生长的鱼类与蛤类，放于阴暗处就会发光。刚看见之时，认为是一件奇怪的事。在海边的人经常推究其中道理，大概是因为它是咸水里生长的，海水若是遇上阴晦天气，那么满海的水波就像着了火一样，若是这时用东西去击打海水，海水就会飞溅散开像火星一样，而有月亮之时就看不见此景。木玄虚《海赋》里说："阴火的光亮是柔和的。"难道便是说的这一件事吗？（出《岭南异物志》）

裴 伷

唐代裴伷，于唐玄宗开元七年之时，总管广州。在仲秋这一天，正在夜间，突然天明亮了，然后星星和月亮都不见了，飞鸟们也又飞又叫。全郡的人们对此都感到很是惊奇，不明白这是怎么一回事。可已经是在大白天了。裴公也因此穿上了衣服，戴上了帽子出来看情况，这时，广州的军队将官们已经集中在了门前。他立刻找来了他的部下和宾客们，他们对这件事感到很是奇异，大家都在迷惑不解，认为访其说，而无能辨者。裴因命使四访，阖界皆然。即令北访湘岭，湘岭之北，则无斯事。数月之后，有商舶自远南至，因谓郡人云：“我八月十一日夜，舟行，忽遇巨鳌出海，举首北向，而双目若日，照耀千里，毫末皆见，久之复没，夜色依然。”征其时，则裴公集宾寮之夕也。（出《集异记》）

王旻之

唐王旻之在牢山，使人告琅琊太守许诚言曰：“贵部临沂县其沙村，有逆鳞鱼，要之调药物，逆鳞鱼，《仙经》云，谓之肉芝，故是欲以调药也。愿与太守会于此。”诚言许之，则令其沙村设储峙，以待太和先生。先生既见诚言，诚言命渔者捕所求。其沙村西有水焉，南北数百步，东西十丈，色黑至深，岸有神祠。乡老言于诚言曰：“十年前，村中少年于水钓得一物，状甚大。引之不出，于是下钓数十道，方引其首出。状如猛兽，闭目，其大如车轮。村人谓其死也，以绳束缚，绕之树，十人同引之。猛兽忽张目大震，声若霹雳。近之震死者十余人，因怖丧去精魂为患者二十人，猛兽还归于水。乃建祠庙祈祷之，水旱必有应。若逆鳞鱼，未之有也。”诚言乃止。（出《纪闻》）

不是半夜是天快亮了。然后就去询问挈壶氏，他却说："现在是平时夜间的三更天还不到。"而裴公不明白这件事的根由，于是他把宾客留在了厅堂，一起等待太阳升起。过了很久以后，天色就变得昏暗，这夜里景色又和原来一样了，然后官吏们就拿着各自的蜡烛回家去了。到了第二天早上，裴公将将帅全部召集了起来，然后询问他们对此事的看法，却无人能说清楚。裴公就派人四处去访问，广州的人都是一样不知道。就派人向北走到湘岭一带，在湘岭北部，就没有发生那种事。几月后，有一个商人坐着船从遥远南方来到了这里，对着广州郡的人说道："八月十一日夜里，船当时正在走，我突然遇上一只大鳌露出了海面，它抬起头朝着北方，它的一对眼睛和太阳一样，一直能照亮千里之外，连一根毫毛都可以看得很清楚，很久后才沉没到海里面去，夜间景色就又和原先一样了。"对了一下时间，这不就是裴公召集宾客官吏的那一天晚上。（出《集异记》）

王旻之

唐代王旻之在牢山时，让人去告诉琅琊的太守许诫言说道："你管辖的临沂县的其沙村，有种倒着长鳞片的鱼，我需它来调制药物，逆鳞鱼，《仙经》上说，称它肉芝，因此想要用来调药。我愿意和太守在这一个村里见面。"许诫言就答应了他，于是就命令其沙村备好所有器物等待使用，以此来等候王太和先生。在王太和先生到了之后，这许诫言就让打渔人去捉逆鳞鱼。在其沙村的西面有个池，南北长有几百步，东西长有十丈，它的颜色是深黑色的，岸边有着座神庙。村里面的老人对许诫言说道："十年前，村子里的一个少年从水里面钓到一个东西，那东西形状很大。他拖也拖不出来，无奈之下下了几十道的额钓钩，才拖着它的头露出水面。样子和猛兽一样，它闭着眼睛，大小和车轮一样。村子里人就说它死了，于是就用绳子捆好，再绕到树上，十几个人一起拉它。然而猛兽突然睁开眼睛大叫，它的声音似霹雳。靠它近的人被声音震死的就有十多个，而因为害怕吓掉灵魂变成病人的就有二十人，猛兽于是又回到了水里。于是建造了一座祠庙向它来祈祷，无论是水灾还是旱灾都会灵验。若是说到逆鳞

韩 愈

唐吏部侍郎韩文公愈，自刑部侍郎贬潮阳守。先是郡西有大湫，湫有鳄鱼，约百余尺。每一怒则湫水腾荡，林岭如震。民之马牛有滨其水者，辄吸而噬之，不瞬而尽为所害者，莫可胜计，民患之有年矣。及愈刺郡，既至之三日，问民不便事，俱曰："郡西湫中之鳄鱼也。"愈曰："吾闻至诚感神，昔鲁恭宰中牟，雉驯而蝗避；黄霸治九江，虎皆遁去。是知政之所感，故能化禽兽矣。"即命庭掾，以牢醴陈于湫之旁，且祝曰："汝水族也，无为生人患。"既而沃以酒。是夕，郡西有风雷，声动山野，迨夜分霁焉。明日，里民视其湫，水已竭，公命使穷其迹，至湫西六十里，易地为湫，巨鳄亦随而徙焉。自是郡民获免其患。故工部郎中皇甫湜撰愈《神道碑叙》曰："刑部为潮阳守，云洞獠海彝，陶然皆化；鳄鱼稻蟹，不暴民物。"盖谓此矣。（出《宣室志》）

郧乡民

唐元和末，均州郧乡县有百姓，年七十，养獭十余头，捕鱼为业。隔日一放，将放时，先闭于深沟斗门内，令饥，然后放之。无网罟之劳，而获利甚厚。令人抵掌呼之，群獭皆至。缘衿藉膝，驯若守狗。户部郎中李福，亲见之。（出《酉阳杂俎》）

鱼，是没有这种鱼的。许诚言这才停止下来。（出《纪闻》）

韩 愈

唐代吏部侍郎是韩文公韩愈，他从刑部侍郎被贬为了潮州刺史。在他来之前，这郡的西面有一个大水潭，潭里面有鳄鱼，身长一百多尺。每次发怒，就弄得这潭水翻腾动荡，山岭上的大树也像地震一样。百姓养的马与牛，走近了潭水，就被这些鳄鱼吃掉了，在转眼间被这些鳄鱼吃掉的牛马，都多得数不过来，危害老百姓已经多年。待到韩愈到了潮阳郡三天以后，访问这些老百姓们有什么不方便的事情，都说："这郡西面水潭里面的鳄鱼是灾祸。"韩愈说道："我听说只要至诚就能感动神仙，昔日鲁恭主管中牟之时，雉鸡驯服并且蝗虫也会躲避起来；黄霸治理九江，老虎都悄悄离开了九江。而这是因为，执政者有着良好的政绩，就算禽兽也可以被感化。"就让副官，将祭祀的物品陈列到潭水边上，然后祷告："你们这些水族，不要成为老百姓的祸害。"然后把酒浇在地上。这天晚上，郡西面有风雷的声音，震动山野，直到半夜才停止。第二天，乡里面的百姓看那个水潭，已经枯竭了，韩公就派人去考察这些鳄鱼的踪迹，而到了潭西面六十里之外，换了一个地方又做出一个水潭，这些大鳄也跟着换了个地方。从此这潮阳郡的百姓也就免去了这些鳄鱼的祸害。因此工部郎中皇甫湜为韩愈撰写《神道碑叙》说："刑部侍郎韩愈做潮阳太守，洞居的獠民以及海边的彝民，都受到了熏陶和教化；鳄鱼以及稻蟹，也不残害百姓了。"说的大约就是这件事吧。（出《宣室志》）

郧乡民

唐宪宗元和末年，均州郧乡县有一个百姓，七十岁了，他养了十几只水獭，靠打渔来维持生活。每隔一天就会把水獭放出去一次，放出去之前，先把这些水獭关在深沟闸门里面，让它们都挨饿，之后才放它们出来。这样就可以不受撒网收网的劳累，却可以得到许多收入。当主人拍巴掌去招呼它们的时候，所有水獭都会聚集过来。在

赤岭溪

歙州赤岭下有大溪，俗传昔有人造横溪鱼梁，鱼不得下，半夜飞从此岭过，其人遂于岭上张网以捕之。鱼有越网而过者，有飞不过而变为石者。今每雨，其石即赤，故谓之赤岭，而浮梁县得名因此。按《吴都赋》云："文鳐夜飞而触纶。"盖此类也。（出《歙州图经》）

主人身边和膝前待着，将它们驯服得像守门的狗一样。户部郎中李福，亲眼看见过这件事。（出《酉阳杂俎》）

赤岭溪

歙州赤岭山下有一条大溪，传说昔日有人横着溪水架了一道拦截鱼儿的横梁，所以鱼不能够顺流而下，它们就半夜时飞着从这个山岭翻越过去，而那个造桥的人就趁机在岭上架网用来捕捉鱼儿。有的鱼会越过网飞过山岭，有的鱼飞不过去就变成了石头。如今每当下雨之时，那些石头就会变成红色，所以叫它赤岭，并且浮梁县也因为这件事而得名。按《吴都赋》上面说："文鳐鱼在夜间飞到空中后落到网里。"大概就是指的这一件事。（出《歙州图经》）

卷第四百六十七　水族四水怪

鲧

尧使鲧治洪水，不胜其任，遂诛之。鲧于羽山，化为黄能，入于羽泉。今会稽人祭禹庙，不用能。水居曰能，陆居曰熊也。（出《述异记》）

桓冲

晋桓冲为江州刺史，遣人周行庐山，冀睹灵异。既陟崇巘，有一湖，匝生桑树。湖中有败艑赤鳞鱼，使者渴极，欲往饮水，赤鳞鱼张鬐向之，使者不敢饮。（出《法苑珠林》）

李汤

唐贞元丁丑岁，陇西李公佐泛潇湘、苍梧，偶遇征南从事弘农杨衡泊舟古岸，淹留佛寺，江空月浮，征异话奇。杨告公佐云："永泰中，李汤任楚州刺史，时有渔人，夜钓于龟山之下。其钓因物所制，不复出。渔者健水，疾沉于下五十丈。见大铁镰，盘绕山足，寻不知极。遂告汤，汤命渔人及能水者数十，获其镰，力莫能制。加以牛五十余头，镰乃振动，稍稍就岸。时无风涛，惊浪翻涌，观者大骇。镰之末，见一兽，状有如猿，白首长鬐，雪牙金爪，闯然上岸，高五丈许。蹲踞之状若猿猴，但两目不能开，兀若昏

鲧

尧派鲧去治理洪水，但是鲧没有完成他的任务，于是杀了鲧。所以鲧的尸体在羽山就变成了黄能，进入羽泉里面去了。如今会稽人去禹庙祭祀，就不用熊肉来做祭品。住在水里面的熊叫能，而住在陆地上的则叫熊。（出《述异记》）

桓冲

晋代桓冲在做江州刺史时，派人去庐山上去查看，希望他们能发现珍奇神异的东西。这些人在登上了一座险峻山峰之后，看见了一个湖泊，湖泊周围还长满了桑树。在湖中还有条破旧的小船与红鳞鱼，他们很渴，想到湖边喝点水，但红鳞鱼凶恶地竖起它的背鳍对着他们，让他们不敢去喝水。（出《法苑珠林》）

李汤

在唐代贞元丁丑年，陇西人叫李公佐的游览了湘江和苍梧山这些地方，偶然就遇见了征南从事弘农人杨衡在一个古老的河岸旁边停船休息，于是他们就结伴在佛寺里面游览，待到晚上，江面上宽广而且空旷，水面上还飘浮着明月，而他们就在船上面对面互相讲述一些奇闻异事。杨衡对李公佐说道："永泰年间，李汤在担任楚州刺史时，有一个渔夫夜里在龟山下面钓鱼。他的钩子好像挂住了什么东西，怎么也拽不出水面来。这渔夫擅长游泳，就迅速潜去水下五十丈深的地方。然后看见了一条大铁链，它盘绕在一座山根下，寻找不到这根铁链子的端点。就报告给了李汤，李汤就派那个渔夫和几十个昧。目鼻水流如泉，涎沫腥秽，人不可近。久乃引颈伸欠，双目忽开，光彩若电。顾视人焉，欲发狂怒。观者奔走。兽亦徐徐引镴，拽牛入水去，竟不复出。时楚多知名士，与汤相顾愕栗，不知其由。尔时，乃渔者知镴所，其兽竟不复见。”公佐至元和八年冬，自常州饯送给事中孟简至朱方，廉使薛公苹馆待礼备。时扶风马植、范阳卢简能、河东裴蘧皆同馆之，环炉会语终夕焉。公佐复说前事，如杨所言。

至九年春，公佐访古东吴，从太守元公锡泛洞庭，登包山，宿道者周焦君庐。入灵洞，探仙书，石穴间得古《岳渎经》第八卷，文字古奇，编次蠹毁，不能解。公佐与焦君共详读之："禹理水，三至桐柏山，惊风走雷，石号木鸣；五伯拥川，天老肃兵，不能兴。禹怒，召集百灵，搜命夔、龙。桐柏千君长稽首请命，禹因囚鸿蒙氏、章商氏、兜卢氏、犁娄氏。乃获淮、涡水神，名无支祁，善应对言语，辨江淮之浅深，原隰之远近。形若猿猴，缩鼻高额，青躯白首，金目雪牙，颈伸百尺，力逾九象，搏击腾踔疾奔，轻利倏忽，闻视不可久。禹授之章律，不能制；授之鸟木由，不能制；授之庚辰，能制。鸱脾桓木魅水灵山妖石怪，奔号聚绕，以擅长游泳的人，一起去打捞那一根铁链，但是这些人提不动。再加上了五十头牛，这锁链才有了一点晃动，可是在快要将锁链提到岸上之时。当时并无大风和波浪，却突然翻滚起了高大的波浪，在旁边观看的人们很害怕。只见锁链末尾有个动物，它的样子似猿猴，雪白的头发，长长的脊毛，洁白的牙齿，金色的爪子，身高五丈多。在蹲坐的时候样子也和猿猴是一样的，但它的两只眼睛却没有睁开，似乎是没有知觉地呆呆坐在那里一动也不动。它的眼睛鼻子里面像泉眼一样地向外流水，口里的涎水腥臭难闻，让人们不敢向它靠近。过了很久之后，它才伸了伸脖子挺直了身子，两眼突然睁开，目光和闪电一样。看着那些四处张望着围观的人，好像要爆发出疯狂与愤怒。人们都被吓得四散而逃。那怪兽竟然慢慢地拖着它的锁链，拽着牛又回到了水里，再也不出来了。而当时楚地有着很高才智的名人和李汤相互惊异地看着这个画面，不知这个怪物的来历是什么。而当时只有这渔夫知道铁锁链的位置，而那个怪兽却再也没有出现。”而李公佐在元和八年时，在常州去给要去朱方的给事中孟簡去饯行，而廉访使薛公苹在客店里面准备礼品。扶风人马植，和范阳人卢简能，还有河东人裴蘧，全部在同一客店里面，大家一起在炉旁边围成一圈，交谈了整宿。而李公佐又说起了前面那一件事，和杨衡说的是一样的。

到贞元九年春天，李公佐在游览古时东吴一带，他跟随着太守元公锡一起游览洞庭湖，在登上包山后，住在周焦君这个道士修炼之地。他们进入了山洞里面，翻阅里面的古籍，随后在一个山洞里面找到了一本《古岳渎经》第八卷，这本书上的文字古老而奇特，但有的地方被蠹蛀，所以不容易理解。李公佐和焦君就一起详细阅读研究了这一本书。书上面说：“大禹治水之时，三次到这桐柏山，桐柏山刮了大风，响惊雷，连石头也呼号，树也鸣叫着；还有神怪五伯兴波作浪，天志起兵作乱，然而大禹调动不了他们。他很生气，所以大禹就召集了百种神灵，找来了夔和龙。然后桐柏山神千君长也过来请求任务。这样大禹就囚禁了鸿章氏、章商氏、兜卢氏、犁娄氏。然后又抓住了淮河、涡水里面的名字叫作“无支祁”的水神，而这个无数千载，庚辰以战逐去。颈锲大索，鼻穿金铃，徙淮阴之龟山之足下，俾淮水永安流注海也。庚辰之后，皆图此形者，免淮涛风雨之难。”即李汤之见，与杨衡之说，与《岳渎经》符矣。（出《戎幕闲谈》）

齐澣

唐开元中，河南采访使汴州刺史齐澣以徐城险急，奏开十八里河，达于清水。其河随州县分掘，亳州真源县丞崔延祎纠其县徒，开数千步，中得龙堂。初开谓是虚穴，然状如新筑，净洁周广。北壁下有五色蛰龙，长一丈余，鲤鱼五六枚，各长尺。有灵龟两头，长一尺二寸，眸长九分。祎以白开河御史邬元昌，状上齐澣。澣命移龙入淮，放龟入汴。祎移龙及鱼二百余里，至淮岸，有鱼数百万首，跳跃赴龙，水为之沸。龙入淮喷水，云雾杳冥，遂不复见。初将移之也，御史员锡拔其一须。元昌遣人送龟至宋，遇水泊，暂放龟水中，水阔数尺，深不过五寸，遂失大龟所在。涸水求之，亦不获，空致小龟焉。（出《广异记》）

支祁擅长回答别人的问话，可以分辨出长江淮水的深浅以及平原沼泽这些地带的远近。样子和猿猴一样，有着小鼻子，高额头，还有青色的身躯，白色的头发，眼露金光，牙齿雪白，他脖子伸出来有一百尺长，力气超过九只大象，无论是攻击、搏斗、腾跃还是奔跑都迅速敏捷，身体也轻灵飘忽，但是不可以长久地听声音和看东西。大禹演奏乐曲给它听，却降服不了它；将它交给乌木由，却也制服不了它；当他把它交给庚辰，这才打败了它。上千只鸱鸟、脾恒、树精、还有水神、山妖、石怪，它们奔跑嗥叫然后聚集环绕着无支祁，已经几千年，庚辰却直接用武力把它们赶跑了。他在无支祁的脖子上面锁上大铁链，然后鼻子穿上金铃铛，送到了淮阳县的龟山脚下，他是想让淮河水一直平安地流到海里面。从庚辰之后，人们都会画着无支祁的图，就是想免除淮河上面风雨波涛的灾难。”这是李汤所看见的，杨衡所说的，与古时《岳渎经》上的记载，是相符合的。（出《戎幕闲谈》）

齐澣

在唐代开元年，时任河南采访使汴州刺史的齐浣因徐城出现危险的紧急情况，所以向朝廷请示，提议开掘一条有十八里长的人工运河，让水可以直接流到清水河去。而这条河由各州各县分段去挖掘，亳州真源县县丞崔延袆组织本县的民工，开掘有几千步的一段，他们挖出了一座住着龙的建筑。他们刚掘开的时候，都以为是个空洞穴，但是，那建筑似是刚刚建成的，它的面积很大还十分清洁。在北面的墙壁下面有一条五彩的蛰伏着的龙，长有一丈多，鲤鱼有五六条，各有一尺长。还有两只可以通灵的乌龟，身长一尺二寸，它们眼睛长九分。崔延袆就把这件事报告开河御史邬元昌，并且写成公文上报给了齐浣。齐浣就让人把龙转移到了淮河里面去，把乌龟放到了汴河中去。而且崔延袆带人把龙与鲤鱼移到了二百多里之外的淮河岸边上，淮河里面有几百万条鱼朝着彩龙跳跃，河水也因此沸腾了起来。彩龙进入了淮河还喷出水汽，使它的四周云雾幽暗，这条龙也就看不见了。在刚开始准备去转移龙之时，御史员锡拔去了一根

子英春

子英春者，舒乡人，善入水。捕得赤鲤，爱其色，持归，养之池中。数以米谷食之，一年，长丈余，遂生角有翅。子英怖，拜谢之，鱼言："我来迎汝，上我背，与汝俱升。"岁来归见妻子，鱼复迎之。故吴中门户作神鱼子英祠也。（出《神鬼传》）

洛水竖子

有人洛水中见竖子洗马，顷之，见一物如白练带，极光晶，缴竖子之项三两匝，即落水死。凡是水中及湾泊之间，皆有之。人澡浴洗马死者，皆谓鼋所引，非也。此名白特，宜慎防之，蛟之类也。（出《朝野佥载》）

魍鬼

鲙鱼状如鳢，其文赤斑，长者尺余，豫章界有之。多居污泥池中，或至数百，能为魍子故反。鬼幻惑妖怪，亦能魅人。其污池侧近，所有田地，人不敢犯。或告而奠之，厚其租直，田即倍丰，但匿己姓名佃之。三年而后舍去，必免其害。其或为人患者，能捩人面目，反人手足，祈谢之而后免。亦能夜间行于陆地，所经之处，有泥踪迹；所到之处，闻嗾嗾之声。北部二十五部大将军，有破泉龙须。而郧元昌让人把乌龟送到了宋地，遇到了一个小水塘，就把龟暂时放到了水里，水宽只有几尺，深度也不超过五寸，可是大龟却丢失了，淘干了水塘里面的水去寻找龟，也没有找到，仅仅抓到了几只小乌龟。（出《广异记》）

子英春

子英春是舒乡人，擅长潜水。他抓到了一条红鲤鱼，因为喜欢鱼的颜色，所以就带回家去，放在池子里喂养。他经常用他的谷物和米饭去喂鱼，一年之后，鱼长到了一丈多长，而且头上出角，它身上也长出翅来。这让子英春很是害怕，朝鲤鱼行礼还有道歉，鱼说："我来这里是迎接你的，请你骑到我背上，我和你会一起升天。"到年末，他要回来看望妻子还有孩子，神鱼又会来迎接他。因此吴中的人们就建造了神鱼子英庙。（出《神鬼传》）

洛水竖子

有的人在洛水边上看见了一个童子在洗刷马，忽然从水里面蹿出一个白绸带似的物体，很是光亮晶莹，它缠绕在童子脖子上面三两圈，童子就跌倒在水里面死了。但凡是有着河水和湖泊的这些地方都有这一种怪物。有人认为洗澡和洗马而死去的人，全是被鼋拖进了水的，但其实不是这样的。这怪物的名叫"白特"，应该小心提防它，它是蛟这类的动物。（出《朝野佥载》）

魍鬼

鲙鱼的形状和鳢鱼一样，身上还长着红色斑纹，大鲙鱼有一尺多长，在淮南江北一带有这种鱼。鲙鱼大多都生活在污泥池子里，有时候一群鱼可以达到几百条，能成为魍子故反。鬼制造幻觉，幻惑妖怪，也可以迷乱害人。它们生活的污水池附近的所有田地，人们都不敢冒犯进入。有的人祷告祭祀，增加地租，附近田里的庄稼就会产量倍增。但如果隐瞒自己的姓名去租种土地。三年之后舍弃了土地

魍符书于砖石上，投其池中，或书板刺，钉于池畔，而必因风雨雷霆，以往他所。善此术者，方可行之。（出《录异记》）

罗州赤鳖

岭南罗州辩州界内，水中多赤鳖，其大如匙，而赫赤色。无问禽兽水牛，入水即被曳深潭，吸血死。或云，蛟龙使曳之，不知所以然也。（出《朝野佥载》）

韩 珣

唐杭州富阳县韩珣庄凿井，才深五六尺，土中得鱼数千头，土有微润。（出《广古今五行记》）

封令禎

唐封令禎任常州刺史，于江南泝流将木，至洛造庙。匠人截木，于中得一鲫鱼长数寸，如刻安之。（出《广古今五行记》）

凝真观

唐怀州凝真观东廊柱，已五十余年，道士往往闻柱中有虾蟆声，不知的处。后因柱朽坏，易之，厨人砍以为薪，柱中得一虾蟆，其柱先无孔也。（出《广古今五行记》）

离开，一定可以免遭鲙鱼的灾祸。鲙鱼有的时候会祸害人，能扭转人们的面目，可以使人手足反转，只有在向鲙鱼祈祷道歉后，才可以解除灾祸。鲙鱼在夜间能在陆地上面行走，它所经过的地方，都有湿泥的印迹；它所到达的地方，可以听到"嗾嗾"的叫声。在北部二十五部的大将军。他们有的把一些镇压水鬼的咒语刻在了砖块或石头上面，扔到池水里面。还有将咒语刻在了木板上的，钉在池水边上的，但必须要在刮风下雨还打雷闪电的之时，把这些符书木板都搬到别地去。只有擅长驱除鬼怪的术士，才能施行这种法术。（出《录异记》）

罗州赤鳖

在岭南罗州辩州界内，这里的水中有许多红色的鳖，这鳖的大小和汤匙一样，是鲜红色的。无论是禽兽还是水牛，它们入水后就会被它拽入深潭，吸干血之后死去。有人说，这是蛟龙指派这些红鳖拽的，但不知真正的原因是什么。（出《朝野佥载》）

韩　珣

唐代的杭州富阳县韩珣庄挖井，他才挖了有五六尺深，竟然在土中获得了几千条鱼，而且土稍微有一点潮湿。（出《广古今五行记》）

封令禛

唐代的封令禛担任常州刺史时，在江南的沂水上通过水流运送木料到洛水建造庙宇。木匠截断木料时，在木料中得到一条长几寸的鲫鱼，就像是雕刻好了木槽安放进去的。（出《广古今五行记》）

凝真观

唐的代怀州凝真观东廊的柱子，已经有五十多年了。观中道士常听到柱子里有蛤蟆叫声，但不知道它发声的准确位置。后来由于这柱子朽烂了，就更换了新柱子，然后厨子劈旧柱把它当柴烧，在旧柱

蜀江民

唐蜀民，有于江之上获巨鳖者，大于常，长尺余，其裙朱色。煮之经宿，游戏自若，又加火一日，水涸而鳖不死。举家惊惧，以为龙也，投于江中，浮泛而去，不复见矣。（出《录异记》）

张胡子

唐吴郡渔人张胡子尝于太湖中，钓得一巨鱼，腹上有丹书字曰：“九登龙门山，三饮太湖水。毕竟不成龙，命负张胡子。”（出《灵怪集》）

柏 君

唐金州洵阳县水南乡百姓柏君怀，于汉江勒漠潭，采得鱼，长数尺，身上有字云：“三度过海，两度上汉。行至勒漠，命属柏君。”（出《录异记》）

叶朗之

唐建中元年，南康县人叶朗之使奴当归守田。田下流有鸟陂，陂中忽有物唤，其声似鹅而大，奴因入水探视，得一大物，身滑宛转，内头陂下。奴乃操刀下水，截得其后围六尺余，长二丈许，牵置岸上，剥皮剖之。比舍数十人咸共食炙，肉脆肥美，众味莫逮。背上有白筋大如胫，似鲟鱼鼻，食之特美。余以为脯。此物初死之夕，朗之梦一人，长大黑色，曰：“我章川使者，向醉孤游，误堕陂中，为君奴所害。既废王命，身罹戮辱，又析肌刳脏，焚燔

里得到了一只蛤蟆，但是那根旧柱子之前并没有孔洞。（出《广古今五行记》）

蜀江民

唐代蜀地中有一个百姓，在江上面捉到了一只大鳖，比常见的要大很多，长有一尺多，鳖盖四周是红色。把鳖在这沸水里面煮了整整一宿，但它还是在水里自由自在玩耍，然后又加火煮了一天，把水烧干了鳖却没有死。这让全家人惊慌害怕，以为是龙就将鳖扔到江里，这鳖漂浮在水面上就渐渐远去，然后再也看不见了。（出《录异记》）

张胡子

唐代吴郡的渔夫张胡子曾经在太湖里，钓到了一条大鱼。鱼肚子上面有用丹砂颜料写的字：“九登龙门山，三饮太湖水。毕竟不成龙，命负张胡子。”（出《灵怪集》）

柏　君

唐代金州洵阳县水南乡百姓柏怀，他在汉江勒漠潭里面，捕到了一条有几尺长的鱼，在鱼身上有字：“三次过了大海，两次上了汉江。走到了勒漠潭，性命就交给柏君。”（出《录异记》）

叶朗之

在唐代德宗建中元年间，南康县人叫叶朗之的派仆人回乡守护水田。而水田下游有一个群鸟聚集的池塘，这仆人突然听到池塘中有个东西在叫，声音似鹅叫却又比鹅的叫声更大。仆人就下水寻找，看到了一个大怪物，身上是光滑而弯曲的，把头插在了池塘下面的泥里面。仆人就取了刀下水，砍下了那东西的后半部分有六尺多粗、长二丈多的一段，然后拖到岸上，剥去它的皮剖开肉。然后同邻舍的几十个人共同烤着吃了，肉味是又脆又肥又鲜美，这是别的肉的滋味无充膳。冤结之痛，古今莫二。与君素无隙恨，若能杀奴，谢责偿过，罪止凶身；不尔法科，恐贵门罹祸。”朗之惊觉，不忍杀奴。奴明年，为竹尖刺入腹而死。其年夏末，朗之举家得病，死者八人。（出《广古今五行记》）

柳宗元

唐柳州刺史河东柳宗元，常自省郎出为永州司马，途至荆门，舍驿亭中。是夕，梦一妇人衣黄衣，再拜而泣曰：“某家楚水者也，今不幸，死在朝夕，非君不能活之。傥获其生，不独戴恩而已，兼能假君禄益，君为将为相，且无难矣。幸明君子一图焉。”公谢而许之。既寤，嘿自异之，及再寐，又梦妇人，且祈且谢，久而方去。明晨，有吏来，称荆帅命，将宴宗元。宗元既命驾，以天色尚早，因假寐焉，既而又梦妇人，嚬然其容，忧惶不暇，顾谓宗元曰：“某之命，今若缕之悬甚风，危危将断且飘矣。而君不能念其事之急耶？幸疾为计。不尔，亦与败缕皆断矣，愿君子许之。”言已，又祈拜，既告去。心亦未悟焉，即俯而念曰：“吾一夕三梦妇人告我，辞甚恳，岂吾之吏有不平于人者耶？抑将宴者以鱼为我膳耶？得而活之，亦吾事也。”即命驾诣郡宴，既而以梦话荆帅，且召吏讯之。吏曰：“前一日，渔人网获一巨黄鳞鱼，将为膳，今已断其法与之相比的。那东西的背上面有条白筋大小似人的小腿，但又像鲟鱼鼻，而且吃起来味道很鲜美。他们就将剩下来的肉做了肉脯。在这个东西刚刚死的那一天晚上，叶朗之梦见了一个又高又大，而且浑身漆黑的人对着他说："我本是章川王的使者，在喝醉后独自出来游玩，却不小心陷到池塘里面，未曾想被你家的仆人杀害。这既耽误了章川王给我的使命，而且我自身又遭受了被杀戮的痛苦。我被分割肌肉，还被取下五脏，然后烤熟当饭吃了。这样的冤仇和痛苦啊，古往今来也无第二人可以比得上。我和你平时是没有隔阂和仇恨的，若是你可以杀了那个仆人给我道歉陪罪，惩罚就只在犯罪者身上；但要是不这样做的话，那么恐怕你全家都会遭受灾祸。"叶朗之被惊吓醒来，他不忍心杀仆人。到了第二年，仆人就被竹子尖刺进肚子里死去了。在那年的夏末，这叶朗之全家人得了病，一共死了八个人。（出《广古今五行记》）

柳宗元

唐代的柳州刺史是河东人柳宗元，他从侍郎降职出京任永州司马，途经荆门，住在驿站旅馆。在这天晚上，他梦见了一个穿着黄衣服的妇人向他拜了又拜还哭着说："我的家住在楚水，我现在很不幸，死亡马上临近，危难就在旦夕之间，而且除了您谁也不能救我。若是还能够活下去，那么我不仅会对你感恩戴德，还能够让你加官晋爵，你就算是想做将军或者还是做丞相都不是什么难事。只希望你可以尽力帮我一次。"然后柳宗元就向妇人道谢而且应允了她。在醒来之后，他觉得这件事情很是奇怪。而等到再睡着之时，又梦见那个妇人，一再向他祈求和感谢，很久才离去。到第二天早晨，有一个官吏前来，说他是遵照了荆帅的命令，要邀请柳宗元赴宴。而柳宗元吩咐准备车马之后，由于时间还早，就又小睡了一会，然后又梦见那个妇女，她皱着眉头，还忧心忡忡地对着柳宗元说道："我的性命，如今就似用丝线挂在大风里面，马上将要断开就随风飘走。可你仍感不到这件事情是多么紧急？我希望你可以赶快想一个办法。不然，我的命就和这丝线一起断开，请你可以答应我。"说完了，就

首。”宗元惊曰：“果其夕之梦。”遂命挈而投江中，然而其鱼已死矣。是夕，又梦妇人来，亡其首，宗元益异之。（出《宣室志》）

王瑶

唐会昌中，有王瑶者任恒州都押衙，尝为栾邑宰。瑶将赴任所，夜梦一人，身怀甲胄，形貌堂堂。自云冯夷之宗，将之海岸，忽罹网罟，为漳川渔父之所得，将置之刀几，充膳于宰君，命在诘朝，故来相告，傥垂救宥，必厚报之。瑶既觉。言于左右曰：“此必县吏相迎，捕鱼为馔。”急遣人至县，庖人果欲割鲜，理鲙具。以瑶命告之，遂投于水中，鱼即鼓鬣扬鬐，轩轩而去。是夜，瑶又梦前人泣以相感云：“免其五鼎之烹，获返三江之浪，有以知长官之仁，比宗元之惠远矣！”因长跪而去。（出《耳目记》）

拜谢而去。但柳宗元心里没有明白这是怎么回事，他低头想道：“这一个晚上有三次梦见这个妇女请求我，话语很诚恳，难道是我的手下官吏对待人有什么不很公平的行为？难道是即将要参加的宴会上面有鱼给我吃呢？我找到并救活它，确实也是我应该做的事。”于是他就命令驾车到这郡里面去赴宴，他就把梦里面的情景告诉了荆门主帅，而且又叫来了官吏问这件事。这官吏说：“前一天，有一个渔夫捕捉了条大黄鳞鱼，他准备用来做菜，估计现在已砍下了它的头。”这柳宗元吃惊地说道：“果然是符合那天晚上的梦的。”就让人把鱼儿扔到了江里去，但是鱼已经死了。在这天晚上，他又梦见那个妇女来了，但妇女已经没有了头，对此柳宗元更加感到奇怪。（出《宣室志》）

王瑶

在唐代会昌年，有一个叫王瑶的人担任恒州都押衙，他曾做过一个大县的县宰。他在准备赴任之时，夜里面梦见了一个人，身上穿着铠甲，相貌堂堂。他说自己是水神的同宗，刚到海岸边，就突然被漳川渔夫捉住了，马上就要被放到案板上，被做成菜给你吃，我的性命将在明天的早晨结束，所以特地来告诉你，若是能蒙受你的救护，那么我一定优厚去报答你。等王瑶醒了之后。对着他身边的人说道：“这定是县里官吏为迎接我，捕了鱼做菜。”就急忙派人到了县里去，厨子果然正准备切一条新鲜的鱼，正在整理刀案。然后派去的人就把王瑶的命令传给厨子，就又把鱼放回到水里去了，这鱼就摆动它嘴边的小鳍，然后晃动着脊鳍，悠然自得地游走了。在这天夜里，他又梦见了那个人哭着感激他说：“你使我避免了在锅里面烧煮的命运，能够重新返回到三江的波浪之中，我通过这件事知道了长官仁爱之心，这柳宗元和你相比差得太远啊！”最后长跪感谢之后离开了。（出《耳目记》）

柳沂

唐河东柳沂者侨居洛阳，因乘春钓伊水，得巨鱼，挈而归，致于盆水中。先是沂有婴儿，始六七岁，是夕，沂梦鱼以喙啮婴儿臆，沂悸然而寤。果闻婴儿啼曰：“向梦一大鱼啮其臆，痛不可忍，故啼焉。”与沂梦同，沂异之。乃视婴儿之臆，果有疮而血。沂益惧，明旦，以鱼投伊水中，且命僧转经画像，仅旬余，婴儿疮愈。沂自后不复钓也。（出《宣室志》）

崔棁

晋太常卿崔棁游学时，往至姑家，夜与诸表昆季宿于学院。来晨，姑家方会客。夜梦十九人皆衣青绿，罗拜，具告求生，词旨哀切。崔曰：“某方闲居，非有公府之事也，何以相告？”咸曰：“公但许诺，某辈获全矣！”崔曰：“苟有阶缘，固不惜奉救也。”咸喜跃再拜而退。既寤，盥栉束带，至堂省姑。见缶中有水而泛鳖焉，数之，大小凡十九，计其衣色，亦略同也。遂告于姑，具述所梦，再拜请之，姑亦不阻，即命仆夫置于器中，躬诣水次放之。（出《玉堂闲话》）

染人

广陵有染人居九曲池南，梦一白衣少年求寄居焉，答曰：“吾家隘陋，不足以容君也。”乃入厨中。尔夕，举家梦之。既日厨中得一白鳖，广尺余，两目如金，其人送诣紫极宫道士李栖一所，置

柳沂

唐代的河东人柳沂寄居在洛阳，春天到伊水去钓鱼，钓到了一条大鱼，他就把鱼带回家之后放在了水盆里。柳沂有一个孩子，只有六七岁。这一天晚上，柳沂就梦见鱼它用嘴去咬婴儿的胸，然后柳沂被惊醒了。果然就听到孩子哭着说道："刚才我梦见一条大鱼去咬他的胸，疼得快受不了，所以哭。"和柳沂做的梦是一样的。柳沂觉得这件事很是奇怪。就查看婴儿胸前，果然有一个伤口流血。柳沂更加的害怕，第二天早上，他就把那条大鱼放生到伊水中，并且还让和尚在这鱼的画像前面反复念经，有十多天，他孩子的伤口就好了。然后柳沂从此之后再也不钓鱼了。（出《宣室志》）

崔棁

晋代的太常卿崔棁出游求学时，到姑姑的家里去，夜里面和表兄弟住在学校里。第二天早晨，这姑姑家里才会会客。崔棁夜里就梦见十九个人全穿着青绿色衣服，还站在他的四周一起向他行礼，都是祈求他去救命的，言辞悲哀恳切。然后崔棁说："我只是个闲居的人，而且没有官职，为何来求我？"那些人说："如果你答应，我们就能活下来了。"于是崔棁说："若是有什么机缘可以帮得上忙，我一定会帮助的。"这些人全部高兴地跳了起来，再三地拜谢后才走。等到崔棁醒了，他盥洗打扮完毕，再到堂屋去看姑姑。就看见了一只瓦罐里有一些鳖在水里面游动。他数一数，大大小小共十九只，比较一下这些鳖和梦里人衣服颜色也差不多。于是就对姑姑讲自己的梦，还请求姑姑放了这些鳖。姑姑也没有阻拦，他叫仆人把这些鳖放到器皿中，亲自在水边放了它们。（出《玉堂闲话》）

染人

广陵有一个染匠住在九曲池南面。有天，他梦见了一个白衣的少年要求居住在他的家里，而他回答说："我家里窄小而简陋，没办法容纳您。"那个白衣人自己走进了厨房里去。那一天晚上，家人都梦

之水中，则色如金而目如丹，出水则自如故，栖一不能测，复送池中，遂不复见。（出《稽神录》）

海上人

近有海上人于鱼扈中得一物，是人一手，而掌中有面，七窍皆具，能动而不能语。传玩久之，或曰："此神物也，不当杀之。"其人乃放置水上，此物浮水而去，可数十步，忽大笑数声，跃没于水。（出《稽神录》）

法聚寺僧

法聚寺内有僧，先在房，至夜，忽谓门人曰："外有数万人，头戴帽，向贫道乞救命。"急开门出看，见十余人担蠡子，因赎放生。（出《蜀记》）

李延福

伪蜀丰资院使李延福昼寝公厅，梦裹乌帽三十人伏于阶下，但云乞命。惊觉，仆使报，门外有村人献鳖三十头，因悟所梦，遂放之。（出《儆戒录》）

见了白衣人，第二天在厨房得到了一只白色的鳖，有一尺方圆，它的两只眼睛和金子一样。那个染匠就把这个鳖送到了紫极宫道士李栖的住处，李栖就把鳖放到水里面，这鳖的身体突然变成金色，眼睛变成红色，再把鳖提出水来它就又变成白色，李栖他不明白这其中的原因，就把这个鳖又送到水池中去，随后这鳖就不见了。（出《稽神录》）

海上人

有一个在海上面捕鱼的人从海边拦潮捕鱼的“扈业”里得到了一个东西，是一个人的手掌。而手掌中有一个人的脸，七窍全部都具备，可以活动但是不能说话。大家轮流传着玩赏了许久，有人就说：“这是个神物，不要杀他。”捕鱼的人就把这个手掌放到海面上，而这个东西就浮水离开了，漂了几十步远，突然大笑了几声，接着跳跃起来沉没到水里去了。（出《稽神录》）

法聚寺僧

法聚寺有一个和尚，整天待在屋里。而到了夜晚，他突然对看门人说道：“外面有几万人，头上戴着帽子，向我乞求救命。”他急忙打开门出去看，于是见十几个人挑着田螺，就全买下去放生了。（出《蜀记》）

李延福

前蜀的丰资院使李延福白天于官署睡觉，梦见了三十个头上戴黑帽子的人趴在台阶下面，乞求救命。他受惊醒来，仆人就进来报告他说，门外有村里人进献来三十只鳖，他就领悟了自己做的梦，然后放了这些鳖。（出《儆戒录》）

卷第四百六十八　水族五水族为人

子　路

孔子厄于陈，弦歌于馆中。夜有一人，长九尺余，皂衣高冠，咤声动左右。子路引出，与战于庭，仆之于地。乃是大鳀鱼也，长九尺余。孔子叹曰："此物也，何为来哉？吾闻物老则群精依之，因衰而至，此其来也，岂以吾遇厄绝粮，从者病乎？夫六畜之物，及龟蛇鱼鳖草木之属，神皆能为妖怪，故谓之五酉。五行之方，皆有其物，酉者老也，故物老则为怪矣。杀之则已，夫何患焉？"（出《搜神记》）

长水县

秦时，长水县有童谣曰："城门当有血，则陷没为湖。"有老妪闻之，忧惧，旦旦往窥焉。门卫欲缚之，妪言其故。妪去后，门卫杀犬，以血涂门。妪又往，见血走去，不敢顾。忽有大水，长欲没县。主簿何幹入白令，令见幹曰："何忽作鱼？"幹曰："明府亦作鱼矣！"遂沦陷为谷。（出《神鬼传》）

子 路

孔子于陈国受困时，在旅店里面弹琴唱歌。在夜里有个人，身高有九尺多，穿着黑色衣服，还戴着高高的帽子，他的呼喊声还惊动了附近之人。子路就把那人引到了外面，与他于庭院里面搏斗，将那人打倒在地上。是一条大鳀鱼，长有九尺多。孔子就叹息说：“这东西，为何到这里来呢？我听说过，动物太古老了，各种精灵会依附到它的身上。我们运气衰落，是它这一次到来的原因，这难道是由于我遇到麻烦，还没有饭吃，而且跟着我的人也得了病的原因吗？六畜这一类东西，还有龟蛇鱼鳖和草木之类的，它们的精气都可以兴妖作怪，因此叫他们五酉。而五行之类，它们都有这些东西。酉，也就是老的意思，因此物太古老就会变成精怪了。而杀了它们就会没事了，有何可怕的呢？”（出《搜神记》）

长水县

秦朝时候，长水县有一童谣说：“城门如果有血，城就会变成湖泊。”有一个老妇人听见了这童谣，很害怕，天天去城门口查看。然后守城门的人想要把老妇人抓起来，这老妇人就说出了来城门的原因。而妇人离开后，这些守城门的人就杀了一条狗，把这些狗血涂到了城门上。老妇人去查看，就看见了城门上的血然后逃离了县城，而且不敢回头看。这时突然出现了大水，而水渐渐增长要淹没县城。这里的主簿何幹进去就说给县令听，而县令看见何幹说：“你为何忽然变成了鱼？”而何幹说：“你也一样变成鱼了。”于是这个县城就沦陷成了湖泊。（出《神鬼传》）

姑苏男子

后汉时，姑苏有男子，衣白衣，冠帻，容貌甚伟，身长七尺，眉目疏朗。从者六七人，遍历人家，奸通妇女，昼夜不畏于人。人欲掩捕，即有风雨，虽守郡有兵，亦不敢制。苟犯之者，无不被害。月余，术人赵杲在赵，闻吴患，泛舟遽来。杲适下舟步至姑苏北堤上，遥望此妖，见路人左右奔避无所，杲曰：“此吴人所患者也。”时会稽守送台使，遇，亦避之于馆，杲因谒焉。守素知杲有术，甚喜。杲谓郡守曰：“君不欲见乎？”因请水烧香，长啸数声，天风欻至，闻空中数十人响应，杲掷手中符，符去如风。顷刻，见此妖如有人持至者，甚惶惧，杲谓曰：“何敢幻惑不畏？”乃按剑曰：“诛之。”便有旋风拥出。杲谓守曰：“可视之矣。”使未出门，已报去此百步，有大白蛟，长三丈，断首于路傍，余六七者，皆身首异处，亦鼋鼍之类也。左右观者万余人，咸称自此无患矣。（出《三吴记》）

永康人

吴孙权时，永康有人入山遇一大龟，即逐之。龟便言曰：“游不良时，为君所得。”人甚怪之，载出，欲上吴王。夜泊越里，缆舡于大桑树。宵中，树呼龟曰：“劳乎元绪，奚事尔耶？”龟曰：“我被拘絷，方见烹臛。虽尽南山之樵，不能溃我。”树曰：“诸葛元逊博识，必致相苦。令求如我之徒，计从安出？”龟曰：“子明无多辞，祸将及尔。”树寂而止。既至，权命煮之，焚柴百车，语犹如

姑苏男子

后汉之时，姑苏有一个男子，身穿着白衣服，头带着包头巾，容貌英俊，身高七尺，眉目很舒展。跟从他的人有六七个。他们走遍了住户的家里，去奸污妇女，白天和黑夜都一样，一点不害怕人。有人想去捉他们，就会遭刮风下雨阻碍。即便城镇有驻守军队，也不敢对付他们，那些冒犯了他们的人，无不被害死。一个多月之后，有一个叫作赵杲的术士于赵地，他听说了吴地的灾祸后，坐船赶到姑苏。而赵杲刚下船走到了始苏城北堤坝上，他远远地看到了这些妖怪。只见路上行人向左右逃，却找不到躲避的场所，赵杲说："这便是给姑苏人带来了灾祸的妖怪呀！"那时，会稽郡守为台使送行，遇见妖怪，也到旅馆里面躲避，赵杲因而去拜见了郡守。郡守早就听说赵杲会法术，见了他很是高兴。赵杲就对郡守说道："你不想来看一看吗？"于是就要来净水，然后烧上香，长啸了几声，天上就忽然刮来了风，听见空中有着几十个人响应，赵杲就扔出了手中的符咒，符似风一样地飞走。不一会儿，就看见这个妖怪像是被人押送似的来到他面前，样子很惊慌恐惧，赵杲说："你胆敢去变幻形象来迷惑世人不怕惩罚！"又握剑说："杀了他！"就有旋风把妖推走了。赵杲对着郡守说："可以去看看。"派出的人没走出门去，就已经有人报告说离这一百步的地方，有一条大白蛟，长三丈，在路旁被砍下了头，还有六七个怪物也都身首异处，也是鼋鼍一类的。四周观看的有一万多人，都说以后没有灾祸了。（出《三吴记》）

永康人

吴国孙权执政之时，有一个永康人进山里遇到了一只大龟，去追赶。龟就说："出游没遇到好的时候，被你捉住了。"永唐人就觉得很奇怪，然后把龟带出山去，准备进献给吴王孙权。在夜里停泊在越里，他把船拴在了一棵大桑树上。半夜时，大桑树招呼龟说："元绪，你很辛苦吧，什么事把你弄成了这个样子？"龟说："因为我被捉住了，他们将要把我煮了做成肉汤吃。就算砍光了南山上面所有故。诸葛恪曰："然以老桑方熟。"献之人仍说龟树共言，权登使伐取，煮龟立烂。今烹龟犹多用桑薪，野人故呼龟为元绪也。（出《异苑》）

王 素

吴少帝五凤元年四月，会稽余姚县百姓王素，有室女，年十四，美貌，邻里少年求娶者颇众，父母惜而不嫁。尝一日，有少年，姿貌玉洁，年二十余，自称江郎，愿婚此女。父母爱其容质，遂许之。问其家族，云："居会稽。"后数日，领三四妇人，或老或少者，及二少年，俱至家。因持资财以为聘，遂成婚媾。已而经年，其女有孕，至十二月，生下一物如绢囊，大如升，在地不动。母甚怪异，以刀割之，悉白鱼子。素因问江郎："所生皆鱼子，不知何故？"素亦未悟，江郎曰："我所不幸，故产此异物。"其母心独疑江郎非人，因以告素。素密令家人，候江郎解衣就寝，收其所著衣视之，皆有鳞甲之状。素见之大骇，命以巨石镇之，及晓，闻江郎求衣服不得，异常诟骂。寻闻有物偃踣，声震于外，家人急开户视之，见床下有白鱼，长六七尺，未死，在地拨刺。素砍断之，投江中。女后别嫁。（出《三吴记》）

的树木当柴烧，那也不能煮死我。”树就说：“诸葛元逊见识广博，一定会使你受苦。若是他让寻找我们这类的树烧，你又能有何办法呢？”龟说：“子明不要多话，不然灾祸就会到你的身上了。”树就不再说话了。到京城后，孙权下令煮鳖，烧了有几百年的木柴，这个龟说话还和以前一样。诸葛恪说道：“应用老桑树烧火才可以煮熟。”献龟人就说了桑树与龟的对话。孙权便立刻派人去砍桑树用来煮龟，立即就煮熟了。后来人们煮龟大多使用桑树烧火，老百姓也因此把龟叫作“元绪”。（出《异苑》）

王素

吴国少帝五凤元年的四月，会稽余姚县的王素，有一个十四岁还未嫁的姑娘，容貌很美丽，邻居少年来求婚的很多，父母因为爱惜姑娘没有同意。有一天，又来了一个少年，他的姿态容貌似美玉一样，年龄二十多岁，自称是江郎，愿意娶王素的女儿。而姑娘的父母喜欢江郎的容貌，于是就答应把女儿许配给他了。询问江郎家族，江郎说道：“住在会稽。”过几天，江郎就领三四个妇女，其中有的年老而有的年轻，而且还有两个少年，来到了王素家。他们拿来钱财作为聘礼，两个人结成了夫妻。一年后，王素女儿有了身孕，到了十二月，生下一个东西似绢布口袋，有一升那么大，在地上一动不动。她母亲就觉得很奇怪，用刀去割开它，里面全是白鱼鱼子。王素问江郎：“所生的全是鱼子，不知道这是什么缘故？”至此王素还没有醒悟，江郎就说：“这是我的不幸，因此才生下这种东西。”只有她的母亲怀疑江郎不是人，并把她的想法告诉王素。王素就暗中派家中仆人，等到江郎脱衣服睡觉之时，把他的衣服取来看，衣服都有鳞甲痕迹。王素看了后很是害怕，就命人用大石头压住了衣服。等到了天亮就听见了江郎因找不到衣服，异于寻常地在大声咒骂。再不久听见有东西跌落，这样震动的声音传到了外面。家中仆人打开门看，只见到床下有条白鱼，有六七尺长，还没有死，在地上面乱跳。王素就用刀砍断了白鱼，扔到了江里。女儿后来就又另外嫁了人。（出《三吴记》）

费长房

汝南有妖，常作太守服，诣府门椎鼓，郡患之。及费长房来，知是魅，乃呵之。即解衣冠叩头，乞自改，变为老鳖，大如车轮。长房令复就太守服，作一札，敕葛陂君，叩头流涕，持札去。视之，以札立陂边，以颈绕之而死。（出《列异传》）

张 福

鄱阳人张福，船行还，野水边忽见一女子，甚有容色，自乘小舟。福曰："汝何姓？作此轻行，无笠雨驶，可入见就避雨。"因共相调，遂入就福寝。以所乘小舟，系福舡边。三更许，雨晴明月，福视妇人，乃一大鼍，欲执之，遽走入水。向小舟，乃是一槎段，长丈余。（出《搜神记》）

丁 初

吴郡无锡有上湖大陂，陂吏丁初，天每大雨，辄循堤防。春盛雨，初出行塘，日暮间，顾后有小妇人，上下青衣，戴青伞。追后呼："初掾待我！"初时怅然，意欲留伺之，复疑本不见此，今忽有妇人冒阴雨行，恐必鬼物。初便疾行，顾见妇人，追之亦速。初因急走，去之转远。顾视妇人，乃自投陂中，氾然作声，衣盖飞散。视是大苍獭，衣伞皆荷叶也。此獭化为人形，数媚年少者也。（出《搜神记》）

费长房

汝南这儿出现了一个妖精，它常常穿着太守服装，到府门前去打鼓，州郡的人们很忧虑。等费长房来做这郡守，知道是妖魅作怪，就呵斥这些妖怪。妖怪就脱下衣帽叩头，然后请求让自己去改正错误，接着就变成了一老鳖，大小和车轮一样。费长房就让它穿上太守的衣装，写了一封信，然后让它带给了葛陂湖的神君，老鳖它一边叩头，还一边哭泣，拿着信就走了。再看它之时，它就把信立在了葛陂湖的边上，然后用脖子绕着信死了。（出《列异传》）

张福

鄱阳人叫张福的，乘船回家时，在野外水边上突然看见一个女子，容貌好看，独自驾一小船。张福就说："你姓什么？为何乘此轻舟，还不戴着斗笠要冒雨行驶？可以到我的船上来避雨。"因相互调笑，那个女子就走去同张福睡在了一起。她所乘坐的小船就拴在了张福的船边上。到三更天的时候，这雨散天晴明月高照，张福再看那个妇女，是一只大鼍，而张福想捆它，它就急忙地走进水去。看前的小船，却只是一块船板，长有一丈多。（出《搜神记》）

丁初

吴郡无锡有一个上湖大堤，而管理湖堤的丁初，每次天降大雨之时，就出来察看湖堤。春天的雨多，丁初走在水塘边上，在天快黑之时，回头看见了身后有一个小妇人，她穿着青色衣裙，还拿着一把青色雨伞。在后面追着喊："丁初，等我一会！"这丁初有一些犹豫，想要停下脚步等她，随即想到从未见过她，现在突然出现一个妇女冒雨走路，怕定是鬼怪。丁初飞快往前走，回头再看那一个小妇人，追得更快了。丁初加快走，距离这个小妇人越来越远。他回头再看那一个小妇人，自己跳进了水里，发出了哗哗的声音，衣服全部飞散开。一看居然是只很大的灰白色水獭，她的衣服和伞全是荷叶。这个水獭它变成人的模样，多次迷惑年轻人。（出《搜神记》）

谢非

道士丹阳谢非往石城冶买釜还，日暮，不及家。山中有庙，舍于溪水上，入中宿，大声语曰："吾是天帝使者，停此宿。"犹畏人劫夺其金，意苦搔搔不安。夜二更中，有来至庙门者，呼曰："何铜。"铜应诺。"庙中有人气是谁？"铜云："有人言是天帝使者，少顷便还。"须臾，又有来者，呼铜，问之如前，铜答如故，复叹息而去。非惊扰不得眠，遂起。呼铜问之："先来者是谁？"铜答言："是水边穴中白鼍。""汝是何等物？""是庙北岩嵌中龟也。"非皆阴识之。天明便告居人，言："此庙中无神，但是龟鼍之辈，徒费酒肉祀之。急具锸来，共往伐之。"诸人亦颇疑之，于是并会伐掘，皆杀之，遂坏庙绝祀。自后安静。（出《搜神记》）

顾保宗

顾保宗字世嗣，江夏人也，每钓鱼江中。尝夏夜于草堂临月未卧，忽有一人须发皓然，自称为翁，有如渔父，直至堂下，乃揖保宗，便箕踞而坐，唯哭而已。保宗曰："翁何至？"不语，良久谓保宗曰："陆行甚困，言不得速。"保宗曰："翁适何至？今何往？"答曰："来自江州，复归江夏。"言讫又哭。保宗曰："翁非异人乎？"答曰："我实非人，以君闲退，故来相话。"保宗曰："野人渔钓，用释劳生，何闲退之有？"答曰："世方兵乱，闲退何词？"保宗曰："今世清平，乱当何有？"答曰："君不见桓玄之志也？"保宗因问："若是有兵，可言岁月否？"翁曰："今不是隆安五年耶？"保宗曰："是。"又屈指复哭，谓宗曰："后年易号。复一岁，桓玄盗国，盗国未几，为卯金所败。"保宗曰："卯金为谁？"答曰："君

谢非

道士丹阳人谢非到石城买了一口锅后往回走，天黑，他还没到家。山上面有座庙，这庙建在溪水上，他准备进庙去住宿，大声说道："我是天帝使者，来这里住宿。"害怕别人抢劫他的钱，心头搔动不安。到夜里二更天时候，有人到庙前，喊："何铜。"何铜就回答。那人问："庙里有着生人气是谁？"何铜说道："有人说自己天帝使者，不久就会离开。"不一会儿，又有人来了，呼唤何铜，问它的话和先前一样，何铜也和先前一样地回答，然后问完就又叹气走开了。谢非受到了惊扰没睡觉，就起身。然后招呼何铜问它话说："先来的这个是谁？"何铜就回答说："这是水边洞中的白鼍。"又问何铜"你又是什么东西""我是北山岩缝中的乌龟。"谢非都暗暗记下来。天亮之后，告诉附近居民说："这庙里无神灵，仅仅是些龟和鼍一类动物，白白地浪费酒肉去祭祀它们了。然后赶快拿来锹铲，一起讨伐妖孽。"人们早就怀疑了，合力挖出龟和鼍，并将之全杀死。后来毁坏了庙宇，断绝祭祀。从此以后就安静无事了。（出《搜神记》）

顾保宗

顾保宗字世嗣，是江夏人，常到江边去钓鱼。一个夏天的晚上，他独自在草屋前面对月未眠，突然有一个头发和胡子都白了，非常像老渔夫的一个老头来到了台阶下，他说自己叫老翁，向顾保宗作揖，然后，盘腿坐下，一个劲地哭。顾保宗就说："老翁是从哪里来的？"老翁却不说话，过了很久才对顾保宗说："在陆地上面走非常劳累，我不请便来和你讲话。"而顾保宗说："您刚才从哪儿来？现在要到哪儿去？"他回答说道："从江州来的，再回去江夏。"说完就又哭起来。顾保宗就说："老翁不是人类吗？"他回答说："我不是人类，因为你在家中闲待着，所以与你说话。"保宗说："山野之人在打渔钓鱼，以此安排辛苦地生计，又为什么说是在家中闲待着呢？"回答他说："世上将发生变乱，在家闲着有何不好。"顾保宗就说："现在世上是安定太平的，怎会有变乱的呢？"回答他说："你不知这桓当后识耳。”言罢，复谓保宗曰：“不及二十稔，当见大命变革。”保宗曰：“翁远至，何所食？”答曰：“请君常食。”保宗因命食饲之。翁食讫，谓保宗曰：“今夕奉使，须向前江，来日平旦，幸愿观之。”又曰：“百里之中，独我偏异，故验灾祥，我等是也。”宗曰：“未审此言，何以验之？”答曰：“兵甲之兆也。”言讫乃出。保宗送之于户外，乃诀去。及晓，宗遂临江观之，闻水风渐急，鱼皆出浪，极目不知其数。观者相传，首尾百余里，其中有大白鱼，长百余丈，骧首四望，移时乃没。是岁隆安五年六月十六日也。保宗大异之。后二岁，改隆安七年为元兴，元兴二年，十一月壬午，桓玄果篡位。三年二月，建武将军刘裕起义兵灭桓玄，复晋安帝位。后十七年，刘裕受晋禅。一如鱼之所言。（出《九江记》）

武昌民

宋高帝永初中，张春为武昌太守，时有人嫁女，未及升车，女忽然失怪，出外殴击人，仍云：“己不乐嫁。”巫云：“是邪魅。”将女至江际，遂击鼓，以术咒疗。翌日，有一青蛇来到坐所，即以大钉钉头。至日中，复见大龟从江来，伏于巫前，巫以朱书龟背作符，遣入江。至暮，有大白鼍从江出，乍沉乍浮，龟随后催逼。鼍自分死，冒来，先入幔与女辞诀，恸哭云：“失其同好。”于是渐差。

玄的野心。”顾保宗就接着问：“若是真有兵变，可以说出发生年月吗？”老翁又说：“如今是隆安五年吗？”保宗说：“是。”这个老翁又弯着指头边计算边哭，对着顾保宗说：“后年会改变年号。而再过一年，桓玄就要篡位，篡位不久，会被卯金打败。”保宗说：“卯金又是谁？”回答他说：“你以后就会知道的。”然后，就对顾保宗说：“不出二十年，你就可以看见改朝换代。”而顾保宗说：“您从远处来，吃点什么东西吗？”回答说：“请你拿些家常便饭。”所以顾保宗让人给老翁东西吃。这老翁吃完饭，对着顾保宗说：“我今日奉命，要到前江去，等明天天一亮，希望你到江边看一看。”又说：“百里之内，只有我会很特殊，所以可以验证灾难和吉祥，这就是我们这一类。”保宗说：“我不理解你说的，又怎么去验证呢？”回答他说：“是战争预兆。”他说完就出门了，保宗把这个老翁送到了大门外，老翁就离开了。到天亮，顾保宗就去江边看，只见水与风渐渐大起来，鱼全部跳出了波浪，一眼望去，不知究竟有多少的鱼。看的人相互传说，这鱼群从头到尾，足足有一百多里长，而在其中有条大白鱼，长一百多丈，它抬起头来，还四面张望，过了段时间，才沉入了水中。这年是隆安五年六月十六。而顾保宗对此非常惊奇。后来过了两年，改了隆安第七年作为元兴第一年，在元兴第二年十一月壬午日，这恒玄果然就篡了位。元兴三年二月，这建武将军刘裕就带领正义军队灭了桓玄，然后恢复晋安帝的皇位。过了十七年，刘裕接受了晋朝皇帝的禅让。一切就都和大白鱼说的一样。（出《九江记》）

武昌民

在宋高帝的永初年间，张春任武昌太守，那时有人嫁女，没等她上车，那个女子突然失去了常态，跑到了门外面去打人，而且还说：“我自己不想嫁人。”巫师就说：“这是妖邪在作怪迷惑人。”就扶那女子到江边，还让人打鼓，这个巫师用法术与咒语给这个女子治病。到了第二天，有条青蛇来到了巫师坐的地方，这个巫师就用一个大钉子钉住了蛇头。到中午，又见一只大龟自江里爬出来，伏在巫师面前。巫师就用朱砂在龟的背上画符，然后让龟回到江里。到晚上，

或问魅者归于一物，今安得有三。巫云："蛇是传通，龟是媒人，鼍是其对。"所获三物，悉杀之。（出《广古今五行记》）

寡妇严

建康大夏营寡妇严，宋元嘉初，有人称华督与严结好。街卒夜见一丈夫行造护军府，府在建阳门内。街卒呵问，答云："我华督还府。"径沿西墙欲入，街卒以其犯夜，邀击之，乃变为鼍，察其所出入处，甚莹滑，通府中池。池先有鼍窟，岁久因能为魅，杀之遂绝。（出《异苑》）

尹儿

安城民尹儿，宋元嘉中，父暂出，令守舍。忽见一人，年可二十，骑马张斗伞，从者四人，衣并黄色，从东方来，于门呼尹儿，求暂寄息。因入舍中庭下，坐胡床，一人捉伞覆之。尹儿看其衣悉无缝，五色斓斑，似鳞甲而非毛也。有顷，雨将至，此人上马去，顾语尹儿曰："明当更来。"乃西行，蹑虚而升。须臾，云气四合，白昼为之晦暝。明日，大水暴至，川谷沸涌，丘壑淼漫。将淹尹舍，忽见大鱼，长三丈余，盘屈当水冲，尹族乃免漂荡之患。（出《广古今五行记》）

一只大白鼍从江里面冒出来，一会儿沉下水里，一会儿又浮上水面，龟跟在后面催逼这个白鼍。鼍料定自己一定会死去，冒死过来，先进幔帐里面与那女子诀别，痛哭着说道：“我失去好伙伴了。”过后这个女子的病就渐渐好了。然后有的人就问，迷惑人的本是一个东西，但现在为什么会有三个呢？巫师就说：“蛇是传消息的，乌龟则是媒人，这个鼍就是这个女子的相好的。”抓住的三个东西，全杀了。（出《广古今五行记》）

寡妇严

建康的大夏营里面有一个严寡妇，在刘宋元嘉的初年，有人说华督和严寡妇相好。巡逻的士兵在晚上看见了一个男子走到了护军府，这护军府在建阳门内。巡逻士兵呵斥询问他，回答道：“我是华督需要回府里面去。”说着就沿西墙准备进入府里面，巡逻士兵因为他违背了夜里禁止人通行的命令，于是就叫来人去捉拿他，那男人竟然变成了鼍，观察它出入之地，非常的莹洁光滑，可以一直通到府里面的水池。水池里面先前有一个鼍洞，因为年代久远而可以成为妖孽，在杀了它之后妖孽就没有了。（出《异苑》）

尹　儿

安城百姓尹儿，在刘宋元嘉年之间，她的父亲暂时出了门，让尹儿看门。突然有一人，年龄约二十岁，骑马打伞，随从四人，衣服全是黄色的，从东方过来，这人在门口招呼她，还要求暂且到她家休息。接着进屋去了，坐在椅子上面，一人拿着伞遮他。他们的衣服都没有缝线，而且五彩斑斓，像是鳞甲而不是皮毛。不一会儿，快下雨了。那人骑上马，回头对尹儿说：“到明天我会来。”就向西走去，踩着虚空上天去了。不一会，四面乌云合拢过来，白天昏暗起来。第二天，大水就暴涨了，河流山谷都奔涌着洪水，山丘沟壑都被大水漫平。马上快要淹没尹儿的房子了，突然看见一条鱼，长有三丈多，盘屈着挡在了水头上，尹儿一家这才免除了被水淹的灾祸。（出《广古今五行记》）

广陵王女

沙门竺僧瑶得神咒，尤能治邪。广陵王家女病邪，瑶治之。入门，瞑目骂云："老魅不念守道而干犯人！"女乃大哭云："人杀我夫！"魅在其侧曰："吾命尽于今！"因歔欷，又曰："此神不可与事。"乃成老鼍，走出庭中，瑶令仆杀之也。（出《志怪》）

杨丑奴

河南杨丑奴常诣章安湖拔蒲，将暝，见一女子，衣裳不甚鲜洁，而容貌美，乘船载莼，前就丑奴。家湖侧，逼暮不得返，便停舟寄住。借食器以食，盘中有干鱼生菜。食毕，因戏笑，丑奴歌嘲之，女答曰："家在西湖侧，日暮阳光颓。托荫遇良主，不觉宽中怀。"俄灭火共寝，觉有臊气，又手指甚短，乃疑是魅。此物知人意，遽出户，变为獭，径走入水。（出《甄异志》）

谢 宗

会稽王国吏谢宗赴假，经吴皋桥，同船人至市，宗独在船。有一女子，姿性婉娩，来诣船，因相为戏。女即留宿欢宴，乃求寄载，宗许之。自尔船人夕夕闻言笑。后逾年，往来弥数。同房密伺，不见有人，知是邪魅，遂共掩被。良久，得一物，大如枕。须臾，又获二物，并小如拳，视之，乃是三龟。宗悲思，数日方悟，向说如是云："此女子一岁生二男，大者名道愍，小者名道兴。"宗又云："此女子及二儿，初被索之时大怖，形并缩小，谓宗曰：'可取我枕投之。'"时族叔道明为郎中令，笼三龟示之。（出《志怪》）

广陵王女

有一个叫瑶的天竺和尚学会了神妙咒术，尤其擅长驱除邪病。广陵王家里的女儿得邪病，瑶去为她医治。他一进门就闭眼睛骂：“你这老妖精不守修道规矩却伤害人。”那女孩大哭说：“有人要杀我丈夫。”那一个妖魅站在了她旁边说：“今天我的性命就到头了。”接着就哭泣着说：“不可以和这个神灵打交道。”说完它就变成老鼍，走出屋子到庭院里，瑶让就仆人去将它杀了。（出《志怪》）

杨丑奴

河南杨丑奴常到章安湖旁边拔蒲草，而天快黑了，然后他看见了一个女子，她的衣服不太鲜艳，可容貌很美，这女人坐着船，她的船上载莼菜，上前还靠近了杨丑奴。她还说自己的家住在湖的另一侧，而且天黑一时回不了家，想要停船来借住一宿。她就借杨丑奴的食器来吃饭，盘里有干鱼与生菜。吃饭后，两个人说笑了起来，杨丑奴就唱歌来嘲讽她，这女子回答：“家住在西湖边，日落天色晚了。寄宿遇到好人，心中很是宽慰。”不一会儿两人吹灭灯火一起睡觉，杨丑奴感到有一股臊气，女子手指很短，就怀疑是一个妖魅。这东西察觉了人的心思，就急忙走出门去，变成了水獭，一直走到水里去了。（出《甄异志》）

谢　宗

会稽王官吏谢宗回到家度假，在路上经过了吴皋桥，同船人到市上面去玩，只有谢宗一人待在船上。有个女子，性情非常柔顺，来到了船上，两人互相说笑话。女人就留下并一起快乐地吃饭，随后女子要求住在船上，而谢宗答应了。从此船上面的人天天晚上听到两人的说笑声。过一年，来往次数更加频繁。一次同一屋子的人暗中查看，没见有人，知道遇了妖邪，就一起按住被子。很久后，被子里面有个东西，大小和枕头一样。不一会儿，又得到了两个东西，大小都和拳头一样，一看是三只乌龟。这谢宗悲哀思考着，几天才明白过

来，和大家说明了经过："女子一年里生了两儿子，大的名字叫道愍，小的名字叫道兴。"谢宗说："这女人和她的两个儿子，被捆住时很是害怕，身形一起缩小了。她对谢着宗说：'可取我的枕头然后扔到水里面。'"这时同宗叔叔作郎中令的道明，把笼子装着三只龟拿给谢宗看。（出《志怪》）

卷第四百六十九 水族六水族为人

张 方

广陵下市庙，宋元嘉十八年，张方女道香送其夫婿北行，日暮，宿祠门下。夜有一物，假作其婿来云："离情难遣，不能便去。"道香俄昏惑失常。时有王纂者能治邪，疑道香被魅，请治之。始下针，有一獭从女被内走入前港，道香疾便愈。（出《异苑》）

锺 道

宋永兴县吏锺道得重病初差，情欲倍常。先乐白鹤墟中女子，至是犹存想焉。忽见此女子振衣而来，即与燕好。是后数至，道曰："吾甚欲鸡舌香。"女曰："何难？"乃掬香满手，以授道。道邀女同含咀之，女曰："我气素芳，不假此。"女子出户，狗忽见，随咋杀之，乃是老獭。口香即獭粪，顿觉臭秽。（出《幽明录》）

晋安民

晋安郡民断溪取鱼，忽有一人著白帢，黄练单衣，来诣之，即同饮馔。馔毕，语之曰："明日取鱼，当有大鱼甚异，最在前，慎

张 方

南朝刘宋元嘉十八年间，广陵有一个下市庙，张方的女儿叫道香的送她的丈夫去北方，在回来途中天黑了，她睡在庙门之前。夜里有个东西装成她丈夫样子来说：“离别愁绪很难排解，我不想要马上离开。”这道香没一会就被迷惑得变得失去常态。那时有个叫王纂的人可以驱除邪病，怀疑道香是被妖孽迷惑，请求为她治病。刚刚下去针，就有只水獭从道香被子里面跑出来了，一直跑到了前面的水港里，道香的病也就好了。（出《异苑》）

锺 道

南北朝的刘宋永兴县吏锺道得了重病刚刚好，情欲要比平时倍增。他先前喜欢白鹤墟一女子，这时就更加想念她了。一天他忽地看见那女子衣服飘着走来，就和她温存了起来。从此这个女子多次与同锺道相会，而锺道对她说道：“我很想去弄点鸡舌香来。”这女子说道：“这有什么难？”两手捧鸡舌香，送给了锺道。锺道邀请这女子同他一起含鸡舌香并且咀嚼。女子说道：“我呼出的气息有芳香味，不借助这东西。”女子出门，一只狗发现了她，扑上去就将她咬死，原来她是一只老水獭。而口香就是獭粪。锺道立马觉得又臭又脏。（出《幽明录》）

晋安民

晋安郡里有一个平民截住了溪水捉鱼，突然有个戴白色便帽，穿黄熟绢单衣的人过来见他，两人一起喝酒吃饭。吃饭结束，那人

勿杀。”明日，果有大鱼，长七八丈，径来冲网，其人即赖杀之。破腹，见所食饭悉有。其人家死亡略尽。（出《广古今五行记》）

刘万年

宋后废帝元徽三年，京口戍将刘万年夜巡于北固山西，见二男子，容止端丽，洁白如玉，遥呼万年谓曰：“君与今帝姓族近远？”万年曰：“望异姓同。”一人曰：“汝虽族异，恐祸来及。”万年曰：“吾有何过？”答曰：“去位，祸即不及。”万年见二人所言，益异之。万年谓二人：“深谢预闻，何用见酬。”万年欲请归镇，二人曰：“吾非世人，不食世物。”万年与语之次，化为鱼，飞入江去。万年翌日托疾，遂罢其位，后果如鱼所言。（出《江表异同录》）

微生亮

明月峡中有二溪东西流，宋顺帝昇平二年，溪人微生亮钓得一白鱼长三尺，投置舡中，以草覆之。及归取烹，见一美女在草下，洁白端丽，年可十六七。自言：“高唐之女，偶化鱼游，为君所得。”亮问曰：“既为人，能为妻否？”女曰：“冥契使然，何为不得。”其后三年为亮妻，忽曰：“数已足矣，请归高唐。”亮曰：“何时复来？”答曰：“情不可忘者，有思复至。”其后一岁三四往来，不知所终。（出《三峡记》）

对捉鱼人说道："明天抓鱼，有一条大鱼会很奇特，它游在最前面，你一定不要杀了它。"到了第二天，果然有一条大鱼，长有七八尺，径直游了过来撞至网上，捉鱼人为了获利杀了大鱼。他割开了鱼肚子，看见了鱼胃里面全是昨天吃的饭和菜。这事情过后，这个捉鱼人家里的人几乎全死去了。（出《广古今五行记》）

刘万年

南朝的刘宋后废帝元徽的第三年，而守卫京口一带将军刘万年夜里到北固山西面去巡查，看见了两个男人，他们的面貌举止端庄秀气，而且皮肤似玉石一样洁白，他们远远招呼刘万年还对他说道："你与现在的皇上在姓氏与宗族上是近还是远？"刘万年就说："郡望是不同但是姓氏相同。"其中一人说："你虽郡望和皇上不同，怕仍然会遭受灾祸。"这刘万年说道："我有什么过错吗？"回答说道："你辞官，就不会受灾了。"刘万年听两人说的话，觉得更加奇怪。对这两人说："感谢你们预告，我用什么酬报你们？"刘万年想要请两人同他一起到京口，两人说道："我们不是人，不吃这普通食物。"刘万年在和两人说话的过程中，他们就变成了鱼，飞进了江里。刘万年在第二天借口有病，然后就被罢免职务，后来的事果然和鱼说的一样。（出《江表异同录》）

微生亮

明月峡里面有两条溪水，其中一向东流，一条向西流。刘宋顺帝昇平第二年，一个住在溪边叫微生亮的人钓到了一条三尺长的大白鱼，把鱼扔到了船舱里面，用草覆盖上了。等回到了家里拿鱼准备要煮着吃之时，只见有一个美女躺在了草的下面，她皮肤洁白，端庄美丽，年龄只有十六七岁。她自己说："我是云梦高唐观里的姑娘，出来变成鱼游玩，却被你捉住。"微生亮问她："既是人，可以做我的妻子吗？"这女子说："这是冥冥中定的姻缘，怎么会不行呢？"从此这女子做了微生亮三年妻子。三年后，她突然说："天数期限到，让

芦塘

耒阳县东北有芦塘八九顷，其深不可测。中有大鱼，当至五日，一奋跃出水，大可三围，其状异常。每出水，则小鱼奔进，随水上岸，不可胜计。又云，此塘有鲛鱼，五日一化，或为美妇人，或为美男子，至于变乱尤多。郡人相戒，故不敢有害心。后为雷电所击，此塘遂干。（出《录异记》）

彭城男子

彭城有男子娶妇不悦之，在外宿月余日。妇曰："何故不复入？"男曰："汝夜辄出，我故不入。"妇曰："我初不出。"婿惊。妇云："君自有异志，当为他所惑耳。后有至者，君便抱留之，索火照视之，为何物。"后所愿还至，故作其妇，前却未入，有一人从后推令前，即上床，婿捉之曰："夜夜出何为？"妇曰："君与东舍女往来，而惊欲托鬼魅，以前约相掩耳。"婿放之，与共卧，夜半心悟。乃计曰："魅迷人，非是我妇也。"乃向前揽捉，大呼求火，稍稍缩小，发而视之，得一鲤鱼长二尺。（出《列异传》）

我回高唐去。”微生亮说：“你什么时候再来。”她回答说：“我们的感情是不可以忘记的，我想你的时候会回来。”那以后她每年回来住个三四次，后来就不知道怎么样了。（出《三峡记》）

芦塘

耒阳县的东北有一个八九顷大的芦苇塘，不知它有多深。塘里面有一条大鱼，每月初五这天，它会用力跳出水面，在这时能看到它大概有三围那么粗，样子很是特殊。每一次跃出水面之时，小鱼也会奔蹿随着波浪而跳到岸上，鱼多得数不过来。而且还有人说，这苇塘里有一条鲛鱼，每隔五天就会变化一次，有时候变成美妇人，有时又变成美男子，她变化成的其他形象就更多了。当地人们都相互提醒，不敢有任何伤害它的想法。到了后来人鱼被雷电击死了，苇塘这才平静下来。（出《录异记》）

彭城男子

彭城有一个男子娶了妻却不喜欢她，他在外面住了有一个多月。妻说：“什么原因让你不回来住？”男子就说：“你到晚上总出去，所以才不回家。”妻说：“我从来就不出去。”丈夫很是吃惊。妻子就说：“你本来就是想着别的女人的，一定是被别的人迷住了。以后有任何女人到你这里，你抱她留宿，然后找来火照看她是何东西。”后来这彭城男子思念的人来了，就装作他的妻，开始并没马上进屋，就有人从后面推她，让她上床，这男子捉她的手说道：“你为何天天晚上要出去。”妻说：“你与东面邻居家女儿来往，却装吃惊假托是鬼魅，用以前约定遮掩自己的行为。”这丈夫就放了她，然后和她一起睡下，到了半夜男人醒悟了过来。心想：“这是鬼魅迷人，她不是我的妻子。”于是就上前抱住她，大声地喊叫，叫人拿火照亮。那女人就渐渐地缩小，掀开被子看，是一条二尺的鲤鱼。（出《列异传》）

朱法公

山阴朱法公者，尝出行，憩于台城东橘树下。忽有女子，年可十六七，形甚端丽，薄晚，遣婢与法公相闻。方夕，欲诣宿，至人定后，乃来，自称姓檀，住在城侧。因共眠寝，至晓而云：“明日复来。”如此数夜。每晓去，婢辄来迎。复有男子，可六七岁，端丽可爱，女云是其弟。后晓去，女衣裙开，见龟尾及龟脚，法公方悟是魅，欲执之。向夕复来，即然火照觅，寻失所在。（出《续异记》）

王奂

齐王奂自建业将之渚宫，至江州，泊舟于岸。夜深，风生月莹。忽闻前洲上有十余人喧噪，皆女子之音。奂异之，谓诸人曰：“江渚中岂有是人也。”乃独棹小舟，取葭芦之阴，循洲北岸，而于藂苇中见十余女子，或衣绿，或衣青碧，半坐半立。坐者一女子泣而言曰：“我始与姊妹同居阴宅，长在江汉，不意诸娘，虚为上峡小儿所娶，乃至分离。”立者一女子叹曰：“潮水有回，而我此去，应无返日。”言未竟，北风微起。立者曰：“潮至矣，可以还家。”奂急从芦苇中出捕，悉化为龟，入水而去。（出《九江记》）

蔡兴

晋陵民蔡兴忽得狂疾，歌吟不恒，常空中与数人言笑。或云：

朱法公

山阴县的朱法公有一次出行，途中在台城东面的橘子树下休息。遇到一个女子，年纪十六七岁，她的样子端庄美丽，在傍晚的时候，这个女子派女仆来与朱法公搭话。约定天黑后去朱法公那住宿，到半夜，女子来了，她称自己姓檀，住在了城边。两人就共同睡在了一起，到天亮之时离开时说："第二天之时再来。"似这样连过好几个晚上。每个早晨离开之时，女仆都来迎接她。而同女仆一起来的还有一个孩子，有六七岁，很好看，女子说这是她的弟弟。在后来一天早上她离开之时，裙子开了一个口子，朱法公就看见了里面有着龟尾龟脚，朱法公方悟她是妖魅，就打算捉住她。晚上女子再来时，朱法公点火照着去寻找，不久就失去了踪迹。（出《续异记》）

王 奂

齐国王奂从建业到江陵去，走到了江州，船停在岸边。夜深，江风吹面，月色很皎洁，他突然听见前面的水中陆地上有十几人在热闹地说话，全部是女人的声音。王奂就觉得很是奇怪，对船上之人说："江中陆地上会有人吗？"就一个人划小船，顺着葭芦的阴暗处，沿着水里那块陆地北岸向前划船，于一处芦苇丛生地方他见了有十多个女人，有的穿着绿衣服，而有的人穿着青绿衣服，其中有一半人坐着一半人站着。而坐着的一个女子在哭着说："我原先与姐妹们一起住在这阴暗潮湿的地方，我生长在江汉，却想不到各位姑娘被上峡的那一个小人欺骗，要嫁过去，使我们这些姐妹分离。"而站着的一个女子叹气说："潮水退了还有涨的时候，可我这次离开，就不再回来。"话还没说完，北风就轻轻吹来。站着的人说："潮水它来了，能够回家。"王奂从芦苇丛里跳出来捕捉，那些女子就都变成乌龟，走进水里离开了。（出《九江记》）

蔡 兴

晋陵平民蔡兴突然得疯病，不停地又唱又说，常向着空中和几

“当再取谁女！”复一人云：“家已多。”后夜，忽闻十余人将物入里人刘余之家。余之拔刀出后户，见一人黑色，大骂曰：“我湖长，来诣汝，而欲杀我！”即唤群伴：“何不助余耶？”余之即奋刀乱砍，得一大鼍及狸。（出《幽明录》）

李增

永阳人李增行经大溪，见二蛟浮于水上，发矢射之，一蛟中焉。增归，因复出市，有女子，素服衔泪，捉所射箭。增怪而问焉，女答之：“何用问焉？为暴若是！”便以相还，授矢而灭，增恶而骤走，未达家，暴死于路。（出《异苑》）

萧腾

襄阳金城南门外道东，有参佐廨，旧传甚凶，住者不死必病。梁昭明太子临州，给府寮吕休蒨。休蒨常在厅事北头眠，鬼牵休蒨，休蒨坠地。久之悟。俄而休蒨有罪赐死。后今萧腾初上，至羊口岸，忽有一丈夫著白纱高室帽，乌布裤，披袍造腾。疑其服异，拒之。行数里复至，求寄载，腾转疑焉，如此数回，而腾有妓妾数人，举止所为，稍异常日，歌笑悲啼，无复恒节。及腾至襄阳，此人亦经日一来，后累辰不去。好披袍缚裤，跨狗而行，或变易俄顷，咏诗歌谣，言笑自若，自称是周瑜，恒止腾舍。腾备为禳遣之术，有时暂去，寻复来。腾又领门生二十人，拔刀砍之，或跳上室梁，走入林中，来往迅速，竟不可得。乃入妾屏风里，作歌曰：“逢欢羊口岸，结爱桃林津。胡桃掷去肉，讶汝不识人。”顷之，有道士赵昙义为腾设坛，置醮行禁。自道士入门，诸妾并悲叫，若将远个人说说笑笑。空中有一个人说道：“我应再娶某人的女儿。”然后又一个说：“家中的妻子太多了。”隔天夜晚，突然有十几个人拿东西进同乡之人刘余之家里。刘余之就拔刀从后门出，见一个全身黑色的人，那人大声骂：“我是湖的首领，来见你，你却要来杀我！”刘余之就招呼伙伴说道：“为什么不帮我呢？”然后用尽力气挥刀乱砍，就砍死了一只大鼍还有一只狸。（出《幽明录》）

李增

永阳人李增途经一条大河，见两只蛟浮在了水面上，他就发箭射蛟，有一只蛟被他射中。李增回家去，过会他到了集市上去，有一个穿丧服的女子眼含泪，手拿着李增射蛟用的箭。李增就奇怪地去问那个女子，而那女子回答他：“你所犯的暴行，还要问别人吗？”把这支箭还给李增后就不见了，李增讨厌这件事就急忙往家跑，然后还没到家，突然在半路上死了。（出《异苑》）

萧腾

襄阳郡的金城县南门之外的道路东面，有所参佐官署，传说那里很凶险，住里面的人不死也必定得病。梁国昭明太子在治理襄阳时候，把这地方送给郡府的官员吕休茜。有次吕休茜于厅堂的北面睡，有一个鬼来扯吕休茜，吕休茜就掉到了地上。很长的时间苏醒过来。不久后吕休茜有罪被处死。后来，萧腾上任，走到这羊口岸，突然有一个男人头戴白纱高帽，穿着黑裤子，披着袍子来见他。萧腾见他服饰特殊，心里疑惑，拒绝和他见面。走几里地后，那男子又求见，并想搭船，萧腾对他就更加怀疑，这样男子来了这里好几次，这时他的几个妾，一举一动与平时不太一样，她们唱歌大笑而且悲伤地啼哭，还毫无节制。等萧腾到了襄阳，那怪人一天来一次，后来一连几天不离开。他喜欢披袍子，穿白色的裤子，骑狗走路。有时他过一会就改变一套装束，还吟诗唱歌，说笑自然得意，还说自己是周瑜，长久住在萧腾的家里。萧腾多次让人施法术赶他，他有时就暂时别。俄而一龟径尺余，自到坛而死，诸妾亦差，腾妾声貌悉不多。谘议参军韦言辩善戏谑，因宴而启云："常闻世间人道'黠如鬼'，今见鬼定是痴鬼，若黠，不应魅萧腾妓。以此而度，足验鬼痴。"（出《南雍州记》）

柳镇

河东柳镇字子元，少乐闲静，不慕荣贵。梁天监中，自司州游上元，便爱其风景，于钟山之西建业里，买地结茅，开泉种植，隐操如耕父者。其左右居民，皆呼为柳父，所居临江水，尝曳策临眺，忽见前洲上有三四小儿，皆长一尺许，往来游戏，遥闻相呼求食声。镇异之。须臾，风涛汹涌，有大鱼惊跃，误坠洲上。群小儿争前食之。又闻小儿传呼云："虽食不尽，留与柳父。"镇益惊骇，乃乘小舟，径捕之，未及岸，诸小儿悉化为獭，入水而去。镇取巨鱼以分乡里，未几，北还洛阳，于所居书斋柱，题诗一首云："江山不久计，要适暂时心。况念洛阳士，今来归旧林。"是岁天监七年也。（出《穷怪录》）

离开了，不久又回来了。萧腾就领着自己二十个学生用刀去砍他，他有时候跳上房梁，有时候进入树林，来往非常迅速，他们竟然砍不到他。他还进入了萧腾妻子屏风内，歌道："相逢羊口岸边，结友不忘桃林渡口。你吃胡桃抛掉桃仁，你为何不认识我！"不久，有一个叫赵昙义的道士为萧腾设祭坛去驱妖，安排祭祀仪式来实行作法。这个道士一进门，萧腾的妻妾就一起悲哀哭叫，像是快要离别的样子。没一会儿，一只直径一尺多长的乌龟自己走到了坛前死去了，各位妻妾的病也就好了，音容笑貌也恢复了正常。有一个咨议参军叫作韦言辩的很擅长说笑话，他一次在宴会上面说："常听说世上人处世和鬼一样狡猾，但现在看来这鬼定是痴鬼，若是这个鬼狡猾，不会去迷惑萧腾妻妾。从这鬼的行动推论，说明它是个痴鬼。"（出《南雍州记》）

柳镇

河东人柳镇字子元，他喜欢清闲安静，不羡慕荣华富贵。梁国天监年间从司州去上元游玩，就爱上那里的风景了，于是在钟山西面建业里，买地盖了房子，引水种地，他隐居耕种和个老农夫一样。附近居民，叫他"柳父"，他居住的地方近江边，有一次拄拐杖于江边眺望，突然就看见前面江中陆地上面有三四个小孩，都有一尺多高，他们来往游戏，可以远远地听见互相呼叫寻找吃的。柳镇觉得很是奇怪。没一会儿，风起浪涌，有条大鱼受惊然后跳了起来，不小心就掉在小岛上面。这群小孩争着吃大鱼。还听见小孩子互相说："我们吃不完，就把剩下的留给柳父。"柳镇更惊奇，坐上小船，前去捉他们，还没到岸，这些小孩变成水獭，到水里跑了。柳镇带回了那条大鱼然后把它分给了乡亲们吃，不久之后，他回到了洛阳，在他住的书斋柱子上，题一首诗："江山不久计，要适暂时心，况念洛阳士，今来归旧林。"这年是天监七年。（出《穷怪录》）

隋文帝

隋文帝开皇中，掖庭宫每有人来挑宫人，司宫以闻，帝曰："门卫甚严，人从何而入！当妖精耳。"因戒宫人曰："若来，但砍之。"其后夜来登床，宫人抽刀砍之，若中枯骨，其物走落，宫人逐之，因入池而没。明日，帝令涸池，得一龟尺余，其上有刀痕，杀之遂绝。（出《广古今五行记》）

大兴村

隋开皇末，大兴城西南村民设佛会，一老翁皓首白裙襦，求食而去。众莫识，追而观之。行二里许，遂不见。但有一陂，水中有白鱼长丈余，小而从者无数，人争射之，或弓折弦断，后竟中之。割其腹，得秔米饭。后数日，漕梁暴溢，射者家皆溺死。（出《广古今五行记》）

万顷陂

唐齐州有万顷陂，鱼鳖水族，无所不有。咸亨中，忽一僧持钵乞食，村人长者施以蔬供，食讫而去。于时渔人网得一鱼，长六七尺，缉鳞镂甲，锦质宝章，特异常鱼。欲赍赴州饷遗，至村而死，遂共剖而分之。于腹中得长者所施蔬食，俨然并在。村人遂于陂中设斋过度，自是陂中无水族，至今犹然绝。（出《朝野佥载》）

隋文帝

在隋文帝开皇年间，常有人入掖庭宫去挑逗宫女，司宫就把这件事报告给了文帝，文帝就说：“门卫把守很严，人从什么地方进来！一定是个妖精。”接着告诫宫女：“如果那人来，就拿刀砍他。”那人晚上来到了宫女的床上，这个宫女就抽刀砍他，和砍中了枯骨一样，那东西逃跑，宫女在后面追他，那东西跳进池水里面沉下去了。第二天，隋文帝命令弄干水池，得到了一只一尺长乌龟，它背有刀痕，在杀了它后，就再也没怪事发生了。（出《广古今五行记》）

大兴村

隋朝开皇末年，大兴村的西南面村民设斋饭举行了佛教祭祀活动，有个满头白发穿身白衣裤的老头，他要了点饭吃走了。大家不认识他，在后面跟着看他住在哪里。他们走了二里多路，这个老头不见了。附近有个池塘，水里面有条大白鱼一丈多长，有无数条小鱼跟它走，而人们争着射这个大白鱼，有的人弓折了，有的人弦断了，到后来有人射中大白鱼。剖开了鱼的肚子，这里面全是粳米饭。而又过了几天，这漕梁河忽然发生大水，射死了大白鱼那人全家都淹死了。（出《广古今五行记》）

万顷陂

唐代齐州有一个方圆万顷的池塘，里面的鱼鳖各种水生动物都有。在咸亨年间，突然有个和尚拿钵要饭吃，村子里面年长人把饭菜送给他吃，他吃完便走了。那时有一个打渔的人，他网住一条六七尺长的大鱼，它的精巧的鳞片是闪闪发光的，色彩鲜艳而且花纹美丽，和平常的鱼很不一样。他准备赠送给州衙请赏，但走到村子中的时候鱼就死了，大家就一起动手把鱼儿割开分了。结果在鱼肚子里面找到村中长者施舍给和尚的饭菜。村里人就在池塘旁边安排了超度鱼的祭祀仪式，从这之后池塘中再也没有水生动物了，到现在还是没有。（出《朝野佥载》）

长须国

唐大足初，有士人随新罗使，风吹至一处，人皆长须，语与唐言通，号长须国。人物甚盛，栋宇衣冠，稍异中国，地曰扶桑洲。其署官品，有正、长、戢、波、日、没、岛、逻等号。士人历谒数处，其国皆敬之。忽一日，有车马数十，言大王召客。行两日，方至一大城，甲士门焉。使者导士人入，伏谒。殿宇高敞，仪卫如王者。见士人拜伏，小起，乃拜士人为司风长，兼驸马。其主甚美，有须数十根。士人威势烜赫，富有珠玉，然每归，见其妻则不悦。其王多月满夜则大会，后遇会，士人见嫔姬悉有须，因赋诗曰："花无叶不妍，女有须亦丑。丈人试遣总无，未必不如总有。"王大笑曰："驸马竟未能忘情于小女颐颔间乎？"经十余年，士人有一儿二女。忽一日，其君臣忧蹙，士人怪问之，王泣曰："吾国有难，祸在旦夕，非驸马不能救。"士人惊曰："苟难可弭，性命不敢辞也。"王乃令具舟，令两使随士人，谓曰："烦驸马一谒海龙王，但言东海第三汊第七岛长须国，有难求救。我国绝微，须再三言之。"因涕泣执手而别。

士人登舟，瞬息至岸。岸沙悉七宝，人皆衣冠长大，士人乃前，求谒龙王。龙宫状如佛寺所图天宫，光明迭激，目不能视。龙王降阶迎，士人齐级升殿。访其来意，士人且说："龙王即命速

长须国

唐代的大足初年，有一个读书人跟着新罗国使者乘船，被大风吹到了一个地方，那里的人全部长着长胡子，语言和唐朝语言相通，叫作长须国。国内人很多，房屋衣帽，和中国稍有不同，这里地名叫作扶桑洲。他们官署中官吏级别有正、长、戢、还有波、日、没、岛、逻等。读书人拜见、游览了许多的人物和地方，而那个国家的人们都敬重他。突然有一天，来了几十辆的车马，说是大王要召见客人。他走了两天，才来到了一座巨大城镇，披铠甲的士兵守着宫殿门。使者领读书人进去之后伏在地面上拜见这个大王。只见这宫殿又高又宽敞，仪仗也很有王者气派。大王见那个读书人伏地拜见，就稍稍地抬起身子回礼，任命这读书人担任了司风长官职，还招为驸马。那个公主长得很美，可惜长了几十根胡子。这个读书人的权力和气势很大，而且富有珍珠宝玉，但每当回到家里，他一看见妻子的心里就不高兴。而那国王大多时候在月圆晚上召开了大会，有一次大会上，读书人看见大王嫔妃都长着胡子，于是作一首诗："花朵无叶子衬托它就不美，而女子长了胡子则变得丑。有的男人想让自己不长胡子，可是未必比长胡子更好。"国王就大笑说："驸马就不能不计较我的女儿下巴上面的几根胡须吗？"过了十多年后，读书人有了一个儿子和两个女儿。有一天，长须国君臣皱着眉头显得很忧愁的样子。而读书人非常奇怪地问有什么事情，国王就哭着说道："我们国家有灾难，旦夕间就会降临，除了你这位驸马就没法解救。"读书人很吃惊地说："若是能消除灾难，就是要我的命我都不会推辞。"国王派人准备好了船只，派两个使者跟着这个读书人，对他说："麻烦驸马帮我去拜见海龙王，到时候你就说是东海的第三汊第七岛长须国现在有难求救。而我们是个很小的国家，所以你必须反复地说清楚。"接着就流着眼泪和他拉手分别了。

他们上了船，没有一会就到达了岸边。这岸上沙子全是宝物，人们的衣帽都又长又大，这个读书人就走到了前面去，请求拜见龙王。而龙宫就和佛庙里地壁画上面所画的天宫一样，异彩纷呈的，使人不敢去睁开眼睛。龙王就走下台阶来迎接他，读书人与龙王一齐顺着勘。”良久，一人自外白：“境内并无此国。”士人复哀祈，具言长须国在东海第三汊第七岛，龙王复叱使者细寻勘，速报。经食顷，使者返曰：“此岛虾合供大王此月食料，前日已追到。”龙王笑曰：“客固为虾所魅耳。吾虽为王，所食皆禀天符，不得妄食。今为客减食。”乃令引客视之，见铁镬数十如屋，满中是虾，有五六头，色赤，大如臂，见客跳跃，似求救状。引者曰：“此虾王也。”士人不觉悲泣，龙王命放虾王一镬，令二使送客归中国，一夕至登州，顾二使，乃巨龙也。（出《酉阳杂俎》）

台阶走上了宫殿。龙王问他的来意，这个读书人就说："龙王快派人迅速去查找吧。"过了许久，有一个人在外说："境内并没有这个国家。"这个读书人悲哀地乞求，所以详细说明长须国在东海第三汊第七岛上，这个龙王又斥责他的使者细心地查找，迅速回报。过了有一顿饭的工夫，这个使者回来说："这个岛的虾应该是大王这个月的食物，在前天已经抓来了。"龙王笑着说道："客人是被虾迷惑了。我虽是龙王，吃的都必须遵照上天安排，不可以随便乱吃。而我现在就要为客人少吃点东西了。"于是就派人领客人去看，读书人就看见几十个和屋子一样大小的铁锅，内里全部装满了虾，里面有五六只红色大虾，大小和手臂一样，看见客人来就跳跃了起来，似乎是求救模样。领着的人就说："这是虾王。"这个读书人就不觉悲伤痛哭起来，龙王让人放了虾王的这一锅虾，还派了两个使者送客人回了中国。一晚上就到了登州，这个读书人回头看了看两个使者，是两条巨大的龙。（出《酉阳杂俎》）

卷第四百七十 水族七水族为人

李 鹬 谢 二 荆州渔人 刘 成 薛二娘 赵平原
高 昱 僧法志

李 鹬

唐墩煌李鹬，开元中，为邵州刺史。挈家之任，泛洞庭，时晴景，登岸。因鼻衄血沙上，为江鼍所舐，俄然复生一鹬，其形体衣服言语，与其身无异。鹬之本身，为鼍法所制，絷于水中。其妻子家人，迎奉鼍妖就任，州人亦不能觉悟。为郡几数年，因天下大旱，西江可涉。道士叶静能自罗浮山赴玄宗急诏，过洞庭，忽沙中见一人面缚，问曰："君何为者？"鹬以状对，静能书一符帖巨石上，石即飞起空中。鼍妖方拥案晨衙，为巨石所击，乃复本形。时张说为岳州刺史，具奏，并以舟楫送鹬赴郡，家人妻子乃信。今舟行者，相戒不沥血于波中，以此故也。（出《独异记》）

谢 二

唐开元时，东京士人以迁历不给，南游江淮，求丐知己，困而无获，徘徊扬州久之。同亭有谢二者，矜其失意，恒欲恤之，谓士人曰："无尔悲为，若欲北归，当有三百千相奉。"及别，以书付之曰："我宅在魏王池东，至池，叩大柳树。家人若出，宜付其书，便取钱也。"士人如言，径叩大树，久之，小婢出，问其故，云："谢二令送书。"忽见朱门白壁，婢往却出，引入。见姥充壮，当堂坐，谓

李䴇

在唐朝开元年间，敦煌人李䴇被任为邵州的刺史。他带家眷去那里上任，他乘船经过了洞庭湖，因为天气晴朗，景色优美，所以他们就上岸游玩。李䴇的鼻子出血滴在沙滩上，被一鼍龙舐着吃了，鼍龙就变成李䴇，形体衣服与言语和李䴇一模一样。而李䴇本身被鼍龙法术制住了，捆着放入水中。李䴇妻子与家人，就迎接鼍妖去上任，连邵州人也不能够识破这个鼍妖。管理了州郡好几年，由于天下大旱，这西江都可以蹚水过。有一个叫作叶静能的道士从罗浮山去往京城接受皇帝唐玄宗紧急召见，在渡过洞庭湖之时，他突然看见了沙滩上面一人被遮住了脸还绑着，就问他说："你干什么的？"李䴇就把自己的情况对他说了，这叶静能画了个符贴在了大石头上面，大石头立刻飞起来到了空中。这时鼍妖正好就坐在衙门桌子边上，就被巨石击中了，然后恢复了他的本来形态。当时是张说在担任岳州刺史，于是把这一件事详细报告了朝廷，就用船把李䴇送到了邵州去，这样他的妻子家人才相信了这件事。现在坐船行路的人，都互相告诫不要把自己的血滴在水中，就是因为这一件事。（出《独异记》）

谢二

在唐代开元年之间，东京有一个官吏想升迁但家里面没有钱活络关系，就往南到江淮一带去，找自己的朋友去寻求资助，但一直没能借到钱，在扬州一带徘徊停留了很长时间。同他住在同一旅店的谢二，可怜他不得志而总想要去帮助他，对他道："你不要如此悲伤了，若是你想要往北边走回家，那么我有三百贯钱可以送给你。"而等到分手之时，谢二就把一封信给了他说道："我家里住在魏王池东士人曰："儿子书劳君送，令付钱三百千，今不违其意。"及人出，已见三百千在岸，悉是官家排斗钱，而色小坏。士人疑其精怪，不知何处得之，疑用恐非物理，因以告官，具言始末。河南尹奏其事，皆云："魏王池中有一鼋窟，恐是耳。"有敕，使击射之，得昆仑数十人，悉持刀枪，沉入其窟。得鼋大小数十头，末得一鼋，大如连床。官皆杀之，得钱帛数千事。其后五年，士人选得江南一尉，之任，至扬州市中东店前，忽见谢二，怒曰："于君不薄，何乃相负，以至于斯。老母家人，皆遭非命，君之故也。"言讫辞去，士人大惧，十余日不之官，徒侣所促，乃发。行百余里，遇风，一家尽没，时人云："以为谢二所损也。"（出《广异记》）

荆州渔人

唐天宝中，荆州渔人得钓青鱼，长一丈，鳞上有五色圆花，异常端丽，渔人不识，以其与常鱼异，不持诣市，自烹食，无味，颇怪焉。后五日，忽有车骑数十人至渔者所。渔者惊惧出拜，闻车中怒云："我之王子，往朝东海，何故杀之？我令将军访王子，汝又杀之，当令汝身崩溃分裂，受苦痛如王子及将军也！"言讫，呵渔人，面，到池边了，你就可以敲大柳树。我家中的人若是出来，你就把信交给他，如此就可以拿到钱了。”这个读书人照他所说的去做，他叩那棵大树，然后过了很长的时间，有一个岁数非常小的女仆出来了，问他有何事。他就说：“谢二他让我送信来。”突然看见红门白墙，这个女仆进去一会儿出来，然后领着他进去。就看见一个身体健壮老太太，她坐在正堂上，对读书人说：“我的儿子的信劳你送过来，信里面让我给你三百贯钱，而我们不会违背他。”等他走出门后，就看见岸边已有三百贯钱放在那里，这里全是官家排头钱，颜色稍稍有磨损。他就怀疑是遇到了妖精鬼怪，不知道他们是从哪里弄到的钱，担心用这些钱会有麻烦，就把这事情报告了官府，而且把前因后果都说了。然后河南府尹把这件事上报给了朝庭，大家都说：“在魏王池里面有一个鼋洞，恐怕就是那一个地方。”上面就命令派人要去杀死鼋怪。于是这官府就找来数十个从南洋各国买的奴隶，手里面拿着刀枪，潜入了那个洞窟里面去。抓到了大小数十只鼋，最后捉到了一只大鼋，有几张床连起来那么大。官吏就命令把鼋全部杀死，然后从洞窟里面找出了很多钱。又这样过五年，这个人被挑选担任了江南某地一县尉，赴任的途中走到了扬州东客店的门前，突然就看见了谢二，他愤怒地说：“我对你不薄，为何要辜负我，而且还到了这种地步。我老母亲和以及家人全惨死，就是你的缘故。”说完他就走了，这人非常害怕，十几天没敢动身，同行人催他，这样他才出发。走了有一百多里，遇上了大风，他全家人淹死了。人们都说：“是这谢二干的。”（出《广异记》）

荆州渔人

在唐朝天宝年间，在荆州有一个打渔的人钓到了一条青鱼，长有一丈，鳞上面有五色的圆形花纹，异常的美丽，渔夫他不认识这是何鱼，因为它和平常的鱼是不一样的，就没有拿到这里的集市上面去卖就，自己做着吃了，但是没什么滋味，感觉很奇怪。五天后，突然有车马骑士数十个人到渔夫住的村庄里。渔夫又惊又怕地出门拜见，就听见了车子里面的人愤怒说：“我国王子，是到东海去朝拜，但是你

渔人倒，因大惶汗。久之方悟，家人扶还，便得癞病。十余日，形体口鼻手足溃烂，身肉分散，数月方死也。（出《广异记》）

刘成

宣城郡当涂民，有刘成者、李晖者，俱不识农事。尝用巨舫载鱼蟹，鬻于吴越间。唐天宝十三年春三月，皆自新安江载往丹阳郡。行至下查浦，去宣城四十里，会天暮，泊舟，二人俱登陆。时李晖往浦岸村舍中，独刘成在江上。四顾云岛，阒无人迹，忽闻舫中有连呼阿弥陀佛者，声甚厉。成惊而视之，见一大鱼自舫中振须摇首，人声而呼阿弥陀佛焉。成且惧且悚，毛发尽劲，即匿身芦中以伺之。俄而舫中万鱼，俱跳跃呼佛，声动地。成大恐，遽登舫，尽投群鱼于江中。有顷而李晖至，成具以告晖，晖怒曰："竖子安得为妖妄乎？"唾而骂言且久。成无以自白，即用衣资酬其直。既而余百钱，易荻草十余束，致于岸。明日，迁于舫中，忽觉重不可举，解而视之，得缗十五千，签题云："归汝鱼直。"成益奇之。是日，于瓜洲会群僧食，并以缗施焉。时有万庄者，自泾阳令退居瓜洲，备得其事，传于纪述。（出《宣室志》）

为什么杀他？我让将军出来访寻王子，但是你又杀了将军，我应该让你的身体崩溃分裂，然后遭受与王子和将军同样的痛苦！”他说完，就呵斥渔夫。渔夫被吓得倒在了地上，出了非常多汗。然后过了好久苏醒过来，他家里人将他扶回家后，他就患了癞病。只十多天的时间，他的身上口鼻以及手脚都溃烂了，而且身上的肉也随时间逐步分离，过了好几个月才死。（出《广异记》）

刘成

宣城郡涂县的百姓刘成和李晖两人，不会耕种。就经常用一大船载鱼和蟹，到吴越郡去卖。在唐代天宝十三年三月，两人从新安江载着鱼去了丹阳郡。当走到下查浦时，离宣城四十里时天就黑掉了，两人停下了船，都上岸了。这时李晖到浦岸的村舍里面去，只有刘成在江边上。江边浓云重叠，静悄悄地无人踪迹，突然听见船里面有人呼喊阿弥陀佛，声音凄厉。刘成吃惊地看去，只见一条大鱼在他们船舱里面振动着他的胡须还摇着头，在那儿用人类的声音呼喊着阿弥陀佛。刘成感到非常害怕，毛发都竖起来了，就藏在芦苇丛里继续观察。没有一会儿船里面千万条鱼，而且全跳跃着还呼喊佛号，它们的叫声振动了大地。刘成惊恐万分，就急忙地登上船，把所有鱼都扔到江里。不久后，李晖回来，刘成就把事情告诉了李晖，李晖愤怒地说：“你这小子为何胡说这些妖妄话？”唾骂了他很长时间。刘成也没办法去辩解，就用他自己的衣服以及资金赔了鱼钱。还剩下了一百来文钱，就买了十几捆荻草，放在了岸上。到了第二天，把草都搬到船里面准备出发，突然觉得草木都重得拿不动了，解开了一看，就得到了十五贯钱，有一张纸上面写道：“这是要还你的鱼钱。”刘成就更加觉得奇怪了。这天，他们于瓜洲遇到了一群和尚吃饭，刘成就把这些钱送给了和尚。而当时有一个叫作万庄的人，于泾阳县令职务上面退休就住在瓜洲，他详细听人讲了这事，于是就记录流传下来。（出《宣室志》）

薛二娘

唐楚州白田，有巫曰薛二娘者，自言事金天大王，能驱除邪疠，邑人崇之。村民有沈某者，其女患魅发狂，或毁坏形体，蹈火赴水，而腹渐大，若人之妊者。父母患之，迎薛巫以辨之。既至，设坛于室，卧患者于坛内，旁置大火坑，烧铁釜赫然。巫遂盛服奏乐，鼓舞请神。须臾神下，观者再拜。巫奠酒祝曰："速召魅来。"言毕，巫入火坑中坐，颜色自若。良久，振衣而起，以所烧釜覆头鼓舞，曲终去之，遂据胡床。叱患人令自缚，患者反手如缚。敕令自陈，初泣而不言，巫大怒，操刀斩之，割然刀过而体如故。患者乃曰："伏矣！"自陈云："淮中老獭，因女浣纱悦之。不意遭逢圣师，乞自此屏迹。但痛腹中子未育，若生而不杀，以还某，是望外也。"言毕呜咽，人皆悯之。遂秉笔作别诗曰："潮来逐潮上，潮落在空滩。有来终有去，情易复情难。肠断腹中子，明月秋江寒。"其患者素不识书，至是落笔，词翰俱丽。须臾，患者昏睡，翌日乃释然。方说，初浣纱时，有美少年相诱，因而来往，亦不自知也。后旬月，产獭子三头，欲杀之。或曰："彼魅也而信，我人也而妄，不如释之。"其人送于湖中，有巨獭迎跃，负而没之。（出《通幽记》）

薛二娘

唐代的楚州白田县有一个女巫叫作薛二娘，她自称是奉金天大王法令，可以驱除邪魔恶鬼，城里的人都很崇拜她。有一个姓沈村民，女儿患上了魅病发狂，有时会损伤自己身体，有时候可以踩在火上面或者进水里去，而且肚子一天天大起来，像人怀孕了一样。她的父母非常害怕，就请薛二娘治疗。薛二娘来了之后，就在屋子里安排好了祭坛，让这个患者躺在了坛内，旁边还挖了个大火坑，在上面烧一口大铁锅。这个女巫穿着华丽衣服然后打鼓跳舞，以奏乐请神。不一会就有神来了，在这里观看的人都连连拜谢。这个巫师洒酒以此祈祷："快一点将妖孽叫来！"这样说完，这个巫师就走到了火坑里面坐下，神色自若。又过了好一会，她才拍了拍衣服站了起来，把这个烧热的铁锅戴在头上边打鼓边跳舞，唱完之后才离开这个火坑，之后她坐在了一把椅子上面。呵斥这个患病的人让她把自己捆绑起来，病的人果然就背过手去和被捆住一样。然后又让她自己陈述，刚开始时，病人就只是哭，却不说话，巫师就很生气，然后拿起刀砍她，但刀戛然而过，可是她的身体还和原来一样。病的人才说："我服了！"则又说："我是这淮河里面的一老水獭，由于看见那个女子浣纱喜欢上了她。没想到在这时遇上圣明的巫师，希望您允许我隐藏踪迹。可是我只是心疼挂念她肚子里还未生下来的孩子，若是能够生下来后不杀它们，将它们还给我，这就是我心中的非分之想。"他说完就呜呜哭了起来，而人们都可怜它。她就拿起笔作了首离别诗说："潮来逐潮上，潮落在空滩。有来终有去，情易复情难。断肠腹中子，明月秋江寒。"而那个患病的女子并不识字，但到这时却下笔书写流利，而且词句华丽。没一会儿，患病之人，就昏睡了过去，第二天她才苏醒过来。而这时她说，去浣纱之时，有一个美少年引诱我，这样之后我们就开始相互之间来往，我也不知自己是在干什么。在十个月之后，女子就生下了三只小水獭，本来想杀死了它们。可有人说："那妖魅都尚且守信，我们人难道不讲信用吗，还不如就放了它们吧。"于是那人把三只小水獭送到了湖里面去，有一个大水獭跳跃着迎了上来，背着它的小水獭就沉到水里去了。（出《通幽记》）

赵平原

唐元和初，天水赵平原，汉南有别墅。尝与书生彭城刘简辞、武威段齐真诣无名湖，捕鱼为鲙。须臾，获鱼数十头，内有一白鱼长三尺余，鳞甲如素锦，耀人目精，鬐鬣五色，鲜明可爱。刘与段曰："此鱼状貌异常，不可杀之。"平原曰："子辈迂阔不能食，吾能食之矣！"言未毕，忽见湖中有群小儿，俱著半臂白裤，驰走水上，叫啸来往，略无畏惮。二客益惧，复以白鱼为请，平原不许之，叱庖人曰："速斫鲙来。"逡巡，鲙至。平原及二客食方半，风雷暴作，霆震一声，湖面小儿，脚下生白烟，大风随起。二客觉气候有变，顾望三里内，有一兰若，遂投而去。平原微哂，方复下箸，于时飞沙折木，雨火相杂而下，霆电掣拽，天崩地拆。二客惶骇，相顾失色，谓平原已为齑粉矣。俄顷雨霁，二客奔诣鲙所，见平原坐于地，冥然已无知矣。二客扶翼，呼问之，良久张目曰："大差事，大差事！辛勤食鲙尽，被一青衫人，向吾喉中拔出，掷于湖中。吾腹今甚空乏矣！"其操刀之仆，遂亡失所在，经数月方归。平原诘其由，云："初见青衫人于电火中嗔骂，遂被领将，令负衣襆。行仅十余日，至一处，人物稠广，市肆骈杂。青衣人云：'此是益州。'又行五六日，复至一繁会处，青衫人云：'此是潭州。'其夕，领入旷野中，言曰：'汝随我行已久，得无困苦耶？今与汝别。'因怀中取干脯一挺与某，云：'饥即食之，可达家也。'又曰：'为我申意赵平原，无夭害生命。暴殄天物，神道所恶。再犯之，必无赦矣。'"平原自此终身不钓鱼。（出《博物志》）

赵平原

在唐代元和初年，天水的赵平原于汉南有一座别墅。有次他和彭城的刘简辞、武威的段齐真两个书生到无名湖去抓鱼吃。没一会儿就抓住几十条鱼，其中有条白鱼长三尺多，它的鳞甲和白色的锦缎一样，而且光彩夺目，它的鳍分为五色，鲜明而可爱。刘简辞与段齐真说道：“这一条鱼的样子非常不寻常，请不要去杀死它。”赵平原就说：“你们太过迂腐了，你们不吃它我就吃。”话还未说完，突然看见了湖里面有群小孩，全是穿着露出了半截胳膊与腿的白色衣裤，还在水面上面奔跑，他们来往地叫喊，一点儿也没有害怕的样子。两个客人就更加害怕，替白鱼来说情，赵平原却不答应他们，他呵斥厨师说道：“快做熟了去送来。”没一会儿，做好的鱼儿就送了上来。这赵平原与两个客人刚吃了一半，忽然狂风骤起雷声大作，雷响了第一次，湖面上面奔跑的小孩脚下就生出了白烟，大风也就随着刮了起来。两个客人他们看到气候发生了变化，回头见三里内，有一座寺庙，就跑去了避雨。赵平原就微笑着有一点瞧不起他们，在正要再动筷子去吃鱼之时，沙石都飞起，而且树木折断，大雨雷电交加，好像要天塌地陷。两个客人惊慌失措，相顾失色，就以为赵平原已经变成了粉末。不一会后雨过天晴，这两个客人一起跑到了吃鱼的地方，就看见赵平原坐在了地上，失去知觉。两人扶起他，呼叫他。过了很久后，他睁开眼睛说道：“办了件大错事，办了件大错事！我辛苦把鱼吃光了，但被一穿青衣的人从我喉咙里取出，扔湖里去了。而我的肚子现在仍是空空的！”而他那个拿着刀做菜的仆人，现在也不知哪去了，好几个月才回。赵平原问他的原因，仆人就说：“开始看见一穿青衣的人于电火里面抱怨辱骂我，然后他就命令我背着我的衣服包袱。带我走了十几天，来到了一个地方，人物很多，集市里面摊床一个挨着一个。穿着青衫的人说：‘这是益州。’他们又走了五六天，到了个繁华的城镇，这个穿青衫的人说道：‘这是潭州。’那一天晚上，他就领我来到一片旷野，并且说道：“你跟我已走很长时间，难道自己不觉饥苦劳累吗？我现在就和你分别。接着从怀里面取出了一块干脯给我，而且说：‘你饿了就吃它，就可回家乡。’又说道：‘替我给赵

高昱

元和中，有高昱处士以钓鱼为业。尝舣舟于昭潭，夜仅三更不寐。忽见潭上有三大芙蕖，红芳颇异。有三美女各踞其上，俱衣白，光洁如雪，容华艳媚，莹若神仙，共语曰：“今夕阔水波澄，高天月皎，怡情赏景，堪话幽玄。”其一曰：“旁有小舟，莫听我语否？”又一曰：“纵有，非濯缨之士，不足惮也。”相谓曰：“昭潭无底橘洲浮，信不虚耳。”又曰：“各请言其所好何道。”其次曰：“吾性习释。”其次曰：“吾习道。”其次曰：“吾习儒。”各谈本教道义，理极精微。一曰：“吾昨宵得不祥之梦。”二子曰：“何梦也？”曰：“吾梦子孙仓皇，窟宅流徙，遭人斥逐，举族奔波，是不祥也。”二子曰：“游魂偶然，不足信也。”三子曰：“各筭来晨，得何物食。”久之曰：“从其所好，僧道儒耳。吁！吾适来所论，便成先兆，然未必不为祸也。”言讫，逡巡而没。昱听其语，历历记之。

及旦，果有一僧来渡，至中流而溺。昱大骇曰：“昨宵之言不谬耳！”旋踵，一道士舣舟将济，昱遽止之，道士曰：“君妖也，平原传一句话，叫他不要任意残害生命。祸害自然界鸟兽草木，这是神灵不允许的。如果再犯这样的过错，就一定不会被赦免了？’”赵平原从此以后一辈子不再钓鱼了。（出《博物志》）

高昱

东汉元和年间，有个不愿意做官的人叫作高昱，以钓鱼为生。有天他把鱼船停在了昭潭岸边，到夜里三更天没睡着。突然他看见潭上面有三朵红色大荷花，芳香很奇特。有着三个美女分别盘腿坐在三朵荷花上，三个女人都穿着白色的衣裙，冰清玉洁得像白雪一样，而且容貌艳丽又迷人，神彩晶莹得好似天仙一样，她们就说：“今天晚上水面广阔，风清浪静，天高月明，让人心情愉快，我们欣赏如此美景，现在正适合谈论些幽深玄妙道理。”其中一个女子说：“旁有一条小船，里面的人会不会听到我们的谈话呢？”而另一个女子说道：“即使有人，那也不会是隐居高人，不必去害怕。”接着对另外两个女人说：“昭潭没底那么橘子洲就会浮起来，我信这句话不是虚假的。”又说道：“请每个人说说自己是喜欢什么学说。”然后其中有一女子说：“我的本性是适合学习佛学。”而第一个女子就说：“我学习道教。”然后最后一个女子说：“我学习儒家学说。”于是随后各自谈起本教教义，她们的道理说得是精深微妙。一女子说：“我昨天晚上做了一个不吉祥的梦。”而另两位女子问道：“是什么梦？”她回答说道：“我梦见了子孙们是仓皇失措的，我们住的是洞窟府宅还流离转移，而且受到别人斥责与驱逐，全族人都要被迫奔波和迁移，这是不吉祥的预兆。”另外的两位女子说：“灵魂出游了，偶然见的情景，这不值得去相信。”这三个女子一起说：“我们各自都推算一下，明早，可以吃到什么。”过好大一会，一女子说：“遵从各自的爱好，一个是和尚，一个是道士，一个是儒生罢了。唉！我刚所说的梦，也未必不是灾祸。”她们说完，就全沉没入潭。而高昱听她们说的话，全清清楚楚记住了。

到天亮，果然就有一和尚渡水，船到了中流就被淹死了。高昱很害怕，说到：“昨晚她们说的都不是假话。”紧接着，有一个道士来僧偶然耳。吾赴知者所召，虽死无悔，不可失信。”叱舟人而渡，及中流又溺焉。续有一儒生，挈书囊径渡，昱恳曰：“如前去僧道已没矣！”儒正色而言：“死生命也，今日吾族祥斋，不可亏其吊礼。”将鼓棹，昱挽书生衣袂曰：“臂可断，不可渡。”书生方叫呼于岸侧，忽有物如练，自潭中飞出，绕书生而入。昱与渡人遽前捉其衣襟，漦涎流滑，手不可制。昱长吁曰：“命也！”顷刻而没三子。

而俄有二客乘叶舟而至，一叟一少，昱遂谒叟，问其姓字。叟曰：“余祁阳山唐勾鳖，今适长沙，访张法明威仪。”昱久闻其高道，有神术，礼谒甚谨。俄闻岸侧有数人哭声，乃三溺死者亲属也。叟诘之，昱具述其事，叟怒曰：“焉敢如此害人！”遂开箧，取丹笔篆字，命同舟弟子曰：“为吾持此符入潭，勒其水怪，火急他适！”弟子遂捧符而入，如履平地。循山脚行数百丈，观大穴明莹，如人间之屋室。见三白猪寐于石榻，有小猪数十，方戏于旁。及持符至，三猪忽惊起，化白衣美女，小者亦俱为童女，捧符而泣曰：“不祥之梦果中矣！”曰：“为某启先师，住此多时，宁无爱恋。容三日徙归东海，各以明珠为献。”弟子曰：“吾无所用。”不受而返，具以白叟，叟大怒曰：“汝更为我语此畜生，明晨速离此，不然，当使六丁就穴斩之。”弟子又去，三美女号恸曰：“敬依处分，弟子归。”明晨，有黑气自潭面而出，须臾，烈风迅雷，激浪如山。有三大鱼长数丈，小鱼无数周绕，沿流而去。叟曰：“吾此行甚有所利，不因子，何以去昭潭之害？”遂与昱乘舟东西耳。（出《传奇》）

到停船处要渡水，高昱急忙去制止他，道士说："你是一个妖精，和尚的事是偶然的事情。我要去赶赴有非凡智慧的人的召见，即使死也不会后悔，我不能失信于人。"就呵斥驾船的人快开船，结果道士也到中流被淹死了。后来又有一个读书人，带着一个装书口袋来渡水。高昱就恳切地说："之前来的和尚与道士已淹死了！"读书人却严肃地说道："人生死是命中注定，今日我们的族人要举行丧祭，不可以不去参加这个吊丧的仪式。"他正要划桨，高昱就拉住了书生衣角说："可以砍断我的胳膊，但我不能让你渡水。"而书生正想向岸上叫喊，突然有一个绳子似的东西，从昭潭里面飞出来，缠住了读书人然后拖到水里面去了。高昱与那些准备要渡水的人急忙去上前拉扯住他的衣襟，而上面的黏涎是滑溜溜的，他们没有扯住。这时高昱长叹一声道："这是命中注定。"顷刻之间淹没了三人。

而又过了一会儿有着两个客人坐着小船来了这里，一个老头，一个是少年，然后高昱就上前去拜见老头，问了老头的姓名。老人就说："我是这个祁阳山的唐勾鳖，要准备到长沙，去拜见张法明。"高昱听说过这个老人道行很高深，有着神奇的法术，就对老人很是尊重。过一会儿听到了岸边有几人在哭，这是三个溺水者亲属。老人就问他是怎么一回事，高昱把前面的事详细说了，老人就生气地说："怎敢这样害人！"他然后打开了箱子，拿出了红笔写了道篆字符帖，对同船来的弟子说道："替我拿这道符到潭里面去，勒令那些水里面的怪物，赶快到别处去！"弟子捧着符进水潭，就和走在平地上面一样。顺着山脚走了几百丈，就看见一个大洞穴，里面很明亮，和人间的住房一样。而三只白猪就在石床上睡觉，然后有几十个小猪在旁边玩耍。弟子带符帖来到，这三只白猪突然受惊起身，变成了白衣美女，小猪全变成了小孩，美女就捧着这个符帖哭着说道："不吉祥的梦果然就应验了！"又说："替我们禀告先师，因为我们在这住了很久，怎会没有留恋呢。请允许我们三天内搬回东海，并且各自用明珠作为谢礼。"而弟子说道："这个我没有什么用。"没有接受就返回岸上，回禀了老人，老人生气地说："你去替我告诉这里的几个畜牲，明早快离开这里，要不然的话，我就会派六丁神去到洞里去杀

僧法志

台山僧法志游至淮阴，见一渔者坚礼而命焉。法志随至草庵中，渔者设食甚谨，法志颇怪，因问曰："弟子以渔为业，自是造罪之人，何见僧如此敬礼？"答曰："我昔于会稽山遇云远上人为众讲法，暂曾随喜，得悟圣教。迩来见僧，即欢喜无量。"僧异之，劝令改业，渔者曰："我虽闻善道，而滞于罟网，亦犹和尚为僧，未能以戒律为事。其罪一也，又何疑焉？"僧惭而退，回顾，见渔者化为大鼋，入淮，亦失草庵所在。（出《潇湘录》）

她们。”弟子又一次入潭去，三位美女大声哭着说道：“我们接受处分。”他的弟子回来了。到了第二天早晨，就有黑气从昭潭水面上面冒出，不一会儿，刮起大风，响起雷声，激起像山一样的波浪。出现了三条有着几丈长的大鱼，而且还有无数小鱼围绕在这些大鱼的周围，它们顺着流水就离开了。老人就对高昱说：“我的这次出行很有好处。若不是因为你，我又怎么可以除去昭潭祸害呢？”就与高昱各自坐船分别向东、向西去。（出《传奇》）

僧法志

台山和尚法志出游到淮阴，遇到了一个渔夫礼貌坚持要邀请他去做客。然后法志就跟着他来到了一个草屋之中，他对法志很是尊敬，安排饭菜很是讲究，法志就觉得很奇怪，就问渔夫说道：“你以打渔来作为职业，你本是杀生之人，为何看见和尚如此恭敬呢？”渔夫就回答说道：“我从前于会稽山上面遇见过云远上人给众人讲佛法，也曾经跟着听了一段时间，就领悟到了佛家教义神圣高深。自那以后，我见和尚就高兴到不得了。”法志就觉得更加地奇怪了，他劝渔夫改变职业，渔夫就说：“我虽听到了好道理，却留恋打渔的职业，这也就好比和尚是僧人，但都不可以严格遵守戒律。罪过都是一样的，有什么可以怀疑的呢？”这个和尚就惭愧地走了，回头再看时，就发现渔夫变成了一只大鼋，走进了淮水，而那个草屋也没有了。（出《潇湘录》）

卷第四百七十一　水族八

水族为人

邓元佐

邓元佐者，颍川人也，游学于吴。好寻山水，凡有胜境，无不历览。因谒长城宰，延挹托旧，畅饮而别。将抵姑苏，误入一径，甚崄阻纡曲，凡十数里，莫逢人舍，但见蓬蒿而已。时日色已瞑，元佐引领前望，忽见灯火，意有人家，乃寻而投之。既至，见一蜗舍，惟一女子，可年二十许。元佐乃投之曰："余今晚至长城访别，乘醉而归，误入此道，今已侵夜，更向前道，虑为恶兽所损，幸娘子见容一宵，岂敢忘德？"女曰："大人不在，当奈何？况又家贫，无好茵席祗侍，君子不弃，即闻命矣。"元佐馁，因舍焉。女乃严一土塌，上布软草，坐定，女子设食。元佐馁而食之，极美。女子乃就元佐而寝。元佐至明，忽觉其身卧在田中，傍有一螺，大如升子。元佐思夜来所餐之物，意甚不安，乃呕吐，视之，尽青泥也。元佐叹咤良久，不损其螺。元佐自此栖心于道门，永绝游历耳。（出《集异记》）

水族为人

邓元佐

邓元佐是颍川人，在吴地游学。邓元佐喜欢游山玩水，凡是他所知晓的名胜，没有不前去游览的。有一次邓元佐去拜访长城宰，长城宰宴请了邓元佐并与他叙旧，二人畅饮一番后便告别了。邓元佐将要到达姑苏的时候，不小心走入了一条路，很是惊险崎岖。这条路总共有十几里地，一路上邓元佐没有看到任何一处人家，只是看见了一堆堆的蓬蒿而已。当时天色已经很晚了，邓元佐探头远望，忽然看见了一处光亮，邓元佐心想那里会是一处人家。于是邓元佐顺着光亮前去寻找。走到那里后，邓元佐发现这里原来是一处狭窄的屋子，只有一位女子住在这里，有二十来岁。邓元佐想要在这里借宿于是上前跟那位女子说："我今晚到长城走访亲友，在亲友那里喝醉了回家，但是不小心走到了这个陌生的道路，现在夜已经深了。如果我再往前走的话，害怕会被猛兽袭击。我希望您能收留我一个晚上，您的大恩大德没齿难忘。"那位女子说："我父母没有在家里，这该如何是好呢？况且家里又很贫穷，没有好的地方能供您住下。如果您不嫌弃的话，那我也只能从命了。"邓元佐当时很饿，于是就在这里住了下来。那位女子为邓元佐准备了一个土床，上面铺着软草，邓元佐坐下来后那位女子就拿来了食物。邓元佐狼吞虎咽地吃下食物，邓元佐觉得吃得十分舒服。当晚那位女子就挨着邓元佐身边就寝。第二天，天亮时分，邓元佐觉得自己像是躺在田野之中，邓元佐的身旁有一个大田螺，那个大田螺有装粮食的升子那么大。邓元佐想到昨天

姚 氏

东州静海军姚氏率其徒捕海鱼，以充岁贡。时已将晚，而得鱼殊少，方忧之，忽网中获一人，黑色，举身长毛，拱手而立。问之不应，海师曰："此所谓海人，见必有灾，请杀之，以塞其咎。"姚曰："此神物也，杀之不祥。"乃释而祝之曰："尔能为我致群鱼，以免阙职之罪，信为神矣。"毛人却行水上，数十步而没。明日，鱼乃大获。倍于常岁矣。（出《稽神录》）

宋 氏

江西军吏宋氏尝市木至星子，见水滨人物喧集，乃渔人得一大鼋。鼋见宋屡顾，宋即以钱一千赎之，放于江中。后数年，泊船龙沙，忽有一仆夫至，云元长史奉召。宋恍然，不知何长史也。既往，欻至一府，官出迎。与坐曰："君尚相识耶！"宋思之，实未尝识。又曰："君亦记星子江中放鼋耶？"曰："然，身即鼋也。顷尝有罪，帝命谪为水族，见囚于渔人，微君之惠，已骨朽矣。今已得为九江长，相召者，有以奉报。君儿某者命当溺死，名籍在是。后数日，鸣山神将朝庐山使者，行必以疾风雨，君儿当以此时死。今有一人名姓正同，亦当溺死，但先期岁月间耳。吾取以代之，君儿宜速登岸避匿，不然不免。"宋陈谢而出，不觉已在舟次矣。数晚上吃的东西，觉得十分不安，于是吐了出来。发现吐出来的全是青泥。邓元佐感叹良久，没有破坏那个大田螺。邓元佐从此以后在道门出家，再也不外出交游了。（出《集异记》）

姚氏

东州静海军的姚氏率领着手下去下海捕鱼，用来充当每年贡品。当时天色将晚，但是这天捕捞的鱼特别少，姚氏正担忧的时候，忽然在网中捕捞到了一个人。那个人长得很黑，浑身上下都长有长毛，那人拱手而立。姚氏问那个人，但是那个人没有应答。熟悉海上的人说道："这就是人们所说的海人，看见他一定会有灾殃。请赶快杀了他以免发生灾难。"姚氏说："这一定是海洋里的神仙，杀掉他会很不吉祥。"于是姚氏就把那个人放了而后祈祷说："您若是能帮我召来很多鱼，来弥补我的过失之罪，我就相信您真是神。"那个浑身长有长毛的人于是在水上行走，走了几十步的距离后就消失了。第二天，就捕捞到了很多鱼。捕捞到的鱼比往年多出了一倍。（出《稽神录》）

宋氏

江西军中一位小吏宋氏，曾经有一次去星子买木材，途中在水边看见有很多人喧闹聚集。原来是一位渔人捕捞到了一头大鼋。那个鼋总是回头看宋氏，宋氏就花了一千钱去把那头大鼋买了下来，放回到江中。过了几年后，宋氏在龙沙行船，忽然间有一位仆人赶来，说是奉元长史的命令要召见您。宋氏觉得措手不及，但是他并不知道那位长史是何许人也。宋氏跟随在那仆人后面，不久就来到了一处府第。府上有一位官员出来迎接，那位官员与周氏坐下来后说："您还认识我吗？"宋氏想了很久后，还是没想起眼前这个人是谁。那位官员又说："您还记得在星子江中放生的那头大鼋吗？"宋氏回答说："当然记得。"那位官员接着说："我的真身就是那头大鼋。只因触犯天条被天帝贬为水族。后来被那位渔人捉到。若不是您把我放

日，果有风涛之害，死甚众，宋氏之子竟免。（出《稽神录》）

史氏女

溧水五坛村人史氏女，因莳田倦，偃息树下。见一物，鳞角爪距可畏，来据其上。已而有娠，生一鲤鱼，养于盆中，数日益长，乃置投金濑中。顷之，村人刈草，误断其尾，鱼即奋跃而去，风雨随之，入太湖而止。家亦渐富，其后女卒，每寒食，其鱼辄从群鱼一至墓前。至今，每闰年一至尔。又渔人李黑獭恒张网于江，忽获一婴儿，可长三尺，网为乱涎所萦，浃旬不解。有道士见之曰："可取铁汁灌之。"如其言，遂解。视婴儿，口鼻眉发如画，而无目，口犹有酒气，众惧，复投于江。（出《稽神录》）

了，我早已经成为冢中枯骨了。如今我成为九江的长官，之所以召您前来是想要报答您。您的儿子某某本应该是溺水身亡的，花名册就在这里。几天后鸣山神将会去朝拜庐山使者，那时候有风雨降临。您的儿子在那时候就会去世。如今有一个人和您的孩子同名同姓，这个人也是将要溺水身亡的人，那个人会比您的孩子提前去世。我已经在花名册上把您孩子的名字换成了那个人的名字。赶快让您的孩子上岸藏起来，否则的话难以避免灾祸。”宋氏表达谢意后就告辞了。宋氏不知不觉已经在船上了，几天后江上果然掀起了风涛。在这场灾害中去世的人有很多，宋氏的孩子竟幸免于难。（出《稽神录》）

史氏女

溧水县五坛村的村民史氏女，因为耕种田地太累了，于是她就躺在树下想休息一下。就在休息的时候，史氏女看见了一个东西，那个东西身上的鳞、角、爪，其长度令人十分害怕。那个东西爬到了史氏女的身上，不久史氏女就有了身孕，后来史氏女生下了一条鲤鱼，她就把这条鲤鱼养在了盆里，那条鲤鱼在几天的时间里越长越长，于是史氏女就又把这条鱼放到了金濑河里。不久，有一位村民前来河边割草，不小心割伤了那条鲤鱼的尾巴，于是那条鱼奋力跃起，跃起的同时夹杂着风雨，等到那条鱼游进太湖后，才停止了风雨。史氏女的家里之后逐渐富有了。后来史氏女去世了，每年寒食节的时候，那条史氏女生下的鲤鱼就会跟随一群鱼一同来到史氏女的墓前。直到现在，那群鱼每到闰年都会来一次。还有一位叫李黑獭的渔人在江上撒网，这天忽然捕捞到了一个婴儿，那个婴儿能有三尺多高。渔网被婴儿的唾液缠绕着，十多天也解不开。有一位道士看到这番情景后说：“您可以取来铁水来把这唾液浇下去。”李黑獭按照道士的说法去做，果然解开了渔网。李黑獭去查看那个婴儿时，只见那婴儿的五官头发就像是画上去的一般，但是唯独没有眼睛。婴儿的嘴里散发着酒气，众人见状十分害怕，于是又把婴儿扔进了江中。（出《稽神录》）

渔 人

近有渔人泊舟马当山下，月明风恬，见一大鼋出水，直上山顶，引首四望。顷之，江水中涌出一彩舟，有十余人会饮酒，妓乐陈设甚盛。献酬久之，上流有巨舰来下，橹声振于坐中，彩舟乃没。前之鼋亦下，未及水，忽死于岸侧。意者水神使此鼋为候望，而不知巨舰之来，故殛之。（出《稽神录》）

人化水族

黄氏母

后汉灵帝时，江夏黄氏之母浴而化为鼋，入于深渊，其后时时出见。初浴簪一银钗，及见，犹在其首。（出《神鬼传》）

宋士宗母

魏清河宋士宗母，以黄初中，夏天于浴室里浴，遣家中子女阖户。家人于壁穿中，窥见沐盆水中有一大鼋。遂开户，大小悉入，了不与人相承。尝先著银钗，犹在头上。相与守之啼泣，无可奈何。出外，去甚驶，逐之不可及，便入水。后数日忽还，巡行舍宅如平生，了无所言而去。时人谓士宗应行丧，士宗以母形虽变，而生理尚存，竟不治丧。与江夏黄母相似。（出《续搜神记》）

渔　人

近代时有一位渔人，将船停靠在马当山下的岸边。当天晚上月亮很清朗，风也很温柔。那位渔人看见一只大鼋涌出水面。那位渔人看见那头大鼋从水里出来一直爬到山顶。那头大鼋在山顶上探头四处张望。不一会儿，在江中涌现出一个彩船。彩船上有十多个人一起聚会饮酒，船上的歌伎、音乐、陈设看上去十分盛大。他们在船上饮宴了很长时间。这时候河流的上游有一条大船顺流而下，那条大船摇橹的声音足以撼动宴席之上，接着那条彩船就消失了。然后之前的那头大鼋也下山了，还没回到水里的时候，那头大鼋就突然死在了岸边。渔人推测是水神派这头大鼋到山上瞭望，但是那头大鼋没有及时看到、通报那条大船经过，因而被水神惩罚致死。（出《稽神录》）

人化水族

黄氏母

东汉灵帝时期，有一位江夏人黄氏的母亲在洗澡的时候变成了一只鼋，然后游进了河流深处。从此以后还常常出现在水面。最初，黄氏的母亲在那里洗澡的时候佩戴了一支银钗，等到黄氏母亲的化身浮出水面的时候还佩戴在头上。（出《鬼神传》）

宋士宗母

魏国清河宋士宗的母亲，黄初年间，夏天在浴室里洗澡，她让家里的子女们把门窗都关上。家里人从墙上的缝隙中偷看到了在洗澡的盆中有一头大鼋。于是就打开门，家里的老老少少全走进浴室来观看，但是那头大鼋却一点也没搭理他们。宋士宗的母亲原先进来洗澡的时候佩戴着的银钗依旧戴在那头大鼋的头上。家里人守着那头大鼋哭泣而无可奈何。不一会儿，那头大鼋飞快地爬出家门，家里人去追但是追不上。只能眼睁睁地看着这头大鼋跳进了河中。过了

宣骞母

吴孙皓宝鼎元年，丹阳宣骞之母，年八十，因浴化为鼋。骞兄弟闭户卫之，掘堂内作大坎，实水，其鼋即入坎游戏。经累日，忽延颈外望，伺户小开，便辄自跃，赴于远潭，遂不复见。（出《广古今五行记》）

江州人

晋末，江州人年百余岁，顶上生角，后因入舍前江中，变为鲤鱼，角尚存首。自后时时暂还，容状如平生，与子孙饮，数日辄去。晋末以来，绝不复见。（出《广古今五行记》）

独角

独角者，巴郡人也，年可数百岁，俗失其名，顶上生一角，故谓之独角。或忽去积载，或累旬不语，及有所说，则旨趣精微，咸莫能测焉。所居独以德化，亦颇有训导。一旦与家辞，因入舍前江中，变为鲤鱼，角尚在首。后时时暂还，容状如平生，与子孙饮宴。数日辄去。（出《述异记》）

几天后，这头大鼋又返回家门，像母亲平常那样巡视宅院，但是没有说什么话就离开了。当时的人都劝宋士宗为母亲操办后事，宋士宗认为母亲虽然变成了大鼋，但是她的灵魂还在大鼋身上，最后宋士宗还是没有为母亲操办丧事。这与江夏黄某母亲的故事类似。（出《续搜神记》）

宣骞母

吴国孙皓朝宝鼎元年的时候，丹阳人宣骞八十岁的母亲，有一天在洗澡的时候变成了鼋。宣骞和家里的兄弟就关上家门照护着这头鼋。家里人在堂内挖了一个池塘，接着把池塘里面填满水。池塘修好后那头鼋立刻游入池塘嬉戏玩耍。过了几天后，那头鼋忽然伸着脖子向外面张望，等着家里开门的时候就跳了出去。向着远处的水潭爬了过去，然后再也没有出现过了。（出《广古今五行记》）

江州人

晋朝末年的时候，江州有一位活了一百多岁的人。那人头顶上长了角。后来那个人跑到屋前的江中幻化成了鲤鱼，但角还长在头上。从此以后那个人还经常回来，容貌跟往常一样，与子孙们畅饮几天后然后再离开。晋朝末年以后，就再也没有出现过了。（出《广古今五行记》）

独 角

巴郡有一位叫独角的人，他的年龄有几百岁了。当时的人们都不知道这位独角的真名叫什么，因为他的头顶上长有一个角，所以当时的人们都称他为“独角”。独角有的时候会离开家好几年，有时候又会好几十天不说话，一旦张嘴说话，其中的含义趣味都很精妙，值得玩味，当时的人都不能理解其中的深意。独角在当地推行德化，也会在其中加以训导。一天早晨，独角与家里人告辞，于是跳进家前面的江中，变成了鲤鱼。角还留在鲤鱼的头上。从此以后，独角也会经

薛伟

薛伟者，唐乾元元年，任蜀州青城县主簿，与丞邹滂、尉雷济、裴寮同时。其秋，伟病七日，忽奄然若往者，连呼不应，而心头微暖。家人不忍即敛，环而伺之。经二十日，忽长吁起坐，谓家人曰："吾不知人间几日矣！"曰："二十日矣。"曰："即与我觑群官，方食绘否。言吾已苏矣，甚有奇事，请诸公罢箸来听也。"仆人走视群官，实欲食鲙，遂以告，皆停餐而来。伟曰："诸公敕司户仆张弼求鱼乎？"曰："然。"又问弼曰："鱼人赵幹藏巨鲤，以小者应命，汝于苇间得藏者，携之而来。方入县也，司户吏坐门东，纠曹吏坐门西，方弈棋。入及阶，邹雷方博，裴啖桃实。弼言幹之藏巨鱼也，裴五令鞭之。既付食工王士良者，喜而杀乎？"递相问，诚然。众曰："子何以知之？"曰："向杀之鲤，我也。"众骇曰："愿闻其说。"

曰："吾初疾困，为热所逼，殆不可堪。忽闷忘其疾，恶热求凉，策杖而去，不知其梦也。既出郭，其心欣欣然，若笼禽槛兽之得逸。莫我知也。渐入山，山行益闷，遂下游于江畔。见江潭深净，秋色可爱；轻涟不动，镜涵远虚。忽有思浴意，遂脱衣于岸，跳身便入。自幼狎水，成人以来，绝不复戏，遇此纵适，实契宿

常短暂回家一段时间，样貌与平时一样，每次回来都会与子孙们畅饮几番，住上几天后就又会离开。（出《述异记》）

薛伟

薛伟，在唐朝乾元元年的时候，担任蜀州青城县的主簿。薛伟与县丞邹滂、县尉雷济、裴寮同时在县里任职。这一年秋天，薛伟病了七天，一天，薛伟忽然间气息微弱仿佛要死了，旁边的人连连叫薛伟，薛伟也不应答。但是薛伟的心头还尚有温度，家里人不忍心就这样下葬，都围着薛伟身旁等他醒来。过了二十天，薛伟忽然长舒一口气坐了起来，薛伟对家里的人说："我不知道人间已经过了多少天了。"家里人回答说："已经过了二十天了。"薛伟又说："立即替我去看看各位官员，有没有正在吃鱼鲙？你们就告诉他们我已经醒过来了，有件奇怪的事，请他们暂停宴席听我讲这件事。"仆人立刻跑去找薛伟手下的所有官员，看见他们正要吃鱼鲙，就告诉了他们薛伟苏醒过来的事请，他们都放下碗筷来到薛伟身边。薛伟说："你们命令司户的仆人张弼去找鱼了吗？"那些官员回答说："正是。"薛伟又对张弼说："渔夫赵干把大鲤鱼藏了起来，用小鱼来应付差事，你在苇草丛中找到了藏起来的大鱼，就带着它回来了。你正走进县城的时候，司户的小吏坐在城门的东面，正拉着曹吏坐在门的西边下棋。你回到县衙门走上台阶的时候，看见邹滂、雷济二人正在赌博，裴寮正在吃桃子。你说起赵干藏起大鱼的事，裴寮命令手下去鞭打赵干。你把鱼交给厨工王士良之后，王士良高兴地杀了鱼。"薛伟挨个人询问，事情果然是这样。大家问："你是怎么知道的？"薛伟说："刚杀的鲤鱼，就是我。"大家吃惊地说："请您详细说说。"

薛伟说："我刚得病时，浑身发热，折磨得我实在无法忍受。已经闷得我不行了，这时候我好像忽然忘了自己的病，我贪凉怕热，于是就拄着拐杖离开了家，我当时还不知道这是个梦。走出城以后，心里觉得很舒服，就像笼子里的飞禽和栅栏里的野兽重新获取自由一样，没有人能更比我知道这种感受了。我逐渐向山里走，山路越走越不好走，于是我就走下山到江边游玩。我看见江中又深又净。秋天心。且曰：'人浮不如鱼快也，安得摄鱼而健游乎？'旁有一鱼曰：'顾足下不愿耳。正授亦易，何况求摄？当为足下图之。'决然而去。未顷，有鱼头人长数尺，骑鲵来导，从数十鱼，宣河伯诏曰：'城居水游，浮沉异道，苟非其好，则昧通波。薛主簿意尚浮深，迹思闲旷，乐浩汗之域，放怀清江；厌巘崿之情，投簪幻世。暂从鳞化，非遽成身。可权充东潭赤鲤。呜呼！恃长波而倾舟，得罪于晦；昧纤钩而贪饵，见伤于明。无或失身，以羞其党，尔其勉之。'听而自顾，即已鱼服矣。于是放身而游，意往斯到；波上潭底，莫不从容；三江五湖，腾跃将遍。然配留东潭，每暮必复。

"俄而饥甚，求食不得，循舟而行，忽见赵幹垂钩，其饵芳香，心亦知戒，不觉近口。曰：'我，人也，暂时为鱼，不能求食，乃吞其钩乎。'舍之而去。有顷，饥益甚，思曰：'我是官人，戏而鱼服。纵吞其钩，赵幹岂杀我？固当送我归县耳。'遂吞之。赵幹收纶以出。幹手之将及也，伟连呼之，幹不听，而以绳贯我腮，乃系于苇间。既而张弼来曰：'裴少府买鱼，须大者。'幹曰：'未得大的景色十分喜人，水面上很静，一点波纹也没有，江面如同镜子一样把远处景物和天空都倒映出来。这时候我忽然心生沐浴的想法。于是就把衣服脱在岸边，跳进水里去了。我小时候就喜欢游泳，长大成人以后就再也没有下水游玩嬉戏过。我来到这个自由舒适的环境，实在是契合我的想法。我便说：‘人类游泳实在没有鱼游得快，我如何才能化成鱼身尽情地在河里游玩呢？’我身边有一条鱼说：‘只怕你不愿意，其实让你变成鱼都很容易，更何况想化身成鱼呢？我去帮你办这件事，遂了您的心愿。’说完，那条鱼就很快地离开了。不久，有一位身长好几尺的鱼头人，骑着鲵游过来，另有几十条鱼跟随着那位鱼头人。那位鱼头人宣读河伯的诏书说：‘住在城里的人到水里来游玩，但是城中和水族的道路是不同的。如果不是他自己喜欢这里，那么就一定不会明白潜在水中的方法。薛主簿喜欢到深水里游玩，心里也想过上清闲舒适的日子，向往漫无边际的水中世界。想尽情地在清澈地江里遨游，您讨厌险恶的山上，想要躲避到幻化的世界中去，您想暂时变成鱼类，但不是从此以后完全化为鱼身。那么您可以暂且化作东潭里的红鲤鱼。可惜啊，这条红鲤鱼依仗着凶狠的波涛而撞翻了舟船，所以阴司里犯了过错。这条鱼又因为贪吃，被鱼钩上的鱼饵所诱惑。不久就会被宰割。你不要因为一时的失身，而羞耻在其中，你要尽力去做就好了。’我一边听一边自己的身体就这样逐渐变成了鱼。于是我就随心所欲地到处游玩了，想去哪里就去那里。从水面到河底，没有什么地方是不能轻易到达的。五湖三江，任由我游玩跳跃，直到五湖三江几乎走遍。可是河伯把我分配到东潭，每到晚上一定要游回到东潭去。

一天我觉得非常饿，但是找不到食物。我顺着船游走，忽然看见赵干在垂钩钓鱼，鱼饵的气味很香。我心里也知道要戒备，但身子却不知不觉地靠近了鱼饵。我心想：‘我是人，只是暂时变成了鱼。难道就只是找不到食物就要吃那个鱼钩上的鱼饵吗？’于是我就不顾鱼饵离开了。不一会儿，自己觉得饿得更厉害，我心里想：‘我是个当官的人，因为想在河中游泳而变成鱼，纵使我被钓上岸，赵干也不敢杀我，一定会送我回县里去的！’于是我就下定决心吞下了鱼饵。赵干鱼，有小者十余斤。’弼曰：‘奉命取大鱼，安用小者？’乃自于苇间寻得伟而提之。又谓弼曰：‘我是汝县主簿，化形为鱼游江，何得不拜我？’弼不听，提之而行，骂亦不已，弼终不顾。入县门，见县吏坐者弈棋，皆大声呼之，略无应者，唯笑曰：‘可畏鱼，直三四斤余。’既而入阶，邹雷方博，裴啖桃实，皆喜鱼大。促命付厨。弼言幹之藏巨鱼，以小者应命。裴怒，鞭之。我叫诸公曰：‘我是公同官，而今见杀，竟不相舍，促杀之，仁乎哉？’大叫而泣，三君不顾，而付鲙手，王士良者，方砺刃，喜而投我于几上。我又叫曰：‘王士良，汝是我之常使绘手也，因何杀我？何不执我白于官人？’士良若不闻者，按吾颈于砧上而斩之。彼头适落，此亦醒悟，遂奉召尔。”诸公莫不大惊，心生爱忍。然赵幹之获，张弼之提，县司之弈吏，三君之临阶，王士良之将杀，皆见其口动，实无闻焉。于是三君并投鲙，终身不食。伟自此平愈，后累迁华阳丞，乃卒。（出《续玄怪录》）

收起鱼线，我就露出了河面。赵干的手即将要握住我身子的时候，我连连呼喊他，他没有听到我说的话。反而用绳子穿过我的腮，把我拴在苇草之间。不久张弼来到这里说：‘裴少府要买鱼，需要买大一点的。’张干说：‘还没有钓到大鱼呢，只钓到了十多斤小鱼。’张弼说：‘我受命前来买大鱼，怎么能买小鱼回去呢？’张弼就自己在苇草之间中找到了我变成的那条红色鲤鱼。我对张弼说：‘我是你们县的主簿，只是变成了鱼在水里游玩，你见到我为什么不对我行礼？’张弼也没听我的话，提着我就离开了，他嘴里还不停地骂赵干。张弼始终没有搭理我。我走进县城大门的时候，看见县吏在坐在大门下面下棋，我向他们大声呼喊，但是没有一个人回应我。他们只是笑着说：“这条鱼真大，能足足有三四斤。”张弼不一会儿就走上台阶，邹滂和雷济正在赌博，裴寮在吃桃子。三人都很喜欢这条大鱼，急忙让张弼交给厨师。张弼说起了赵干藏起了这条大鱼，用小鱼应付的事。裴寮很生气，命人用鞭子去打赵干。我对在场的诸位说：‘我是你们的同僚，可是今天就要被你们杀掉，你们竟然不放了我，却催人杀死我，你们心里还有仁爱之情吗？’我哭泣着大叫，你们三位也不看我，反而把我交给厨师王士良。王士良正在磨刀，看见我后高兴地把我放在案板上。我又叫喊着说：‘王士良！你是我手下常用的厨师，你为什么要杀了我？为什么不拿着我去向县令把这件事说明白？’王士良像是没有听见一样。王士良在案板上，按住我的头颈用刀斩开，那边鱼头才掉下来，这边我也就苏醒了，于是才把大家叫来。”薛伟身边的诸位官员没有不大吃一惊的，心里生出了可怜不仁之情。但是赵干钓到薛伟、张弼提着薛伟回来、下棋的县吏见到薛伟以及王士良准备杀掉薛伟，都只是看见鱼的嘴动，的确是没有听见薛伟说话。因此三位同僚一起放下鱼鲙，并且终身再也不吃鱼了。接着薛伟的病也好了，后来薛伟的职务多次得到提升，一直做到华阴县县丞才去世。（出《续玄怪录》）

卷第四百七十二　水族九龟

龟

陶唐氏

陶唐之世，越裳国献千岁神龟，方三尺余，背上有文，皆科斗书，记开辟以来，帝命录之龟历，伏滔述帝功德铭曰："朱书龟历之文。"（出《述异记》）

禹

禹尽力渠沟，导川夷岳，黄龙曳尾于前，玄龟负青泥于后。玄龟，河精之使者也。龟颔下有印文，皆古言，作九州山水之字。禹所穿凿之处，皆以青泥封记其所，使玄龟印其上。今人聚土为界，此之遗像也。（出《王子年拾遗记》）

葛洪

葛洪云："千岁灵龟，五色具焉。其雄，额上两骨起，似角。以未朱浴之，乃剔取其甲，火炙，捣服。方寸七日三，尽一具，寿千

龟

陶唐氏

在远古陶唐的时候，越裳国进贡了一头千岁的神龟。那头神龟三尺多见方。神龟的背面有字，那些字都是蝌蚪文，上面记载的都是开天辟地以来的故事。陶唐令人记录神龟背面上的历法。伏滔记载的陶唐帝功德的铭文上写道："那神龟背面的历法是用红色笔记载的。"（出《述异记》）

禹

大禹治水时尽所能地去挖沟开渠，引导河流，铲平山峰。黄龙拖着尾巴走在前面，玄龟背着青泥走在后面。玄龟，就是河神的使者。玄龟的颔下印有文字，都是远古时候的文字，上面写着的都是九州内山川与河流的名字。大禹每回到疏通的地方都会用玄龟背上的青泥堆砌起来以做记号，让玄龟把颔下的字印在青泥上面。如今的人们堆土用来当作边界，就是由此传下来的习俗。（出《王子年拾遗记》）

葛洪

葛洪说："千年的灵龟，身上会有五种颜色。如果是雄龟的话，他额头上的两骨头会像角一样凸起来。用未朱洗灵龟，把灵龟的龟甲取下来，用火炙烤灵龟甲，之后捣碎后服用。把一块灵龟甲分成方

岁。”（出《抱朴子》）

张广定

陈仲弓《异闻记》曰，张广定遭乱避地，有一女四岁，不能步，又不忍弃之，乃县笼于古冢中，冀他日得收其骨。及三年，归取之，见其尚活。问之，女答曰：“食尽即馁，见其傍有一物，引颈呼吸，效之，故能活。”广定入冢视之，乃一龟也。陈实之言，固不妄矣。（出《独异志》）

赣县吏

晋义熙中，范寅为南康郡。时赣县吏说，先入山采薪，得二龟，皆如二尺盘大。薪未足，遇有两树骈生，吏以龟侧置树间，复行采伐。去龟处稍远，天雨，懒复取。后经十二年，复入山，见先龟，一者甲已枯，一者尚生，极长。树木夹处，可厚四寸许，两头厚尺余，如马鞍状。（出《幽明录》）

郗世了

郗世了在会稽造墓，其地多石，后破大石，得一龟，长尺二寸许，在石中，石了无孔也，得非龟石俱生乎？既破出之，龟行动如常龟无异。石受龟，如人刻安之。（出《灵鬼志》）

寸七分的块，每天吃三块，吃完一整块灵龟甲后就可以活到一千岁。”（出《抱朴子》）

张广定

陈仲弓《异闻记》记载道：张广定为了躲避战乱来到一个地方。张广定有一个四岁的女儿，不能跟着走，但是张广定不忍心抛弃女儿，于是把女儿装进笼子里放在一座古墓中，希望他日回来能收敛女儿的尸骨。过了三年后，张广定回家寻找女儿的尸骨，看到自己的女儿还活着。问女儿其中原因，女儿回答说：“身边食物吃光了就觉得饿了，我看见旁边有一个东西在探出脖子呼吸，我学习那东西的做法才得以活了下来。”张广定走到墓边查看，发现了一只乌龟。陈仲弓说的是实话，其中一点也不假。（出《独异志》）

赣县吏

晋朝义熙年间，范寅担任南康郡的郡守。当时一位赣县的小吏讲了一个故事。之前那个小吏进山砍柴的时候偶然间得到了两只龟。那两只龟都有直径两尺的圆盘那么大。小吏的柴禾还没有砍够，忽然看见有两棵连着生长的树，小吏把那两只龟侧放在两树之间，就接着砍柴禾了。小吏距离龟稍微远了一些，当时天上突然下起了雨，小吏就没有把那两只龟取回来了。过了十二年后，小吏再次走进山里，又看见了之前的那两只乌龟，其中的一只龟甲已经干枯了，另一只乌龟还活着，那只乌龟已经长得很大了。树木夹着那只乌龟的地方大约有四寸厚，两头能有一尺多厚，形状像马鞍一样。（出《幽明录》）

郗世了

郗世了在会稽修建坟墓，修建坟墓的地方有很多石头。郗世了劈开一块大石头，竟然在石头里面发现了一只乌龟，有二寸多长。那只乌龟在石头里面，但是石头一点孔洞也没有，难道是石头和乌龟一起生吗？郗世了劈开石头后，那只乌龟与普通的乌龟没有什么区别。

孟彦晖

武成三年庚午，六月五日癸亥，广汉太守孟彦晖奏，西湖有金龟径寸，游于荷叶之上，画图以上闻。（出《录异记》）

营 陵

道州营陵中鼍，甲长八尺，下自然有文字，前后四足，各踏一龟。踏龟有时行，或逾山越水，俗莫敢犯。（出《录异记》）

兴业寺

九曲灵龟池，在襄阳县东北三里遍学寺东。古城旧有兴业寺，今并入遍学寺。唐景龙元年有陈留阮氏，寓居襄阳，舍财，于此寺东院，创造堂宇。时岁旱池涸，即掘广深之，急暴雨池溢，乃是一大龟，高数尺，如半张床大，岸侧而行。众即惊呼，龟遂跃入池中。寺僧灵岫云，院有折碑，云兴业寺碑。碑文梁散骑常侍庾元威撰，其文可传者云，此寺有灵龟一头，长三尺五寸，冬潜春现，多历年所；随众上堂，应时而食。刺史安陆王照频遇此龟，其坏碑因即扶竖，今在遍学寺东院。阮氏所修寺堂，庭中浮屠前，池见在，深五尺，方二十步。（出《襄沔记》）

石头里面这只乌龟，就好像人把石头刻好了把乌龟放在了里面一样。（出《灵鬼志》）

孟彦晖

武成三年是庚午年，六月五日癸亥这一天，广汉太守孟彦晖上奏，西湖中发现了一个直径一寸多的金龟，那只金龟在荷叶上游走，孟彦晖还画了一幅图一同上奏给皇帝。（出《录异记》）

营陵

道州营陵中有一只鼍，鼍的甲壳能有八尺长。龟壳的下面有自然而成的文字，鼍的前后有四只脚，脚下各踩一只龟。有时候鼍会踩着龟行走，有时候会跋山涉水，常人不敢冒犯。（出《录异记》）

兴业寺

九曲有一个灵龟池，在距离襄阳县东北三里地的遍学寺的东边。古时候城池里原来有一座兴业寺，而今并入了遍学寺。唐朝景龙元年的时候有一位陈留人阮氏客居在襄阳。阮氏散财来做善事，在兴业寺的东院营造房屋。当年碰到大旱，灵龟池里的水都干涸了。于是阮氏就让人把灵龟池挖的再深一点再广一点，突然间就下起了大雨，雨水溢满了灵龟池。寺里的人发现有一头大龟。那头大龟有几尺高，有半张床那么大。那头大龟就在池的岸边行走。众人惊呼，于是那头大龟就跳进了池子里面。寺里的僧人灵岫说："寺院里有一块折断的石碑，说是兴业寺的石碑。碑文是由南梁的散骑常侍庚元威撰写的，上面还可辨认的文字记载说，这座寺庙里有一头有三尺五寸高的灵龟，这头灵龟在冬季藏起来，在春季现身，住在这里很长时间了，这头灵龟能跟随人们走到正堂，能够按时吃饭。刺史安陆人王照常常会遇到这头灵龟，那个断碑因此就被重新竖起来，现在依旧保存在遍学寺的东院。阮氏所修缮的寺庙中堂，在庭中的佛塔前，原来那个灵龟池还在，有五尺深，二十步见方。（出《襄沔记》）

唐太宗

唐武德末，太宗欲平内难，苑池内有白龟，游于荷叶之上。太宗取之，化为白石，莹洁如玉，登极之后，降制曰：“皇天眷祐，锡以宝龟。”（出《录异记》）

刘彦回

唐刘彦回父为湖州刺史，有下寮于银坑得一龟，长一尺，持献刺史。群官毕贺云：“得此龟食，寿一千岁。”使君谢己非其人，故自骑马，送龟即至坑所。其后十余年，刺史亡。彦回为房州司士，将家属之官，属山水泛溢，平地尽没，一家惶惧，不知所适。俄有大龟来引其路，彦回与家人谋曰：“龟乃灵物，今来相导，状若神。”三十余口随龟而行，悉是浅处，历十余里，乃至平地，得免水难，举家惊喜，亦不知其由。至此夕，彦回梦龟云：“己昔在银坑，蒙先使君之惠，故此报恩。”（出《广异记》）

吴兴渔者

唐开元中，吴兴渔者，于苕溪上每见大龟，四足各踏一龟而行。渔者知是灵龟，持石投之，中而获焉。久之，以献州从事裴。裴召龟人，龟人云：“此王者龟，不可以卜小事，所卜之物必死。”裴素狂妄，时庭中有鹊，其雏尚毻，乃验志之，令卜者钻龟焉。数日，大风损鹊巢，鹊雏皆死。寻又命卜其婢所怀娠是儿女，兆云：

唐太宗

唐朝武德末年，唐太宗将要平息内乱的时候，在苑池内出现了一只白龟，在荷叶上游走。唐太宗把那只白龟取下来后，白龟就变成了白色的石头，石头像玉一样晶莹剔透。唐太宗即位后下了一道诏书，内容是："上苍眷顾我，赐给了我这样一个宝龟。"（出《异录记》）

刘彦回

唐朝刘彦回的父亲做湖州刺史的时候，有一位下属在银坑里得到一只乌龟，有一尺多长，那位下属拿着这只乌龟献给了刺史。所有的官吏都来庆贺说："得到这只乌龟把它吃下后就会活到一千岁。"当时，刘彦回的父亲认为自己配不上这样的福分，于是就亲自骑马把这只乌龟送回了发现它的那处银坑。过了十多年后，刘彦回的父亲去世了，当时刘彦回被任命为房州司士，带领着家属赴任。路上正赶上山洪泛滥，平地全被淹没了，张彦回一家人都十分惶恐，不知所措。不久身旁出现了一头大龟前来引路，刘彦回与家人小声嘀咕说："龟是通灵性的动物，如今成为我们的向导，看样子这头龟是神仙啊。"刘彦回一家三十口人跟着那头大龟走，所经过的地方都是水很浅的地方，走了十多里地，一家人就到达了平地，幸免于水灾，全家人十分惊喜，但是不知道其中的缘由。当天晚上，刘彦回梦见了这头大龟，这头大龟在梦中对刘彦回说道："昔日我在银坑的时候，承蒙您父亲的搭救使我幸免于难，所以今天我来报答这份恩情。"（出《广异记》）

吴兴渔者

唐朝开元年间，在吴兴有一位渔人。那位渔人经常会在苕溪上看见一头大龟，四只足各踏一只乌龟行走。渔人知道这头大龟是灵龟，就用石头圈住这头灵龟，然后捕获了它。过了很长时间后，那位渔人就把这头灵龟献给了州中的裴从事。裴从事叫来会识龟的人来询问。识龟的人说："这是王者龟，不可以用它来占卜小事，所占卜的

“当生儿。”儿生，寻亦死。裴后竟进此龟也。（出《广异记》）

唐明皇帝

唐明皇帝尝有方士献一小龟，径寸而金色可爱，云：“此龟神明而不食，可置之枕笥之中，辟巨蛇之毒。”上常贮巾箱中，有小黄门恩渥方深，而坐亲累，将窜南徼，不欲屈法免之，密授此龟曰：“南荒多巨蟒，常以龟置于侧，可以无苦。”阉者拜受之。及象郡之属邑，里市馆舍，悄然无一人，投宿于旅馆。是夜，月明如昼，而有风雨之声，其势渐近。因出此龟，置于阶上，良久，神龟伸颈吐气，其火如綖，直上高三四尺，徐徐散去。已而龟游息如常，向之风雨声，亦已绝矣。及明，驿吏稍稍而至，罗拜庭下曰：“昨知天使将至，合备迎奉，适缘行旅误杀一蛇。众知报冤蛇必此夕为害，侧近居人，皆出三五十里外，避其毒气。某等不敢远出，止在近山岩穴之中，伏而待旦。今则天使无恙，乃神明所祐，非人力也。”久之，行人渐至，云当道有巨蛇十数，皆已糜烂。自此无复报冤之物，人莫测其由。逾年，黄门召归长安，复以金龟进上，泣而谢曰：“不独臣之性命，赖此生全，南方之人，永祛毒类。所全人命，不知纪极。实圣德所及，神龟之力也。”（出《录异记》）

事物一定会死。”裴从事向来狂妄，当时庭院内有一处喜鹊的巢，巢内的喜鹊幼雏还很小，裴从事想验证那位识龟人所说的话是否灵验。于是裴从事让会占卜的人取下龟甲占卜，几天后，刮了一阵大风摧毁了那处喜鹊巢，喜鹊的幼雏都死掉了。不久裴从事又让人占卜他那位侍女怀的是男孩还是女孩。占卜的人说：“侍女当生男孩。”侍女的孩子生出来后，果然是男孩，但不久孩子就夭亡了。裴从事竟然把这个灵龟进献给了皇上。（出《广异记》）

唐明皇帝

唐玄宗在位的时候，曾经有一位术士进献了一只小龟，那只小龟的直径才有一寸长，是金色的看上去十分喜人。进献这只小龟的术士说道：“这是一只带有神气的小龟，它可以一直不进食，您可以把这只小龟放在枕匣之中。用来避开巨蛇之毒。”皇帝常常把这只小龟放在放置头巾的小箱子里面。当时有一位小太监受宠犹深，但是因为亲戚违法了而受连累，小太监将要被流放到南方，但是小太监不想违背法律得到赦免。唐玄宗把这只小龟悄悄赐给那位小太监，唐玄宗说：“荒蛮的南方里有很多大蛇，你可以把这只小龟带在身旁，这样就会免受其害了。”那位小太监跪拜感谢皇帝圣恩，然后接过了那只小龟。等小太监到达象郡属地的时候，当地的馆驿空无一人，小太监只好自己先住在这里。当天晚上的月亮很明亮，把夜晚照的如同白天一样。小太监忽然听见了风雨的声音，而且风雨的声音越来越近。于是小太监把那只小龟拿了出来放在台阶上。过了很长时间，那只小龟伸出脖子吹了一口气，喷出来的火焰如同绸布一样，能蹿上去三四尺高，很久后才散去。之后那只小龟就跟往常一样了，之前风雨的声音也就没有了。等到天亮的时候，馆驿的小吏也逐渐抵达了，纷纷在庭下跪拜说：“昨天才知道您到这里，大家都准备迎接。只是因为在此之前一个旅客误杀一只蛇。大家知道这条被冤杀的蛇晚上一定会为非作歹，所以在馆驿附近的人都跑到三五十里的地方去躲避蛇的毒气了。我们不敢走远，就住在附近山上的洞穴中等到天明。如今我们看到您身无大碍，想必是得到神明的庇护，这不是靠人力能所

宁晋民

唐建中四年，赵州宁晋县沙河北，有大棠梨，百姓常祈祷。忽有群蛇数千，自东南来，渡北岸，集棠梨树下为二积，留南岸者为一积，俄见三龟径寸，才绕行，积蛇尽死。乃各登积，视蛇腹悉有疮，若矢所中。刺史康日知图甘棠梨三龟来献。（出《酉阳杂俎》）

史论

唐史论作将军时，忽觉妻所居房中有光，异之，因与妻索房中，且无所见。一日，妻早妆开奁，奁中忽有金色龟，如钱，吐五色气，弥满一室。后常养之。（原缺出处，明抄本、陈校本作出《酉阳杂俎》）

徐仲

福州，唐贞元末，有村人卖一笼龟，其数十三。贩药人徐仲以五镪获之，村人云："此圣龟，不可杀。"徐置庭中，一龟藉龟而行，八龟为导，悉大六寸。徐遂放于乾元寺后林中，一夕而失。（出办到的。”过了很久，路上逐渐有了行人。行人说：“路上有十几条巨蛇，但是这十几条蛇已经被烧烂了。从此以后就不用担心有蛇来报仇了。”当地的人们都不知道这是因为什么。一年后，小太监被召回长安，小太监又把这只金龟进献给皇上。小太监哭着感谢说：“不单单是我这条性命仰仗着这只金龟，南方的人也永远消除了毒蛇的危害。所保全下来的人命难以计算。一定是您的圣德普及了这里，才会使神龟发力。”（出《异录记》）

宁普民

唐朝建中四年，赵州宁普县的沙河北边，有一棵大棠梨树，百姓常在树下祈祷。这一天忽然树下聚集了几千条蛇，蛇都是从东南方向过来，想要渡到北岸，在大棠梨树下聚集了两堆，留在南岸一堆。不久出现了三只直径有一寸的龟，三只乌龟分别绕着那三堆蛇走了一圈，那三堆蛇就死光了。于是人们各自爬上蛇堆，看到蛇的腹部上都有疮口，像是被弓箭射伤了一样。刺史康日得知这件事后，就捉住了甘棠梨树下的那三只龟进献给了皇上。（出《酉阳杂俎》）

史论

唐朝人史论担任将军的时候，忽然察觉到妻子住的房屋里有光亮，史论觉得很奇怪。于是史论和妻子在房间里搜查，没有搜出来任何东西。一天，史论妻子早晨化妆打开化妆盒的时候，忽然看见化妆盒中有一只金色的乌龟，只有铜钱大小，而且能吐出弥漫整个屋子的五彩气。后来史论夫妻就把这只金色的乌龟饲养下来了。（原缺出处，明抄本、陈校本作出《酉阳杂俎》）

徐仲

唐朝贞元末年的时候，在福州的一个村子里，有一个人在卖一笼子龟。笼子里的龟一共有十三只。卖药的人徐仲用五镮钱把这一笼子龟买了下来。卖龟的村民说：“这是圣龟，不可以杀它。”徐仲把

《酉阳杂俎》）

高崇文

唐赞皇公李德裕曰："蜀传张仪筑成都城，屡有颓坏。时有龟周行旋走，至是一龟行路筑之，既而城果就。予未至郡日，尝闻龟壳犹在城内，昨询访耆旧，有军资库官宇文遇者，言比常在库中。元和初，节度使高崇文知之，命工人截为腰带胯具。"自张仪至崇文千余载，龟壳尚在，而武臣毁之，深可惜也。（出《戎幕闲谈》）

汴河贾客

唐有贾客维舟汴河上，获一巨龟，于灶火中煨之。是夕，忘出之，明日取视，壳已燃矣。拂拭去灰，置于食床上，欲食。良久，伸颈足动，徐行床上，其生如常，众共异之，投于水中，游泳而去。（出《录异记》）

南　人

南人采龟溺，以其性妒而与蛇交。或雌蛇至，有相趁斗噬，力小致毙者。采时，取雄龟置瓷碗及小盘中，于龟后，以镜照之，既见镜中龟，即淫发而失溺。又以纸炷火上熁热，点其尻，亦致失溺，然不及镜照也。得于道士陈钊。又海上人云，龙生三卵，一这一笼子龟放在了庭院内，其中有一只龟的四只脚分别踩着一只龟行走，另外八个龟做向导，这些龟都有六寸大小。徐仲就把这些龟放在了乾元寺后面的树林中，一晚上就都不见了踪影。（出《酉阳杂俎》）

高崇文

唐朝的赞皇公李德裕说：“蜀地传说张仪铸造成都城的时候，城墙时有破坏。当时有一只龟绕着城走了一圈。于是张仪就沿着乌龟的路径建筑城墙。很快城墙就建造完毕了。我还还没到达蜀地的时候，就听说那只龟的龟壳还在城中。昨天我走访城内的老人，其中有一位军资库官叫宇文遇的人说：‘这个龟壳还在仓库里面。’元和初年的时候，节度使高崇文知道这件事后，就命令手下的工人把那个龟壳截成佩戴在腰带上的饰品了。”从张仪到高崇文已经有一千多年了，龟壳在此之前都保存得十分完好，却被武将高崇文毁掉，这的确令人可惜啊。（出《戎幕闲谈》）

汴河贾客

唐朝有一位商人在汴河上停船，其间捕获了一头大龟。那位商人把这只大龟放在锅中去烧煨。当天晚上，商人忘了把那头大龟从锅中拿了出来，第二天，发现龟壳已经烧焦了。那位商人把龟壳上面的焦灰擦掉，然后把这头大龟放在餐桌上，想要把这头大龟吃掉。过了很长时间，那头大龟伸出脖子动了动脚，慢慢在餐桌上像往常一样爬行，在场的人都感到很奇怪，接着那头大龟就跳进水里游着离开了。（出《录异记》）

南　人

南方人采集龟尿，因为乌龟生性嫉妒而又与蛇相配。有时候雌蛇来到后，会趁机撕咬争斗，力气小的蛇甚至会被咬死。南人采集龟尿的时候，会把雄龟放在瓷碗或者小盘子中。在雄龟的背后会用镜子照它，雄龟看见镜子里的自己后会发情然后尿出来。或者用纸在为吉吊也。其吉吊上岸与鹿交，或于水边遗精，流槎遇之，粘裹木枝，如蒲桃焉。色微青黄，复似灰色，号紫稍花，益阳道，别有方说。（出《北梦琐言》）

阎居敬

新安人阎居敬，所居为山水所浸，恐屋坏，移榻于户外而寝。梦一乌人曰："君避水在此，我亦避水至此，于君何害？而迫迮我如是，不快甚矣。"居敬寤，不测其故。尔夕三梦，居敬曰："岂吾不当止此耶？"因命移床，乃床脚斜压一龟于户限外，放之乃去。（出《稽神录》）

池州民

池州民杨氏以卖鲜为业，尝烹鲤鱼十头，令儿守之。将熟，忽闻釜中乞命者数四，儿惊惧，走告其亲。共往视之，釜中无复一鱼，求之不得。期年，所畜犬恒窥户限下而吠，数日，其家人曰："去年鲤鱼，得非在此耶？"即撤户视之，得龟十头，送之水中，家亦无恙。（出《稽神录》）

蜡烛灼热，然后去灼烧雄龟的屁股也会使雄龟失禁然后尿了出来，然而这种方法不如用镜子去照雄龟。这个办法是从道士陈钊那里知道的。常在海上的人说："龙会产下三个卵，其中一个叫吉吊。吉吊上岸后会与鹿交配，或者吉吊会在水边遗精。流经的木板碰到吉吊的精液后，木板上会粘连上树枝，会让木板看起来像蒲桃一样。吉吊的精液颜色略微有一点青黄，又看起来像灰色，被称为紫稍花。紫稍花有利于壮阳，据说还有别的作用。(出《北梦琐言》)

阎居敬

新安人阎居敬的房子被山洪淹了。阎居敬害怕自己的房屋毁坏，所以把床搬到了外面就寝。当晚阎居敬梦到一个龟人对自己说："您在这里躲避水灾，我也在这里躲避水灾，我对您有什么危害呢？您却如此地迫害我，您让我觉得非常不舒服。"阎居敬醒来后，但不知道其中这是为什么。这天晚上阎居敬做了三次这样的梦。阎居敬说："难道说我不应该住在这里吗？"于是阎居敬让人把床榻移开，才发现原来是在冲着门槛的床脚处斜着压着一只乌龟。于是阎居敬就把这只乌龟放走了。(出《稽神录》)

池州民

池州的一位百姓杨氏靠卖用鱼做的酱为生。有一回杨氏烹调了十条鲤鱼，让自己的儿子看着。鱼快要熟的时候，忽然听见锅里喊了几声救命，杨氏的儿子非常害怕，急忙跑去告诉自己的父亲。杨氏和儿子一同前去查看，发现锅里面竟然没有一条鱼，在周边找也没找到。过了一年后，杨氏家里养的狗总是冲着门槛下叫，几天后他的家里人说："去年烹调的鲤鱼莫非在这里吗？"于是杨氏拆下门查看，发现了十只龟，杨氏把这十只龟送回了水里面，家里面也就平安无事了。(出《稽神录》)

李宗

李宗为楚州刺史，郡中有尼方行于市，忽据地而坐，不可推挽，不食不语者累日。所由司以告宗，命武士扶起，掘其地，得大龟长数尺，送之水中，其尼乃愈。（出《稽神录》）

李宗

李宗担任楚州刺史的时候，郡里有一位尼姑在街市上行走。忽然，那位尼姑席地而坐，谁也推不动拽不动，好几天都没有吃饭、说话。部下把这件事报告给了李宗，李宗让侍卫把那位尼姑扶起来，发掘地下，发现了一头几尺长的大龟，将其送回水里，那位尼姑就痊愈了。（出《稽神录》）

卷第四百七十三　昆虫一

蜮　射

《玄中记》："蜮以气射人，去人三十步，即射中其影。中人，死十六七。"《纪年》云："晋献公二年春，周惠王居于郑，郑人入王府取玉马，玉化为蜮，以射人也。"（出《感应经》）

化　蝉

齐王后怨王怒死，尸化为蝉，遂登庭树，嘒唳而鸣。后王悔恨，闻蝉鸣，即悲叹。（出崔豹《古今注》）

揖怒蛙

越王勾践既为吴辱，常尽礼接士，思以平吴。一日出游，见蛙怒，勾践揖之，左右曰："王揖怒蛙何也？"答曰："蛙如是怒，何敢不揖？"于是勇士闻之，皆归越，而平吴。（出《越绝书》）

怪　哉

汉武帝幸甘泉，驰道中有虫，赤色，头、牙、齿、耳、鼻尽具，观者莫识。帝乃使东方朔视之，还对曰："此虫名怪哉，昔时拘系

蜮射

《玄中记》记载："蜮用气息射伤人，距离人三十步就能射中人的影子。如果能射中人，死的人能有十有六七。"又据《纪年》记载："晋献公二年春天的时候，周惠王住在郑国，郑国人去王府牵玉马，玉马化成了蜮就开始用气射人了。"（出《感应经》）

化蝉

齐王王后因为怨恨君王而被气死了。王后的尸体化为了蝉爬到庭院的树上，"嘒嘒"地鸣叫。齐王十分悔恨，每次听到蝉鸣，都悲叹不已。（出《古今注》）

揖怒蛙

越王勾践被吴国俘虏后，经常尽自己最大礼节去招待士人。勾践一心想着平吴的大业。一天勾践出去交游的时候，看见了一只生气的青蛙。勾践向那只生气的青蛙施礼，勾践的仆人见此情景说："大王您为什么要向一只生气的青蛙施礼呢？"勾践回答说："青蛙这样愤怒，我怎么敢不施礼呢？"后来勇士们听说这件事后都回到了越国，之后就灭掉了吴国。（出《越绝书》）

怪哉

汉武帝前往甘泉巡视，在路上看见了一只红色的虫子，那只虫子头、牙齿、耳朵、鼻子都具备。见到的人都不知道这个虫子叫什么名无辜，众庶愁怨，咸仰首叹曰：怪哉怪哉。盖感动上天，愤所生也，故名怪哉。此地必秦之狱处。”即按地图，信如其言。上又曰：“何以去虫？”朔曰：“凡忧者，得酒而解，以酒灌之当消。”于是使人取虫置酒中，须臾糜散。（出《小说》）

小 虫

汉光武建武六年，山阳有小虫皆类人形，甚众。明日，皆悬于树枝死。（出《广古今五行记》）

蒋 虫

蒋子文者，广阳人也。嗜酒好色，挑达无度。每自言：“我死当为神也。”汉末，为秣陵尉，逐贼至山下，被贼击伤额，因解印绶缚之，有顷而卒。及吴先主之初，其故吏见子文于路间，乘白马，执白羽扇，侍从如平生。见者惊走，子文追之，谓曰：“我当为此地神，福尔下民。可宣告百姓，为我立祠，不尔，将有大咎。”是岁夏，大疾疫，百姓辄恐动，颇窃祀之者。未几，乃下巫祝曰：“吾将大启福孙氏，官宜为我立祠，不尔，将使虫入人耳为灾也。”俄而果有虫虻，入人耳即死，医所不治，百姓愈恐。孙主尚未之信，既而又下巫祝曰：“若不祀我，将以大火为灾。”是岁，火灾大发百数，火渐延及公宫，孙主患之，时议者以神有所归，乃不为厉，宜告飨之。于是使使者封子文为中都侯，其子绪为长水校尉，皆加印字。于是汉武帝叫来东方朔查看这个虫子。东方朔看完虫子后回答汉武帝说："这个虫子名字叫作'怪哉'，当时的皇帝经常捉捕无辜的百姓，百姓们怨声载道。大家仰头长叹说：'怪哉怪哉。'这大概是感动了上天，把百姓的幽愤化成了这只虫子。所以这个虫子被叫作'怪哉'。这个地方必定是秦朝监狱的旧址。"汉武帝拿来地图查看，果然和东方朔所说的一样。汉武帝又问："如何才能消灭掉这只虫子呢？"东方朔回答说："凡是忧愁的人，都需要用酒来消愁。您让人用酒去浇这只虫子，想必这只虫子就会被消灭了。"于是汉武帝令人取来酒，然后把这只虫子泡进了酒里面，不久这只虫子就在酒里面融化掉了。（出《小说》）

小虫

汉光武帝建武六年的时候，山阳出现了一种小虫，都像人的样子，数量非常多。第二天，小虫全部吊在树枝上死了。（出《广古今五行记》）

蒋虫

蒋子文是广阳人。蒋子文贪酒好色，放荡无度。每回喝醉都会自言自语道："我死后会成为神的。"东汉末年出任秣陵尉的时候，有一次蒋子文追击贼寇到山下，但是不小心被贼寇击伤了前额，于是蒋子文解下官印的纽带然后包扎伤口，但是过了一会儿蒋子文还是去世了。孙权刚刚掌权的时候，曾经的手下看见蒋子文手拿白羽扇，骑着白马走在路上，蒋子文手下也与往常一样。见到这番情形的那位手下急忙跑走，但是蒋子文追了上来对那位手下说："我是当地的神仙，是为了造福这里的百姓。你需要告诉这里的百姓，让他们为我建造祠堂，否则就会有大的灾难降临。"这年夏天，当地发生了大规模的瘟疫，百姓十分惶恐，就去偷偷祭祀蒋子文。不久当地的巫师就来为蒋子文传话说："我将会为孙氏一族祈福，希望官家能为我建造祠堂，否则我就会让虫子入侵这里。"一会儿，果然出现了虫子，

绶，为立祠宇以表其灵，今建康东北蒋山是也。自是疾厉皆息，百姓遂大事之，《幽明录》亦载焉。（出《搜神记》）

园客

园客者，济阴人也，姿貌好而良，邑人多愿以女妻之，终不娶。常种五色香草，积数十年，服其实。一旦有五色蛾止其旁，客收而荐之。至蚕时，有女夜半至，自称客妻，道蚕之状。客与俱蚕，得百二十头茧，皆如瓮。缫一头，六十日乃尽。讫则俱去，莫知所如。济阴人设祠祀焉。（出《列仙传》）

乌衣人

吴富阳县有董昭之者，曾乘船过钱塘江。江中见一蚁著一短芦，遑遽畏死，因以绳系芦著舡。船至岸，蚁得出。其夜，梦一乌衣人谢云："仆是蚁中之王也，感君见济之恩，君后有急难，当相告语。"历十余年，时所在劫盗，昭之被横录为劫主，系余姚。昭那虫子只要钻到人的耳朵里，那个人就会当场死亡，就连医生也无法医救，百姓见此情形就更加慌乱了。当时孙权还没有太在意，之后蒋子文又托巫师传话说：“如果再不祭祀我，我将会发动火灾。”这一年，各地发生了一百多起大火灾，火势逐渐逼近孙权的宫殿。孙权担心会危害到自己。当时有议论的臣僚认为如果神灵有所归属的话，就不会兴起祸乱了，您最好祭祀告慰神灵。于是孙权派使者加封蒋子文为中都侯，蒋子文的儿子蒋绪被封为长水校尉。孙权都赐予了他们印绶，并且为蒋子文建造了祠堂以告慰神灵。如今建康东北面的蒋山就是当年祠堂的旧址。从此以后当地的灾祸就平息了，于是当地百姓就更加敬奉蒋子文了。（出《搜神记》）

园客

园客是济阴人。园客长得很好而且为人善良。同城的人都想把自己的女儿嫁给他，但是园客始终没有结婚。园客经常在家里种一种五彩的香草，种了有几十年，一直服用在五彩的香草上结下来的果实。一天早上有一只五彩蛾落在了园客的身旁。园客就把这只五彩蛾收留了下来，然后把它放在了一个草席上面。等到那个五彩蛾的卵将要孵化出蚕的时候，有一位女子半夜来到了园客身边，自称是园客的妻子，讲解了如何养殖蚕。园客就和那位女子一同培育蚕。后来两个人培育了一百二十多只蚕茧，大小如同瓮一样。如果要抽一只蚕茧的丝的话需要六十天才能抽完。二人培育完蚕后就离开了这里，人们后来也不知道他们去了哪里。于是济阴的百姓就设立祠堂用来纪念园客夫妻。（出《列仙传》）

乌衣人

吴地富阳县有一位叫董昭之的人，曾经有一次乘船经过钱塘江。董昭之看见江中有一只蚂蚁依附在一根短小的芦苇上，那蚂蚁惊慌失措害怕死在江上。于是董昭之把芦苇系在船上，等到船靠岸后，蚂蚁也就顺势爬到了岸上。当天晚上，董昭之梦见了一位乌衣人向之忽思蚁王之梦。结念之际，同被禁者问之，昭之具以实告，其人曰："但取三两蚁著掌中语之。"昭之如其言，夜果梦乌衣云："可急投余杭山中。天下既乱，赦令不久也。"既寤，蚁啮械已尽，因得出狱，过江，投余杭山。旋遇赦，遂得无他。（出《齐谐记》）

朱诞给使

淮南内史朱诞字永长，吴孙皓世，为建安太守。诞给使妻有鬼病，其夫疑之为奸。后出行，密穿壁窥之，正见妻在机中织，遥瞻桑树上，向之言笑。给使仰视，树上有年少人，可十四五，衣青衿袖，青幧头。给使以为信人也，张弩射之，化为鸣蝉，其大如箕，翔然飞去。妻亦应声惊曰："噫！人射汝！"给使怪其故。役久时，给使见二小儿在陌上共语，曰："何以不复见汝？"其一即树上小儿也，答曰："前不谨，为人所射，病疮积时。"彼儿曰："今何如？"曰："赖朱府君梁上膏以傅之，得愈。"给使白诞曰："人盗君膏药，颇知之否？"诞曰："吾膏久致梁上，人安得盗之？"给使曰："不然，府君视之。"诞殊不信，为试视之，封题如故。诞曰："小人故妄作，膏自如故。"给使曰："试开之。"则膏去半焉，所掊刮见有趾迹。诞自惊，乃详问之，给使具道其本末。（出《搜神记》）

他致谢说："我是蚂蚁中的王，感谢您的救命之恩。如果您遇到紧急的灾难的话，我会第一时间来告诉您的。"过了十多年后，董昭之居住的地方闹强盗，董昭之被污蔑为强盗的首领，被关押在余姚县。董昭之忽然想起了蚁王所托的梦。董昭之正想这件事的时候，旁边一位被关押在一起的那个人问董昭之因为什么被关押在这里。董昭之把事情原委跟那个人讲了一遍。那个人说："您只需要捉住两三只蚂蚁放在手掌中，把这件事对它们讲一遍就可以了。"董昭之按照那个人所说的去做，当天晚上果然梦到了那位乌衣人，那位乌衣人托梦说："你可以立即逃往余杭山中。天下已经乱了，赦令不久就会下达的。"说完后，董昭之就醒来了，发现蚂蚁已经把他身上的镣铐咬断了。董昭之得以逃出监狱，渡过长江，前往余杭山中。不久就听到了大赦天下的消息，于是董昭之就得以幸免了。（出《齐谐记》）

朱诞给使

有一位淮南内史叫朱诞，字永长。在吴国孙皓的时候，朱诞被任命为建安太守。朱诞手下一位给事的妻子有一种怪病，但是她的丈夫怀疑其中有奸情。后来有一天，给事外出的时候在墙外悄悄凿开一个逢向里面观瞧，正好看见自己的妻子在织机上织布，遥望着一棵桑树并且畅言欢笑。给事也抬头看，发现桑树上有一位身穿青衣，青布包头十四五岁的少年。最开始给事认为那个少年是人，接着就拉开弩箭去射那位少年。少年就化为了鸣蝉，有簸箕那么大，接着就翩翩飞走了。给事的妻子也惊呼："呀！有人射你！"给事奇怪妻子这么做的原因。给事出门办事过了很长时间，一天，给事看见有两个年轻人在街上说话："为什么不再去见她？"其中一位就是在树上的那位年轻人，他答到："之前大意了，被人射伤了，创伤已经有很长时间了。"另一位少年说："如今怎么样了？"之前在树上的那位少年说："幸亏涂抹了朱诞府梁上的药膏，我才得以痊愈。"给事对朱诞说："有人偷了您的药膏，您知道这件事吗？"朱诞说："我把药膏放在房梁上很长时间了，怎么会有人去偷盗呢？"给事说："如果您不相信的话，请您去亲自验看。"朱诞不是很相信这件事，于是从房梁上

葛辉夫

晋乌伤葛辉夫，义熙中，在妇家宿，三更，有两人把火至阶前。疑是凶人，往打之，欲下杖，悉变成蝴蝶，缤纷飞散。有冲辉夫腋下，便倒地，少时死。（出《搜神记》）

蝘 蜓

《博物志》："蝘蜓以器养之，食以朱砂，体尽赤，称满七斤，治捣万杵，以点女子肢体，终不灭。"淮南万毕术云："取守宫，新合阴阳，以牝牡各藏之瓮中。阴干百日，以点女臂，则生文章，与男子合，辄灭去也。"（出《感应经》）

肉 芝

肉芝者，谓万岁蟾蜍，头上有角，领下有丹书八字再重。以五月五日中时取之，阴干百日，以其足画地，即为流水。带其左手于身，辟五兵。若敌人射己者，弓弩矢皆反还自向也。（出《抱朴子》）

取下药膏查看，发现包装完好无损。朱诞说：“真是小人故弄玄虚，这药膏还是原来的样子。”给事说：“请您打开查看。”朱诞打开包装查看，发现其中的药膏已经用过一半了。看见药膏上面有触角的痕迹。朱诞十分惊讶，于是详细地询问这其中是什么原因。给事把之前的事情详细地对朱诞讲了一遍。（出《搜神记》）

葛辉夫

晋朝乌伤人葛辉夫，在义熙年间有一次住在了娘家。三更天的时候，有两个人举着火把来到了门前。葛辉夫怀疑这两个人是坏人，想要走出外面打那两个人，刚要落棒子的时候，那两个人就全变成了蝴蝶纷纷飞走了。其中有一只蝴蝶飞到了葛辉夫的腋下，就落地而亡了。（出《搜神记》）

蝘蜓

《博物志》记载：“壁虎用器物养起来后，喂它朱砂后壁虎的身体就会变成红色。如此壁虎的体重到达七斤后，把壁虎捣上一万次后，用捣出的粉末点缀女子的肢体后，颜色附着在身上就永远不会褪色。”淮南人万毕术说：“捉一对刚交配完的壁虎，然后把公母分别装在一个罐子里。阴干一百天后，用捣烂的粉末点在女子的胳膊上就会长出花纹。但是女子与男子进行过房事后身上点缀的花纹就会消失。（出《感应经》）

肉芝

肉芝就是人们所说的万岁蟾蜍。肉芝的头上有角，脖子上有用红笔写的重复的“八”字。在五月初五那天捉住肉芝后，晾干一百天后用肉芝的脚在地上作画，肉芝的脚就会化成了水。把肉芝的左手带在身上能躲避五种兵器，如果敌人向自己射箭，射出来的箭就会反射回去。（出《抱朴子》）

千岁蝙蝠

千岁蝙蝠，色如白雪，集则倒悬，脑重故也。此物得而阴干，末服之，令人寿四万岁。（出《抱朴子》）

蝇触帐

晋明帝常欲肆胜，秘而不泄，乃屏曲室，去左右，下帷草诏。有大苍蝇触帐而入，萃于笔端，须臾亡出，帝异焉。令人看蝇所集处，辄传有赦，喧然已遍矣。（出《异苑》）

苍梧虫

《博物志》云："苍梧人卒，便有飞虫，大如麦，有甲，或一石余，或三五斗，而来食之，如风雨之至，斯须而尽。人以为患，不可除。唯畏梓木，自后因以梓木为棺，更不复来。"（出《博物志》）

蚱蜢

徐邈，晋孝武帝时，为中书侍郎。在省直，左右人恒觉邈独在帐内，以与人共语。有旧门生，一夕伺之，无所见。天时微有光，始开窗户，瞥观一物，从屏风里飞出，直入前铁镬中。仍逐视之，无余物，唯见镬中聚菖蒲根下，有大青蚱蜢，虽疑此为魅，而古来未闻，但摘除其两翼。至夜，遂入邈梦云："为君门生所困，往来道绝，相去虽近，有若山河。"邈得梦，甚凄惨。门生知其意，乃微发

千岁蝙蝠

千年蝙蝠，如同雪一样白。聚集的时候就会倒悬着，大概是因为脑袋重的原因。得到这种蝙蝠阴干后，捣成粉服用，会让人活到四万岁。（出《抱朴子》）

蝇触帐

晋明帝常常想宽赦有罪过的人，但是又想秘而不宣。于是就前往被遮挡住看起来很隐秘的小屋子里。晋明帝屏避左右，放下帷幔起草诏书。此时正好有一只大苍蝇飞进帷幔里，落在了笔尖上。不一会儿那只大苍蝇又飞走了。晋明帝感到非常奇怪，于是命人看苍蝇在哪里落脚。苍蝇落脚的地方就立即传出将有赦令，没过多长时间就传遍了。（出《异苑》）

苍梧虫

《博物志》上记载："苍梧人去世后就会有飞虫飞过来，大小如同大麦一样，虫子上面长着甲壳。有时会聚集一石多，有时会聚集三五斗，来蚕食去世的人的尸体。那些虫子如同狂风暴雨一般不久就能把人的尸体啃食干净。当时的百姓都认为这是祸患，但是无法根除这些虫子。那些虫子非常怕梓木，从此当地人就用梓木作为棺材，那些虫子就没有再出现过。（出《博物志》）

蚱蜢

徐邈在晋孝武帝的时候担任中书侍郎。徐邈在衙署值班的时候，徐邈的手下都以为徐邈一个人在帐内，但是听见了徐邈和人说话的声音。这一天有一位曾经是徐邈的门生进帐侍奉徐邈，但是这位门生在帐内并没有看见任何东西。当时天边微微有亮光，才开门开窗的时候。忽然侧眼看到有一个东西从屏风里飞了出来，一直飞到前面的铁锅里。徐邈的门生就追过去查看，发现锅里没有什么东西，只看见锅里的菖蒲下面有一个很大的青色蚱蜢。徐邈的门生虽然怀其端。邈初时疑不即道，语之曰："我始来直者，便见一青衣女子从前度，犹作两髻，姿色甚美。聊试挑谑，即来就己，且爱之，仍溺情。亦不知其从何而至此。"兼告梦。门生因具以状白，亦不复追杀蚱蜢。（出《续异记》）

施子然

晋义熙中，零陵施子然虽出自单门，而神情辨悟。家大作田，至棱时，作蜗牛庐于田侧守视，恒宿在中。其夜，独自未眠之顷，见一丈夫来，长短是中形人，著黄练单衣袷，直造席。捧手与子然语，子然问其姓名，即答云："仆姓卢名钩，家在粽溪边，临水。"复经半旬中，其作人掘田塍西沟边蚁垤，忽见大坎，满中蝼蛄，将近斗许。而有数头极壮，一个弥大。子然自是始悟曰："近日客卢钩，反音则蝼蛄也；家在粽溪，即西坎也。"悉灌以沸汤，于是遂绝。（出《续异记》）

疑这个蚱蜢是妖怪，但是从古至今没有听说过这种妖怪。徐邈的门生于是就折下了蚱蜢的两个翅膀。到了晚上，那只青色蚱蜢就托梦给徐邈说："我被您的门生困住了，我通向您的路已经被阻绝了。虽然说我与您的距离很近，但是像是被山河阻隔了一样。"徐邈醒来后觉得做的这个梦十分凄惨。徐邈的门生明白徐邈在想什么，于是就稍微提醒了一下徐邈。徐邈最开始还没有反应过来，说道："我最开始到衙署值班的时候，就看见到过一位身穿青色衣服的女子在门前踱步。那女子扎了两个发髻，长得十分漂亮。于是我就用言语挑逗她，那位女子就坐到了我的身边，之后我就爱上了她，沉浸在爱情之中了。但是我也不知道她是怎么来到这里的。"然后徐邈又告诉了门生做的这个梦。门生于是就把事情的原委告诉了徐邈，徐邈的门生后来也没有把蚱蜢杀掉。（出《续异记》）

施子然

晋朝义熙年间零陵有一个人叫施子然。施子然虽然出身寒门，但是他的头脑十分机敏。农忙的时候，施子然就到自家的田地里去，在农田旁边搭了一个小屋子以便晚上住在这里来看护农田。当天晚上，施子然独自一人住在这个小屋子里面，还没有睡着的时候，看见一位男子向他走来，那位男子中等身材，穿着黄布单衣，径直走向施子然的床席。那个男子捧着施子然的手跟他说话，施子然问这位男子叫什么，那位男子当即回答说："我叫卢钩，我的家住在粽溪旁边，面临着水。"过了五天后，当地耕作的人发掘了一个在西沟边上的蚂蚁穴上的土堆，忽然挖出来一个大洞，洞里面全是蚂蚁，里面的蚂蚁能有一斗多。而有几只蚂蚁很强壮，其中有一只个头特别大。施子然这才反应过来说："前几天来的那位客人叫卢钩，反切过来读就是蝼蛄啊！也就是蚂蚁啊！家住在粽溪，就是西沟边上的土堆啊。"于是施子然就往洞穴里浇满了开水，从此以后这里的蚂蚁就绝迹了。（出《续异急》）

庞企

晋庐陵太守庞企自云，其祖坐系狱，忽见蝼蛄行其左右，因谓曰："尔有神，能活我死否？"因投食与之，蝼蛄食饭尽而去。有顷复来，形体稍大，意异之，复投食与之。数日间，其大如豚，及将刑之夜，蝼蛄夜掘壁为大穴，破械，得从之出亡。后遇赦免，故企世祀蝼蛄焉。（出《搜神记》）

蟾蜍

晋孝武太元八年，义兴人周客有一女年十八九，端丽洁白，尤辨惠，性嗜脍，啖之恒苦不足。有许纂者，小好学，聘之为妻。到婿家，食脍如故，家为之贫。于是门内博议，恐此妇非人，命归家。乘车至桥南，见罟家取鱼作鲊著案上，可有十许斛。便于车中下一千钱，以与鱼主，令捣齑。乃下车，熟食五斗，生食五斗。当啖五斛许，便极闷卧。须臾，据地大吐水，忽有一蟾蜍，从吐而出。遂绝不复啖，病亦愈。时天下大兵。（出《广古今五行记》）

庞企

晋朝的庐陵太守庞企提到过自己的祖父因为受牵连而被捕入狱。庞企的祖父在监狱中忽然看见了蝼蛄围绕在他的身旁，于是对蝼蛄说：“你要是神仙的话，能救我命吗？”于是庞企的祖父就把食物投给蝼蛄，身旁的蝼蛄吃完后就离开了。不一会儿又来了一群蝼蛄，这回来的蝼蛄体形稍微比刚才的蝼蛄大。庞企感到十分奇怪，之后又把食物投给了这群蝼蛄。几天内，庞企投喂的蝼蛄已经有小猪崽那么大了，等到了第二天快要行刑的晚上。蝼蛄在庞企住的这间牢房的墙上挖出了一个大洞，蝼蛄又帮庞企咬破了镣铐，庞企因此得以逃出了监狱。后来正逢大赦天下得到赦免，所以庞企家中世世代代都祭祀蝼蛄。（出《搜神记》）

蟾蜍

晋孝武帝太元八年的时候，有一位义兴人叫周客，他的女儿有十八九岁了，长得端庄秀丽，皮肤洁白，而且十分聪敏贤惠。周客的女儿很喜欢吃生鱼片，常常因为吃生鱼片吃不满足而苦恼。有一位叫许纂的人，从小就喜欢读书，想要下聘礼娶周客的女儿做妻子。周客的女儿嫁过去后，还是像往常一样喜欢吃鱼脍，许家也因此被吃穷了。于是许纂家里人就私下议论，怕娶过门的媳妇不是人，于是就决定把周客的女儿送回娘家。送周客女儿的轿辇来到桥南边的时候，周客的女儿看见有一位渔夫在案板上用鱼做鱼酱。所准备的鱼大概有十多斛。于是周客的女儿就从车中拿来一千钱给那位渔夫，吩咐渔夫把鱼捣成泥。渔夫做好后，周客的女儿走下车，熟吃了五斗鱼，生吃了五斗鱼，快要吃到五斛多的时候，突然觉得身子发闷，倒在了地上。不一会儿，周客的女儿在地上吐了很多水，忽然吐出了一只蟾蜍。从此以后周客的女儿就再也不吃生鱼片了，病也好了。当时天下大动兵戈。（出《广古今五行记》）

蝇赦

前秦苻坚欲放赦。与王猛、苻融，密议甘露堂，悉屏左右。坚亲为赦文，有一大苍蝇集于笔端，听而复出。俄而长安街巷，人相告曰：“官今大赦。”有司以闻。坚惊曰：“禁中无耳属之理，事何从泄也？”敕穷之。咸曰：“有小人衣青，大呼于市曰：‘官今大赦。’须臾不见。”叹曰：“其向苍蝇也。”（出《广古今五行记》）

发妖

晋安帝义熙年，琅邪费县王家恒失物，谓是人偷，每以扃钥为意，而零落不已。见宅后篱一孔穿，可容人臂，滑泽，试作绳罝，施于穴口。夜中闻有摆扑声，往掩得大发，长三尺许，而变为蟮。从此无虑。（出《广古今五行记》）

桓谦

桓谦，字敬祖。太元中，忽有人皆长寸余，悉被铠持槊，乘具装马，从堗中出。精光耀日，游走宅上，数百为群。部阵指麾，更相撞刺，马既轻快，人亦便能。缘几登灶，寻饮食之所。或有切肉，辄来丛聚，力所能胜者，以槊刺取，径入穴中，寂不复出，出还入穴。蒋山道士朱应子令作沸汤，浇所入处。因掘之，有斛许大蚁死在穴中。谦后诛灭。（出《异苑》）

蝇赦

前秦的苻坚想要大赦天下。苻坚就与王猛、苻融一起在甘露堂秘密地商量这件事情，把左右随从全都屏退下去了。苻坚亲自起草大赦的命令，忽然有一个苍蝇飞到了笔尖，这只苍蝇听见苻坚他们议论后就飞了出去。不久在长安的街巷中，人们奔走相告说：“朝廷如今要大赦天下了。”相关部门得知后，就把这件事报告给了朝廷。苻坚惊讶地说：“朝廷中没有其他人知道这件事，那么大赦的事情是怎么被泄露出去的呢？”苻坚于是下令彻查此事。城里的人都说：“有一位穿青色衣服的小孩在市场上大声喊说：‘朝廷如今要大赦天下了。’但是没多久那个穿青色衣服的小孩就消失不见了。”苻坚感叹说：“这原来是那只飞进甘露堂里的苍蝇。（出《广古今五行记》）

发妖

晋安帝义熙年间，在琅琊费县有一户王家经常丢东西。王家人以为是有人行窃，每次给门上锁都会格外留意。然而家中还是不停地丢东西。王家人在自家宅院后面的篱笆上看见了一个贯穿的孔，那个孔的大小足够让胳膊伸进去，孔内十分平滑。王家人在穿孔处用绳子布置了一个陷阱。王家人在晚上听见了有东西扑腾的声音，前去查看，发现陷阱里面竟然是一根大概三尺长的头发。不久那根头发变成了一只蚯蚓，从此以后王家再也没有丢过东西。（出《广古今五行记》）

桓谦

桓谦字敬祖。太元年间，忽然出现了一些身高一寸多的人，这些人都身披铠甲手持长槊，骑着披戴马具的战马，从洞穴中走出来。浑身的铠甲在太阳下反射得十分耀眼，他们行走在宅子上。几百人为一群，布阵指挥，相互冲杀。他们骑的马非常轻快，人也行走的便捷。他们沿着桌子腿登上灶台，寻找吃饭的地方。有人切肉的时候，他们就聚集在一起，遇到能搬动的肉就用槊扎上取走，直接回到洞

青蜓

司马彪《庄子注》，言童子埋青蜓之头，不食而舞曰，此将为珠，人笑之。《博物志》云，埋青蜓头于西向户下，则化成青色之珠。（出《感应经》）

朱诞

宋初，淮南郡有物取人头髻。太守朱诞曰：“吾知之矣。”多买藕以涂壁。夕有一蝙蝠大如鸡，集其上，不得去，杀之乃绝。观之，钩帘下已有数百人头髻。（出《幽明录》）

白蚓

刘德愿兄子，太宰从事中郎道存，景和元年，忽有白蚓数十登其斋前砌上，通身白色，人所未尝见也。蚓并张口吐舌，大赤色。其年八月，与德愿并诛。（出《述异记》）

王双

孟州王双，宋文帝元嘉初，忽不欲见明。常取水沃地，以菰蒋覆上，眠息饮食，悉入其中。云，恒有女，著青裙白帬，来就其寝。每听闻荐下，历历有声。发之，见一青色白颈蚯蚓，长二尺许。

穴里，之后他们就再也不出来了，即便出来也是很快就回去了。蒋山有一位道士叫朱应子让人烧开水，然后用开水去浇他们的洞穴。把洞穴挖开后，发现有接近一斛多的大蚂蚁死在了洞穴中。桓谦随后就被诛杀了。（出《异苑》）

青蜓

司马彪的《庄子注》中记载：“有一个小孩把青蜓的头埋在了土里面后，也不吃饭，手舞足蹈地说：‘这会变成珍珠。’人们都笑话这个小孩。”《博物志》中记载：“把青蜓的头埋在朝西的门下，青蜓的头就会变成青色的珍珠。”（出《感应经》）

朱诞

南朝刘宋初年的时候，淮南郡出现了一种生物专门取人的发髻。淮南的太守朱诞说：“我知道这个生物。”朱诞吩咐手下多买一些树胶涂在墙壁上。到了晚上有一只像鸡一样大的蝙蝠飞到了墙上，被粘在墙上没有办法飞走。朱诞就让人杀了这只蝙蝠以绝后患。朱诞上前检查，发现钩帘下竟然有几百个人的发髻。（出《幽明录》）

白蚓

刘德愿兄长的儿子是当时的太宰从事中郎刘道存。景和元年的时候，忽然有几十条白色的蚯蚓爬到刘道存斋前的台阶上。这种蚯蚓浑身都是白色，当时的人们都没有见到过。这种蚯蚓张嘴吐出的舌头是深红色。这一年八月，刘德愿与刘道存一同被诛杀。（出《述异记》）

王双

孟州有一位叫王双的人，在南朝宋文帝元嘉初年的时候忽然有一天不想再看见光。王双经常取水泼在地上，接着再用菰叶当作席子铺在上面，王双就在这上面饮食休息。王双说：“经常有一位穿着

云，此女常以一奁香见遗，气甚精芬。奁乃螺壳，香则菖蒲根。于时咸以双暂同阜螽矣。（出《异苑》）

青色的裙子戴着白色丝巾的女子陪我就寝。”后来，有人常听见王双的菰叶席下面有明显的响动。人们扒开王双的菰叶席，发现有一只两尺长的蚯蚓。王双还说：“那位女子经常给我一个香奁，香奁的味道十分芳香。”后来，人们发现香奁原来是螺壳，香奁里面的香料是菖蒲根。当时知道这件事的人都以为王双与蝗虫的幼虫共住了一段时间。（出《异苑》）

卷第四百七十四 昆虫二

胡 充

宋豫章胡充，元嘉五年秋夕，有大蜈蚣长二尺，落充妇与妹前，令婢挟掷。婢裁出户，忽睹一姥，衣服臭败，两目无精。到六年三月，阖门时患，死亡相继。（出《异苑》）

卢 汾

《妖异记》曰：夏阳卢汾字士济，幼而好学，昼夜不倦。后魏庄帝永安二年七月二十日，将赴洛，友人宴于斋中。夜阑月出之后，忽闻厅前槐树空中，有语笑之音，并丝竹之韵。数友人咸闻，讶之。俄见女子衣青黑衣，出槐中，谓汾曰："此地非郎君所诣，奈何相造也？"汾曰："吾适宴罢，友人闻此音乐之韵，故来请见。"女子笑曰："郎君真姓卢耳。"乃入穴中。俄有微风动林，汾叹讶之，有如昏昧。及举目，见宫宇豁开，门户迥然。有一女子衣青衣，出户谓汾曰："娘子命郎君及诸郎相见。"汾以三友俱入，见数十人各年二十余，立于大屋之中，其额号曰"审雨堂"。汾与三友历阶而上，与紫衣妇人相见。谓汾曰："适会同宫诸女，歌宴之次，闻诸郎降重，不敢拒，因此请见。"紫衣者乃命汾等就宴。后有衣白者、青黄者，皆年二十余，自堂东西阁出，约七八人，悉妖艳绝世。相揖之后，欢宴未深，极有美情。忽闻大风至，审雨堂梁倾折，一时奔散。汾与三友俱走，乃醒。既见庭中古槐，风折大

胡充

南朝宋时，有一位豫章人叫胡充。元嘉五年秋天的一天晚上，有一只二尺长的大蜈蚣，落在了胡充妻子和妹妹的面前。二人命令侍女把蜈蚣扔出去。侍女提着蜈蚣刚出去，忽然看见了一位老妇人。老妇人身上的衣服十分破旧，身上也散发着臭味，两只眼睛毫无精神。直到元嘉六年三月的时候，胡充满门都染上了疾病，相继而亡。（出《异苑》）

卢汾

《妖异记》中记载："夏阳有一位叫卢汾的人，字士济，小的时候聪明好学，白天到晚上都手不释卷。后魏庄帝永安二年七月二十日的时候，卢汾将要奔赴洛阳。友人在斋中设宴为卢汾饯别。晚上月亮出来后，忽然听见厅堂前的槐树空中有欢声笑语的声音，其中还夹杂着丝竹乐器的声音。卢汾的几个朋友都听见了，都很惊讶这是怎么回事？不久就看见了一位穿着青黑色衣服的女子从槐树中走出来说：'这个地方并不是您应该到访之处，您为什么会来到这里呢？'卢汾解释说：'我们刚吃完饭，我的朋友听到这里有丝竹音乐的声音，所以我来这里拜访您。"那位女子笑着说："您莫非姓卢吗？"于是那位女子走入了洞穴之中。没过多久，有一阵微风吹动森林，卢汾一行人感到十分惊讶，转眼间卢汾等人就什么都看不见了。等到卢汾一行人能睁眼看见的时候，眼前突然出现了一座盛大的宫殿，宫殿的门户很盛大。有一位穿着青色衣服的女子出门对卢汾说："我家娘子请您和您的几位朋友进门相见。"卢汾和三位朋友一同走入了这座宫殿之中。其间看到几十位有二十多岁的人站在一间大屋子里面。堂屋枝，连根而堕。因把火照所折之处，一大蚁穴，三四蝼蛄，一二蚯蚓，俱死于穴中。汾谓三友曰："异哉，物皆有灵，况吾徒适与同宴，不知何缘而入。"于是及晓，因伐此树，更无他异。（出《穷神秘苑》）

来君绰

隋炀帝征辽，十二军尽没。总管来护坐法受戮，炀帝尽欲诛其诸子。君绰忧惧，连日与秀才罗巡、罗逖、李万进，结为奔友，共亡命至海州。夜黑迷路，路傍有灯火，因与共顿之。扣门数下，有一苍头迎拜。君绰因问："此是谁家？"答曰："科斗郎君姓威，即当府秀才也。"遂启门，门又自闭。敲中门曰："蜗儿今有四五个客。"蜗儿耶，又一苍头也。遂开门，秉烛引客，就馆客位，床榻茵褥甚备。俄有一小童持烛自中出门，曰："六郎子出来。"君绰等降阶见主人。主人辞彩朗然，文辩纷错，自通姓名曰："威污蠖。"叙寒温讫，揖客由阼阶，坐曰："污蠖忝以本州乡赋，得与足下同声。青霄良会，殊是忻愿。"即命酒洽坐，渐至酣畅，谈谑交至，众所的牌匾上写着“审雨堂”。卢汾与几位朋友迎台阶而上，与一位身穿紫色衣服的女子相见了。那位女子对卢汾说：“刚才和宫里其他几位女子一同宴会，在宴会期间听说您们驾临此地，我等不敢不迎接，于是把您们请在这里相会。那位紫衣女子于是请卢汾一行人坐下参加宴会。紫衣女子身后走出了白衣女子、青黄衣女子，她们年龄都在二十岁左右，这些女子都是从堂屋东西两阁走出来的。一共走出来了七八位妖艳绝世的女子。诸位施礼相见后就继续饮宴了。还未等饮宴畅快之时，两方的人都萌生出了爱意。就在这时，忽然间刮了一阵大风，把审雨堂的房梁吹折了，宴席中的人们四下逃散。卢汾与三位朋友也逃走了，之后就醒来了。醒来后发现庭院中老槐树上的大枝吹折了，老槐树也被连根吹起。卢汾等人取来火把检查槐树折断的地方，发现下面有一个很大的蚂蚁穴，蚂蚁穴里面有三四只蝼蛄、一两只蚯蚓，它们都死在了蚂蚁穴之中。卢汾对那三位朋友说：‘真奇怪啊，万物有灵。何况我和你们饮宴，却不知道如何进入老槐树下的蚂蚁穴这件事。’等到了白天后，卢汾几人把这棵老槐树砍掉后就再也没有出现过什么异常的事情了。”（出《穷神秘苑》）

来君绰

隋炀帝征辽的时候，十二支部队全军覆没。总帅来护按照军法被处以极刑。隋炀帝要把来护的儿子也全部处死。来君绰十分害怕，连日与秀才罗巡、罗逖、李万进搭伙，一同逃亡到海州。天黑的时候迷路了。来君绰看见路边有一处人家亮着灯火。于是一行人一同走到那户人家门前，之后敲了几下门。从屋里走出来一位仆人参拜迎接。来君绰于是询问这户人家主人是谁。那位仆人回答说：“科斗郎君姓威，也就是府上的那位秀才。”于是那位仆人打开了门把来君绰一行人迎了进来，不久门又自己关上了。那位仆人敲中门说：“蜗儿，现在来了四五位客人。”蜗儿是另外一位仆人。蜗儿于是打开了门，拿着蜡烛把客人接了进来。蜗儿把来君绰一行人接到客人住的地方，住的地方中床榻被褥都是具备的。不久有一位小书童拿着蜡烛从中门走了进来，小书童说：“六郎子驾到了。”来君绰一行人都走下不能对。

君绰颇不能平，欲以理挫之，无计。因举觞曰："君绰请起一令，以坐中姓名双声者，犯罚如律。"君绰曰："威污蠖。"实讥其姓。众皆抚手大笑，以为得言。及至污蠖，改令曰："以坐中人姓为歌声，自二字至三字。"令曰："罗李，罗来李。"众皆惭其辩捷。罗巡又问："君风雅之士，足得自比云龙，何玉名之自贬耶？"污蠖曰："仆久从宾兴，多为主司见屈，以仆后于群士，何异尺蠖于污池乎？"巡又问："公华宗，氏族何为不载？"污蠖曰："我本田氏，出于齐威王，亦犹桓丁之类，何足下之不学耶？"

既而蜗儿举方丈盘至，珍羞水陆，充溢其间。君绰及仆，无不饱饫。夜阁彻烛，连榻而寝。迟明叙别，恨怅俱不自胜。君绰等行数里，犹念污蠖。复来，见昨所会之处，了无人居。唯污池边有大蟥，长数尺，又有蛓螺丁子，皆大常有数倍。方知污蠖及二竖，皆此物也。遂共恶昨宵所食，各吐出青泥及污水数升。（出《玄怪录》）

台阶迎接主人。威六郎的文采斐然，应答自如。来君绰一行人与威六郎互通姓名后，威六郎说："我叫威污蠖。"几人寒暄一番后，互相在台阶上施礼。几人入座后，威六郎说："我本人忝列本州的秀才之列，侥幸能与你们攀谈。在这个美好的晚上相会，这也的确是幸事了。"于是威六郎命人摆下酒宴，酒喝得尽兴之时，坐上的诸位也相谈甚欢甚至互相开起了玩笑。但是威六郎在此期间出了一道题，在座的都不能回答上来。

来君绰不甘心，想要以道理扳回一城，但是没有办法。来君绰趁机举杯说："我想起一个酒令，酒令必须用在座诸位的姓名，而且声母必须相同，否则就算出律就要受到惩罚。"接着来君绰就说出了第一个酒令："威污蠖。"来君绰是在讥笑威六郎的名字，在座的诸位抚掌大笑，认为这算扳回一城了。等到酒令行到威污蠖的时候，来君绰就改了酒令说："您需要用在座诸位的姓唱歌，要从两个字唱成三个字。来君绰唱道："罗李，罗来李。"在座的诸位看到威六郎回答得十分机敏，都感到十分惭愧。罗巡问威六郎说："您是风雅之士，完全可以用'云龙'二字装点自己的名字，何必取如今这个名字来自我贬低呢？"威污蠖解释道："我之前屈身于宾兴，常遭到长官不公平的对待，常常把我排在众多门客的后面。这与尺蠖栖息在很脏的池塘有什么区别呢？"罗巡又问道："您在显赫的门庭下，您的家族为什么不帮扶你一把呢？"威污蠖说："我本来出身田氏，是齐威王的后代。就像齐桓公的后代姓桓一样，您为什么这么无知呢？"

之后蜗儿端上来一个直径有一丈的盘子，盘子中山珍海味一应俱全，把盘子装满了。来君绰一行人饱餐了一顿。到了晚上，来君绰一行人住在一起。等到第二天很晚后来君绰一行人才与威六郎告别，离别之情怅惘不已。来君绰一行人走了几里地后，还是很想念威污蠖，于是又回到威府上道别。来到昨晚的住处后，众人发现这里竟然毫无人烟，只有一个脏水池。脏水池旁边有一只几尺长的大蚂蟥，还有几个幼毛虫和幼田螺，这些虫子都大于平常的虫子好几倍。这时候来君绰一行人才明白昨天见到的威污蠖和两个仆人都是脏水池里的虫子变成的。来君绰一行人就觉得昨天吃的东西很恶心，

传病

隋炀帝大业末年，洛阳人家中有传尸病，兄弟数人，相继亡殁。后有一人死，气犹未绝，家人并哭。其弟忽见物自死人口中出，跃入其口，自此即病，岁余遂卒。临终，谓其妻曰："吾疾乃所见物为之害。吾气绝之后，便可开我脑喉，视有何物，欲知其根本。"言终而死。弟子依命开视，脑中得一物，形如鱼，而并有两头，遍体悉有肉鳞。弟子致钵中，跳跃不止。试以诸味致中，虽不见食，悉须臾皆成水，诸毒药因皆随销化。时夏中蓝熟，寺众如水次作靛青。一人往，因以小靛致钵中，此物即遽奔驰。须臾间，便化为水。传靛以疗噎。（出《广古今五行记》）

滕庭俊

文明元年，毗陵滕庭俊患热病积年。每发，身如火烧，数日方定。名医不能治。后之洛调选，行至荥水西十四五里，天向暮，未达前所，遂投一道傍庄家。主人暂出，未至。庭俊心无聊赖，因叹息曰："为客多苦辛，日暮无主人。"即有老父，鬓发疏秃，衣服亦弊，自堂西出。拜曰："老父虽无所解，而性好文章。适不知郎君来，止与和且耶连句次。闻郎君吟'为客多苦辛，日暮无主人'，

分别吐出来几升青泥和污水。（出《玄怪录》）

传 病

隋炀帝大业末年的时候。洛阳城中有一户人家染上了一种通过尸体传染的疾病。家中的几位兄弟都相继去世。后来又有一个人要死了，还没有完全咽气，家里人抱头痛哭。死者的弟弟忽然看见有一个东西从死人的嘴里爬了出来，跳进了死者的弟弟嘴里。从此之后，那位死者的弟弟就染上了病，一年多后就去世了。那位死者的弟弟临终前对他的妻子说："我的病是我看见了从我哥哥嘴里爬出来的那个东西才致使我染上了这个的。我死之后，你可以砍开我的脑袋，看看里面究竟有什么东西，要弄清楚那个东西到底是什么？"说完后就死了。他的弟子，遵从他的意愿打开了他的脑袋，在他的脑袋中看到了一个像鱼似的生物，这个生物在首尾各有一头，浑身上下长有肉做的鳞甲。他的弟子把这个生物放在了钵中，那个生物还不停地跳跃。他的弟子接着把各种食物投进这个钵里，虽然没看见那个生物去吃，但是没过多久，投进去的东西就全化成了水，就连诸如毒药这类的东西，也都被化成了水。当时已经是盛夏了，蓝草已经成熟了，寺庙里的众多僧人打水把蓝草炼成靛青。家中有一个人正好去庙里，然后取来一小块靛青放在了钵里。那个生物当即在钵中迅疾地奔跑起来，不一会儿就化成了水。于是当时的人就相传靛青能治好噎病。（出《广古今五行记》）

滕庭俊

文明元年的时候，毗陵人滕庭俊持续发烧好多年了。每回发烧的时候，滕庭俊的身上如同火烧火燎一样，这种情况好几天后才能好转。当时有名的医生都治不好滕庭俊的病。后来滕庭俊去洛阳参加调选，走到距离荥水西边十四五里的时候，当时已经傍晚了，但是滕庭俊还是没有到达前面的驿站。于是滕庭俊就去道旁一处庄稼人投宿。但是那家的主人正好暂时外出，还没有回来。滕庭俊顿时觉虽曹丕门客，子常畏人，不能过也。老父与和且耶，同作浑家门客，虽贫亦有斗酒，接郎君清话耳。”庭俊甚异之，问曰：“老父住止何所？”老父怒曰：“仆忝浑家扫门之客，姓麻名来和，行一，君何不呼为麻大？”庭俊即谢不敏，与之偕行。绕堂西隅，遇见二门，门启，华堂复阁甚奇秀。馆中有樽酒盘核，麻大揖让庭俊同坐。

良久，中门又有一客出，麻大曰：“和至矣。”即降阶揖让坐。且耶谓麻大曰：“适与君欲连句，君诗题成未？”麻大乃书题目曰：“《同在浑家平原门馆连句》一首，予已为四句矣。”麻大诗曰：“自与浑家邻，馨香遂满身。无心好清静，人用去灰尘。仆作四句成矣。”且耶曰：“仆是七言，韵又不同，如何？”麻大曰：“但自为一章，亦不恶。”且耶良久吟曰：“冬朝每去依烟火，春至还归养子孙。曾向苻王笔端坐，尔来求食浑家门。”庭俊犹不悟，见门馆华盛，因有淹留歇为之计。诗曰：“田文称好客，凡养几多人。如欠冯谖在，今希厕下宾。”且耶、麻大，相顾笑曰：“何得相讥？向使君在浑家门，一日当厌饫矣。”于是餐膳肴馔，引满数十巡。主人至，觅庭俊不见，使人叫唤之，庭俊应曰唯。而馆宇并麻和二人，一时不见，乃坐厕屋下，傍有大苍蝇秃扫帚而已。庭俊先有热疾，自此已后顿愈，更不复发矣。（出《玄怪录》）

得很无聊，于是叹息地吟诵道："为客多苦辛，日暮无主人。"当即有一位头发已经略微疏散光秃，衣着破旧的老人从西堂走了出来。那位老人拜见滕庭俊说："我虽然无法猜测您这句诗背后的含义，但是我平生喜好文章。刚才不知道您驾到，我正与和且耶联句作诗的时候，忽然听到您吟诵了一句：'为客多苦辛，日暮无主人。'这就算是当年曹丕的那句'客子常畏人'也比不上啊。我与和且耶在浑家一同作宾客。虽然我们都很贫困，但还是有一些酒的，足够与您一起清谈了。"滕庭俊感到十分奇怪，于是问这位老人说："老人家，您住在哪里啊？"老人生气地说："鄙人只是忝列在浑家做一个不起眼的门客罢了，我姓麻名字叫来和，在家族中排行老大，你为什么如此客气？不直接就叫我麻大呢？"滕庭俊婉言谢绝了，与那位老人同行。绕道堂屋的西边后，看见了两扇门。走进两扇门后，滕庭俊看到堂屋里十分华丽，屋子里装修得十分精美奇妙。屋子里已经备好了美酒佳肴。麻大请滕庭俊一同坐下来。

过了一会儿，从中门又走出来一个人，麻大说："和且耶来了。"于是走下台阶揖让入座。和且耶对麻大说："刚才与您联句，但是您还没有起标题呢。"于是麻大写下了《同在浑家平原门馆连句》一首的标题，麻大已经写了四句了。麻大的诗是："自与浑家邻，馨香遂满身。无心好清静，人用去灰尘。"作完诗后，麻大说："我的四句诗写完了。"和且耶说："我写的是一首七言诗，只是和您用的不是一个韵，可以吗？"麻大说："只要自己写一首就好了，没有关系的。"和且耶沉吟良久道："冬朝每去依烟火，春至还归养子孙。曾向苻王笔端坐，尔来求食浑家门。"滕庭俊还没明白过来这是怎么回事。滕庭俊看见这里的装修很奢华于是就想在这里住下休息。滕庭俊也作了一首诗道："田文称好客，凡养几多人。如欠冯谖在，今希厕下宾。"和且耶与麻大相视而笑说："您为何讥讽我们？假如您在浑家门下做一天宾客，就会吃腻各种美食了。"于是上来了珍馐美味，痛饮了几十杯。主人回来后，麻大与和且耶就找不到滕庭俊了，二人派人去寻找滕庭俊。但是只听见了滕庭俊应答的声音。顿时那个堂屋与麻大、和且耶二人就都消失不见了。滕庭俊此时却发现自己坐在了厕所

张思恭

唐天后中，尚食奉御张思恭进牛窟利上蚰蜒，大如箸，天后以玉合贮之。召思恭示曰："昨窟利上有此，极是毒物。近有鸡食乌百足虫忽死，开腹，中有蚰蜒一抄，诸虫并尽，此物不化。朕昨日以来，意恶不能食。"思恭顿首请死，敕免之，与宰夫并流岭南。（出《朝野佥载》）

蝗

唐开元四年，河南北螽为灾，飞则翳日，大如指，食苗草树叶，连根并尽。敕差使与州县相知驱逐，采得一石者，与一石粟，一斗，粟亦如之。掘坑埋却，埋一石则十石生，卵大如黍米，厚半寸，盖地。浮休子曰："昔文武圣皇帝时，绕京城蝗大起，帝令取而观之，对仗选一大者，祝之曰：'朕政刑乖僻，仁信未孚，当食我心，无害苗稼。'遂吞之。须臾，有乌如鹳，百万为群，拾蝗一日而尽。此乃精感所致。天若偶然，则如勿生，天若为厉，埋之滋甚。当明德慎罚，以答天谴，奈何不见福修以禳灾，而欲逞杀以消祸。此宰相姚文崇失燮理之道矣。"（出《朝野佥载》）

的屋檐下面。旁边只有一只苍蝇和一个快要掉光毛的扫帚而已。滕庭俊先前总发烧的毛病从此之后就痊愈了，更没有复发。（出《玄怪录》）

张思恭

唐天后年间，尚食奉御张思恭向皇帝进贡了一条牛窟利上的蚰蜒，那个蚰蜒有筷子那么长，武则天用玉盒子把这个蚰蜒装了起来。之后武则天召见张思恭说："昨天窟利上有这个生物，这个生物有剧毒。最近宫里有一只鸡吃了黑色的白足虫后忽然死掉了，剖开鸡的肚子查看，发现其中只有一条蚰蜒，其他虫子都在鸡的胃里消化了，唯有这只蚰蜒没有被消化。我从昨天起，一想到这件事就觉得恶心，甚至吃不进去饭。"张思恭磕头请求处以自己死刑，武则天赦免了他，只是把张思恭与宰夫一起被流放到岭南。（出《朝野佥载》）

蝗

唐朝开元四年的时候，河南北部螽斯虫造成糟害，飞起来的时候能把太阳遮蔽起来，有手指头那么大。它们以禾苗、草木为食物，甚至能把植物的根啃食干净。皇帝派钦差通知州县的官员驱赶。能抓到一石的，就给他一石小米，能捉到一斗的，就给他一斗小米。挖好坑把这些虫子埋在土里，埋下一石就能生出十石。虫卵像小米这么大，有半寸厚，数量多到能把地面覆盖上。浮休子说："昔日唐太宗皇帝在世时，京城周边生了蝗灾。唐太宗令人拿来蝗虫查看。对比着在其中选了一个大蝗虫然后对它祈祷说：'是我的施政刑罚不当，仁信也未遍布推广。请您啃食我的心，不要再伤害百姓的庄稼了。'转眼间，出现了一群有上百万只鹳鸟那么大的乌鸦，一天之内就把蝗虫吃干净了。这大概是太宗虔诚的心感应了上天。上天如果是平常的时候，就不会降生这种灾祸；如果上天想要降罪的话，就会滋生这样的祸患。这时候就应该推行德化，审慎使用刑罚，以回应天谴。为什么不行善事用来避免灾祸，反而想用杀生的办法去消灭蝗灾。这就是宰相姚崇违背天理了。（出《朝野佥载》）

冷蛇

申王有肉疾，腹垂至骭，每出，则以白练束之。至暑月，鼾息不可过。玄宗诏南方取冷蛇二条赐之。蛇长数尺，色白，不螫人，执之，冷如握冰。申王腹有数约，夏月置于约中，不复觉烦暑。（出《酉阳杂俎》）

李揆

唐李揆，乾天中，为礼部侍郎。尝一日，昼坐于堂之前轩，忽闻堂中有声极震，若墙圮。揆惊入视之，见一虾蟆，俯于地，高数尺，魅然殊状。揆且惊且异，莫穷其来。即命家童，以巨缶盖焉。有解曰："夫虾蟆月中之虫，亦天使也。今天使来公堂，岂非上帝以密命付公乎？"其明启而视之，已亡见矣。后数日，果拜中书侍郎平章事。（出《宣室志》）

主簿虫

润州金坛县，大历中，有北人为主簿，以竹筒赍蝎十余枚，置于厅事之树，后遂孳育至百余枚，为土气所蒸，而不能螫人。南民不识，呼为主簿虫。（原缺出处，明抄本、陈校本作出《传载》）

冷蛇

申王得了一种肥胖的毛病，身上的肉从肚子垂到了小腿。每次出门都需要用白绢把自己的肚子裹起来。到了夏天炎热的时候，以至于申王的喘息很困难。唐玄宗下令到南方捉两条冷蛇赏赐给了申王。那两条蛇，身上洁白，不会咬人，捉住后握在手中像冰一样。申王的肚子上裹着几道白绢，夏天把这两条蛇放在白绢中，就不会觉得热得受不了。（出《酉阳杂俎》）

李揆

唐代有一个人叫李揆，在乾天年间，出任礼部侍郎，有一天白天坐在堂屋前的台子上。忽然听到堂中有一声极大的响动，像是墙倒塌了一样。李揆惊讶地进去查看，看见一个蛤蟆趴在地上，那个蛤蟆能有几尺高，长得很奇怪。李揆十分惊诧，不知道这个蛤蟆是怎么出现的。于是李揆让书童找一个大罐子把这个蛤蟆盖住了。有算命的人为李揆解这件事说："蛤蟆是月亮上的动物，这是天上的使者啊。如今这位天上的使者降临到您的堂屋之上。莫非是天帝秘密地把使命交给你吗？"等到第二天打开那个大罐子查看，发现那个蛤蟆已经消失了。过了几天后，李揆果然被任命为中书侍郎平章事。（出《宣室志》）

主簿虫

润州金坛县，在大历年间，有一位北方人在当地做了主簿。那位主簿用一个竹筒装了十几只蝎子。主簿把这十几只蝎子放在了厅堂前的树上。后来这十几只蝎子繁育出了一百多只。这一百多只蝎子因为当地的水土导致它们不再蜇人了。南方的百姓不认识这种虫子，于是当地的百姓管主簿带来的蝎子称为主簿虫。（原缺出处，明抄本、陈校本作出《传载》）

朱牙之

东阳太守朱牙之，元兴中，忽有一老公，从其妾董床下出，著黄裳衿帽。所出之坎，滑泽有泉，遂与董交好。若有吉凶，遂以告。牙之儿病疟，公曰："此应得虎卵服之。"持戟向山东，得虎阴，尚余暖气，使儿炙啖，疟即断。公常使董梳头，发如野猪。牙后诸祭酒上章，于是绝迹。作沸汤，试浇此坎，掘得数斛大蚁。不日，村人捉大刀野行，逢一丈夫，见刀，操黄金一饼，求以易刀。授刀，奄失其人所在，重察向金，乃是牛粪。计此即牙家鬼。（出《异苑》）

树蚓

上都浑瑊宅，戟门外一小槐树，树有穴大如钱。每夏月霁后，有蚓大如巨臂，长二尺余，白颈红斑。领蚓数百条，如索，缘树枝干。及晓，悉入穴。或时众惊，往往成曲。学士张乘言，浑瑊时，堂前忽有树，从地踊出，蚯蚓遍挂其上。已有出处，忘其书名目。（出《酉阳杂俎》）

朱牙之

东阳太守朱牙之，在元兴年间忽然有一位老太监，从他的一位姓董的小妾的床下走出来，穿着黄色的衣服，戴着衿帽。那位老太监走出的洞穴，周围很湿润，像是有泉水的样子。于是那位老太监就与那位董妾交好了。无论发生什么好事坏事，那位小妾都会告诉老太监。这一天，那位小妾告诉老太监朱牙之的儿子染上了疟疾，老太监说："这种病需要取虎卵服用。"于是朱牙之就拿着戟去了山东，取来了虎卵，虎卵上面还有热气，朱牙之把虎卵烤熟让儿子吃了后，朱牙之儿子所患的疟疾就痊愈了。那位老太监常让那位姓董的小妾给自己梳头，老太监的头发像野猪毛一样。朱牙之后来给神仙上表祭奠了一番，从此以后那位老太监就不见了踪影。之后，朱牙之又烧了一壶开水，用开水试着往洞穴中浇，挖出来几斛大蚂蚁。没过几天，村里面有一个人拿着大刀行走，路上看见了一位男子，那位男子拿着一个黄金饼，想要向那位男子买刀，拿刀那个人把刀卖给了那位男子后，那位男子就消失了。后来那位拿刀的人重新查看那个黄金饼，才发现这个黄金饼是牛粪。拿刀的人怀疑那位买刀的男子就是朱牙之家里的那个鬼。（出《异苑》）

树蚓

长安城浑瑊的宅院外，门前有一棵小槐树。小槐树下有一个像钱孔那么大的洞穴。每年夏天，月色澄明的时候，就会有一条二尺长像大胳膊那么粗的蚯蚓，白色脖子，身上有红斑点。这条大蚯蚓引着几百条小蚯蚓像绳子一样缠绕在树的枝干上。等到天亮的时候，这些蚯蚓就又回到了洞穴之中。有时候它们受到惊吓，往往会把身体蜷曲到一起。学士张秉言，浑瑊住在这里的时候。堂前忽然有一棵树从地下涌了出来，上面挂的全是蚯蚓。这件事其他书上有记载，只是忘了那本书的名字。（出《酉阳杂俎》）

木师古

游子木师古，贞元初，行于金陵界村落。日暮，投古精舍宿，见主人僧，主人僧乃送一陋室内安止。其本客厅，乃封闭不开。师古怒，遂诘责主人僧。僧曰："诚非吝惜于此，而卑吾人于彼，俱以承前客宿于此者，未尝不大渐于斯。自某到，已三十余载，殆伤三十人矣。闭止已周岁，再不敢令人止宿。"师古不允，其词愈生猜责，僧不得已，令启户洒扫，乃实年深朽室矣。师古存心信，而口貌犹怒。及入寝，亦不免有备预之志，遂取箧中便手刀子一口，于床头席下，用壮其胆耳。寝至二更，忽觉增寒，惊觉，乃漂沸风冷，如有扇焉。良久，其扇复来。师古乃潜抽刀子于幄中，以刀子一挥，如中物，乃闻堕于床左，亦更无他。师古复刀子于故处，乃安寝。至四更已来，前扇又至。师古亦依前法，挥刀中物，又如堕于地。握刀更候，了无余事。须臾天曙，寺僧及侧近人，同来扣户，师古乃朗言问之为谁，僧徒皆惊师古之犹存。询其来由，师古具述其状，徐徐拂衣而起，诸人遂于床右，见蝙蝠二枚，皆中刀狼籍而死。每翅长一尺八寸，珠眼圆大如瓜，银色。按《神异秘经法》云，百岁蝙蝠，于人口上，服人精气，以求长生。至三百岁，能化形为人，飞游诸天。据斯未及三百岁耳，神力犹劣，是为师古所制。师古因之亦知有服练术，遂入赤城山，不知所终。宿在古舍下者，亦足防矣。（出《博异志》）

木师古

有一位游子叫木师古，在唐朝贞元初年的时候，木师古行走在金陵一带的村子里。当时天色已经很晚了，木师古就想要到古庙中投宿，见了寺庙里的住持，住持就把木师古安排到一间简陋的屋子里休息。寺庙里原本是有客厅的，但是却紧锁着不打开。木师古很生气，于是就责备住持。住持解释说："实在不是吝惜这间屋子，只是怕您住在这间屋子里受委屈，因为之前有人在这里居住过，住在这间屋子里的人没有一个不是在这间屋子里得了重病的。从我到这里后，已经过去三十多年了，这间屋子已经让三十多个人染病了。这间客厅关闭已经有一年多了，我也不敢再让人住在这里面。"木师古没有答应，住持解释的话反而让木师古更加猜忌。住持僧人没有办法，派僧人打开客厅的门把屋子里面洒扫干净，木师古看到屋子里面的状态后，相信这间屋子是很长时间没有人居住了。虽然木师古心里已经相信了，但是木师古表面还是很生气。等到木师古要睡觉时，木师古也未免生出了防备之心，于是木师古在自己的箱子中拿出一口趁手的刀放在了床头的席子下面，以此来壮壮胆。木师古睡到二更天的时候，忽然觉得十分寒冷，木师古警惕地坐了起来。木师古觉得吹来的风很冷，像是有扇子在扇风一样。过了很长时间又扇了一阵风。木师古悄悄地在床幔中把刀抽了出来。木师古趁机一挥刀，觉得好像砍中了什么东西，听到好像有什么东西掉在了床榻的左边，之后就再也没有听到什么响动了。等到四更天后，又有一阵风扇了过来，木师古按照上次的方法，挥刀又砍到了什么东西，又像之前一样有什么东西掉在了地上。木师古握着刀等候，但是后来就再没有发生过什么奇怪的事了。不久，天就亮了，寺里的僧人和附近的住户，一同前来叩木师古住在这个屋子的门。木师古大声问门外的人是谁，众人都因为木师古还活着感到惊奇。于是众人问木师古昨晚发生了什么事，木师古把昨晚发生的事情与众人讲了一遍，说完，木师古掸了掸衣袖然后缓缓地站起了身。众人在木师古的床的右边看见了两只蝙蝠，那两只蝙蝠都是被刀砍中后狼狈地死去。那两只蝙蝠的翅膀有一尺八寸长，两只蝙蝠的眼睛像瓜那样大。按照《神异秘经法》中的记

载：“一百年的蝙蝠，会飞到人的嘴上吸取精气。蝙蝠用这个方法来延长寿命。等到蝙蝠活到三百年的时候，就会变化成人形在天上遨游。”按照这个说法，木师古所杀的这两只蝙蝠都没超过三百岁，因此他们的修行还不够，所以才会被木师古制服。木师古因此知道自己要多加修行，于是就前往赤城山修炼，后人就不知道木师古最后到底怎么样了。住在老建筑的人，要以此警惕自己。（出《博异志》）

卷第四百七十五　昆虫三

淳于棼

淳于棼

东平淳于棼，吴楚游侠之士，嗜酒使气，不守细行，累巨产，养豪客。曾以武艺补淮南军裨将，因使酒忤帅，斥逐落魄，纵诞饮酒为事。家住广陵郡东十里，所居宅南有大古槐一株，枝干修密，清阴数亩，淳于生日与群豪大饮其下。唐贞元七年九月，因沉醉致疾，时二友人于坐扶生归家，卧于堂东庑之下。二友谓生曰："子其寝矣，余将秣马濯足，俟子小愈而去。"

生解巾就枕，昏然忽忽，仿佛若梦。见二紫衣使者，跪拜生曰："槐安国王遣小臣致命奉邀。"生不觉下榻整衣，随二使至门。见青油小车，驾以四牡，左右从者七八，扶生上车，出大户，指古槐穴而去，使者即驱入穴中。生意颇甚异之，不敢致问。忽见山川风候，草木道路，与人世甚殊。前行数十里，有郛郭城堞，车舆人物，不绝于路。生左右传车者传呼甚严，行者亦争辟于左右。又入大城，朱门重楼，楼上有金书，题曰"大槐安国"。执门者趋拜奔走，旋有一骑传呼曰："王以驸马远降，令且息东华馆。"因前导而去。

淳于棼

东平人有一个人叫淳于棼。淳于棼是吴楚一地的游侠，喜欢喝酒，平时意气用事，做事不拘小节，家里攒下了很多家产，也养了一些豪杰。淳于棼靠武艺补任到淮南当地军队的副将。后来淳于棼因为酒后口出狂言触犯了主帅，导致被撤职，只得流浪，因此更加放纵饮酒。淳于棼的家住在距离广陵郡东十里的地方，宅院的南边有一棵很大的古槐树，古槐树的枝干很长很浓密，能覆了几亩地的荫凉，淳于棼每天都会与一群豪迈之士在树荫下痛快地喝酒。唐朝贞元七年七月九日这一天，淳于棼因为酒喝得大醉而得了病，当时有两个朋友从酒席上把淳于棼送回家去，躺在堂屋东面的走廊里。这两个朋友对他说："你就先休息一会儿吧，我们两个人喂喂马洗洗脚，等你的病稍好之后我们再走。"

淳于棼解下头巾枕上枕头，昏昏沉沉，恍恍惚惚，感觉像走入了梦境。淳于棼看见两个穿紫衣的使者对着他行跪拜之礼并说："槐安国王派我们前来邀请您。"淳于棼不知不觉地走下床，整理了一下衣服，就跟着二位穿紫衣的使者走到了门外。淳于棼看见了用四匹公马拉着一辆青油小车，车旁边跟随着的仆人有七八个人。有仆人将淳于棼扶上车，出了大门，一直向那棵古槐树下的一个洞穴走去，那两位紫衣使者随即赶着车进入洞穴里。淳于棼心里很奇怪，但是也不敢发问。进入洞里后淳于棼忽然看见里面的山川风物、草木道路，和人世间很不一样。车子再往前驾驶了几十里地路，淳于棼看见了外城城墙，路上所见的车马与行人连续不断。淳于棼看到身边的随从呼唤得很严厉，路上的行人也急忙向路两侧闪躲。之后淳于棼的队伍又走入一个大城，这座城的城门是红色的，城墙上有着重叠的城楼。城楼上有用金色的笔题写的字，上面写着"大槐安国"。看俄见一门洞开，生降车而入。彩槛雕楹，华木珍果，列植于庭下；几案茵褥，帘帏殽膳，陈设于庭上。生心甚自悦。复有呼曰：“右相且至。”生降阶祗奉。有一人紫衣象简前趋，宾主之仪敬尽焉。右相曰：“寡君不以弊国远僻，奉迎君子，托以姻亲。”生曰：“某以贱劣之躯，岂敢是望。”右相因请生同诣其所。行可百步，入朱门，矛戟斧钺，布列左右，军吏数百，辟易道侧。生有平生酒徒周弁者，亦趋其中，生私心悦之，不敢前问。右相引生升广殿，御卫严肃，若至尊之所。见一人长大端严，居正位，衣素练服，簪朱华冠。生战栗，不敢仰视。左右侍者令生拜，王曰：“前奉贤尊命，不弃小国，许令次女瑶芳奉事君子。”生但俯伏而已，不敢致词。王曰：“且就宾宇，续造仪式。”有旨，右相亦与生偕还馆舍。生思念之，意以为父在边将，因没虏中，不知存亡。将谓父北蕃交通，而致兹事，心甚迷惑，不知其由。

是夕，羔雁币帛，威容仪度，妓乐丝竹，殽膳灯烛，车骑礼物之用，无不咸备。有群女，或称华阳姑，或称青溪姑，或称上仙子，或称下仙子，若是者数辈，皆侍从数千，冠翠凤冠，衣金霞帔，守城门的官员急忙跑上去来对淳于棼施礼，然后急忙向里面报信。接着有一人骑马呼喊道："国王因为听说驸马远路赶来，请驸马暂且到东华馆中休息。"于是骑马那个人在前面领路。

淳于棼很快看见一个门大开着，就下车走了进去。厅堂里面是彩绘雕花的栏杆和柱子，庭院中还有美观的树木，珍贵的果树，一行行地栽种在堂屋之外，桌椅、垫子、门帘和酒席，陈列在厅上。淳于棼的心里很高兴。接着有人喊道："右丞相快要到了。"淳于棼走下台阶恭敬地迎接。淳于棼看到有一个人穿着紫色的朝服，拿着象牙朝笏急步走来，施完主客之礼后，右丞相说："我们的国君，之所以把你迎接到这个偏远之国，是因为想与你结为婚姻亲家。"淳于棼说："我自己只是一介草民，怎么敢奢望这样的事呢？"右丞相于是请淳于棼一同去皇帝那里。二人走了一百多步后，一起进入一个大红门。淳于棼看见手持矛、戟、斧、钺的武士列立两侧。还有几百个军官，站立在道边上。淳于棼认识一个平生在一起喝酒的酒徒叫周弁的人，也在人群中。淳于棼心里很高兴，但是却不敢上前问话。右丞相带领着淳于棼走上一处宽敞的宫殿，宫殿中的侍卫非常严密，宫殿的规模像是帝王的住处所在。淳于棼只看见有一个又高又大的人，那个人看起来很端庄严肃地坐在正中的位置上。那个人穿着白色的锦服，头戴红花冠。淳于棼身上不禁战悚起来。淳于棼不敢抬起头来看。左右的侍者让淳于棼叩头，槐安国国王说："先前遵照令尊的命令，不嫌弃我们是个小国，允许让我的二女儿瑶芳嫁给你。"淳于棼只是趴在地上，不敢回话。槐安国国王说："你暂且到宾馆去，过后再举行仪式。"有了皇上的旨意，右丞相也和淳于棼一起回到了馆舍。淳于棼在思考着今天的这件事，心里想父亲在边界做将军，因为被敌人捉去、不知道是死是活，或者是父亲与北边的番国暗中来往，才会导致现在招为驸马这件事？心里很迷惑，不知道其中的原因。

这天晚上，槐安国准备为淳于棼结婚用的礼物，又气派又排场。其中跳舞弹唱，酒席灯烛，车马礼物等一应俱全。还有一群女子，其有一位叫华阳姑、有一位叫青溪姑、有一位叫上仙子、有一位叫下仙子，像这样的有好几批人，都是带着几千个侍从。她们头上戴彩碧金钿，目不可视。遨游戏乐，往来其门，争以淳于郎为戏弄。风态妖丽，言词巧艳，生莫能对。

复有一女谓生曰：“昨上巳日，吾从灵芝夫人过禅智寺，于天竺院观右延舞婆罗门，吾与诸女坐北牖石榻上。时君少年，亦解骑来看，君独强来亲洽，言调笑谑。吾与穷英妹结绛巾，挂于竹枝上，君独不忆念之乎？又七月十六日，吾于孝感寺侍上真子，听契玄法师讲《观音经》。吾于讲下舍金凤钗两只，上真子舍水犀合子一枚，时君亦讲筵中，于师处请钗合视之，赏叹再三，嗟异良久。顾余辈曰：‘人之与物，皆非世间所有。’或问吾民，或访吾里，吾亦不答。情意恋恋，瞩盼不舍，君岂不思念之乎？”生曰：“中心藏之，何日忘之。”群女曰：“不意今日与君为眷属。”

复有三人，冠带甚伟，前拜生曰：“奉命为驸马相者。”中一人，与生且故，生指曰：“子非冯翊田子华乎？”田曰：“然。”生前，执手叙旧久之。生谓曰：“子何以居此？”子华曰：“吾放游，获受知于右相武成侯段公，因以栖托。”生复问曰：“周弁在此，知之乎？”子华曰：“周生贵人也，职为司隶，权势甚盛，吾数蒙庇护。”言笑甚欢，俄传声曰：“驸马可进矣。”三子取剑佩冕服更衣之。子华曰：“不意今日获睹盛礼，无以相忘也。”有仙姬数十，奏诸异乐，婉转清亮，曲调凄悲，非人间之所闻听。有执烛引导者亦数十，左右见金翠步障，彩碧玲珑，不断数里。生端坐车中，心意恍惚，甚不自安，田子华数言笑以解之。向者群女姑娣，各乘凤翼着翠凤冠，身上穿着金色的霞帔，上装饰着五彩的青玉以及用金子做的装饰品。她们身上闪光耀眼的装饰品导致眼睛在白天无法直视她们。她们在淳于棼住的地方随意游玩说笑，争着去戏弄淳于棼。她们每个人的姿态都很妖艳美丽，说起话来也很巧妙并且富有文采。但是淳于棼回答不上。

其中又有一位女子对淳于棼说："去年上巳节那一天，我跟着灵芝夫人路过禅智寺，在天竺院观看右延跳婆罗门舞。我和诸位女子正坐在北窗的石凳上，当时你还是个少年，那时候你也下马来观看。你一个人强来亲近，说些调笑的笑话，我和穷英妹编了个绛色的头巾，挂在竹枝上，你难道想不起来了吗？还有在七月十六日那一天，我在孝感寺和上真子在一起听契玄法师讲解《观音经》。我在讲台下布施了两支金凤钗，上真子布施了一枚水犀角做的盒子。当时你也在听讲席上，你后来在法师那里借来金凤钗和水犀角做的盒子盒看了看，你还再三地赞叹，感慨了很长时间。你还回头对我们说：'这两件布施的东西，都不是人世间能有的！'你又是问我是哪里人，又是问我住在什么地方，但是我都没有回答，互相情意绵绵地看着对方，你看着我，我看着你，不舍得分手，你难道不怀念了吗？"淳于棼说："我已把这些事情深深地藏在了我的心里，我怎么可以忘记呢？"那一群女子说："想不到今天有情人终成眷属。"

又有三个人走了过来，那三个人穿戴得很神气，走上前对淳于棼行礼说："我们是遵照命令做驸马傧相的。"其中一个人与淳于棼是老朋友，淳于棼指着他说："你不是冯翊的田子华吗？"田子华说："没错。"淳于棼走上前，握着他的手谈过去的事，二人谈了很长时间。淳于棼对田子华说："你怎么会居住在这里？"田子华说："我随意游玩，受到了右丞相武成侯段公的知遇和赏识，所以就在这里安身了。"淳于棼又问他说："周弁在这里，你知道吗？"田子华说："周弁是个尊贵人，他担任司隶的职务，权势很大，我多次蒙受他的帮助。"两个人说说笑笑很高兴，不久传来声音说："驸马可以进来了。"三个男傧相解下武器衣帽换上了新衣服。田子华说："想不到今天能亲眼看到这么盛大的婚礼，您日后可千万别忘了我。"这时候有辇，亦往来其间。至一门，号修仪宫，群仙姑姊，亦纷然在侧。令生降车辇拜，揖让升降，一如人间。彻障去扇，见一女子，云号金枝公主，年可十四五，俨若神仙。交欢之礼，颇亦明显。

生自尔情义日洽，荣曜日盛，出入车服，游宴宾御，次于王者。王命生与群寮备武卫，大猎于国西灵龟山。山阜峻秀，川泽广远，林树丰茂，飞禽走兽，无不蓄之。师徒大获，竟夕而还。生因他日启王曰："臣顷结好之日，大王云奉臣父之命。臣父顷佐边将，用兵失利，陷没胡中，尔来绝书信十七八岁矣。王既知所在，臣请一往拜觐。"王遽谓曰："亲家翁职守北土，信问不绝，卿但具书状知闻，未用便去。"遂命妻致馈贺之礼，一以遣之。数夕还答，生验书本意，皆父平生之迹，书中忆念教诲，情意委屈，皆如昔年。复问生亲戚存亡，闾里兴废。复言路道乖远，风烟阻绝，词意悲苦，言语哀伤，又不令生来觐。云岁在丁丑，当与女相见。生捧书悲咽，情不自堪。

几十个仙女，演奏各种奇异的音乐，演奏的乐声婉转清亮，但是乐声的曲调却很凄凉悲伤，不像是人间所能够听到的。其中又有几十个拿着灯烛领路的人，左右两边是金色和绿色的屏障，上面镶着玲珑且装饰精巧的彩色碧玉，屏风一连有好几里地长。淳于棼端正地坐在车子里，心神恍恍惚惚，很不安宁，田子华多次和淳于棼说笑来安慰淳于棼。刚才的那群女子，各自乘坐着凤翼辇，也都在路上来来往往。到了一个宫门，门上的匾额写着“修仪宫”。一群像神仙一般的女子，也纷纷来到门边，众女子让淳于棼下车行礼，又作揖，又道谢，一会儿前进，一会儿后退，众人的礼节和人间的一样，撤去屏风和遮面的羽扇后。淳于棼看见一个女子，那位女子就是金枝公主，年龄十四五岁的样子。金枝公主的样貌很庄重，样子像神仙一样。二人交欢时的礼节，也是很庄严的样子。

从此以后淳于棼在这里的感情一天天地融洽，淳于棼的声誉在这里也一天天地兴盛。淳于棼进出的车马衣服以及去游玩宴会跟随的宾客和侍从的规格，仅次于槐安国的国王。这一天，槐安国国王让淳于棼和朝廷官员准备好武器率领着士兵，在槐安国西面的灵龟山上大范围地狩猎。龟灵山那里山连着山，山很险峻而秀美，江河湖泊宽广得望不到边际，山中的森林的树木茂盛浓密，森林里的飞禽走兽样样都有。他们捕猎了很多物，一直到晚上才回去。有一天淳于棼向槐安国国王说：“我不久前结婚的时候，国王您曾说是遵照我父亲的意思才这么做的。我的父亲原先是驻守边疆的将军，因为打仗失利，被捉到匈奴国去，从那以后我父亲与家里断绝音讯已经十七八年了。皇帝您既然知道我父亲住的地方，请让我去拜见他可以吗？”槐安国国王立刻对他说：“亲家的职责是守卫北方的国土，我与他通过书信互相问候，从未断绝，你只要写封信告诉一下你的情况，就可以了，不必亲自前去。”于是淳于棼让妻子准备送给父亲的礼品，槐安国王派专人送给了淳于棼的父亲。几天后淳于棼就收到了回信。淳于棼查看了书信的字迹和内容，上面写着的全是父亲生平的事迹，信中表达了对儿子思念的感情以及教诲，父亲所表达的感情和心意十分厚重。淳于棼感觉都像从前一样。淳于棼的父亲又问亲戚们的怎么他日，妻谓生曰："子岂不思为政乎？"生曰："我放荡，不习政事。"妻曰："卿但为之，余当奉赞。"妻遂白于王。累日，谓生曰："吾南柯政事不理，太守黜废，欲藉卿才，可曲屈之，便与小女同行。"生敦授教命。王遂敕有司备太守行李，因出金玉锦绣，箱奁仆妾车马列于广衢，以饯公主之行。生少游侠，曾不敢有望，至是甚悦。因上表曰："臣将门余子，素无艺术。猥当大任，必败朝章。自悲负乘，坐致覆餗。今欲广求贤哲，以赞不逮。伏见司隶颍川周弁忠亮刚直，守法不回，有毗佐之器。处士冯翊田子华清慎通变，达政化之源。二人与臣有十年之旧，备知才用，可托政事。周请署南柯司宪，田请署司农，庶使臣政绩有闻，宪章不紊也。"王并依表以遣之。

其夕，王与夫人饯于国南。王谓生曰："南柯国之大郡，土地丰壤，人物豪盛，非惠政不能以治之，况有周田二赞，卿其勉之，以副国念。"夫人戒公主曰："淳于郎性刚好酒，加之少年，为妇之道，贵乎柔顺，尔善事之，吾无忧矣。"南柯虽封境不遥，晨昏样，家乡如何。淳于棼的父亲又说道路相隔遥远，风烟阻隔，信中的话说得很痛苦，语气也哀伤，但是淳于棼的父亲又不让淳于棼来看望他。淳于棼的父亲说是在丁丑这一年，才能与淳于棼相见。淳于棼捧着信，不禁悲哀地哭起来，无法控制自己的感情。

有一天，淳于棼的妻子对淳于棼说："难道你不想做官吗？"淳于棼说："我放荡惯了，又不熟悉政治。"妻子说："你只是做你的官，不用考虑其他的事情，我来帮助你。"淳于棼的妻子就告诉了槐安国国王。几天后，槐安国国王对淳于棼说："我在南柯郡政事治理得不好，那里的太守被我免职了，我想借助你的才能治理这个地方，你就屈身担任这个官职吗吧，和我的小女儿一起前去赴任。"淳于棼恭敬地接受了槐安国国王的命令。槐安国国王就下令让主管官员给淳于棼准备好行李等用品。于是拿出黄金、美玉、绸缎，还有箱奁、仆人、侍女、车马等排列在宽广的街道上，来为公主饯行。淳于棼从小就喜好交游，十分讲究义气，并不敢有什么过分的期望，但是到这个时候自然很高兴，因而淳于棼向槐安国国王上表说："我是将军家下没出息的后代，我很平庸也没有才艺和策略，如今我勉强地担当重任，一定会扰乱朝廷的法度。我即使如今担当重任，但是也觉得自卑，因而会造成不利的局面。现在我想广泛地寻求有才能的人，用来弥补我力所不能及的地方。我看司隶颍川的周弁忠亮刚正不阿，他严守法度不屈曲，具备辅佐政事的能力。处士冯翊郡人田子华做事谦洁谨慎，而且通晓事变，他十分了解政治教化的根本。他们两个人又和我有十年的老交情，我完全了解他们的才干和长处，可以把政事托付给他。我想请周弁担任南柯郡的司宪，田子华请任命为司农，有了他们二人的帮助或许可以让我做出优异的政绩，使国家的法度章程有条不紊。"槐安国国王都依照淳于棼上表说的办了。

那天晚上，槐安国国王和王后在京城的南门外为他们饯行，槐安国国王对淳于棼说："南柯是国家的大郡，那里土地很肥沃，郡里的能人很多，不实行仁政爱民的政令就不能治理好这个郡。何况你还有周弁和田文华二人的赞助，你更要勉力为之，不要辜负国家的期望。"槐安国王后告诫公主说："淳于郎的性情刚烈，平时喜欢喝有间，今日暌别，宁不沾巾。生与妻拜首南去，登车拥骑，言笑甚欢，累夕达郡。郡有官吏僧道耆老，音乐车轝，武卫銮铃，争来迎奉。人物阗咽，钟鼓喧哗不绝。十数里，见雉堞台观，佳气郁郁。入大城门。门亦有大榜，题以金字，曰“南柯郡城”。是朱轩棨户，森然深邃。生下车，省风俗，疗病苦，政事委以周田，郡中大理。自守郡二十载，风化广被，百姓歌谣，建功德碑，立生祠宇。王甚重之，赐食邑锡爵，位居台辅。周田皆以政治著闻，递迁大位。生有五男二女，男以门荫授官，女亦娉于王族，荣耀显赫，一时之盛，代莫比之。

是岁，有檀萝国者，来伐是郡。王命生练将训师以征之，乃表周弁将兵三万，以拒贼之众于瑶台城。弁刚勇轻进，师徒败绩，弁单骑裸身潜遁，夜归城。贼亦收辎重铠甲而还。生因囚弁以请罪，王并舍之。是月，司宪周弁疽发背卒。生妻公主遘疾，旬日又薨。生因请罢郡，护丧赴国，王许之，便以司农田子华行南柯太守事。生哀恸发引，威仪在途，男女叫号，人吏奠馔，攀辕遮道者，不可胜数，遂达于国。王与夫人素衣哭于郊，候灵轝之至。谥公主酒，加上淳于棼又在少年。做妻子的规矩，重在温柔顺从，你只要好好地侍奉淳于棼，我也就不担心了。”南柯郡虽然离京城不算远，但也不能天天见面，今天一离别，怎能不会让泪水沾湿巾帕。淳于棼和妻子拜谢之后就向南去了。他们站在车上，周围有骑马的侍从们簇拥着，一路上说说笑笑十分欢畅。走了几天一行人就到了南柯郡，郡里的官吏们以及和尚道士和地方上德高望重的老人，乘着奏乐的车队，还有武装的卫士和车子争着来迎接。街上人马喧闹，熙熙攘攘，人们撞钟打鼓到处一片喧哗的声音。淳于棼一行人又走了十多里，就看见城墙和楼台宫殿，淳于棼一看到那里就充满着吉祥的气象。淳于棼一行人进入大城门，门上也有一个大匾额，城楼上面题写的金色大字：“南柯郡城”。淳于棼只看见红色的大门，门外面挂着剑戟以示威武森严。淳于棼一到任，就视察当地的风俗民情，视察百姓疾苦，淳于棼把政事交给周弁和田子华处理，郡中治理得井井有条。自从淳于棼到南柯郡以来二十多年，郡里的政治教化推行得十分广泛。百姓们用歌谣歌颂淳于棼，又为淳于棼树立了歌颂功德的石碑。百姓在淳于棼生前就为淳于棼建了祠堂。槐安国国王因此很看重淳于棼，槐安国国王赏赐给淳于棼封地和爵位，淳于棼的地位相当于三公宰相了。周弁和田子华也全因为政事处理得井井有条而闻名，二人接连被提升到更高的职位上。淳于棼有五个儿子二个女儿，淳于棼的儿子因父母的地位而做官，淳于棼的女儿也嫁给了王族，淳于棼家的门第荣耀显赫，一时间达到了极其繁盛的地步，在当时的槐安国没有谁能比得上的。

这一年，有个叫檀萝的国家来侵犯南柯郡。槐安国国王让淳于棼训练将官和军队去征伐檀萝国，于是淳于棼上表推荐让周弁率领军队三万人，在瑶台城一带与敌人战斗。周弁刚烈勇敢所以轻率地冒进，他的部队吃了大败仗，周弁一人一骑丢盔卸甲地逃走，直到晚上才逃回到城里，敌人也清点起缴获的军用物资回去了。淳于棼于是囚禁起周弁向槐安国王请求处罚，国王都赦免了他们。这个月，司宪周弁由于背上疽病发作死了。淳于棼的妻子金枝公主也得了病，十多天后也死了。淳于棼接着请求免去自己的太守职务，护送公主的灵柩曰“顺仪公主”，备仪仗羽葆鼓吹，葬于国东十里盘龙冈。

是月，故司宪子荣信亦护丧赴国。生久镇外藩，结好中国，贵门豪族，靡不是洽。自罢郡还国，出入无恒，交游宾从，威福日盛，王意疑惮之。时有国人上表云：“玄象谪见，国有大恐，都邑迁徙，宗庙崩坏。衅起他族，事在萧墙。”时议以生侈僭之应也，遂夺生侍卫，禁生游从，处之私第。生自恃守郡多年，曾无败政，流言怨悖，郁郁不乐。王亦知之，因命生曰：“姻亲二十余年，不幸小女夭枉，不得与君子偕老，良用痛伤。夫人因留孙自鞠育之。”又谓生曰：“卿离家多时，可暂归本里，一见亲族，诸孙留此，无以为念。后三年，当令迎生。”生曰：“此乃家矣，何更归焉？”王笑曰：“卿本人间，家非在此。”生忽若惛睡，瞢然久之，方乃发悟前事，遂流涕请还。王顾左右以送生，生再拜而去。

回到都城去，槐安国王答应了他，于是就让司农田子华代理南柯太守的职务。淳于棼悲哀痛若地护送灵柩启程，威严的仪仗队慢慢地走在路上，路两边哭号的男女，以及陈设食品祭奠的百姓官使还有扯住车辕拦住道路极力挽留的人，数不胜数，淳于棼就这样回到了都城。槐安国国王和王后穿着白衣服在郊外痛哭，等候着灵柩的到来，槐安国国王追封公主为“顺仪公主”。然后槐安国国王准备好华盖和乐队，把公主埋葬在距离国都东面十里的盘龙冈。

这一个月，已故司宪周弁的儿子周子荣护送着父亲的灵柩回到国都。淳于棼长期镇守藩国，与满朝文武都相处得很好，权贵人家和豪门大族，没有一个不跟淳于棼相处得很好的。淳于棼自从罢去郡职务回到都城后，淳于棼出外或在家没有一定的时间，而之前交往游历时跟随的宾客随从，也开始作威作福，并且一天比一天过分。槐安国国王心里已经有些疑忌和惧怕淳于棼了。这时槐安国内有人上表说：“天象表现出谴责的征象，国家将有大的灾祸发生，国都要搬迁，宗庙要崩坏，这灾祸将由外姓人引起，祸患将由朝内发生。”当时的议论认为各种天象的出现是因为淳于棼奢侈得超越本分的才导致的。于是槐安国王就撤销了淳于棼的卫士，禁止淳于棼随便游玩，淳于棼被软禁在家里。淳于棼依仗着自己多年镇守南柯郡，一点也没有不良的政事，只是因为谣言而引起的槐安国王的怨恨和疏远，心里烦闷不快乐。国王也了解淳于棼的心思，于是槐安国国王命令淳于棼说：“我们结成亲属二十多年，我的小女儿不幸短命而死，不能与你白头偕老，实在令人悲痛哀伤，所以王后留下外孙子亲自养育他们。”槐安国国王又对淳于棼说：“你离家已经很久了，可以暂时回乡去了，你去探望一下亲戚，几个外孙子就留在这里，你也不用挂念他们，三年以后，我自会让他们去接你回来。”淳于棼说：“这里就是我的家，为什么还要回家呢？”槐安国国王笑着说：“你本来就在人世间，你的家不在这里。”淳于棼忽然觉得像在很迷糊睡着的样子，很长时间之后，才突然想起从前的事情，于是流着泪请求回到人间，槐安国国王示意跟从的人送淳于棼离开了，淳于棼拜了两拜之后就离开了。

复见前二紫衣使者从焉，至大户外，见所乘车甚劣，左右亲使御仆，遂无一人，心甚叹异。生上车行可数里，复出大城，宛是昔年东来之途，山川源野，依然如旧。所送二使者，甚无威势，生逾怏怏。生问使者曰："广陵郡何时可到？"二使讴歌自若，久之乃答曰："少顷即至。"

俄出一穴，见本里闾巷，不改往日。潸然自悲，不觉流涕。二使者引生下车，入其门，升自阶，己身卧于堂东庑之下。生甚惊畏，不敢前近。二使因大呼生之姓名数声，生遂发寤如初，见家之僮仆，拥彗于庭，二客濯足于榻，斜日未隐于西垣，余樽尚湛于东牖。梦中倏忽，若度一世矣，生感念嗟叹，遂呼二客而语之，惊骇，因与生出外，寻槐下穴。生指曰："此即梦中所惊入处。"二客将谓狐狸木媚之所为祟，遂命仆夫荷斤斧，断拥肿，折查枿，寻穴究源。旁可袤丈，有大穴，根洞然明朗，可容一榻，上有积土壤，以为城郭台殿之状，有蚁数斛，隐聚其中。中有小台，其色若丹，二大蚁处之，素翼朱首，长可三寸，左右大蚁数十辅之，诸蚁不敢近，此其王矣，即槐安国都也。又穷一穴，直上南枝可四丈，宛转方中，亦有土城小楼，群蚁亦处其中，即生所领南柯郡也。又一穴，西去二丈，磅礴空朽，嵌窞异状，中有一腐龟壳，大如斗，积雨浸润，小草丛生，繁茂翳荟，掩映振壳，即生所猎灵龟山也。又穷一穴，东去丈余，古根盘屈，若龙虺之状，中有小土壤，高尺余，即生所葬妻盘龙冈之墓也。追想前事，感叹于怀，披阅穷迹，皆符所梦。不欲二客坏之，遽令掩塞如旧。是夕，风雨暴发。旦视其穴，遂失群蚁，莫知所去。故先言国有大恐，都邑迁徙，此其验矣。复念檀萝征伐之事，又请二客访迹于外。宅东一里，有古涸涧，侧淳于棼此时又看见那两个紫衣使者跟随着，走到大门之外后，淳于棼看见乘坐的车子很破旧，左右支使的人和车夫仆人，一个人也没有。淳于棼心里感到很奇怪。淳于棼上车走了几里地，又走出一个大城门，像是在从前的路向东走，走到来到大槐安国时的道路。那里的山川和原野，仍然像从前一样。送淳于棼的两个使者，丝毫没有威严的气势，淳于棼的心里更加不痛快。淳于棼问使者说："什么时候能到广陵郡？"那两个使者自顾唱着小调，很久之后才回答说："一会儿就要到了。"

不一会儿淳于棼一行人走出一个洞穴，淳于棼看见自己家乡的住处，那里与从前没有什么两样。淳于棼暗中悲伤起来，不觉流下泪来。两个使者带着淳于棼下车，进入淳于棼家的大门，登上淳于棼家的台阶，淳于棼看见自己的身体躺在堂屋东面的走廊里，淳于棼很吃惊、内心十分害怕，不敢近前，两个使者于是大声呼叫淳于棼的姓名，叫了好几遍后，淳于棼才突然醒悟像原先一样。淳于棼看见家里的僮仆，正拿着扫帚在庭前扫地，有两个客人坐在床榻上洗脚，斜射的阳光还未从西墙上消失，东窗下没有喝完的酒还在那里放着。淳于棼在梦中一段时间，像是活了一辈子。淳于棼感慨不已，于是就叫过两个客人把梦中的事说讲给他们听。他们也是又惊又怕，于是与淳于棼一起出去，寻找那棵槐树下的洞穴。淳于棼指着说："这个就是我在梦中惊恐进去的地方。"两个客人以为是狐狸精和树妖作怪，于是就让仆人拿来斧头，砍断树根，又砍去后来重生的树枝，寻找洞穴，查看究竟。在树旁大约一丈的地方，有个大洞穴，根部空洞洞地看得清清楚楚，地方能能容下一张床，上面有堆积的土，像是做成城郭台殿的样子。有好几斛蚂蚁，隐藏聚集在那个洞穴里面，洞穴中间有个小台，是红色的，有两个大蚂蚁住在里面。那两只蚂蚁长着白色的翅膀，红色的头，长大约三寸，那两只蚂蚁周围有几十只大蚂蚁保护着他，其他蚂蚁不敢靠近。这就是它们的国王，这里也就是槐安国的国都。接着又挖到了一个洞穴，距离树上南面的枝大约四丈，里面曲折蜿转，中间呈现方形，也有用土堆成的城墙和小楼。一群蚂蚁也住在里面，这里就是淳于棼镇守的南柯郡。还有一有大檀树一株，藤萝拥织，上不见日，旁有小穴，亦有群蚁隐聚其间，檀萝之国，岂非此耶！

嗟乎！蚁之灵异，犹不可穷，况山藏木伏之大者所变化乎？时生酒徒周弁、田子华，并居六合县，不与生过从旬日矣，生遽遣家僮疾往候之。周生暴疾已逝，田子华亦寝疾于床。生感南柯之浮虚，悟人世之倏忽，遂栖心道门，绝弃酒色。后三年，岁在丁丑，亦终于家，时年四十七，将符宿契之限矣。公佐贞元十八年秋八月，自吴之洛，暂泊淮浦，偶觌淳于生棼，询访遗迹。翻覆再三，事皆摭实，辄编录成传，以资好事。虽稽神语怪，事涉非经，而窃位著生，冀将为戒。后之君子，幸以南柯为偶然，无以名位骄于天壤间云。

个洞穴，向西距离二丈远的地方，洞穴宽广空旷，土洞的形状很不一样，中间有一个腐烂了的乌龟壳，乌龟壳有像斗那么大，在积雨的浸润下，里面长满了一丛丛小草，小草长得很茂盛，遮蔽着那个腐烂的乌龟壳，这里就是淳于棼打猎的灵龟山。又挖出一个洞穴，向东距离一丈多的地方，古老的像龙蛇一样盘旋着的老树根，中间一个小土堆，有一尺多高，这就是淳于棼埋葬妻子盘龙冈上的坟墓所在。淳于棼回想起梦中的事情，心里十分感叹，亲自观看追寻迹象，和梦中全符合。他不想让两个客人毁坏它们，淳于棼马上让人们掩埋得和原来一样。这天晚上，风雨突然发作，淳于棼早晨起来去看那洞穴，洞穴里面所有蚂蚁都失去踪迹，不知到去了哪里。所以淳于棼之前听说国家将要有大灾难，都城要迁移的事情，这就应验了。淳于棼又想起檀萝国侵略的事，于是淳于棼就请两个客人到外面去寻访踪迹，淳于棼宅院东面的地方，有条古老的干涸了的山涧，山涧边上有一棵大檀树，藤和萝纠缠交织，向上看望不见太阳，树旁边有个小洞穴，也有一群蚂蚁隐藏聚居在里面，梦里所说的檀萝国，难道不就是这里吗?

哎，蚂蚁的神奇之处，尚且不能考究明白，更何况藏伏在山林之中那些大动物的变化呢?当时，淳于棼的酒友周弁和田子华，都居住在六合县，和淳于棼没来往已经十天了。淳于棼急忙派家童快去问候他们，周生已经得了暴病去世了，田子华也得病躺在床上。淳于棼感慨南柯一梦的缥缈空虚，感悟人生的短暂。从此再也不喝酒也不接近女人。三年以后，是丁丑年，淳于棼也在家里死去，当时淳于棼是四十七岁，也照应了之前约定的期限。李公佐在贞元十八年秋天八月的时候，从吴郡来到洛阳，当时李公佐临时停泊在淮河岸边，偶然看见了淳于棼，于是就询问访求淳于棼遗留下来的事迹，李公佐再三地推敲，事情全是从事实中摘取下来的，于是就编写抄录成传记，以供给好事的人穿越。虽然这件事涉及的是神灵怪异，有点不合常情，可是那些窃取官位而维持生活的人，希望这个故事能成为这种的人的借鉴。后来的正人君子们，希望你们把南柯一梦当作侥幸的事，不要拿名利地位在人世间炫耀骄傲了。

前华州参军李肇赞曰："贵极禄位，权倾国都。达人视此，蚁聚何殊。"（出《异闻录》）

以前的华州参军李肇感叹说："官做到最高的等级，权力压倒了京城里所有的人。达观的人看待这样的事，跟聚集在一起的蚂蚁有什么区别。"（出《异闻录》）

卷第四百七十六　昆虫四

赤腰蚁

段成式，元和中，假居在长兴里。庭有一穴蚁，形状窃赤蚁之大者，而色正黑，腰节微赤，首锐足高，走最轻迅，每生致蠖及小虫入穴，辄坏垤窒穴，盖防其逸也。自后徙居数处，更不复见。

苏 湛

唐元和中，苏湛游蓬鹊山，裹粮钻火，境无遗趾。忽谓妻曰："我行山中，睹倒岩有光如镜，必灵境也，明日将投之，今与卿诀。"妻子号泣，止之不得，及明遂行。妻子领奴婢潜随之，入山数十里，遥望岩有白光，圆明径丈，苏遂逼之。才及其光，长叫一声，妻儿遽前救之，身如茧矣。有黑蜘蛛，大如钴鉧，走集岩上，奴以利刀决其网，方断，苏已脑陷而死。妻乃积柴烧其岩，臭满一山。（并出《酉阳杂俎》）

赤腰蚁

段成式在元和年间寄居在长兴里。院子里有一穴蚂蚁，形状像大的窃赤蚁。这种蚂蚁的颜色偏黑，蚂蚁的腰上稍微有点红。蚂蚁头很尖，脚很高，行动很迅捷轻便。每有其他小虫子或者尺蠖钻进这种蚂蚁的洞穴后，这个蚂蚁穴的洞口就会毁坏坍塌，大概是为了防止进来的虫子逃走。后来段成式又搬了好几个地方，就再也没见过这种蚂蚁了。

苏 湛

唐代元和年间，有一次苏湛去蓬鹊山游玩。携带者粮食，钻木取火做饭。但前去的蓬鹊山没有走访到任何遗址。拿出粮食钻火的时候，苏湛突然对妻子说："我走在山里面，看见有一块倒悬着的岩石反射的光像镜子一样，一定是灵地。我明天就要在这里住下了，今天来与您告别。"苏湛的妻子与儿子相拥号啕哭泣，都没有把苏湛制止，等到天亮的时候，苏湛离开了。苏湛的妻子与儿子带领着仆人侍女悄悄地跟随着苏湛。走进鹊蓬山几十里地后，一行人远远地看见一块岩石上反射着白光，直径有一丈多长。苏湛就向着那块岩石走去。等走进岩石上反射的光圈的时候，就听见苏湛大叫一声。苏湛的妻子与儿子见状后立刻上前去救苏湛。但是发现苏湛的身体像蚕蛹一样已经被缠满了蛛丝。苏湛的妻子与儿子看见了一只黑蜘蛛，这只黑蜘蛛有熨斗那么大，趴在那块岩石上，苏湛的家奴上前用刀去砍那只黑蜘蛛结的网，家奴刚把蜘蛛网砍断，苏湛的脑袋就塌陷下去而亡了。苏湛的妻子于是堆起柴禾烧这块岩石，然后臭味遍布了全山。（并出《酉阳杂俎》）

石宪

有石宪者，其籍编太原，以商为业，常货于代北。长庆二年夏中，雁门关行道中，时暑方盛，因偃大木下。忽梦一僧，蜂目披褐衲，其状奇异，来宪前，谓宪曰："我庐于五台山之南，有穷林积水，出尘俗甚远，实群僧清暑之地，檀越幸偕我而游乎。即不能，吾见檀越病热且死，得无悔其心耶？"宪以时暑方盛，僧且以祸福语相动。因谓僧曰："愿与师偕去。"于是其僧引宪西去，且数里，果有穷林积水。见群僧在水中，宪怪而问之。僧曰："此玄阴池，故我徒浴于中，且以荡炎燠。"于是引宪环池行，宪独怪群僧在水中，又其状貌无一异者。已而天暮，有一僧曰："檀越可听吾徒之梵音也。"于是宪立池上，群僧即于水中合声而噪。仅食顷，有一僧挈手曰："檀越与吾偕浴于玄阴池，慎无畏。"宪即随僧入池中，忽觉一身尽冷噤而战，由是惊悟。见己卧于大木下，衣尽湿，而寒栗且甚。时已日暮，即抵村舍中。至明日，病稍愈，因行于道，闻道中有蛙鸣，甚类群僧之梵音，于是径往寻之。行数里，穷林积水，有蛙甚多，其水果谓玄阴池者，其僧乃群蛙。而宪曰："此蛙能易形以感于人，岂非怪尤者乎？"于是尽杀之。（出《宣室志》）

石宪

有一位叫石宪的人，他的户籍被编入太原。石宪以经商为业，常到代州的北边做买卖。长庆二年夏天的时候，石宪途径雁门关。当时天气很热，于是石宪就躺在大树下休息。忽然梦见一位僧人，那位僧人的眼睛像蜜蜂一样，披着破旧的袈裟，长相很奇特。那位僧人来到石宪面前，对石宪说："我住在五台山南面，那儿有幽深的树林和一处水池，那里面远离人境，是僧人们避暑的地方。施主希望和我一起去游览吗？如果不愿意的话，我看施主已经热得快要死了，如果这样死去岂不要后悔吗？"因为当时天很热，而且和尚又用祸福之类的话来劝说石宪。于是石宪对僧人说："我愿意跟高僧您一起前往。"于是那位僧人带领着石宪向西走，走了数里地后，石宪果然看见那里有幽深的树林和一处水池。石宪看见一群僧人在水里面，石宪感到奇怪，就问他们在干什么。僧人说："这里是玄阴池，我的伙伴们在里面洗澡，以此来消暑。"于是那位僧人带领着石宪绕着水池散步。石宪心里暗自奇怪在池子里的僧人相貌没有不一样的。不久天色已经黑了，其中有一位僧人说："施主您可以听听我们念经。"于是石宪站在水池边上，池里的僧人们就在水中齐声念经，但是他们念经的声音很聒噪。只过了一顿饭工夫，有一位僧人拉着石宪的手说："施主跟我一起在玄阴池里洗洗澡吧，千万别害怕。"石宪就跟随那位僧人进入池中，忽然觉得浑身冰凉，冷得发抖，因此惊醒了。石宪看见自己躺在大树下面，衣服全湿了，浑身发抖，冻得十分厉害。当时天已经黑了，石宪立刻跑到了村中的房舍里。到了第二天，石宪的病稍微好了些，于是又开始赶路。石宪忽然听见路上传出蛙鸣声，很像之前石宪听到的僧人们念经的声音，于是石宪顺着声音前去寻找。走了几里地后，石宪看见了幽深的树林和一处水池，水池里有很多青蛙。那个水池果然叫玄阴池，那些僧人原来都是一群青蛙。石宪说："这些青蛙能变形来影响人，岂不是怪物吗？"于是石宪把那些青蛙全杀死了。（出《宣室志》）

王叟

宝历初，长沙有民王叟者，家贫，力田为业。一日耕于野，为蚯蚓螫其臂，痛楚甚，遂驰以归。其痛益不可忍，夜呻而晓，昼吟而夕，如是者九旬余。有医者云：“此毒之甚者也，病之始，庶药有及。状且深矣，则吾不得而知也。”后数日，病益甚。忽闻臂有声，幽然而微，若蚯蚓者。又数日，其声益大，如合千万音，其痛亦随而多焉。是夕乃卒。（出《宣室志》）

步蚓

段成式三从房伯父，唐太和三年，任庐州某官。庭前忽有蚓出，大如食指，长大二三丈，白项，当项下有两足，正如雀脚，步于垣下，经数日方死。（出《酉阳杂俎》）

守宫

太和末，松滋县南有士人，寄居亲故庄中肄业。初到之夕，二更后，方张灯临案，忽有小人半寸，葛巾，策杖入门，谓士人曰：“乍到无主人，当寂寞。”其声大如苍蝇。士人素有胆气，初若不见。乃登床责曰：“遽不存主客礼乎？”复升案窥书，诟詈不已。因覆砚于书上，士人不耐，以笔击之堕地，叫数声，出门而灭。有顷，有妇人四五，或老或少，皆长一寸，大呼曰：“贞官以君独学，故令郎君言展，且论精奥。何痴顽狂率，辄致损害，今可见贞官。”其来索续如蚁，状如驺卒，扑缘士人。士人恍然若梦，因啮四支，疾

王叟

宝历初年的时候，长沙有一位王叟，家里很贫穷，只能靠着躬耕为生。有一天，王叟在外面耕地的时候，不小心被蚯蚓蜇了胳膊，王叟感觉到被蜇到的地方特别痛，于是就急忙跑回家。王叟回到家后感觉胳膊被蜇的地方疼痛得越发忍受不了，从夜晚呻吟到天亮，从白天呻吟到夜晚，就这样过了九十多天。有个医生看完王叟的症状后说："这种毒的毒性特别大，刚中毒的时候，还有药可以医治。如今病情已加重，我也不知道该如何医治了。"又过了几天，王叟病得更厉害了。一天，王叟忽然听到胳膊上隐隐约约有很小的声音，像是蚯蚓发出的叫声。又过了几天，胳膊上的声音变大了，像千万只蚯蚓的声音合到一起，病痛也随着增加。这天晚上王叟就去世了。（出《宣室志》）

步蚓

段成式的三伯父在唐朝太和三年出任庐州某个官职。段成式所居住的庭院前面忽然爬出一条蚯蚓，食指那么粗，两三丈那么长。脖子是白色的，脖子下有两只像麻雀爪子一般的脚。那条蚯蚓在墙下走动，过了好几天才死去。（出《酉阳杂俎》）

守宫

唐文宗太和末年，松滋县的南边有一个读书人，寄住在亲戚的家里读书。那位读书人刚到亲戚家里的那天晚上，二更天的时候，正点灯阅读，忽然看见一个半寸长的小人，头戴着葛布头巾，拄着拐杖走进门来。那个人对读书人说："刚来这里没有主人陪着，恐怕您很寂寞吧。"声音像苍蝇似的。这个读书人向来有胆量，最开始装作没看见的样子。那个小人就爬上床责备道："你难道不讲主客之礼吗？"那个小人又爬上桌子上面看书，嘴里还不停地骂，那个小人又把砚台扣到了书上。读书人忍受不了，就用手中的笔把那个小人打到了地上。那个小人叫唤了几声，出门后就消失了。过了不久，又来了苦甚。复曰："汝不去，将损汝眼。"四五头遂上其面。士人惊惧，随出门。至堂东，遥望见一门，绝小，如节使牙门。士人乃叫："何物怪魅，敢凌人如此！"复被众啮之。恍惚间，已入小门内。见一人，峨冠当殿，阶下侍卫千数，悉长寸余。叱士人曰："吾怜汝独处，俾小儿往，何苦致害，罪当腰斩。"乃见数十人悉持刃攘臂逼之，士人大惧，谢曰："某愚骏，肉眼不识贞官，乞赐余生。"久之曰："且解知悔。"叱令曳出。不觉已在小门外。及归书堂，已五更矣，残灯犹在。及明，寻其踪迹。东壁古阶下，有小穴如栗，守宫出入焉。士人即雇数夫发之，深数丈，有守宫十余石。大者色赤，长尺许，盖其王也。壤土如楼状，士人聚苏焚之，后亦无他。（出《酉阳杂俎》）

冉端

忠州垫江县吏冉端，唐开成初，父死。有严师者善山冈，为卜地。云："合有王气群聚之物。"掘深丈余，遇蚁城，方数丈，外重雉堞皆具，子城谯橹，工若雕刻。城内分径街，小垤相次，每垤有四五个妇女，妇女中有老有少，她们的身高都只有一寸多高，她们大声喊道："贞官因为看到你自己一个人学习，所以叫我家公子用话开导你，并且给你讲了一些精深的道理。但是你为何如此愚钝轻狂，还伤害他？现在你得去见见贞官。"前来的人像蚂蚁一样前后相连，络绎不绝，而样子都像车夫。他们就扑向读书人，并爬上了读书人的身体。读书人恍恍惚惚像做梦似的，因这些小人咬了读书人的四肢，很得疼。那些小人又说："你不去，我们将弄瞎你的眼睛。"四五个小人便爬上了读书人的脸。读书人惊慌害怕，于是就跟随着他们出了门。走到了堂屋的东面，远远地看见了一处门，那个门极小，看样子像节度使的衙门。读书人于是大叫："什么妖怪鬼魅，竟敢这样欺负人？"读书人又被小人们咬了一阵。恍惚之间，就进入了小门，读书人看见一个戴着高高的帽子的人正在殿上，台阶下有几千侍卫，都一寸多高。殿上那个人斥责读书人说："我可怜你一人独处，让我的孩子前去探视你，你为何伤害他？你罪该腰斩。"于是就见数十位挽着袖子拿着刀的人走了过来。读书人非常害怕，急忙赔罪说："是我愚笨，肉眼不识贞官，请饶我一命。"过了半天那殿上那人才说道："还知道后悔。"喝令把他拉出去。读书人不知不觉就已来到小门外，等到回到书房后，已经五更天了，读书人桌子上的灯还亮着。等到天亮后，读书人前去寻找那踪迹，读书人看见东墙的古台阶下，有一个像栗子大小的洞口。有壁虎由此出入。读书人就雇了几个人挖掘它。挖到几丈深后，发现里面有十多石壁虎。有一只大壁虎，体色是红的，有一尺多长，大约就是他们的王。读书人再看洞口松软的土，像是堆积成楼的样子。读书人堆起柴草烧了它，以后再也没出现奇怪的事情。（出《酉阳杂俎》）

冉端

忠州垫江县县吏冉端的父亲在开成初年去世。有一位风水严先生擅长阴阳之学，为冉端的父亲挑选墓地。严先生说："此地大概有王气，土下面还有聚集在一起的东西。"挖到一丈多深后，发现了一座蚂蚁城，纵横好几丈，外城墙及城上女墙全具备，内城上还有门蚁数千，憧憧不绝，径甚净滑。楼中有二蚁，一紫色，长寸余，足作金色；一有羽，细腰稍小，白翅，翅有经脉，疑是雌者。众蚁约有数斛。城隅小坏，上以坚土为盖，故中楼不损。既掘露，蚁大扰，若求救状。县吏遽白县令李玄之，既睹，劝吏改卜。严师代其卜验，为其地吉，县吏请迁蚁于岩侧，状其所为，仍布石粟，覆之以板。经旬，严师忽得病若狂，或自批触，秽詈大呼，数日不已。玄之素厚严师，因为祝蚁，疗以雄黄丸方愈。（出《酉阳杂俎》）

蚓齿

段成式侄女乳母阿史，本荆州人。尝言，小时见邻居有侄孔谦，篱下有蚓，口露双齿，肚下足如蛯，长尺五，行疾于常蚓，谦恶，遽杀之。其年，谦丧母及兄叔，因不得活。（出《酉阳杂俎》）

韦君

有御史韦君尝从事江夏，后以奉使至京。既还，道次商於，馆亭中。忽见亭柱有白蜘蛛曳而下，状甚微。韦君曰："是人之患也，吾闻虽小，螫人，良药无及。"因以指杀焉。俄又有一白者下，如前所杀之，且观其上，有网为窟。韦乃命左右挈帚，尽扫去。且曰：

楼，蚂蚁城精致得像雕刻似的。城内可以区分出路和街。小蚂蚁穴互相排列得很有次序，每个蚁穴都有几千只蚂蚁。蚂蚁们来来往往不断。它们所走的道路非常光滑。楼里面有两只蚂蚁，一只紫色，一寸多长，爪子是金色的；另一只蚂蚁有翅膀，这只蚂蚁的腰很细，个头稍小些，翅膀白色，翅膀上有脉络，可能是雌蚁。城里所有蚂蚁总计有几十斗。蚂蚁城角稍有损坏，城上面用坚固的土做盖儿，所以中间的楼没有损坏。蚁城被掘开后，蚂蚁们大乱，好像求救的样子。县吏冉端马上报告了给县令李玄之，县令查看后，劝冉端另选坟地。严先生替县吏占卜查看，认为还是之前的那个地方好。县吏冉端想把蚂蚁们迁到山岩边上，把蚂蚁城仍建成原貌，在上面仍撒上沙子，上面再用板盖上。过了十天后，严先生忽然得了病像疯了一样，有时自己抽打嘴巴或者用头撞东西，有时候还用脏话骂人，大喊大叫，几天都不停下。李玄之一向厚待严先生，为严先生向蚂蚁祝祷，并用雄黄丸治疗，严先生的病才痊愈。（出《酉阳杂俎》）

蚓齿

段成式有一位侄女的奶妈叫作阿史，阿史是荆州人。阿史曾经讲过一个故事，阿史小时的邻居家有个侄子叫孔谦。孔谦家里篱笆下有一条蚯蚓，那条蚯蚓的嘴里有两颗显露的牙齿，肚子下面的腿像蜈蚣的马陆一样，蚯蚓有一尺五寸，爬行起来比平常的蚯蚓迅速。孔谦很恶心这条虫子，于是就杀掉了这条虫子。那年，孔谦的母亲、兄长与叔父相继去世，都是因为杀掉了这条蚯蚓才难以活命。（出《酉阳杂俎》）

韦君

有一位御史韦君曾在江夏任职，后来韦君奉命前往京城。韦君回来途经商于投宿在亭驿中。韦君忽然看见亭中柱子上有一只白蜘蛛吐着丝垂了下来，那只白蜘蛛的形状很细小。韦君说："这是人间的祸患。我闻听这种东西虽然小，一旦螫了人，就算有上好药也医治不

“为人患者，吾已除矣。”明日将去，因以手抚其柱，忽觉指痛，不可忍之，乃是有一白蜘蛛螫其上。韦君惊，即拂去。俄遂肿延，不数日而尽一臂。由是肩舁至江夏，医药无及，竟以左臂溃为血，血尽而终。先是韦君先夫人在江夏，梦一白衣人谓曰：“我弟兄三人，其二人为汝子所杀，吾告上帝，帝用悯其冤，且遂吾请。”言毕，夫人惊寤，甚异之，恶不能言。后旬余而韦君至，具得其状，方寤所梦，觉为梦日，果其馆亭时也。夫人泣曰：“其能久乎？”数日而韦君终矣。（出《宣室志》）

陆颙

吴郡陆颙，家于长城，其世以明经仕。颙自幼嗜面，为食愈多而质愈瘦。及长，从本郡贡于礼部，既下第，遂为生太学中。后数月，有胡人数辈，挈酒食诣其门。既坐，顾谓颙曰：“吾南越人，长蛮貊中。闻唐天子庠，罗天下英俊，且欲以文物化动四夷，故我航海梯山来中华，将观太学文物之光。唯吾子峨焉其冠，襜焉其裾，庄然其容，肃然其仪，真唐朝儒生也，故我愿与子交欢。”颙谢曰：“颙幸得籍于太学，然无他才能，何足下见爱之深也！”于是相与酣宴，极欢而去。颙信士也，以为群胡不我欺。旬余，群胡又至，持金缯为颙寿。颙至疑其有他，即固拒之。胡人曰：“吾子了。”于是韦君用手指捻死了白蜘蛛。过了一会儿又有一只白蜘蛛落了下来，韦君依旧用刚才的方法杀死了这只白蜘蛛。这时韦君看到那个柱子上面有蜘蛛网编织的穴，于是便命令仆人拿来扫帚，把蛛网都扫下去。并且说道：“人的祸患，已经都被我给除掉了。”第二天韦君将要离开的时候，用手去摸之前的那根柱子，忽然觉得手指头疼痛，无法忍受，原来是有一只白蜘蛛蜇了他。韦君大吃一惊，立即甩掉了那只白蜘蛛。不一会儿韦君的手指就肿了起来，没过几天整个手臂就全肿了。于是仆人把韦君抬到了江夏，医生所治疗的药物都没有用，最后韦君的左胳膊溃烂出血，韦君也因此血流尽而死。在此之前，韦君的母亲在江夏，梦见一位穿白色衣服的人对韦君的母亲说：“我们弟兄三人，其中有两个人被你的儿子杀死了。我已经上告了天帝，天帝因为怜悯他们所蒙受的冤屈，并且答应了我的请求。”说完，韦君的母亲就惊醒了。韦君的母亲觉得此事很奇怪，但是因为心中觉得不吉利所以没有说出来。过了十几天后韦君回到了江夏，母亲听韦君说了白蜘蛛的事情后，方才明白了那天晚上所做的梦。韦君的母亲也知道了做梦的那一天，也正是韦君投宿亭驿的那个晚上。韦君的母亲哭着说：“我的儿子怕是活不久了！”过了几天后，韦君就去世了。（出《宣室志》）

陆颙

吴郡的陆颙，家住在长城。陆颙家世代都是考取明经后做官。陆颙从小喜欢吃面食，但吃得越多身体越瘦。长大后，以本郡贡生的身份被送到礼部参加会试。结果没考中，便做了太学中的学生。过了几个月后，有几个异族人，带着酒和食物来到了陆颙的住处。那几个异族人坐下后，看着陆颙说：“我们是南越人，出生在少数民族的地方。我听说唐朝皇帝开设的学校，网罗天下优秀的人才，并且打算用先进的文化来感化改变四方的少数民族，所以我们航海爬山来到中国，想观瞻太学中文化文明的风采。但是只看到您戴着高高的帽子、衣襟飘动着。您的容貌庄重，仪表十分严整。您真无愧是唐朝的儒生，所以我愿意跟您交好。”陆颙很感谢说：“我侥幸进入太学学习，居长安中，惶惶然有饥寒色，故持金缯，为子仆马一日之费，所以交吾子欢耳，岂有他哉？幸勿疑我也。”颙不得已，受金缯。及胡人去，太学中诸生闻之，偕来谓颙曰：“彼胡率爱利不顾其身，争盐米之微，尚致相贼杀者，宁肯弃金缯为朋友寿乎？且太学中诸生甚多，何为独厚君耶？君匿身郊野间，以避再来也。”

颙遂侨居于渭水上，杜门不出。仅月余，群胡又诣其门，颙大惊。胡人喜曰：“比君在太学中，我未得尽言。今君退居郊野，果吾心也。”既坐，胡人挈颙手而言曰：“我之来，非偶然也，盖有求于君耳，幸望许之。且我所祈，于君固无害。于我则大惠也。”颙曰：“谨受教。”胡人曰：“吾子好食面乎？”曰：“然。”又曰：“食面者，非君也，乃君肚中一虫耳。今我欲以一粒药进君，君饵之，当吐出虫。则我以厚价从君易之，其可乎？”颙曰：“若诚有之，又安有不可耶？”已而胡人出一粒药，其色光紫，命饵之。有顷，遂吐出一虫，长二寸许，色青，状如蛙。胡人曰：“此名消面虫，实天下之奇宝也。”颙曰：“何以识之？”胡人曰：“吾每旦见宝气亘天，在太学中。故我特访而取之。然自一月余，清旦望之，见其气移于渭水上，果君迁居焉。又此虫禀天地中和之气而结，故好食面。盖以麦自秋始种，至来年夏季，方始成实，受天地四时之全气，故嗜其味焉。君宜以面食之，可见矣。”颙即以面斗余致其前，虫乃食之立尽。颙又问曰：“此虫安使用也？”胡人曰：“夫天下之奇可是我并无其他的才能，您怎么能如此喜爱我呢？”于是陆颙与他们一起痛快地吃喝，极尽欢乐才离去。陆颙是个诚实的人，认为胡人们不会欺骗自己。于是过了十几天，胡人们又来了，胡人们并且拿来了黄金和丝绸赠给陆颙。陆颙很怀疑胡人们另有企图，因此坚决不接受礼物。胡人说：“您虽然住在长安，但我看您生活很窘迫，面有饥寒之色。所以我拿来些黄金和丝绸，作为您的仆人和您的马一天的费用。我们只是为了跟您交好，哪有别的用意呢？希望您不要怀疑我们。”陆颙没办法，只好接受胡人们带来的黄金和丝绸。等胡人们走了以后，太学中的一些学生知道了这件事，都来对陆颙说：“那些胡人都是贪财不惜命的人，就算为争夺盐米这样的小东西，他们都会相互残杀，难道他们竟会牺牲黄金和丝绸送给别人吗？再者说太学中的学生很多，为什么单单厚待你呢？您可暂且到郊外藏身，以免他们再来。”

陆颙于是便寄住在渭水上，闭门不出。只过了一个月，胡人们又来到陆颙所居住的地方。陆颙很吃惊。胡人们高兴地说：“在太学中跟您结交，我们不能把话全都说出来，现在您住郊外，正合乎我的心意。”几人坐下后，胡人拉着陆颙的手说道：“我来并非偶然，我原是有求于您的，希望您可以答应我。再说我请求您的事情，对您原本没有害处，但是对我有很大的帮助。”陆颙说：“我愿意听您的指教。”胡人说：“您是不是喜欢吃面？”陆颙回答说：“是的，没错。”胡人又说：“爱吃面的不是您，而是您肚子中的虫子。我想把一丸药给您，您吃下它，就会吐出虫子。如果您吐出来虫子，我就用优厚的价格从您那里把虫子买下来。可以吗？”陆颙说：“如果真有这个虫子，那怎么不可以呢？”不一会儿，那位胡人拿出一丸药，它的颜色光彩都是紫色的。胡人叫陆颙吃下这丸药。没过一会儿，陆颙便吐出一条虫，那条虫有二寸左右长，青色像青蛙一样。胡人说：“这条虫叫消面虫，实际上是天下的奇宝。”陆颙说：“凭借什么识别出这条虫子？”胡人说：“我每天早晨看到宝气连着天空，位于太学中，所以我特意拜访您以便找到这条虫子。然而在一个多月前，我在清晨远望的时候，我看到那团气移到了渭水上，发现果然是您迁居到这里来了。

宝，俱禀中和之气，此虫乃中和之粹也。执其本而取其末，其远乎哉！”既而以筒盛其虫，又金函扃之，命颙致于寝室。谓颙曰：“明日当再来。”及明旦，胡人以十两重辇，金玉缯帛约数万，献于颙，共持金函而去。

颙自此大富，致园屋，为治生具，日食粱肉，衣鲜衣，游于长安中，号豪士。仅岁余，群胡又来，谓颙曰：“吾子能与我偕游海中乎？我欲探海中之奇宝，以耀天下。而吾子岂非好奇之士耶？”颙既以甚富，又素用闲逸自遂，即与群胡俱至海上。胡人结宇而居，于是置油膏于银鼎中，构火其下，投虫于鼎中炼之，七日不绝燎。忽有一童，分发衣青襦，自海水中出，捧月盘，盘中有径寸珠甚多，来献胡人。胡人大声叱之，其童色惧，捧盘而去。童去食顷，又有一玉女，貌极冶，衣雾绡之衣，佩玉珥珠，翩翩自海中而出，捧紫玉盘，中有珠数十，来献胡人。胡人骂之，玉女捧盘而去。俄有一仙人戴瑶碧冠，帔霞衣，捧绛帕籍，籍中有一珠，径三寸许，奇光泛空，照数十步。仙人以珠献胡人，胡人笑而授之。喜谓颙曰：“至宝来矣。”即命绝燎，自鼎中收虫，置金函中。其虫虽炼之且久，而跳跃如初。胡人吞其珠，谓颙曰：“子随我入海中，慎无惧。”颙即执胡人佩带，从而入焉。其海水皆豁开数十步，鳞介之族，俱辟易回去。游龙宫，入蛟室，珍珠怪宝，惟意所择，才一夕而获甚多。胡人谓颙曰：“此可以致亿万之货矣。”已而又以珍贝数品遗于颙，货于南越，获金千镒，由是益富，其后竟不仕，老于这条虫子是承载天地的中和之气凝结而成的，所以喜欢吃面。因为麦子从秋天开始种，到来年夏季，才结出果实，接受了天地四季的全部精气，所以虫子才特别喜欢它的滋味。您如果用面喂它，就可以证实。”陆颙就把一斗多面。放到虫子面前，虫子立刻就吃光了。陆颙又问道：“这个虫子用它干什么呢？”胡人说：“天下的奇特宝贝，都承受了中和之气，这个虫子是中和之气的精华。拿着根本而去索取次要的，难道次要的还会得不到吗？”之后就用竹筒盛放那只虫子，又把筒锁在一个金属的匣子里。让陆颙放到寝室中。对陆颙说：“明天我们会再来。”到了第二天早晨的时候，胡人拿来十两重的银锭和金玉丝绸价值总计大约有万钱的东西送给了陆颙。胡人们一起拿着金属匣子走了。

陆颙从此以后变得非常富裕，购置了房子花园，置办了生活用品。陆颙每天吃好米好肉，穿着华美的衣服，在长安市中游玩，自己号称豪士。过了一年多，胡人们又来了，对陆颙说：“您能和我们一同到海中游览吗？我想探寻海中奇特的宝贝，以便向天下炫耀。而您不是好奇的读书人吗？”因为陆颙已经很富有了，又一向喜欢闲散安逸，于是就与胡人们一块到了海上。胡人们搭起了房子住在里面，还在银鼎中放上了油膏，在鼎下点起了火。胡人们把虫子扔到鼎中炼，火没有中断地连续烧了七天。忽然有一个小孩，头发分开穿着青色的短袄，从海水中出来，那个小孩捧着圆形的盘子，盘中有很多直径一寸多的珍蛛，来献给胡人。胡人大声地斥责那个小孩。那个小孩显得很害怕，捧着盘子又回去了。那个小孩回去才一顿饭工夫，又有一位容貌极美的女子，那位女子穿着如薄雾的轻纱，佩戴玉饰，耳朵戴着珍珠耳环，轻盈自在地从海水中走出。那个女子捧着一个紫玉盘，里面有数十枚珍珠，来献给胡人。胡人也骂了那位女子，那位女子又捧着盘子离开了。不一会儿有一位仙人头戴着瑶碧冠，身上披着霞帔。那位仙人手里捧着个大红绸面的册子，册子中有一枚宝珠，宝珠的直径三寸左右，放出奇异的光彩可以映满空中，光亮照出十几步远。仙人把宝珠献给胡人们，胡人们这才笑着收下了。胡人们高兴地对陆颙说：“最好的宝贝终于得到了。”于是那个胡人立即叫人停

闽越中也。(出《宣室志》)

火，从鼎中收起了那只虫子，把那只虫子放在金匣子中。那虫子虽然被炼了很长时间，但是蹦跳如初。胡人吞下了那颗宝珠，对陆颙说："你随着我到海里去，千万别害怕。"陆颙就抓住那个胡人身上的带子，跟着胡人进入海水中。海水向两边分开了几十步的距离，鱼鳖之类都惊退离去。陆颙与那位胡人游览龙宫，进入蛟人住的地方，里面的珍珠和奇异的宝贝，可以随意选择，只用了一晚上二人就收获不少。胡人对陆颙说："这些东西可以换来亿万的钱了。"过了一会儿那个胡人又把好几种珍贵的宝贝送给了陆颙。二人把宝贝带到南越贩卖，获得一千镒黄金。陆颙从此更富有了。陆颙从此以后始终没做官，直到老死在闽越一地。（出《宣室志》）

卷第四百七十七 昆虫五

张 景

平阳人张景者，以善射，为本郡裨将。景有女，始十六七，甚敏惠，其父母爱之，居以侧室。一夕，女独处其中，寝未熟，忽见轧其户者。俄见一人来，被素衣，貌充而肥，自欹身于女之榻。惧为盗，默不敢顾。白衣人又前迫以笑，女益惧，且虑为怪焉。因叱曰："君岂非盗乎？不然，是他类也。"白衣者笑曰："东选吾心，谓吾为盗，且亦误矣。谓吾为他类，不其甚乎！且吾本齐人曹氏子也，谓我美风仪，子独不知乎？子虽拒我，然犹寓子之舍耳。"言已，遂偃于榻，且寝焉。女恶之，不敢窃视，迨将晓方去。明夕又来，女惧益甚。又明日，具事白于父。父曰："必是怪也。"即命一金锥，贯缕于其末，且利铓，以授女。教曰："魅至，以此表焉。"是夕又来，女强以言洽之，魅果善语。夜将半，女密以锥傅其项，其魅跃然大呼，曳缕而去。明日，女告父，命僮逐其迹，出舍数十步，至古木下，得一穴而绳贯其中。乃穷之，深不数尺，果有一蛴螬，约尺余，蹲其中焉，锥表其项，盖所谓齐人曹氏子也。景即杀之，自此遂绝。（出《宣室志》）

张景

平阳人张景凭着擅长射箭而做了本郡的副将。张景有一个女儿，才十六七岁，非常聪明，她的父母很疼爱她，让她住在厢房里。一天晚上，张景的女儿独自在屋里睡觉，还没睡熟的时候，忽然听见一个人敲她的门。不一会儿就看见一个人走了进来，那个人穿着白衣服，样貌很肥胖。那个人把身休斜倚在张景女儿的床边。张景的女儿害怕以为是强盗，不敢出声也不敢回头看。那个白衣人又上前微笑，张景的女儿更加害怕，而且怀疑那个人是怪物。于是张景的女儿斥责说："您是不是强盗？若您不是强盗的话，那您就不是人类。"那个白衣人笑着说："主人揣测我的心，说我是强盗，已经是错了。说我是人类之外的东西，那岂不是太过分了吗？我本是家住在齐国的一户姓曹人家的子孙，那里的百姓都说我的风度仪表很美，你竟然不知道吗？你虽然拒绝我，但是我还是要住在你的房子里。"说完了，那个人便仰卧在床上睡了。张景的女儿很讨厌那个人，但是不敢偷偷看那个人，天快要亮的时候那个人才走。第二天晚上那个白衣人又来了，张景的女儿更加害怕。又过了一天张景的女儿把事情告诉了父亲。张景说："那个人一定是怪物。"于是乎张景拿来一个金锥，张景在锥的末尾穿上线，并且把锥头磨得很尖锐，然后张景把金锥递给了女儿。张景教女儿说："等那个怪物来了，用这个金锥刺那个怪物。"当天晚上那个怪物又来了，张景的女儿勉强用话去应付那个白衣人，那个怪物果然很健谈。快到半夜的时候，张景的女

蛇医

王彦威镇汴之二年，夏旱，时袁王傅李玘过汴，因宴。王以旱为虑，李醉曰："欲雨甚易耳，可求蛇医四头，十石瓮二，每瓮实以水，浮二蛇医，覆以木盖，密泥之，分置于闹处。瓮前设席烧香，选小儿十岁已下十余，令执小青竹，昼夜更击其瓮，不得少辍。"王如其言试之，一日两度雨，大注数百里。旧说，龙与蛇师为亲家。（出《酉阳杂俎》）

山蜘蛛

相传裴旻山行，有山蜘蛛，垂丝如匹布，将及旻。旻引弓射却之，大如车轮，因断其丝数尺，收之。部下有金疮者，剪方寸贴之，血立止。（出《酉阳杂俎》）

虫变

河南少尹韦绚，少时，尝于夔州江岸见一异虫。初疑一棘刺，儿偷偷地把金锥插入怪物脖子中，那怪物大叫着跳了起来，拖着线逃走了。第二天，张景的女儿把这件事告诉了父亲，张景叫书童去追寻那个怪物的足迹。走出房子数十步，到了一棵古树的下面，书童在树的下面看到了一个洞，那根线就延伸到里面去了。于是书童就顺着线往下挖，挖了不到数尺，果然看见了一只大约一尺多长的蛴螬蹲在那里，金锥就扎在它的脖子上。这就是那个怪物所说的"齐国的一户姓曹人家的子孙"了。张景当即杀死了那个虫子，从此以后就再也没发生过奇异的事情了。（出《宣室志》）

蛇医

王彦威镇守汴州的第二年夏天，当时正好大旱。当时袁王的老师李玘路过汴州，于是王彦威设宴款待。王彦威谈起对天旱的顾虑，李玘趁醉说道："想要下雨很容易，可以去找四只蛇医，再找两个能装十石水的大瓮，每个瓮上都装满水，让两只蛇医浮在水上，瓮上盖上盖儿，用泥封严，分别把两个瓮放到热闹的地方。在瓮前摆上酒席并且烧香，选十几个十岁以下的小孩，叫他们手中拿着小青竹，白天晚上轮换着抽打那两只瓮，一刻也不许停。"王彦威按照李玘的话去做，果然一天内就下了两场雨，涉及面积达几百里。人们传说，龙跟蛇的师傅是亲家。（出《酉阳杂俎》）

山蜘蛛

相传裴旻在山里走的时候，看见山蜘蛛垂下的蛛网像一匹布一样大，快要触碰到斐旻的时候。斐旻拉开弓射退了那只山蜘蛛， 裴旻看见那只蜘蛛像车轮那么大，于是裴旻弄断了几尺蛛网，收藏起来。部下有被兵器打伤的人，剪下一寸见方的蜘蛛网在伤口上面贴上，就能立刻停止流血。（出《酉阳杂俎》）

虫变

河南少尹韦绚在年轻的时候曾在夔州江边见过一只奇异的虫子。

从者惊曰："此虫有灵，不可犯之，或致风雨。"韦试令踏地惊之，虫飞，伏地如灭，细视地上，若石脉焉。良久渐起如旧，每刺上有一爪，忽入草，疾走如箭，竟不知何物。（出《酉阳杂俎》）

蝎 化

蝎负虫巨者，多化为蝎。蝎子多负于背，段成式尝见一蝎负十余子，子色犹白，才如稻粒。又尝见张希复言，陈州古仓有蝎，形如钱，螫人必死，江南旧无。（出《酉阳杂俎》）

虱建草

旧说，虱虫症，饮赤龙所浴水则愈。虱恶水银，人有病虱者，虽香衣沐浴不能已，惟水银可去之。道士崔白言，荆州秀才张告，尝扪得两头虱。又有草生山足湿处，叶如百合，对叶独茎，茎微赤，高一二尺，名虱建草，能去虮虱。（出《酉阳杂俎》）

法 通

荆州有帛师号法通，本安西人，少于东天出家。言蝗虫腹下有梵字，或自天下来者。及忉利天梵天来。西域验其字，作本天坛法禳之。今蝗虫首有王字，固自可晓。或言鱼子变，近之矣。旧言虫食谷者，部吏所致，侵渔百姓，则虫食谷。虫身黑头赤，武官也；

书绚刚看到的时候怀疑是一根酸枣树上的刺。随从吃惊地说："这种虫子有灵性，不能触犯它，它能呼风唤雨。"书绚想试试，于是叫人跺地吓唬那只虫子，虫子飞了，落地的时候好像消失了。书绚仔细在地上查看，那只虫子就像石头的纹理，好半天才逐渐恢复原先那个样子。这种虫每根刺上都有一只爪子，忽然钻进草中，跑得像箭一样快，但是人们竟然不知道那只虫子究竟是什么生物。（出《酉阳杂俎》）

蝎化

蝎子背上背的大虫子，多数会变成蝎子。蝎子的幼虫大多由大蝎子背着，段成式曾看过一只大蝎子背着十多只幼蝎，那些幼蝎是白色的，只有稻粒大小。我又曾听张希复说过一件事，陈州的旧粮仓中有蝎子，形状像铜钱，如果蜇了人，人必死，江南原来是没有这种蝎子的。（出《酉阳杂俎》）

虱建草

过去有种传说，虱虫症需要喝赤龙洗过澡的水才可以痊愈。虱子讨厌水银，有人因为被虱子咬而苦恼的，即使穿着有香味的衣服并且洗澡也不能完全根治好，只有用水银才能消灭它。有个叫崔白的道士说："荆州秀才张告曾经摸到两个头的虱子。又有一种生长在山脚下湿润的地方的草，草的叶子像百合，叶子是一对一对生的，这种草只有一根茎，茎是微红色，这种草高一二尺，名叫虱建草，这种草可以消灭虮虱。（出《酉阳杂俎》）

法通

荆州有位大师法号叫法通，法通原本是安西人，年轻时在东天出家。法通说蝗虫肚子下面有梵文，这些蝗虫或许是从天上来的，或者是从切利天梵天来的。西域有人查看了那些字，作了本天坛法来祈福消灾。现在的蝗虫头上有"王"字，自然就可以明白了。有人说

头黑身赤，儒吏也。（出《酉阳杂俎》）

登封士人

唐尝有士人客游十余年，归庄，庄在登封县。夜久，士人睡未著。忽有星火发于墙堵下，初为萤，稍稍芒起，大如弹丸，飞烛四隅，渐低，轮转来往。去士人面才尺余。细视光中，有一女子，贯钗，红衫碧裙，摇首摆臂，具体可爱。士人因张手掩获，烛之，乃鼠粪也，大如鸡栖子。破视，有虫首赤身青，杀之。（出《酉阳杂俎》）

虱征

相传人将死，虱离身。或云，取病者虱于床前，可以卜病。将差，虱行向病者，背则死。（出《酉阳杂俎》）

壁镜

一日，江枫亭会，众说单方。段成式记治壁镜，用白矾。重访许君，用桑柴灰汁，三度沸，取汁，白矾为膏，涂疮口即差，兼治蛇毒。自商、邓、襄州，多壁镜，毒人必死。身匾五足者是。坐客或云，巳年不宜杀蛇。（出《酉阳杂俎》）

蝗虫是鱼子变的，这种说法接近正确。过去说蝗虫吃谷物是衙门中的官吏造成的，官吏侵害剥削百姓，蝗虫就吃谷物。如果煌虫身子黑色，头是经红色，是武官；如果蝗虫头是黑色，身子红色，则是文官。（出《酉阳杂俎》）

登封士人

唐代曾有位读书人在外游历十多年，后来那位读书人回到了家中的庄园，读书人的庄园在登封县。有一天夜已经很深了，读书人还没睡着。忽然他看见有个小火星从墙根下升起，开始还像是萤火虫，然后渐渐地放出了光芒，大小像弹丸一样，飞起来照亮了屋子的四角，之后又渐渐地又落了下来，来来回回地旋转着。这团光距离读书人的脸只有一尺多的时候，仔细看那团光的中间，有一位女子，那位女子头发上插着发钗，红衣绿裙，摇头摆臂，形体完整，十分可爱。于是那位读书人张开手突然抓住了那位女子，用灯照着一看，发现原来是一粒大小像皂荚树果实的老鼠屎。读书人剖开一看，发现里面有一只红头青身的虫子，便杀死了它。（出《酉阳杂俎》）

虱　征

相传人快要死的时候，虱子就会离开那人的身体。有人说，把病人身上的虱子放在床前，可以预测病情。病快要好的时候，虱子就爬向病人；如果虱子爬向病人相反方向，病人就会死掉。（出《酉阳杂俎》）

壁　镜

有一天，有几个人在江枫亭聚会，大家在谈论单方。段成式记下了治疗壁钱虫咬伤的偏方是用白矾。段成式再一次询问了许先生，才知道要用桑木的灰过滤的药汁，要烧开三回。用这种汁跟白矾和在一起成膏，把膏抹到疮口上就能治好壁钱虫的伤，这种药膏还能治蛇毒。商州、邓州、襄州一带有很多壁钱虫，人中了壁钱虫的毒必死。

大蝎

安邑县北门，县人云，有一蝎如琵琶大，每出来，不毒人，人犹是恐。其灵积年矣。（出《传载》）

红蝙蝠

刘君云，南中红蕉花时，有红蝙蝠集花中，南人呼为红蝙蝠。（出《酉阳杂俎》）

青蚨

青蚨似蝉而状稍大，其味辛，可食。每生子，必依草叶，大如蚕子。人将子归，其母亦飞来，不以近远，其母必知处。然后各致小钱于巾，埋东行阴墙下，三日开之，即以母血涂之如前。每市物，先用子，即子归母；用母者，即母归子。如此轮还，不知休息。若买金银珍宝，即钱不还。青蚨者，一名鱼伯。（出《穷神秘苑》）

滕王图

一日，紫极宫会。秀才刘鲁封云："尝见滕王《蜂蝶图》。有名江夏斑、大海眼、小海眼、村里来、菜花子。"（出《酉阳杂俎》）

壁钱虫的身体扁扁的，身上有五只足。座中有一位客人说，若逢巳年的时候不应该杀蛇。（出《酉阳杂俎》）

大蝎

有一位住在安邑县北门的人说过一件事，那个人曾经看见过有一只像琵琶那么大的蝎子。那只蝎子每年都会出来，但是并不会毒害人，不过人们还是对这只蝎子很恐惧。因为不知道它活了多少年，是否已经成了精。（出《传载》）

红蝙蝠

刘君说："南方的美人蕉开花的时候，有一种红蝙蝠会聚集在花中，南方人称为红蝙蝠。"（出《酉阳杂俎》）

青蚨

青蚨像蝉但是样子比蝉稍大，它的味道辛辣，可以食用。青蚨每次产卵，一定会将卵产在草叶上，大如蚕卵。人们把青蚨的幼虫拿回来，它的母亲也会飞来，它的母亲不管远近都能找到幼蚨所在的地方。人们掌握了青蚨的这种特性后，就把小铜钱包在手巾中，埋在东边道路旁阳光照不到的墙下，三天后挖出，就用青蚨母亲的血涂在钱上。每当买东西时，先用涂了青蚨子血的钱，子钱会自己返回到母钱处；若用涂了母血的钱，母钱也会自动返回子钱处。如此轮流返回，不知停止。如果恰巧买了金银珍宝，那钱就不回来了。青蚨，另一名字叫鱼伯。（出《穷神秘苑》）

滕王图

有一天，一群人在紫极宫聚会。秀才刘鲁封说："我曾经见过滕王的《蜂蝶图》。图册里其中有名叫江夏斑、大海眼、小海眼、村里来和菜花子的昆虫。"（出《酉阳杂俎》）

异蜂

异蜂，有蜂状如蜡蜂，稍大，飞劲疾。好圆裁树叶，卷入木窍及壁罅中作窠。段成式尝发壁寻之，每叶卷中，实以不洁。或云，将化为蜜。（出《酉阳杂俎》）

寄居

寄居之虫，如螺而有脚，形似蜘蛛。本无壳，入空螺壳中，载以行，触之缩足，如螺闭户也。火炙之，乃出走，始知其寄居也。（出《酉阳杂俎》）

异虫

温会在江州，与宾客看打鱼。渔子一人忽上岸狂走，温问之，但反手指背，不能语。渔者色黑，细视之，有物如黄叶，大尺余，眼遍其上，啮不可取。温令烧之，方落。每对一眼底，有觜如钉。渔子出血数升而死。莫有识者。（出《酉阳杂俎》）

蝇

长安秋多蝇。段成式尝日读百家五卷，颇为所扰，触睫隐字，驱不能已。偶拂杀一焉，细视之，翼甚似蜩，冠甚似蜂。性察于腐，嗜于酒肉。按理首翼，其类有苍者声雄壮，负金者声清，听其声在翼也。青者能败物，巨者首如火。或曰，大麻蝇，芋根所化。

异蜂

有一种奇特的蜂，样子像蜜蜂，但是比蜜蜂还稍大，这种蜂飞起来快而有力。这种蜂喜欢把树叶裁成圆形，卷起来放入树洞或墙壁缝中做窝。段成式曾经弄开墙壁寻找这种蜂，看见每个卷起来的叶子里，都充满了肮脏的东西。有人说，这些东西将会变成蜜。（出《酉阳杂俎》）

寄居

寄居这种生物，像田螺但是自己有脚，形状像蜘蛛。寄居本来没有壳，把身体钻入空的螺壳之中，寄居就带着螺壳爬行。如果碰到寄居，寄居就会把脚缩进壳里，像田螺把螺壳关上一样。用火烤螺壳，寄居就爬出壳逃跑，用这种方法才知道这是寄居。（出《酉阳杂俎》）

异虫

温会在江州的时候，有一次与宾客一起去看打渔。温会看见一位渔民忽然从水里上岸狂跑起来。温会问那个渔人怎么回事，那个渔人只是反手指着自己的后背，但是说不出来话。这个渔民此时的皮肤已经发黑了。温会仔细查看那个渔人的背上，看见有个东西像黄树叶一样，有一尺多，上面遍布了眼睛，咬住渔人的皮肤弄不下来。温会叫人用火烤，才掉了下来。那个东西的每一对眼睛下面都有一个像钉子似的嘴。渔民的身上出了好几升血后就死了。在场的人没有人认识这种东西。（出《酉阳杂俎》）

蝇

长安的秋季苍蝇很多。段成式曾经每天读五卷诸子百家的书，很受苍蝇的干扰。有的苍蝇会绕着睫毛飞，有的苍蝇会落在书上把字都挡住了，赶也赶不完。偶尔打死了一只，段成式仔细查看发现苍蝇的翅膀很像蝉的薄翅，而苍蝇的头很像蜂的头。苍蝇的特性是善

（出《酉阳杂俎》）

壁鱼

壁鱼，补阙张周封言，尝见壁上白瓜子化为白鱼。因知《列子》言朽瓜为鱼之义。（出《酉阳杂俎》）

天牛虫

天牛虫，黑甲虫也。长安夏中，此虫或出于篱壁间，必雨。段成式七度验之，皆应。（出《酉阳杂俎》）

白蜂窠

白蜂窠，段成式修行里私第，果园数亩。壬戌年，有蜂如麻子，蜂胶土为巢，于庭前檐，大如鸡卵，色正白可爱。家弟恶而坏之。其冬，果叠钟手足。《南史》言宋明帝恶言白问。《金楼子》言子婚日，疾风雪下，帷幕变白，以为不祥。抑知俗忌白久矣。（出《酉阳杂俎》）

毒蜂

毒蜂，岭南有毒菌，夜明，经雨而腐，化为巨蜂。黑色，喙若锯，长三分余。夜入人耳鼻中，断人心系。（出《酉阳杂俎》）

于发现腐烂的东西，特别喜欢的是酒和肉。苍蝇经常按住脑袋和翅膀不断梳理，苍蝇这类东西中后背青黑色的声音雄壮，后背是黄色的声音清脆，听苍蝇的声音是从翅膀中发出的。后背是青色的苍蝇能使东西腐败，大的苍蝇头颜色像火一样。有人说，大麻蝇是由芋根变成的。（出《酉阳杂俎》）

壁鱼

关于壁鱼的事情，补阙张周封说过一件事，他曾看见墙上的白瓜子变成了白鱼。这才懂得了《列子》所说的腐烂的瓜变成了鱼的含义。（出《酉阳杂俎》）

天牛虫

天牛虫是黑色甲虫。长安的仲夏时节，这种虫子有时出现在篱笆的墙壁中，这时候就一定会下雨。段成式曾经验证了七次，每次都会应验。（出《酉阳杂俎》）

白蜂窠

白蜂窠。段成式修造乡里私宅的时候，尚拥有几亩果园。壬戌那一年，段成式发现一种像麻子大小的蜂。这种蜂在院子前面的屋檐下把土黏起来做成窝，蜂的窝有鸡蛋那样大，蜂窝的颜色纯白可爱。段成式的弟弟很厌恶这个蜂窝，于是就把蜂窝弄坏了。那年冬天，段成式弟弟的手脚经常变肿。《南史》上记载宋明帝讨厌建康城的白门。《金楼子》说他儿子结婚那天，风急雪大，窗帘都冻成了白色，认为这样不吉利。由此可以知道世俗忌讳白色很久了。（出《酉阳杂俎》）

毒蜂

毒蜂。岭南有种毒蘑菇，每到夜晚就会发光，这种蘑菇经雨淋后就会烂掉，变成大蜂。这种大蜂黑色，嘴像锯一般，有三分多

竹蜂

蜀中有竹蜜蜂，好于野竹上结窠。窠大如鸡卵，有蒂，长尺许。窠与蜜并绀色可爱，甘倍于常蜜。（出《酉阳杂俎》）

水蛆

水蛆，南中水溪涧中多此虫，长寸余，色黑。夏深，变为虻，螫人甚毒。（出《酉阳杂俎》）

水虫

象浦，其川渚有水虫，攒木食船，数十日船坏。虫甚细微。（出《酉阳杂俎》）

抱抢

水虫形似蛣蜣，大腹下有刺，如棘针，螫人有毒。（原缺出处。明抄本、陈校本作出《酉阳杂俎》）

避役

南中有虫名避役，应一日十二辰。其虫状如蛇医，脚长，色青赤，肉鬣。暑月时见于篱壁间，俗见者多称意事。其首倏忽更变，为十二辰状。段成式再从兄寻常睹之。（出《酉阳杂俎》）

长，夜晚会进入人的耳朵鼻子里，能咬断人心的血管。（出《酉阳杂俎》）

竹蜂

蜀中有一种竹蜜蜂，喜欢在野竹上做窝。竹蜜蜂的窝像鸡蛋那么大，有蒂与竹相连，蒂有一尺多长。竹蜜蜂窝与产下的蜜都是绀色的，样子很可爱，竹蜜蜂产下的蜜比一般的蜜甜几倍。（出《酉阳杂俎》）

水蛆

水蛆。南方的水沟里有很多这种虫子，这种虫子有一寸多长，黑色。到夏天虫子身上的色就会加深，变成蛇，蜇到人后毒性很大。（出《酉阳杂俎》）

水虫

象浦的河流和岸边会有水虫，这种虫子会钻木以船身为食。几十天后船身就会坏掉。这种虫子的身体很细小。（出《酉阳杂俎》）

抱抢

水虫的形状像蜣螂一样，大的肚子下面有刺，水虫的刺就像酸枣树的刺，蜇了人以后人会中毒。（原缺出处。明抄本、陈校本作出《酉阳杂俎》）

避役

南方有一种虫子叫避役，这种虫子跟一天中的十二个时辰相应。避役的形状像蝾螈一样，爪子很长，身体呈黑红色，脖子上的鬃是肉质的。在夏季炎热的时候经常会在篱笆的墙上看见到。人们说见到避役的人往往会遇到称心的事。避役的脑袋变化很快，在一天内十二时辰里的形状各不相同。段成式的从兄曾看见过避役。（出《酉阳杂俎》）

蠮螉

蠮螉形如蝉，其子如虫，著草叶。得其子则母飞来就之，煎食，辛而美。（出《酉阳杂俎》）

灶马

灶马状如促织，稍大，脚长，好穴于灶侧。俗言灶有马，足食之兆。（出《酉阳杂俎》）

谢豹

虢州有虫名谢豹，常在深土中，司马裴沈子尝掘穴获之。小类虾蟆，而圆如毬。见人，以前两脚交覆首，如羞状。能穴地如鼢鼠，顷刻深数尺。或出地，听谢豹鸟声，则脑裂而死，俗因名之。（出《酉阳杂俎》）

碎车虫

碎车赤即反。虫状如唧聊，苍色，好栖高树上，其声如人吟啸。终南有之。（出《酉阳杂俎》）

度古

度古似书带，色类蚓，长二尺许，首如铲，背上有黑黄襕，稍触则断。常趁蚓，蚓不复动，乃上蚓掩之，良久蚓化，唯腹泥如涎。有毒，鸡食辄死。俗呼土蛊。（出《酉阳杂俎》）

蠍蝺

蠍蝺的形状像蝉。蠍蝺的幼虫依附在草叶上生活。拿走蠍蝺的幼虫，蠍蝺就自动飞来跟它的幼虫在一起。煎着吃，味道又辣又香。（出《酉阳杂俎》）

灶马

灶马样子很像蟋蟀，比蟋蟀稍微大一点，脚很长，喜欢在灶旁挖洞栖息。俗话说，灶旁有灶马是有富裕粮食的征兆。（出《酉阳杂俎》）

谢豹

虢州有一种虫子叫谢豹，谢豹经常住在深土层中，司马裴沈的儿子曾经挖洞抓到过它。像蛤蟆那么小，而且像球一样圆。看见了人，就会用两只前爪交叉盖着脑袋，像害羞一样。它能像鼢鼠那样在地里面打洞。用不了多长时间就能挖好几尺深。有时候会爬到地面上，如果听到鸟的叫声就会脑袋裂开而死掉。因此人们将它命名为谢豹。（出《酉阳杂俎》）

碎车虫

碎车虫的形状像知了，青黑色，喜欢栖息在高大的树上，叫声就像人的叹息声一样。终南山上有这种虫子。（出《酉阳杂俎》）

度古

度古虫的形状像是捆书的带子，颜色类似蚯蚓，二尺左右长。度古虫的头像铲子，背上长着黑黄色像围腰似的东西，稍微一碰就断。度古虫经常追赶蚯蚓，一追上蚯蚓就不再动，度古虫便上到蚯蚓身上盖住它，过了一段时间蚯蚓就化了，只剩下像黏涎一样的肚子里面的泥沙。度古虫有毒，鸡吃了就会死掉。度古虫俗称为土蛊。（出《酉阳杂俎》）

雷蜞

雷蜞大如蚓，以物触之，及蹙缩，圆转若鞠。良久引首，鞠形渐小，复如蚓焉。或云，啮人毒甚。（出《酉阳杂俎》）

腹育

蝉未脱时名腹育，相传言蛣蜣所化。秀才韦翾庄在杜曲，尝冬中掘树根，见腹育附于朽处，怪之。村人言蝉固朽木所化也。翾因剖一视之，腹中犹实烂木。（出《酉阳杂俎》）

蛱蝶

蛱蝶，尺蠖茧所化也。秀才顾非熊少时，尝见郁栖中坏绿裙幅，旋化为蝶。工部员外郎张周封言，百合花合之，泥其隙，经宿，化为大蝴蝶。（出《酉阳杂俎》）

蚁

蚁，秦中多巨黑蚁，好斗，俗呼为马蚁。次有色窃赤者细蚁，中有黑迟钝，力举等身铁。有窃黄者，最有兼弱之智。段成式儿戏时，常以棘刺摽蝇，直其来路，此蚁触之而返。或去穴一尺或数寸，入穴中者，如索而出，疑有声而相召也。其行每六七，有大首者间之，整若队伍。至徙蝇时，大首者或翼或殿，如备异蚁状也。（出《酉阳杂俎》）

雷蜞

雷蜞像蚯蚓那样大，用东西一碰，就会收缩起来，盘曲得像一个球一样。过很久才伸出脑袋，缩成的球也渐渐变小，然后就像一条蚯蚓了。有人说，这东西咬人后的毒性很厉害。（出《酉阳杂俎》）

腹育

蝉还没有蜕皮的时候叫腹育，有传言说是蛲螂变成的。秀才韦翾庄园还在杜曲的时候，韦翾曾经在冬天挖树根，看见腹育附在树根腐烂的地方，觉得很奇怪。村里人说，蝉原本就是由烂木头变成的。韦翾于是剖开一只腹育进行观察，蝉的腹中果然充满了烂木头。（出《酉阳杂俎》）

蛱蝶

蛱蝶是尺蠖茧羽化成的。秀才顾非熊少年的时候，曾经看见粪土中的一件已经破败不堪的绿色裙幅不一会儿的工夫就变成了蝴蝶。工部员外郎张周封说："百合花用盒子装起来，再用泥把缝隙抹严，经过一晚上的时间，就会变成大蝴蝶。"（出《酉阳杂俎》）

蚁

秦地有很多大黑蚂蚁，好斗，俗称马蚁。其次有一种浅红色的小蚂蚁。还有一种很笨的黑蚁，力气能举起跟自身长度相等的铁。还有一种浅黄色的蚂蚁，最有吞食弱者的智慧。段成式幼时玩耍的时候，常用酸枣树刺叉着苍蝇放在蚂蚁过来的路上，这个蚂蚁碰到苍蝇后马上回去报信。有时把苍蝇放在距离蚂蚁窝一尺或数寸的地方，原来在窝里的蚂蚁，一会儿就像一条绳子似的爬出来，好像是有声音召唤似的。它们爬行的时候每隔六七只就有一只大头蚂蚁间隔在中间，蚂蚁们整整齐齐地像是军队的行列。等到搬动苍蝇的时候，大头蚂蚁有的在两侧，有的殿后，好像是在防备其他蚂蚁的样子。（出《酉阳杂俎》）

蚁楼

程执恭在易、定野中，见蚁楼，高二尺余。（出《酉阳杂俎》）

蚁楼

程执恭在易州、定州的野地中看见过蚂蚁建造的楼，有二尺多高。（出《酉阳杂俎》）

卷第四百七十八　昆虫六

饭　化

道士许象之言，以盆覆寒食饭于暗室地，入夏，悉化为赤蜘蛛。（出《酉阳杂俎》）

蜈蚣气

绥县多蜈蚣，气大者，能以气吸兔，小者吸蜥蜴。相去三四尺，骨肉自消。（出《酉阳杂俎》）

蠮　螉

蠮螉，段成式书斋多此虫，盖好窠于书卷也，或在笔管中。祝声可听。有时开卷视之，悉是小蜘蛛，大如蝇虎，旋以泥隔之。方知不独负桑虫也。（出《酉阳杂俎》）

颠　当

颠当，段成式书斋前，每雨后多颠当窠，秦人所呼。深如蚓穴。网丝其中，吐盖与地平，大如榆荚。常仰捭其盖，伺蝇蠖过，辄翻盖捕之，才入复闭，与地一色，并无丝隙可寻也。其形似蜘蛛，如墙角负网中者。《尔雅》谓之“王蛛蜴”，《鬼谷子》谓之“跌母”。秦中儿童戏曰：“颠当牢守门，蠮螉寇汝无处奔。”（出《酉阳杂俎》）

饭 化

道士许象之说用盆把寒食那天做的饭扣在不见光线的屋子里的地上，等到了夏天后，饭就会都变成红蜘蛛。（出《酉阳杂俎》）

蜈蚣气

绥县里有很多蜈蚣，气力大的能吸住兔子，气力小的也能吸住蜥蜴。相距三四尺的时候，蜈蚣就能使兔子和蜥蜴的骨肉自行销毁。（出《酉阳杂俎》）

蠮 螉

段成式的书房中有很多细腰蜂，原来它们喜欢在书卷中建窝。有时在笔管中建窝。细腰蜂会发出祈祷似的鸣声，细听起来还很好听。段成式有时候打开书卷观察这种细腰蜂，会看到窝里面全是小蜘蛛，有蝇虎那样大，窝的周围都用泥围着。段成式才知道这种蜂不只是背着桑树虫而已。（出《酉阳杂俎》）

颠 当

段成式书房前面，每当下雨之后经常会看见许多颠当的窝，秦地人的称呼。有蚯蚓洞那样深。里面结成丝网，上面会露出一个与地一样平的盖子，有榆钱那样大小。经常依附在它们结成的盖上，等到苍蝇或尺蠖经过的时候，颠当就翻过盖来捉住它们。蝇蠖刚被捉进去，盖又马上盖严，跟土地颜色相同，并且没有一丝缝隙可以寻找。它的形状像蜘蛛，蜘蛛在墙角里趴在蛛网中那样。《尔雅》中称

蜾蠃

蜾蠃，今谓之蠮螉也，其为物纯雄无雌，不交不产。取桑虫之子祝之，则皆化为己子。蜂亦如此耳。（出《酉阳杂俎》）

沙虱

潭、袁、处、吉等州有沙虱，即毒蛇鳞中虱也，细不可见。夏月，蛇为虱所苦，倒挂身于江滩急流处，水刷其虱。或卧沙中，碾虱入沙。行人中之，所咬处如针孔粟粒，四面有五色文，即其毒也。得术士禁之，乃剜其少许，因以生肌膏救治之，即愈。不尔，三两日内死矣。（出《录异记》）

水弩

水弩之虫，状如蜣螂。黑色，八足，钳曳其尾，长三四寸，尾即弩也。常自四月一日上弩，至八月卸之。时弯其尾，自背而上于头前，以钳执之。见人影则射，中影之处，人身随有辽肿，大小与沙虱之毒同矣。速须禁气制之，剜去毒肉，固保其命。不尔，一两日死矣。复多蛊毒，行者尤宜慎之。凡入蛊家，慎告主人曰："汝家有蛊毒，不得容易害我。"如此则毒不行矣。（出《录异记》）

它为“王蛛蜴”。《鬼谷子》称它为“跌母”。秦地的儿童游戏时唱道：“颠当牢牢地守住大门，细腰蜂来犯你却无处逃奔。”（出《酉阳杂俎》）

蜾蠃

蜾蠃，如今人们把它称作细腰蜂。这种生物都是雄性没有雌性，没有办法交配，不会产卵。它们把桑虫的幼虫弄来祝祷，就都会变成了自己的幼虫了。蜂也是这样。（出《酉阳杂俎》）

沙虱

潭州、袁州、处州、吉州有一种沙虱。沙虱就是毒蛇鳞片中的虱子。这种虱子小得几乎看不见。在夏季的时候，毒蛇被这种虱子咬得难受，就把身体倒挂在江中浅滩上水流得很急的地方。让水冲去身上的虱子；有的卧在沙子里，把虱子碾在沙子里面。行路的人碰上这种虱子，被咬的地方就像针眼谷粒，皮肤四周上有各种颜色的花纹，这种情况就是中了沙虱的毒了。如果找到会巫术的人用法术控制毒素，再剜去少量中毒的皮肉，然后用生肌膏治疗伤口，就可以治愈了。不这样的话，三两天被咬伤的人就会死掉。（出《录异记》）

水弩

水弩这种虫样子像蜣螂一样，身体呈黑色，有八只脚，尾巴上拖着一个“钳子”，有三四寸长，水弩的尾巴就是“弩”。水弩尾巴上的弩经常从四月一日开始出现，至八月才收起来。水弩不时卷起它的尾巴，从后背一直卷到脑袋前面，用那把钳子夹着它，见到人影水弩就会发射。人影被射中的地方，人体相应的地方随后就会肿得特别高。水弩的毒性跟沙虱的毒相同，必须马上用法术控制毒气蔓延，再剜去中了毒的肉，才能保住性命。如果不这样，过一两天就会死去。蛊毒虫现在也不少，行路的人尤其应该小心这种虫子。凡是进到有蛊毒虫的人家，千万要告诉主人说：“你家有蛊毒虫，不要轻易

徐玄之

有徐玄之者，自浙东迁于吴，于立义里居。其宅素有凶藉，玄之利以花木珍异，乃营之。月余，夜读书，见武士数百骑升自床之西南隅，于花毡上置缯缴，纵兵大猎。飞禽走兽，不可胜计。猎讫，有旌旗豹纛，并导骑数百，又自外入，至西北隅。有戴剑操斧，手执弓槌，凡数百。挈幄幕帘榻，盘槃鼎镬者，又数百。负器盛陆海之珍味者，又数百。道路往返，奔走探值者，又数百。玄之熟视转分明。至中军，有错彩信旗，拥赤帻紫衣者，侍从数千，至案之右。有大铁冠，执铁简，宣言曰："殿下将欲观渔于紫石潭，其先锋后军并甲士执戈戟者，勿从。"于是赤帻者下马，与左右数百，升玄之石砚之上。北设红拂卢帐，俄尔盘榻幄幕，歌筵舞席毕备。宾旅数十，绯紫红绿，执笙竽箫管者，又数十辈。更歌迭舞，俳优之类，不可尽记。

酒数巡，上客有酒容者，赤帻顾左右曰："索渔具。"复有旧网笼罩之类凡数百，齐人砚中。未顷，获小鱼数百千头。赤帻谓上客曰："予深得任公之术，请以乐宾。"乃持钓于砚中之南滩。乐徒奏《春波引》，曲未终，获鲂鲤鲈鳜百余。遽命操脍促膳，凡数十味，皆馨香不可言。金石丝竹，铿鞫齐奏。酒至赤帻者，持杯顾玄之而谓众宾曰："吾不习周公礼，不习孔氏书，而贵居王位。今此儒，发鬓焦秃，肌色可掬，虽孜孜矻矻，而又奚为？肯折节为

伤害我。”这样蛊毒虫就不会毒害你了。(出《录异记》)

徐玄之

有一位叫徐玄之的人，从浙东迁到吴地的时候，住在立义里。那座宅子向来就有不吉利的传言，徐玄之因为这宅子里有珍奇的花木所以特别喜欢这座宅子。于是徐玄之开始修整这座宅子。一个多月后，徐玄之在夜晚读书时，看见有数百骑着马的武士从床的西南角爬上来，那些武士在花毡上用绢丝做弓弦，然后让士兵们大规模打猎。其中有着数不胜数的飞禽走兽。打完猎后，又看见各种画有豹子的大旗，引导着几百位开路的骑兵，从外面走了进来，来到了屋子的西北角。那一行人里面有佩剑的，拿斧子的，还有手持弓箭或者大锤，总共有好几百个人。拿着帐篷、帘子、床和盘、碟、鼎、锅的，又有好几百人。背着装有山珍海味器具的，又有几百人。那些人在道上来来往往，其中传达命令侦察值班的又有数百人。徐玄之仔细看了半天，人物更加分明。到了中军帐，里面有颜色错杂的信号旗，其中簇拥着一位头戴红巾、身穿紫衣的人，侍从有好几千，来到桌子的右面。一个头戴大铁帽，手拿铁简文书的人，向众人宣布道：“殿下将到紫石潭观看打渔，先锋军、后军还有拿着戈戟的甲士都不要跟随。”于是戴红巾的人下了马，和左右的数百人登上徐玄之的石砚上面。北面设置了红拂卢帐，不一会儿盘榻帐篷、歌舞筵席都准备齐全了。宾客有数十人，穿着绯紫红绿各色衣服，拿着笙竽箫笛的，又有数十人。轮流唱歌跳舞的演员之类的人，实在记不胜记。

酒过数巡，贵宾中有的脸上已显醉意。戴红头巾的人看着左右的人说：“拿打渔的工具来！”其中就有旧的渔网、渔笼、渔罩之类的东西一共几百件。一群人把渔网一起放入砚池之中。不久就捞到了几百上千条小鱼。戴红头巾的人对贵宾说：“我精通古代善于捕鱼的任公子的本领。让我钓些鱼为贵宾助兴吧。”于是戴红头巾的人便拿着鱼竿在砚台的南边的水中钓鱼。乐伎演奏《春波引》助钓，曲子还没演奏完，就钓了鲤鱼、鲈鱼、鳜鱼等种类一百多条。戴红头巾的人立刻命人操刀细细地片鱼，让人赶快做饭，共做出几十种菜。

吾下卿，亦得陪今日之宴。”玄之乃以书卷蒙之，执烛以观，一无所见。

玄之舍卷而寝。方寐间，见被坚执锐者数千骑，自西牖下分行布伍，号令而至。玄之惊呼仆夫，数骑已至床前，乃宣言曰："蚍蜉王子猎于羊林之苴，钓于紫石之潭。玄之牖奴，遽有迫胁，士卒溃乱，宫车振惊。既无高共临危之心，须有晋文还国之伐。付大将军蚉虹追过。”宣讫，以白练系玄之颈，甲士数十，罗曳而去。其行迅疾，倏忽如入一城门，观者架肩叠足，逗五六里。又行数里，见子城，有赤衣冠者唱言："蚍蜉王大怒曰：'披儒服，读儒书，不修前言往行，而肆勇敢凌上。付三事已下议。'”乃释缚，引入议堂。见紫衣冠者十人，玄之遍拜，皆嗔目踞受。听陈劾之词，尤炳焕于人间。

是时王子以惊恐人心，厥疾弥甚。三事已下议，请置肉刑。议状未下，太史令马知玄进状论曰："伏以王子曰不遵典法，游观失度，视险如砥，自贻震惊。徐玄之性气不回，博识非浅，况修菜肴都很馨香扑鼻，十分鲜美。这时金石丝竹各种乐器一齐演奏，乐器的声音交混回响，美妙和谐。轮到戴红头巾的人喝酒了，他举着酒杯看着徐玄之对众宾客说："我没学过周公的礼仪，也没读孔子的书，可是却贵居王位。现在这位儒生，头发两鬓干枯脱落，饥饿的脸色也流露出来，虽然勤奋苦学，可是又能做什么呢？如果他肯降低身份做我的下卿，也就可以在今天的宴会上作陪。"徐玄之便用书本把他们盖上，拿起烛来查看，但是什么也看不见了。

徐玄之于是放下书本就寝。刚刚睡着的时候，就看见有几千名穿着铠甲拿着武器的骑兵，从西面的窗户下面分成行列，摆开队形，喊着口号过来了。徐玄之惊慌地招呼仆人的时候，有几名骑兵已来到床前，向徐玄之宣布说："蚍蜉王子到羊林的嫩草地里打猎，到紫石潭那里钓鱼。徐玄之这个愚钝的奴才，竟然冒犯地进行威逼胁迫，以至士兵混乱溃散，使贵人大受惊吓。你既没有古代战国时高共面临危难时仍不失君臣之礼的风度，我就要用春秋时晋文公回国之后讨伐乱臣的行动！现在大王命令把你交给大将军蛩虾来追究你的罪过！"骑兵宣布之后，用白绢拴着徐玄之的脖子，有几十位甲士押解着，前呼后拥地把徐玄之拉走了。他们走得很快，不一会儿徐玄之就觉得进入一道城门，围观的人肩挨着肩，脚踩着脚，跟随了五六里。又走了几里，看见了内城，有一位身穿红衣服头戴红帽子的人大声宣布道："蚍蜉王非常愤怒，说：'你穿着儒者的衣服，读儒家的书，不好好学习前人的言行，反而逞匹夫之勇，欺凌尊长。所以决定把你交给三公的官员议处。"于是给徐玄之松了绑，徐玄之被带到了议事的厅堂。徐玄之看见有十位穿紫衣戴紫帽的人，徐玄之就一一拜见，那十个人都瞪着眼睛傲慢地坐在那里接受徐玄之的行礼。徐玄之听到那些官员弹劾他的文辞，比人间的这类文辞更加富有文采。

这时蚍蜉王子因为惊恐深入内心，病情更趋严重。三公以下官员做出决议，要求对徐玄之使用肉刑。决议文书还没下达，大史令马知玄上奏章说："臣认为因为王子每天都不遵守法度，成日游玩。把危险的地方看得平如磨刀石，给自己招致很大的惊吓。徐玄之的天爵，难以妖诬。今大王不能度己，返恣胸臆，信彼多士，欲害哲人。窃见云物频兴，沴怪屡作，市言讹谶，众情惊疑。昔者秦射巨鱼而衰，殷格猛兽而灭。今大王欲害非类，是蹑殷秦，但恐季世之端，自此而起。”王览疏大怒，斩太史马知玄于国门，以令妖言者。

是时大雨暴至，草泽臣蠒飞上疏曰：“臣闻纵盘游，恣渔猎者，位必亡；罪贤臣，戮忠谠者，国必丧。伏以王子猎患于绝境，钓祸于幽泉，信任幻徒，荧惑儒士。丧履之戚，所谓自贻。今大王不究游务之非，返听诡随之议。况知玄是一国之元老，实大朝之世臣，是宜采其谋猷，匡此颠仆。全身或止于三谏，犯上未伤于一言。肝胆方期于毕呈，身首俄惊于异处。臣窃见兵书云，无云而雨者天泣。今直臣就戮，而天为泣焉。伏恐比干不恨死于当时，知玄恨死于今日。大王又不贷玄之峻法，欲正名于肉刑，是抉吾眼而观越兵，又在今日。昔者虞以宫之奇言为谬，卒并于晋公；吴以伍子胥见为非，果灭于句践。非敢自周秦悉数，累黩聪明，窃敢以尘埃之卑，少益嵩岳。”王览疏，即拜蠒飞为谏议大夫，追赠太史马知玄为安国大将军，以其子蚳为太史令，赙布帛五百段，米各三百石。其徐玄之，待后进旨。

性格气质并非奸邪，又见识广博，并非浅薄之辈，况且徐玄之又注意培养仁义忠信的品德，难以诬蔑徐玄之是妖邪之人。现在大王不能正确评判自己，反而任凭自己心意行事，信任那众多的官员，要害有远见有才能的人。我私下看到天象云气之色频繁变化，反常怪异的现象屡屡出现，街上流传着错误的预言，群众的情绪惊慌疑虑。从前秦始皇射死大鱼因而导致国家衰败，殷纣王打死猛兽而国家灭亡。现在大王想杀害跟我们不是同类的人，这是重蹈殷商和秦朝的覆辙，只怕本朝的衰败，就要从这里开始了。”蚍蜉王看到了奏章勃然大怒，下令在国门那里斩了太史马知玄，并以此号令妖言惑众的人。

这时，天上突然下起了暴雨，还没有官职的蟗飞上奏章说：“我听说凡是放纵地娱乐游玩，尽情地打渔打猎的君王，他的王位就一定会失去；加罪贤臣，杀戮忠诚正直的国君，他的国家一定要灭亡。臣以为王子到绝境去猎取祸患，到幽暗的泉水里钓取灾难，信任妖言惑众的人，怀疑信奉儒家学说的人。春秋时期齐襄公因田猎而丢失鞋子的悲哀，这是咎由自取啊。现在大王不追究王子沉迷于游猎的过失，反而听信诡诈谄媚者的主张。况且马知玄是一国的元老，又是我们国家的世家大臣，实在是应该采纳他的计策谋略，扭转目前这种颠倒的是非。如果要保全自身，或许进谏了三次就该停止；即使冒着犯上的风险，也要坚持向皇上进言。马知玄正准备向皇上完全展示自己的忠肝义胆，可是马上就落得了身首异处的下场。我私下里看到兵书上说，没有云彩而下雨是老天在哭泣。现在正直的大臣被杀戮，天已经为他哭泣了。我恐怕古时候被剜心的忠臣比干死的时候并不遗憾，马知玄却对死在今天感到遗憾。大王又不肯宽恕徐玄之，要对他使用严酷的刑法。而想要用肉刑使名正言顺，这是春秋末年伍子胥被挖掉眼睛而率领越国的军队进入吴国的事在今天重演。从前虞国认为宫之奇的话有误，结果虞国最终被晋国吞并；吴国认为伍子胥的看法不对，吴国果然被勾践灭掉。不是我敢从周朝秦朝往下一一列举，不是微臣故意亵渎圣上聪明的耳目，而是我想以自己尘埃般微贱的身躯，为巍峨嵩山尽一点力量。”蚍蜉王看了奏章之于是蚳诣移市门进官表曰："伏奉恩制云，马知玄有殷王子比干之忠贞，有魏侍中辛毗之谏诤，而我亟以用己，昧于知人。爇栋梁于将为大厦之晨，碎舟楫于方济巨川之日。由我不德，致尔非辜。是宜褒赠其亡，赏延于后者。宸翰忽临，载惊载惧，叩头气竭，号断血零。伏以臣先父臣知玄，学究天人，艺穷历数，因玄鉴得居圣朝。当大王采刍荛之晨，是臣父展嘉谟之日。逆耳之言难听，惊心之说易诛。今蒙圣泽旁临，照此非罪。鸿恩沾洒，犹惊已散之精魂；好爵弥缝，难续不全之腰领。今臣岂可因亡父之诛戮，要国家之宠荣？报平王而不能，效伯禹而安忍。况今天图将变，历数堪忧，伏乞斥臣遐方，免逢丧乱。"王览疏不悦，乃返寝于候雨殿。

既寤，宴百执事于陵云台曰："适有嘉梦，能晓之，使我心洗然而亮者，赐爵一级。"群臣有司，皆顿首敬听。曰："吾梦上帝云，助尔金，开尔国，展尔疆土，自南自北，赤玉洎石，以答尔德。卿等以为如何？"群臣皆拜舞称贺曰："答邻国之庆也。"蠹飞曰："大不祥，何庆之有？"王曰："何谓其然？"蠹飞曰："大王逼胁生人，滞留幽穴，锡兹咎梦，由天怒焉。夫助金者锄也，开国者辟也，展疆土者分裂也，赤玉洎石，与火俱焚也。得非玄之锄吾土，后，就任命蠻飞为谏议大夫，又追封太史令马知玄为安国大将军，又让马知玄的儿子蚳为太史令，并赠给蚳办丧事的布帛五百匹，赠给蠻飞和蚳各三百石米。蚍蜉王接着说，那个徐玄之，等以后听取了意见再处理。

于是蚳到了移市门进献表章说：“臣恭敬地捧着看皇帝的诏书，上面说：‘马知玄有殷代王子比干那样的忠贞，有魏国侍中辛毗那样直言敢谏的品质，而我屡次因为坚持己见，而对贤人不了解，因而在将要建造大厦的早晨却把栋梁烧掉了，在将要渡过大河的时候却把船只打碎了。由于我不施恩德，以致你无罪被杀。这是应该对其死者进行表彰和追封的，奖赏应该延续到他的后人身上。’我这时忽然接到皇帝的诏书，不禁又惊又怕，连连叩头，呼吸都停止了，号哭中断，流出了血泪。我去世的父亲马知玄，深明天道与人事之间的关系，精通历法术数的技艺，凭着高超的见解得以官居高位。在大王向草野之人征求意见之时，正是我父亲贡献良策之时。逆耳的话难以听进去，说震惊人心的话容易被杀。现在承蒙圣恩浩荡，为我父亲平反昭雪。这样深广的恩泽降下，会使已经散去的灵魂惊讶；显赫的爵位虽能弥补过错，却也难接合残缺的腰身和颈部。现在我怎么可以因为先父被杀戮，而领受国家的宠爱与荣耀呢？我不能像伍子胥那样报复楚平王，又怎么忍心像大禹那样父亲被杀还为国效力。何况现在天象预示着国家将有大变，历数也显出令人忧虑的预兆，臣请求把臣驱逐到远方，以免遭受死丧祸乱。”蚍蜉王看了奏章不高兴，就回到候雨殿去睡觉。

睡醒后，蚍蜉王就在凌云台宴请百官说：“刚才我做了个好梦，谁能把它解释清楚，让我的心里面明白，我就会赏给他一级爵位。”群臣和各主管官员都叩头，然后洗耳恭听。蚍蜉王说：“我梦见了天帝说：‘助尔金，开尔国，展尔疆土，自南自北，赤玉洎石，以答尔德。’你们认为这个梦怎么样？”群臣都跪拜舞蹈，称赞着赞叹说：“这是预兆我们将有吞并邻国的喜庆之事啊！”蠻飞却说：“这很不吉利！哪有什么喜庆？”蚍蜉王问：“你为什么说不吉利？”蠻飞说：“大王威逼胁迫世间的生人，把他拘留在幽暗的洞穴里，天帝给你攻吾国，纵火南北，以答系领之辱乎？”王于是赦玄之之罪，戮方术之徒，自坏其宫，以禳厥梦。乃以安车送玄之归，才及榻，玄之寤。既明，乃召家僮，于西牖掘地五尺余，得蚁穴如三石缶。因纵火以焚之，靡有孑遗，自此宅不复凶矣。（出《纂异记》）

短狐

《搜神记》及《鸿范五行传》曰：蜮射生于南方，谓之短狐者也。南越夷狄，男女同川而浴，淫以女为主，故曰多蜮。蜮者淫女惑乱之气所生。（出《感应经》）

蜘蛛怨

顷有寺僧所住房前，有蜘蛛为网，其形绝大。此僧见蜘蛛，即以物戏打之，蜘蛛见僧来，即避隐。如此数年。一日，忽盛热，僧独于房，因昼寝。蜘蛛乃下在床，啮断僧喉成疮，少顷而卒。蜂虿有毒，非虚言哉！（出《原化记》）

蜥蜴

曹叔雅《异物志》曰：鱼跳跳，则蜥蜴从草中下。稍相依近，便共浮水上而相合，事竟，鱼还水底，蜥蜴还草中。（出《三教托这个梦，实在是因为上天震怒。‘助金’就是‘锄’字，‘开国’就只‘辟”，‘展疆土’就是分裂，‘赤玉洎石’，就是玉石俱焚。难道不是要借住徐玄之来铲锄我们的国土，攻打我们的国家，在南北两面放火，来报复被绳子拴在脖子的耻辱吗？”蚍蜉王于是赦免了徐玄之的罪，杀了会方术的那些人，自己毁掉了宫殿，以便消除那个梦中所预示的灾难。接着又用舒适的车子送回了徐玄之，车子刚挨着床，徐玄之就醒过来了。天亮以后，徐玄之就召集家里年轻的仆人，在西窗下挖地五尺多深，找到了一个蚂蚁洞。那个蚂蚁洞有装三石粮的大缸那样大。于是徐玄之放火烧了这个蚂蚁洞，一只蚂蚁也没留下，从此这座宅子再没出现不吉祥的事。（出《纂异记》）

短　狐

据《搜神记》以及《鸿范五行传》记载，蜮射生在南方，人们把它称作短狐。南越的少数民族，男人和女人在同一条河里洗澡。淫荡的事情主要是女子做的，所以说那里有很多蜮。蜮是淫荡女子所散发的迷惑之气而产生的。（出《感应经》）

蜘蛛怨

不久之前，有个庙里的一位僧人住的房子前面，有一张蜘蛛结的网，那只蜘蛛的个儿极大。这位僧人看见蜘蛛，就用东西戏弄、打那只蜘蛛，所以那只蜘蛛看见和尚来，就隐蔽躲藏起来。就这样过了好几年。有一天，天气忽然非常热，这位僧人白天单独一个人在房中睡觉。于是那只蜘蛛就落到床上，咬断了和尚的喉咙造成致命伤，不一会儿那位和尚就死了。看来蜂和蜘蛛有毒可不是假话呀。（出《原化记》）

蜥　蜴

曹叔雅的《异物志》中说：鱼不断跳跃时，蜥蜴就会从草里下水，它们渐渐地互相依傍靠近，就一块浮在水面上交配。交配完了，

珠英》）

殷琅

陈郡殷家养子名琅，与一婢结好经年。婢死后，犹往来不绝，心绪昏错。其母深察焉。后夕见大蜘蛛，形如斗样，缘床就琅，便燕尔怡悦。母取而杀之，琅性理遂复。（出《异苑》）

豫章民婢

豫章有一家，婢在灶下。忽有人长数寸，来灶间，婢误以履践杀一人，遂有数百人，着缞麻，持棺迎丧，凶仪皆备，出东门，入园中覆船下。就视皆是鼠妇，作汤浇杀，遂绝。（出《搜神记》）

南海毒虫

南海有毒虫者，若大蜥蜴，眸子尤精朗，土人呼为十二时虫。一日一夜，随十二时变其色，乍赤乍黄。亦呼为篱头虫。传云，伤人立死，既潜噬人，急走于藩篱之上，望其死者亲族之哭。新州西南诸郡，绝不产蛇及蚊蝇。余窜南方十年，竟不睹蛇，盛夏露卧，无噆肤之苦。此人谓南方少蛇，以为夷獠所食。别有水蛇，形状稍短，不居陆地，非喷毒啮人者。（出《投荒杂录》）

鱼回到水底，蜥蜴回到草中。（出《三教珠英》）

殷琅

陈郡有一户姓殷的人家，家里有一位养子名叫殷琅。殷琅跟一个家里的丫环相好了一年。后来丫环死了，但他们好像仍然在不断来往，这使得殷琅平日的心绪糊涂错乱。殷琅的母亲就秘密地进行观察。后来有一天晚上，殷琅的母亲看见一只大蜘蛛，形状像斗一样，那只蜘蛛沿着床靠近殷琅。于是殷琅的母亲就听见他们交欢的声音。殷琅的母亲抓住蜘蛛把它杀掉，殷琅的性情才恢复了正常的样子。（出《异苑》）

豫章民婢

豫章有一家人的婢女在灶台下面，忽然看见有个几寸高的人来到灶台之间。婢女没小心，踩死了那个小人。于是就有几百小人穿着麻制的丧服，抬着棺材来治丧。丧事的礼仪都很齐全。它们出了东门，进入园中扣着的船的地方。人们走近一看，发现原来都是鼠妇虫。于是人们用热水浇死了它们，之后这种虫子再也没有出现。（出《搜神记》）

南海毒虫

南海一带有一种像大蜥蜴的毒虫。这种毒虫的眼珠尤其明亮。当地人把这种毒虫叫作十二时虫，因为这种毒虫会随着日夜的十二个时辰改变它身上的颜色，忽红忽黄。人们也称这虫子叫篱头虫。古书上记载说这种虫子一旦咬伤了人，人立刻就会死。这种虫子暗中咬了人后，它会急忙跑到篱笆上，去看那被咬死的人的亲属哭泣。新州西南各郡，没有发现过蛇、蚊子、苍蝇。我被流放到南方十年，竟然没看到过蛇。哪怕是盛夏赤裸着睡，也没有遭受过皮肉被咬之苦。这里的人们说，南方少蛇，是因为被当地少数民族吃了。另外当地有一种水蛇，形状稍短，不住在陆地上，也不喷毒也不咬人。（出《投荒杂录》）

诺龙

南海郡有蜂，生橄榄树上，虽有手足，颇类木叶，抱枝自附，与木叶无别。南人取者，先伐仆树，候叶凋落，然后取之。有水虫名诺龙，状如蜥蜴，微有龙状。俗云，此虫欲食，即出水据石上。凡水族游泳过者，至所据之石，即跳跃自置其前，因取食之。有得者必双，雄者既死，雌者即至，雌者死亦然。俗传以雌雄俱置竹中，以节间之，少顷，竹节自通。里人货其僵者，幻人以蜂，俱用为妇人惑男子术。（出《投荒杂录》）

诺龙

南海郡有一种蜂，生活在橄榄树上，这种蜂虽然有手脚，但形状很像树叶。这种蜂抱着树枝附在上面，跟树叶没有区别。南方人要捉这蜂的时候，会先砍倒树，等树叶凋落后再捉它。还有一种水虫名叫诺龙，样子像蜥蜴，还有点像龙的样子。当地百姓都说，这种虫子想捕食，就爬出水面伏在石头上，凡是水中动物游泳经过的时候，到了诺龙占据的石头时，就会跳着自己来到诺龙跟前，诺龙便趁机抓过来吃了它。如果有人抓到诺龙，一定是抓到两只，雄诺龙死了以后，雌诺龙就会来了，雌诺龙死了也会像这样。百姓们传说，把雄雌诺龙都放在竹筒中，竹筒中间让竹节隔开，不一会儿，竹节就会通开。乡下人卖的是那晒干的诺龙，有的用蜂冒充诺龙来骗人。蜂和诺龙都是妇女用来迷惑男子的方法。（出《投荒杂录》）

卷第四百七十九　昆虫七

蚁子

南方尤多蚁子，凡柱楣户牖悉游蚁。循途奔走，居有所营，里栋相接，莫穷其往来。（出《投荒杂录》）

蛙蛤

南方又有水族，状如蛙，其形尤恶。土人呼为蛤。为臛食之，味美如鹧鸪。及治男子劳虚。（出《投荒杂录》）

金龟子

金龟子，甲虫也，春夏间生于草木上，大如小指甲，飞时即不类。泊草蔓上，细视之，真金色龟儿也。行必成双。南人采之阴干，装以金翠，为首饰之物。亦类黔中所产青虫子也。（出《岭表录异》）

海山

又珠崖人，每晴明，见海中远山罗列，皆如翠屏，而东西不定，悉蜈蚣也。虾须长四五十尺，此物不足怪也。（出《岭南异物志》）

蚁子

南方的白蚁特别多，凡是有柱子门楣门窗等木制的东西上都会有白蚁在爬来爬去。白蚁们沿着一定的路线爬行，于是人们就把居住的地方用墙围起来，但是房屋的栋梁相互连接，因此不能阻挡白蚁出现。（出《投荒杂录》）

蛙蛤

南方还有一种水中动物，形状像青蛙，外形十分难看。当地人把它称为“蛤”。当地人会把蛤做成羹吃，味道鲜美，像鹧鸪汤一样。蛤还能治男子的痨虚。（出《投荒杂录》）

金龟子

金龟子是一种甲虫，春夏间从草或树上生长出来，有小指甲那样大，飞的时候就不像小指甲了。金龟子停在草蔓的时候，去仔细观察它，真的像金色的小龟。金龟子出行时一定成双成对。南方人把金龟子采集回来晾干后，用金翠装饰起来，当作首饰。金龟子也很像黔中所出产的青虫子。（出《岭表录异》）

海山

听说在海南岛上的人，每当天气晴朗明净的时候，就会看见海里远处的山峰一座挨着一座，都像绿色的屏风一样。而且那些山峰忽东忽西飘忽不定，这些都是蜈蚣。像虾的触须都有四五十尺长，这种东西也不值得奇怪。（出《岭南异物志》）

蜈 蚣

蜈蚣,《南越志》云,大者其皮可以鞔鼓。取其肉,曝为脯,美于牛肉。又云,大者能啖牛。里人或遇之,则鸣鼓然火炬,以驱逐之。(出《岭表录异》)

蚊 翼

南方蚊翼下有小蜚虫焉,目明者见之。每生九卵,复未尝曾有暇,徒乱反。复成九子,蜚而俱去,蚊遂不知。亦食人及百兽,食者知。言虫小食人不去也。此虫既细且小,因曰细蠛,音蔑。陈章对齐桓公小虫是也。此虫常春生,而以季夏冬藏于鹿耳中,名婴娩。婴娩亦细小也。(出《神异经》)

壁 虱

壁虱者,土虫之类,化生壁间。暑月啮人,其疮虽愈,每年及期必发。数年之后,其毒方尽。其状与牛虱无异。北都厩中之马,忽相次瘦劣致毙,所损日甚。主将虽督审刍药勤至,终莫能究。而毙者状类相似,亦莫知其疾之由。掌厩获罪者,已数人矣,皆倾家破产,市马以陪纳,然后伏刑。有一裨将干敏多识,凡所主掌,皆能立功。众所推举,俾其掌厩马。此人勤心养膳,旦夕躬亲。旬月之后,马之殒毙如旧,疑其有他,乃明烛以守之。二鼓之后,马皆立不食,黑者变白,白者变黑。秉炬以视,诸马之上,有物附之,不可胜数,乃壁虱所嚼也。五鼓之后,壁虱皆去,一道如绳,连亘不绝。翌日,而以其事白于帅臣,寻其去踪。于楼中得巨穴焉,以汤灌之。坏楼门穴,得壁虱死者数十斛。穴中大者一枚,长数尺,形

蜈 蚣

《南越志》上记载，大的蜈蚣皮可以用来蒙鼓，把大蜈蚣的肉晒成肉干，比牛肉味道还好。上面又记载，大的蜈蚣能吃牛。村里人有时遇到这种情况，就敲鼓点起火炬，来赶走大蜈蚣。（出《岭表录异》）

蚊 翼

南方的蚊子翅下有一种小飞虫，眼力好的人能看见。这种虫每次产九个卵，不曾有孵不出幼虫的，因此就变成了九只幼虫，一起飞走了，但是被寄生的蚊子却始终不知道。这种小飞虫也咬人和各种野兽，被咬的人是有感觉的。据说这种虫虽然小但叮上人就不走。因为这种虫又细又小，所以叫细蠛，音蔑。陈章回答齐桓公说的那种小虫就是这种。这种虫子经常在春季出生，从夏末到冬季会一直藏在鹿的耳朵里面，这种虫子名叫婴娩。婴娩也是非常细小的虫子。（出《神异经》）

壁 虱

壁虱是属于土虫一类的动物，是在墙壁中变化生长出来的昆虫。壁虱在夏天的时候常咬人，咬出的伤口即便暂时好了，但每年到了曾经被咬的那个时间一定会复发。几年以后余毒才会完全消失。壁虱的形状跟牛虱没有什么区别。北方京城中马圈里养的马，忽然相继瘦弱无力直到死去，马一天比一天减少，情况日益严重。掌管马厩的官员虽然会非常积极地来检查询问马吃草和吃药的情况，但始终没能搞清原因。而且马匹死的情况都很相似，也没有人知道马匹们是怎么得的病。负责掌管马厩的官员因为马匹死亡而获罪的已有好几位了，获罪的人无一不都倾家荡产来买马匹用来上交赔偿。之后还要承受刑罚，有一位副将办事聪敏，见多识广，凡是那位副将负责的事情，都能办出成效。于是大家举荐他，让他管理马厩中的马匹。这个副将细心喂养马匹，早晨晚上都会亲自照看。经过一个月后，马匹的

如琵琶，金色，焚而杀之。筑塞其处，其害乃绝。（出《录异记》）

白虫

有人忽面上生疮，暑月即甚，略无完皮，异常楚痛。涂尝饵药，不能致效。忽一日，既卧，余烛未灭，同寝者见有物如弦如线，以著其面，因执烛视之，白虫如虱，自瓷枕穴中出，以嚼其面。既明，遂道其事，剖枕以视之，白虫无数，因尽杀之，面疮乃愈。（出《录异记》）

蚕女

蚕女者，当高辛帝时，蜀地未立君长，无所统摄。其人聚族而居，递相侵噬。蚕女旧迹，今在广汉，不知其姓氏。其父为邻邦掠去，已逾年，唯所乘之马犹在。女念父隔绝，或废饮食，其母慰抚之。因告誓于众曰："有得父还者，以此女嫁之。"部下之人，唯闻其誓，无能致父归者。马闻其言，惊跃振迅，绝其拘绊而去。数日，父乃乘马归。自此马嘶鸣，不肯饮龁。父问其故，母以誓众死亡情况还是原来的样子。副将怀疑其中有别的原因，于是就点亮蜡烛守护着马匹。二更天后，马匹都站在那儿不吃草了，那位副将只见黑马变成了白马，白马变成了黑马。副将拿着蜡烛仔细一看，那些马匹的身上都像是有什么东西附着，数都数不过来，副将发现原来是壁虱叮在马匹上面。五更天后，壁虱都离开了马的身上，壁虱走在路上就像一条绳子，连续不断。第二天，副将把此事报告了主帅，于是副将顺着壁虱回去的踪迹，在楼里面找到了一个巨大的洞穴，副将把热水灌了进去。副将挖开楼门附近的洞穴，看到了数十斛被烫死的壁虱。穴中还有一只长达数尺形状像琵琶的大壁虱，呈金黄色，于是副将烧死了这只壁虱。随后用土填塞了那个洞穴，从此那种灾害就再也没有出现过了。（出《录异记》）

白虫

有一个人忽然脸上长疮，夏天就会更厉害，脸上几乎没有完整的皮肤。那个人感觉非常疼痛，就算抹药吃药都不见效。忽然有一天，那个人躺上床以后，残烛尚未灭，和那个人同床睡觉的人看见有个东西像琴弦又像线附着在那个人的脸上。于是拿着蜡烛去仔细看，只看见有些白虫像虱子一样，从瓷枕孔里面爬出来，来咬那个人的脸。天亮以后，同床的人便告诉了那个人这个情况，那个人剖开瓷枕一看，发现里面有无数白虫，于是把它们全杀了，脸上的疮也就好了。（出《录异记》）

蚕女

蚕女是上古高辛帝时代的人，当时蜀地还没有设立官长，没有人统治领导。那里的人按家族聚居在一起，家族间交替地互相侵吞。蚕女的遗迹在现在的广汉，不知道蚕女她姓什么。她的父亲被邻国掳走，已经一年了，只有蚕女她父亲常骑的马还在家中。蚕女一想到父亲远在异乡，常常连饭都吃不下，蚕女的母亲为了安慰蚕女，就向众人立誓说：“有谁能把我女儿的父亲找回来，我就把女儿嫁之言白之。父曰："誓于人，不誓于马。安有配人而偶非类乎？能脱我于难，功亦大矣。所誓之言，不可行也。"马愈跑，父怒，射杀之，曝其皮于庭。女行过其侧，马皮蹶然而起，卷女飞去。旬日，皮复栖于桑树之上。女化为蚕，食桑叶，吐丝成茧，以衣被于人间。父母悔恨，念之不已。忽见蚕女，乘流云，驾此马，侍卫数十人，自天而下。谓父母曰："太上以我孝能致身，心不忘义，授以九宫仙殡之任，长生于天矣，无复忆念也。"乃冲虚而去。今家在什邡、绵竹、德阳三县界。每岁祈蚕者，四方云集，皆获灵应。宫观诸化，塑女子之像，披马皮，谓之马头娘，以祈蚕桑焉。《稽圣赋》曰："安有女，感彼死马，化为蚕虫，衣被天下是也。"（出《原化传拾遗》）

砂俘效

陈藏器《本草》云，砂俘，又云倒行拘子，蜀人号曰俘郁。旋干土为孔，常睡不动，取致枕中，令夫妻相悦。愚有亲表，曾得此物，未尝试验。愚始游成都，止于逆旅，与卖草药李山人相熟。见蜀城少年，往往欣然而访李生，仍以善价酬。因诘之，曰："媚药。"征其所用，乃砂俘，与陈氏所说，信不虚语。李生亦秘其所传之法，人不可得也。武陵山川媚草，无赖者以银换之，有因其术给他。”当时部下的人，只能听听那个誓言，没有谁能把蚕女的父亲找回来的。那匹马听到蚕女母亲的话后，却惊喜跳跃躁动不停，并挣断缰绳跑了。过了几天，蚕女的父亲就骑着马回来了。从此，这匹马就不断地嘶叫，不肯吃草喝水。蚕女的父亲问这事的原因，蚕女的母亲就把向众人立誓的话告诉了他。蚕女的父亲说：“那是向人立誓，不是向马立誓。哪有嫁女儿却嫁给动物的呢？这匹马能使我脱离灾难，功劳也算是很大了。不过你立的誓言是不能实行的。”马听完这话后用蹄刨地刨得更厉害了，蚕女的父亲很生气，就用箭射死了马，并把马皮放在院子里晒着。蚕女经过马皮旁边时，马皮立即飞了起来，卷起蚕女飞走了。过了十天，马皮又落在桑树上面了。但蚕女已变成了蚕，吃桑叶，吐丝做茧，让人们用来做衣被。蚕女的父母非常悔恨，不断思念女儿。有一天，忽然看见蚕女驾着流动的云彩，乘着那匹马，带着几十名侍从从天而降，蚕女对父母说：“神灵因为我孝顺能达到献身的地步，并且心中念念不忘大义，所以神灵把九宫仙嫔的职位授给了我。从此我将永远在天上生活，请不要再想念我了。”说完蚕女就升空而去了。蚕女的家在如今的什邡、绵竹、德阳三县交界处。每年祈祷蚕茧丰收的人，从四面八方像云彩般聚集到这里，来祈祷的人都会获得灵验的效果。道观佛寺中都塑了一个女子的神像，那座神像身披马皮，人们称那座神像为马头娘，向马头娘祈祷蚕桑的事。《稽圣赋》记载：“有个女子，感动了那匹去世的马，化为蚕虫，而为天下人带来衣裳。”（出《原化传拾遗》）

砂俘效

陈藏器的《本草》上记载，砂俘，又叫倒行拘子。蜀地人称为俘郁。这种虫子在干土上旋转钻出眼来，经常睡在里面不活动。把砂俘抓来放到枕头中，可以使夫妻互相爱悦。我有一位表亲，曾经弄到过这东西，但是从未试验过。我当初游览成都的时候，住在旅馆，跟卖草药的李山人相识。我看见蜀城中的少年，经常很高兴地去拜访这个姓李的年轻人，都会花高价买他的药。我因此问当地的李生，李生回答说这是“媚药”。再问李生所用的材料，原来就是砂俘，跟

而男女发狂，罹祸非细也。（出《北梦琐言》）

舍毒

舍毒者，蚊蚋之属，江岭间有之，郴连界尤甚。为客中者，慎勿以手搔之，但布盐于上，以物封裹，半日间，毒则解矣。若以手搔，痒不可止，皮穿肉穴，其毒弥甚。湘衡北间有之，其毒稍可。峡江至蜀，有蟆子，色黑，亦能咬人，毒亦不甚。视其生处，即麸盐树叶背上，春间生之，叶卷成窠，大如桃李，名为五倍子，治一切疮毒。收者晒而杀之，即不化去，不然者，必窍穴而出，飞为蟆子矣。黔南界有微尘，色白甚小，视之不见。能昼夜害人，虽帐深密，亦不可断。以粗茶烧之，烟如焚香状，即可断之。又如席铺油帔隔之，稍可灭。（出《录异记》）

老蛛

泰岳之麓有岱岳观，楼殿咸古制，年代寝远。一夕大风，有声轰然，响震山谷。及旦视，即经楼之陊也。楼屋徘徊之中，杂骨盈车。有老蛛在焉，形如矮腹五升之茶鼎，展手足则周数尺之地矣。先是侧近寺观，或民家，亡失幼儿，不计其数，盖悉罹其啖食也。多有网于其上，或遭其黏然縻绊，而不能自解而脱走，则必遭其害矣。于是观主命薪以焚之，臭闻十余里。（出《玉堂闲话》）

陈藏器所记载的相同，陈藏器确实没说假话。李生对他制药的方法保密，别人是得不到的。武陵山川出产的媚草，无赖们都花银子抢着买，有些男女由于服用了媚药而发疯，遭到的祸害可是不小啊！（出《北梦琐言》）

舍毒

舍毒是蚊蚋之类的昆虫，在长江与五岭之间就有。郴州连州的边界更多。在外做客的人，被舍毒咬后，千万不要用手去挠，只在咬处撒上盐，用东西包扎好，半天时间舍毒的毒就化解了。如果用手挠了，被舍毒咬的地方就会就瘙痒不止，在皮肉上就会出现伤口，中毒也就更厉害。湘江衡山北边一带也有这种虫，但是毒性稍差些。从瞿塘峡到蜀地，有一种叫蟆子的虫，黑色，也能咬人，但是毒性也不太厉害。看蟆子生存的地方，原来就附在盐麸子树叶的背面， 蟆子在春天出生，幼虫会把叶卷成窝， 蟆子幼虫的窝大如桃李。这种幼虫也叫五倍子，可以治一切疮毒。采收五倍子的人要把它晒干杀死，这样里面的虫子才不会孵化飞走。不这样处理，这种虫子一定会破孔飞出，就变成了蟆子。黔地南部边境有一种叫微尘的小虫，呈白色，很小，一般人看不见它。这种虫在白天晚上都害人，即使蚊帐严密无缝，也挡不住它。把粗茶叶烧起来像烧香时冒出的烟，就可以赶走微尘。还有一种办法，如果席上铺上油布阻隔，也稍微可以消除其害。（出《录异记》）

老蛛

泰山脚下有一座岱岳观，楼房殿堂都是古代建造的，年代很久远了。有一天晚上刮大风，只听到轰的一声，响声震动了山谷。等到人们早晨去查看的时候，原来是经楼倒塌了。人们在经楼的废址上来回查看的时候，找到的各种枯骨能装满一车。其中还有一只老蜘蛛，老蜘蛛的形体像腹部能装五升煎茶的矮鼎那么大，老蜘蛛伸开前后爪子就可以覆盖方圆几尺的地面。在此之前附近的寺观或老百

李 禅

李禅，楚州刺史承嗣少子也，居广陵宣平里大第。昼日寝庭前，忽有白蝙蝠，绕庭而飞。家僮辈竟以帚扑，皆不能中，久之，飞去院门，扑之亦不中。又飞出门，至外门之外，遂不见。其年，禅妻卒，辆车出入之路，即白蝙蝠飞翔之所也。（出《稽神录》）

蝗 化

唐天祐末岁，蝗虫生地穴中。生讫，即众蝗衔其足翅而拽出。帝谓蝗曰："予何罪，食予苗。"遂化为蜻蜓，洛中皆验之。是岁，群雀化燕。

水 蛙

徐之东界，接沂川，有沟名盘车，相传是奚仲试车之所。徐有奚仲墓，山上亦有试车处，石上辄深数尺。沟有水，水有蛙，可大如五石瓮，目如碗。昔尝有人，于其项上得药，服之度世。（出《玉堂闲话》）

姓家，就常常丢失孩子，丢失的孩子数都数不过来。人们发现原来全是被这只老蜘蛛吃了。楼屋上有很多蛛网，有的孩子就是被黏糊糊的蛛丝束缚住，不能自己解脱逃走，就被蜘蛛害死了。于是观主让人用木柴烧死那老蜘蛛，老蜘蛛烧出的臭气十多里外都能闻到。（出《玉堂闲话》）

李禅

李禅是楚州刺史李承嗣的小儿子，李禅住在广陵宣平里的大宅子。有一天白天，李禅在院子前面的床上睡觉，忽然有一只白色的蝙蝠，围着院子飞。家童们争先恐后地用扫帚扑打那只白色的蝙蝠，但都没打到。过了好久，白蝙蝠飞出了院门，但是家童还是没打到它。接着那只白色蝙蝠又飞出大门，到了大门外面，便看不见了。那一年，李禅的妻子去世了，丧车出入的路径，正是白蝙蝠飞行经过的地方。（出《稽神录》）

蝗化

唐代天祐末年的时候，有大批的蝗虫出生在地洞之中。蝗虫们长成以后，大蝗虫就立即咬住它们的爪子和翅膀从洞里扯出来。当时的皇帝对蝗虫说："我犯了什么罪，你们要吃我的庄稼苗？"于是蝗虫都变成了蜻蜓，洛阳一带的居民都见证了这种情况。那一年，各种雀都变成了燕子。

水蛙

徐州的东部边界，跟沂川相接壤，当地有条沟名叫盘车。相传是夏代第一个造车的奚仲试车的地方。徐州有奚仲墓，奚仲墓的山上也有试车的地方，山上的石头上有几尺深的车辙痕迹。沟里有水，水里有青蛙，可长到像装五石粮的瓮那么大，眼睛像碗那样大。从前曾有人在它的脖子上得到一种药，吃了这种药就超脱尘世了。（出《玉堂闲话》）

蚓疮

天祐中，浙西重造慈和寺，治地既毕，每为蚯蚓穿穴，执事者患之。有一僧教以石灰覆之，由是得定，而杀蚯蚓无数。顷之，其僧病苦，举身皆痒，恒须得长指爪者搔之，以至成疮。疮中辄得死蚯蚓一条，殆数百千条。肉尽至骨而卒。（出《稽神录》）

蜂馀

庐陵有人应举，行遇夜，诣一村舍求宿。有老翁出见客曰："吾舍窄人多，容一榻可矣。"因止其家。屋室百余间，但窄小甚。久之告饥，翁曰："居家贫，所食唯野菜耳。"即以设，客食之，甚甘美，与常菜殊。及就寝，唯闻讧讧之声。既曙而寤，身卧田中，旁有大蜂窠。客尝患风，因尔遂愈，盖食蜂之余尔。（出《稽神录》）

熊迺

信州有版山，川谷深远，采版之所，因以名之。州人熊迺，尝与其徒入山伐木。其弟从而追之，日暮，不及其兄。忽见甲士清道自东来，传呼甚厉。迺弟惧恐，伏于草间。俄而旗帜戈甲，络绎而至。道傍亦有行人，其犯清道者，辄为所戮。至军中，拥一人若大将者，西驰而去。度其远，乃敢起行。迨晓，方见其兄，具道所见。众皆曰："非巡逻之所，而西去溪滩险绝，往无所诣，安得有此人？"即共寻之，可十余里，隔溪滩，犹见旌旗纷若，布围畋猎之

蚓疮

唐代天祐年间，浙西一带重修慈和寺，地面整治完毕后，常常被蚯蚓打上一些洞。承担这项任务的人为此很发愁。有一位僧人教他们用石灰把地面盖上，由此地面就会稳固不受蚯蚓破坏了，但是这种方法却杀死了无数的蚯蚓。不久，那个僧人就被病痛所折磨，发病的时候全身都痒。那位僧人总是需要请指甲长的人来帮他搔痒，以致形成了疮。每个疮里都有一条死蚯蚓，差不多有成百上千条蚯蚓。最后那位僧人的肉被蚯蚓吃尽，露出了骨头而死。（出《稽神录》）

蜂馀

庐陵有一位书生赶考的时候，当时路上天很晚了，那位书生就到一个村庄里的人家借宿。有一位老翁出来会见书生说："我家房子狭小而人口挺多，容纳一张床还可以。"于是书生就住在了这家。屋里的房间有一百多个，只是窄小得很。过了好久，书生说饿了，老翁说："家里穷，吃的东西只有野菜。"于是老翁就把野菜摆了出来，书生吃了后，觉得味道甜美，与一般的菜不一样。等到上床睡觉的时候，书生只听到了嗡嗡的声音。天亮后书生醒了，却看见自己睡在田地里，旁边有一个大蜂窝。这位客人曾患有风湿病，因为这次经历便痊愈了，大概是因为吃了蜜蜂剩余的东西了。（出《稽神录》）

熊乃

信州有座版山，那里的溪流山谷幽深。这座山是采木制版的地方，于是当地人以此给它命名。信州里有一位百姓叫熊乃，熊乃曾和他的朋友们进山伐木。熊乃的弟弟在后面跟着追赶，到黄昏时候，熊乃的弟弟还是没追上他的哥哥。这时候熊乃的弟弟忽然看见有穿铠甲的人在清道，那个人从东边而来，传呼之声很严厉。熊乃的弟弟很害怕，于是就趴在草中。不一会儿熊乃的弟弟就看见许多打着旗、扛着戈、穿着铠甲的人陆续前来。道路旁边也有走路的人，有人触

状。其徒有勇者，遥呼叱之，忽无所见。就视之，人皆树叶，马皆大蚁。取而碎之，皆有血云。（出《稽神录》）

螽斯

蝗之为孽也，盖沴气所生，斯臭腥，或曰，鱼卵所化。每岁生育，或三或四。每一生，其卵盈百，自卵及翼，凡一月而飞。故《诗》称螽斯子孙众多。螽斯即蝗属也。羽翼未成，跳跃而行，其名蝻。晋天福之末，天下大蝗，连岁不解。行则蔽地，起则蔽天。禾稼草木，赤地无遗。其蝻之盛也，流引无数，甚至浮河越岭，逾池渡堑，如履平地。入人家舍，莫能制御，穿户入牖，井溷填咽，腥秽床帐，损啮书衣，积日连宵，不胜其苦。郓城县有一农家，豢豕十余头，时于陂泽间，值蝻大至，群豢豕跃而啖食之，斯须复饫，不能运动。其蝻又饥，唼啮群豕，有若堆积，豕竟困顿，不能御之，皆为蝻所杀。癸卯年，其蝗皆抱草木而枯死，所为天生杀也。（出《玉堂闲话》）

犯了清道之人的命令，就被处死了。军队之中只见一大队士兵簇拥着一位像大将的人，那个人骑着马向西急驰而去。熊乃的弟弟估计那些人走远了，才敢起来继续赶路。走到天亮后，熊乃的弟弟才追上他的哥哥，就把自己看到的事情全都告诉了哥哥。大家都说："这儿不是巡逻的地方，向西去有溪流险滩，非常危险，而且那里没有可投奔的去处，怎么会有这样一些人呢？"于是就立即一同去寻找那帮人，人们走了十多里地。隔着那块溪流险滩，人们就看见许多乱纷纷的旗帜围成一圈好像是在打猎的样子。熊乃的朋友中有一位勇敢的人，就远远地呼喊呵斥那些人，忽然那里便什么都看不见了。熊乃等人走近细看，发现原来这里的人都是树叶变成的，马都是大蚂蚁变成的。熊乃把它们拿过来弄碎，却都有血。（出《稽神录》）

螽斯

蝗虫作为一种妖孽，本是由灾害不祥之气而产生的。因为它的气味很腥，所以有人说是鱼子变成的。蝗虫每年产卵三次或四次，每一次能产卵一百多粒，从卵到长出翅膀，总共一个月就能飞了。所以《诗经》里说螽斯的子孙众多。螽斯和蝗虫一类的动物就是这样。蝗虫翅膀没长成的时候，都会是跳跃着行动，这时它的名字叫蝻。后晋天福末年的时候，天下发生大蝗灾，连续好几年也没有缓解。那些蝗虫在地面走的时候就遮蔽了地面，蝗虫飞起来时就遮蔽了天空。庄稼草木全被吃光了，大地光秃秃的什么也没剩。在蝻灾最严重的时候，蝗流不断延伸扩展，数量数不胜数，甚至能浮水过河，翻过山岭，越过水池和壕沟，就像在平地走一样。蝗虫进入人家后，谁也阻挡不了，它们穿门入窗后，水井和厕所都被填塞，床、帐都被弄得又腥又脏，书的封皮也被损害咬破，白天黑夜天天如此，这种骚扰真叫人难以忍受。山东郓城县有一户农民，家中养了十多头猪，当时那户农民正在山坡、沼泽一带放养，正赶上蝻虫大批涌来，这十多头猪于是跳跃着吃起蝻虫来，不一会儿就吃饱了，那十多头猪就不能走动了。那些蝻又饥又饿，开始咬吃那些猪，蝻虫成堆地聚在猪身上，猪竟然被困，无力反抗，结果十几头猪都被蝻虫咬死了。到了癸

蝻化

己酉年，将军许敬迁奉命于东洲按夏苗。上言，称于陂野间，见有蝻生十数里，才欲打捕，其虫化为白蛱蝶，飞去。（出《玉堂闲话》）

卯年，那些蝗虫却都抱着草木干死了，这就是通常所说的上天掌握着生杀之权啊！（出《玉堂闲话》）

蝻化

乙酉那年的时候，将军许敬迁奉命到东洲视察夏天庄稼的长势。不久许敬迁向皇帝呈上奏章说：“在野外的山坡上，看到有十几里的地方都有蝻生活着，微臣刚想去捕打它们的时候，那些蝻虫就都化为白蛱蝶飞走了。”（出《玉堂困话》）

卷第四百八十　蛮夷一

四方蛮夷

东方之人鼻大，窍通于目，筋力属焉；南方之人口大，窍通于耳；西方之人面大，窍通于鼻；北方之人，窍通于阴，短；中央之人，窍通于口。（出《酉阳杂俎》）

无启民

无启民居穴食土。其人死，埋之，其心不朽，百年化为人。录民膝不朽，埋之百二十年化为人。细民肝不朽，八年化为人。（出《酉阳杂俎》）

帝女子泽

帝女子泽性妒，有从婢散逐四山，无所依托。东偶狐狸，生子曰殃；南交猴，有子曰溪；北通玃猳，所育为伧。（出《酉阳杂俎》）

毛　人

八荒之中，有毛人焉。长七八尺，皆如人形，身及头上皆有毛，如猕猴。毛长尺余，短牲毻。上音生，下音管。见人则�古陌反。目，开口吐舌，上唇覆面，下唇覆胸。憙许记反。食人，舌鼻牵引共

四方蛮夷

东方的人鼻子大，体窍都跟眼睛相通，体力都会归附到这里，南方的人嘴大。体窍都跟耳朵相通；西方的人脸大，体窍都跟鼻子相通；北方的人的体窍都跟阴部相通，身体矮；中部地区的人，体窍都跟口部相通。（出《酉阳杂俎》）

无启民

无启人住在洞穴中，吃土。他们的人死了埋葬后，死者的心脏会保持不烂，经过一百年又变成人。录人的膝盖会保持不烂，埋葬后过一百二十年又能变成人。细人的肝脏会保持不烂，埋后八年又变成人。（出《酉阳杂俎》）

帝女子泽

天帝的女儿子泽生性嫉妒，子泽把陪嫁的侍女都赶走，让她们分散居住在周围的山里，她们没有依靠。东山的侍女便给狐狸做了配偶，生出来的孩子叫殃；南山的侍女跟猴子交合，生的孩子叫溪；北山的侍女跟玃猳私通，生的孩子叫伧。（出《酉阳杂俎》）

毛　人

在八方荒远的地方，有一种毛人。这种毛人高七八尺，形体都像人。毛人的身子和头上都有毛，像猕猴一样。毛人身上的毛有一尺多长，短而蓬松。毛人见到人就闭上眼睛，张开嘴伸出舌头，上嘴唇能盖住脸，下嘴唇能盖住胸。毛人喜欢吃人。它们之间常用舌鼻相戏，不与即去。名曰髯公，俗曰髯丽，一名髯狎。小儿髯可畏也。

轩辕国

轩辕之国，在穷山之际，其不寿者八百岁。诸天之野，和鸾鸟舞。民食凤卵，饮甘露。（出《博物志》）

白民国

白民之国，有乘黄，状若狐，背上有角。乘之，寿三千年。（出《博物志》）

欧 丝

欧丝之野，女子乃跪，据树欧丝。（出《博物志》）

輆沐国

越东有輆沐之国，音善爱反。其长子生，则解而食之，谓之宜弟。父死，则负其母而弃之，言鬼妻，不可与共居。楚之南，炎人之国，其亲戚死，剐其肉而弃之，然后埋其骨，乃成孝子也。秦之西有义渠之国，其亲戚死，聚柴而焚之，薰其烟上，谓之登烟霞，然后成为孝。此上以为政，下以为俗，而未足为非也。见《墨子》。（出《博物志》）

泥杂国

成王即位三年，有泥杂之国来朝。其人称自发其国，常从云拉一起游戏，如一方不伸舌头，另一方马上走了。这种毛人也名叫髯公，通常叫作髯丽，也叫髯狎。幼年的髯公是可怕的。

轩辕国

轩辕国在山的尽头，他们国中不长寿的人也能活八百岁。那里的百姓在诸天的原野上，和鸾鸟一同共鸣起舞。百姓吃凤蛋，喝着甘美的雨露。（出《博物志》）

白民国

白民国有一种动物叫乘黄，样子像狐狸，背上有角。骑过它的人，寿命可长达三千岁。（出《博物志》）

欧 丝

欧丝国的原野上，女子竟然跪着，靠着树吐丝。（出《博物志》）

輆沐国

越国东部有一个輆沐国，善爱反切。该国人的长子生下来，就剁开吃了他，说这样会有利于弟弟。如果父亲死了，儿子就把母亲背出去扔掉，说是鬼的妻子不能跟他们一起住。楚国的南边有个炎人国，他们的亲属死了之后，就把他们身上的肉刮下来扔掉，然后只把骨头埋了，这样就可以成为孝子了。秦国的西边有个义渠国，那个国家人们的亲属死了，就把木柴堆积起来焚烧他们的尸体，让燃烧的烟往上走，他们把这叫作登烟霞，这样做后才会被认为是孝顺。这种做法是上层官府提倡的，下面的人也当作风俗，并不能说是不对的。这些事见于《墨子》一书中。（出《博物志》）

泥杂国

周成王即位三年后，有泥杂国的人来朝见。那个朝见的人说他里而行，闻雷震之击在下。或入潜穴，又闻波澜之声在上。或泛巨水，视日月，以知方面所向。计寒暑，以知年月。考以中国正朔，则序历相符。王接以外宾之礼也。（出《拾遗录》）

然丘

成王六年，然丘之国，献比翅鸟，雌雄各一，以玉为樊。其国使者，皆拳头奓鼻，衣云霞之布，如今霞布也。经历百余国，方至京师。越铁岘，泛沸海，有蛇州蜂岑。铁岘峭厉，车轮各金刚为辋，比至京师，皆讹说几尽。沸海皆涌起，如剪鱼也鱼鳖皮骨，坚强如石，可以为铠。泛沸海之时，以铜薄舟底，龙蛇蛟不得近也。经蛇州度，则豹皮为屋，于屋内推车。经蜂岑，燃胡苏之木末，以此木烟能杀百虫。经途五十余年，乃至洛邑。成王封太山，禅社首。使发其国之时，人并童稚，乃至京师，鬓发皆白。及还至然丘，容貌还复壮。比翼鸟多力，状似鹄，衔南海之丹泥，巢昆岑之玄木，而至其中，遇圣则来翔集，以表周公辅圣之神力也。（出《王子年拾遗记》）

卢扶国

卢扶国，燕昭王时来朝。渡玉河万里，方至其国。国无恶禽从泥杂国家出发后，常在云彩里走，脚下常常传来打雷的声音。有的时候，他又进入很深的洞穴中，能听到波浪的声音在头上。有时候在大水中漂浮前行，通过看太阳和月亮的运行，来弄清方向。根据季节冷暖的变化，来确定年月。用中原的历法去验证它，就发现顺序年代正相符合。”于是周成王以外宾的礼节接待了那位从泥杂国来的人。（出《拾遗录》）

然　丘

周成王六年的时候，然丘国进献了雌雄各一的比翼鸟，装比翼鸟的笼子用玉石做成。那个国家的使者都头小如拳，鼻子张开，穿着云霞那样的布，就像今天的霞布似的。那位使者经过了一百多个国家，才到了京城。途中翻过了铁岘山，渡过了沸海，还经过了蛇州和蜂山。铁岘山陡峭危险，那位使者所乘坐的车的车轮外圈是用金刚石做的，可是等到了京城，都变形磨损得快没有了。沸海上的波浪翻滚，像煎鱼那样，沸海里的鱼鳖的皮和骨头坚硬得像石头一样，可以用那里的鱼鳖皮和骨头做铠甲。使者渡沸海的时候，用铜片包住船底，使沸海里的龙蛇蛟不能靠近。使者经过蛇州时，就用豹皮做成屋子，人在屋子里推着车。使者经过蜂山时，就点燃胡苏树的树枝，因为这种树烧出的烟能杀灭各种虫子。那位使者在路上走了五十多年，才走到了洛阳。这一年周成王在泰山祭天，在社首山祭地。那位使者从他的国家出发的时候，他们还都是孩子，可是到了京城的时候头发都已经白了。等到使者回到然丘的时候，容貌恢复了原样，又强壮如初。他们进贡的比翼鸟力气很大，形状像鹄子一样，衔来南海的红泥，在昆山的玄木上做窝，住在那里面。比翼鸟遇到圣人就飞翔聚集，以此显示周公辅佐周王的非凡力量。（出《王子年拾遗记》）

卢扶国

燕昭王的时候，卢扶国派使者来朝见。从中国要渡过万里玉河兽，水不扬波，风不折枝。人皆寿三百岁，结草为衣，是谓之卉服。至死不老，咸和孝让。寿登百岁已上，拜敬如至亲之礼。葬于野外，以香木灵草，翳掩于尸。闾里吊送，号泣之声，动于林谷。溪原为之止流，春木为之改色。居丧，水浆不入口，至死者骨为埃尘，然后乃食。昔大禹随山导川，乃表其地为无老纯孝之国。（出《王子年拾遗记》）

浮折国

元封元年，浮折岁贡兰金之泥。此金汤渊，盛夏之时，水常沸涌，有若汤火，飞鸟不能过。国人行者，常见水边有人，冶此金为器。混若泥，如紫磨之色，百铸，其色变白，有光如银，名曰银烛。常以为泥，封诸函匣及诸宫门，鬼魅不敢干。当汉世，上将出征，及使绝国，多以泥为印封。卫青、张骞、苏武、傅介子之使，皆受金泥之玺封也。帝崩后乃绝。（出《王子年拾遗记》）

频 斯

魏帝为陈留王之岁，有频斯国人来朝，以五色玉为衣，如今之铠。不食中国滋味，自有金壶，中有神浆，凝如脂，尝一滴则寿千年。其国有大风木为林，高六七十里，善算者以里计之，雷电常出树之半。其枝交阴上蔽，不见日月之光。其下平净扫洒，雨雾不才能到达卢扶国。卢扶国内没有凶恶的禽兽，水面上不起波浪，风也吹不断树枝。人们寿命都达到三百岁，他们用草编织衣服，这种衣服称为卉服。人到死的时候也没有变老，都和气孝顺谦让。寿命达到百岁以上的人，当地的人们对他们都像对待最近的亲属那样拜见敬礼。人死后会埋葬在野外，用香木灵草覆盖在尸体上。当地的人都会去吊唁送葬，号哭的声音，震动了整个树林山谷，溪水为此而停止了流淌，春天的树也因悲悼而改变了颜色。在居丧期间，那里的人们既不喝酒也不喝水，直到死者的骨头变成泥土，才吃饭。从前大禹沿着山疏导河流时，就标记了那个地方是无老纯孝之国。（出《王子年拾遗记》）

浮折国

汉武帝元封元年的时候，浮折国每年都会进贡兰金泥。产这种金的热水坑，在盛夏的时候，里面的水经常沸腾翻涌，就像热水与烈火碰撞一样，飞鸟也飞不过去。国内的人经过这个地方的时候，经常看见水边上有人，把这种金属冶炼铸造成器物。兰金泥开始像泥那样污浊，颜色如上等黄金或者紫磨金，反复多次铸造后，它的颜色就变白了，而且发出银光，被称为银烛。皇宫内常用它作成泥，密封各种盒子、匣子和各宫门，这样，鬼怪就不敢冒犯了。在汉朝的时候，上将出征，以及使者出使极远的国家的时候，就多用兰金泥作官印的封泥。卫青、张骞、苏武、傅介子出使的时候，都接受了用兰金泥封好的盖有皇帝印玺的文书。汉武帝死后，进贡兰金之泥的事就中止了。（出《王子年拾遗记》）

频斯

魏帝曹奂做陈留王那年的时候，有频斯国的人来朝见，他们用各种颜色的玉石做衣服，像今天的铠甲一样。他们不吃中原的食物，自己带有金壶，壶里有种神浆，像凝固的油脂，尝一滴就能延长一千年的寿命。他们国中有大风木形成的树林，树都高六七十里。擅长计能入焉。树东有大石室，可容万人坐。壁上刻有三皇之像，天皇十二头，地皇十一头，人皇九头，皆龙身。亦有膏烛之处。缉石为床，床上有膝痕二三寸，床前有竹简长二寸，如大篆之文，皆言开辟已来事，人莫能识。言是伏羲画卦之时有此书，或言苍颉造书之处。旁有丹石井，非人工所凿，下及漏泉，水常沸涌。诸仙欲饮之时，以长绠引汲。频斯国民皆多力卷发，不食五谷，月中无影，食桂浆。其人发，引之则长，置则自缩如螺。续此人发以为绳，以及丹井，方冬得升合之水。水中有白蛙，两翅，常去来井上，征者食之。至周王子晋临井而窥，有青雀吐杓，以授子晋，取而饮之，乃有云起雪飞。子晋以衣袖扔雪，则云霁雪止。白蛙化为白雁，入云摇摇遂灭。此则频斯人所记，盖其人年不可测也。使图其山川地势瑰异之属，以示张华。华云："此神异之国，难可验信。"使车马珍服，送之出关。（出《拾遗录》）

吴明国

贞元八年，吴明国贡常燃鼎鸾蜂蜜。云，其国去东海数万里，经挹娄沃沮等国。其土宜五谷，多珍玉，礼乐仁义，无剽劫，人寿二百岁。俗尚神仙术，一岁之内，乘云驾鹤者，往往有之。常望黄算的人用里来计算树木的高度，雷电常出现在树木的半腰。它的枝叶交错形成树阴在上面遮着，以致看不见的日月之光。那树下平坦干净，经常清扫洒水，雨雾不能进入树下。树的东边有一座大石头房子，里面可以坐下一万人。墙上刻有三皇的像，天皇十二个头，地皇十一个头，人皇九个头，都是龙身。也有放置灯和蜡烛的地方。把石头连到一起作为床，床上有二三寸深的膝盖印。床前有长二寸长的竹简，上面的文字像大篆一样，说的都是开天辟地以来的事，那种字谁都不认识。据说是伏羲画卦的时候就有这种文字，也有的人说这里是苍颉造字的地方。旁边有一口丹石井，井的样子不像是人工开凿的，井的下面连通着出水的泉眼，泉水经常沸腾上涌。仙人们想喝水的时候，就用长绳提水。频斯国的百姓都力气大，卷头发，不吃五谷，在月光下没有影子，喜欢喝桂花浆。频斯国的人的头发拉它就伸长，放开手就自动缩回去像田螺一般。把频斯国的头发接续起来做成绳，可以用来提取丹石井中的水，冬季的时候能取到一升或一盒井水。水中有白色青蛙，这种蛙有两个翅膀，经常不断地爬到井上再下去，走路的人往往喂它。等到周朝的王子晋来到井边往下看，发现有一只青雀吐出一个勺，给了周朝的王子晋，周朝的王子晋接过来喝了勺里的水，于是便有云彩出现，雪花飞舞。周朝的王子晋用衣袖向雪挥动，于是云彩就收住了雪也不下了。白青蛙也变为了白雁，飞入云中不断摇摆，最后看不见了。这些内容都是频斯国人记载的，大概那个国家的人年龄是没法推测的。又让频斯国的人画他们国家那里的山川地势和珍贵奇异之类的东西给张华看，张华说："这是神灵奇异的国家，难以验证相信。"后来曹奂就让人用车马和珍贵的衣服，把他们送出了关。（出《拾遗录》）

吴明国

唐德宗贞元八年的时候，吴明国进贡常燃鼎和鸾蜂蜜。使者说，他们的国家距离东海有好几万里，途经挹娄、沃沮等国家。那里的土地适合种植五谷，有很多珍宝玉石，讲究礼仪，喜欢音乐，为人仁义，没有偷盗抢劫的事情，人们的寿命能够达到二百岁。他们那里气如车盖，知中国土德王，遂愿贡奉。常燃鼎，量容三斗，光洁似玉，其色紫，每修饮馔，不炽火而俄顷自熟，香洁异于常等。久而食之，令人返老为少，百疾不生也。鸾蜂蜜，云其蜂之声，有如鸾凤，而身被五彩。大者可重十余斤，为窠于深岩峻岭间，大者占地二三亩。国人采其蜜，不逾三二合，如过度，即有风雷之异。若螫人生疮，以石上菖蒲根傅之，即愈。其色碧，贮之于白玉碗，表里莹彻，如碧琉璃。久食令人长寿，颜如童子，发白者应时而黑。逮及沉痾眇跛，无不疗焉。（出《杜阳杂编》）

女蛮国

大中初，女蛮国贡双龙犀，有二龙，鳞鬣爪角悉备。明霞锦，云炼水香麻以为色，光辉映曜，芬馥著人，五色相间，而美于中华锦。其国人危髻金冠，缨络被体，故谓之菩萨蛮。当时倡优，遂制《菩萨蛮》曲，文士亦往往声其词。更女王国贡龙油绫鱼油锦，文彩多异，入水不濡，云有龙油鱼油也。优者更作《女王国》曲，音调宛畅，传于乐部矣。（出《杜阳杂编》）

都 播

都播国，铁勒之别种也，分为三部，自相统摄。其俗结草为有崇尚仙术的习俗，一年当中，经常会有乘云驾鹤而成为神仙的人，他们曾经看到远处有黄气像车盖，知道中国有圣主治理净土以德化感育天下，于是吴明国愿意来进贡朝拜。常燃鼎的容量是三斗，鼎身光洁的像玉石一样，是紫色的。每次用它加工饮食，不用烧火，一会儿食物自己就熟了，又香又干净，跟通常的鼎做出来的不同。常吃这样的饭菜，会使人返老还童，百病不生。鸾蜂蜜，是说那种蜜蜂的叫声有些像鸾鸟凤凰，而且鸾蜂身体上有多种颜色。大的鸾蜂可重达十多斤。鸾蜂在幽深的山崖和高峻的山岭间做窝，鸾蜂的窝大的占地二三亩。吴明国中的人采它的蜜，不能超过三二盒，如超过，就会出现刮风打雷的不正常情况。如果鸾蜂蜇了人留下创伤，那人只要用石头上长的菖蒲根在疮口上敷上就痊愈了。那鸾蜂蜜的颜色是绿的，把鸾蜂蜜盛在白玉碗里，蜜的表层和里面都晶莹透明，像绿色的琉璃一样。长期服用鸾蜂蜜能使人长寿，面如孩童，头发变白的吃了那蜜立即就能变黑。即使很重的病乃至眼盲腿瘸，都能治好。（出《杜阳杂编》）

女蛮国

唐宣宗大中初年，女蛮国进贡双龙犀杯， 双龙犀杯上面有两条龙，龙鳞、龙鬣鬃、龙爪、龙角都有。还进贡明霞锦，据说明霞锦是用水香麻精制成的， 明霞锦光彩辉映，浓香能附在人身上，各种颜色交错相配，比中国的锦还要美。女蛮国的人梳着高高的发髻，戴着金冠，身上披着缨络，所以称他们为菩萨蛮。当时的歌舞艺人便创作了《菩萨蛮》曲调，文人也常常用《菩萨蛮》曲来唱他们的词。还有女王国进贡龙油绫和鱼油锦，花纹色彩有很多奇异的特点，放到水里不沾水，说是因为上面有龙油鱼油的缘故。艺人们便又创作了《女王国》曲，音调婉转流畅，后来传到国家乐队中去了。（出《杜阳杂编》）

都 播

都播国是铁勒族的分支，共分三个部分，各自管辖。都播国的习

庐，无牛羊，不知耕稼。多百合，取以为粮。衣貂鹿之皮，贫者亦缉鸟羽为服。国无刑罚，偷盗者倍征其赃。（出《神异录》）

骨利

骨利国居回纥北方，瀚海之北。胜兵四千。地出名马。昼长夜短，天色正曛，煮一羊胛才熟，东方已曙，盖近日入之所也。（出《神异录》）

突厥

突厥事祆神，无祠庙，刻毡为形，盛于毛袋，行动之处，以脂苏涂，或系之竿上，四时祀之。坚昆部落，非狼种。其先所生之窟，在曲漫山北，自谓上代有神，与牸牛交于此窟。其人发黄目绿，赤髭髯。其髭髯俱黑者，汉将李陵及兵众之后也。西屠，俗染齿令黑。（出《酉阳杂俎》）

又

突厥之先曰射摩。舍利海有神，在阿史得蜜西。射摩有神异，海神女每日暮，以白鹿迎射摩入海，至明送出，经数十年。后部落将大猎，至夜中，海神谓射摩曰："明日猎时，尔上代所生之窟，当有金角白鹿出。尔若射中此鹿，毕形与吾来往；或射不中，即缘绝矣。"至明入围，果所生窟中，有白鹿金角起。射摩遣其左右固其围，将跳出围，遂杀之。射摩怒，遂手斩阿哷首领，仍誓之曰："自此之后，须以人祭天。常取阿哷。"即取部落子孙斩之以俗是搭建草庐，不养牛羊，也不懂得耕种。都播国内有很多百合，人们就拿百合当粮食。他们穿的是貂皮和鹿皮做的衣服，穷人也编织鸟羽来做衣服。他们国家没有刑罚，犯偷盗罪的人就加倍没收他的赃物。（出《神异录》）

骨利

骨利国位于回纥的北方，在瀚海的北面。骨利国中有四千优秀的士兵。那地方还出产名马。白天长夜间短，在太阳快落山时，煮一块羊肩，羊肩刚刚煮好的时候，东方就已经天色发白，大概这里是靠近太阳落下的地方吧。（出《神异录》）

突厥

突厥奉祀祆神，但是没有祭祀的庙，于是突厥人把毡子刻成祆神形象，装在毛袋里。每到突厥人的迁徙之处，就用奶脂酥油涂抹神像，或者将神像系在竿上，春夏秋冬都进行祭祀。坚昆部落，不是狼种，他们先人诞生的洞窟，在曲漫山的北面，他们自己说古代有神跟母牛在这个洞窟中交配。他们的头发是黄颜色的，眼睛是绿颜色的，胡子是红颜色的。胡子全是黑色的，人则是汉朝将领李陵和李陵手下的后代。西屠人的风俗是把牙齿染成黑色。（出《酉阳杂俎》）

又

突厥的祖先叫射摩。舍利海里有海神，在阿史得蜜以西。射摩有神灵奇特的能力，海神女儿每天黄昏的时候，用白鹿迎接射摩进入海中，到天明再送他出来，这样过了几十年。后来部落将要大规模打猎，到了半夜的时候，海神的女儿对射摩说：“明天打猎的时候，你们的祖先出生的洞窟中，会有一只金角的白鹿跑出来。如果你能射中这只鹿，就仍能终生跟我来往；如果射不中，我们的缘分就结束了。”等到天亮进入围猎场的时候，果然在祖先出生的洞中，有金角白鹿跑出来。射摩就派他的手下人加强包围，在鹿将要跳出包围的祭也。至今突厥以人祭纛，部落用之。射摩既斩阿咊，至暮还。海神女执射摩曰：“尔手斩人，血气腥秽，因缘绝矣！”（出《酉阳杂俎》）

吐 蕃

唐贞元中，王师大破吐蕃于青海。临阵，杀吐蕃大兵马使乞藏遮，遮及诸者。或云，是尚结赞男女。吐蕃乃收尸归营。有百余人，行哭随尸，威仪绝异。使一人立尸旁代语，使一人问：“疮痛乎？”代语者曰：“痛。”即膏药涂之。又问曰：“食乎？”代者曰：“食。”即为具食。又问曰：“衣乎？”代者曰：“衣。”即命袭衣之。又问：“归乎？”代者曰：“归。”即具舆马，载尸而去。译语者传也。若此异礼，必其国之贵臣也。（出《咸通录》）

西北荒

西北荒中，有玉馈之酒，酒泉注焉。广一丈，深三丈，酒美如肉，清澄如镜。上有玉樽玉笾，取一樽，复生焉，与天同休，无干时。石边有脯焉，味如獐脯。饮此酒，人不生死。此井间人，与天同生，虽男女不夫妇，故言不生死。（出《神异记》）

时候，射摩手下的人将它射死了。射摩大怒，便亲手斩了阿咷部的首领，并立誓说："自此以后，凡用人祭天都要由阿咷部出人。"即找来一个阿咷部的子孙斩了祭天。直到现在突厥人仍然用人祭战旗。部落沿用了这个规矩。射摩斩了阿咷后，到晚上就回去了。海神的女儿抓住射摩说："你亲手杀人，血气又腥又脏，我们的缘分从此就断绝了！"（出《酉阳杂俎》）

吐蕃

唐代贞元年间，唐军在青海把吐蕃的军队打得大败。在战场上，唐军杀死了吐蕃的大兵马使乞藏遮。乞藏遮和其他死者，有人说是尚结赞的子女。于是吐蕃人把他们尸首收好回到营房，有一百多人跟着尸首边走边哭，他们的丧祀仪式十分奇特。他们让一个人站在尸体旁代死者说话，让另一人问："伤处痛吗？"代替死者回答的人就说："痛。"于是马上就把膏药涂在死者伤处。又问："要吃饭吗？"代替死者回答的人说："吃。"又马上进上食物。又问："要穿衣服吗？"代替死者回答的人又说："穿。"马上命人给穿上皮衣服。又问："要回去吗？"代替死者回答的人又说："回去。"于是便马上准备好车马，把尸体装上车拉走。这些情况都是翻译转述过来的。像这种奇特的礼仪，必须是吐蕃国中高贵的大臣才能享受。（出《咸通录》）

西北荒

西北边远的地方，有一种玉馈酒，这种酒是从酒泉流入的。酒池有一丈多宽，三丈多深。酒味纯美像肉一样，酒清澈透明像镜子。酒池上有玉石酒杯和玉石的盘子。盛出一杯酒，酒池里马上又生出一杯，酒池与上天的寿命相同，没有干涸的时候。石头旁边还有肉干，味道如同獐肉干。喝了这种酒，人就会不生不死。这池子周围的人，也与天同寿，虽然也有男人有女人，但从不结为夫妇，所以说不生不死。（出《神异记》）

鹤民

西北海戌亥之地有鹤民国。人长三寸，日行千里，而步疾如飞，每为海鹤所吞。其人亦有君子小人。如君子，性能机巧，每为鹤患。常刻木为己状，或数百，聚于荒野水际，以为小人，吞之而有患。凡百千度，后见真者过去，亦不能食。人多在山涧溪岸之旁，穿穴为国，或三十步五十步为一国，如此不啻千万。春夏则食路草实，秋冬食草根，值暑则裸形，遇寒则编细草为衣。亦解服气。（出《穷神秘苑》）

又

一说，四海之外有鹄国焉。男女皆长七寸，为人自然有礼，好经谕跪拜。其人皆寿三百岁，行千里，百物不敢犯之。虽畏海鹤，陈章与齐桓公言，鹄遇吞之，亦寿三百岁。此人鹄中不死，而鹄亦一举千里。陈章与齐桓公所言小人也。（出《神异录》）

契丹

卢文进，幽州人也，至南，封范阳王。尝云，陷契丹中，屡又绝塞射猎，以给军食。正昼方猎，忽天色晦黑，众星粲然。众皆惧，捕得蕃人问之。至所谓笪却日也，此地以为常，寻当复矣。顷之乃明，日犹午也。又云，常于无定河见人胸骨一条，大如柱，长可七尺云。（出《稽神录》）

鹤民

西北海戌亥方向有个鹤民国，鹤民国中的人身高三寸，能日行千里，步履迅急如飞，常被海鹤吞食。他们当中也分君子、小人。如果是君子，天性就聪慧机变灵巧，常常成为海鹤的克星。他们常把木头刻成自己的样子，有时多达数百，把它们放置在荒郊野外的水边上，这样海鹤就以为是小人，于是就吞了下去，结果就遭了殃。海鹤就这样上当了千百次，海鹤后来见到了真的鹤民，也不能吞食了。鹤民大多数生活在山洞溪岸边，凿洞建筑城池，有的三十步五十步就是一座城，像这样的城不止千万。春天夏天就吃路上的草籽，秋天冬天就吃草根。碰上天热就裸露身体，遇上天冷时就用小草编衣服穿。鹤民也懂得修炼气功。（出《穷神秘苑》）

又

还有一种说法，四海的外面有个鹄国，男女都只有七寸高，为人天生都很有礼貌，喜欢经书，懂得跪拜之礼。那里的人都能活三百岁，能走千里路，什么东西都不敢侵犯他们。他们虽然害怕海鹤，但陈章对齐桓公说，如果鹄把他们吞到肚里去，也能活三百年。被吞下肚的人不死，而鹄也能一飞千里。这就是陈章跟齐桓公所说的那种小人。（出《神异录》）

契丹

卢文进是幽州人，到了南方被封为范阳王。卢文进说，他曾经落入契丹人的手里，契丹人派卢文多次在极远的边塞打猎，以便供给军人食用。有一次卢文进白天正打猎的时候，忽然天色昏黑，群星明亮，大家都非常害怕，抓到一个番人询问，才得知原来是到了所谓的“笪却日”，这地方的人已经习以为常了。稍过一会儿就会恢复正常了。过了不一会儿天果然明亮起来了，太阳还在正午。卢文进又说，曾在无定河那个地方看见一块人的胸骨，像柱子那样粗，有七尺长。（出《稽神录》）

沃沮

毋丘俭遣王倾追高丽王官，尽沃沮东东界。问其耆老，海东有人不。耆老言，国人尝乘船捕鱼，遭风，见吹数十日，东得一岛。上有人，言语不相晓。其俗尝以七月取童女沉海。又言有一国，亦在海中，纯女无男。

又说，得一布衣，从海中浮出，其身如中人衣，其两袖长二丈。又得一破船，随浪出，在海岸边。有一人，项中复有面，生得之，与语不相通，不食而死。其地皆在沃沮东大海中。（出《博物志》）

僬侥

李章武有人腊三寸余，头髀肋成就，眉目分明，言是僬侥国人。（出《酉阳杂俎》）

沃沮

毌丘俭派王颀追高丽王官，一直追到沃沮东部最东边的边境。问那里的一位老人，海的东面有人没有？老人说，国中人曾坐船去捕鱼，遇到了大风，被吹了几十天，在东面碰到了一个海岛。海岛上有人，但是说话听不懂。那地方有个习俗，要在七月弄来童女沉入海里。又说那里还有一个国家，也在海中，只有女人，没有男人。

又说，有人曾看到一件布衣服，从海水中浮上来，那衣服像是中国人的衣服，但它的两只袖子却有二丈长。老人又说曾经看到一条破船，随着海浪涌出，停在海岸边。上面有一个人，脖子上还有一张脸，被活捉了，与他交谈，但是语言不通，那个人因为不吃东西就饿死了。那些地方都在沃沮东面的大海当中。（出《博物志》）

僬侥

李章武有一个用活人腊制的人干儿，人干有三寸多长，脑袋、大腿、胸脯都完好无损，眉毛眼睛也很分明，说那就是僬侥国的人。（出《酉阳杂俎》）

卷第四百八十一　蛮夷二

新 罗

新罗国，东南与日本邻，东与长人国接。长人身三丈，锯牙钩爪，不火食，逐禽兽而食之，时亦食人。裸其躯，黑毛覆之。其境限以连山数千里，中有山峡，固以铁门，谓之铁关。常使弓弩数千守之，由是不过。（出《纪闻》）

又新罗国有第一贵族金哥，其远祖名旁㐌，有弟一人，甚有家财。其兄旁㐌，因分居，乞衣食。国人有与其隙地一亩，乃求蚕谷种于弟，弟蒸而与之，旁㐌不知也。至蚕时，止一生焉，日长寸余，居旬大如牛，食数树叶不足。其弟知之，伺间，杀其蚕。经日，四方百里内蚕，悉飞集其家。国人谓之巨蚕，意其蚕之王也。四邻共缫之，不供。谷唯一茎植焉，其穗长尺余。旁㐌常守之。忽为鸟所折，衔去。旁㐌逐之，上山五六里，鸟入一石罅，日没径黑，旁㐌因止石侧。至夜半月明，见群小儿，赤衣共戏。一小儿曰："汝要何物？"一曰："要酒。"小儿出一金锥子，击石，酒及樽悉具。一曰："要食。"又击之，饼饵羹炙，罗于石上。良久，饮食而去，以金锥插于石罅。旁㐌大喜，取其锥而还，所欲随击而办，因是富侔国力，常以珠玑赡其弟，弟云："我或如兄得金锥也。"旁㐌知其愚，谕之不及，乃如其言。弟蚕之，止得一金如常者。谷种之，复一茎植焉，将熟，亦为鸟所衔。其弟大悦，随之入山，至鸟入处，遇群鬼。怒曰："是窃余锥者。"乃执之。谓曰："尔欲为我筑糖三版乎？尔欲鼻长一丈乎？"其弟请筑糖三版，三日，饥困不成，求哀于鬼。鬼乃

新　罗

新罗国的东南面跟日本国相邻，东面跟长人国相接。长人国的国民身高三丈，牙齿像锯一样，手像钩子一样。那里的人不用火烤东西吃，抓到禽兽就生吃下去，有时候也吃人。他们的身体裸露着，上面长有一层黑毛。他们的国土周围有相连数千里的山脉围绕着，边境上有山口。因为用铁门挡住，所以也被称为铁关。常派数千弓弩手守着，因此长人国的人是过不去的。（出《纪闻》）

又：新罗国有个第一贵族金哥，他的远祖名叫旁㐌，旁㐌有一位弟弟，家里有很多财产。哥哥旁㐌因为和弟弟分开住所以生活困难，只好靠乞求衣食为生。有一位乡里人送给旁㐌一亩空地，旁㐌向弟弟索要蚕种和谷种。旁㐌的弟弟就把蚕种、谷种煮熟了送给旁㐌。旁㐌并不知道这件事。等到孵蚕种时的时候，只孵出了一只蚕，这只蚕每天长一寸多，过了十天那只蚕长得像牛一样大。好几棵桑树的树叶都不够那只蚕吃。旁㐌的弟弟知道这件事后，就找了一个机会，杀死了这只大蚕。一天后，四面八方百里以内的蚕，都飞来落到了旁㐌的家里。国内的人都说被杀死的蚕是巨蚕，所以大家都推测它可能是那些蚕的王。旁㐌周围的邻居一起帮着缫丝也忙不过来。旁㐌的谷子只长出了一棵，结的穗有一尺多长，旁㐌经常在那棵谷子旁边看着它。忽然这棵谷子被一只鸟折断，并把穗子衔走了，旁㐌于是跟着追赶那只鸟，追上山有五六里地。这时候那只鸟飞进了一个石缝之中。当时太阳落山了，道路上很黑了，旁㐌只好在那块石边上休息。等到半夜的时候，月亮很明亮，旁㐌看见一群小孩，穿着红色衣服在一起做游戏。一个小孩说："你们要什么东西？"另一小孩回答说："我想要酒。"那个问话的小孩就拿出一把金锥，敲打石头，于是就有酒和

拔其鼻，鼻如象而归。国人怪而聚观之，惭恚而卒。其后子孙戏锥求狼粪，因雷震，锥失所在。（出《酉阳杂俎》）

又登州贾者马行余转海，拟取昆山路适桐庐，时遇西风，而吹到新罗国。新罗国君闻行余中国而至，接以宾礼。乃曰："吾虽夷狄之邦，岁有习儒者，举于天阙。登第荣归，吾必禄之甚厚。乃知孔子之道，被于华夏乎。"因与行余论及经籍，行余避位曰："庸陋贾竖，长养虽在中华，但闻土地所宜，不读诗书之义。熟诗书，明礼义者，其唯士大夫乎！非小人之事也。"乃辞之。新罗君讶曰："吾以中国之人，尽闻典教。不谓尚有无知之俗欤！"行余还至乡井，自惭以贪吝衣食，愚昧不知学道，为夷狄所嗤，况哲英乎？（出《云溪友议》）

酒具摆了出来。还有一个小孩说："要食物。"那个问话的小孩又敲打石头，饼、糕、汤、烤肉又摆在了石头上面。过了很长时间，那些小孩吃喝完毕就走了。把金锥插在石头缝里。旁㐌非常高兴，把金锥拿走就回家了。旁㐌想要什么东西，只要敲打金锥就立刻会得到。旁㐌凭着这把金锥，所得到的财富就富可敌国了。旁㐌还经常把珍珠送给他的弟弟。旁㐌的弟弟说："我也许能像哥哥一样得到一把金锥。"旁㐌了解自己弟弟的无知，但告诉旁㐌的弟弟也不听，只好让他弟弟按自己的话去办。于是，旁㐌的弟弟去孵蚕，却只得到一只很平常的蚕。旁㐌的弟弟也种了谷子，也只长出一棵，谷子将要成熟的时候，也被鸟把谷子衔走了。旁㐌的弟弟非常高兴，随着鸟走进了山，便到了鸟飞进石缝的地方。但是遇到了一群鬼。那群鬼生气地说："这就是偷金锥的人。"于是那群鬼便抓住了旁㐌的弟弟，那群鬼对旁㐌的弟弟说："你是想为我们用糠筑三版墙呢？还是想让鼻子长成一丈长呢？"旁㐌的弟弟请求用糠筑三版墙，过了三天后，旁㐌的弟弟忍饥挨饿受着苦也没有筑成，向鬼请求怜悯。那群鬼便拉长他的鼻子，旁笆的弟弟拖着一个跟大象一样长的鼻子回了家。国中的人觉得奇怪，都聚拢过来看。旁㐌的弟弟又惭愧又生气，最后死掉了。之后，旁㐌的子孙们开玩笑，向金锥要狼粪，于是当时雷声震响，金锥不知道哪里去了。（出《酉阳杂俎》）

又：登州的商人马行余在海上航行的时候，打算从昆山取道到桐庐去，但是却遇到了西风。因而马行余被吹到了新罗国。新罗国的国君听说马行余是从中国来的客人，便以宾客之礼进行了接待，并且说："我们虽然是夷狄的国家，但每年都有学习儒学的人，被推荐到中国的朝廷里参加考试。其中考中功名光荣回国的人，我一定会赐给他们非常丰厚的俸禄。你知道孔子的学说，覆盖了整个中国了吗？"于是国王跟马行余谈论到经书典籍，马行余离开坐席回答说："我只是个平庸浅薄的商人，虽然生长在中国，但是只听说过土地适合种什么，不懂什么《诗》《书》其中的道理。熟悉《诗》《书》，明白礼义的人。大概只有那些士大夫吧！这不是我们这些粗人要懂的事。"就告辞了。新罗国君惊讶地说："我以为中国的人都懂经典礼又天宝初，使赞善大夫魏曜使新罗，策立幼主。曜年老，深惮之。有客曾到新罗，因访其行路。客曰：永徽中，新罗日本皆通好，遣使兼报之。使人既达新罗，将赴日本国，海中遇风，波涛大起，数十日不止。随波漂流，不知所届，忽风止波静，至海岸边。日方欲暮，时同志数船，乃维舟登岸，约百有余人。岸高二三十丈，望见屋宇，争往趋之。有长人出，长二丈，身具衣服，言语不通。见唐人至，大喜，于是遮拥令入宅中，以石填门，而皆出去。俄有种类百余，相随而到，乃简阅唐人肤体肥充者，得五十余人，尽烹之，相与食啖。兼出醇酒，同为宴乐，夜深皆醉。诸人因得至诸院，后院有妇人三十人，皆前后风漂，为所掳者。自言男子尽被食之，唯留妇人，使造衣服。汝等今乘其醉，何为不去。吾请道焉，众悦。妇人出其练缕数百匹负之，然后取刀，尽断醉者首。乃行至海岸，岸高，昏黑不可下。皆以帛系身，自缒而下，诸人更相缒下，至水滨，皆得入船。及天曙船发，闻山头叫声，顾来处，已有千余矣。络绎下山，须臾至岸，既不及船，虓吼振腾。使者及妇人并得还。（出《纪闻》）

教。没料到还有无知的俗人呢。”马行余回到家乡后，对自己以前因为贪图享受衣服食物，愚昧不懂得学儒家之道而被夷狄人嗤笑感到惭愧。更何况聪敏而有才能的人呢？（出《云溪友议》）

又：天宝初年的时候，唐朝派赞善大夫魏曜出使新罗国，策立新罗国年幼的太子当国王。魏曜的年纪已经很大了，很害怕这件事。魏曜手下的一位门客曾经到过新罗国，于是魏曜就向那位门客查访新罗国的路程情况。那位门客说：“永徽年间的时候，唐朝和新罗国、日本国都有友好往来。派使者时两国都去。使者到达新罗国以后，又将去日本国，结果在海中遇到了大风，波浪滔天，数十日都没有停止。船只好在海上漂泊，不知到了什么地方，忽然就风停波静了，船到了海岸边。太阳刚好要落山，当时一同航行的几艘船上的人，都拴好了船，登上海岸，当时总共有一百多人。那个海岸有二三十丈高，人们远远地看到了屋子，大家便争先恐后地跑过去。有些很高的人走了出来了，他们身高有二丈，穿着衣服，但是他们说的话听不懂。他们看见唐朝的人到来这里，显得非常高兴，于是便前呼后拥地把使者团队让进屋里，然后用石头堵上了门就都出去了。不一会儿他们同族的一百多人前后相随走了过来，挑选唐朝人中皮肤好并且身体肥胖的人，共选出了五十多个，把那些人都煮了，聚在一起吃。他们又拿出好酒，一同宴饮取乐，到了深夜，这些巨人都喝醉了。人们才能够有机会到各个院子里查看，发现后院里有三十多位妇女，都是先后被风刮到此地而被掳夺来的人。她们说：“男人全被吃了，只留下妇女，让我们做衣服。你们现在趁着他们喝醉了，为什么还不离开这里？请让我们给你们带路把。”大家都很高兴。妇女们拿出她们织的几百匹布，把巨人们捆着，然后拿来刀把他们的脑袋都砍了下来。然后大家走到海岸上，因为海岸很高，而且当时天太黑了大家没法下去。于是便用布拴着身体自己吊下去。其他的相继吊了下去，然后都上了船。等到天亮时就出发了，忽然听见山头上有叫喊声，回头发现逃出来的地方，已经有一千多巨人追上来了，络绎不绝地从山上追下来，不一会儿就来到了海岸。那些巨人看到没有赶上船都气得像老虎那样咆哮蹿腾。那些使者和那些被掳的妇人都得以逃回。（出《纪闻》）

又近有海客往新罗，次至一岛上，满地悉是黑漆匙箸。其处多大木，客仰窥匙箸，乃木之花与须也，因拾百余双还。用之，肥不能使，偶取搅茶，随搅随消焉。（出《酉阳杂俎》）

又六军使西门思恭，常衔命使于新罗。风水不便，累月漂泛于沧溟，罔知边际。忽南抵一岸，亦有田畴物景，遂登陆四望。俄有一大人，身长五六丈，衣裾差异，声如震雷，下顾西门，有如惊叹。于时以五指撮而提行百余里，入一岩洞间，见其长幼群聚，递相呼集，竞来看玩。言语莫能辨，皆有欢喜之容，如获异物。遂掘一坑而置之，亦来看守之。信宿之后，遂攀缘跃出其坑，径寻旧路而窜。才跳入船，大人已逐而及之矣，便以巨手攀其船舷，于是挥剑，断下三指，指粗于今槌帛棒。大人失指而退，遂解缆。舟中水尽粮竭，经月无食，以身上衣服，啮而啖之。后得达北岸，遂进其三指，漆而藏于内库。洎拜主军，宁以金玉遗人，平生不以饮馔食客，为省其绝粮之难也。（出《玉堂闲话》）

东女国

东女国，西羌别种，俗以女为王。与茂州邻，有八十余城。以又：最近有一位常常出海的人到新罗去了，路途中来到一座海岛，只见满地全是涂有黑漆的汤匙和筷子。那地方有很多的大树，那个人仰头一看，发现原来地上那些汤匙和筷子都是树上的花朵。于是捡了一百多个筷子和汤匙带了回去。回家一用，因为那些筷子汤匙太粗糙，不好用。那个人偶然用它搅拌茶水，一边搅这种筷子就一边消溶了。（出《酉阳杂俎》）

又：六军使西门思恭，奉命出使新罗。由于风向水流不利，所以西门思恭连续几个月都漂浮在大海上，不知道海岸在哪里。忽然有一天到了南边的一处海岸，岸上看上去也有田地景物，于是西门思恭便登上岸边四下眺望。不一会儿，看到有一位很高大的人，身高有五六丈，服装很奇特，声音像打雷一样。那个人俯视西门思恭，非常惊叹。当时就用五个手指提着西门思恭走了一百多里，进入一个岩洞里面，只见他们年长的与年幼的都聚在一处，一个传一个地把他们的人都招呼过来，争先恐后地来观看西门思恭。他们说的话一点也听不懂，但都显出很高兴的样子，好像得到一种奇异的东西一样。于是他们挖了一个坑，把西门思恭放在里面，还有人看守着他。过了两个晚上，西门思恭就攀缘而上，跳出了坑，直接沿着原路逃了回去。西门思恭才跳上船，那些巨人就已经追到船边了，还用大手抓住了船舷。西门思恭挥剑砍断了巨人的三个手指头，手指头比现在捶帛的棒子还粗。巨人掉了三个手指头，只好退了回去，于是西门思恭解开缆绳开船。但是船上的水和粮食一点也没有了，西门思恭一个月都没有饭吃了，于是西门思恭就将身上穿的衣服嚼着吃。西门思恭最后到达了北岸，便献上了那三个手指头，三个手指被涂上漆后就收藏在皇宫的仓库里面。等西门思恭被提升做了主军后，他宁可把金玉送给别人，平生也一直不用食物招待客人。因为西门思恭深深明白了没有粮食吃的艰难。（出《玉堂闲话》）

东女国

东女国是西羌族的一支，他们那里的风俗是女人当国王。东女国与茂州相邻，国内有八十多座城。当地把女王所住的地方命名为康所居名康延州。中有弱水，南流，用牛皮为船以渡。户口兵万人，散山谷，号曰宾就。有女官，号曰高霸，平议国事。在外官僚，并男夫为之，五日一听政。王侍左右女数百人。王死，国中多敛物，至数万。更于王族中，求令女二人而立之，大者为大王，小者为小王。大王死，则小王位之，或姑死妇继。无墓。所居皆重屋，王至九重，国人至六层。其王服青毛裙，平领衫，其袖委地。以文锦为小髻，饰以金耳垂珰。足履素靴。重妇人而轻丈夫，文字同于天竺。以十一月为正，每十月，令巫者赍酒肴，诣山中，散糟麦于空，大咒呼鸟。俄有鸟如雉，飞人巫者之怀，因剖腹视之，有谷，来岁必登。若有霜雪，必有大灾。其俗名为鸟卜。人死则纳骨肉金瓶中，和金屑而埋之。（出《神异记》）

廪君

李时，字玄休，廪君之后，昔武落钟离山崩，有石穴，一赤如丹，一黑如漆。有人出于丹穴者，名务相，姓巴氏；有出于黑穴者，凡四姓：皞氏、樊氏、柏氏、郑氏。五姓出而争焉，于是务相以矛刺穴。能著者为廪君，四姓莫著，而务相之剑悬。又以土为船，雕画之，而浮水中。曰："若其船浮者为廪君。"务相船又独浮，于是遂称廪君。乘其土船，将其徒卒，当夷水而下，至于盐阳。水神女子止廪君曰："此鱼盐所有，地又广大，与君俱生，可无行。"廪君延州。国内有一条向南流的河，那里的人用牛皮做船来渡河。百姓和士兵一共有上万人，人们散居在山谷间，号称宾就。国家内设有女官，号称高霸，是商量讨论国家大事职务。外地的官员，一律则是由男子担任。东女国国王五天上朝一次，听取臣下的意见，以便处理国家大事。国王身边有女侍从数百人。国王去世之后，国内百姓大多要贡献财物，价值总计起来可达数万。还要在王族中找出两位美丽的女子立为国王，年纪大的女子当大国王，年纪小的做小国王。大国王去世后，小国王就继位。或者是婆婆去世了，就由儿媳妇来继承。死后没有坟墓。人们住的地方都是楼，国王居住的楼高达九层，百姓住的楼则是六层。东女国的国王穿着青色的毛裙，平领的衣衫，衣服的衣袖都长长地拖在地上。她们用有花纹的锦扎小发髻，耳垂上装饰着金镶玉的耳坠儿，脚上穿着白靴。国中的人重视妇人而轻视男人，他们的文字跟天竺国一样。东女国以十一月为正月，每到十月的时候，国王便让巫师送酒到山里去，还把碾碎的麦子散向空中，巫师大声向鸟祷告。不一会儿，就有一只像鸡的鸟飞到巫师的怀里，于是巫师剖开这只鸟的肚子里查看。如果看到肚子里有谷粒，那么来年一定能够丰收；如果发现那只鸟的肚子里面是霜雪，就一定有大的灾难发生。东女国的人俗称这种做法为鸟卜。东女国的人去世之后，就会把骨头和肉装入金做的瓶子之中，再往里面撒上金屑然后埋入土中。（出《神异记》）

廪君

李时，字玄休，是廪君的后代。从前武落的钟离山崩塌之后，山中出现了两个石穴。其中一个像朱砂那么红，另一个像生漆那么黑。有一个人从红色的石穴中出来，姓巴，名叫务相；有从黑色的石穴中出来，共四个姓，分别是婂氏、樊氏、柏氏、郑氏。五姓出现后开始互相争斗。于是务相用矛扎坑壁，说：“能把矛扎在坑壁上的人，就做廪君。”结果姓婂、樊、柏、郑的人谁也没扎住，而务相扎在坑壁上的矛上还能挂住剑。大家又用土做船，在船身上雕刻绘画，然后让船浮在水上。大家约定说：“如果谁的船能浮在水上，就可以做廪曰："我当为君，求廪地，不能止也。"盐神夜从廪君宿，旦辄去为飞虫，诸神皆从，其飞蔽日。廪君欲杀之，不可别，又不知天地东西。如此者十日，廪君即以青缕遗盐神曰："婴此即宜之，与汝俱生；不宜，将去汝。"盐神受而婴之。廪君至砀石上，望膺有青缕者，跪而射之。中盐神，盐神死，群神与俱飞者皆去，天乃开朗。廪君复乘土船，下及夷城。石岸曲，泉水亦曲，望之如穴状。廪君叹曰："我新从穴中出，今又入此，奈何？"岸即为崩，广三丈余，而阶阶相承。廪君登之，岸上有平石，长五尺，方一丈。廪君休其上，投策计算，皆著石焉。因立城其旁，有而居之。其后种类遂繁。秦并天下，以为黔中郡，薄赋敛之，岁出钱四十万。巴人以赋为賨，因谓之賨人焉。（出《录异记》）

大食国

大食西南二千里有国，山谷间，树枝上生花如人首，但不语，人借问，笑而已，频笑辄落。（出《酉阳杂俎》）

君。”结果又只有务相的船能浮在水上，于是务相就当上了廪君。务相乘坐着他的土船，带着他的部众，顺夷水而下，到达了盐阳。水神的女儿阻止廪君说：“这个地方鱼盐一应俱全，土地十分广大，我愿意跟您一块生活，希望您不要再走了。”廪君说：“我将成为国君，所以我要寻找能生产粮食的土地，一刻也不能停止。”盐神晚上与廪君一同睡觉，早晨就变成了飞虫离开了，各神都跟着盐神飞舞起来遮蔽了太阳。廪君想杀死盐神，但是没法分辨出来，就连天地和方向在哪里也分辨不出来了。像这种情形持续了十天，廪君就把青线送给盐神说：“缠上这个，如果适合你，我就与你一块生活；如果不适合的话，我就要离开你而去。”盐神接过去线就缠在了身上。廪君到了一块带花纹的石头上，望着一只飞虫胸上有青线的，廪君跪在石上射那只虫子。一下子就射中了盐神，盐神死了，那些跟着它一起的飞虫都飞走了，天也晴朗了。廪君又坐上船，来到了夷城。那个地方石岸曲折，泉水也弯弯曲曲，远远看去像一个大坑。廪君感叹说：“我刚从石穴中出来，现在又进了一个穴中，这该怎么办呢？”结果河岸马上就崩塌了，坍塌的地方宽有三丈多，而且一个台阶接着一个台阶。廪君登上岸去的时候，发现岸上有一块平坦的石头，那块石头长五尺有一丈宽。廪君在上面休息，扔算筹测算，结果都落在石头上。于是廪君就在石头旁边建立城池，占有了那个地方并居住下来。从那以后廪君的族人便繁衍起来。秦国统一天下后，就把这个廪君的地方定为黔中郡，对这里的税收的不多，每年会上贡四十万钱。巴人把赋税称为賨，于是人们便把巴人称为賨人了。（出《录异记》）

大食国

大食国西南方二千里外的地方有一个国家，山谷里的树上长出的花像人头一样。只是不说话，人问花的时候，花只能笑笑罢了，如果频繁地笑，花就落了。（出《酉阳杂俎》）

私阿修国

私阿修国金辽山寺中，有石鼍，众僧饮食将尽，向石鼍作礼，于是饮食悉具。（出《酉阳杂俎》）

俱振提国

俱振提国尚鬼神，城北隔真珠江二十里，有神。春秋之时，国王所须什物金银器，神厨中自然而出，祠毕亦灭。天后使人验之，不妄。（出《酉阳杂俎》）

牂 牁

獠在牂牁，其妇人七月生子，死则竖棺埋之。木耳夷，旧牢西，以鹿角为器。其死则屈而烧，而埋其骨。木耳夷人，黑如漆。小寒则焙沙自处，但出其面。（出《酉阳杂俎》）

龟 兹

古龟兹国主阿主儿者，有神异力，能降伏毒蛇龙。时有人买市人金银宝货，至夜中，钱并化为炭。境内数百家，皆失金宝。王有男先出家，成阿罗汉果。王问之，罗汉曰："此龙所为，居北山，其头若虎，今在某处眠耳。"王乃易衣持剑，默至龙所，见龙卧，将斩之。思曰："吾斩寐龙，谁知吾有神力。"遂叱龙，龙惊起，化为狮子，王即乘其上。龙怒，作雷声，腾空，至城北二十里。王谓龙曰："尔不降，当断尔头。"龙惧王神力，人语曰："勿杀我，我当与王为乘。欲有所向，随心即至。"王许之，后遂乘龙而行。（出《酉

私阿修国

私阿修国国中金辽山的寺庙里，有一个石鼍。寺庙里的僧人们的饮食将要吃完的时候，只要向石鼍行礼，饮食饭菜就会变出来。（出《酉阳杂俎》）

俱振提国

俱振提国崇信鬼神，城北隔真珠江二十里的地方有一位神。等到了春秋祭祀的季节， 俱振提国国王所需要的东西和金银器具，在神厨中自然就会出现。等祭祀完事后，这些东西又会自动消失。武则天派人验证这事，果然是真的。（出《酉阳杂俎》）

牂 牁

獠人生活在牂牁，牂牁的妇女怀孕七个月就生孩子。牂牁的人死后，棺材是竖着埋在土中的。木耳外族，居住在旧牢西面，用鹿角制作器具。木耳族人死了人，就把尸体弯曲起来焚烧了，只把骨头埋葬。木耳族的人，肤色黑得像漆一样。天气稍冷时，木耳族人就用微火把沙烧热，然后把身子埋在沙子里面，只把脸露出来。（出《酉阳杂俎》）

龟 兹

古代龟兹国的国王，有神力能降伏毒蛇和龙。当时有人买了金银宝器等货物，到了半夜的时候，钱都变成了炭。国内数百家都丢失了金银财宝。国王有一个儿子先前就出家了，已修成了阿罗汉的正果。国王问他这件事，罗汉说："这是龙干的，这条龙住在北山，它的头像老虎一样，那条龙现正在某处睡觉呢。"国王于是换了衣服拿着宝剑，悄悄地到了龙所在的地方。国王看见龙趴在那里，就想杀了那条龙，但是国王又想："我杀了睡着的龙，谁知道我有神奇的力量？"于是便呵斥龙，龙吃惊地醒过来，变成了一头狮子，国王就骑到它的背上。那条龙非常愤怒，发出了雷鸣一般的声音，并且飞上了天空，飞

阳杂俎》）

葱岭以东，人好淫僻，故龟兹于阗置女市，以收钱。（出《十三州志》）

龟兹，元日斗羊马驼，为戏七日，观胜负，以占一年羊马减耗繁息也。婆逻遮，并服狗头猴面，男女无昼夜歌舞。八月十五日，行像及透索为戏。焉耆，元日二月八日婆摩遮。三日野祀，四月十五日游林。五月五日弥勒下生。七月七日祀生祖。九月九日麻撒。十月十日王为厌法，王领家出宫，首领代王焉，一日一夜，处分王事。十月十四日，每日作乐，至岁穷。拔汗那，十二月及元日，王及首领，分为两朋，各出一人，著甲。众人执瓦石棒棍，东西互击，甲人先死即止，以占当年丰俭。（出《酉阳杂俎》）

乾陀国

乾陀国，昔有王神勇多谋，号伽当。讨袭诸国，所向悉降。至五天竺国，得上细緤二条，自留一，一与妃。妃因衣其緤谒王。緤当妃乳上，有郁金香手印迹，王见惊恐，谓妃曰："尔忽衣此手迹衣服，何也？"妃言向王所赐之緤。王怒，问藏臣，藏臣曰："緤本有是，非臣之咎。"王追商者问之。商言天竺国娑陀婆恨王，有宿愿。每年所赋细緤，并重叠积之，手染郁金，柘于緤上，千万重手印即透。丈夫衣之，手印当背；妇人衣之，手印当乳。王令左右披之，皆如商者。王因叩剑曰："吾若不以此剑裁娑陀恨王手足，无到城北二十里的地方。国王对龙说："你不投降的话，我会砍断你的头。"龙害怕国王的神力，像人那样说："请不要杀我，我会给你当坐骑。你想到什么地方，心里一想就能到。"国王答应了那条龙，之后国王便乘龙而行了。（出《酉阳杂俎》）

葱岭以东的人们喜欢淫乱之事，所以龟兹于阗国就设立了妓馆，以此来赚钱。（出《十三州志》）

龟兹国，每年都在正月初一那天举行斗羊、斗马、斗驼的活动。活动一共举办七天，以决出胜负，以此推测一年中羊马损耗或繁衍增殖的情况。过婆逻遮节时，人们都戴上狗头猴脸面具，男女不分昼夜地唱歌跳舞。八月十五日捧着佛像游行并且以跳绳作为娱乐活动。焉耆国，正月初一、二月八日的时候过婆摩遮节，三日的时候到野外祭祀，四月十五日的时候到树林中游玩。五月五日是弥勒生日节，七月七要祭祀祖先。九月九日是麻撒节。十月十日国王做厌世法事，国王带领家人走出王宫，由部落首领代替国王，处理国王的事务一天一夜。十月十四日那天起，每天奏乐要直到年终。拔汗那国，十二月及正月初一的时候，国王和部落首领会分成两帮，各方出一人，穿上铠甲。众人拿着瓦块、石头、棒子、棍子打他们，哪方穿铠甲的人先被打死，活动就停止，以此来推测当年丰收还是歉收。（出《酉阳杂俎》）

乾陀国

乾陀国以前有一位国王神勇多谋，国王的名字叫伽当。伽当讨伐各国，所到之处无不投降。到五天竺国的时候，得到两条上等的木棉衣，自己留下一条，另一条给了自己的妃子。于是妃子穿上那条木棉衣去拜见伽当王。妃子穿的木棉衣服的胸乳部位有郁金香色的手印，伽当王看见后非常惊恐，于是问妃子说："你忽然穿这件带手印的衣服是怎么回事呢？"妃子说是前些日子大王赏赐的木棉衣。伽当王大怒，问藏臣，藏臣说："木棉衣上原本就有这手印，不是我的过错。"国王又抓来商人询问这件事。商人说天竺国的国王叫娑陀婆恨以寝食。”乃遣使就南天竺，索娑陀婆恨王手足。使至其国，娑陀婆恨王与群臣绐报曰：“我国虽有王名娑陀婆恨，元无王也，但以金为王，设于殿上。凡统领教习，皆臣下耳。”王遂起象马兵，南讨其国。国隐其王于地窟中，铸金人，来迎伽王。伽王知其伪，且自恃神力，因断金人手足。娑陀婆恨王于窟中，手足悉皆自落。（出《酉阳杂俎》）

乾陀国者，尸毗王仓库，为火所烧。其中粳米燋者，于今尚存。服一粒，永不患疟。（出《酉阳杂俎》）

王，娑陀婆恨王向来有一个愿望：要把每年百姓上交的木棉，都重叠着放成一堆，然后给手染上郁金香染料，印到细综上，即使有千万层的木棉，手印也能立刻印透。男的穿上它，手印在背上；女的穿上它，手印就在胸的部位。伽当王就命令近侍穿上它，果然像商人说的那样。伽当王于是敲着宝剑说："我如果不用这把剑砍下娑陀婆恨王的手脚，就无法睡觉吃饭！"于是伽当王派遣使者到南天竺国，索要娑陀婆恨王的手脚。使者到了南天竺国后，娑陀婆恨王与群臣撒谎说："我国虽然有个国王叫娑陀婆恨，但其实我们根本就没有王，只不过是用金子做成王的像，摆在殿上而已。所有统领演习的事情，都是大臣说了算。"伽当王于是带领象、马、兵，向南讨伐南天竺国。南天竺国把国王隐藏在地窖中，而铸了一个金人，来迎接伽当王。伽当王知道他们弄虚作假，并且仗着自己的神力，伽当王就砍断了那金人的手脚。娑陀婆恨王当时正在地窖中，手脚居然全自己掉了下来。（出《酉阳杂俎》）

乾陀国尸毗王的仓库，曾被火所烧，烧焦的粳米到现在还有。如果吃上一粒就永远不患疟疾。（出《酉阳杂俎》）

卷第四百八十二　蛮夷三

苗民

西荒中有人焉，面目手足皆人形，而腋下有翼，不能飞，名曰苗民。《书》曰：窜三苗于三危，四裔，为人饕餮，淫佚无理，舜窜之于此。（出《神异经》）

奇肱

奇肱国，其民善为机巧，以杀百禽。能为飞车，从风远行。汤时，西风久下，奇肱人车至于豫州界中。汤破其车，不以示民。后十年，东风复至，乃使乘车遣归。其国去玉门西万里。（出《博物志》）

西北荒小人

西北荒中有小人长一寸，其君朱衣玄冠，乘辂车，马引，为威仪居处。人遇其乘车，抵而食之，其味辛。终年不为物所咋，并识万物名字。又杀腹中三虫，三虫死，便可食仙药也。（出《博物志》）

苗 民

西方边远的地方有一种人，面目手脚都是人的样子，但是腰下长有翅膀，不过不能飞，那些人被称作苗民。《尚书》上记载：把三苗族流放到三危山和四方极远的地方。苗民十分贪吃，纵欲放荡，不守伦理，所以舜才把他们流放到那里。（出《神异记》）

奇 肱

奇肱国的百姓擅长制作巧妙的机械用来杀死各种禽鸟。还能制造飞车，飞车可以随风飞到很远的地方。商汤的时候，总是刮西风，奇肱的飞车飞到了豫州一带。商汤打落了他们的飞车，也不把飞车给百姓看。之后过了十年，又刮起了东风，于是商汤让他们乘着飞车回国了。奇肱国距离玉门西边有一万里。（出《博物志》）

西北荒小人

西北边远的地方有种小人，身高只有一寸长。他们的国君身穿红色的衣服，头戴黑帽，乘坐马拉的大车，住处十分庄严、讲究。人如果遇到小人国皇帝的乘车，把他抓住吃掉，味道很辣。人们吃完后整年都不会被东西咬，并能识别各种东西的名字。吃了那个国王还能杀死人肚子里的寄生虫，寄生虫死了后，就可以服用仙药了。（出《博物志》）

于阗

后魏宋云使西域，行至于阗国。国王头著金冠，以鸡帻，头垂二尺生绢，广五寸，以为饰。威仪有鼓角金钲，弓箭一具，戟二枚，槊五张。左右带刀，不过百人。其俗妇人裤衫束带，乘马驰走，与丈夫无异。死者以火焚烧，收骨葬之，上起浮图。居丧者剪发，长四寸，即就平常。唯王死不烧，置之棺中，远葬于野。（出《洛阳伽蓝记》）

乌苌

乌苌国，四熟之稻，苗高没骆驼，米大如小儿指。（出《洽闻记》）

又乌苌国民，有死罪，不立杀刑。唯徙空山，任其饮啄。事涉疑似，以药服之，清浊则验，随事轻重，则当时即决。（出《洛阳伽蓝记》）

汉槃陀国

汉槃陀国正在山顶。自葱岭已西，水皆西流。世人云，是天地之中，其土人民，决水以种。闻中国待雨而种，笑曰："天何由可期也？"（出《洛阳伽蓝记》）

苏都识匿国

苏都识匿国有野叉城，城旧有野叉，其窟见在。人近窟住者五百余家，窟口作舍，设关钥，一年再祭。人有逼窟口，烟气出，先

于 阗

后魏时宋云出使西域的时候，来到了于阗国。那里的国王头戴像鸡冠一样的金冠，头上垂着二尺长宽五寸的生绢，以此作为装饰。国王的仪仗有皮鼓、号角、铜锣、一副弓箭、两把戟、五把槊。国王带刀的侍从，不超过一百人。于阗国的妇女也穿长裤和衣衫，腰间扎着腰带，她们骑着马奔驰，与男子没有什么不同。去世的人先用火焚烧后，然后把骨头收起来埋葬，人们会在上面修一座塔。守丧的人要剪去头发，等头发长出四寸，就结束服丧，才可以恢复正常生活。只有国王死了不会被焚烧，而是被装到棺材中，远远地埋在野外。（出《洛阳伽蓝记》）

乌 苌

乌苌国的稻米一年成熟四次，稻苗会长得很高，可以没过骆驼，这种稻苗长出来的米粒大得如同小孩的手指头那样。（出《洽闻记》）

又：乌苌国的百姓犯了死罪，也没有处死的刑罚。只是把犯人送到空山中，任凭他喝水吃东西。事情如果属于可疑的，就让可疑的人服一种药，清白还是不清白就可以验证出来了，根据情节的轻重，当场立刻作出判决。（出《洛阳伽蓝记》）

汉槃陀国

汉槃陀国恰好在山顶上。从葱岭以西，水都向西流。世上的人说，这里是天地的中间。那里的人都引水种地。汉槃陀国的国民听说中国要等下了雨再种地后，就笑着说：“有什么理由要去指望天啊？”（出《洛阳伽蓝记》）

苏都识匿国

苏都识匿国有座野叉城，这座城中过去有野叉，其居住过的洞窟到现在还有。苏都识匿国的人们靠近洞窟而住的有五百多家，

触者死，因以尸掷窟中。其窟不知深浅。（出《酉阳杂俎》）

马留

马伏波有余兵十余家，不返，居寿洽县，自相婚姻，有二百户。以其流寓，号马留，饮食与华同。山川移铜柱入海，以此民为识耳。（出《酉阳杂俎》）

武宁蛮

峡中俗，夷风不改。武宁蛮好著芒心接离，名曰亭绥。以稻记年月葬时。以笄向天，谓之刺北斗。相传磐瓠初死，置于树上，以笄刺之，其后化为象。（出《酉阳杂俎》）

悬渡国

乌耗西有悬渡国，山溪不通，引绳而渡，朽索相引二千里。土人佃于石间，垒石为室，接手而饮，所谓猿饮也。（出《酉阳杂俎》）

飞头獠

邺鄯之东，龙城之西南，地广千里，皆为盐田。行人所经，牛马皆布毡卧焉。岭南溪洞中，往往有飞头者，故有飞头獠子之号。

人们挨着洞窟盖房屋，里面设置门闩，人们一年会到洞窟前祭祀两次。人如果靠近了洞口就会有烟气冒出来，先接触的就会死去，于是当地的人们就把尸体扔到洞窟中。那个洞窟不知有多深。（出《酉阳杂俎》）

马留

汉光武帝时的伏波将军马援的部队，有十几家没有返回内地，他们留住在寿洽县，他们互相联姻，一直繁衍到二百家。因为他们寄居他乡，所以号称马留，他们那里的饮食与中国人相同。由于山河改道，马援当年立下的铜柱已没入海中，只有这里的马留人才能找到它的位置。（出《酉阳杂俎》）

武宁蛮

三峡一带的人仍然没有改掉夷人的风气。武宁的蛮人喜欢戴着中间凸起的帽子，那里的人把它叫作亭绥。当地人用稻子的生长、收割时间来记载年月和去世的人埋葬的时间。当地人把束发的簪子指向天空，把这种做法称作刺北斗。相传磐瓠刚刚去世的时候，人们把他放在树上，用束发的簪子刺他的尸体，从那以后就变成了一种象征。（出《酉阳杂俎》）

悬渡国

乌耗西面有一个悬渡国，那里的山溪隔断了道路，当地人便靠滑索渡河，绳子连起来有二千里。当地人在石头之间种地，用石头垒起来搭成房子。用手捧着喝水，这就是人们所说的猿饮吧。（出《酉阳杂俎》）

飞头獠

邺鄯的东面，在龙城的西南方，有着广阔千里的土地，但是都是盐碱地。行路之人经过这个地方，就连牛马都得卧在布毡上面。五头飞一日前，颈有痕，匝项如红缕，妻子遂看守之。其人及夜，状如病，头忽离身而去。乃于岸泥，寻蟹蚓之类食之，将晓飞还，如梦觉，其腹实矣。梵僧菩萨胜又言，阇婆国中有飞头者，其人无目瞳子。聚落时，有一人据于民志怪。南方落民，其头能飞，其俗所祠，名曰虫落，因号落民。昔朱桓有一婢，其头夜飞。《王子年拾遗》言，汉武时，因墀国有南方有解形之民，能先使头飞南海，左手飞东海，右手飞西海，至暮，头还肩上，两手遇疾风，飘于海外。（出《酉阳杂俎》）

又南方有落头民，其头能飞，以耳为翼，将晓，还复著体。吴时往往得此人也。（出《博物志》）

蹄羌

蹄羌之国，其人自膝已下，有毛，如马蹄。常自鞭其胫，日行百里。（出《博物志》）

扶楼

周成王七年，南垂有扶楼之国，其人能机巧变化，易形改服。大则兴云起雾，小则入于纤毫之里。缀金玉毛羽为衣裳。能吐云喷火，鼓腹则如雷霆之声。或化为巨象狮子龙蛇犬马之状，或变虎，或口中吐人于掌中，备百兽之乐，旋转屈曲于指间。见人形，或长数分，或复数寸。神怪欻忽，炫于时，乐府皆传此伎，代代不绝。故俗谓婆侯伎，则扶楼之音讹替也。（出《王子年拾遗记》）

岭以南的溪洞中，常常有能让头飞起来的人，所以有飞头獠的称号。飞头獠在头飞走的前一天，脖子上就有痕迹，绕脖子一圈像有一根红线一样，妻子和孩子便看守着。这人到了晚上，就像有病似的，头忽然离开身子就飞走了。飞头獠的头落在河岸边的泥中，找些螃蟹蚯蚓之类的东西吃掉，等到将要天亮的时候才飞回来，头回来的时候像做梦忽然醒来一样，然而肚子里已经很饱了。僧人菩萨胜又说，听说阇婆国中也有头能飞的人，那种人眼睛里没瞳孔。在头突然落下时，有一个人根据这人的情况记录下这怪异的事情。南方的落民，他们的头能飞，他们平常祭祀的神名字叫虫落，于是称他们为落民。从前朱桓有一个婢女，她的头在夜晚能飞。《王子年拾遗记》中记载，汉武帝时因为塥国的南方有能分解身体的人，能先让头飞到南海，左手飞到东海，右手飞到西海；等到了晚上，头就回到肩上，两只手遇到了猛烈的风，飘飞到了海外。（出《酉阳杂俎》）

又：南方有落头民，他们的头能飞，用耳朵作翅膀，等到天快亮的时候头又回到他的身体上。在吴地的时候常常得到这种人。（出《博物志》）

蹄羌

蹄羌国的人，膝盖以下都长着毛，就像马蹄一样。他们经常鞭打自己的小腿，每天能走一百多里地。（出《博物志》）

扶楼

周成王七年的时候，在南部边境有个扶楼国。那个国家的人可以机巧变化，改变自己的形态和服装。变大则能使云雾出现，变小则能进入细小的东西里边。扶楼的百姓穿着上面装饰着金玉毛羽的衣服，能从口中吐出云喷出火，鼓起肚子就能传出打雷一般的声音。有的人能变成巨象、狮子、龙、蛇、狗、马的样子，有的人还能变成老虎，有的人口中能吐出人，立在手掌上。他们具备百兽的变化。他们在手指间能旋转弯曲做出各种动作。他们显现人形的时候，有的

交趾

交趾之地，颇为膏腴，从民居之，始知播植。厥土惟黑壤，厥气惟雄，故今称其田为雄田，其民为雄民。有君长，亦曰雄王；有辅佐焉，亦曰雄侯。分其地以为雄将。（出《南越志》）

南越

南越民不耻寇盗，其时尉陀治番禺，乃兴兵攻之。有神人适下，辅佐之。家为造弩一张，一放，杀越军万人，三放，三万人。陀知其故，却垒息卒，还戎武宁县下，乃遣其子始为质，请通好焉。（出《南越志》）

尺郭

南有人焉，周行天下，其长七丈，腹围如其长。朱衣缟带，以赤蛇绕其项。不饮不食，朝吞恶鬼三千，暮吞三百。此人以鬼为食，以雾为浆，名曰尺郭，一名食邪，一名黄父。（出《神异经》）

顿逊

顿逊国，梁武朝，时贡方物。其国在海岛上，地方千里，属扶南北三千里。其俗，人死后鸟葬。将死，亲宾歌舞送于郭外，有鸟才几分高，有的也只有几寸高。他们神奇怪诞，在当时很炫人耳目。国家的乐府中也传承这种技艺，而且代代相传不断。所以人们俗称他们为婆侯技，原来是“扶楼”这个音被传错了。（出《王子年拾遗记》）

交趾

交趾那里的土地很肥沃，自从有人住在那里之后，当地人才懂得播种耕田。那里的土壤都是黑色的，那里的气都是雄气，所以现在把那里的田地叫作雄田。那里的百姓叫雄民。交趾上也有国王，交趾的国王就叫作雄王。辅佐雄王的大臣叫雄侯。雄王把那里的土地分成几块，封给那些有功的雄将们。（出《南越志》）

南越

南越人向来不以偷盗抢劫为耻。当时尉陀的官府在番禺。于是就派兵攻打。正好有天神降临，帮助他们，天神为他们造了一张弩，那张弩放一次就杀了一万南越军，放三次就杀了三万南越军。尉陀知道是什么原因，就赶快停战，于是把军队撤回到武宁县，并把他的儿子尉始送去作人质，要求和他们友好往来。（出《南越志》）

尺郭

南方有一种人，走遍了天下。他们身高七丈，肚子周长也有七丈。他们穿着红色的衣服，系着白色的带子、他们把赤蛇围在自己脖子上。他们不喝水，也不吃饭，早晨能吞下三千恶鬼，傍晚能吞下三百恶鬼。这种人把鬼作为食物，把雾作为喝的东西。他们的名字叫尺郭，有一个别名叫食邪，还有一个别名叫黄父。（出《神异经》）

顿逊

顿逊国在梁武帝的时候，经常进贡一些地方特产。顿逊国在海岛上，土地纵横千里。距离扶南国的北界接壤处有三千里。顿逊国

如鹅而色红，飞来万万，家人避之，鸟啄肉尽，乃去。即烧骨而沉海中也。（出《穷神秘苑》）

堕婆登国

堕婆登国在林邑东，南接诃陵，西接述黎。种稻，每月一熟。有文字，书于贝多叶。死者口实以金缸，贯于四支，然后加以婆律膏及檀沉龙脑，积薪燔之。（出《神异经》）

哀牢夷

哀牢夷，其先有妇人名沙壶，居牢山。捕鱼水中，若有所感，妊孕十月而生十子，今西南夷其裔也。（出《独异志》）

诃陵国

诃陵在真腊国之南，南海洲中，东婆利，西堕婆，北大海。竖木为城，造大屋重阁，以棕皮覆之。以象牙为床，以柳花为酒，饮之亦醉，以手撮食。有毒，与常人居止宿处，即令身上生疮。与之交会，即死。若旋液，沾著草木即枯。俗以椰树为酒，味甘，饮之亦醉。（出《神异录》）

的风俗是人在去世之后进行鸟葬。人在快要死的时候，亲戚来宾唱着歌跳着舞把人送到城外，飞过来上亿只有一种形状像鹅但是羽毛是红色的鸟。这时候家里人就都躲避起来，那种鸟把死人的肉啄吃完后就飞走了。人们马上把死人的骨头烧了，然后把骨灰沉入大海之中。（出《穷神秘苑》）

堕婆登国

堕婆登国在林邑国的东面，南边和诃陵国相邻，西边与述黎国接壤。堕婆登国种稻子，每个月就会成熟一次。堕婆登国有自己的文字，文字多写在贝壳和叶子上面。在死者的嘴里塞入金缸并且把它跟四肢相连。然后再把婆律膏和檀沉龙脑等香料涂到尸体的浑身上下，然后再堆起木柴把尸体烧掉。（出《神异经》）

哀牢夷

哀牢夷的祖先是一位名叫沙壶的妇女。沙壶住在牢山。有一次她在水中捕鱼的时候，忽然好像有什么感觉，于是怀孕十个月后生下了十个孩子，现在的西南夷就是她的后代。（出《独异志》）

诃陵国

诃陵国在真腊国的南面，在南海的海岛中，东靠婆利国，西邻堕婆国，北面是大海。诃陵国的城墙是用竖起的木头构成的，当地建造的大屋和多层阁楼，用棕树皮覆盖屋顶。当地百姓用象牙做床，用柳花做酒，喝了它也能喝醉，当地人习惯用手抓取食物吃。诃陵国人身上有毒，如果诃陵国人跟常人在一起住宿，常人的身上就会生疮。常人若与他们发生关系，马上就会死。诃陵国人的尿液如果沾在草木上，草木就干枯。诃陵国人用椰汁制酒，酒味甜，但喝了它也能醉。（出《神异录》）

真腊国

真腊国在驩州南五百里。其俗，有客设槟榔龙脑香蛤屑等，以为赏宴。其酒比之淫秽，私房与妻共饮，对尊者避之。又行房，不欲令人见，此俗与中国同。国人不着衣服，见衣服者，共笑之。俗无盐铁，以竹弩射虫鸟。（出《朝野佥载》）

留仇国

炀帝令朱宽征留仇国，还，获男女口千余人并杂物产，与中国多不同。缉木皮为布，甚细白，幅阔三尺二三寸。亦有细斑布，幅阔一尺许。又得金荆榴数十斤，木色如真金，密致，而文彩盘蹙有如美锦，甚香极精。可以为枕及案面，虽沉檀不能及。彼土无铁。朱宽还至南海郡，留仇中男夫壮者，多加以铁钳锞，恐其道逃叛。还至江都，将见，为解脱之。皆手把钳，叩头惜脱，甚于中土贵金。人形短小，似昆仑。（出《朝野佥载》）

木客

郭仲产《湘州记》云，平乐县西七十里，有荣山，上多有木客。形似小儿，歌哭衣裳，不异于人。而伏状隐现不测。宿至精巧。时市易作器，与人无别。就人换物亦不计其值。今昭州平乐县。（出《洽闻记》）

真腊国

真腊国在欢州南面五百里的地方。当地的风俗是，来了客人之后，主人设槟榔、龙脑香、蛤屑之类的东西，作为招待的宴席。当地人认为喝酒就好比淫秽之事，只能在自己的房间里与妻子一起饮酒，对高贵的人就要避开喝酒这事。行男女之事时，当地人是不愿意让别人看见的，这一点和中国是相同的。真腊国的人不穿衣服，看见有穿衣服的人，大家都笑话他。那里没有盐和铁器，当地人用竹子造的弓箭猎杀飞禽走兽。（出《朝野佥载》）

留仇国

隋炀临命令朱览征讨留仇国，回来的时候，俘获男女一千多口并且缴获了当地一些物产。当地的物产大多与中国的不一样。其中有用树皮搓成线而织成的很精细很洁白的布，那匹布幅宽三尺二三寸。布的上面也有细斑，把布展开有一尺左右长。又带回金荆榴数十斤，木质的颜色像真金一样，上面的纹路细密，而花纹色彩盘绕皱缩就像美丽的锦绣，这种木头很香又很精致，可以用它做枕头和桌面，即使是沉檀木也赶不上它。留仇国不出产铁，朱宽回到南海郡的时候，把留仇俘虏中健壮的男人大多用枷锁锁着，怕他们途中叛乱或逃跑。朱宽回到扬州的时候，拜见皇上之前便给他们解下枷锁。他们却手把枷锁，叩头舍不得解下，就像中国人对金子的看重。留仇人的形体矮小，像昆仑奴一样。（出《朝野佥载》）

木 客

郭仲产的《湘州记》上说，平乐县西面七十里处，有座荣山，山上有不少木客。他们形体像小孩，唱歌哭泣、衣服裤子跟常人没有什么不同，而他们的行踪不定，难以发现。他们住处极为精巧，有时在市场上买卖器物，与人没有差别，他们跟人交换物品时也不计较物品的价钱。郭仲产书中说的平乐县，就是现在的昭州平乐县。（出《治闻记》）

缴濮国

永昌郡西南一千五百里有缴濮国。其人有尾，欲坐，辄先穿地作穴，以安其尾。若邂逅误折其尾，即死也。（出《广州记》）

木饮州

木饮州，朱崖一州。其地无泉，民不作井，皆仰树汁为用。（出《酉阳杂俎》）

阿萨部

阿萨部，多猎虫鹿，剖其肉，重叠之，以石压沥汁。税波斯拂林等国米及草子酿于肉汁之中，经数日，即变成酒，饮之可醉。（出《酉阳杂俎》）

孝忆国

孝忆国，界周三千余里。在平川中，以木为栅，周十余里。栅内百姓二千余家，周围木栅五百余所。气候常暖，冬不凋落。宜羊马，无驼牛。俗性质直，好客侣。躯貌长大，褰鼻，黄发绿睛，赤髭被发，面如血色。战具唯矟一色。宜五谷，出金铁，衣麻布。举俗事妖，不识佛法，有妖祠三百余所。马步兵一万。不尚商贩，自称孝忆人。丈夫妇人俱佩带。每一日造食，一月食之，常吃宿食。仍通国无井及河涧，所有种植，待雨而生。以纩铺地，承雨水用之。穿井即苦，海水又咸。土俗伺海潮落之后，平地收鱼以为食。（出《酉阳杂俎》）

缴濮国

永昌郡西南一千五百里的地方，有一个缴濮国。那里的人们都长着尾巴，想坐下的时候，就得先在地上挖个坑，来放置他们的尾巴。如果缴濮国的人万一不慎弄折了尾巴，那人马上就会死去。（出《广州记》）

木饮州

木饮州是朱崖的一个州。那里没有泉水，百姓也不打井，都依靠树的汁液解决用水问题。（出《酉阳杂俎》）

阿萨部

阿萨部族的人，总是猎获很多野物和鹿，然后把它们的肉剔出来，叠放在一块，在肉的上面压上石头，榨出汁液。再把从波斯、拂林等国买来的米及草籽都放入汁液中发酵，经过几天后，肉汁就变成了酒，喝了它也能醉。（出《酉阳杂俎》）

孝忆国

孝忆国的国界周长三千多里。孝忆国全处在平原之中，当地人用树木建造栅栏，周长十多里。栅栏内居住二千多家百姓，在全国有五百多处这种木栅栏。孝忆国的气候常年温暖，就算冬天草木也不凋落。在当地适合养羊养马，但是当地没有骆驼和牛。孝忆人的性格质朴直率，很好客。他们的身材高大，有着高鼻梁，黄头发，绿眼珠，他们胡子是红色的，头发披散着，脸色像血一样。他们的武器只有长矛这一种。那里适合种植五谷，还能出产金和铁。那里的人穿麻布衣服。全国都有供奉妖物的风俗，那里的人不懂得佛法，供奉妖物的祠堂在国内一共有三百多处。骑兵和步兵共有一万人。当地人不重视商业，自称孝忆人。男人和女人都用腰带。当地人一天做的饭，能够吃一个月，所以百姓经常吃剩饭。全国内既没有井也没有河溪，所有种植的东西，都依赖下雨生长。当地人用丝绵絮铺地，用以

婆弥烂国

婆弥烂国去京师二万五千五百五十里。此国西有山，巉岩峻岭，上多猿，猿形绝长大，常暴田种，每年有二三十万。国中起春已后，屯集甲兵，与猿战。虽岁杀数万，不能尽其巢穴。（出《酉阳杂俎》）

拨拔力国

拨拔力国在西南海中，略不识五谷，食肉而已。常针牛畜脉取血，和乳生饮。无衣，唯腰下用羊皮掩之。其妇人洁白端正，国人自掠卖与外国商人，其价数倍。土地唯有象牙及阿未香。波斯商人欲入此国，团集数千人，赍緤布，没老幼共刺血立誓，乃市其物。自古不属外国。战用象牙排，野牛角矟，衣甲弓矢之器，步兵二十万。大食频讨袭之。（出《酉阳杂俎》）

昆吾

昆吾陆盐，周十余里，无水，自生朱盐。月满则如积雪，味甘；月亏则如薄霜，味苦；月尽，盐亦尽。又其国累堑为丘，象浮图，有三层。尸干居上，尸湿居下。以近葬为至孝，集大毡屋，中悬衣服彩缯，哭化之。（出《酉阳杂俎》）

接收雨水，以便使用。当地打井打出的水都是苦的，海水又是咸的。当地的习俗是等海潮退后，在海滩上捡鱼类来作为食物。（出《酉阳杂俎》）

婆弥烂国

婆弥烂国距离京师二万五千五百五十里的地方。这个国家的西部有山，山势高峻陡峭险恶，山上有很多猿猴。那些猿猴的形体又高又大，常常把田地里的种子挖出来。每年下山毁田的猿猴有二三十万。立春以后，婆弥烂国中就集合军队，与猿猴作战。虽然每年杀掉数万猿猴，但是仍不能完全捣毁猿猴们的巢穴。（出《酉阳杂俎》）

拨拔力国

拨拔力国在西南方的大海中，国人不认得五谷是什么，只是吃肉而已。他们常用针刺牛等牲畜的血脉管采血，和在奶中生喝。拨拔力国的人没有衣服穿，只是用羊皮把腰部以下盖住。拨拔力国中的妇女皮肤白哲五官端正，国内的人就把她们抢来卖给外国商人，价钱比国内高出好几倍。当地只出产象牙和阿末香。波斯国的商人打算进入这个国家，聚集了数千人，带着缫布想要到拨拔力国做贸易。拨拔力国人让波斯人不分老少都歃血立誓，才买了波斯人的东西。这个国家自古没附属过外国。他们作战用象牙盾牌、野牛角长矛、铠甲弓箭之类的武器，拨拔力国的步兵有二十万。大食国曾经多次讨伐袭击过这个国家。（出《酉阳杂俎》）

昆　吾

昆吾国的土地上面全是陆盐，周长十多里，没有水，会自然地生出粉末状的盐。月圆的时候就像积雪一样，但是盐的味道是甜的；月缺时就像一层薄薄的霜，盐的味道是苦的；没有月亮的时候，盐也就没有了。昆吾国多次挖沟取土堆成小丘，像佛塔一样分三层。干尸体放在上层，湿尸体放在下层。把死者埋在近处是被看作最孝敬的做

绣面獠子

越人习水，必镂身以避蛟龙之患。今南中有绣面獠子，盖雕题之遗俗也。（出《酉阳杂俎》）

五溪蛮

五溪蛮，父母死，于村外阁其尸，三年而葬。打鼓路歌，亲属饮宴舞戏，一月余日。尽产为棺，余临江高山，半助凿龛以葬之，山上悬索下柩，弥高者以为至孝，即终身不复祠祭。初遭丧，三年不食盐。（出《朝野佥载》）

堕雨儿

魏时，河间王子充家，雨中有小儿八九枚，堕于庭，长五六寸许。自云，家在海东南，因有风雨，所飘至此。与之言，甚有所知，皆如史传所述。（出《述异记》）

法， 昆吾国的人们聚集在一个大毡屋中，中间悬着死者的衣服和彩缯，人们哭着就把尸体烧了。（出《酉阳杂俎》）

绣面獠子

越地的人熟悉水性，他们一定在身体上雕镂花纹图案，以避免蛟龙的危害。现在江南一带有在脸上刺上花纹的獠人，大概就是从雕绘额头的旧风俗流传下来的吧。（出《酉阳杂俎》）

五溪蛮

五溪的蛮人，当父母去世之后，就把他们父母的尸体放置在村外，三年后再埋葬父母。下葬的时候，打着鼓，在路上唱着歌，亲属们在宴会跳舞玩乐，这样一个多月。然后花光财产做棺材，在临近江水的高山的半山腰上凿出一个小阁子似的山洞安葬死者。安葬方式是从山上用绳索把棺材吊放下去，棺材安放得越高，人们就越认为孝顺，这样就可终生不用进行祭祀了。凡是首次遇到丧事的人，家里人要三年不吃盐。（出《朝野佥载》）

堕雨儿

魏国的时候，在河间的王子充家，下雨的时候，有八九个小孩随着雨落到了院子里面，只有五六寸高。小孩们自己说，他们的家在海的东南方，因为遇到大风雨，被刮到这里。王子充跟那些小孩谈话，觉得他们颇有知识，所说的事情都像史书上叙述的那样。（出《述异记》）

卷第四百八十三　蛮夷四

狗国

陵州刺史周遇不茹荤血，尝语刘恂云，顷年自青杜之海归闽，遭恶风，飘五日夜，不知行几千里也，凡历六国。第一狗国，同船有新罗，云是狗国。逡巡，果见如人裸形，抱狗而出，见船惊走。又经毛人国，形小，皆被发蔽面，身有毛如狖。又到野叉国，船抵暗石而损，遂般人物上岸。伺潮落，阁船而修之。初不知在此国，有数人同入深林采野蔬，忽为野叉所逐，一人被擒。余人惊走。回顾，见数辈野叉，同食所得之人，同舟者惊怖无计。顷刻，有百余野叉，皆赤发裸形，呀口怒目而至。有执木枪者，有雌而挟子者。篙工贾客五十余人，遂齐将弓弩枪剑以敌之，果射倒二野叉，即舁拽明啸而遁。既去，遂伐木下寨，以防再来。野叉畏弩，亦不复至。驻两日，修船方毕，随风而逝。又经大人国，其人悉长大而野，见船上鼓噪，即惊走不出。又经流虬国，其国人幺麽，一概皆服麻布而有礼，竞将食物，求易钉铁。新罗客亦半译其语，遣客速过，言此国遇华人飘泛至者，虑有灾祸。既而又行，经小人国，其人裸形，小如五六岁儿。船人食尽，遂相率寻其巢穴。俄顷，果见捕得三四十枚以归，烹而充食。后行两日，遇一洲岛而取水，忽有群山羊，见人但耸视，都不惊避，既肥且伟。初疑岛上有人牧养，而又绝无人踪，捕之，仅获百口，皆食之。（出《岭表录异》）

狗国

陵州刺史周遇不吃荤血，周遇曾对刘恂说，前几年从青杜入海回到福建的时候，遭遇了大风。在海上漂泊了五天五夜，不知走了几千里，一共经过了六个国家。第一个国家是狗国，同船的人之中有新罗人，说那是狗国。不一会儿，果然看见一个形状像人而身体赤裸抱着狗出来的人。那个人看到船就惊慌地逃跑了。又经过了毛人国，那里的人身材很小，他们头发披散着遮住了脸，他们身体有毛像长尾巴猴。又到过野叉国，当时船触了暗礁因此受损，于是周遇一行人带着物品都搬到岸上，等候落潮的时候船搁浅以便修理。开始不知道是在野叉国，有几个人就一块进入茂密的树林中采野菜，忽然被野叉追赶，其中一人被抓住了，其余的人都惊慌地逃走了。回头观望的时候，看到几个野叉，正在一同吃那个被抓住的人，同船的人很惊恐，但又束手无策。不一会儿，有一百多野叉，他们都是红头发，光着身子，张着嘴，瞪着愤怒的眼睛上前。其中有拿木枪的，有女人带着孩子的。于是驾船的人、一行做买卖的一共五十多人，一齐拿着弓弩枪剑来抵御他们，后来射倒了两个野叉。那群野叉马上拽着被射倒的野叉，呼啸着逃走了。野叉走了以后，船上的人便伐树修栅栏，防备它们再来野叉害怕弓弩，也不敢再来了。周遇一行人在那里停留了两天，船修理好后就顺着风又走了。后来又到了大人国，大人国的人都身材高大、野蛮，看见船上的人向他们大声叫嚷，于是全部惊慌地逃走再也不出来。周遇一行又到过流虬国，那里的人很小，全穿着麻布的衣服而又很有礼貌，他们争先恐后地拿着食物来要求换钉子和铁器。来自新罗的那个人也只能把流虬人的话翻译过来一半，新罗国的人让旅客们赶快走，说这个国家的人如果遇到漂流过来的中国人，就忧虑会有灾祸出现。于是周遇一行人又开始漂泊，途

南蛮

南道之酋豪多选鹅之细毛，夹以布帛，絮而为被，复纵横纳之，其温柔不下于挟纩也。俗云，鹅毛柔暖而性冷，偏宜覆婴儿，辟惊痫也。（出《岭表录异》）

缚妇民

缚妇民喜他室女者，率少年持白梃，往趋墟路值之。俟过，即共擒缚归。一二月，与其妻首罪。俗谓之缚妇也。（出《南海异事》）

南海人

南海男子女人皆缜发。每沐，以灰投流水中，就水以沐，以彘膏其发。至五六月，稻禾熟，民尽髡鬻于市。既髡，复取彘膏涂，来岁五六月，又可鬻。（出《南海异事》）

南海解牛，多女人，谓之屠婆屠娘。皆缚牛于大木，执刀以数经了小人国，小人国的人都光着身子，他们小得像五六岁的小孩。船上的人食物吃光了，便互相带领着一块去寻找小人的窝。不一会儿，果然捉到三四十个小人回来，把他们煮了充饥。此后又走了两天，一行人碰到了水中的一个岛，便上去弄些淡水，忽然看见有一群山羊，那群山羊见了人只是高高地耸起脖子看着，并不惊慌躲避，而且那里的山羊又肥又大。起初周遇一行人疑心是岛上有人放养的，但是岛上没有一点人的踪迹，于是就抓那群羊，只抓到了一百只，一行人就把它们都吃掉了。（出《岭表录异》）

南蛮

南方各道的酋长大多都会选择鹅的细羽毛，夹在布帛之间，把它当作绵絮做成被子。之后再用线粗粗地横竖缝几道，这种被子的温暖柔软程度不亚于套了丝絮的被子。人们都说，鹅毛柔软暖和但是属凉性，特别适合给小孩盖，可以避免小孩受惊吓而得癫痫病。（出《岭表录异》）

缚妇民

缚妇民中的男子如果喜欢上别人家的女孩，就领着少年拿着棍子，去往赶集的路上等着，等女孩经过的时候，就一块抓住她，并且绑回家去。等过了一两个月后，就与他抢来的妻子一起自首服罪。所以人们把这个民族称为缚妇民。（出《南海异事》）

南海人

南海的男人女人头发都又黑又密。每回沐浴的时候，会把灰扔进流动的河流中，用这种水沐浴，沐浴之后再用猪油润发。到五六月份稻子成熟的时候，人们都剃下头发在集市上卖。剃光头发后又会拿来猪油润发，等到来年五六月的时候就又可以卖了。（出《南海异事》）

又：南海宰牛的大多是女人，当地人称作屠婆屠娘。宰牛的时

罪：某时牵若耕，不得前；某时乘若渡水，不时行。今何免死耶？以策举颈，挥刀斩之。（出《南海异事》）

南海贫民妻方孕，则诣富室，指腹以卖之，俗谓指腹卖。或己子未胜衣，邻之子稍可卖，往贷取以鬻，折杖以识其短长，俟己子长与杖等，即偿贷者。鬻男女如粪壤，父子两不戚戚。（出《南海异事》）

日南

《天宝实录》云，日南厩山，连接不知几千里，裸人所居，白民之后也。刺其胸前作花，有物如粉而紫色，画其两目下，去前二齿，以为美饰。（出《酉阳杂俎》）

拘弥国

顺宗即位年，拘弥之国贡却火雀，一雌一雄，履水珠，常坚冰，变昼草。其却火雀，纯黑，大小类燕，其声清亮，不并寻常禽鸟，置于烈火中，而火自散。上嘉其异，遂盛于火精笼，悬于寝殿，夜则宫人并蜡炬烧之，终不能损其毛羽。履水珠，色黑类铁，大如鸡卵。其上鳞皴，其中有窍。云将入江海，可长行洪波之上下。上始不谓之实，遂命善游者，以五色丝贯之，系之于左臂。毒龙畏之，遣入龙池，其人则步骤于波上，若在平地，亦潜于水中，良久复出，而遍体略无沾湿。上奇之，因以御馔赐使人。至长庆中，嫔御试弄于海池上，遂化为异龙，入于池内。俄而云烟暴起，不复追讨矣。常坚冰，云其国有大凝山，其中有冰，千年不释。及候都是先把牛捆在大树上，拿着刀数落牛的罪过。比如某时耕地的时候牛不往前走；某时骑牛过水时，牛不前进，如今怎么能免除你的死刑呢？于是用鞭子勒住牛的脖子，举起刀就把牛杀了。（出《南海异事》）

又：南海贫民的妻子刚刚怀孕的时候，就到富人家去，指着肚子来卖孩子，俗称为指腹卖。有的人家因为自己的孩子还太小，而邻居家的孩子基本上可卖了，便去借来卖，折根棍子来记下所借孩子的高矮。等到自己的孩子长得跟当初折的棍子长度相等时，就把他偿还给所借的人家。卖男卖女就如粪土一样，父子双方谁也不留恋谁。（出《南海异事》）

日南

《天宝实录》上记载：日南郡的厩山，连绵不断不知有几千里长，那里是裸人居住的地方，裸人是白民的后代。他们在自己胸前刺上花，再用一种像粉而颜色发紫的颜料在两只眼睛下面涂画，他们还把两个门牙敲掉，以此作为美丽的修饰。（出《酉阳杂俎》）

拘弥国

唐顺宗即位那年，拘弥国进贡了一种却火雀，一雌一雄。还进贡了一颗履水珠、常坚冰和变昼草。却火雀是纯黑色的，大小像燕子，叫声清脆响亮，不和平常的禽鸟在一起，把却火雀放在烈火当中，火就会自己散开。皇帝赞赏却火雀的奇异，就把却火雀装在火精笼中，悬挂在寝殿里，夜晚让宫人用几支蜡烛并排烧它，但始终不能损伤却火雀的羽毛。履水珠是黑色的，像铁一样，有鸡蛋那么大，履水珠的表面有鱼鳞似的皱痕，内有孔。说是带着履水珠到江海上，能在距离地面很高的巨浪上面或下面行走。皇帝起先不认为这件事是真的，于是命善于游泳的人，用五色的丝线穿入履水珠的孔中，把它系在左臂上。毒龙害怕履水珠，于是皇帝命令那个人到龙池游泳。那个人就像在平地一样走在水波之上，又潜在水里，过了很长时间才赍至京师，洁冷如故，虽盛暑赫日，终不消。嚼之，即与中国冰冻无异。变昼草，类芭蕉，可长数尺，而一茎千叶，树之则百步内昏黑如夜。始藏于百宝匣，其上缄以胡画。及上见而怒曰："背明向暗，此草何足贵也。"命并匣焚之于使前。使初不为乐，及退，谓鸿胪曰："本国以变昼为异，今皇帝以向暗为非，可谓明德矣。"（出《杜阳编》）

南诏

南诏以十二月十六日，谓之星回节日，游于避风台，命清平官赋诗。骠信诗曰："避风善阐台，极目见藤越。邻国之名也。悲哉古与今，依然烟与月。自我居震旦，谓天子为震旦。翊卫类夔、契。伊昔经皇运，艰难仰忠烈。不觉岁云暮，感极星回节。元昶谓朕曰元，谓卿曰昶。同一心，子孙堪贻厥。"清平官赵叔达曰：谓词臣为清平官。"法驾避星回，波罗毗勇猜。波罗，虎也；毗勇，野马也。骠信昔年幸此，鲁射野马并虎。河阔冰难合，地暖梅先开。下令俚柔洽，俚柔，百姓也。献赆弄拣国名。来。愿将不才质，千载侍游台。"（出《玉溪编事》）

游上来，但是浑身上下没有一点湿的痕迹。皇帝对此感到很神奇，于是设宴款待那位使者。到了长庆年间的时候，有个宫女拿着履水珠在海池游玩，于是就化成了独特的龙钻进了池子里面，很快在四周就掀起了云雾，那名宫女就不见了踪影。关于常坚冰，使者说他们国里有座大冰山，那里面有千年不化的冰。等他们把冰带到京师的时候，那块冰仍然像原来那样洁白冰冷，即使是在日光炎炎的盛夏，那块冰也始终没有融化。把常坚冰放在嘴里嚼嚼，觉得跟中国的冰没有什么两样。变昼草，有点像芭蕉，可以长到几尺高，虽然变昼草只有一根茎，但是却有上千片叶子，把变昼草立起来则周围百步以内黑得像夜晚一样。变昼草原来是藏在百宝匣里面的，匣子上是用胡人的画封着的。皇帝见到后生气地说："背离光明趋向黑暗，这棵草有什么值得珍贵的！"于是皇帝便命令让人在使者面前连草带匣子一起烧掉了。使者起初也觉得不高兴，等到使者从朝廷退下以后，就对接待使者的鸿胪卿说："我国把改变白昼看作奇异的事情，现在你们的皇上把趋向黑暗看作错误，这足以说是具备美德的明君了。"（出《杜阳编》）

南诏

南诏国把十二月十六日称作星回节，这一天南诏国国王要到避风台游玩，命令清平官作诗。骠信作诗写道："避风善阐台，极目见藤越。藤越是邻国的名字。悲哉古与今，依然烟与月。自我居震旦，称天子之位为震旦。翊卫类夔、契。伊昔经皇运，艰难仰忠烈。不觉岁云暮，感极星回节。元昶把皇帝称为元，把大臣称为昶同一心，子孙堪贻厥。"清平官赵叔达的诗为：称负责撰写文词的大臣为清平官"法驾避星回，波罗毗勇猜。波罗，就是老虎。毗勇就是野马。暴信当年来到这个地方，射中了野马和老虎。河阔冰难合，地暖梅先开。下令俚柔洽，俚柔，就是老百姓。献琛弄拣弄拣是国家名。来。愿将不才质，千载侍游台。"（出《玉溪编事》）

獠妇

南方有獠妇，生子便起。其夫卧床褥，饮食皆如乳妇，稍不卫护，其孕妇疾皆生焉。其妻亦无所苦，炊爨樵苏自若。又云，越俗，其妻或诞子，经三日，便澡身于溪河。返，具糜以饷婿，婿拥衾抱雏，坐于寝榻，称为产翁。其颠倒有如此。（出《南楚新闻》）

南中僧

南人率不信释氏，虽有一二佛寺，吏课其为僧，以督责释之土田及施财。间有一二僧，喜拥妇食肉，但居其家，不能少解佛事。土人以女配僧，呼之为师郎。或有疾，以纸为圆钱，置佛像旁。或请僧设食，翌日，宰羊豕以啖之，目曰除斋。（出《投荒杂录》）

又南中小郡，多无缁流。每宣德音，须假作僧道陪位。唐昭宗即位，柳韬为容广宣告使，赦文到，下属州。崖州自来无僧，皆临事差摄。宣时，有一假僧不伏排位，太守王弘夫怪而问之。僧曰：“役次未当，差遣编并，去岁已曾摄文宣王，今年又差作和尚。”见者莫不绝倒。（出《岭表录异》）

番禺

广州番禺县常有部民谍诉云，前夜亡失蔬圃，今认得在于某处，请县宰判状往取之。有北客骇其说，因诘之。民云，海之浅

獠 妇

南方有獠妇，刚生下孩子就下地干活，但是丈夫却躺在床上，饮食完全和产妇一样，稍不注意保护，产妇易得的那些病这个丈夫都能得上。即使这样产妇也不觉得有什么痛苦的感觉，烧火、做饭、打柴、割草都像原来一样。又听说，越人的风俗。如果生了孩子以后，只过三天便到河水中洗澡。回到家后，做粥给大夫吃。丈夫就盖着被子抱着孩子坐在床上，称为产翁。他们那里的夫妻颠倒竟达到了这种地步。（出《南楚新闻》）

南中僧

南方人都不相信佛教，即使有一两座佛寺，官吏考核寺中和尚的管理情况，以便督察寺庙名下的田地及施舍来的财产。偶尔有一两个和尚，也是喜欢拥抱媳妇又吃肉，和尚住在家中，而对于各种佛事一点也不了解。当地人把女儿嫁给和尚，称为师郎。如果有人得了病，就用纸剪成圆钱，放在佛像旁边。有的人还会请和尚在佛像前陈设食物，第二天，就杀羊杀猪来让和尚吃，称为除斋。（出《投荒杂录》）

又：岭南的小郡之中，大多数没有僧徒。每当宣布皇帝恩诏的时候，就得找人假扮和尚、道士陪位。唐昭宗登基的时候，柳韬被任命为容广宣告使。赦免的公文下来，而下属州的崖州从来就没有过僧人，当地都是临时找人代替的。宣读赦文时，有一个假僧人不同意给他安排的位置，太守王弘夫感到奇怪，就问那个假僧人其中的原因，假僧人回答说：“排列的次序不妥当，差官胡乱安排，去年让我扮演文宣王孔子，今年又派我作和尚！”看的人无不笑得前仰后合。（出《岭表录异》）

番 禺

广州番禺县曾有百姓的诉状说，之前晚上丢失了一个菜园子，现在认出在某个地方，请县令作出判决，好去要回来。有一位北方客水中有藻荇之属，被风吹，沙与藻荇相杂。其根既浮，其沙或厚三五尺处，可以耕垦，或灌或圃故也。夜则被盗者盗之百余里外，若桴筏之乘流也。以是植蔬者，海上往往有之。（出《玉堂闲话》）

有在番禺逢端午，闻街中喧然，卖相思药声。讶笑观之，乃老媪荷揭山中异草，鬻于富妇人，为媚男药，用此日采取为神。又云，采鹊巢中，获两小石，号鹊枕，此日得之者佳。妇人遇之，有抽金簪解耳珰而偿其直者。（出《投荒录》）

岭南女工

岭南无问贫富之家，教女不以针缕绩纺为功，但躬庖厨，勤刀机而已。善醯醢菹鲊者，得为大好女矣。斯岂遐裔之天性欤！故俚民争婚聘者，相与语曰："我女裁袍补袄，即灼然不会；若修治水蛇黄鳝，即一条必胜一条矣。"（出《投荒录》）

芋羹

百越人好食虾蟆，凡有筵会，斯为上味。先于釜中置水，次下小芋烹之，候汤沸如鱼眼，即下其蛙，乃一一捧芋而熟，如此呼为抱芋羹。又或先于汤内安笋笴，后投蛙，及进于筵上，皆执笋笴，瞪目张口。而座客有戏之曰："卖灯心者。"又云，疥皮者最佳，掷于沸汤，即跃出，其皮自脱矣，皮既脱，乃可以修馔。时有一叟闻兹语，大以为不可，云："切不得除此锦袄子，其味绝珍。"闻之者莫不大笑。（出《南楚新闻》）

人对这个说法感到很惊讶，便问那个人。那个人说："海中浅水的地方有海藻荇菜之类的植物，被风吹过后，沙子就跟藻荇混在一起。藻荇的根浮起来之后，那沙子会有三五尺厚，有的地可以耕种灌溉做成园子。可是夜间却被小偷把它偷到一百多里外，就像竹木制的小船顺水漂流一样，凭借这种方法种菜的，在海上随处可见。"（出《玉堂闲话》）

又：有人在番禺正赶上了端午节，听到街上有卖相思药的叫卖声，那个人觉得惊讶，便笑着旁观。原来是一位老太婆举着山里的异草，卖给有钱的妇女，作为媚药，说用当天采的草药才有神效。又说，在喜鹊窝内采得两块小石，那两块石头名叫鹊枕，这天得到的才是好的。妇女们遇到后，有的拔下金簪摘下玉石耳坠折价来购买它。（出《投荒录》）

岭南女工

岭南人家无论贫富，教女儿的时候都不把会针线能纺织看作本领，只教女儿亲自下厨房，勤练用刀的技巧而已。擅长使用醋、盐、会腌菜和能腌鱼、糟鱼的女子，就会被认为是非常好的女子。这难道是边远地方人的天性吗？百姓争相婚嫁的人，会聚在一块说："我的女儿裁袍补袄之类的针线活都不会；如果让她烹调水蛇黄鳝，那是一条比一条做得好。"（出《投荒录》）

芋羹

百越人喜欢吃蛤蟆，但凡举行宴会，蛤蟆就是上等的菜。当地人先在锅内放水，然后把小芋下到水中煮，等到锅内的水沸腾冒着像鱼眼似的水泡的时候，就把蛤蟆下到里面，蛤蟆便各自捧着小芋而被煮熟了。这样做出的羹便叫抱芋羹。还有的人先在开水内放入笋等食材，然后再放入蛤蟆，等到端到筵席上，发现蛤蟆个个都握着笋，蛤蟆瞪着眼睛张着嘴。座中有客人开玩笑说："像卖灯芯草的人。"还有人说，长着疥皮的蛤蟆最好，把这种蛤蟆扔到沸水中，它

蜜唧

岭南僚民好为蜜唧，即鼠胎未瞬，通身赤蠕者，饲之以蜜，钉之筵上，嗫嗫而行。以箸挟取，咬之，唧唧作声，故曰蜜唧。（出《朝野佥载》）

南州

王蜀有刘隐者善于篇章，尝说：少年赍益部监军使书，索于黔巫之南，谓之南州。州多山险，路细不通乘骑，贵贱皆策杖而行，其囊橐悉皆差夫背负。夫役不到处，便遣县令主薄自荷而行。将至南州，州牧差人致书迓之。至则有一二人背笼而前，将隐入笼内，掉手而行。凡登山入谷，皆绝高绝深者，日至百所，皆用指爪攀缘，寸寸而进。在于笼中，必与负荷者相背而坐，此即彼中车马也。洎至近州，州牧亦坐笼而迓于郊。其郡在桑林之间，茅屋数间而已。牧守皆华人，甚有心义。翌日牧曰："须略谒诸大将乎。"遂差人引之衙院，衙各相去十余里，亦在林木之下。一茅斋，大校三五人，逢迎极至。于是烹一犊儿，乃先取犊儿结肠中细粪，置在盘筵，以箸和调在醯中，方餐犊肉。彼人谓细粪为圣齑，若无此一味者，即不成局筵矣。诸味将半，然后下麻虫裹蒸。裹蒸乃取麻蕨蔓上虫，如今之刺猱者是也，以荷叶裹而蒸之。隐勉强餐之，明日所遗甚多。（出《玉堂闲话》）

立即就会蹦了出去，而它的皮也自动被烫掉了，皮既然掉了，就可把这种蛤蟆做成美味了。当时有一位老者听了这话，认为很不应该，那位老者说：“绝不能去掉癞蛤蟆那件锦袄，它的味道是极好的。”听到这话，人们无不大笑。（出《南楚新闻》）

蜜唧

岭南的僚民喜欢制作蜜唧。所谓蜜唧，就是把还没睁开眼全身通红，刚会蠕动的幼鼠，喂以蜂蜜。然后把这种幼鼠摆在筵席上，幼鼠们在盘子里轻轻地爬着。吃的时候用筷子夹起来，一咬，幼鼠就会发出唧唧的声音，所以当地人把这种吃的叫作蜜唧。（出《朝野金载》）

南州

五代的时候，王建的前蜀国中有一位叫刘隐的人，很擅长写文章，刘隐曾经说：少年的时候曾经带着益州部监军的书信，到黔中与巫山南边考查，人们将那一带称为南州。南州的山中有很多险要的地方，道路很狭窄，骑马无法通过，人无论贵贱都得拄着手杖行走，行李全得派脚夫背着。脚夫不去的地方，就让县令主簿自己扛着走。将要到达南州的时候，州牧派人前来送信迎接刘隐。到达目的地后有两个人背着笼子来到面前，请刘隐坐进笼内，那个人背着刘隐摆动着双手往前走着。他们经过了很多极高极深的山谷，每天都经过上百处这样的地方，当地人都是用手指攀着上边，一寸一寸向前走。坐在笼子里面的人，必须跟背笼的人背对背地坐着，这就是那地方的交通工具。等到了南州附近的时候，州牧也坐在笼子里到郊外迎接。南州的郡府在桑树林里，只不过是几间茅草房罢了。州郡的长官都是华夏人，很有道义之心。第二天，州牧说：“需要去简单地会见一下各位大将吗？”于是州牧便派人带领着刘隐等人到衙门院里，各衙门相距十多里地，也在树林当中。有一座茅草房，有三五个校尉官员，接待很周到。在那儿煮了一只牛犊，先取出牛犊肠中的细粪，放在席

上的盘子中，再用筷子调和在醋里面，然后才吃犊肉。南州地方的人说细粪是非凡的调味品，如果没有这一调味品，就不能叫作筵席了。各种菜肴上到一半时，有人又端来了麻虫裹蒸。裹蒸就是抓来麻蕨蔓上的虫，那种虫子就像现在的刺猱一样，南州当地人把这种虫子用荷叶裹着蒸熟。刘隐勉强吃了一点，第二天便腹泻了。（出《玉堂闲话》）

卷第四百八十四　杂传记一

李娃传

李娃传

汧国夫人李娃，长安之倡女也。节行瑰奇，有足称者。故监察御史向行简为传述。

天宝中，有常州刺史荥阳公者，略其名氏不书，时望甚崇，家徒甚殷。知命之年，有一子，始弱冠矣，隽朗有词藻，迥然不群，深为时辈推伏。其父爱而器之，曰："此吾家千里驹也。"应乡赋秀才举，将行，乃盛其服玩车马之饰，计其京师薪储之费。谓之曰："吾观尔之才，当一战而霸。今备二载之用，且丰尔之给，将为其志也。"生亦自负视上第如指掌。

自毗陵发，月余抵长安，居于布政里。尝游东市还，自平康东门人，将访友于西南。至鸣珂曲，见一宅，门庭不甚广，而室宇严邃，阖一扉。有娃方凭一双鬟青衣立，妖姿要妙，绝代未有。生忽见之，不觉停骖久之，徘徊不能去。乃诈坠鞭于地，候其从者，敕取之，累眄于娃，娃回眸凝睇，情甚相慕，竟不敢措辞而去。生自尔意若有失，乃密征其友游长安之熟者以讯之。友曰："此狭邪女李氏宅也。"曰："娃可求乎？"对曰："李氏颇赡，前与通之者，多贵戚豪族，所得甚广，非累百万，不能动其志也。"生曰："苟患其不谐，虽百万，何惜！"

李娃传

汧国夫人李娃是长安的歌舞艺人。她的节操品行十分高尚，有值得称赞的地方。所以监察御史白行简为李娃作了传记。

唐代天宝年间的时候，有一位常州刺史荥阳公，这里略去他的姓名就不写出来了，当时荥阳公的名望很高，家中的奴仆很多。荥阳公五十岁时才有一个儿子，儿子刚长到二十岁时，俊秀聪明，文章也写得很好，跟一般人大不一样，当时的人都很称道佩服。他的父亲很喜欢器重他，说："这是我们家的千里驹啊！"这位公子作为州县选拔的优秀人才到京师应试，将要出发的时候，家中为他准备了丰厚的衣服玩物车马等行李物品，还算好了他在京城的日常生活费用。荥阳公对他的儿子说："我看你的才能，会一举考中进士。我现在给你准备了两年的费用，给你这么多费用，是为了方便你实现志向。"这位公子也很自信，把考取功名看成手到擒来之事。

公子从毗陵出发，一个多月就抵达了长安。公子住在布政里。他有次游览东市回来，从平康坊东门进入，打算到西南方去拜访朋友。走到鸣珂曲时的时候，看见一座宅院，那座宅院的门和院子不太大，但是房屋严整幽深，只关着一扇门，有一位少女正扶着一个梳着两个环影发髻的侍女站在那里，那位少女的姿态容貌非常漂亮，在当时找不出第二个。公子看见少女后，不自觉地停马久驻，徘徊着不忍心离开。于是假装马鞭子掉到了地上，等候跟随的人来了，好让他们捡起马鞭。公子多次斜着眼看少女，那少女也回过头凝视公子，似乎也很爱慕。最后公子也没敢说话就离去了。那位公子从此怅然若失，于是偷偷召来熟悉长安的朋友打听，朋友说："那是妓女李氏的住宅。"公子又问："那么我可以追求她吗？"朋友回答说："李娃家中比较富裕，之前与她交往的，多是长安的豪强贵族，李娃家里的财他日，乃洁其衣服，盛宾从而往。扣其门，俄有侍儿启扃。生曰：“此谁之第耶？”侍儿不答，驰走大呼曰：“前时遗策郎也。”娃大悦曰：“尔姑止之，吾当整妆易服而出。”生闻之，私喜。乃引至萧墙间，见一姥垂白上偻，即娃母也。生跪拜前致词曰：“闻兹地有隙院，愿税以居，信乎？”姥曰：“惧其浅陋湫隘，不足以辱长者所处，安敢言直耶？”延生于迟宾之馆，馆宇甚丽。与生偶坐，因曰：“某有女娇小，技艺薄劣，欣见宾客，愿将见之。”乃命娃出，明眸皓腕，举步艳冶。生遂惊起，莫敢仰视。与之拜毕，叙寒燠，触类妍媚，目所未睹。复坐，烹茶斟酒，器用甚洁。

久之，日暮，鼓声四动。姥访其居远近，生绐之曰：“在延平门外数里。”冀其远而见留也。姥曰：“鼓已发矣，当速归，无犯禁。”生曰：“幸接欢笑，不知日之云夕。道里辽阔，城内又无亲戚，将若之何？”娃曰：“不见责僻陋，方将居之，宿何害焉？”生数目姥，姥曰：“唯唯。”生乃召其家僮，持双缣，请以备一宵之馔。娃笑而止之曰：“宾主之仪，且不然也。今夕之费，愿以贫窭之家，随其粗粝以进之。其余以俟他辰。”固辞，终不许。

路甚广，没有一百万的财产估计很难打动李娃。”公子说：“我只担心事情不能成功，就算是百万的钱财那又有什么可惜呢？”

第二天，公子便穿上干净的衣服，带着一大群侍从去拜访李娃的宅院。前去敲门，不一会儿，有一个侍女出来开门。公子说：“这是谁家的府第呀？”那位侍女没有回答，一边往回跑一边喊道：“是前些日子那位马鞭掉到地上的那位公子来了！”李娃非常高兴地说：“你暂且留住他，我需要打扮一下，换件衣服再出去。”公子听到这番话，暗自高兴。于是侍女把公子带到影壁墙前，这时候公子看见一位白头发驼着背的老妇人，这个人就是李娃的母亲。书生走上前跪下拜见说：“听说这儿有空闲的房子，我希望租来居住，不知道是不是真的？”老妇人说：“只怕房子简陋低洼窄小，难以委屈贵客居住，我哪里敢提租赁的事？”于是老妇人便把公子接到客厅，客厅装修的很华丽。老妇人与书生一同坐下，说道：“我有一个娇小的女儿，小女没有什么特长，看到您来到很高兴，让她出来见一见你。”说罢老妇人就让李娃出来了，只见李娃眼睛明亮，手腕白皙，步态娇美。公子立刻吃惊地站了起来，不敢抬眼看。二人拜见之后，说了些嘘寒问暖的话，李娃的一举一动，公子都觉得妩媚动人，觉得这是自己从来没见过的美人。公子又重新坐下，李娃就煮茶斟酒款待，所用的器具都很干净。

过了很久，天渐渐黑了，更鼓声四起。老妇人询问书生住处的远近，公子骗老妇人说：“我住在延平门外好几里的地方。”公子是故意说路远，希望能被李娃留在这里。老妇人说：“更鼓已敲过了，公子该赶快回去了，不要触犯了宵禁法令。”公子说：“今天有幸相见，谈笑甚欢，竟不知道天已经很晚了。但我回去的路程太远了，城内又没有亲戚，我该怎么办呢？”李娃说：“如果您不嫌弃这里狭小简陋，就在这里住一晚上又有什么不可以的呢？”公子的眼睛看着老妇人，老妇人说：“好吧好吧。”公子于是叫来书童拿来两匹绢，请求以此充当一顿晚饭和住宿的回报。李娃笑着阻止公子说：“按照宾主之间的礼仪，是不能这样的。只是希望这个贫穷的家，能为你提供一顿粗糙的晚饭，至于别的事情就以后再说吧。”李娃坚决推辞，最俄徙坐西堂，帷幕帘榻，焕然夺目；妆奁衾枕，亦皆侈丽。乃张烛进馔，品味甚盛。彻馔，姥起。生娃谈话方切，诙谐调笑，无所不至。生曰："前偶过卿门，遇卿适在屏间。厥后心常勤念，虽寝与食，未尝或舍。"娃答曰："我心亦如之。"生曰："今之来，非直求居而已，愿偿平生之志。但未知命也若何。"言未终，姥至，询其故，具以告。姥笑曰："男女之际，大欲存焉。情苟相得，虽父母之命，不能制也。女子固陋，曷足以荐君子之枕席！"生遂下阶，拜而谢之曰："愿以己为厮养。"姥遂目之为郎，饮酣而散。及旦，尽徙其囊橐，因家于李之第。自是生屏迹戢身，不复与亲知相闻，日会倡优侪类，狎戏游宴。囊中尽空，乃鬻骏乘及其家童。岁余，资财仆马荡然。迩来姥意渐怠，娃情弥笃。

他日，娃谓生曰："与郎相知一年，尚无孕嗣。常闻竹林神者，报应如响，将致荐酹求之，可乎？"生不知其计，大喜。乃质衣于肆，以备牢醴，与娃同谒祠宇而祷祝焉，信宿而返。策驴而后，至里北门，娃谓生曰："此东转小曲中，某之姨宅也，将憩而觐之，可乎？"生如其言，前行不逾百步，果见一车门。窥其际，甚弘敞。其青衣自车后止之曰："至矣。"生下，适有一人出访曰："谁？"曰："李娃也。"乃入告。俄有一妪至，年可四十余，与生相迎曰："吾后也没有收下公子的东西。

不久公子就被请到了西堂，堂屋里面的幔帐窗帘十分光鲜耀眼，梳妆台、枕头、被子，也都十分豪华。于是点亮了蜡烛端来了饭菜，菜肴的品种和味道都是上等的，吃完饭后老妇人就起身离开了。公子与李娃的谈话才亲切起来，幽默谈趣相互调笑，二人之间没有什么不敢说的。公子说："前段时间，偶然经过您的门口，我看到您正在门前影壁中间。从那以后我的心中就常常想念，即使睡觉和吃饭的时候，也不曾有片刻忘记。"李娃回答说："我的心也是这样的。"公子说："这次我来，并非只求住几天，而是想实现我平生的愿望。只是不知道我的命运如何。"话还没说完，老妇人就走了进来，问公子说那话是什么意思，公子就把自己的心事全告诉了老妇人。老妇人笑着说："男女之间，相亲相爱的心愿是自然而然的。感情如果合得来，即使是有父母的命令，也阻止不了。我这个女儿愚笨丑陋，怎么配给公子做媳妇呢？"公子于是走下台阶，跪拜着感谢老妇人说："希望能让我做您家的仆役。"老妇人于是就把公子看作女婿，酒喝得很尽兴后才散席。等到第二天早晨，公子把自己的行李物品全搬了过来，住进了李娃的宅子里面。从此以后公子敛迹藏身，不再跟亲属朋友来往，每天跟唱歌的演戏的人聚在一起亲近戏耍，游览饮宴。不久公子就把口袋里的钱全部花光了，于是只好卖了车马和自己的仆人。只过了一年多，公子的钱财仆人和马匹都没有了。于是老妇人的态度就渐渐地有些怠慢，而李娃与公子的情意却更加深厚。

一天，李娃对公子说："与你相交一年，还没身孕。常听说竹林神有求必应，我想送上酒食祭神求子可以吗？"公子不知道这是圈套，反而非常高兴。于是他拿衣服到当铺当了，去准备牛猪羊三牲和甜酒等祭品。备好祭品后就跟李娃一起到供奉神的庙里向神祈祷，住了一宿才往回走，公子骑着驴走在后边。到了里弄的北门，李娃对公子说："从这儿向东拐，有一个小胡同，那里是我姨家的住宅，我打算到那里稍稍休息一会儿，拜见我姨娘，可以吗？"公子同意了。二人往前走了不到一百步，果然看见一个院门。公子向里面张望了一甥来否？”娃下车，妪逆访之曰：“何久疏绝？”相视而笑。娃引生拜之，既见，遂偕入西戟门偏院。中有山亭，竹树葱蒨，池榭幽绝。生谓娃曰：“此姨之私第耶？”笑而不答，以他语对。俄献茶果，甚珍奇。

食顷，有一人控大宛，汗流驰至曰：“姥遇暴疾颇甚，殆不识人，宜速归。”娃谓姨曰：“方寸乱矣，某骑而前去，当令返乘，便与郎偕来。”生拟随之，其姨与侍儿偶语，以手挥之，令生止于户外，曰：“姥且殁矣，当与某议丧事，以济其急，奈何遽相随而去？”乃止，共计其凶仪斋祭之用。日晚，乘不至。姨言曰：“无复命，何也？郎骤往觇之，某当继至。”生遂往，至旧宅，门扃钥甚密，以泥缄之。生大骇，诘其邻人。邻人曰：“李本税此而居，约已周矣。第主自收，姥徙居而且再宿矣。”征徙何处，曰：“不详其所。”生将驰赴宣阳，以诘其姨，日已晚矣，计程不能达。乃弛其装服，质馔而食，赁榻而寝，生恚怒方甚，自昏达旦，目不交睫。质明，乃策蹇而去。既至，连扣其扉，食顷无人应。生大呼数四，有宦者徐出。生遽访之：“姨氏在乎？”曰：“无之。”生曰：“昨暮在此，何故匿之？”访其谁氏之第，曰：“此崔尚书宅。昨者有一人税此院，云迟中表之远至者，未暮去矣。”

下，很宽敞。那丫环从车后说：“到了。”公子走下了驴，恰好有一人出来问道：“这是谁？”李娃回答说：“是李娃。”于是那个人进去禀报。不一会儿有一位妇人走了出来，那位妇人年龄四十多岁，跟公子相迎，说：“我外甥女来了吗？”李娃下车，那位妇人迎过来问：“怎么这么长时间都不来了呢？”几人互相看着笑。李娃引导公子拜见那位妇人。见过后，几人就一起走进西边的门内偏院里。院子中有山有亭，竹子，树木长得十分茂盛，池塘的水边房子都很幽静。公子对李娃说：“这是你姨妈的私人住宅吗？”李娃只笑笑没有回答，用别的话语搪塞过去了。不一会儿，有人献上茶与水果，端上来的东西都很珍贵奇特。

一顿饭的工夫，忽然有一个人骑着一匹大宛名马，汗流满面地跑来了，那个说：“老太太突然患了重病，病得很厉害，几乎连人都不认识了，请姑娘赶快回去。”李娃对她的姨妈说：“我的心都乱了，我骑马先回去，然后让马再返回来，你就跟他一起前来吧。”公子打算跟李娃一起走，李娃的姨妈与侍女两人窃窃私语了一阵，挥手示意让公子停在门外，说：“老太太就要去世了，你应该和我一起商量一下丧事，以便处理这个紧急情况，为什么要立刻跟着去呢？”听到这番话后公子便留下了，与姨妈一起计算要举行丧礼祭奠的费用。当时天已近黄昏了，骑马的仆人还没有来到这里。那位姨妈说：“到现在还没有回信，这是怎么回事？你赶快去看看她！我会随后赶到。”于是公子就走了。等到他赶到李娃原来的住宅一看，发现门锁得很严实，还用泥印封上了，公子的心里很震惊，公子询问那里的邻居。邻居说：“李娃本来是租住在这里的，现在租约已经到期，房主收回了房子。老妇人已经搬走了，她们已经搬走了两个晚上了。”公子询问她们搬到了什么地方，邻居说：“不清楚她的新住处在哪里。”公子想要赶快跑到宣阳去问问李娃的姨妈，到底怎么回事。但当时天已经晚了，计算了一下路程到不了，于是公子就脱下衣服作抵押，弄了点饭吃，之后又租了张床睡觉。公子非常气愤，从晚上到早晨，一宿没合眼，等到天刚亮就骑着跛脚的驴赶往宣阳。到达宣阳后，公子连连地敲门，敲了一顿饭工夫也没有人应。公子高声大喊了生惶惑发狂，罔知所措，因返访布政旧邸。邸主哀而进膳。生怨懑，绝食三日，遘疾甚笃，旬余愈甚。邸主惧其不起，徙之于凶肆之中。绵缀移时，合肆之人，共伤叹而互饲之。后稍愈，杖而能起。由是凶肆日假之，令执繐帷，获其直以自给。累月，渐复壮，每听其哀歌，自叹不及逝者，辄呜咽流涕，不能自止。归则效之。生聪敏者也，无何，曲尽其妙，虽长安无有伦比。

初，二肆之佣凶器者，互争胜负。其东肆车轝皆奇丽，殆不敌，唯哀挽劣焉。其东肆长知生妙绝，乃醵钱二万索顾焉。其党耆旧，共较其所能者，阴教生新声，而相赞和。累旬，人莫知之。其二肆长相谓曰："我欲各阅所佣之器于天门街，以较优劣。不胜者，罚直五万，以备酒馔之用，可乎？"二肆许诺，乃邀立符契，署以保证，然后阅之。士女大和会，聚至数万。于是里胥告于贼曹，贼曹闻于京尹。四方之士，尽赴趋焉，巷无居人。自旦阅之，及亭午，历举辇轝威仪之具，西肆皆不胜，师有惭色。乃置层榻于南隅，有长髯者，拥铎而进，翊卫数人，于是奋髯扬眉，扼腕顿颡而登，乃歌《白马》之词。恃其夙胜，顾眄左右，旁若无人。齐声赞扬之，自以为独步一时，不可得而屈也。有顷，东肆长于北隅上设连半天，有一个官员慢慢走出来。公子急忙上前问他："李娃的姨妈住在这里吗？"那个人回答说："没有。"公子说："昨天黄昏时还在这里，她为什么藏起来了呢？"公子又问这房子是谁家的住宅，那个人回答说："这是崔尚书的住宅。昨天有一个人租了这所房子，说用来等待远道而来的表亲戚，但还没到黄昏就走了。"

公子惊慌困惑得快要疯了，不知道怎么办才好，于是又返回，布政里原来住的地方。主人因为同情公子而给公子饭吃。公子由于怨恨愤懑，三天未进饭食，得了很重的病，十多天以后公子的病情更厉害了，房主人害怕他一病不起，就把公子搬到了殡仪铺中。然而公子的病情一直不见好转，全铺的人都为他伤心、叹息，轮流着喂公子。后来公子的病稍微好了些，拄着棍子能起来了。从此殡仪铺每天都雇用他，让公子牵引灵帐，得点报酬以便养活自己。过了几个月，公子渐渐地健壮起来，每听到殡仪铺里那哀悼亡人的歌，就自己叹息，觉得自己还不如那些死去的人。于是公子便低声哭泣流泪，自己也控制不住。每次送灵回来后，就模仿那哀歌。公子本是聪明伶俐的人，所以没过多长时间，就掌握了唱哀歌的全部技巧，即使整个长安也没有人比得过公子。

当初，两个殡仪铺中出租丧葬所用的器物的时候，二位店主互争胜负。东铺的纸扎车马都十分新奇华丽，几乎无人能跟他们相比，只有出殡时唱挽歌的人唱得低劣。东铺的店主知道公子唱挽歌极好，于是就凑了两万钱要雇公子。公子的伙伴中有唱挽歌的老手，偷偷地教给公子新曲，而且辅导配合练了十几天，没有谁知道这事。那两个殡仪铺的店主都向对方说："我想我们把各自出租的器物陈列在天门街，以便比一下谁优谁劣。不能取胜的，罚钱五万，就用这钱做酒饭的费用怎么样？"两个店主都同意了。于是两位店主请人立下了契约，在契约上写上了保人的名字，然后就把器物都陈列出来。城中的男男女女闻讯后都前来看热闹，顿时聚集了好几万人。看到这种情况，管街道的里胥报告了管治安的贼曹，贼曹报告了京都的执政官京兆尹。这天一大早，四面八方的人都赶来了，小巷里的居民也都出来看戏。两个铺子从早晨开始陈列治丧等祭器一直到正午，榻，有乌巾少年，左右五六人，秉翣而至，即生也。整衣服，俯仰甚徐，申喉发调，容若不胜。乃歌《薤露》之章，举声清越，响振林木。曲度未终，闻者歔欷掩泣。西肆长为众所诮，益惭耻，密置所输之直于前，乃潜遁焉。四座愕眙，莫之测也。

先是，天子方下诏，俾外方之牧，岁一至阙下，谓之入计。时也，适遇生之父在京师，与同列者易服章，窃往观焉。有老竖，即生乳母婿也，见生之举措辞气，将认之而未敢，乃泫然流涕。生父惊而诘之，因告曰："歌者之貌，酷似郎之亡子。"父曰："吾子以多财为盗所害，奚至是耶？"言讫，亦泣。及归，竖间驰往，访于同党曰："向歌者谁，若斯之妙欤？"皆曰："某氏之子。"征其名，且易之矣，竖凛然大惊。徐往，迫而察之。生见竖，色动回翔，将匿于众中。竖遂持其袂曰："岂非某乎？"相持而泣，遂载以归。至其室，父责曰："志行若此，污辱吾门，何施面目，复相见也？"乃徒行出，至曲江西杏园东，去其衣服，以马鞭鞭之数百。生不胜其苦而毙，父弃之而去。

两家店依次摆出了纸辇、车舆、纸制仪仗等东西，西铺都比不过，西铺的店主脸上很不光彩。接着西铺在东南的墙角安放了一个高榻，有一位留着胡子的人拿着铃上场，那个人的周围有好几个人簇拥着他。那个人扬起胡须，抬起眉毛，握着腕子点了点头登上高榻，那个人唱了一支名叫《白马》的挽歌。那个人依仗着平素的名望，边唱边左顾右盼像是旁若无人的样子。那个人唱完后，看客齐声赞扬。那个人自己也认为唱得技艺高超，没有谁能比得了。一会儿，东铺的店主也在北墙角安放了几个相连的高榻，众人看见一位戴着黑色孝巾的少年手拿着棺材上的饰物在五六个人簇拥下上了场，那位少年就是之前的公子。只见公子坦然地整了整衣服，从容地扬了扬头，先是辗转地唱了起来，看公子的表情好像是由于悲痛而唱不成声似的样子。公子唱的挽歌名叫《薤露》，公子越唱越高昂，歌声震动了树林，一曲还没唱完，看客们就都被感动得深深叹息，有的人还捂住脸哭起来。大家都讥讽西铺唱得拙劣，西铺店主更感到难堪了。于是就悄悄把所输的钱放在前面，偷偷地溜走了。四周座位上的人都惊诧错愕，谁也没料到会是这个结果。

在此以前皇帝下过的诏书，让京城以外的各州郡的长官每年来京城一次，当时把这种事称作“入计”。当时，公子的父亲恰好在京城，公子的父亲正与同僚换上便服，也悄悄地到那里去看热闹。有一位老仆人，这位老仆人就是公子奶妈的丈夫，那位老仆人看见那位唱挽歌的人举止语气很像去世的公子，老仆人想上前相认但是老仆人又不敢，老仆人便禁不住掉下泪来。公子的父亲吃惊地问老仆人这是怎么回事，老仆人说：“唱歌的那个人，相貌举止都非常像您去世的儿子。”公子的父亲说：“我的儿子因为携带很多的财富而被强盗杀害，他怎么会到这里来呢？”说完，公子的父亲也哭了起来。等到回去后，老仆人找了个机会赶快跑到殡仪铺，向唱歌的那伙人询问：“前些时候唱歌的那个人是谁，他唱得真太好了！”大家都说那个人是某姓人的儿子。老仆人又问那位唱歌的人的名叫什么，人们说已经改名字了。老仆人非常吃惊，慢慢走过去，靠近了查看。这时公子看见了老仆人，脸色突变，立即转身想藏入人群中。老仆人于是其师命相狎昵者阴随之，归告同党，共加伤叹。令二人赍苇席瘗焉。至则心下微温，举之良久，气稍通。因共荷而归，以苇筒灌勺饮，经宿乃活。月余，手足不能自举，其楚挞之处皆溃烂，秽甚。同辈患之，一夕弃于道周。行路咸伤之，往往投其余食，得以充肠。十旬，方杖策而起。被布裘，裘有百结，褴褛如悬鹑。持一破瓯巡于闾里，以乞食为事。自秋徂冬，夜入于粪壤窟室，昼则周游廛肆。

一旦大雪，生为冻馁所驱。冒雪而出，乞食之声甚苦，闻见者莫不凄恻。时雪方甚，人家外户多不发。至安邑东门，循里垣，北转第七八，有一门独启左扉，即娃之第也。生不知之，遂连声疾呼："饥冻之甚。"音响凄切，所不忍听。娃自阁中闻之，谓侍儿曰："此必生也，我辨其音矣。"连步而出。见生枯瘠疥疠，殆非人状。娃意感焉，乃谓曰："岂非某郎也？"生愤懑绝倒，口不能言，颔颐而已。娃前抱其颈，以绣襦拥而归于西厢。失声长恸曰："令子一朝及此，我之罪也。"绝而复苏。姥大骇奔至，曰："何也？"娃曰："某郎。"姥遽曰："当逐之，奈何令至此？"娃敛容却睇曰："不然，此良家子也，当昔驱高车，持金装，至某之室，不逾期而扯住公子的袖子说："难道你不是公子吗？"二人拉着手就哭了起来，便用车把他载着回来了。到了房间里，公子的父亲责备公子说："你的志向和行为堕落到了这个地步，真是玷污了我们的家族，你我有什么面目再相见呢！"于是让公子走出去，到了曲江西杏园的东面，公子的父亲让人剥掉了公子的衣服，用马鞭抽打了几百鞭。公子承受不了痛苦就昏死过去。公子的父亲丢下公子就走了。

公子的师父一开始就派人暗中跟着他们，事发后回去告诉了同伴。大家都很伤心叹息，然后让两个人带着苇席去准备把公子埋了。到了那里，人们一摸书生的心口还稍有点温度，于是便把公子抬了起来，过了很长时间公子才渐渐有了点气息，于是大家一起把公子抬了回去。大伙用芦苇管儿给公子灌水，又用勺子喂水。过了一夜公子才活过来。一个多月后，公子的手脚仍不能动弹，那天被鞭打过的地方都感染化脓了，伤口非常脏。同在一起的那些人都很厌恶公子，就在一天晚上把公子扔到了道边上。过路的人看到这情形都感到悲哀，常常施舍公子一点剩余的食物，这才使公子能填饱肚子。又过了十天后公子才能拄着棍子站起来。公子穿着像僧人的百衲衣一样都是补丁的布衣，衣服上面破烂不堪，像秃尾巴的鹌鹑一样没有风采。公子拿着一个小破盆在居民家挨户乞讨，从秋天到冬天，公子在夜晚就宿在肮脏的洞穴里，白天就周游于闹市中。

有一天早晨下大雪，公子受冻挨饿，但是只得顶着雪出去讨饭。公子乞讨的声音很凄苦，听到看到的人们都感到很伤心。当时雪下得很大，住户的门大多都没有打开。公子走到了安邑东门，顺着里弄的墙根走，向北转过了七八家，看见有一家只开着左扇门，这个地方这就是李娃的住宅。但是公子不知道，就连连大声呼喊："冻饿难耐啊！"叫声凄凉悲哀，令人不忍心听。李娃从阁楼里听到了，对侍女说："这一定是那个公子，我听出他的声音了。"李娃快步走了出来，李娃只看见书生干枯瘦弱，满身疥疮，几乎没有了人样。李娃的心里很受触动，于是对公子说："这不是郎君吗？"公子一听，悲愤交加，昏倒在地，说不出话来，只微微点头而已。李娃走了过去，抱着公子的脖子，用绣花袄裹着公子并且把公子抬到了西厢房。李娃不荡尽。且互设诡计，舍而逐之，殆非人行。令其失志，不得齿于人伦。父子之道，天性也。使其情绝，杀而弃之，又困踬若此。天下之人，尽知为某也。生亲戚满朝，一旦当权者熟察其本末，祸将及矣。况欺天负人，鬼神不祐，无自贻其殃也。某为姥子，迨今有二十岁矣。计其赀，不啻直千金。今姥年六十余，愿计二十年衣食之用以赎身，当与此子别卜所诣。所诣非遥，晨昏得以温清，某愿足矣。"姥度其志不可夺，因许之。

给姥之余，有百金。北隅四五家，税一隙院。乃与生沐浴，易其衣服，为汤粥通其肠，次以酥乳润其脏。旬余，方荐水陆之馔。头巾履袜，皆取珍异者衣之。未数月，肌肤稍腴。卒岁，平愈如初。异时，娃谓生曰："体已康矣，志已壮矣。渊思寂虑，默想曩昔之艺业，可温习乎？"生思之曰："十得二三耳。"娃命车出游，生骑而从。至旗亭南偏门鬻坟典之肆，令生拣而市之，计费百金，尽载以归。因令生斥弃百虑以志学，俾夜作昼，孜孜矻矻。娃常偶坐，宵分乃寐。伺其疲倦，即谕之缀诗赋。二岁而业大就，海内文籍，莫不该览。生谓娃曰："可策名试艺矣。"娃曰："未也，且令精熟，以俟百战。"更一年，曰："可行矣。"于是遂一上登甲科，禁大声痛哭说：“我使你落到这个地步，这都是我的罪过啊！”李娃哭得昏过去半天才苏醒过来。老妇人异常吃惊，急忙跑了过来，问道：“这是怎么回事？”李娃说：“这个人就是那位公子。”老妇人马上说：“应当赶走他，为什么叫他来这里？”李娃脸色一沉，回过头来斜看着老妇人说：“不能这么做。他本来是清白人家的子弟，当初驾着高高的马车，带着贵重的行装，到了我们家，没超过一年就全部用光了，何况又是我们合谋施展诡计，抛弃赶走了他。这本不是人应该做的事情。使他失去了志向，让公子被人们所不齿。父子之间的感情，本是人性天伦，却使他们断绝了骨肉情义，他的父亲甚至想要杀死并丢弃了公子。如今公子困顿倒霉到这种状况，天下的人都知道是因为我造成的。公子的亲戚在朝廷中做官的很多，一旦掌权的亲戚仔细查明了这件事的来龙去脉，灾祸就要临头了。况且欺骗上天辜负人心，就算鬼神也不会保佑的，还是不要给自己招惹祸患吧。我作为您的孩子，到现在已有二十年了，花费的钱财，不止千金了。如今您老已六十多了，我愿意计算二十年来我在衣食方面所用的钱，把它还给您为自己赎身。我打算与这这位公子另找住处，所去的地方不远，早晨晚上我还可以来尽孝道，这样我的愿望也就满足了。”老妇人估计李娃的志向是不能改变了，于是便答应了李娃。

李娃把钱给老妇人后，还剩有百金。向北经过四五家之后，在那里租了一所空房。于是李娃给公子洗了澡，换下脏衣服，做热粥给公子喝，以使公子的肠胃通畅，然后又喂公子吃乳酪，以便滋润公子的内脏。经过十多天后，李娃才让公子吃了些美味佳肴。公子穿戴的头巾鞋袜，也都选用了珍贵时新的式样。不到几个月，公子的肌肉皮肤渐渐丰满，到年底的时候，就完全痊愈复原，又恢复当初的样子了。有一天，李娃对公子说：“您的身体如今已经康复了，志向也该恢复了，你好好想一想，默默回忆一下从前的功课学业，还可以拣起来吗？”公子想了一会儿说：“十分只剩二三分了。”李娃令人架车出去游逛。公子骑着马在后面跟着。到了旗亭南边的边门那里卖四书五经的书铺里，让公子从中选购了一些，计算费用一共花了一百金。采购好之后，就把书全装到车上运了回来。于是李娃让公子排除各种声振礼闱。虽前辈见其文，罔不敛衽敬羡，愿友之而不可得。娃曰："未也。今秀士苟获擢一科第，则自谓可以取中朝之显职，擅天下之美名。子行秽迹鄙，不侔于他士。当砻淬利器，以求再捷，方可以连衡多士，争霸群英。"生由是益自勤苦，声价弥甚。其年遇大比，诏征四方之隽。生应直言极谏策科，名第一，授成都府参军。三事以降，皆其友也。

将之官，娃谓生曰："今之复子本躯，某不相负也。愿以残年，归养老姥。君当结媛鼎族，以奉蒸尝。中外婚媾，无自黩也。勉思自爱，某从此去矣。"生泣曰："子若弃我，当自刭以就死。"娃固辞不从，生勤请弥恳。娃曰："送子涉江，至于剑门，当令我回。"生许诺。月余，至剑门。未及发而除书至，生父由常州诏人，拜成都尹，兼剑南采访使。浃辰，父到。生因投刺，谒于邮亭。父不敢认，见其祖父官讳，方大惊，命登阶，抚背恸哭移时。曰："吾与尔父子如初。"因诘其由，具陈其本末。大奇之，诘娃安在。曰："送某至此，当令复还。"父曰："不可。"翌日，命驾与生先之成都，留娃于剑门，筑别馆以处之。明日，命媒氏通二姓之好，备六礼以迎之，遂如秦晋之偶。

杂念，专心致志地学习。李娃让公子把夜晚当作白天，勤奋刻苦地读书，李娃经常陪坐在公子身边，直到半夜才睡觉。等到公子疲倦的时候，李娃就叫他吟诗作赋。只用了二年，公子在学业上就有了很大的成就。国内的文章书籍，全部看完了。公子对李娃说："现在我可以报名应试了。"李娃说："还不到时候，学问必须又精又熟，才能百战百胜。"又过了一年，李娃说："现在可以去了。"于是公子一上考场，就考中了甲科，连礼部的考官们都十分震动。即使是前辈看了他的文章，也无不肃然表示敬仰羡慕，愿意跟公子交朋友可却找不到机会。李娃说："你现在还不行，当今才德突出的人，一旦考中以后，就自认为可以取得朝中显耀的职务，占有天下的美名。但是你过去的行为有污点，品德也不超群，比不上其他的读书人，应当继续磨砺锋利的武器，以便取得第二次的胜利。那时你才可以结交很多的文人，在众位英才中取得了第一名。"公子从此更加勤奋刻苦，声望也越来越高。那一年正碰上三年一次的全国大考，皇帝下诏招收四方的杰出人才，公子选试了"直言极谏科"的考试。考试"对策"公子名列第一，于是公子被授予成都府参军的职务。三公以下的官，都成了公子的朋友。

公子将去上任的时候，李娃对公子说："现在你已经恢复了自己原来的身份，我没有对不起你的地方了。我愿意用我剩下的岁月回去奉养老母亲。你应当跟一个名门贵族的女子结婚，以便主持冬秋的祭祀。像你这样在朝中做官的人，和我结婚是会玷污你的身份的。希望你自珍自爱，我从现在起就要离开你了。"公子哭着说："你如果丢下我，我就自刎而死。"李娃坚决推辞，不答应公子的要求。公子再三请求，态度愈加诚恳。李娃说："现在我送你过长江，到了四川剑门以后，就得让我回来。"公子答应了李娃。路上走了一个多月，到达了剑门。还没等出发的时候，调动官职的文书就送到了，公子的父亲也由常州奉皇命入川，被授予成都府尹，兼任剑南采访使。十二天后，公子的父亲也到达剑门。公子于是送上名片，到驿站见府尹。父亲不敢相认，看到名片上公子的祖父和父亲的官名和名字，才大吃一惊，叫公子走上台阶，抚摸着公子的后背痛哭多时，公子的父娃既备礼，岁时伏腊，妇道甚修，治家严整，极为亲所眷尚。后数岁，生父母偕殁，持孝甚至。有灵芝产于倚庐，一穗三秀，本道上闻。又有白燕数十，巢其层甍。天子异之，宠锡加等。终制，累迁清显之任。十年间，至数郡。娃封汧国夫人，有四子，皆为大官，其卑者犹为太原尹。弟兄姻媾皆甲门，内外隆盛，莫之与京。

嗟乎！倡荡之姬，节行如是，虽古先烈女，不能逾也。焉得不为之叹息哉！予伯祖尝牧晋州，转户部，为水陆运使，三任皆与生为代，故谙详其事。

贞元中，予与陇西公佐话妇人操烈之品格，因遂述汧国之事。公佐拊掌竦听，命予为传。乃握管濡翰，疏而存之。时乙亥岁秋八月，太原白行简云。（出《异闻录》）

亲说：“我和你的父子关系还像过去一样。”父亲于是询问儿子的经历，公子就把自己的遭遇全部叙述了一遍。公子的父亲觉得非常惊奇，就问李娃在什么地方。公子说：“她送我到此地，应当让她回去了。”父亲说：“绝不可以。”第二天，父亲令人准备车辆，父子一起先到了成都，把李娃留在剑门，单修了一座房子叫李娃住在里面。第二天，公子的父亲让媒人去说亲，按照结婚的全部礼仪去剑门迎娶，从此公子与李娃二人正式结为夫妻。

李娃结婚后，逢年过节的时候，那些做妻子和儿媳应做的事，都做得非常周到。李娃管理家务也严格有理，非常受公婆的宠爱夸奖。过了几年以后，公子的父母都去世了，二人极尽孝道。不久，在守孝的草屋的地方长出了灵芝，一个穗上开出三朵花，于是剑南道的长官把这事上报了皇帝。又有数十只白色的燕子在他们住的楼房的屋脊上做窝。皇帝对这些事感到惊奇，格外地给予赏赐嘉奖。服孝期满后，公子屡次升任显赫高贵的官职。十年之中，公子到几个郡做过官，李娃被封为汧国夫人。公子和李娃有四个儿子，都做了大官，官职最低的也做到了太原府府尹。弟兄们的姻亲都是名门大族，自家和亲属都兴盛发达，没有哪一家能比得上。

唉！一个行为放荡的妓女，节操行为竟能达到这种程度，即使是古代的烈女，也不能比得上啊，怎么能不为她感慨呢？我的伯祖曾担任过晋州牧，后转任户部，当上了水陆运使，三任都与那位公子做过职务上的交际，所以我熟悉这些事。

贞元年间的时候，我与陇西的李公佐，谈论妇女的操守品德，于是便叙述了汧国夫人的事。李公佐听完后，不住地拍手赞叹，让我为李娃作传。我于是拿起笔来蘸上墨汁，详细地写了出来以便保存下来。当时是乙亥岁秋天八月。太原的白行简记下这件事。（出《异闻录》）

卷第四百八十五　杂传记二

东城老父传　柳氏传

东城老父传陈鸿撰

老父姓贾名昌，长安宣阳里人，开元元年癸丑生。元和庚寅岁，九十八年矣，视听不衰，言甚安徐，心力不耗。语太平事，历历可听。父忠，长九尺，力能倒曳牛，以材官为中宫幕士。景龙四年，持幕竿，随玄宗入大明宫诛韦氏，奉睿宗朝群后，遂为景云功臣，以长刀备亲卫，诏徙家东云龙门。

昌生七岁，趫捷过人，能抟柱乘梁。善应对，解鸟语音。玄宗在藩邸时，乐民间清明节斗鸡戏。及即位，治鸡坊于两宫间。索长安雄鸡，金毫铁距，高冠昂尾千数，养于鸡坊。选六军小儿五百人，使驯扰教饲。上之好之，民风尤甚，诸王世家，外戚家，贵主家，侯家，倾帑破产市鸡，以偿鸡直。都中男女以弄鸡为事，贫者弄假鸡。帝出游，见昌弄木鸡于云龙门道旁，召入为鸡坊小儿，衣食右龙武军。三尺童子入鸡群，如狎群小，壮者弱者，勇者怯者，水谷之时，疾病之候，悉能知之。举二鸡，鸡畏而驯，使令如人。护鸡坊中谒者王承恩言于玄宗，召试殿庭，皆中玄宗意。即日为五百小儿长，加之以忠厚谨密，天子甚爱幸之，金帛之赐，日至其家。

东城老父传陈鸿撰

老人姓贾名昌，是长安宣阳里人，老人于开元元年即癸丑年出生，直到元和庚寅这一年已经九十八岁了，老人的视力和听力都没衰退。言谈安详而且很有条理，老人的脑力也没减退，谈起太平时期的事情清清楚楚，使人很爱听。贾昌的父亲叫贾忠，身高九尺，力气很大，能拽着牛倒退，以武士的身份担任皇后住的宫殿的侍卫。景龙四年的时候，贾忠拿着武器随唐玄宗进入大明宫，杀掉了韦皇后，拥戴睿宗登上皇位，使大臣们臣服，于是便成为景云年间的功臣，贾忠被选入长刀队做了皇帝的贴身侍卫，皇帝下令让他搬家到东云龙门。

贾昌长到七岁的时候，身手灵活超过一般人，能顺着柱子爬上屋梁。贾昌善于回答别人问话，还能听懂鸟的话语。唐玄宗住在亲王府的时候，喜欢民间在清明节期间举行的斗鸡游戏。等到做了皇帝以后，就在两宫之间修建了鸡场。到处收购长安的公鸡，长着金黄色的羽毛，铁一般的爪子，高冠翘尾的大公鸡共有一千多只，都养在鸡场里。又从皇帝的禁军中选出五百位少年，让饲养训练这些公鸡。皇帝喜欢这种游戏，民间就更加盛行，各位亲王皇族，皇帝的外婆家和岳父家、公主家、封侯之家，都不惜倾家荡产买鸡，或偿还欠下的买鸡钱。京城中的男男女女，都把玩弄鸡作为事业，贫穷的人家也都玩弄假鸡。一次，皇帝出去游逛的时候，看见贾昌在云龙门外的路边玩木鸡，于是把他召入皇宫，充当鸡场的养鸡少年，贾昌的吃穿待遇超过龙武军兵士。三尺高的孩子，进入鸡群中，就像摆弄一群小孩子一样，健壮的、瘦弱的、勇敢的、怯懦的，喂水喂食的时间，疾病的迹象，贾昌都了如指掌。贾昌随便挑出两只鸡，那些鸡都很畏怯而驯服，可以像指挥人那样指挥它们。监护鸡场的传旨太监王承恩把这开元十三年，笼鸡三百从封东岳。父忠死太山下，得子礼奉尸归葬雍州，县官为葬器，丧车乘传洛阳道。十四年三月，衣斗鸡服，会玄宗于温泉。当时天下号为神鸡童。时人为之语曰："生儿不用识文字，斗鸡走马胜读书。贾家小儿年十三，富贵荣华代不如。能令金距期胜负，白罗绣衫随软轝。父死长安千里外，差夫持道挽丧车。"

昭成皇后之在相王府，诞圣于八月五日，中兴之后，制为千秋节。赐天下民牛酒乐三日，命之曰酺，以为常也，大合乐于宫中。岁或酺于洛，元会与清明节，率皆在骊山。每至是日，万乐具举，六宫毕从。昌冠雕翠金华冠，锦袖绣襦裤，执铎拂，导群鸡，叙立于广场，顾眄如神，指挥风生。树毛振翼，砺吻磨距，抑怒待胜，进退有期，随鞭指低昂，不失昌度。胜负既决，强者前，弱者后，随昌雁行，归于鸡坊。角觝万夫，跳剑寻撞，蹴毬踏绳，舞于竿颠者，索气沮色，逡巡不敢入，岂教猱扰龙之徒欤？二十三年，玄宗为娶梨园弟子潘大同女，男服珮玉，女服绣襦，皆出御府。昌男至信、至德。天宝中，妻潘氏以歌舞重幸于杨贵妃，夫妇席宠四十年，恩泽不渝，岂不敏于伎，谨于心乎？

情况向玄宗作了汇报，玄宗就把贾昌召来在院中验证，结果非常合乎皇上的心意，当天就任命贾昌担任五百驯鸡少年的首领。加上贾昌为人忠厚谨慎周到，所以天子很钟爱他，金帛之类的赏赐，每天都会送到他家。

开元十三年的时候，贾昌用笼子装了三百只鸡，跟着玄宗到泰山去祭天。贾昌的父亲在泰山脚下去世，由于儿子得宠，所以由贾昌护送遗体回到雍州安葬，公家为他备办了殡葬用品，丧车用国家驿站的车辆从洛阳大道上运送。开元十四年三月的时候，贾昌穿上斗鸡的衣服，在温泉与玄宗会见。当时天下人把贾昌称为神鸡童。当时人们为他编出了这样的话："生儿不用识文字，斗鸡走马胜读书。贾家小儿年十三，富贵荣华代不如。能令金距期胜负，白罗绣衫随软举。父死长安千里外，差夫持道挽丧车。"

昭成皇后在相王府时，于八月五日生下了唐玄宗。玄宗登基后，把这一天定为千秋节。当天会赏给天下百姓牛肉和酒水，让他们娱乐三天，把这称作大脯，以后成为定规，在宫中举行大规模的娱乐活动。有的年头还到洛阳举行这种庆祝活动，元宵节和清明节大都在骊山度过。每到这些日子，各种娱乐活动同时举行，六宫的后妃嫔媵都跟随着。贾昌头戴雕翠金花的帽子，穿着锦袖绣花的袄裤，手拿铃铛拂子，引导群鸡，有秩序地站在广场上，贾昌左顾右盼，神采飞扬，指挥活跃而有风度。雄鸡们竖毛振翅，磨嘴蹭爪，抑住怒气夺取胜利，一进一退都符合章法，随着鞭子的指挥时而低头时而仰首，都没有越出贾昌的规定。胜负决出以后，胜者在前，败者在后，跟随贾昌像大雁飞行一样有秩序地回到鸡场。这让那些击败很多人的摔跤手，舞剑的、爬高竿的、踢球的、走绳索的、在竿顶跳舞的，都垂头丧气，不敢再进场表演，贾得难道是教猿猴、驯天龙那一类的人吗？开元二十三年，玄宗为贾昌娶了皇帝戏班子里潘大同的女儿作妻子，新郎戴的佩玉，新娘穿的绣袄，都是皇帝库房中的。贾昌后来生下儿子至信、至德。天宝年间，贾昌的妻子凭着能歌善舞深受杨贵妃的宠爱。贾昌夫妇承受宠幸四十年，皇恩一直没改变，难道不是因为他俩擅长技艺而又心思谨慎吗？

上生于乙酉鸡辰，使人朝服斗鸡，兆乱于太平矣，上心不悟。十四载，胡羯陷洛，潼关不守，大驾幸成都。奔卫乘舉，夜出便门，马踣道穽，伤足不能进，杖入南山。每进鸡之日，则向西南大哭。禄山往年朝于京师，识昌于横门外，及乱二京，以千金购昌长安洛阳市。昌变姓名，依于佛舍，除地击钟，施力于佛。洎太上皇归兴庆宫，肃宗受命于别殿，昌还旧里。居室为兵掠，家无遗物，布衣憔悴，不复得入禁门矣。明日，复出长安南门道，见妻儿于招国里，菜色黯焉。儿荷薪，妻负故絮。昌聚哭，诀于道，遂长逝。息长安佛寺，学大师佛旨。大历元年，依资圣寺大德僧运平住东市海池，立陁罗尼石幢。书能纪姓名，读释氏经，亦能了其深义至道。以善心化市井人。建僧房佛舍，植美草甘木。昼把土拥根，汲水灌竹，夜正观于禅室。建中三年，僧运平人寿尽。服礼毕，奉舍利塔于长安东门外镇国寺东偏，手植松柏百株，构小舍，居于塔下。朝夕焚香洒扫，事师如生。顺宗在东宫，舍钱三十万，为昌立大师影堂及斋舍。又立外屋，居游民，取佣给。昌因日食粥一杯，浆水一升，卧草席，絮衣，过是悉归于佛。妻潘氏后亦不知所往。贞元中，长子至信，依并州甲，随大司徒燧入觐，省昌于长寿里。昌如己不生，绝之使去。次子至德归，贩缯洛阳市，来往长安间，岁以金帛奉昌，皆绝之。遂俱去，不复来。

皇上生在乙酉年，生肖属鸡，让人穿上朝服斗鸡，祸乱的兆头在太平时期就显露出来了，可是皇上却没有省悟。天宝十四年，安禄山叛军攻下洛阳，潼关也没守住，皇帝的车骑只好到成都去。贾昌赶紧跑去保护皇帝的车驾，夜晚从便门出来，马跌倒在道边土坑里，伤了脚，不能继续前进，便拄着拐杖进入南山。每逢到了在皇帝面前斗鸡的日子，贾昌就面朝西南放声痛哭。安禄山往年到京城朝见皇帝时，在横门外认识了贾昌。等到他攻下东西二京后，就在长安洛阳两市悬赏千金寻找贾昌。贾昌改了姓名，寄住于佛寺，扫地敲钟，把精力用到供佛上。等到太上皇回到兴庆宫，肃宗已在另外的殿中登上皇位时，贾昌回到原来住的里弄。他居住的房子已被兵抢掠，家中东西一点没剩，贾昌穿着粗布衣服，面容憔悴，不能再入皇宫了。第二天，他又出了长安南门，在招国里遇见了妻子和儿子，他们脸色都枯黄暗淡，儿子背着柴禾，妻子穿着旧棉袄。贾昌和他们聚在一起痛哭一场，跟他们在路上诀别，然后就永远离去了。后来贾昌栖息在长安佛寺，学习高僧的佛家学说。大历元年，贾昌随着资圣寺的高僧运平住在东市海池，建造了刻有随罗尼经咒的石柱。他学习写字，已经能记自己的姓名；读佛家经书，也能明了书中的深刻含义和高妙的道理，并以善心感化民间的人。他又建造了僧房佛舍，种上了芳草佳木。白天就用土培根，提水浇竹；晚上就在禅室中打坐。建中三年，运平和尚人寿已尽，去世了。贾昌完成丧礼后，就在长安东门外的镇国寺东边建了一座塔，把运平的遗骨埋在那里边，还在塔周围亲手栽了一百棵松柏树，在塔下建了一个小房子，自己住在里面。早晚烧香洒水扫地，侍奉师父如同生前。顺宗做太子时，施舍三十万钱，替贾昌建造奉祀高僧遗像的屋子和读经斋戒的屋子。又建了外屋，给流浪的百姓住，但收取租费。贾昌于是每天喝一杯粥，一升浆水，睡在草席上，穿的是粗丝绵衣，除掉这些，剩余的钱财全用来供佛。贾昌的妻子潘氏后来也不知道到何处去了。贞元年间，贾昌长子贾至信在并州当兵，随着大司徒马燧入京朝见皇上，到长寿里探望贾昌。贾昌像没生过这个儿子似的，跟他断绝关系，让他离开。次子至德回来了，在洛阳市场上贩卖绸缎，来往于洛阳长安之间，每年都向贾昌献上金帛，贾昌一元和中，颍川陈洪祖携友人出春明门，见竹柏森然，香烟闻于道。下马觐昌于塔下，听其言，忘日之暮。宿鸿祖于斋舍，话身之出处，皆有条贯，遂及王制。鸿祖问开元之理乱，昌曰："老人少时，以斗鸡求媚于上，上倡优畜之，家于外宫，安足以知朝廷之事？然有以为吾子言者。老人见黄门侍郎杜暹，出为碛西节度，摄御史大夫，始假风宪以威远。见哥舒翰之镇凉州也，下石堡，戍青海城，出白龙，逾葱岭，界铁关，总管河左道，七命始摄御史大夫。见张说之领幽州也，每岁入关，辄长辕挽辐车，辇河间蓟州佣调缯布，驾轊连軏，坌入关门，输于王府，江淮绮縠，巴蜀锦绣，后宫玩好而已。河州墩煌道，岁屯田，实边食，余粟转输灵州，漕下黄河，入太原仓，备关中凶年。关中粟麦藏于百姓。天子幸五岳，从官千乘万骑，不食于民。老人岁时伏腊得归休，行都市间，见有卖白衫白叠布。行邻比鄽间，有人禳病，法用皂布一匹，持重价不克致，竟以幞头罗代之。近者老人扶杖出门，阅街衢中，东西南北视之，见白衫者不满百，岂天下之人，皆执兵乎？开元十二年，诏三省侍郎有缺，先求曾任刺史者。郎官缺，先求曾任县令者。及老人见四十，三省郎吏，有理刑才名，大者出刺郡，小者镇县。自老人居大道旁，往往有郡太守休马于此，皆惨然，不乐朝廷沙汰使治郡。开元取士，孝弟理人而已，不闻进士宏词拔萃之为其得人也。大略如此。"因泣下。复言曰："上皇北臣穹庐，东臣鸡林，南臣滇池，西臣昆夷，三岁一来会。朝觐之礼容，临照之恩泽，衣之锦絮，饲之酒食，使展事而去，都中无留外国宾。今北胡与京师杂处，娶妻生子，长安中少年有胡心矣。吾子视首饰靴服之制，不与向同，得非物妖乎？"鸿祖默不敢应而去。

次也没有接受。于是两个儿子都走了，再也没有来过。

元和年间，颍川的陈鸿祖带着朋友从春明门出来，看见竹子柏树长得很茂盛，烧香的烟味在道上都能闻到。二人便下马到塔下拜见贾昌，光顾着听贾昌说话，不知不觉天色已晚。贾昌让鸿祖二人留宿在读经斋戒的屋子中，叙述自身的经历，讲得很有条理，于是谈及朝廷过去的一些制度。陈鸿祖询问开元年间治乱情况，贾昌说：“老夫在少年时期，以斗鸡向皇上邀宠，皇上把我当成歌伎戏子一样养着，家住在外宫，哪能知道朝廷的事情？但也有些事值得跟你说说。老夫看见黄门侍郎杜暹出朝担任碛西节度使兼职御使大夫，开始凭借御史职务来威镇远方。看见哥舒翰镇守凉州时，攻下石堡，守卫青海城，从白龙城出发，越过葱岭，使铁门关成为边界，总管河左道，七次任命才兼任御史大夫。又看见张说统辖幽州的时候，每年入关，总是用长辕大车，运送河间蓟州百姓交纳的缯布，车队络绎不绝，涌入关门，运进王府的只有江淮的细绞和绉纱，巴蜀的锦绣，还有后宫妃嫔们玩耍的东西而已。河州燉煌道每年都屯垦，充实边防军的粮食，多余的小米转运到灵州，再由黄河水运东下，存入太原的粮库，以备关中荒年时食用。关中的米麦，都储藏在百姓家里。天子到五岳去，随从官员的车马成千上万，但都不用百姓供应吃喝。老夫碰到节日和伏天、腊月可以回家休息的日子，走在城市的市场上，常看见有卖白衣衫、白叠布的；走到街坊邻居当中，看到有人用祈祷治病，方法是用黑布一匹，如果出重价还买不到，就用裹头的黑色丝织品来代替。近来老夫拄着拐杖出门，走到十字路口，向各个方向细看，穿白衫的人不满一百人，难道天下的人都当兵了吗？开元十二年，皇帝下令，中书省、尚书省、门下省的侍郎有缺额时，先选用曾经担任过刺史的人；郎官有缺额时，先选用曾担任过县令的人。到老夫四十岁时，中央三省官员，有点治理刑狱才能的，官职大的便到州郡去做刺史，官职小的做县令。自从老夫住在大道旁边，时常看到有州郡长官在此歇脚，他们都脸色惨淡，不高兴朝廷的裁减和罢免，让他们去管理州郡里的事。开元年间选用人才，只看孝悌品德和办事才能，没听说用什么进士、宏词、拔萃等科目考试就可以选出人才

柳氏传许尧佐撰

天宝中，昌黎韩翊有诗名，性颇落托，羁滞贫甚。有李生者，与翊友善。家累千金，负气爱才。其幸姬曰柳氏，艳绝一时，喜谈谑，善讴咏。李生居之别第，与翊为宴歌之地，而馆翊于其侧。翊素知名，其所候问，皆当时之彦。柳氏自门窥之，谓其侍者曰：“韩夫子岂长贫贱者乎？”遂属意焉。李生素重翊，无所吝惜，后知其意，乃具膳请翊饮。酒酣，李生曰：“柳夫人容色非常，韩秀才文章特异，欲以柳荐枕于韩君，可乎？”翊惊栗避席曰：“蒙君之恩，解衣辍食久之，岂宜夺所爱乎？”李坚请之，柳氏知其意诚，乃再拜，引衣接席。李坐翊于客位，引满极欢。李生又以资三十万，佐翊之费。翊仰柳氏之色，柳氏慕翊之才，两情皆获，喜可知也。明年，礼部侍郎杨度擢翊上第。屏居间岁，柳氏谓翊曰：“荣名及亲，昔人所尚，岂宜以濯浣之贱，稽采兰之美乎？且用器资物，足以待君之来也。”翊于是省家于清池。岁余，乏食，鬻妆具以自给。

的。我了解的大概就这些。”于是流下了眼泪。贾昌又说道：“太上皇在位时，北面使游牧民族称臣，东面使鸡林国称臣，南面使滇池国称臣，西面使西方少数民族称臣，三年他们来朝见一次。朝见时的礼仪很隆重，接待时的恩惠也很优厚，给他们穿上锦絮，供给他们酒饭，让他们把事情办完了就回国，京都不留外国来宾长住。现在胡人和京都的人混杂在一起居住，娶妻生子，长安的少年都有胡人的思想了。你看看首饰鞋靴服装的样式，已经不跟过去相同了，这能不算怪现象吗？”陈鸿听完之后，默然无语，不敢应声地就离开了。

柳氏传许尧佐撰

唐代天宝年间，昌黎人韩翊的诗在当时颇有名气，他的性格放荡不羁，因为怀才不遇所以穷得厉害。有位李公子跟韩翊交情很好，他家里有千金的积蓄，气盛自负，但很爱才。李公子有个爱妾叫柳氏，美貌冠绝一时，还喜欢说笑，善于唱歌。李公子让她住在另一座宅院，这座宅院是李公子与韩翊宴会唱歌的地方，李公子还安排韩翊住在这座宅院的旁边。韩翊是当时的名人，那些前来拜访问候他的人，都是当时的德才兼备之人。柳氏从门缝里偷看他，对侍女说：“韩先生哪是长久贫贱之辈呢？”于是钟情于他。李公子一向看重韩翊，对韩翊没有什么舍不得的心意，便备好了饭菜请韩翊喝酒。酒喝到后来知道柳氏容貌非凡，韩秀才的文章也不同凡响。高兴时，李公子说：“打算让她侍候您安寝，可以吗？”韩翊惊讶战栗，当即离开座位说：“承蒙您的关照，经常送衣服食物给我，我怎么还能夺走你所爱的人呢？”李公子于是坚持要把柳氏送给韩翊，柳氏知道李公子是诚心诚意的，就拜了两拜，提起衣服坐到了韩翊的旁边。李公子让韩翊坐在客位。端起酒杯一饮而尽，极为高兴。李公子又拿出三十万钱的财物，帮助韩翊解决经费问题。韩翊敬仰柳氏的美貌，柳氏羡慕韩翊的文才，两人的心愿都实现了，那快乐是可想而知的。第二年，礼部侍郎杨度在考试中选拔韩翊为上等。韩翊在家闲住了一年，柳氏对韩翊说：“荣誉和名声可以光宗耀祖，是古人所追求的，怎能因为我这个洗洗涮涮的贱人，而耽误尽孝养亲的美德呢？再说天宝末，盗覆二京，士女奔骇。柳氏以艳独异，且惧不免，乃剪发毁形，寄迹法灵寺。是时侯希逸自平卢节度淄青，素藉翊名，请为书记。洎宣皇帝以神武返正，翊乃遣使间行，求柳氏。以练囊盛麸金，题之曰：“章台柳，章台柳，昔日青青今在否？纵使长条似旧垂，亦应攀折他人手。”柳氏捧金呜咽，左右凄悯。答之曰：“杨柳枝，芳菲节，所恨年年赠离别。一叶随风忽报秋，纵使君来岂堪折。”无何，有蕃将沙吒利者，初立功，窃知柳氏之色，劫以归第，宠之专房。及希逸除左仆射入觐，翊得从行，至京师，已失柳氏所止，叹想不已。偶于龙首冈，见苍头以驳牛驾辎軿，从两女奴。翊偶随之，自车中问曰：“得非韩员外乎？某乃柳氏也。”使女奴窃言失身沙吒利。阻同车者，请诘旦幸相待于道政里门。及期而往，以轻素结玉合，实以香膏，自车中授之，曰：“当遂永诀，愿置诚念。”乃回车，以手挥之，轻袖摇摇，香车辚辚，目断意迷，失于惊尘。翊大不胜情。

会淄青诸将合乐酒楼，使人请翊，翊强应之，然意色皆丧，音韵凄咽。有虞候许俊者，以材力自负，抚剑言曰：“必有故，愿一效用。”翊不得已，具以告之。俊曰：“请足下数字，当立致之。”乃衣缦胡，佩双鞬，从一骑，径造沙吒利之第。候其出行里余，乃被衽执辔，犯关排闼，急趋而呼曰：“将军中恶，使召夫人。”仆侍辟用具财物也足够等到您回来。”韩翊于是到清池老家探望父母。过了一年多，柳氏开始缺少吃的，就卖掉化妆用品以自给。

天宝末年，安禄山攻陷了长安与洛阳，男男女女奔走惊恐。柳氏因为长得漂亮，特别显眼，害怕不能免祸，便剪去头发毁坏容貌，寄居在法灵寺。这时侯希逸用平卢节度使的名义统辖淄青，一向仰慕韩翊的声名，就请他去做了掌书记。等到肃宗皇帝凭着神明英武使国家恢复正常后，韩翊才派人暗地行动，寻找柳氏。他用丝绸做个袋子，装着碎金，在袋上写道：“章台柳，章台柳，昔日青青今在否？纵使长条似旧垂，亦应攀折他人手。”柳氏捧着金袋子呜呜咽咽地哭，身旁侍奉的人都伤心怜悯。柳氏针对韩翊的题词答复说：“杨柳枝，芳菲节，所恨年年赠离别。一叶随风忽报秋，纵使君来岂堪折？”不久，有一个在唐朝为官的叫沙吒利的少数民族将领，刚刚立了功，私下里知道了柳氏姿色非凡，就把她抢到了家里，并把宠爱全部加到了她一人身上。等到侯希逸被授官，左仆射入朝见皇帝时，韩翊得以随行，来到京城，但已经找不到柳氏的住处，感叹想念不止。有一天，偶然在龙首冈看见一个仆役用杂色牛驾着一辆带帷幕的车，车后还跟着两个女仆。韩翊便与车并行，忽然车中有人问：“莫不是韩员外吗？我是柳氏啊。就让女仆偷偷告诉韩翊，自己已被沙吒利占有，碍于同车的人，不便交谈，请求韩翊明天早晨在道政里门等她。韩翊如期前往，柳氏用薄薄的绸子系着玉盒盆中装着香膏，从车中交给韩翊，说：“该永别了，愿你留下它做个纪念。”手是掉转车头，挥着手告别，她的衣袖轻轻地飘动着，随散发着香味的车辚辚而去，韩翊目送香车远走，直到看不见时，心中惶然一片，仿佛迷失在这飞扬的尘土之中。韩翊实在承受不了这种深深的离情。

当时，正赶上淄青的各位将领要在酒楼上聚会取乐，派人请韩翊，韩翊勉强答应了，然而神色颓丧，说话的声音都有些哽咽。有个虞侯叫许俊，凭着才能力气非常自信，他摸着剑说道：“这里面一定有原因，我愿意为您出一次力。”韩翊迫不得已，就把情况全告诉了他。许俊说：“请您写几个字，我会立刻把她带来。”许俊于是穿上军服，佩戴上双弓，让一个骑兵跟着，直接来到沙吒利的住宅。许俊易，无敢仰视。遂升堂，出翊札示柳氏，挟之跨鞍马。逸尘断鞅，倏忽乃至，引裾而前曰："幸不辱命。"四座惊叹。柳氏与翊，执手涕泣，相与罢酒。是时沙吒利恩宠殊等。翊、俊惧祸，乃诣希逸。希逸大惊曰："吾平生所为事，俊乃能尔乎？"遂献状曰："检校尚书金部员外郎兼御史韩翊久列参佐，累彰勋效。顷从乡赋，有妾柳氏阻绝凶寇，依止名尼。今文明抚运，遐迩率化。将军沙吒利凶恣挠法，凭恃微功，驱有志之妾，干无为之政。臣部将兼御史中丞许俊，族本幽蓟，雄心勇决，却夺柳氏，归于韩翊。义切中抱，虽昭感激之诚；事不先闻，固乏训齐之令。"寻有诏："柳氏宜还韩翊，沙吒利赐钱二百万。"柳氏归翊。翊后累迁至中书舍人。

然即柳氏志防闲而不克者，许俊慕感激而不达者也。向使柳氏以色选，则当熊辞辇之诚可继；许俊以才举，则曹柯渑池之功可建。夫事由迹彰，功待事立。惜郁堙不偶，义勇徒激，皆不入于正。斯岂变之正乎？盖所遇然也。

等沙吒利走出门并离家一里多路时，就披着衣服，拉着马缰绳冲进大门，又闯进里面的小门，急匆匆地边走边喊道：“将军得了急病，让我来请夫人！”仆人侍女都惊得连连退避，没有敢抬头看的。于是许俊登上堂屋，拿出韩翊的信交给柳氏看，然后挟着柳氏跨上了马鞍。马在飞扬的尘土中奔跑，连马脖子上的带子都跑断了，不一会儿就到了韩翊处，许俊整理衣襟，走上前去，说：“我幸而未辱使命。”四座惊叹不已。柳氏与韩翊手拉手哭泣不止，大家因此停止了饮宴。当时沙吒利受到皇帝特殊的宠幸，许俊、韩翊害怕会有灾祸，就去进见侯希逸。希逸非常吃惊，说：“我平生敢干的事，你许俊也敢干啊！”随即向皇帝上奏说：“检校尚书金部员外郎兼御史韩翊长久以来担任僚属之职，屡次建立功劳。前不久参加乡赋，他的爱妾柳氏被凶寇所隔绝，暂住在尼姑庵中。现在由于国家文明昌盛，又注意安抚百姓，使远近的人都被感化了，但将军沙吒利凶暴恣肆，违犯法纪，仅依微小的功绩，劫掠有节操的妇女，破坏了无为而治的社会秩序。臣的部将兼御史中丞许俊，家族本在幽州蓟州一带，有胆略且勇敢果决，夺回了柳氏，还给了韩翔。许俊内心里充满了正义，此次虽然出于义愤；但事先不向上级请示，实在是我平时缺乏严明教育所致。”不久，皇帝下了诏书：“柳氏应该还给韩翔，赐给沙吒利二百万钱。”柳氏于是重回到韩翊身边。韩翊后来屡次升迁，最后升到中书舍人。

然而，柳氏是志在防范外人的非礼，却未能做到的人；许俊是能够激于义愤见义勇为而不够发达的人。如果柳氏凭容貌能够被选入皇宫，她一定会像汉元帝的妃子冯婕妤那样临危不惧为皇帝挡住扑来的熊，也会像汉成帝的班婕妤那样，为了皇帝的声名而拒绝和皇帝同车出游；如果许俊能以德才兼备而被皇帝重用，他一定会像春秋时的曹沫那样在齐鲁柯地会谈时立功，也会像战国时的蔺相如那样在渑池会上建立特殊的功勋。事业必须靠行动才能展示，功勋靠事业才能建立。可惜他们要么湮没无闻，遇人不淑，要么徒有一腔义愤，都不合于正道。这难道是变态之中比较合乎正道的吗？大概是因为他们所遭遇的情况使他们这样吧。

卷第四百八十六 杂传记三

长恨传 无双传

长恨传陈鸿撰

唐开元中，泰阶平，四海无事。玄宗在位岁久，倦于旰食宵衣，政无大小，始委于丞相。稍深居游宴，以声色自娱。先是，元献皇后武淑妃皆有宠，相次即世；宫中虽良家子千万数，无悦目者。上心忽忽不乐。时每岁十月，驾幸华清宫，内外命妇，焜耀景从，浴日余波，赐以汤沐，春风灵液，淡荡其间。上心油然，恍若有遇，顾左右前后，粉色如土。诏高力士，潜搜外宫，得弘农杨玄琰女于寿邸。既笄矣，鬓发腻理，纤秾中度，举止闲冶，如汉武帝李夫人。别疏汤泉，诏赐澡莹。既出水，体弱力微，若不任罗绮，光彩焕发，转动照人。上甚悦。进见之日，奏《霓裳羽衣》以导之。定情之夕，授金钗钿合以固之。又命戴步摇，垂金珰。

明年，册为贵妃，半后服用。由是冶其容，敏其词，婉娈万态，以中上意，上益嬖焉。时省风九州，泥金五岳，骊山雪夜，上阳春朝，与上行同辇，止同室，宴专席，寝专房。虽有三夫人、九嫔、二十七世妇、八十一御妻暨后宫才人、乐府妓女，使天子无顾盼意。自是六宫无复进幸者。非徒殊艳尤态，独能致是；盖才知明

长恨传陈鸿撰

唐玄宗开元年间，天下太平，四海无事。玄宗当时做皇帝已经多年，渐渐厌倦了朝政，不再夜以继日地处理国事，把朝中的大小事务，都交给丞相去处理。他自己渐渐深居内宫游戏宴饮，用音乐和美色使自己快乐。在此之前，元献皇后和武淑妃都受过玄宗的宠幸，她们相继去世后，宫中虽有上等人家女儿成千上万，却没有一个看着顺眼的，皇上整天闷闷不乐。当时每年十月，皇帝都要驾临华清宫，宫内外有封号的命妇都穿着光鲜耀眼的衣服，像影子那样跟随皇帝前往，皇帝洗过澡后，就赏赐命妇们也在御用温泉中洗浴，春风吹拂着华清池水，命妇们自由自在地沐浴在水中。皇上不禁有些心生摇荡，期望能遇到一个可心的女子，可是他看看前后左右的嫔妃，却觉得一个个面色如土。于是唐玄宗下令让高力士暗地里到宫外搜寻美人，结果在寿王府中找到了弘农郡杨玄琰的女儿。这个少女已经到了成年，鬓发细腻润泽，不胖不瘦，身材适中，一举一动都娴静娇媚，就像汉武帝时的李夫人。于是玄宗另外为她设了一个温泉浴池，让她去洗浴。洗完出水以后，身体好像很柔弱无力，好像连穿轻柔的绸衣都经受不住似的，却更加光彩焕发，明艳照人，皇上非常高兴。在她正式进见皇上那天，乐队奏起《霓裳羽衣曲》为她伴行。在定情的那天晚上，皇上送给她金钗细念，用来加深彼此间的爱意。后来又命她戴上金制步摇和金制耳坠儿。

第二年，册封为贵妃，衣服用品的待遇相当于皇后的一半。从此杨贵妃努力把自己的容貌打扮得更艳丽，使自己的语言更机智，做出种种妩媚的姿态，来迎合皇上的心意，皇上就更加宠爱她了。当时皇上巡视各州，到五岳封禅，在骊山上过雪夜，在上阳宫度过春天的早晨，贵妃与皇上走时同车，住宿同房，饮宴专席，睡觉专房。宫中慧，善巧便佞，先意希旨，有不可形容者焉。叔父昆弟皆列在清贵，爵为通侯，姊妹封国夫人，富埒主室。车服邸第，与大长公主侔，而恩泽势力，则又过之。出入禁门不问，京师长吏为之侧目。故当时谣咏有云："生女勿悲酸，生男勿欢喜。"又曰："男不封侯女作妃，君看女却为门楣。"其为人心羡慕如此。

天宝末，兄国忠盗丞相位，愚弄国柄。及安禄山引兵向阙，以讨杨氏为辞。潼关不守，翠华南幸。出咸阳道，次马嵬，六军徘徊，持戟不进。从官郎吏伏上马前，请诛错以谢天下。国忠奉牦缨盘水，死于道周。左右之意未快，上问之，当时敢言者，请以贵妃塞天下之怒。上知不免，而不忍见其死，反袂掩面，使牵而去之。仓皇展转，竟就绝于尺组之下。既而玄宗狩成都，肃宗禅灵武。明年，大凶归元，大驾还都，尊玄宗为太上皇，就养南宫，自南宫迁于西内。时移事去，乐尽悲来，每至春之日，冬之夜，池莲夏开，宫槐秋落，梨园弟子，玉管发音，闻《霓裳羽衣》一声，则天颜不怡，左右歔欷。三载一意，其念不衰。求之梦魂，杳杳而不能得。

适有道士自蜀来，知上心念杨妃如是，自言有李少君之术。

虽有三夫人、九嫔、二十七世妇、八十一御妻和后宫的才人、乐府的无数歌女，但皇上连看她们一眼的兴趣都没有。从此六宫中再也没有能被皇帝宠幸侍寝的人了。这不仅仅是由于杨贵妃突出的容貌和妩媚的风姿就能做到的，还因为她有才能有智慧，聪明伶俐，善于讨好献媚，能够预先猜到皇帝心意而去迎合他，这当中真有些无法言传的事情。贵妃的叔父兄弟都做了清高尊贵的职务，封爵为侯爵，姊妹都封为国夫人，富贵跟皇族相等。车马、衣服、住宅与皇帝的姑母相同，而得到的恩泽和权势却超过了他们。贵妃的亲属出入宫禁无人敢问，京城的长官对他们也不敢正眼相看。所以当时民间有歌谣说："生女勿悲酸，生男勿喜欢。"又说："男不封侯女作妃，君看女却为门楣。"杨氏家族被人们所羡慕已达到这种地步。

天宝末年，贵妃的哥哥杨国忠窃据了丞相之位，蒙蔽了皇帝，把持了国家大权。等到安禄山领兵向京城进发，以讨伐杨氏为借口起兵。潼关很快失守，皇帝只好向南逃跑。出了咸阳后，途中停在马嵬坡时，皇帝的禁卫军都拿着武器不肯再前进。这时随从的大小官员跪在皇帝车驾前，请求像汉景帝诛杀晁错那样，杀掉杨国忠向天下谢罪。杨国忠捧着牦牛缨和水盘向皇帝请罪，结果被处死于道旁。但左右的侍从仍不满意，皇上问他们，当时敢说话的人就请求杀掉杨贵妃以消除天下人的怨恨。皇上知道这事难以挽回，可又不忍心看见贵妃死，就扯起袖子挡住脸，让人把她拉走。贵妃慌张挣扎，终于被白绫绞死。不久玄宗逃到成都，肃宗在灵武继承皇位。第二年，叛军首领安禄山被杀死，皇帝的车驾又回到了都城，肃宗把玄宗尊为太上皇，之后让唐玄宗到南面的兴庆宫去养老，不久又让唐玄宗迁到西内的太极宫。时光流逝，时过境迁，唐玄宗不禁乐尽悲来，每到春季的白天，冬天的夜晚，看到池中莲花夏天盛开，宫中的槐树在秋天落下黄叶，又听到了乐官演奏玉管，尤其一听到《霓裳羽衣曲》的时候，玄宗的心中就郁郁不乐。左右侍从也叹息不止。三年中，唐玄宗想念贵妃的感情始终没有减少。唐玄宗想从梦中见到贵妃，也始终渺茫不能实现。

当时正好有个方士从蜀中来到长安，知道太上皇心里如此想念玄宗大喜，命致其神。方士乃竭其术以索之，不至。又能游神驭气，出天界，没地府，以求之，又不见。又旁求四虚上下，东极绝天涯，跨蓬壶，见最高仙山。上多楼阁，西厢下有洞户，东向，窥其门，署曰“玉妃太真院”。方士抽簪扣扉，有双鬟童出应门。方士造次未及言，而双鬟复入。俄有碧衣侍女至，诘其所从来。方士因称唐天子使者，且致其命。碧衣云：“玉妃方寝，请少待之。”于时云海沉沉，洞天日晚，琼户重阖，悄然无声。方士屏息敛足，拱手门下。久之而碧衣延入，且曰：“玉妃出。”俄见一人，冠金莲，披紫绡，珮红玉，曳凤舄，左右侍者七八人，揖方士，问皇帝安否。次问天宝十四载已还事，言讫悯然。指碧衣女，取金钗钿合，各拆其半，授使者曰：“为谢太上皇，谨献是物，寻旧好也。”方士受辞与信，将行，色有不足。玉妃因征其意，复前跪致词：“乞当时一事，不闻于他人者，验于太上皇。不然，恐钿合金钗，罹新垣平之诈也。”玉妃茫然退立，若有所思，徐而言曰：“昔天宝十年，侍辇避暑骊山宫，秋七月，牵牛织女相见之夕，秦人风俗，夜张锦绣，陈饮食，树花燔香于庭，号为乞巧。宫掖间尤尚之。时夜始半，休侍卫于东西厢，独侍上。上凭肩而立，因仰天感牛女事，密相誓心，愿世世为夫妇。言毕，执手各呜咽。此独君王知之耳。”因自悲曰：“由此一念，又不得居此，复于下界，且结后缘。或在天，或在人，决再相见，好合如旧。”因言“太上皇亦不久人间，幸唯自安，无自苦也”。使者还奏太上皇，上心嗟悼久之。余具国史。

杨贵妃，就说自己有李少君的那种招魂法术。唐玄宗得知后非常高兴，让他去寻找杨贵妃的魂灵。方士便使出他的全部法术来找她，但是没有招来。然后方士又腾云驾雾，上到天界，下入地府去寻找，还是没有找到。于是又到周围东西南北四方和天地之外去寻找，一直到最东面极远的天边，跨过蓬莱仙境，见到一座最高的仙山。仙山上面有很多楼阁，西厢房檐下有个朝东的洞门，看那门上写着“玉妃太真院”。方士拔下簪子敲门，有个扎着双鬟的童子出来开门。方士仓促之间还没来得及开口，而那双鬟童子却又进去了。不一会儿有个穿着绿衣服的侍女出来了，问方士从什么地方来。方士说自己是唐朝天子的使者，并且传达了玄宗的使命。穿绿衣的侍女说：“玉妃正在睡觉，请你稍微等一会儿。”这时云雾缭绕着仙洞，天色渐渐昏暗，美玉做成的门重新关了起来，静悄悄地没有声息。方士屏住呼吸，收住脚步，恭恭敬敬地拱着手站在门口。过了很久，穿绿衣的侍女才引导方士进去，并且说：“玉妃出来了。”不一会儿，就看见一个人，戴着金色莲花冠，披着紫色的绡衣，身佩红玉，穿着凤头鞋，身边簇拥着七八个仙女，她向方士作揖行了礼，问唐玄宗皇帝还平安与否。然后又问了天宝十四年以后的事情，使者说完后，玉妃的脸上显得忧郁悲伤。然后玉妃用手示意穿绿衣的侍女，让她取来金钗钿盒，各拆下一半，交给使者，说：“替我向太上皇道谢，我敬奉上这件东西，是为了找回过去的情意。”方士接受了玉妃的话和信物，将要动身返回的时候，脸上露出不满足的样子。玉妃于是询问方士还有什么要求，方士就走上前跪下说：“请说一件你们两人当时的私事，得是别人没有听到过的，以便向太上皇验证。如果不这样的话，恐怕这钿盒金钗会被皇帝看作汉文帝时以道术行骗的新垣平所设的骗局。”玉妃一时之间很茫然，往后退了几步站住后，好像在回忆什么，然后才慢慢说道：“天宝十年的时候，我侍候皇常到骊山宫中避暑。那天正好是七月初七，是牛郎织女相会的晚上，按照秦人的风俗，要在那天晚上挂起锦绣，陈列饮食，在院子里插上花烧香，把这称作乞巧，皇宫中尤其重视这件事。当时已到半夜，皇上命侍卫在东西厢房中休息，我单独侍奉皇上。皇上扶着我的肩站着，仰望天空至宪宗元和元年，盩厔县尉白居易为歌，以言其事。并前秀才陈鸿作传，冠于歌之前。目为《长恨歌传》。居易歌曰：

汉皇重色思倾国，御宇多年求不得。杨家有女初长成，养在深闺人不识。天生丽质难自弃，一朝选在君王侧。回眸一笑百媚生，六宫粉黛无颜色。春寒赐浴华清池，温泉水滑洗凝脂，侍儿扶起娇无力，始是新承恩泽时。云鬓花颜金步摇，芙蓉帐暖度春宵，春宵苦短日高起，从此君王不早朝。承欢侍宴无闲暇，春从春游夜专夜。汉宫佳丽三千人，三千宠爱在一身。金屋妆成娇侍夜，玉楼宴罢醉和春。姊妹弟兄皆列土，可怜光彩生门户。遂令天下父母心，不重生男重生女。骊宫高处入青云，仙乐风飘处处闻。缓歌慢舞凝丝竹，尽日君王看不足。

渔阳鞞鼓动地来，惊破《霓裳羽衣曲》。九重城阙烟尘生，千乘万骑西南行。翠华摇摇行复止，西出都门百余里。六军不发无奈何，宛转蛾眉马前死。花钿委地无人收，翠翘金雀玉搔头。君王掩面救不得，回看血泪相和流。

黄埃散漫风萧索，云栈萦回登剑阁。峨眉山下少行人，旌旗无光日色薄。蜀江水碧蜀山青，圣主朝朝暮暮情，行宫见月伤心色，夜雨闻铃肠断声。天旋日转回龙驭，到此踌躇不能去。马嵬坡下泥土中，不见玉颜空死处。君臣相顾尽沾衣，东望都门信马归。

感叹牛郎织女的遭遇，于是我俩秘密地互相发出心中的誓言，愿世世代代都做夫妻。说完了，拉着手各自轻声哭泣。这件事只有皇上知道。”玉妃接着又伤感地说：“由于当年这个念头，我不能长住在这里了，还要再回到人间，再结以后的缘分。或者在天上，或者在人间，我和皇帝一定会再相见，合好相处，就像以前那样。”还说：“太上皇在人间的时间也不长了，希望多多珍重，不要自找苦恼。”使者回来向太上皇奏报了见贵妃的经过，太上皇心中叹息伤感了好久。其余的事情都写在国史之中了。

到了唐宪宗元和元年，周至县的县尉白居易写了一篇歌，用它来叙述这件事，连同以前秀才陈鸿作的一篇传记，放在歌的前面，看作《长恨歌传》。白居易的长恨歌写道：

汉皇重色思倾国，御宇多年求不得。杨家有女初长成，养在深闺人未识。天生丽质难自弃，一朝选在君王侧。回眸一笑百媚生，六宫粉黛无颜色。春寒赐浴华清池，温泉水滑洗凝脂。侍儿扶起娇无力，始是新承恩泽时。云鬓花颜金步摇，芙蓉帐暖度春宵。春宵苦短日高起，从此君王不早朝。承欢侍宴无闲暇，春从春游夜专夜。后宫佳丽三千人，三千宠爱在一身。金屋妆成娇侍夜，玉楼宴罢醉和春。姊妹弟兄皆列士，可怜光采生门户。遂令天下父母心，不重生男重生女。骊宫高处入青云，仙乐风飘处处闻。缓歌慢舞凝丝竹，尽日君王看不足。

渔阳鼙鼓动地来，惊破《霓裳羽衣曲》。九重城阙烟尘生，千乘万骑西南行。翠华摇摇行复止，西出都门百余里。六军不发无奈何，宛转蛾眉马前死。花钿委地无人收，翠翘金雀玉搔头。君王掩面救不得，回看血泪相和流。

黄埃散漫风萧索，云栈萦纡登剑阁。峨嵋山下少人行，旌旗无光日色薄。蜀江水碧蜀山青，圣主朝朝暮暮情。行宫见月伤心色，夜雨闻铃断肠声。天旋地转回龙驭，至此踌躇不能去。马嵬坡下泥土中，不见玉颜空死处。君臣相顾尽沾衣，东望都门信马归。归来池苑皆依

归来池苑皆依旧，太液芙蓉未央柳。芙蓉如面柳如眉，对此如何不泪垂？春风桃李花开夜，秋雨梧桐叶落时。西宫南苑多秋草，落叶满阶红不扫。梨园弟子白发新，椒房阿监青娥老。夕殿萤飞思悄然，孤灯挑尽未成眠。迟迟钟漏初长夜，耿耿星河欲曙天。鸳鸯瓦冷霜华重，翡翠衾寒谁与共？悠悠生死别经年，魂魄不曾来入梦。

临邛道士鸿都客，能以精诚致魂魄。为感君王展转思，遂令方士殷勤觅。排空驭气奔如电，升天入地求之遍。上穷碧落下黄泉，两处茫茫皆不见。忽闻海上有仙山，山在虚无缥缈间。楼殿玲珑五云起，其中绰约多仙子。中有一人名太真，雪肤花貌参差是。金阙西厢叩玉扃，转教小玉报双成。闻道汉家天子使，九华帐里梦魂惊。揽衣推枕起徘徊，珠箔银屏迤逦开。云鬓半偏新睡觉，花冠不整下堂来。风吹仙袂飘飘举，犹似《霓裳羽衣舞》。玉容寂寞泪阑干，梨花一枝春带雨。含情凝睇谢君王，一别音容两渺茫。昭阳殿里恩爱绝，蓬莱宫中日月长。回头下望人寰处，不见长安见尘雾。空将旧物表深情，钿合金钗寄将去。钗留一股合一扇，钗劈黄金合分钿。但令心似金钿坚，天上人间会相见。临别殷勤重寄词，词中有誓两心知。七月七日长生殿，夜半无人私语时：“在天愿为比翼鸟，在地愿为连理枝。”天长地久有时尽，此恨绵绵无绝期。

无双传薛调撰

唐王仙客者，建中中朝臣刘震之甥也。初，仙客父亡，与母同归外氏。震有女曰无双，小仙客数岁，皆幼稚，戏弄相狎，震之妻常戏呼仙客为王郎子。如是者凡数岁，而震奉孀姊及抚仙客尤至。一旦，王氏姊疾，且重，召震约曰：“我一子，念之可知也，恨不见其婚室。无双端丽聪慧，我深念之，异日无令归他族，我以仙客为旧，太液芙蓉未央柳。芙蓉如面柳如眉，对此如何不泪垂。春风桃李花开日，秋雨梧桐叶落时。西宫南内多秋草，落叶满阶红不扫。梨园弟子白发新，椒房阿监青娥老。夕殿萤飞思悄然，孤灯挑尽未成眠。迟迟钟鼓初长夜，耿耿星河欲曙天。鸳鸯瓦冷霜华重，翡翠衾寒谁与共？悠悠生死别经年，魂魄不曾来入梦。

临邛道士鸿都客，能以精诚致魂魄。为感君王辗转思，遂教方士殷勤觅。排空驭气奔如电，升天入地求之遍。上穷碧落下黄泉，两处茫茫皆不见。忽闻海上有仙山，山在虚无缥缈间。楼阁玲珑五云起，其中绰约多仙子。中有一人字太真，雪肤花貌参差是。金阙西厢叩玉扇，转教小玉报双成。闻道汉家天子使，九华帐里梦魂惊。揽衣推枕起徘徊，珠箔银屏迤逦开。云髻半偏新睡觉，花冠不整下堂来。风吹仙袂飘飘举，犹似《霓裳羽衣舞》。玉容寂寞泪阑干，梨花一枝春带雨。含情凝睇谢君王，一别音容两渺茫。昭阳殿里恩爱绝，蓬莱宫中日月长。回头下望人寰处，不见长安见尘雾。唯将旧物表深情，钿合金钗寄将去。钗留一股合一扇，钗擘黄金合分钿。但教心似金钿坚，天上人间会相见。临别殷勤重寄词，词中有誓两心知。七月七日长生殿，夜半无人私语时：“在天愿作比翼鸟，在地愿为连理枝。”天长地久有时尽，此恨绵绵无绝期。

无双传 薛调撰

王仙客是唐德宗建中年间朝中大臣刘震的外甥。当初，仙客的父亲死了，便和母亲一起回到了姥姥家。刘震有个女儿叫无双，比仙客小几岁，二人都是孩童，经常在一起亲密地玩耍，刘震的妻子经常开玩笑喊仙客为“王郎君”。就这样过了好几年，刘震侍奉守寡的姐姐，抚养仙客，都做得很周到。有一天，姐姐病了，而且很重，就托。尔诚许我，瞑目无所恨也。”震曰：“姊宜安静自颐养，无以他事自挠。”其姊竟不痊。仙客护丧，归葬襄邓。服阕，思念身世，孤孑如此，宜求婚娶，以广后嗣。无双长成矣，我舅氏岂以位尊官显而废旧约耶？于是饰装抵京师。

时震为尚书租庸使，门馆赫奕，冠盖填塞。仙客既觐，置于学舍，弟子为伍。舅甥之分，依然如故，但寂然不闻选取之议。又于窗隙间窥见无双，姿质明艳，若神仙中人，仙客发狂，唯恐姻亲之事不谐也。遂鬻囊橐，得钱数百万，舅氏舅母左右给使。达于厮养，皆厚遗之。又因复设酒馔，中门之内，皆得入之矣。诸表同处，悉敬事之。遇舅母生日，市新奇以献，雕镂犀玉，以为首饰。舅母大喜。又旬日，仙客遣老妪，以求亲之事，闻于舅母。舅母曰：“是我所愿也，即当议其事。”又数夕，有青衣告仙客曰：“娘子适以亲情事言于阿郎，阿郎云：‘向前亦未许之。’模样云云，恐是参差也。”仙客闻之，心气俱丧，达旦不寐，恐舅氏之见弃也，然奉事不敢懈怠。

一日，震趋朝，至日初出，忽然走马入宅，汗流气促。唯言“锁却大门，锁却大门”。一家惶骇，不测其由。良久乃言：“泾原兵士反，姚令言领兵入含元殿，天子出苑北门，百官奔赴行在。我以妻女为念，略归部署。”疾召仙客：“与我勾当家事，我嫁与把刘震叫到面前约定说："我只有一个儿子，惦念他这是可想而知的事，遗憾的是，看不到他结婚成家了。无双端庄美丽，而且很聪明，我也深深地惦记着她，以后不要让她嫁到别的家族去，我就把仙客托付给你了。你如果答应了我，我就是死也没有什么遗憾了。"刘震说："姐姐应该静下心来，好好调养身体，不要用别的事扰乱自己的心绪。"不久姐姐就不治身亡了。仙客护送灵车，回襄邓安葬。守丧三年后，仙客考虑起自己的身世命运，心想我如此形单影只，应该赶快结婚，以便后代繁盛。无双已经长大了，我舅舅难道会因为地位尊贵官职显赫而废除原来的婚约吗？于是打点行装来到了京城。

那时刘震已做了尚书租庸使，门庭显赫，做官的来来往往，车马堵塞了门口。仙客进见舅舅后，被安置在学馆里，与那些学子生活在一起。舅甥的关系，仍然像当初那样好，但是关于选女婿的事舅舅却一直不提。仙客从窗缝中曾偷偷看见过无双，见她姿态容貌十分艳丽，就像是仙女下凡。仙客爱得发狂，唯恐婚姻之事不能成功。便卖掉了带来的行装，总共卖得几百万钱。对在舅父舅母身边的随从心腹，直至于做粗活的奴仆，都赠送了厚礼。又趁机摆了酒席招待他们，于是中门以内，仙客都能随便出入了。在和各种表亲相处时，都用恭敬的态度对待他们。遇到舅母的生日，就买些新奇的东西来作为生日贺礼，买了犀牛角玉石雕刻成的工艺品，送给舅母做首饰，舅母因此非常高兴。又过了十天，仙客派了一位老太太，向舅母提起了求亲的事情。舅母说："这正是我的愿望，我们很快就会商量这件事的。"又过了几个晚上，有个婢女来告诉仙客："你舅母刚才把求婚的事对你舅舅说了，你舅舅说：以前我并没答应过呀！'情形如此，恐怕事情有出入了。"仙客听了这个话，心灰意冷，直到天亮还没睡着，唯恐舅舅嫌弃他，侍奉舅父舅母更不敢稍有懈怠。

一天，刘震去上朝，到太阳刚出来时，忽然骑马跑回家中，汗流满面，呼吸急促，只喊说："快锁上大门！锁上大门！"一家人都惊慌害怕，猜不出是什么原因。过了很久，刘震才说："泾源的士兵造反，姚令言带着军队进了含元殿，天子从花园的北门逃出去了，百官都逃向皇帝去的地方。我惦记着妻子儿女，回来稍微安排一下。"又尔无双。”仙客闻命，惊喜拜谢。乃装金银罗锦二十驮，谓仙客曰：“汝易衣服，押领此物，出开远门，觅一深隙店安下；我与汝舅母及无双，出启夏门，绕城续至。”仙客依所教，至日落，城外店中待久不至。城门自午后扃锁，南望目断。遂乘骢，秉烛绕城，至启夏门，门亦锁。守门者不一，持白棓，或立或坐。仙客下马徐问曰：“城中有何事如此？”又问：“今日有何人出此？”门者曰：“朱太尉已作天子。午后有一人重戴，领妇人四五辈，欲出此门。街中人皆识，云是租庸使刘尚书。门司不敢放出。近夜追骑至，一时驱向北去矣。”仙客失声恸哭，却归店。三更向尽，城门忽开，见火炬如昼，兵士皆持兵挺刃，传呼斩斫使出城，搜城外朝官。仙客舍辎骑惊走，归襄阳，村居三年。

后知克复，京师重整，海内无事，乃入京，访舅氏消息。至新昌南街，立马彷徨之际，忽有一人马前拜。熟视之，乃旧使苍头塞鸿也。鸿本王家生，其舅常使得力，遂留之。握手垂涕，仙客谓鸿曰：“阿舅舅母安否？”鸿云：“并在兴化宅。”仙客喜极云：“我便过街去。”鸿曰：“某已得从良，客户有一小宅子，贩缯为业。今日已夜，郎君且就客户一宿，来早同去未晚。”遂引至所居，饮馔甚备。至昏黑，乃闻报曰：“尚书受伪命官，与夫人皆处极刑，无双已入掖庭矣。”仙客哀冤号绝，感动邻里。谓鸿曰：“四海至广，举目无亲戚，未知托身之所。”又问曰：“旧家人谁在？”鸿曰：“唯无双所使婢采蘋者，今在金吾将军王遂中宅。”仙客曰：“无双固无见期，得见采蘋，死亦足矣。”由是乃刺谒，以从侄礼见遂中，赶快把仙客叫来说："你替我安排一下家里的事，以后我把无双嫁给你！"仙客听到吩咐，又惊又喜，拜谢舅舅。于是刘震装满金银锦缎二十驮，对仙客说："你换换衣服，押着这些东西，从开远门出去，找一个深巷里的旅店住下；我与你舅母和无双从启夏门出去，绕城随后赶到。"仙客依照吩咐行动。到太阳落山，仙客在城外店里等了好久，舅舅他们也没到。城门从午后就上了锁，向南极力远望，也没发现舅父一家。于是仙客骑上马，拿着蜡烛，绕城寻找，到了启夏门，城门也锁着。守门的有好多人，他们拿着白木棒，有的站着，有的坐着。仙客下马，慢慢问道："城里到底出了什么事情？现在成了这样。"又问："今天有什么人从这里出城了？"守城门的人说："朱太尉已做了天子。午后有一个人带了很多东西，还带了四五个妇女，想从此门出去。街上的人都认识，说是租庸使刘尚书，守城的不敢放行。快到晚上时追赶的骑兵到了，就押送驱赶着他们向北走了。"仙客禁不住痛哭起来，只好又回到店中。三更将尽的时候，城门忽然打开，只见火把照耀得如白天一样，士兵都拿着刀枪，呼喊传话说是斩斫使出城了，搜索在城外的朝廷官员。仙客便丢下了辎重车骑，惊慌地逃走，回到了襄阳，在乡下住了三年。

后来仙客得知叛乱平息，京城光复，天下太平，就又进京，打探舅舅家的消息。到了新昌南街，正驻马进退不定时，忽有一人在马前下拜，仔细一看，原来是自己过去的仆人塞鸿。塞鸿本是王家的家生奴，舅舅曾用过他，觉得他很得力，就留在自己家里使唤了。二人相见就拉着手流泪，仙容问塞鸿道："我舅舅和舅母都平安吗？"塞鸿说："他们都在兴化里的府宅中。"仙客喜出望外说："我马上就过街去看望他们。"塞鸿说："我已经赎身成为平民，租了一间小房子，以贩卖丝织品为业。现在天快黑了，您就暂时到我那里住一宿、明早一块去您舅舅家也不晚。"塞鸿把仙客领到自己住的地方，准备了丰盛的饭菜。到了天黑时，才听到消息说："刘尚书在叛乱后接受过伪政府的官职，和夫人一起被朝廷处死了，无双已送进宫廷当了奴婢。"仙客为舅父的冤死而哀痛，哭得死去活来，邻居们都被感动了。仙客对塞鸿说："天下极大，举目无亲，我不知道自己托身的地方在具道本末，愿纳厚价，以赎采蘋。”遂中深见相知，感其事而许之。仙客税屋，与鸿蘋居。塞鸿每言郎君年渐长，合求官职，悒悒不乐，何以遣时？仙客感其言，以情恳告遂中。遂中荐见仙客于京兆尹李齐运，齐运以仙客前御为富平县尹，知长乐驿。

累月，忽报有中使押领内家三十人往园陵，以备洒扫，宿长乐驿。毡车子十乘下讫。仙客谓塞鸿曰：“我闻宫嫔选在掖庭，多是衣冠子女，我恐无双在焉，汝为我一窥，可乎？”鸿曰：“宫嫔数千，岂便及无双？”仙客曰：“汝但去，人事亦未可定。”因令塞鸿假为驿吏，烹茗于帘外，仍给钱三千。约曰：“坚守茗具，无暂舍去，忽有所睹，即疾报来。”塞鸿唯唯而去。宫人悉在帘下，不可得见之，但夜语喧哗而已。至夜深，群动皆息，塞鸿涤器构火，不敢辄寐，忽闻帘下语曰：“塞鸿塞鸿，汝争得知我在此耶？郎健否？”言讫呜咽。塞鸿曰：“郎君见知此驿，今日疑娘子在此，令塞鸿问候。”又曰：“我不久语，明日我去后，汝于东北舍阁子中紫褥下，取书送郎君。”言讫便去。忽闻帘下极闹，云：“内家中恶，中使索汤药甚急。”乃无双也。塞鸿疾告仙客，仙客惊曰：“我何得一见？”塞鸿曰：“今方修渭桥，郎君可假作理桥官，车子过桥时，近车子立，无双若认得，必开帘子，当得瞥见耳。”仙客如其言，至第三车子，果开帘子，窥见，真无双也。仙客悲感怨慕，不胜其情。

哪里！”又问道：‘原先的仆人谁还在此地？”塞鸿说：“只有无双使唤过的婢女采蘋，现在还在金吾将军王遂中的家里。”仙客说：“无双看来是没有再见的机会了，能见见采蘋，死也满足了。”于是递上名帖，以堂侄的礼节拜见王遂中，把事情的经过从头到尾都说了，并表示愿用高价赎回采蘋。王遂中对仙客很是理解，也被他的事迹所感动，答应了他的要求。仙客于是租了房子，和采蘋、塞鸿同住。塞鸿常常对仙客说：“您年龄渐渐大了，应该谋个官职，整天郁郁不乐，怎么过日子？”对他的话，仙客有所感悟，就把自己的心里话诚恳地告诉了王遂中。王遂中于是就将王仙客引荐给京兆尹李齐运，李齐运就派仙客去做富平县尹，兼管长乐驿站。

过了几个月，有一天，忽听报告说宫中的太监押着三十名宫女去清扫皇陵，途中要在长乐驿住宿。等宫中十辆毡车上的人都下来后，仙客对塞鸿说：“我听说宫女选入内廷的，多是官宦子女，恐怕无双也在里面。你为我偷偷看一看，好吗？”塞鸿说：“宫女好几千，哪里就会轮到无双呢！”仙客说：“你只管去，人间事也没准。”于是叫塞鸿假扮为驿吏，在帘外煮茶，还给了他三千钱，约定说：“牢牢看守着茶具，一刻也不要离开，稍有所见，就赶快来告诉我。”塞鸿连声答应着去了。宫女全在帘子里，无法看到她们，晚上只听见嘈杂的说话声罢了。到了深夜，各种活动都停了，塞鸿洗刷器具，添柴续火，不敢去睡，忽然听到帘子里说：“塞鸿塞鸿！你怎么知道我在这里呢？郎君身体健康吗？”说完就低声哭起来。塞鸿说：‘郎君现在主管这个驿站，今天疑心娘子会在此处，所以叫我来问候。”无双又说：“我不能多说话，明天我离开后，你到东北方阁子中的紫色褥子底下取出书信送给郎君。”说完就离开了。忽然听到帘子里面很吵闹，说：“有宫女得了急病，太监要汤药要得很急。”原来说话的就是无双。塞鸿急忙把情况告诉了仙客，仙客吃惊地说：“我怎样才能见她一面呢？”塞鸿说：“现在正修渭河桥，郎君可以假冒理桥官，车子过桥时，你靠近车子站着，无双如果认出你来，一定会掀开车帘，这样就能见到她了。”仙客按照他的话办了，等到第三辆车经过时，果然掀开了帘子，仙客往里一看，果真是无双。仙客既悲叹又伤感，怨恨渴塞鸿于阁子中褥下得书，送仙客。花笺五幅，皆无双真迹，词理哀切，叙述周尽。仙客览之，茹恨涕下，自此永诀矣。其书后云："常见敕使说，富平县古押衙，人间有心人，今能求之否？"仙客遂申府。请解驿务，归本官。遂寻访古押衙，则居于村墅。仙客造谒，见古生。生所愿，必力致之，缯彩宝玉之赠，不可胜纪。一年未开口。秩满，闲居于县，古生忽来，谓仙客曰："洪一武夫，年且老，何所用？郎君于某竭分，察郎君之意，将有求于老夫。老夫乃一片有心人也，感郎君之深恩，愿粉身以答效。"仙客泣拜，以实告古生。古生仰天，以手拍脑数四曰："此事大不易，然与郎君试求，不可朝夕便望。"仙客拜曰："但生前得见，岂敢以迟晚为限耶？"

半岁无消息。一日扣门，乃古生送书，书云："茅山使者回，且来此。"仙客奔马去，见古生，生乃无一言。又启使者，复云："杀却也，且吃茶。"夜深，谓仙客曰："宅中有女家人识无双否？"仙客以采蘋对，仙客立取而至。古生端相，且笑且喜云："借留三五日，郎君且归。"后累日，忽传说曰："有高品过，处置园陵宫人。"仙客心甚异之，令塞鸿探所杀者，乃无双也。仙客号哭，乃叹曰："本望古生，今死矣，为之奈何？"流涕歔欷，不能自已。是夕更深，闻叩门甚急，及开门，乃古生也，领一篼子入，谓仙客曰："此无双也，今死矣，心头微暖，后日当活。微灌汤药，切须静密。"言讫，仙客抱入阁子中，独守之。至明，遍体有暖气。见仙客，哭一慕，简直承受不了这种复杂的心情。

塞鸿在阁子中的褥子下面找到了书信，送给了仙客。一共五张花笺，上面都是无双亲手写的字，词句十分悲哀恳切，叙述详尽周到。仙客看后，只能含恨落泪，觉得从此以后再也不会见到无双了。那封信结尾处说："常听见皇帝的使者说，富平县有位姓古的押衙，是民间一位有侠肝义胆的人，现在你能去求求他吗？"仙客便向府里提出申请，请求解除驿站职务，回去做原本的官职。后来便去寻访古押衙，打听后得知，古先生原来住在乡下简陋的房子里。仙客前去拜访，见到了古先生。以后凡是古先生所想要的，仙客一定努力帮他弄到，赠送给古先生的各种颜色的丝织品和珍宝玉石，不计其数。这样过了一年，仙客也未开口提什么要求。任期期满后，仙客闲住在县里，古先生忽然来了，对仙客说："我古洪是一介武夫，人也老了，还能有什么用呢？郎君对我竭尽情谊，我观察郎君的用意，应该是有什么事要求我办。我倒是有一片急人之难的心啊！很感激郎君的大恩，愿意粉身碎骨来报答您！"仙客哭着下拜，把实情告诉了古先生。古先生仰头望着天空，用手再三地拍了拍脑袋，说："这事太不容易办了，可是还是要替郎君试一试，但不能指望很快成功。"仙客拜谢说："只要生前能见到无双就行，哪敢限定时间的早晚呢？"

此后半年没有消息。一天，有人敲门，是古先生送行信来了，信上说："茅山使者回来了，你暂且来我这里一趟。"仙客骑上马就跑去见古先生，古先生却一句话都没有。仙客又问使者，向容说："已经杀了，暂且喝茶吧。"夜深时，古先生对仙客说，"你家里有认识无双的女仆吗？"仙客说采蘋认识，就立即把采蘋带来了。古先生仔细看了看，一边笑一边高兴地说："借她留住三五天，郎君暂且回去吧。"过了几天以后，忽然传来消息说："有位大官经过这里，去处置陵园中的宫女。"仙客心中觉得很奇怪，让塞鸿去打听被杀的人是谁，原来竟是无双！仙客号啕大哭，叹息说："本来寄希望于古先生，现在已经死了，我还能怎么办呢？"不断流泪叹息，无法控制自己。当天晚上夜已很深了，忽然听到急促的敲门声。等开门一看，原来是古先生，只见他领着一顶软轿进来，对仙客说："这就是无双，声遂绝，救疗至夜方愈。古生又曰：“暂借塞鸿，于舍后掘一坑。”坑稍深，抽刀断塞鸿头于坑中。仙客惊怕。古生曰：“郎君莫怕，今日报郎君恩足矣。比闻茅山道士有药术，其药服之者立死，三日却活。某使人专求得一丸，昨令采蘋假作中使，以无双逆党，赐此药令自尽。至陵下，托以亲故，百缣赎其尸。凡道路邮传，皆厚赂矣，必免漏泄。茅山使者及舁篼人，在野外处置讫。老夫为郎君，亦自刎。君不得更居此，门外有檐子一十人，马五匹，绢二百匹，五更挈无双便发，变姓名浪迹以避祸。”言讫，举刀，仙客救之，头已落矣，遂并尸盖覆讫。未明发，历四蜀下峡，寓居于渚宫。悄不闻京兆之耗，乃挈家归襄邓别业，与无双偕老矣，男女成群。

噫！人生之契阔会合多矣，罕有若斯之比，常谓古今所无。无双遭乱世籍没，而仙客之志，死而不夺，卒遇古生之奇法取之，冤死者十余人。艰难走窜后，得归故乡，为夫妇五十年。何其异哉！

现在死了，不过心窝微温，后天应该会活过来。给她稍微灌些汤药，千万要保持安静机密。”说完话，仙客就把无双抱进阁子里，一个人守着她。到了第二天早晨，无双全身都有了热气，无双睁开眼睛看见了仙客，哭了一声，就昏死过去了，抢救治疗到晚上才缓过来。古先生又说：“暂时借用一下塞鸿，到房后挖个坑。”坑挖得较深的时候，古先生抽出刀来，把塞鸿的头砍落到坑里。仙客又吃惊又害怕。古先生说：“郎君不要怕，今天我已经报答了郎君的恩情。前些日子我听说茅山道士有一种药，那种药吃下去，人会立刻死去，三天后却会活过来，我派人专程去要了一丸。昨天让采蘋假扮宦官，说因为无双是叛党，赐给她这种药命她自尽。尸体送到墓地时，我又假托是她的亲朋故旧，用百匹绸缎赎出了她的尸体。凡是路上的馆驿，我都送了厚礼，一定不会泄漏。茅山使者和抬软轿的人，在野外就把他们处置完了。我为了郎君，也要自杀。郎君不能再住在此地，门外有轿夫十人，马五匹，绢二百匹，五更天时，你就带着无双出发，然后就改名换姓，漂泊远方去避祸吧！”说完就举起了刀，仙客急忙去阻挡，但古先生已经人头落地，于是把古先生的头与身子合到一起埋葬了。然后趁天没亮就出发了，历经四川三峡，最后寄居于江陵的渚宫。后来一直也没听到京城有什么不好的消息，于是就带着家眷回到了襄邓别墅，与无双终于白头偕老，膝下的儿女成群。

啊！人生的离散聚合之事多得很，却很少有能与这件事相比的，常说这是从古至今都没有的事。无双生逢乱世，财产与人都被没收入了官府，而仙客的心志，却至死都不改变，最终遇到古先生，用奇特的方法救回了无双，为此而屈死的人有十多个。一路上艰难逃窜，最后得以回到故乡，作为夫妇一起生活了五十年。这是多么神奇的一件事啊！

卷第四百八十七　杂传记四

霍小玉传

霍小玉传蒋防撰

大历中，陇西李生名益，年二十，以进士擢第。其明年，拔萃，俟试于天官。夏六月，至长安，舍于新昌里。生门族清华，少有才思，丽词嘉句，时谓无双，先达丈人，翕然推伏。每自矜风调，思得佳偶，博求名妓，久而未谐。长安有媒鲍十一娘者，故薛驸马家青衣也，折券从良，十余年矣。性便僻，巧言语，豪家戚里，无不经过，追风挟策，推为渠帅。常受生诚托厚赂，意颇德之。

经数月，李方闲居舍之南亭，申未间，忽闻扣门甚急。云是鲍十一娘至。摄衣从之，迎问曰："鲍卿，今日何故忽然而来？"鲍笑曰："苏姑子作好梦也未？有一仙人，谪在下界，不邀财货，但慕风流。如此色目，共十郎相当矣。"生闻之惊跃，神飞体轻，引鲍手且拜且谢曰："一生作奴，死亦不惮。"因问其名居，鲍具说曰："故霍王小女字小玉，王甚爱之。母曰净持，净持即王之宠婢也。王之初薨，诸弟兄以其出自贱庶，不甚收录，因分与资财，遣居于外。易姓为郑氏，人亦不知其王女。资质秾艳，一生未见。高情逸态，事事过人，音乐诗书，无不通解。昨遣某求一好儿郎，格调相称者。某具说十郎，他亦知有李十郎名字，非常欢惬。住在胜业坊古寺曲，甫上车门宅是也。已与他作期约，明日午时，但至曲头觅桂子，即得矣。"

霍小玉传蒋防撰

唐代宗大历年间的时候，陇西有一位叫李益的书生，李益二十岁时考中了进士。到了第二年，朝廷举行拔萃科考试，李益便等着参加吏部的考试。那年夏天六月，李生到了长安，住在新昌里。李生门第清高显贵，少年时就有文学才能，文章辞藻华丽，语句精彩，当时的人都说没有第二个能比，有名望的前辈长者无不推崇赞许他。李生对自己的风度才华也非常自信，一直想找一个理想的配偶，各处寻求名妓，但很久也没能如愿。长安有一位媒婆叫鲍十一娘，是原先薛驸马家的婢女，后来用钱赎身取得了平民身份，至今已十多年了。鲍氏善于逢迎讨好，很会说话，那些权势之家以及皇帝的外戚家她都去过，她腿勤脚快，到处保媒拉纤，被公认为是这个行业的领袖人物。鲍氏多次受到李生诚恳的拜托和厚礼，鲍氏心里很感激李生。

过了几个月，一天下午申时未时之间，李生正在家里的南亭中闲坐，忽听到急促的敲门声，说是鲍十一娘来了。李生提起衣襟迎着声音往外来，迎面问道："鲍卿今日怎么突然来到我这里？"鲍氏笑着说："又梦见美女苏小小了吗？我可是找到了一位被贬到了人间的仙女，人家不要钱财，只羡慕风流。这样的才貌，跟你十郎是再相配不过了！"李生听说之后惊喜得跳了起来，只觉得身体轻飘飘的，魂儿都要飞走了，拉着鲍氏的手边拜边感谢说："我这辈子就是为她做奴才都行，就算死了也不怕。"于是询问了对方的姓名、住处，鲍氏详细地告诉他说："她原先是霍王的小女儿，名字叫小玉，霍王很喜欢她。她的母亲叫净持，是霍王宠爱的婢女。霍王死后不久，弟兄们认为她是微贱之人所生，所以不愿容留她，便分给她钱财，让她到外面去住。从此她改姓郑，人们也就不知道她是霍王的女儿了。她容貌气质都极为出色，我一生都未见过这样的人物。她情趣高雅，鲍既去，生便备行计。遂令家僮秋鸿，于从兄京兆参军尚公处，假青骊驹，黄金勒。其夕，生浣衣沐浴，修饰容仪，喜跃交并，通夕不寐。迟明，巾帻，引镜自照，惟惧不谐也。徘徊之间，至于亭午。遂命驾疾驱，直抵胜业。至约之所，果见青衣立候，迎问曰："莫是李十郎否？"即下马，令牵入屋底，急急锁门。见鲍果从内出来，遥笑曰："何等儿郎造次入此？"生调诮未毕，引入中门。庭间有四樱桃树，西北悬一鹦鹉笼，见生入来，即语曰："有人入来，急下帘者。"生本性雅淡，心犹疑惧，忽见鸟语，愕然不敢进。逡巡，鲍引净持下阶相迎，延入对坐。年可四十余，绰约多姿，谈笑甚媚。因谓生曰："素闻十郎才调风流，今又见容仪雅秀，名下固无虚士。某有一女子，虽拙教训，颜色不至丑陋，得配君子，颇为相宜。频见鲍十一娘说意旨，今亦便令永奉箕帚。"生谢曰："鄙拙庸愚，不意顾盼，倘垂采录，生死为荣。"

遂命酒馔，即令小玉自堂东阁子中而出，生即拜迎。但觉一室之中，若琼林玉树，互相照曜，转盼精彩射人。既而遂坐母侧，母谓曰："汝尝爱念'开帘风动竹，疑是故人来'，即此十郎诗也。尔终日吟想，何如一见？"玉乃低鬟微笑，细语曰："见面不如闻名，才子岂能无貌？"生遂连起拜曰："小娘子爱才，鄙夫重色，两举止不同凡俗，事事都超过别人。音乐诗书，无不通晓。昨天她托我找一位好男子，要志趣品德相配才行。我向她详细地介绍了十郎你，她也知道有李十郎这个名字，听后非常高兴满意。她住在胜业坊古寺巷，刚进巷口的第一个大门就是她家。我已跟她约好，明日午时，你只要到巷口找侍女桂子，就能找到她家了。”

鲍氏走了之后，李生马上做了出发的准备，让家僮秋鸿到堂兄京兆参军李尚公那里，借来青骊驹和黄金的马笼头。当天晚上，李生洗澡更衣，修饰容貌仪表，欣喜若狂，通宵未睡。天亮时，戴上头巾，拿起镜子照了一番，唯恐事情不能成功。来回徘徊之际，终于盼到了约定的中午，便命令御手赶马快跑，直奔胜业坊。到了约定的地方，果然看见一位婢女站在那里等候，她迎上来问：“莫不是李十郎吗？”李生立即下马，叫人把马牵到屋子下面，又匆忙锁上了门。这时看见鲍氏果然从里边走出，远远地笑着说：“哪家的莽小伙敢随便进入此地？”李生玩笑还没开完，就被带进中门。院子里有四棵樱桃树，西北角处挂着一个鹦鹉笼，看到李生走进来了，鹦鹉就叫道：“有人进来了，赶快放下帘子！”李生本性规矩恬淡，又加上心中还有些疑心害怕，忽然听见鸟说的话，吓得不敢往里走了。不久，鲍氏便领着净持走下台阶迎接，邀请生到屋内，对面坐下。净持年龄四十多岁，颇有风韵，谈笑很招人喜欢。她对李生说：“一向听说十郎是位风流才子，现在又看到容貌仪表清雅秀美，果然名不虚传。我有一个女儿，虽然没受过良好的教育，但容貌还不算丑陋，能跟这样的君子相匹配，是很合适的。经常听鲍十一娘说起您的意思，现在就让她永远侍候您吧。”李生谢道：“我这个人浅薄笨拙，平庸愚钝，没想到能被看中，如蒙不弃，无论生死都感到荣幸。”

于是让人摆设酒宴，叫霍小玉从堂屋东面的阁子中出来，李生急忙拜见迎接。只觉得满屋就像琼林玉树，互相映照，看那霍小玉的眼波流动，更是光彩照人。见面之后，小玉便坐到了母亲旁边，母亲对她说：“你曾爱念‘开帘风动竹，疑是故人来’，就是这位李十郎的诗句。你终日吟诵想念，怎比得上真正见上一面呢？”小玉就低头微笑，轻轻地说：“见面不如闻名，才子怎能没有好相貌呢？”李生就好相映，才貌相兼。”母女相顾而笑，遂举酒数巡。生起，请玉唱歌，初不肯，母固强之。发声清亮，曲度精奇。

酒阑及暝，鲍引生就西院憩息。闲庭邃宇，帘幕甚华。鲍令侍儿桂子、浣沙，与生脱靴解带。须臾玉至，言叙温和，辞气宛媚。解罗衣之际，态有余妍，低帏昵枕，极其欢爱，生自以为巫山洛浦不过也。中宵之夜，玉忽流涕观生曰："妾本倡家，自知非匹，今以色爱，托其仁贤。但虑一旦色衰，恩移情替，使女萝无托，秋扇见捐。极欢之际，不觉悲至。”生闻之，不胜感叹，乃引臂替枕，徐谓玉曰："平生志愿，今日获从。粉骨碎身，誓不相舍。夫人何发此言？请以素缣，著之盟约。”玉因收泪，命侍儿樱桃，褰幄执烛，授生笔研。玉管弦之暇，雅好诗书，筐箱笔研，皆王家之旧物。遂取绣囊，出越姬乌丝栏素缣三尺以授生。生素多才思，援笔成章，引谕山河，指诚日月，句句恳切，闻之动人。染毕，命藏于宝箧之内。自尔婉娈相得，若翡翠之在云路也。如此二岁，日夜相从。

其后年春，生以书判拔萃登科，授郑县主簿。至四月，将之官，便拜庆于东洛。长安亲戚，多就筵饯。时春物尚余，夏景初丽，酒阑宾散，离恶萦怀。玉谓生曰："以君才地名声，人多景慕，愿结婚媾，固亦众矣。况堂有严亲，室无冢妇，君之此去，必就佳姻，盟约之言，徒虚语耳。然妾有短愿，欲辄指陈，永委君心，复站起来连连拜谢说："小娘子爱才，鄙陋的我重视容貌，两好相映，真可谓才貌兼备了。"母女二人相视而笑，于是喝了几巡酒。李生站起来，请求小玉唱歌，小玉起先不肯，她母亲硬让她唱，只听她唱歌发声清亮，节奏精妙出奇。

酒喝完了，天也黑了，鲍氏就领着李生到西院去歇息。只见庭院幽静，房屋深邃，帘幕非常华丽。鲍氏叫侍女桂子、浣沙给李生脱靴解带。不一会儿小玉来了，言谈温和，语气委婉。脱下罗衣的时候，体态有说不尽的美好。帐子低垂，枕上亲昵，二人极其欢乐相爱，李生自认为此时他们之间的爱情，即使是楚怀王与巫山神女或曹植与洛神都不能相比。夜半的时候，小玉忽然流着泪，看着李生说："我的母亲是婢女出身，自己知道配不上你，现在你因为我的美貌爱我，使我托身于仁贤。只是担心一旦我容貌衰老，你恩情转移，情意衰退，就会使藤萝失去托身之树，让我像秋后的扇子般被丢弃。在这极为欢乐的时候，我想到这一点，不禁悲从中来。"李生听了这些话，非常感慨，就伸出胳膊让小玉枕着，慢慢对她说："我平生的愿望，今日得以实现，即使粉身碎骨，也绝不会丢弃你。夫人怎么说出这种话来？请让我在白缣上写下誓言吧！"小玉便收住眼泪，命侍女樱桃揭起帐幔，拿着蜡烛，又把笔砚交给李生。小玉吹奏弹唱之余，很喜欢诗书，书箱、笔砚都是霍王家原来的东西。于是取出绣囊，从中找出来三尺越姬乌丝栏白缣交给了李生。李生一向富于文学才思，拿起笔来就写成了文章，引山河作比喻，指日月表诚心，句句都很恳切，让人听了很受感动。写完之后，让小玉藏在宝匣里边。从此以后，二人相亲相爱地生活在一起，像翡翠鸟在云中比翼飞翔一样。这样过了两年，日夜相随。

第三年春天，李生参加书判拔萃科考试，结果考中，被授予郑县主簿的官职。到四月，李生将去赴任，便到东都洛阳去给父母请安报喜。长安的亲戚，都来参加了送行的宴会。当时正是春末时节，初夏的景色已经出现，酒喝完了，宾客尽散，离别的心绪充满了胸怀。小玉对李生说："凭您的才能名声，人们都很景仰羡慕您，愿意与您结成婚姻关系的人多得很。况且你堂上有母亲，家中又没有正妻，你能听否？”生惊怪曰：“有何罪过，忽发此辞，试说所言，必当敬奉。”玉曰：“妾年始十八，君才二十有二。迨君壮室之秋，犹有八岁。一生欢爱，愿毕此期，然后妙选高门，以谐秦晋，亦未为晚。妾便舍弃人事，剪发披缁，夙昔之愿，于此足矣。”生且愧且感，不觉涕流，因谓玉曰：“皎日之誓，死生以之。与卿偕老，犹恐未惬素志，岂敢辄有二三？固请不疑，但端居相待。至八月，必当却到华州，寻使奉迎，相见非远。”更数日，生遂诀别东去。

到任旬日，求假往东都觐亲。未至家日，太夫人已与商量表妹卢氏，言约已定。太夫人素严毅，生逡巡不敢辞让，遂就礼谢，便有近期。卢亦甲族也，嫁女于他门，聘财必以百万为约，不满此数，义在不行。生家素贫，事须求贷，便托假故，远投亲知，涉历江淮，自秋及夏。生自以孤负盟约，大愆回期，寂不知闻，欲断其望。遥托亲故，不遣漏言。

玉自生逾期，数访音信。虚词诡说，日日不同。博求师巫，遍询卜筮。怀忧抱恨，周岁有余，羸卧空闺，遂成沉疾。虽生之书题竟绝，而玉之想望不移。赂遗亲知，使通消息，寻求既切，资用屡空。往往私令侍婢潜卖箧中服玩之物，多托于西市寄附铺侯景先家货卖。曾令侍婢浣沙，将紫玉钗一只，诣景先家货之。路逢内作老玉工，见浣沙所执，前来认之曰：“此钗吾所作也。昔岁霍王小这一去，一定会遇上好姻缘，盟约上的话，只不过是些空话罢了。不过我还有个小小的愿望，打算就此机会告诉你，希望你永远记在的心里，你愿意听吗？”李生惊讶奇怪地说：“我有什么罪过，你突然说出这些话？有什么想法你尽管说吧，我一定恭敬地接受。”小玉说：“我年龄才十八，您才二十二，等到你三十岁时，还有八年。我希望把我一生对你的情爱都奉献给你，和你度过这八年的美好时光，然后你再去好好选择一个高贵的门第，结成美满的婚姻，也不算晚。到那时我就抛弃人世，剪去头发，穿上黑色的衣服去出家，平素的心愿，到此也就满足了。”李生又惭愧又感动，不觉流下泪来，便对小玉说：“我在青天白日下对你发的誓言，无论生死都会信守着它。跟你白头到老还怕不能满足平素的心愿，怎么敢三心二意呢？请你一定不要有疑心，只须像平日那样在家等着我。到八月，我一定会回到华州，不久就派人来迎你，相见的日子绝不会太远。”又过了几天，李生就告别小玉向东走了。

到任后十天，李生就请假到东都洛阳省亲。李生还没到家时，他母亲已替他商定了表妹卢氏，婚约已经谈好了。他母亲一向严厉果断，李生犹犹豫豫，又不敢推辞，于是按礼答谢，就定于近期内完婚。卢氏也是高门望族，嫁女给别人家，聘礼约定必须达到百万，不够这个数，婚事就不能办。李生家一向不富裕，办这事得向人借贷，李生便假托有事，到远地投靠亲友，远涉江淮一带，从秋一直到夏。李生认为自己违背了盟约，错过了和小玉约定的归期，就无声无息地不给她通音信，想让她断细念头。又远远地拜托亲戚朋友，不让他们走漏消息。

小玉从李生超过了约定日期后，就多次探听音信，但听到的都是空话假话，一天一个样。小玉还多次求问巫师，到处问卜算卦。她心中忧虑怨恨，一年多来，身体一天天瘦弱下去，一人躺在空荡荡的闺房中，最后得了重病。虽然李生的书信断绝，可小玉的想念盼望却没有改变。于是小玉把财物送给亲友，让他们帮忙打听消息，因为寻找很迫切，所以钱财屡屡花光。于是常常私下让侍女偷偷卖掉箱子中的服装和玩赏的东西，大多是托西市的寄卖店侯景先家变卖。她曾让侍女，将欲上鬟，令我作此，酬我万钱，我尝不忘。汝是何人？从何而得？”浣沙曰：“我小娘子即霍王女也。家事破散，失身于人，夫婿昨向东都，更无消息。悒怏成疾，今欲二年。令我卖此，赂遗于人，使求音信。”玉工凄然下泣曰：“贵人男女，失机落节，一至于此。我残年向尽，见此盛衰，不胜伤感。”遂引至延先公主宅，具言前事。公主亦为之悲叹良久，给钱十二万焉。

时生所定卢氏女在长安，生既毕于聘财，还归郑县。其年腊月，又请假入城就亲，潜卜静居，不令人知。有明经崔允明者，生之中表弟也，性甚长厚。昔岁常与生同欢于郑氏之室，杯盘笑语，曾不相间，每得生信，必诚告于玉。玉常以薪刍衣服资给于崔，崔颇感之。生既至，崔具以诚告玉，玉恨叹曰：“天下岂有是事乎？”遍请亲朋，多方召致，生自以愆期负约，又知玉疾候沉绵，惭耻忍割，终不肯往。晨出暮归，欲以回避。玉日夜涕泣，都忘寝食，期一相见，竟无因由。冤愤益深，委顿床枕。自是长安中稍有知者，风流之士，共感玉之多情；豪侠之伦，皆怒生之薄行。

时已三月，人多春游，生与同辈五六人诣崇敬寺玩牡丹花，步于西廊，递吟诗句。有京兆韦夏卿者，生之密友，时亦同行，谓生曰：“风光甚丽，草木荣华。伤哉郑卿，衔冤空室，足下终能弃女浣沙拿着一支紫玉钗到景先家寄卖，在路上碰到了一位皇宫内作坊里的老玉工，他看见浣沙所拿的玉钗，走上前来辨认说：“这个钗是我做的。从前霍王的小女儿，将要挽上发髻时，叫我做了这个钗，给了我一万钱的报酬，我不曾忘记。你是什么人？从哪里弄来的？”浣沙说：“我家小娘子就是霍王的女儿。由于家破人散，失身于别人，丈夫去年去了东都洛阳，就再没有音信了。娘子因而抑郁成疾，现在快两年了。现在叫我卖了这件东西，换来钱好去求人打听音信。”老玉工伤心地流下了眼泪，说：“贵人家儿女，竟落难到这步田地！我这把年纪，余年不多，看到这兴衰景象，实在不胜伤感！”于是把浣沙领到了延先公主的家中，把上述情况都说了。公主也为此事悲伤叹息了好久，然后给了十二万钱。

当时李生所聘下的卢氏女也在长安，李生凑足了彩礼，就回到郑县。那年腊月又请假进城到亲戚家中，然后偷偷地找了一个僻静的住处，不想让人知道。有个考中明经的人叫崔允明，是李生的表弟，为人忠厚。他从前经常与李生一起到郑氏家中娱乐，喝酒玩乐说说笑笑，一点隔膜也没有，每当知道了李生的消息，一定如实地告诉小玉。小玉也常拿衣服柴米资助崔生，崔生因此很感激。这次李生回来后，崔生又老老实实地把全部情况告诉了小玉，小玉怨恨叹息地说：“天下怎么会有有这样的事呢？”于是小玉请了许多亲戚朋友通过各种办法想找李生回来。由于李生过了日期违背了誓言，又得知小玉病得很重，李生觉得自己有错，很为自己的狠心抛弃而感到惭愧羞耻，因此始终不肯去。每天一大早就出门，一直到晚上才回家，想尽办法来躲避这件事。小玉日夜哭泣，寝食全废，想要和李生见上一面，却始终没有办法。由于怨恨气愤加深，因而更得卧床不起了。从这时起，长安城里渐渐有人知道了这件事，风流之士都被小玉的多情所感动，而豪侠之辈都对李生的薄情行为感到气愤。

当时已是三月，人们多去春游，李生与同伴五六个人也到崇敬寺去玩赏牡丹花，在西廊上漫步，唱和诗句。有位京城的韦夏卿，是李生亲密的朋友，当时也一起散步，对李生说：“风光真很秀丽，草木欣欣向荣，可悲啊霍小玉，独自含冤于空房。您最终这样抛弃了她，置，寔是忍人。丈夫之心，不宜如此，足下宜为思之。”叹让之际，忽有一豪士，衣轻黄纻衫，挟朱弹，丰神隽美，衣服轻华，唯有一剪头胡雏从后，潜行而听之，俄而前揖生曰：“公非李十郎者乎？某族本山东，姻连外戚，虽乏文藻，心尝乐贤。仰公声华，常思觏止，今日幸会，得睹清扬。某之敝居，去此不远，亦有声乐，足以娱情。妖姬八九人，骏马十数匹，唯公所欲。但愿一过。”生之侪辈，共聆斯语，更相叹美。因与豪士策马同行，疾转数坊，遂至胜业。生以近郑之所止，意不欲过。便托事故，欲回马首。豪士曰：“敝居咫尺，忍相弃乎？”乃挽挟其马，牵引而行，迁延之间，已及郑曲。生神情恍惚，鞭马欲回。豪士遽命奴仆数人，抱持而进，疾走推入车门，便令锁却。报云：“李十郎至也。”一家惊喜，声闻于外。

先此一夕，玉梦黄衫丈夫抱生来，至席，使玉脱鞋。惊寤而告母，因自解曰：“鞋者谐也，夫妇再合。脱者解也，既合而解，亦当永诀。由此征之，必遂相见，相见之后，当死矣。”凌晨，请母妆梳。母以其久病，心意惑乱，不甚信之。偶勉之间，强为妆梳。妆梳才毕，而生果至。玉沉绵日久，转侧须人，忽闻生来，欻然自起，更衣而出，恍若有神。遂与生相见，含怒凝视，不复有言。羸质娇姿，如不胜致，时复掩袂，返顾李生。感物伤人，坐皆欷歔。顷之，有酒肴数十盘自外而来，一座惊视。遽问其故，悉是豪士之所致也。因遂陈设，相就而坐。玉乃侧身转面，斜视生良久，遂举杯酒酬地曰：“我为女子，薄命如斯；君是丈夫，负心若此。韶颜稚齿，饮恨而终。慈母在堂，不能供养。绮罗弦管，从此永休。

实在是个残忍无情的人啊！男儿的心，不应该这样，您应该为这事好好想想。”正在叹息责备的时候，忽然来了一位豪侠壮士，那个人穿着淡黄的伫麻衫，腋下夹着一只红色弹弓，那个人神采焕发，容颜俊美，穿的衣服轻软华丽，身后只跟着一个剪去头发的胡人小孩。他悄悄地走着，听大家谈话，不久走上前来向李生作了一揖，说：“您不是李十郎吗？我的家在山东，和皇帝家的外亲有姻亲关系，我虽然缺乏文采，却喜欢和文人雅士结交。一直仰慕您的声望文采，渴望能见到您，今日有幸相会，得以亲眼见到您的风采。我的住所，离此不远，也有歌舞音乐，足以使您心情愉快。还有八九个漂亮女子，十几匹骏马，任凭您选择。只希望您能赏光去一趟。”李生的同伴一起听了这话，都说好。于是与壮士骑着马一块走了，很快转过几条街，就到了胜业坊。李生因为觉得靠近小玉住的地方，不想经过，就推托有事，想调转马头。壮士说：“离我的住处很近了，你忍心丢下我吗？”就拉着李生的马，牵着马走，推让之间，已到了小玉住的巷口。李生神情显得十分慌乱，用鞭子抽马想回去。那壮士急忙叫来几个仆人，抱持着李生往前走，迅速把他推进小玉家的大门，马上叫人锁上门，并高声喊道：“李十郎到了！”小玉一家人又惊又喜的声音，在门外都能听到。

前一天晚上，小玉梦见一个黄衫男子抱着李生来了，放到了席上，让小玉脱鞋。小玉惊醒后告诉了母亲，于是自己解释说：“鞋就是谐的意思，意味着夫妻再相见：脱就是解，意思是相见后就分开，也就该永远分别了。由此推求，定会相见，相见之后，我就会死了。”到了早晨，小玉就请母亲给自己梳妆。母亲认为她久病，心意迷乱，不大相信，勉强为她梳妆打扮。梳妆才完，李生果然来了。小玉久病不愈，平日行动都得人帮着，听到李生来了，猛然自己站起来，换上衣服，走了出来，好像有神在帮助。小玉见到李生后，怒目注视，不再说话。瘦弱的体质，娇柔的身姿，好像不能经风的样子，几次以袖掩面，回看李生。为物感动，为人悲伤，座中的人都叹息起来。过了一会儿，忽然有几十盘酒饭，从外面拿了进来，满座的人都惊讶地看着，急问怎么回事，原来全是那个壮士派人送来的。于是摆好酒宴，征痛黄泉，皆君所致。李君李君，今当永诀，我死之后，必为厉鬼，使君妻妾，终日不安。”乃引左手握生臂，掷杯于地，长恸号哭数声而绝。母乃举尸置于生怀，令唤之，遂不复苏矣。生为之缟素，旦夕哭泣甚哀。将葬之夕，生忽见玉繐帷之中，容貌妍丽，宛若平生。着石榴裙，紫褴裆，红绿帔子，斜身倚帷，手引绣带，顾谓生曰：“愧君相送，尚有余情。幽冥之中，能不感叹？”言毕，遂不复见。明日，葬于长安御宿原，生至墓所，尽哀而返。

后月余，就礼于卢氏。伤情感物，郁郁不乐。夏五月，与卢氏偕行，归于郑县。至县旬日，生方与卢氏寝，忽帐外叱叱作声，生惊视之，则见一男子，年可二十余，姿状温美，藏身映幔，连招卢氏。生惶遽走起，绕幔数匝，倏然不见。生自此心怀疑恶，猜忌万端，夫妻之间，无聊生矣。或有亲情，曲相劝喻，生意稍解。后旬日，生复自外归，卢氏方鼓琴于床，忽见自门抛一斑犀钿花合子，方圆一寸余，中有轻绢，作同心结，坠于卢氏怀中。生开而视之，见相思子二，叩头虫一，发杀觜一，驴驹媚少许。生当时愤怒叫吼，声如豺虎，引琴撞击其妻，诘令实告。卢氏亦终不自明。尔后往往暴加捶楚，备诸毒虐，竟讼于公庭而遣之。

互相挨着坐下。小玉侧身转过脸斜视了李生好久，先举起一杯酒浇到地上，说："我作为一个女子，如此薄命；你是男儿，竟这样负心！我这般美貌，年纪轻轻，就含恨而死。慈母在堂，不能供养。华丽的衣服，精美的乐器，从此也永远用不上了。我带着痛苦命赴黄泉，这一切都是你造成的。李君啊李君，今天该永远分别了！我死之后，必为恶鬼，使您的妻妾终日不安。"于是伸出左手握住李生的胳膊，把酒杯丢到了地上，大声痛哭了几声就断了气。小玉的母亲抱起尸体放在李生的怀中，让他呼唤，但是终究没再苏醒过来。李生为她戴孝，早晨晚上都哭得很伤心。将要埋葬的那天晚上，李生忽然在灵帐里看见了小玉，容貌非常美丽，仿佛像生前那样。她穿着石榴裙，紫色长袍，红绿色披肩，斜着身子靠着帷帐，手拽着绣带，回头看着李生对他说："你来送我，我有点惭愧，看来你对我还有些情意，在阴曹地府我能没有感慨吗？"说完就再也看不见了。第二天，人们把小玉埋葬在长安御宿原，李生来到墓地，痛不欲生地哭了一场才回来。

过了一个多月，李生跟卢氏举行了婚礼。李生婚后经常睹物思人，暗自神伤，闷闷不乐。在五月的时候，李生与卢氏一同来到郑县。到县里才十天，李生正与卢氏在睡觉的时候，李生忽听床帐外面有奇怪的声音。李生吃惊地看那声音发出的地方，只见一个年龄二十多岁的男子，姿态温和风雅，藏身在幔子里，连连向卢氏招手。李生慌忙下床，绕着幔子找了几圈，那个人忽然不见了。李生从此便厌恶卢氏，对卢氏开始了无尽无休地猜忌，夫妻之间产生了越来越深的隔阂。有的亲戚，委婉地进行了劝说解释，李生的疑心才渐渐化解。后来过了十天，李生又从外面回来，卢氏正在床上弹琴。李生这时候忽然看见从门外抛进一个杂色犀牛角雕成的嵌花盒子，那个盒子直径一寸多，当中有薄绢结成的同心结，落入卢氏怀中。李生打开一看，里头有两颗相思子，一个叩头虫，一个发杀觜，其中还有少许驴驹媚。李生当即大怒吼叫，声如豺狼老虎，拿起琴来就砸他妻子，质问她让她说实话。卢氏也始终不为自己辩白。从那以后，李生常常凶暴地用棍杖或板子打他的妻子，各种凶狠虐待的方法都使了遍，最后李生告到公堂把卢氏休了。

卢氏既出，生或侍婢媵妾之属，暂同枕席，便加妬忌，或有因而杀之者。生尝游广陵，得名姬曰营十一娘者，容态润媚，生甚悦之。每相对坐，尝谓营曰：“我尝于某处得某姬，犯某事，我以某法杀之。”日日陈说，欲令惧己，以肃清闺门。出则以浴斛覆营于床，周回封署，归必详视，然后乃开。又畜一短剑，甚利，顾谓侍婢曰：“此信州葛溪铁，唯断作罪过头。”大凡生所见妇人，辄加猜忌，至于三娶，率皆如初焉。

卢氏被休以后，李生有时跟侍女小妾同睡，但是不久又对小妾产生了妒忌，有的小妾竟因此被杀死。李生曾到广陵去游玩，得到一位美女叫营十一娘，营十一娘的姿容体态丰润妩媚，李生很喜欢她。每当二人对坐的时候，李生就对营十一娘说："我曾在某处得到某个女人，她犯了什么事，我用某法杀了她。"李生每天都说，想让营十一娘惧怕自己，以便肃清闺门中的不正当的事。李生外出时，就用澡盆把营十一娘扣在床上，并且把周围加封。等到李生回来时仔细查看，然后再打开。李生还藏着一把很锋利的短剑，李生看着侍女们说："这把剑是信州葛溪的铁制成的，只斩有罪者的脑袋。"但凡李生所见过的女人，李生都会加以猜忌，以至于李生娶妻三次，但都跟当初的情况相同。

卷第四百八十八　杂传记五

莺莺传

莺莺传元稹撰

唐贞元中，有张生者，性温茂，美风容，内秉坚孤，非礼不可入。或朋从游宴，扰杂其间，他人皆汹汹拳拳，若将不及；张生容顺而已，终不能乱。以是年二十三，未尝近女色。知者诘之，谢而言曰："登徒子非好色者，是有凶行。余真好色者，而适不我值。何以言之？大凡物之尤者，未尝不留连于心，是知其非忘情者也。"诘者识之。

无几何，张生游于蒲，蒲之东十余里，有僧舍曰普救寺，张生寓焉。适有崔氏孀妇，将归长安，路出于蒲，亦止兹寺。崔氏妇，郑女也；张出于郑，绪其亲，乃异派之从母。是岁，浑瑊薨于蒲，有中人丁文雅，不善于军，军人因丧而扰，大掠蒲人。崔氏之家，财产甚厚，多奴仆，旅寓惶骇，不知所托。先是张与蒲将之党有善，请吏护之，遂不及于难。十余日，廉使杜确将天子命以总戎节，令于军，军由是戢。郑厚张之德甚，因饰馔以命张，中堂宴之。复谓张曰："姨之孤嫠未亡，提携幼稚，不幸属师徒大溃，寔不保其身，弱子幼女，犹君之生，岂可比常恩哉？今俾以仁兄礼奉见，冀所以报恩也。"命其子，曰欢郎，可十余岁，容甚温美。次命女："出拜尔兄，尔兄活尔。"久之辞疾，郑怒曰："张兄保尔之命，不然，尔且掳矣，能复远嫌乎？"久之乃至，常服睟容，不加新饰。垂鬟接黛，双脸销红而已，颜色艳异，光辉动人。张惊为之礼，因坐

莺莺传元稹撰

唐代贞元年间，有一位张生，张生的性情温良，风度潇洒，容貌漂亮，意志坚强，脾气孤僻，凡是不合于礼的事情，就不要想让张生去做。有时跟朋友一起出去游览饮宴，在那杂乱纷扰的地方，别人都吵闹起哄，没完没了，好像都怕表现不出自己，而张生只表面上逢场作戏般敷衍着，始终不能扰乱他的行为。因此虽然已经二十三岁了，还没有真正接近过女色。与他相知的人便去问他，他表示歉意后说："登徒子不是真正好色的人，所以留下了不好的品行。我倒是真正好色的人，却总也没让我碰上。为什么这样说呢？大凡出众的美女，我未尝不留心，由此可知我不是没有感情的人。"问他的人这才了解张生。

过了不久，张生到蒲州游览。蒲州的东面十多里处，有个庙宇名叫普救寺，张生就寄住在里面。当时正好有个崔家寡妇，将要回长安，路过蒲州，也暂住在这个寺庙中。崔家的寡妇是郑家的女儿，张生的母亲也姓郑，论起亲戚，算是另一支派的姨母。这一年，浑瑊死在蒲州，有宦官丁文雅，不会带兵，军人趁着丧事发动骚乱，大肆抢劫蒲州人。崔家财产很多，又有很多奴仆，旅居此处，惊慌害怕，不知能依靠谁。此前，张生跟蒲州将领的朋友有交情，就托他们求官吏保护崔家，因此崔家没遭到兵灾。十几天后，廉使杜确奉皇帝之命来主持军务，向军队下了命令，军队从此才安定下来。郑氏母非常感激张生的恩德，请来张生，在堂屋一起吃饭。她又对张生说："我是个寡妇，带着孩子，不幸正赶上军队大乱，实在是无法保住生命，弱小的儿子年幼的女儿，都多亏你给了他们一条活路，怎么可以和平常的恩德一样看待呢？现在让他们以对待仁兄的礼节拜见你，希望以此报答你的恩情。"便叫来她的儿子，儿子叫欢郎，大约十岁，容貌很郑旁。以郑之抑而见也，凝睇怨绝，若不胜其体者。问其年纪，郑曰：“今天子甲子岁之七月，终于贞元庚辰，生年十七矣。”张生稍以词导之，不对，终席而罢。张自是惑之，愿致其情，无由得也。

崔之婢曰红娘，生私为之礼者数四，乘间遂道其衷。婢果惊沮，腆然而奔，张生悔之。翼日，婢复至，张生乃羞而谢之，不复云所求矣。婢因谓张曰：“郎之言，所不敢言，亦不敢泄。然而崔之姻族，君所详也，何不因其德而求娶焉？”张曰：“余始自孩提，性不苟合。或时纨绮间居，曾莫流盼。不为当年，终有所蔽。昨日一席间，几不自持。数日来，行忘止，食忘饱，恐不能逾旦暮。若因媒氏而娶，纳采问名，则三数月间，索我于枯鱼之肆矣。尔其谓我何？”婢曰：“崔之贞慎自保，虽所尊不可以非语犯之，下人之谋，固难入矣。然而善属文，往往沉吟章句，怨慕者久之。君试为喻情诗以乱之，不然则无由也。”张大喜，立缀《春词》二首以授之。

是夕，红娘复至，持彩笺以授张曰：“崔所命也。”题其篇曰《明月三五夜》，其词曰：“待月西厢下，近风户半开。拂墙花影漂亮。接着叫来女儿，说："出来拜见你仁兄，是他救了你。"过了好久未出来，推说有病，郑氏生气地说："是张兄保住了你的命，不然的话，你就被抢走了，还讲究什么避嫌呢？"过了好久她才出来，穿着平常的衣服，面貌丰润，没加新鲜的装饰，环形的发髻下垂到眉旁，两腮飞红，面色艳丽，与众不同，光彩焕发，非常动人。张生非常惊讶她的美貌，跟她见礼，之后她坐到了郑氏的身旁。由于是郑氏强迫她出来相见的，因而眼光斜着注视别处，显出很不情愿的样子，身体好像支持不住似的。张生问她年龄，郑氏说："现在的皇上甲子那年的七月生，到贞元庚辰年，年纪已经十七了。"张生慢慢地用话开导引逗，但郑的女儿根本不回答，宴会结束了只好作罢。张生从此念念不忘，想向她表白自己的感情，却没有机会。

崔氏女的丫环叫红娘，张生私下里多次向她叩头作揖，趁机说出了自己的心事。丫环果然被吓坏了，很害羞地跑开了，张生很后悔。第二天，丫环又来了，张生羞愧地向她道歉，不再说相求的事。丫环于是对张生说："郎君的话，我不敢转达，但也不敢泄露，然而崔家的内外亲戚，你是了解的，为什么不凭着你对他家的恩情向他们求婚呢？"张生说："我从孩童时候起，性情就不随便附合。有时和妇女们在一起，也不曾看过谁。当年不肯做的事，如今到底还是在习惯上做不来。前些日子在宴会上，我几乎不能控制自己。这几天来，走路忘了到什么地方去，吃饭也感觉不出饱还是没饱，恐怕要不了早晚，我就会因相思而死。如果通过媒人去娶亲，又要'纳采'，又要'问名'，少说也得三四个月，那时恐怕就得到干鱼店找我了。你说我该怎么办呢？"丫环说："崔小姐正派谨慎，很注意保护自己，即使她所尊敬的人也不能用不正经的话去触犯她，我这下人的主意，就更难使她接受。然而她很会写文章，常常思考推敲文章写法，因见不到善写文章的人而思慕很久。您试着做些情诗来打动她，否则就没有别的门路了。"张生非常高兴，马上做了两首情诗交给红娘。

当天晚上，红娘又来了，拿着彩色信纸交给张生说："这是崔小姐让我交给你的。"看那篇诗的题目是《明月三五夜》，那诗写道："待月西厢下，迎风户半开。拂墙花影动，疑是玉人来。"张生暗中动，疑是玉人来。”张亦微喻其旨，是夕，岁二月旬有四日矣。崔之东有杏花一株，攀援可逾。既望之夕，张因梯其树而逾焉，达于西厢，则户半开矣。红娘寝于床，生因惊之。红娘骇曰：“郎何以至？”张因绐之曰：“崔氏之笺召我也，尔为我告之。”无几，红娘复来，连曰：“至矣！至矣！”张生且喜且骇，必谓获济。及崔至，则端服严容，大数张曰：“兄之恩，活我之家，厚矣。是以慈母以弱子幼女见托。奈何因不令之婢，致淫逸之词，始以护人之乱为义，而终掠乱以求之，是以乱易乱，其去几何？试欲寝其词，则保人之奸，不义；明之于母，则背人之惠，不祥；将寄于婢仆，又惧不得发其真诚。是用托短章，愿自陈启，犹惧兄之见难，是用鄙靡之词，以求其必至。非礼之动，能不愧心，特愿以礼自持，无及于乱。”言毕，翻然而逝。张自失者久之，复逾而出，于是绝望。

数夕，张生临轩独寝，忽有人觉之。惊骇而起，则红娘敛衾携枕而至。抚张曰：“至矣！至矣！睡何为哉？”并枕重衾而去。张生拭目危坐久之，犹疑梦寐，然而修谨以俟。俄而红娘捧崔氏而至，至则娇羞融冶，力不能运支体，曩时端庄，不复同矣。是夕旬有八日也，斜月晶莹，幽辉半床。张生飘飘然，且疑神仙之徒，不谓从人间至矣。有顷，寺钟鸣，天将晓，红娘促去。崔氏娇啼宛转，红娘又捧之而去，终夕无一言。张生辨色而兴，自疑曰：“岂其梦邪？”及明，睹妆在臂，香在衣，泪光荧荧然，犹莹于茵席而已。是后又十余日，杳不复知。张生赋《会真诗》三十韵，未毕，而红娘适至。因授之，以贻崔氏。自是复容之，朝隐而出，暮隐而入，同安于曩所谓西厢者，几一月矣。张生常诘郑氏之情，则曰：“我不可已经明白了诗的含义。当天晚上，是二月十四日。崔小姐住房的东面有一棵杏花树，攀上它可以越过墙。阴历十五的晚上，张生把那棵树当作梯子爬过墙去。到了西厢房，一看，门果然半开着。红娘躺在床上，张生便惊醒她，红娘十分害怕，说："你怎么来了？"张生对她说："崔小姐的信中召我来的，你替我通报一下。"不一会儿，红娘又来了，连声说："来了！来了！"张生又高兴又害怕，以为一定会成功。等到崔小姐到了，只见她穿戴整齐，表情严肃，大声数落张生说："哥哥的恩德，救了我们全家，这恩够厚重了，因此我的母亲把幼弱的子女托付给你。为什么要让不懂事的丫环，送来淫乱放荡的情诗呢？开始是保护别人免受兵乱，这是合乎道义的，最终却乘危要挟来索取，这是以乱换乱，二者相差多少呢？假如我把你的情诗藏起来，就是包庇别人的奸邪行为，是不义；如果我向母亲说明这件事呢，就辜负了人家的恩惠，不吉祥；想让婢女转告又怕不能表达我真实的心意。因此借用短小的诗章，愿意自己说明，又怕哥哥有顾虑，所以使用了旁敲侧击的语言，以便使你一定来到。这种不合乎礼的举动，难道能不心里有愧吗？只希望你用礼约束自己，不要陷入淫乱的泥潭。"说完，马上就走了。张生愣了很久，只好又翻过墙回去了，于是彻底绝望。

一连几个晚上，张生都靠近窗户睡觉，忽然有人叫醒了他。张生惊恐地坐了起来，原来是红娘抱着被子带着枕头来了，安慰张生说："来了！来了！你还睡着干什么呢？"把枕头并排起来，把被子搭在一起，然后就走了。张生擦了擦眼睛，直起身坐着等了很久，疑心是在做梦，但还是恭敬地等待着。不久红娘就扶着崔莺莺来了，到了之后崔莺莺显得妖美羞涩，和顺美丽，力气好像支持不了身体，跟之前的端庄完全不一样。那天晚上是十八，斜挂在天上的月亮非常皎洁，静静的月光照亮了半床。张生不禁飘飘然，简直疑心是神仙下凡，不认为是从人间来的。过了一段时间，寺里的钟响了，天要亮了，红娘催促快走。崔莺莺娇滴滴地哭泣，声音婉转，红娘又扶着她走了，整个晚上崔莺莺没说一句话。张生在天蒙蒙亮时就起床了，自己怀疑地说："难道这是做梦吗？"等到天亮了，看到化妆品的痕迹还留在手奈何矣，因欲就成之。”

无何，张生将之长安，先以情谕之。崔氏宛无难词，然而愁怨之容动人矣。将行之再夕，不可复见，而张生遂西下。数月，复游于蒲，会于崔氏者又累月。崔氏甚工刀札，善属文，求索再三，终不可见。往往张生自以文挑，亦不甚睹览。大略崔之出人者，艺必穷极，而貌若不知；言则敏辩，而寡于酬对。待张之意甚厚，然未尝以词继之。时愁艳幽邃，恒若不识；喜愠之容，亦罕形见。异时独夜操琴，愁弄凄恻，张窃听之，求之，则终不复鼓矣。以是愈惑之。张生俄以文调及期，又当西去。当去之夕，不复自言其情，愁叹于崔氏之侧。崔已阴知将诀矣，恭貌怡声，徐谓张曰：“始乱之，终弃之，固其宜矣，愚不敢恨。必也君乱之，君终之，君之惠也；则殁身之誓，其有终矣，又何必深感于此行？然而君既不怿，无以奉宁。君常谓我善鼓琴，向时羞颜，所不能及。今且往矣，既君此诚。”因命拂琴，鼓《霓裳羽衣序》，不数声，哀音怨乱，不复知其是曲也。左右皆歔欷，崔亦遽止之。投琴，泣下流连，趋归郑所，遂不复至。明旦而张行。

臂上，香气还留在衣服上，在床褥上的泪痕还微微发亮。这以后十几天，一点崔莺莺的消息也没有。张生就作《会真诗》三十韵，还没作完，红娘恰好来了，于是交给了她，让她送给崔莺莺。从此崔莺莺又同意容留他，早上偷偷地出去，晚上偷偷地进来，一块儿安寝在以前所说的西厢那地方，将近一个月了。张生常问郑氏的态度，崔莺莺就说："我没有办法告诉她。"张生便想去跟郑氏当面谈谈，促成这件事。

不久，张生将去长安，先把情况告诉崔莺莺。崔莺莺仿佛没有为难的话，然而忧愁埋怨的表情令人动心。将要走的前两个晚上，没再见到崔莺莺，张生于是向西走了。过了几个月，张生又来到蒲州，跟崔莺莺相聚了几个月。崔莺莺字写得很好，还善于写文章，张生再三向她索要，但始终没见到。张生常常自己用文章挑逗引诱她写，崔莺莺也不大看。大体上崔莺莺超出常人的地方在于，技艺达到极高的水平，而表面上，却好像不懂；言谈敏捷雄辩，却很少跟人对答。对张生情意深厚，却从未用文词来表达。经常忧愁深重，却常像无知无识的样子，喜怒的表情，很少显现于外表。有一天晚上，崔莺莺独自弹琴，心情忧愁，弹奏的曲子很伤感，张生偷偷地听到了，请求她再弹奏一次，却始终不再弹奏，张生因此更猜不透她的心事。不久张生考试的日子到了，又该到西边去了。临走的晚上，张生不再诉说自己的心情，而是在崔莺莺身边忧愁叹息。崔莺莺已暗暗知道将要分别了，因而态度恭敬，语气温和，慢慢地对张生说："刚开始玩弄地，最终又抛弃她，这当然是妥当的，我不敢怨恨。如果你玩弄了我，又最终娶了我，那是你的恩惠；那么那些至死不渝的誓言，就算有了结果，又何必对这次的离去有这么多感触呢？然而你既然不高兴，我也没有什么能安慰你的。你常说我擅长弹琴，我从前害羞，不能为你弹奏。现在你将要走了，让我弹琴，就满足您的心愿。"于是她开始弹琴，弹的是《霓裳羽衣序》这首曲子，还没弹几声，哀伤的音调又怨又乱，不再知道弹的是这首曲子了。身边的人听了都叹息不已，崔莺莺也立即停止了演奏，扔下了琴，泪流满面，快步回到了母亲那里，再没有来过。第二天早上，张生就出发了。

明年，文战不胜，张遂止于京，因贻书于崔，以广其意。崔氏缄报之词，粗载于此。曰：“捧览来问，抚爱过深，儿女之情，悲喜交集。兼惠花胜一合，口脂五寸，致耀首膏唇之饰。虽荷殊恩，谁复为容？睹物增怀，但积悲叹耳。伏承使于京中就业，进修之道，固在便安。但恨僻陋之人，永以遐弃，命也如此，知复何言？自去秋已来，常忽忽如有所失，于喧哗之下，或勉为语笑，闲宵自处，无不泪零。乃至梦寐之间，亦多感咽。离忧之思，绸缪缱绻，暂若寻常；幽会未终，惊魂已断。虽半衾如暖，而思之甚遥。一昨拜辞，倏逾旧岁。长安行乐之地，触绪牵情，何幸不忘幽微，眷念无斁。鄙薄之志，无以奉酬。至于终始之盟，则固不忒。鄙昔中表相因，或同宴处，婢仆见诱，遂致私诚，儿女之心，不能自固。君子有援琴之挑，鄙人无投梭之拒。及荐寝席，义盛意深，愚陋之情，永谓终托。岂期既见君子，而不能定情，致有自献之羞，不复明侍巾帻。没身永恨，含叹何言？倘仁人用心，俯遂幽眇；虽死之日，犹生之年。如或达士略情，舍小从大，以先配为丑行，以要盟为可欺。则当骨化形销，丹诚不泯；因风委露，犹托清尘。存没之诚，言尽于此；临纸呜咽，情不能申。千万珍重！珍重千万！玉环一枚，是儿婴年所弄，寄充君子下体所佩。玉取其坚润不渝，环取其终始不绝。兼乱丝一绚，文竹茶碾子一枚。此数物不足见珍，意者欲君子如玉之真，弊志如环不解，泪痕在竹，愁绪萦丝，因物达情，永以为好耳。心迩身遐，拜会无期，幽愤所钟，千里神合。千万珍重！春风多厉，强饭为嘉。慎言自保，无以鄙为深念。”张生发其书于所知，由是时人多闻之。所善杨巨源好属词，因为赋《崔娘诗》一绝云：“清润潘郎玉不如，中庭蕙草雪销初。风流才子多春思，肠断萧娘一纸书。”河南元稹，亦续生《会真诗》三十韵。诗曰：

第二年，张生没有考中，便留在长安，于是给崔莺莺写了一封信，希望她把事情看开些。崔莺莺的回信，粗略地记载于此。信中说：“捧读来信，知道你对我感情很深厚，男女之情的流露，使我悲喜交集。又送我一盒花胜，五寸口脂，送来这些让我头发增彩、嘴唇润泽的化妆品。虽然承受特殊的恩惠，但打扮了又给谁看呢？看到这些东西更增加了想念，使我的悲伤叹息越来越多。知道你要在京城中完成学业，而修身进德的办法，就应该在长安安下心来。只遗憾怪僻浅陋的我，因为路远而被丢弃在这里，是我命该如此，还能说什么呢？从去年秋天以来，常常精神恍惚，好像丢失了什么，在喧闹的场合，有时勉强说笑，而在清闲的夜晚独处时，没有一次不偷偷流泪。甚至在睡梦当中，也常感叹呜咽。离别之后的思念，让我梦见我们相处的快乐时光，只觉得时间太短；秘密相会还没有结束，好梦就突然中断了。虽然被子的一半还使人感到温暖，但想到你实际上却在很遥远的地方。好像昨天才分别，可是转眼就到了新的一年了。长安是个行乐的地方，到处都有可以牵绊你感情的事物，庆幸你还没有忘记我这个微不足道的人，对我眷恋想念不已。以我浅薄的心志，是没有什么可以报答你的。至于我们始终如一的山盟海誓，则我从来没有改变。我从前跟你以表亲关系相触，有时一同宴饮相处，婢女帮你引诱我，于是向我转达了你的心意。青春男女的心无法自我控制，你像司马相如挑逗卓文君；那样借听琴来挑逗我，我没有像高氏美女投梭击打谢鲲那样拒绝。等到与你同居，你对我情深义重，我愚蠢浅薄的心，认为终身有了依靠。哪里想到见了您以后，却不能成婚，以致我有了自己主动献身于你的羞耻，不再有光明正大做你妻子的机会。这是死后也会遗憾的事情，我只能心中叹息，还能说什么呢？如果你心怀仁义。能够体察我的苦衷，因而委屈地成全婚事，那么即使我死去了，也会像活着的时候那样高兴。又或者你是个胸襟通达之士，不重注感情，为了前程大业而抛弃儿女私情，把婚前结合看作丑行，认为过去的盟誓可以违背，那么即使我的形体消失，我的诚心也不会泯灭，它会随着清风，凝于露水之中，托身于清净之地。我生死的诚心，全表达在这信上面了；面对信纸我泣不成声，感

“微月透帘栊，萤光度碧空。遥天初缥缈，低树渐葱胧。龙吹过庭竹，鸾歌拂井桐。罗绡垂薄雾，环珮响轻风。绛节随金母，云心捧玉童。更深人悄悄，晨会雨蒙蒙。珠莹光文履，花明隐绣龙。瑶钗行彩凤，罗帔掩丹虹。言自瑶华浦，将朝碧玉宫。因游洛城北，偶向宋家东。戏调初微拒，柔情已暗通。低鬟蝉影动，回步玉尘蒙。转面流花雪，登床抱绮丛。鸳鸯交颈舞，翡翠合欢笼。眉黛羞偏聚，唇朱暖更融。气清兰蕊馥，肤润玉肌丰。无力慵移腕，多娇爱敛躬。汗流珠点点，发乱绿葱葱。方喜千年会，俄闻五夜穷。留连时有恨，缱绻意难终。慢脸含愁态，芳词誓素衷。赠环明运合，留结表心同。啼粉流宵镜，残灯远暗虫。华光犹苒苒，旭日渐曈曈。乘鹜还归洛，吹箫亦上嵩。衣香犹染麝，枕腻尚残红。幂幂临塘草，飘飘思渚蓬。素琴鸣怨鹤，清汉望归鸿。海阔诚难渡，天高不易冲。行云无处所，萧史在楼中。”

张之友闻之者，莫不耸异之，然而张志亦绝矣。稹特与张情也觉得抒发不出来。只是希望你千万爱惜自己！千万爱惜自己！附寄玉环一枚，是我婴儿时带过的，寄去权充您佩戴的东西。‘玉’取它的坚固润泽不改变，‘环’取它的始终不断。另外还有头发一缕，文竹茶碾子一枚。这几样东西都不值得被珍惜，我的意思不过是想让您如玉般真诚，也表示我的志向如环那样不能解开，我的泪痕落在那竹子上，愁闷的情绪萦绕于发丝中，借物来表达情意，希望我们永远相好。心灵如此相近，而身体却相距遥远，相见怕是无期了，内心忧郁的积聚，也许会让我的心神与你千里相会。请你千万爱惜保重自己！春风还很凄厉，你要多多吃饭才好。在外要言语谨慎，保重自己，不要老把我放在心上。”张生把她的信给好朋友看了，由此当时有很多人听说了这事。张生的好友杨巨源喜欢写诗，他就为这事作了一首绝句《崔娘诗》：“清润潘郎玉不如，中庭蕙草雪销初。风流才子多春思，肠断萧娘一纸书。”河南的元稹亦接着张生的《会真诗》写了三十韵。诗写道：

“微月透帘栊，萤光度碧空。遥天初缥缈，低树渐葱茏。龙吹过庭竹，鸾歌拂井桐。罗销垂薄雾，环眼响轻风。绛节随金母，云心捧玉童。更深人悄悄，晨会雨蒙蒙。珠莹光光文履，花明隐绣龙。瑶钗行彩凤，罗帔掩丹虹。言自瑶华浦，将朝碧玉宫。固游洛城北，偶向宋家东。戏调初微拒，柔情已暗通。低鬟蝉影动、回步玉尘蒙。转面流花雪、登床抱绮丛。鸳鸯交颈舞，翡翠合欢笼。眉黛羞偏聚，唇朱暖更融。气清兰蕊馥，肤润玉肌丰。无力慵移腕，多娇爱敛躬。汗流珠点点，发乱绿葱葱。方喜千年会，俄闻五夜穷。留连时有恨，缱绻意难终。慢脸含愁态。芳词誓素衷。赠环明运合，留结表心同。啼粉流宵镜，残灯远暗虫。华光犹苒苒，旭日渐曈曈。乘鹜还归洛，吹箫亦上嵩。衣香犹染麝，枕腻尚残红。幂幂临塘草，飘飘思渚蓬。素琴鸣怨鹤，清汉望归鸿。海阔诚难渡，天高不易冲。行云无处所，萧史在楼中。”

张生的朋友听说这事的，没有不感到惊异的，然而张生的念头厚，因征其词。张曰："大凡天之所命尤物也，不妖其身，必妖于人。使崔氏子遇合富贵，乘宠娇，不为云，不为雨，为蛟为螭，吾不知其所变化矣。昔殷之辛，周之幽，据百万之国，其势甚厚。然而一女子败之，溃其众，屠其身，至今为天下僇笑。予之德不足以胜妖孽，是用忍情。"于时坐者皆为深叹。

后岁余，崔已委身于人，张亦有所娶。适经所居，乃因其夫言于崔，求以外兄见。夫语之，而崔终不为出。张怨念之诚，动于颜色，崔知之，潜赋一章词曰："自从消瘦减容光，万转千回懒下床。不为旁人羞不起，为郎憔悴却羞郎。"竟不之见。后数日，张生将行，又赋一章以谢绝云："弃置今何道，当时且自亲。还将旧时意，怜取眼前人。"自是绝不复知矣。

时人多许张为善补过者。予常于朋会之中，往往及此意者，夫使知者不为，为之者不惑。贞元岁九月，执事李公垂，宿于予靖安里第，语及于是。公垂卓然称异，遂为《莺莺歌》以传之。崔氏小名莺莺，公垂以命篇。

已经断了。元稹与张生交情特别深，便问他关于这事的想法。张生说：“大凡上天所生的尤物，不祸害他自己，一定祸害别人。假使崔莺莺遇到富贵子弟，凭借宠爱，能不做风流韵事，成为潜于深渊的蛟龙，我不能预测她会变成什么。以前殷朝的纣王，周代的周幽王，拥有百万户口的国家，那势力是很强大的。然而一个女子就能毁了他们，让他的民众溃散，使他自身被杀，至今被天下耻笑。我的德行难以克制妖孽，只有克制自己的感情。”当时在座的人都为此深深感叹。

之后一年多，崔莺莺嫁给了别人，张生也娶了亲。一次张生恰好经过崔莺莺住的地方，就通过崔的丈夫转告崔莺莺，要求以表兄的身份相见。丈夫告诉了崔莺莺，可是崔莺莺始终没出来。张生怨恨思念的诚意，在脸色上表现得很明显。崔莺莺知道后，暗地里写了一首诗：“自从消瘦减容光，万转千回懒下床。不为旁人羞不起，为郎憔悴却羞郎。”最后也没见张生。后来又过了几天，张生将要走了，崔莺莺又写了一篇断绝关系的诗：“弃置今何道，当时且自亲。还将旧时意，怜取眼前人。”从此以后彻底断绝了音信。

当时的人大多赞许张生是善于弥补过失的人。我常在朋友聚会时，谈到这个意思，是为了让那些明智的人不做这样的事，做这样事的人不被迷惑。贞元年九月，朋友李公佐，留宿在我靖安里的住宅里，我们谈到了这件事。李公佐觉得这件事非常出奇，于是我便作了《莺莺歌》来传播这件事。崔氏小名叫莺莺，公佐就以此为篇名。

卷第四百八十九　杂传记六

周秦行记　冥音录

周秦行记牛僧孺撰

余真元中举进士落第，归宛叶间。至伊阙南道鸣皋山下，将宿大安民舍。会暮，失道不至。更十余里，行一道甚易，夜月始出，忽闻有异气如贵香，因趋进行，不知厌远。见火明，意庄家，更前驱，至一宅，门庭若富家。有黄衣阍人曰："郎君何至？"余答曰："僧孺姓牛，应进士落弟，本往大安民舍，误道来此，直乞宿，无他。"中有小髻青衣出，责黄衣曰："门外谓谁？"黄衣曰："有客有客。"黄衣人告，少时出曰："请郎君入。"余问谁大宅，黄衣曰："但进，无须问。"

入十余门，至大殿，蔽以珠帘，有朱衣黄衣阍人数百。立阶，左右曰："拜。"帘中语曰："妾汉文帝母薄太后，此是庙，郎君不当来，何辱至此？"余曰："臣家宛叶，将归失道，恐死豺虎，敢托命。"语讫，太后命使轴帘避席曰："妾故汉室老母，君唐朝名士，不相君臣，幸希简敬，便上殿来见。"太后着练衣，状貌瑰玮，不甚年高。劳余曰："行役无苦乎？"召坐。

周秦行记牛僧儒撰

我在真元年间，考进士没有考上，准备回到宛叶一带游学。走到伊阙南道的鸣皋山下的时候，打算到大安百姓家中住宿。当时天已黑了，我迷了路，没能到达大安。又走了十多里，走上了一条很平坦的路。夜晚的月亮刚出来的时候，我忽然闻到有股特殊的气味，像是名贵的香料，我立刻加快脚步向前追赶，也不知道走了多久。我在远处渐渐地看到了有火光的地方，我想那里可能是村庄人家，于是我加快脚步向前走，来到一座宅院前，我看到宅院的门和院子像是富贵人家的样子。有一个身穿黄衣服的守门人问："公子您从什么地方来？"我回答说："我叫牛僧孺，没有考中进士，本来想到大安的百姓家中借宿，走错了路来到了这里，我只想这里借住一宿，没有别的要求。"门里有个梳着小发髻的丫鬟走了出来，责身穿黄衣服的守门人说："你在门外跟谁说话？"身穿黄衣服的守门人说："有客人，有客人。"身穿黄衣服的守门人进去禀报，不一会儿走出来说："请公子进去。"我问这是谁家的宅院？身穿黄衣服的守门人说："您只管进去，不必询问。"

我走过十几道门，来到大殿前，殿上有珠帘遮挡着，有好几百身穿红衣黄衣的守门人，站在台阶上，我身旁的人说："下拜！"帘子里有人说："我是汉文帝的母亲薄太后，这里本是庙宇，公子您本不应该在这里，您为什么会来到这里呢？"我回答说："我的家在宛叶一带，我本想回去，结果迷了路，我怕死在豺狼口中，所以斗胆想在这里寄住一宿。"我话说完后，太后命人卷起帘子，太后离开座位说："我是原先汉朝的老母，您是唐朝的名士，你和我不是君臣关系，希望您不要多礼，就上殿来见面吧！"太后穿着白色的绢衣，姿态曼妙、容貌美丽，年龄并不是很大。太后慰劳我说："一路走来怎么能食顷，闻殿内有笑声。太后曰："今夜风月甚佳，偶有二女伴相寻，况又遇嘉宾，不可不成一会。"呼左右屈二娘子出见秀才。良久，有女子二人从中至，从者数百。前立者一人，狭腰长面，多发不妆，衣青衣，仅可二十余。太后曰："高祖戚夫人。"余下拜，夫人亦拜。更一人，柔肌稳身，貌舒态逸，光彩射远近，多服花绣，年低太后。后曰："此元帝王嫱。"余拜如戚夫人，王嫱复拜。各就坐，坐定，太后使紫衣中贵人曰："迎杨家潘家来。"

久之，空中见五色云下，闻笑语声浸近。太后曰："杨家至矣。"忽车音马迹相杂，罗绮焕耀，旁视不给。有二女子从云中下，余起立于侧，见前一人，纤腰修眸，仪容甚丽，衣黄衣，冠玉冠，年三十许。太后曰："此是唐朝太真妃子。"予即伏谒，拜如臣礼。太真曰："妾得罪先帝，先帝谓肃宗也。皇朝不置妾在后妃数中，设此礼，岂不虚乎？不敢受。"却答拜。更一人，厚肌敏视，小质洁白，齿极卑，被宽博衣。太后曰："齐潘淑妃。"余拜之如妃子。

既而太后命进馔，少时馔至，芳洁万端，皆不得名，余但欲充腹，不能足食。已更具酒，其器用尽如王者。太后语太真曰："何久不来相看？"太真谨容对曰："三郎天宝中，宫人呼玄宗多曰三郎。数幸华清宫，扈从不得至。"太后又谓潘妃曰："子亦不来，何也？"

不辛苦呢？”太后招呼我坐下来。

过了一顿饭的工夫，我听到殿内传出笑声。太后说：“今天晚上风光月色都很好，恰巧有两个女伴要来找我，况且又碰上您，不能不一起搞个聚会。”太后招呼左右的仆人请来二位娘子出来与我见面。过了很长一段时间，有两位女子从殿中走来，有好几百名随从。在前面站着的那位女子，有着细细的腰和修长的脸，那位女子头发很秀丽，没有化妆，穿着青色的衣服，大约有二十多岁。太后说：“这是高祖的戚夫人。”我便向那位女子下拜，戚夫人也回拜还礼。另一位女子，肌肤柔嫩，身姿稳重，面容舒展，姿态潇洒，光彩照映四周，这位女子穿着绣花衣裳，年龄比太后要小一些。太后说：“这是汉元帝的王嫱。”我又像对戚夫人那样下拜，王嫱也回拜。大家各自坐到座位上，坐好后，太后让身穿紫衣的宦官说：“去把杨家、潘家的娘子迎来！”

过了很长一段时间，我看见空中落下了五色云彩，其中夹杂着越来越近说笑声。太后说：“杨家的娘子来了。”这时候忽然听到车马嘈杂的声音，又看见罗绮鲜明晃眼，眼睛都没工夫往旁边看，只见有两位女子从云中走下来。我起身，站在旁边，看见前面的这位女子有着细细的腰、长长的眼睛，容貌十分美丽，穿着黄色衣服，戴着嵌玉的帽子，年龄在三十岁左右。太后说：“这是唐代的太真妃子。”我就跪到地上拜见，就像臣子拜见妃子的礼节那样。太真说：“我得罪了先帝，先帝指的是唐肃宗。所以朝廷不把我列在后妃的行列中，您施这样的礼节，岂不是太多礼了吗？我不敢接受您的大礼。”我和她退了几步互相施礼。还有一位女子，肌肉丰满，眼神灵活，身体小巧，皮肤洁白，年龄极小，穿着宽大的衣服。太后说：“这是南齐的潘淑妃。”我又像对待妃子的礼节拜见潘淑妃。

随后太后命令人摆上酒席，不一会儿酒菜就送上来了，香气扑鼻美味干净，种类也有很多，但都叫不上名字来，我只想填饱肚子，还没等我吃饱，仆人又拿来了各种酒，用具全像是帝王所用的物品。太后对太真说：“你为什么这么长时间不来看我啊？”太真非常恭敬地回答说：“三郎天宝年间，宫里的人多称唐玄宗为三郎。几次去华清潘妃匿笑不禁，不成对。太真乃视潘妃而对曰："潘妃向玉奴太真名也。说，懊恼东昏侯疏狂，终日出猎，故不得时谒耳。"太后问余："今天子为谁？"余对曰："今皇帝先帝长子。"太真笑曰："沈婆儿作天子也，大奇。"太后曰："何如主？"余对曰："小臣不足以知君德。"太后曰："然无嫌，但言之。"余曰："民间传圣武。"太后首肯三四。

太后命进酒加乐，乐妓皆年少女子。酒环行数周，乐亦随辍。太后请戚夫人鼓琴，夫人约指玉环，光照于座，《西京杂记》云："高祖与夫人环，照见指骨也。"引琴而鼓，其声甚怨。太后曰："牛秀才邂逅到此，诸娘子又偶相访，今无以尽平生欢。牛秀才固才士，盍各赋诗言志，不亦善乎？"遂各授与笺笔，逡巡诗成。太后诗曰："月寝花宫得奉君，至今犹愧管夫人。汉家旧是笙歌处，烟草几经秋复春。"王嫱诗曰："雪里穹庐不见春，汉衣虽旧泪痕新。如今最恨毛延寿，爱把丹青错画人。"戚夫人诗曰："自别汉宫休楚舞，不能妆粉恨君王。无金岂得迎商叟，吕氏何曾畏木强。"太真诗曰："金钗堕地别君王，红泪流珠满御床。云雨马嵬分散后，骊宫不复舞《霓裳》。"潘妃诗曰："秋月春风几度归，江山犹是业宫非。东昏旧作莲花地，空想曾披金缕衣。"再三邀余作诗，余不得辞，遂应命作诗曰："香风引到大罗天，月地云阶拜洞仙。共道人间惆怅事，不知今夕是何年。"

别有善笛女子，短发丽服，貌甚美，而且多媚。潘妃偕来，太后以接座居之，时令吹笛，往往亦及酒。太后顾而问曰："识此池，都是我在身边侍候，所以我来不了。”太后又对潘妃说：“你也不来，这是怎么回事？”潘妃掩着嘴笑得说不出话来。太真看着潘妃回答说：“潘妃对玉环太真的名字。说过，东昏侯放肆无忌令人懊恼，整天出去打猎，所以不能时常前来拜见。”太后又问我说：“现在的天子是谁？”我回答说：“当今的皇帝是先帝的长子。”太真笑着说：“沈婆的儿子做皇帝了，太神奇了。”太后说：“他是个什么样的皇帝？”我回答说：“我还不够格了解国君的德行。”太后说：“你不要有疑虑，只管说好了。”我说：“民间都说皇帝圣明神武。”太后点了三四次头。

太后又令人上酒并演奏音乐，奏乐的艺人都是年轻女子。酒过三巡后，乐队也随着停止了演奏。太后请戚夫人来弹琴，戚夫人在手指上戴上了玉环，玉环的的光辉照到了四座，《西京杂记》中记载说：“高祖给戚夫人一个指环，指环发出的亮光可以照得见骨头。”戚夫人拿过琴弹奏起来，琴声十分哀怨。太后说：“牛秀才是偶然的机会来到这里，各位娘子也是恰巧来探望我，现在没有什么可以用来尽情表达平生的欢乐。牛秀才是有才的读书人，为什么不各自作诗来表达此时的心情呢？这不也是一件很美好的事吗？”于是令人递给每人一支笔和一些纸，稍过了一段时间后诗都做好了。太后的诗写道：“月寝花宫得奉君，至今犹愧管夫人。汉家旧是笙歌处，烟草几经秋复春。”王嫱的诗写道：“雪里穹庐不见春，汉衣虽旧泪痕新。如今最恨毛延寿，爱把丹青错画人。”戚夫人的诗写道：“自别汉宫休楚舞，不能妆粉恨君王。无金岂得迎商叟，吕氏何曾畏木强。”太真的诗写道：“金钗堕地别君王，红泪流珠满御床。云雨马嵬分散后，骊宫不复舞《霓裳》。”潘妃的诗写道：“秋月春风几度归，江山犹是业宫非。东昏旧作莲花地，空想曾披金缕衣。”太后再三邀请我作诗，我难以推辞，便根据太后的命令作诗道：“香风引到大罗天，月地云阶拜洞仙。共道人间惆怅事，不知今夕是何年。”

还有一位善于吹笛子的女子，梳着短发，衣着华丽，容貌美丽，十分妩媚。潘妃带着那位女子前来，太后让那位女子靠近自己坐着，不时让她吹奏笛子，也不断让她喝酒。太后看着那位女子问我否？石家绿珠也。潘妃养作妹，故潘妃与俱来。”太后因曰：“绿珠岂能无诗乎？”绿珠乃谢而作诗曰：“此日人非昔日人，笛声空怨赵王伦。红残翠碎花楼下，金谷千年更不春。”

诗毕，酒既至，太后曰：“牛秀才远来，今夕谁人为伴？”戚夫人先起辞曰：“如意成长，固不可，且不可如此。”潘妃辞曰：“东昏以玉儿身死国除，玉儿不宜负也。”绿珠辞曰：“石卫尉性严急，今有死，不可及乱。”太后曰：“太真今朝先帝贵妃，不可言其他。”乃顾谓王嫱曰：“昭君始嫁呼韩单于，复为株累弟单于妇，固自用，且苦寒地胡鬼何能为？昭君幸无辞。”昭君不对，低眉羞恨。俄各归休，余为左右送入昭君院。会将旦，侍人告起，昭君垂泣持别。忽闻外有太后命，余遂出见太后。太后曰：“此非郎君久留地，宜亟还，便别矣，幸无忘向来欢。”更索酒，酒再行已，戚夫人、潘妃、绿珠皆泣下，竟辞去。太后使朱衣送往大安，抵西道，旋失使人所在。

时始明矣，余就大安里，问其里人，里人云：“此十余里，有薄后庙。”余却回，望庙宇，荒毁不可入，非向者所见矣。余衣上香经十余日不歇，竟不知其何如。

冥音录

庐江尉李侃者，陇西人，家于洛之河南。太和初，卒于官。有说："认识这个人吗？这是石家的绿珠啊。潘妃将绿珠视为妹妹，所以潘妃与绿珠一起来。"太后接着说："绿珠怎么能不留下诗作呢？"绿珠于是表示了歉意，然后作了一首诗道："此日人非昔日人，笛声空怨赵王伦。红残翠碎花楼下，金谷千年更不春。"

绿珠写完诗后，又拿来了酒。太后说："牛秀才从远处赶来，今晚上谁能跟牛秀才作伴？"戚夫人首先站起来推辞说："我的儿子如意已经长大，我自然不能相陪，也确实不该这样做。"潘妃也推辞说："东昏侯因为玉儿我身死国灭，我不该辜负他。"绿珠推辞说："当年石卫尉的性格严厉急躁，今天我就是死，也不可涉及淫乱的事。"太后说："太真是本朝先帝的贵妃，更不要说这种事情了。"于是太后回头看着王嫱说："王昭君最开始嫁给呼韩单于，后又作了株累弟单于的妻子，这本来是照自己的心意，再说严寒地方的胡人又能做什么？希望昭君不要推辞。"王昭君没有回答，低下眉头又羞涩又怨恨。不一会儿，大家各自回去休息，我被左右的仆人送到王昭君的房中。当时正好天快要亮了，侍候的人告诉起床，王昭君与我垂泪握手告别。忽听外面太后的命令，我便出来与太后见面。太后说："这里不是公子久留之地，应该赶快回去，我与你就此别过了，希望不要忘了之前的欢聚。"太后要来酒，喝了两巡后就停下了，戚夫人、潘妃、绿珠都流下了眼泪，我最后告辞而去。太后派身穿红色衣服的人送我去大安，到达西道时，没过多长时间就找不到送行的人了。

当时天刚刚亮，我到达了大安里，问大安里的百姓，大安里的百姓说："距这里十多里的地方，有一个薄后庙。"我又返回去，看到了那座庙宇，那座庙宇荒凉破败让人无法进入，已经不是昨晚所见到的景象了。可我衣服上的香味十多天也没有消散，我最后也不知道这到底怎么回事。

冥音录

庐江府尉李侃是陇西人，家在洛水之南。太和初年的时候，死于任上。李侃有一个情妇姓崔，崔氏本是广陵的歌伎，生了两个女外妇崔氏，本广陵倡家，生二女，既孤且幼，孀母抚之以道，近于成人，因寓家庐江。侃既死，虽侃之宗亲居显要者，绝不相闻。庐江之人，咸哀其孤藐而能自强。

崔氏性酷嗜音，虽贫苦求活，常以弦歌自娱。有女弟菑奴，风容不下，善鼓筝，为古今绝妙，知名于时。年十七，未嫁而卒，人多伤焉。二女幼传其艺。长女适邑人丁玄夫，性识不甚聪慧。幼时，每教其艺，小有所未至，其母辄加鞭棰，终莫究其妙。每心念其姨曰："我姨之甥也，今乃死生殊途，恩爱久绝。姨之生乃聪明，死何蔑然，而不能以力祐助，使我心开目明，粗及流辈哉？"每至节朔，辄举觞酹地，哀咽流涕，如此者八岁。母亦哀而悯焉。

开成五年四月三日，因夜寐，惊起号泣，谓其母曰："向者梦姨执手泣曰：'我自辞人世，在阴司簿属教坊，授曲于博士李元凭。元凭屡荐我于宪宗皇帝，帝召居宫一年。以我更直穆宗皇帝宫中，以筝导诸妃，出入一年。上帝诛郑注，天下大酺。唐氏诸帝宫中互选妓乐，以进神尧、太宗二宫，我复得侍宪宗。每一月之中，五日一直长秋殿，余日得肆游观，但不得出宫禁耳。汝之情恳，我乃知也，但无由得来。近日襄阳公主以我为女，思念颇至，得出入主第。私许我归，成汝之愿，汝早图之。阴中法严，帝或闻之，当获大谴，亦上累于主。'"复与其母相持而泣。

翼日，乃洒扫一室，列虚筵，设酒果，仿佛如有所见。因执筝就坐，闭目弹之，随指有得。初授人间之曲，十日不得一曲，此一儿。当时两个女儿既失去了父亲，又很幼小，寡母用正确的思想方法抚养她们，到快长成人时，便安家在庐江。李侃死后，即使是官居显要的李侃的本家，她也绝不跟他们来往。庐江的人都同情她抚养孤女而能自强。

崔寡妇平生酷爱音乐，虽然贫苦，勉强生活，却常自拉自唱进行娱乐。她有个妹妹菼奴，风度容貌都不错，擅长古筝，是古今无双的人物，在当时就很出名。十七岁时，还没有出嫁就死了，很多人都为她伤感。崔寡妇的两个女儿幼年时就学习过她的技艺。长女嫁给了镇上的丁玄夫，天资不很聪明。长女幼年时，每当母亲教她技艺时，稍有学得不到家的地方，母亲就用鞭子打，但她始终没掌握技艺的巧妙之处。长女常在心中想念她的姨，说："我是姨的外甥女，现在生死相隔，恩爱久已断绝。姨活着时很聪明，为什么死后如此静默，不能用神力佑助我，让我心明眼亮，能稍微赶上同辈的人呢？"每到节日和每月初一都举起酒杯以酒浇地祭奠，悲伤呜咽，泪流满面，这样的情况持续了八年。她的母亲也很伤心并且很同情她。

唐文宗开成五年四月三日，长女在夜晚睡觉时，突然惊醒大声哭起来，对她的母亲说："刚才我梦见我姨拉着我的手哭着说：'我自从离开人世，在阴间户籍上属音乐部门，教博士李元凭乐曲。元凭屡次向宪宗皇帝推荐我，于是皇帝召我进宫住了一年。又让我在穆宗皇帝宫中轮流值班，用筝教导各位妃子，进进出出教了一年。天帝杀了郑注，天下大规模聚餐庆贺。唐朝各个皇帝的宫中互选歌舞艺伎，把他们进献到高祖和太宗二宫中，我因此又能够侍候宪宗了。每月当中，五天到长秋殿值班一次，其余日子可以随便游玩参观，只是不能出宫禁罢了。你恳切的心情，我知道了，只是没办法来此。近日襄阳公主把我收为女儿，非常想念我，我因此可以进出公主的住宅了。公主私下允许我回来，满足你的心愿，你要早下手准备。因为阴间法律很严，皇帝偶或听到了这事，会犯大罪的，也会连累公主。'"说完又抱着她的母亲哭起来。

第二天，她们就打扫了一间屋子，安排了空的座位，摆上了酒和果品。依稀看到了什么，长女就拿着筝坐到座位上，闭着眼睛弹起日获十曲。曲之名品，殆非生人之意。声调哀怨，幽幽然鸮啼鬼啸，闻之者莫不歔欷。曲有《迎君乐》正商调，二十八叠。《槲林叹》分丝调，四十四叠。《秦王赏金歌》小石调，二十八叠。《广陵散》正商调，二十八叠。《行路难》正商调，二十八叠。《上江虹》正商调，二十八叠。《晋城仙》小石调，二十八叠。《丝竹赏金歌》小石调，二十八叠。《红窗影》双柱调，四十叠。十曲毕，惨然谓女曰："此皆宫闱中新翻曲，帝尤所爱重。《槲林叹》《红窗影》等，每宴饮，即飞毬舞盏，为佐酒长夜之欢。穆宗敕修文舍人元稹撰其词数十首，甚美，宴酣，令宫人递歌之。帝亲执玉如意，击节而和之。帝秘其调极切，恐为诸国所得，故不敢泄。岁摄提，地府当有大变，得以流传人世。幽明路异，人鬼道殊，今者人事相接，亦万代一时，非偶然也。会以吾之十曲，献阳地天子，不可使无闻于明代。"

于是县白州，州白府，刺史崔琇亲召试之，则丝桐之音，枪鈲可听，其差琴调不类秦声。乃以众乐合之，则宫商调殊不同矣。母令小女再拜，求传十曲，亦备得之，至暮诀去。数日复来曰："闻扬州连帅欲取汝，恐有谬误，汝可一一弹之。"又留一曲曰《思归乐》。无何，州府果令送至扬州，一无差错。廉使故相李德裕议表其事，女寻卒。

来，随弹随有体会。当初教她人间的曲子，十天也学不会一支，这天一天就学了十支曲子。曲子的名目，都不是活人想得出来的。声调哀怨，阴沉得像猫头鹰哭，又像鬼长啸，听到的人没有不呜咽的。曲有《迎君乐》正商调，二十八叠。《槲林叹》分丝调，四十四叠。《秦王赏金歌》小石调，二十八叠。《广陵散》正商调，二十八叠。《行路难》正商调，二十八叠。《上江虹》正商调，二十八叠。《晋城仙》小石调，二十八叠。《丝竹赏金歌》小石调，二十八叠。《红窗影》。双柱调，四十叠。十支曲学完了，姨很凄惨地对长女说："这都是官中新谱出的曲子，皇帝尤其喜爱重视。《槲林叹》《红窗影》等曲，每当宴会时，就飞球舞盏，把它作为佐酒的乐曲，进行通宵达旦的娱乐。穆宗下令让修文舍人元稹作了数十首歌词，用以配曲，都很美，当宴会喝到高兴时，就叫宫人轮流歌唱。皇帝亲手拿着玉如意，敲着节拍来应和。皇帝对这些曲调保密极严，唯恐被各国学去，所以我不敢泄露。到寅年，地府会有大的变动，这些曲子就会流传于人世间。阴间阳间路不同，人和鬼各有各的一套，现在我跟人间进行了联系，也是万代难逢的事，并不是偶然的。应当把我这十支曲子，献给阳间的天子，不可让它在圣明的时代埋没。"

于是县报告了州，州报告了府，刺史崔琦亲自召来长女试奏，发现琴声清亮好听，那奇异的琴调不像秦地的音乐。于是用各种乐器跟它配合，却发现宫商调很不相同。母令小女儿给姨拜了两拜，请求也教给她这十支曲，小女儿也全部学会了，到了黄昏的时候诀别而去。过了几天又来了，说："听说扬州的连帅要让你去，恐怕有弹错的地方，你可以再弹一遍。"又留下一支曲子叫《思归乐》。不久，州府果然叫人送女到扬州，弹奏得毫无差错。廉使即原来的宰相李德裕，李德裕急忙商量表奏这件事，可是不久长女就死了。

卷第四百九十　杂传记七

东阳夜怪录

东阳夜怪录

前进士王洙字学源，其先琅琊人，元和十三年春擢第。尝居邹鲁间名山习业。洙自云，前四年时，因随籍入贡，暮次荥阳逆旅。值彭城客秀才成自虚者，以家事不得就举，言旋故里，遇洙，因话辛勤往复之意。自虚字致本，语及人间目睹之异。

是岁，自虚十有一月八日东还，乃元和八年也。翼日，到渭南县，方属阴曀，不知时之早晚。县宰黎谓留饮数巡，自虚恃所乘壮，乃命僮仆辎重，悉令先于赤水店俟宿，聊踟蹰焉。东出县郭门，则阴风刮地，飞雪雾天。行未数里，迨将昏黑。自虚僮仆，既悉令前去，道上又行人已绝，无可问程，至是不知所届矣。

路出东阳驿南，寻赤水谷口道，去驿不三四里，有下坞，林月依微，略辨佛庙。自虚启扉，投身突入，雪势愈甚。自虚窃意佛宇之居，有住僧，将求委焉，则策马入。其后才认北横数间空屋，寂无灯烛。久之倾听，微似有人喘息声，遂系马于西面柱，连问："院主和尚，今夜慈悲相救。"徐闻人应："老病僧智高在此。适僮仆已出使村中教化，无从以致火烛。雪若是，复当深夜，客何为者？自何而来？四绝亲邻，何以取济？今夕脱不恶其病秽，且此相就，则免暴露。兼撤所藉刍藁分用，委质可矣。"自虚他计既穷，闻此

东阳夜怪录

前进士王洙字学源，他的祖先是琅琊人，唐宪宗元和十三年的时候春季应举考中。王洙曾经住在邹鲁之间的名山中修习学业。王洙自己说，四年前他跟着原籍举荐的贡士们一道进京赶考，黄昏的时候投宿在荥阳的旅馆中。正赶上老家彭城的秀才成自虚，因为家庭的事情不能参加考试，准备回故乡。成自虚碰到王洙后，便谈起了辛辛苦苦往返于路途上的事。成自虚字致本，谈到了他在人世间亲眼看到的奇怪的事情。

那一年，成自虚十一月八日回东边的时候，那一年是元和八年。第二天，成自虚到达了渭南县，正赶上阴沉多风的天气，当时也看不出时间的早晚。县宰黎谓留住成自虚喝了几巡酒，成自虚仗着坐骑健壮，就让大小仆人们携带着行李都先到赤水店等候住宿，自己姑且在此处逗留一会儿。成自虚向东出了县的外城门，阴冷的风就在地上刮起来，雪花飘舞，天气灰蒙蒙的。成自虚走了还不到几里路，天就要黑了。自虚的大小仆人已经都让他们先走了，路上又没有一个行人，想打听路也找不到人，这时也不知是到了什么地方。

他走到东阳驿的南面，寻找赤水谷口的道。距离东阳驿不到三四里的地方，有个下坞，树林间月光依稀隐约，大体上可以看出是一座佛寺。自虚推开门，一闪而进，这时雪下得更大了。自虚想，供佛的庙宇，一定有住持和尚。于是打算求他们给个托身之处，就打马进入。进去之后才看到北面横着好几间空屋，但静悄悄的，也没有灯火。仔细听了好久，好像听到有人的喘气声，于是自虚把马拴在西面柱子上，连续喊了几遍："住持和尚，请今晚发发慈悲救救我。"成自虚慢慢地听到有人回答说："老病的和尚智高在这里，刚好仆人们都出去到村中化缘去了，没法弄来灯火。雪下得这样大，又赶上深夜，内亦颇喜。乃问："高公生缘何乡？何故栖此？又俗姓云何？既接恩容，当还审其出处。"曰："贫道俗姓安，以本身肉鞍之故也。生在碛西。本因舍力，随缘来诣中国。到此未几，房院疏芜，秀才卒降，无以供待，不垂见怪为幸。"自虚如此问答，颇忘前倦。乃谓高公曰："方知探宝化城，如来非妄立喻，今高公是我导师矣。高公本宗，固有如是降伏其心之教。"

俄则沓沓然若数人联步而至者，遂闻云："极好雪，师丈在否？"高公未应间，闻一人云："曹长先行。"或曰："朱八丈合先行。"又闻人曰："路甚宽，曹长不合苦让，偕行可也。"自虚窃谓人多，私心益壮。有顷，即似悉造座隅矣。内谓一人曰："师丈此有宿客乎？"高公对曰："适有客来诣宿耳。"自虚昏昏然，莫审其形质，唯最前一人，俯檐映雪，仿佛若见着皂裘者，背及肋有搭白补处。其人先发问自虚云："客何故瑀瑀丘圭反。然犯雪，昏夜至此？"自虚则具以实告。其人因请自虚姓名，对曰："进士成自虚。"自虚亦从而语曰："暗中不可悉揖清扬，他日无以为子孙之旧，请各称其官及名氏。"便闻一人云："前河阴转运巡官，试左骁卫胄曹参军卢倚马。"次一人云："桃林客，副轻车将军朱中正。"次一人曰："去文姓敬。"次一人曰："锐金姓奚。"此时则似周坐矣。

客人你是干什么的？从什么地方来？周围没有亲戚邻居，怎能得到帮助呢？今天晚上如果不嫌弃我有病肮脏，就暂且在此住上一宿，以免露宿野外。我再把我铺的秸草分给你一些，在上面躺一躺还是可以的。”自虚已经没有别的办法，听到这话心里挺高兴，便询问：“高公出生于什么地方？为什么住在这里？俗姓什么？既蒙您施恩收留，理当回问一下您的来历。”和尚回答说：“贫道俗姓安，因为他身上有肉鞍的缘故。出生在沙漠以西。本靠出力吃饭，恰巧有一个机缘来到中国。到这里的时间还不长，房屋零落荒芜，秀才突然光临，没有什么用来供奉招待，希望不要见怪才好。”自虚跟老和尚这样问答，有些忘记了刚才的疲倦。于是对高公说：“我现在才知道佛寺就犹如幻化的城市，可以到其中探寻宝物，佛祖的比喻不是胡乱说的，现在高公是我的导师了。高公的本家，同样俗姓安的吉藏大师，原本就有这样让人心悦诚服的教诲。”

不一会儿就听到匆匆忙忙的好像几个人同时走来的声音，于是听见说：“好一场雪啊，师丈在不在？”高公还没答应的时候，又听到一个人说：“曹长先走。”又有人说：“朱八老应该先走。”又听另一人说：“路很宽，曹长不该老让，大家一块走好了。”自虚私下想人这么多，心里也更加胆大了。过了一阵子，就好像都坐到周围的座位上了。其中有人对另一个人说：“师丈这里有住宿的客人吗？”高公回答说：“刚才有个客人来这里投宿。”自虚糊里糊涂的，也看不清说话的人是什么样子。只有最前面的那人，弯腰在屋檐下坐着，被雪光映着，模模糊糊地看见好像穿着黑色的皮衣，后背和两肋处有白色的补丁。那个人首先向自虚发问说：“客人为什么孤零地一个人冒着风雪大晚上来到这里？”成自虚把实情详细地告诉了他。那人于是询问成自虚的姓名，成自虚回答说：“我是进士成自虚。”自虚也接着说道：“在黑暗之中我不能一一瞻仰各位的风采，恐怕将来子孙无法继续保持交情，所以请各报一下自己的官衔和姓名。”于是就听到一个人说：“原河阴转运巡官、任左骁卫胄曹参军卢倚马。”（“卢”倚“马”，即驴。）然后又一个客人说：“我叫桃林客，副轻车将军朱中正。”（“朱”字中间即牛），又有一个人说：“我是桃林客，我名叫去初因成公应举，倚马旁及论文。倚马曰："某儿童时，即闻人咏师丈聚雪为山诗，今犹记得。今夜景象，宛在目中，师丈有之乎？"高公曰："其词谓何？试言之。"倚马曰："所记云，谁家扫雪满庭前，万壑千峰在一拳。吾心不觉侵衣冷，曾向此中居几年。"自虚茫然如失，口呿眸眙，尤所不测。高公乃曰："雪山是吾家山，往年偶见小儿聚雪，屹有峰峦山状，西望故国怅然，因作是诗。曹长大聪明，如何记得贫道旧时恶句？不因曹长诚念在口，实亦遗忘。"倚马曰："师丈骋逸步于遐荒，脱尘机"机"当为"羁"。于维絷，巍巍道德，可谓首出侪流。如小子之徒，望尘奔走，曷"曷"当为"褐"，用毛色而讥之。敢窥其高远哉？倚马今春以公事到城，受性顽钝。阙下桂玉，煎迫不堪。旦夕羁"羁"当为"饥"。旅，虽勤劳夙夜，料入况微，负荷非轻，常惧刑责。近蒙本院转一虚衔，谓空驱作替驴。意在苦求脱免。昨晚出长乐城下宿，自悲尘中劳役，慨然有山鹿野麋之志。因寄同侣，成两篇恶诗，对诸作者，辄欲口占，去放未敢。"自虚曰："今夕何夕，得闻佳句。"倚马又谦曰："不揆荒浅，况师丈文宗在此，敢呈丑拙邪？"自虚苦请曰："愿闻，愿闻。"倚马因朗吟其诗曰："长安城东洛阳道，车轮不息尘浩浩。争利贪前竞着鞭，相逢尽是尘中老。其一。日晚长川不计程，离群独步不能鸣。赖有青青河畔草，春来犹得慰"慰"当作"喂"。羁"羁"当作"饥"。情。"合座咸曰："大高作。"倚马谦曰："拙恶，拙恶。"

文，姓敬。”（“敬”字去掉“文”字边，即“苟”，指狗。）然后又一人说：“我叫锐金，姓奚。”（鸡繁体为“雞”，故姓奚。）这时候好像在座的人都报了一轮官职和姓名了。

因为开始时成公说过应举的事情，卢倚马便谈论起文章来。倚马说：“我在儿童时代，就听人吟诵师丈堆雪为山的诗，现在还记得。今晚的景象，仿佛还在眼中，师丈有这事吗？”高公说：“那词句写些什么，你说说看。”倚马说：“记得是：‘谁家扫雪满庭前，万壑千峰在一拳。吾心不觉侵衣冷，曾向此中居几年。’”自虚心中一片茫然，若有所失，张着口，瞪着眼，非常出乎意料。高公于是说：“雪山是我家乡的山，往年偶然看见小孩堆雪，高耸着像山峰的样子，西望故国，心情惆怅，于是作了这首诗。曹长真聪明，怎么记得我过去写的恶劣诗句呢？要不是曹长确实从口中念出，我实在已经忘了。”倚马说：“师丈在荒远的地方驰骋安闲的步伐，从束缚当中摆脱了尘世“机”当为“羁”。的罗网，高尚的道德，可以说远超同辈。像我这样的人，跟在您身后追赶，哪“曷”谐音“褐”，用骆驼的毛色讥讽他。敢希望达到您那样的高度呢？我今年春天因公事到城里去，禀性愚顽迟钝，皇城下面，柴米像桂木玉石般昂贵，煎熬得受不了，早晚做客他乡，虽然从早到晚辛勤劳动，但收入非常微薄，承担的活却不轻，常常害怕被用刑责罚。近来承蒙本院给我换了一个虚衔，指不必负重做替补的驴。用意在于努力求得解脱。昨晚出去到长乐城下住宿，自己哀叹在人世间的劳役，慨然有到山野中与麋鹿为伍的想法。因此作了两首歪诗，寄给同伴，面对各位作者，想口头念一遍，但念不念不敢定。”自虚说：“今晚上是什么样的好事啊，有幸听到美妙的词句。”倚马又谦让说：“我学问荒疏，水平低下，实在不自量力，何况师丈这文章大师在这里，怎么敢献丑呢？”自虚竭力请求说“我想听听大作，听听大作啊！”倚马于是高声朗读他的诗道：“长安城东洛阳道，车轮不息尘浩浩。争利贪前竞着鞭，相逢尽是尘中老。”其一。“日晚长川不计程，离群独步不能鸣。赖有青青河畔草，春来犹得慰“慰”谐音“喂”羁“羁”谐音“饥”。情。”座上的人都说：“这真是大作，高作。”倚马谦虚地说：“这真是拙劣不堪！拙劣不堪！”

中正谓高公曰："比闻朔漠之士，吟讽师丈佳句绝多，今此是颍川，况侧聆卢曹长所念，开洗昏鄙，意爽神清。新制的多，满座渴咏，岂不能见示三两首，以沃群瞩？"高公请俟他日。中正又曰："眷彼名公悉至，何惜兔园。雅论高谈，抑一时之盛事。今去市肆若远，夜艾兴余，杯觞固不可求，炮炙无由而致，宾主礼阙，惭恧空多。吾辈方以观心朵颐，谓龅草之性，与师丈同。而诸公通宵无以充腹，赧然何补？"高公曰："吾闻嘉话可以忘乎饥渴，秪如八郎，力济生人，动循轨辙，攻城犒士，为己所长。但以十二因缘，皆从觞起；茫茫苦海，烦恼随生。何地而可见菩提？"提"当作"蹄"。何门而得离火宅？亦用事讥之。"中正对曰："以愚所谓，覆辙相寻，轮回恶道；先后报应，事甚分明。引领修行，义归于此。"高公大笑，乃曰："释氏尚其清净，道成则为正觉，"觉"当为"角"。觉则佛也。如八郎向来之谈，深得之矣。"倚马大笑。

自虚又曰："适来朱将军再三有请和尚新制，在小生下情，寔愿观宝。和尚岂以自虚远客，非我法中而见鄙之乎？且和尚器识非凡，岸谷深峻，必当格韵才思，贯绝一时；妍妙清新，摆落俗态。岂终秘咳唾之余思，不吟一两篇，以开耳目乎？高公曰："深荷秀才苦请，事则难于固违，况老僧残疾衰羸，习读久废，章句之道，本非所长，却是朱八无端挑抉吾短。然于病中偶有两篇自述，匠石能听之乎？"曰："愿闻。"其诗曰："拥褐藏名无定踪，流沙千朱中正对高公说："近闻北方沙漠中的读书人，吟诵师丈佳句的人极多。现在这里是颍川，况且侧耳听到卢曹长所念的，启发了我的愚昧，洗刷了我的鄙俗，令我神清气爽。您的新作很多，在座的都渴望您能吟诵一下，高公难道不能向我们展示三两首，以满足大家的期望吗？"高公请求等以后再吟。朱中正又说："考虑到这些名人全来了，为什么舍不得展示自己的诗文呢？大家一起来一番高雅的谈论，或许也是一时的佳话。现在距离市场店铺这么远，夜晚美好，兴致很高，酒是搞不到了，烤肉也没办法弄来，宾主之礼多有缺憾，空怀满腔惭愧。我们正以观察心性的方式来大吃大嚼，这里是说牛（朱中正）吃草反刍，跟骆驼（师丈）一样。各位也通宵没有吃什么东西，感到羞愧又于事何补呢？"高公说："我听说美好的谈话可使人忘记饥渴，只说八郎吧，努力帮助人，行动都遵循规定，攻下城池犒劳士兵，是他最擅长的事。只因为十二因缘都从喝酒开始，茫茫无尽的尘世，烦恼随着它不断产生。什么地方可以见到菩提？"提"谐音"蹄"从哪个门可以离开火宅？这也是用典故讥讽牛。（火宅，佛教用以喻指尘世。《法华经》中以大白牛车喻指引导世人脱离尘世的法门。这里以此问牛，语带讥讽。）"朱中正回答说："在我看来，翻车的事一件接着一件，人们在罪恶的路上周而复始，报应或先或后，但是一定会出现，那是明确无疑的。引导修行，意义就在于这里。"高公大笑，然后说："佛教崇尚清净，修行成功就能获得'正觉'，"觉"谐音"角"，指牛角。觉悟了就成佛了。像八郎刚才的议论，就深得其中奥妙。"卢倚马大笑。

自虚又说："刚刚朱将军再三请和尚展示新作，按照小生的心愿，确实想观赏宝物。和尚难道因为我来自远处，而且不是佛门中人就鄙视我吗？再说，和尚气量见识非凡，像那高岸深谷，他的格调风韵才情思致深厚修养，想必当世无双；文章定会美妙清新，超凡脱俗。难道始终秘藏言谈之余的深刻思想，不肯吟诵一两篇文章，来开阔一下我们的耳目吗？"高公说："非常感激秀才的诚恳请求，看来事情再难以推辞了。不过老僧残年多病，衰老瘦弱，早已不读书了。诗文方面的学问，本就不很擅长，却是朱八无端揭我的短处。然而里度衰容。传得南宗心地后，此身应便老双峰。为有阎浮珍重因，远离西国赴咸秦。自从无力休行道，且作头陀不系身。”

又闻满座称好声，移时不定，去文忽于座内云：“昔王子猷访戴安道于山阴，雪夜皎然，及门而返，遂传何必见戴之论。当时皆重逸兴，今成君可谓以文会友，下视袁安、蒋诩。吾少年时颇负隽气，性好鹰鹯，曾于此时，畋游驰骋。吾故林在长安之巽维，御宿川之东畤。此处地名苟家觜也。咏雪有献曹州房一篇，不觉诗狂所攻，辄污泥高鉴耳。因吟诗曰：‘爱此飘飖六出公，轻琼洽絮舞长空。当时正逐秦丞相，腾踯川原喜北风。’献诗讫，曹州房颇甚赏仆此诗，因难云：‘呼雪为公，得无检束乎？’余遂征古人尚有呼竹为君，后贤以为名论，用以证之。曹州房结舌，莫知所对。然曹州房素非知诗者，乌大尝谓吾曰：‘难得臭味同。’斯言不妄。今涉彼远官，参东州军事，义见《古今注》。相去数千。苗十以五五之数，故第十。气候哑吒。凭恃群亲，索人承事。鲁无君子者，斯焉取诸？”锐金曰：“安敢当。不见苗生几日？”曰：“涉旬矣，然则苗子何在？”去文曰：“亦应非远。知吾辈会于此，计合解来。”

居无几，苗生遽至。去文伪为喜意，拊背曰：“适我愿兮。”去文遂引苗生与自虚相揖，自虚先称名氏，苗生曰：“介立姓苗。”宾主相谕之词，颇甚稠沓。锐金居其侧曰：“此时则苦吟之矣，诸公皆由，老奚诗病又发，如何如何？”自虚曰：“向者承奚生眷与之分非浅，何为尚吝瑰宝，大失所望？”锐金退而逡巡曰：“敢不在病中偶得两首自述身体状况的诗文，文章高手们愿意听吗？”众人回答说：“愿意听。”他的诗说：“拥褐藏名无定踪，流沙千里度衰容。传得南宗心地后，此身应便老双峰”。“为有阎浮珍重因，远离西国赴咸秦。自从无力休行道，且作头陀不系身。”

听到在座的人全都叫好，过了许久都没平静下来。敬去文突然在座上说：“从前，王子猷去山阴拜访戴安道，当时是一个雪光明亮的夜晚，王子猷到了门口没进去就直接返回去了，于是流传下‘何必见戴’的美谈。当时，士人都非常重视脱俗的雅兴，今日成君可谓是以文会友，品格比袁安、蒋诩还要高。我在少年时，对自己的才气颇自负，生性爱好玩鹰鹯，曾在那时，骑马奔驰打猎游嬉。我的故乡位于长安东南，御宿川的东畴。此处地名叫作苟家嘴。咏雪诗有《献曹州房》一篇，不知不觉地被诗兴所激，恐会有辱你们高明的鉴赏力。”因此吟诗道：“爱此飘摇六出公，轻琼洽絮舞长空。当时正逐秦丞相，腾踯川原喜北风。”“献上这首诗后，曹州房很欣赏，但给我出难题说：‘将雪称之为公，该不会有失检束吧？’于是，我征引古人还有将竹称之为君的，后世贤人还认为是名家之说，以此例来证明我的诗言之有据。曹州房张口结舌，不知说什么来应对。但是曹州房素来并不懂诗，乌大曾对我说：‘难得臭味相同。’这并不是乱说。现在他到远处去做官，参东州军事，此义见《古今注》。距离此地有数千里。苗十因为五五这个数，所以称第十。态度暧昧，凭恃亲戚们，选人奉行职务。如果鲁地没有君子，那要到哪里去寻找呢？”奚锐金说：“怎敢承受，不见苗生已经几天了？”说：“将近十天了。然而苗子在哪儿呢？”敬去文说：“想来应该也不会太远。知道我们在此处聚会，估计他会知道来的。”

没过多久，苗生突然来了。敬去文装出高兴的样子，拍着他的背说：“正合乎我的心愿哪！”于是引导着苗生跟自虚互相作揖见面。自虚先说了自己的姓名，苗生说：“我名叫介立，姓苗。”（苗生即猫）宾主互相问候的话，说了很多。奚锐金坐在他们旁边说：“这时就尽力吟诗吧，各位都吟诗了，我的诗病也犯了，怎么办？怎么办？”自虚说：“刚才承蒙奚生器重赞美的情分不浅，为什么还舍不得珍奇的宝贻广席一噱乎？”辄念三篇近诗云：“舞镜争鸾彩，临场定鹘拳。正思仙仗日，翘首仰楼前。养斗形如木，迎春质似泥。信如风雨在，何惮迹卑栖。为脱田文难，常怀纪涓恩。欲知疏野态，霜晓叫荒村。”

锐金吟讫，暗中亦大闻称赏声。高公曰：“诸贤勿以武士见待朱将军，此公甚精名理，又善属文，而乃犹无所言，皮里臧否吾辈，抑将不可。况成君远客，一夕之聚，空门所谓多生有缘，宿鸟同树者也。得不因此留异时之谈端哉？”中正起曰：“师丈此言，乃与中正树荆棘耳。苟众情疑阻，敢不唯命是听。然卢探手作事，自贻伊戚，如何？”高公曰：“请诸贤静听。”中正诗曰：“乱鲁负虚名，游秦感甯生。候惊丞相喘，用识葛卢鸣。黍稷滋农兴，轩车乏道情。近来筋力退，一志在归耕。”

高公叹曰：“朱八文华若此，未离散秩，引驾者又何人哉？屈甚，屈甚。”倚马曰：“扶风二兄，偶有所系，意属自虚所乘。吾家龟兹苍文毙甚，乐喧厌静，好事挥霍，兴在结束，勇于前驱。谓般轻货首队头驴。此会不至，恨可知也。”去文谓介立曰：“胃家兄弟，居处匪遥，莫往莫来，安用尚志。《诗》云‘朋友攸摄’，而使尚有遐心，必须折简见招，鄙意颇成其美。”介立曰：“某本欲访胃大去，方以论文兴酣，不觉迟迟耳。敬君命予，今且请诸公不起，介立略到胃家即回。不然，便拉胃氏昆季同至，可乎？”皆曰：“诺。”介立乃去。

无何，去文于众前窃是非介立曰：“蠢兹为人，有甚爪距。颇闻洁廉，善主仓库。其如蜡姑之丑，难以掩于物论何？”殊不知贝，令人大失所望呢？”奚锐金退了几步，犹犹豫豫地说：“怎么敢不让大家见笑一番呢？”于是就念了三首近作：“舞镜争鸾彩，临场定鹘拳。正思仙仗日，翘首仰楼前。”“养斗形如木，迎春质似泥。信如风雨在，何惮迹卑栖。”“为脱田文难，常怀纪涓恩。欲知疏野态，霜晓叫荒村。”

奚锐金吟诵完之后，黑暗中也听到很多称赞欣赏的声音。高公说：“各位贤士不要以武士的身份看待朱将军，此公很精通事理，又擅长写文章，却至今还没说什么话，心里恐怕正在评论我们，这是不可以的。况且成君是远方的客人，一个晚上的聚会，佛门所谓的多世有缘，像同栖宿于一棵树上的鸟啊！能不借此机会留下将来的话头吗？”朱中正站起来说：“师丈这个话，是给我树立荆棘啊。如果众人心里觉得疑惑不快，怎敢不听从命令？然而卢探手做事，是自寻烦恼，怎么办？”高公说：“请各位贤士静听。”朱中正的诗说：“乱鲁负虚名，游秦感宿生。候惊丞相喘，用识葛卢鸣。黍稷滋农兴，轩车乏道情。近来筋力衰，一志在归耕。”

高公叹息说：“朱八文采已到这种程度，却还没有卸去官职，配做引驾大师的还能有谁呢？太屈才了！太屈才了！”卢倚马说：“扶风的二哥，偶然被牵制，指自虚所乘的马。拴到了柱子上。我家的龟兹，青灰色的衣服破得很，喜欢热闹，厌恶清静，喜做挥霍的事，兴趣在于装束打扮起来，勇敢地走在最前面。指运轻型货物的运输队首队打头的驴。这次聚会他没有到，那遗憾可想而知啊。”敬去文对苗介立说：“胃家兄弟，住处离此不远，如果彼此不来往，使自己志向高尚还有什么用呢。《诗经》上说“朋友攸摄’，而我们让他们还有疏远的想法，必须用请帖去邀请他们来。我心中很想成全这件美事。”苗介立说：“我本想去拜访胃老大，刚才因为谈论文章谈得高兴，不觉迟迟未去。您命我去，现在请各位不要动，我到胃家去一下，马上就回来。要不我就拉着胃家兄弟同来，行吗？”大家都说：“好。”苗介立就去了。

不久，敬去文在大家面前悄声非议苗介立说：“这人很愚蠢，有什么本事呢？听说他很清廉，善于管理仓库。但是又长得像蝲蛄那介立与胃氏相携而来，及门，瞥闻其说。介立攘袂大怒曰：“天生苗介立，斗伯比之直下，得姓于楚远祖棼皇茹。分二十族，祀典配享，至于《礼经》。谓《郊特牲》八蜡，迎虎迎猫也。奈何一敬去文，盘瓠之余，长细无别，非人伦所齿。只合驯狎稚子，狞守酒旗，谄同妖狐，窃脂媚灶，安敢言人之长短。我若不呈薄艺，敬子谓我咸秩无文，使诸人异日藐我。今对师丈念一篇恶诗，且看如何？”诗曰：“为惭食肉主恩深，日晏蟠蜿卧锦衾。且学志人知白黑，那将好爵动吾心。”

自虚颇甚佳叹。去文曰：“卿不详本末，厚加矫诬。我实春秋向戌之后，卿以我为盘瓠裔，如辰阳比房，于吾殊所华阔。”中正深以两家献酬未绝为病，乃曰：“吾愿作宜僚以释二忿，可乎？昔我逢丑父，实与向家棼皇，春秋时屡同盟会。今座上有名客，二子何乃互毁祖宗？语中忽有绽露，是取笑于成公齿冷也。且尽吟咏，固请息喧。”

于是介立即引胃氏昆仲与自虚相见，初襜襜然若白色，二人来前，长曰胃藏瓠，次曰藏立。自虚亦称姓名。藏瓠又巡座云：“令兄令弟。”介立乃于广众延誉胃氏昆弟：“潜迹草野，行著及于名族；上参列宿，亲密内达肝胆。况秦之八水，实贯天府，故林二十族，多是咸京。闻弟新有题旧业诗，时称甚美，如何得闻乎？”藏瓠对曰：“小子谬厕宾筵，作者云集，欲出口吻，先增惭怍。今不得已，尘污诸贤耳目。”诗曰：“鸟鼠是家川，周王昔猎贤。一从离子卯，鼠兔皆变为猬也。应见海桑田。”介立称好：“弟他样丑，难逃被众人议论的事实怎么办呢？”殊不知苗介立与胃氏兄弟已携手而来，到门口时，忽然听到这话，苗介立撸起袖子，愤怒地说：老天生我苗介立，是楚国斗伯比的直系后裔，得姓于楚国远祖棼皇茹。共分二十族，我的祖先祭祀典礼时也配享，都写到《礼经》中了。说的是《礼记·郊特牲》中有“八蜡”之祭名，其中有祭虎和猫一项。你敬去文算个啥？不过是盘瓠的余种，长幼不分，不合于人伦。只配乖乖地被小孩子戏耍，凶恶地守在酒旗下，像妖精狐狸那样谄媚，想偷油吃就围着灶台转，怎么敢谈论别人的长短！我如果不显示下浅薄的技艺，姓敬的会认为我是墨守成规，毫无文采的人，使各位将来藐视我。如今在师丈面前念一首劣诗，且看怎么样。我的诗是：‘为惭食肉主恩深，日晏蟠蜿卧锦衾。且学志人知白黑，那将好爵动吾心。’”

自虚觉得不错，很是赞叹。敬去文说：“你不清楚事情的来龙去脉，严重诬蔑我的身世。我实际上是春秋时代向戌的后代，您把我当成盘瓠的后裔，就像把太阳比作房星，对我来说差得太远了。”朱中正对两家不断互相攻击感到很头疼，就说：“我愿做古代的宜僚来消除你们二人的气愤，好吗？从前我的祖先逢丑父，实际上跟向家和棼皇都有交情，春秋时多次共同参加会盟。现在座中有著名客人，你们二人为何竟然互相毁谤祖宗？如果话中忽然露出了破绽，是会被成公取笑瞧不起的。暂且尽情作诗吟诵，坚决不要再吵吵嚷嚷。”

于是苗介立就带着胃氏兄弟跟自虚相见。起初，自虚只看见摇晃晃的一团白色，等二人来到面前，听哥哥说叫胃藏瓠，（指藏在瓠下的刺猬。）弟弟说叫胃藏立。（指藏在斗笠下的刺猬。）自虚也报了姓名。胃藏瓠又绕座一圈说：“各位都是我的好兄弟啊！”苗介立于是在大家面前称扬胃氏兄弟：“他们隐居在草野之中，品行名望却比得上名门望族；上列名于星宿之间，兄弟之间关系亲密如同肝胆相照。况且秦地八条河，实通天府，故乡二十族，多在咸阳城。听说贤弟有题旧业的诗，当时都说作得很好，怎么样才能听到大作呢？”胃藏瓠回答说：“晚辈斗胆混迹于宾客之中，今天作者云集，想念一下日必负重名，公道若存，斯文不朽。”藏瓠敛躬谢曰：“藏瓠幽蛰所宜，幸陪群彦，兄揄扬太过，小子谬当重言，若负芒刺。”座客皆笑。

时自虚方聆诸客嘉什，不暇自念己文，但曰：“诸公清才绮靡，皆是目牛游刃。”中正将谓有讥，潜然遁去。高公求之不得，曰：“朱八不告而退，何也？”倚马对曰：“朱八世与炮氏为仇，恶闻发硎之说而去耳。”自虚谢不敏。此时去文独与自虚论诘，语自虚曰：“凡人行藏卷舒，君子尚其达节。摇尾求食，猛虎所以见几，或为知己吠鸣，不可以主人无德，而废斯义也。去文不才，亦有两篇言志奉呈。”诗曰：“事君同乐义同忧，那校糟糠满志休。不是守株空待兔，终当逐鹿出林丘。”“少年尝负饥鹰用，内愿曾无宠鹤心。秋草殴除思去宇，平原毛血兴从禽。”

自虚赏激无限，全忘一夕之苦，方欲自夸旧制，忽闻远寺撞钟。则比膊锵然声尽矣。注目略无所睹，但觉风雪透窗，臊秽扑鼻。唯窣飒如有动者，而厉声呼问，绝无由答。自虚心神恍惚，未敢遽前扪撄。退寻所系之马，宛在屋之西隅，鞍鞯被雪，马则龁柱而立。迟疑间，晓色已将辨物矣。乃于屋壁之北，有橐驼一，贴腹跪足，儑耳齝口。自虚觉夜来之异，得以遍求之。室外北轩下，俄又见一瘁瘠乌驴，连脊有磨破三处，白毛茁然将满。举视屋之北拱，微若振迅有物，乃见一老鸡蹲焉。前及设像佛宇塌座之北，东西有隙地数十步。牖下皆有彩画处，土人曾以麦稳之长者积于自己的作品，可是觉得很惭愧。现在不得已，只好玷污各位贤士的耳目了。我的诗是：‘乌鼠是家川，周王昔猎贤。一从离子卯，鼠兔都变成刺猬。应见海桑田。’”苗介立称赞写得好，说：“老弟将来一定会获得盛名。公道如果存在的话，这首诗也会流传不朽。”胃藏瓠弯腰感谢说：“我藏瓠只适合隐居在幽暗的地方，今天很庆幸能陪侍各位俊才。老兄赞扬得太过分了，我错误地承受这些很有份量的评价。真像芒刺在背。”于是座中的客人都笑了起来。

当时自虚正在聆听各位客人的佳作，没有工夫自己念自己的文章，只是说：“各位才华清秀，词句华艳，都可谓是庖丁解牛般目无全牛、游刃有余的高手。”朱中正认为这话含有讥讽他的意思，便暗中溜走了。高公找朱中正没找到，说：“朱八不告诉一声就走了，怎么回事？”卢倚马回答说：“朱八世代与炮氏有仇，不愿听到刀子锋利之类的话，因而离开了。”自虚道歉说自己思虑不周。这时敬去文单独与自虚辩论，对自虚说：“大凡人的出处进退，君子崇尚的合乎节义。摇尾求食，有时即便老虎看清了时势也得那么做。有时为知己吠鸣，不可因为主人无德，而不讲‘士为知已者死’的道义。我去文不才，也有两篇表明志向的诗奉献于您面前。我的诗是：‘事君同乐义同忧，那校糟糠满志休。不是守株空待兔，终当逐鹿出林丘。’‘少年尝负饥鹰用，内愿曾无宠鹤心。秋草殴除思去宇，平原毛血兴从禽。’”

自虚对这些作品赞叹不已，完全忘记这晚上的辛苦，正想夸耀自己原先的作品，忽然听到远处寺院里撞钟的声音，就觉得原先身边的那些人“轰”的一声全没了。定睛一看，什么也没看到，只觉得风雪吹进窗内，臊臭扑鼻。只有些轻微细碎的声音，像有什么东西在活动，可是大声喊问，又完全没有人回答。自虚心神恍恍惚惚，不敢立刻向前摸碰。退出去寻找所拴的马，仿佛在屋子西边角落里，马鞍上盖上了一层雪，马站在那里啃着柱子。正在迟疑不定之际，天已出现了曙色，可以看清东西了。就在墙壁的北面看到一头骆驼，肚子贴着地面，腿跪在那里，微动着耳朵，嘴里在倒嚼。自虚似乎觉察到了昨夜以来发生的异事，就把各处全找了一遍。在室外的北窗下，不久其间，见一大驳猫儿眠于上。咫尺又有盛饷田浆破瓠一，次有牧童所弃破笠一，自虚因蹴之，果获二刺猬，蠕然而动。自虚周求四顾，悄未有人，又不胜一夕之冻乏，乃揽辔振雪，上马而去。绕出村之北，道左经柴栏旧圃，睹一牛踣雪龁草。次此不百余步，合村悉辇粪幸此蕴崇。自虚过其下，群犬喧吠，中有一犬，毛悉齐裸，其状甚异，睥睨自虚。

自虚驱马久之，值一叟，辟荆扉，晨兴开径雪，自虚驻马讯焉。对曰："此故友右军彭特进庄也。郎君昨宵何止？行李间有似迷途者。"自虚语及夜来之见，叟倚彗惊讶曰："极差，极差。昨晚天气风雪，庄家先有一病橐驼，虑其为所毙，遂覆之佛宇之北，念佛社屋下。有数日前，河阴官脚过，有乏驴一头，不任前去。某哀其残命未舍，以粟斛易留之，亦不羁绊。彼栏中瘠牛，皆庄家所畜。适闻此说，不知何缘如此作怪。"自虚曰："昨夜已失鞍驮，今馁冻且甚，事有不可率话者，大略如斯，难于悉述。"遂策马奔去，至赤水店，见僮仆，方讶其主之相失，始忙于求访。自虚慨然，如丧魂者数日。

就发现一头劳累疲惫的瘦黑驴，靠近脊背有三处磨破的地方，磨破的地方的白毛都快长满了。抬头看屋子北面的拱门上，微微像什么东西在迅急摇动，一看原来是一只老鸡蹲在那里。往前走到摆设佛像的屋子，坍塌的佛座的北面，东西有空地数十步，窗下都是有彩色绘画的地方，当地人曾把麦秸中的较长的堆集在那里，只见有只大花猫正睡在那上面。不远的地方又有一只往田里送饮料给人喝的破瓢，接着还有一顶牧童扔掉的破斗笠。自虚于是踢了一脚，里面果然有两只刺猬，蠕蠕而动。自虚又住四下里寻看，静悄悄的没有人，又实在受不了这一宿又冻又累，便拉紧马缰绳，抖掉积雪，上马走了。绕路走出村子的北面，道路左边经过劈柴围成的牲口圈和老菜园，看见一条牛趴在雪里吃草。离这不到百余步，是全村用车把粪送到此处堆积的粪堆。自虚经过粪堆下面时，一群狗狂吠不止，其中有一只狗，毛全掉光了，样子很怪，斜着眼睛看着自虚。

自虚骑马走了很久，碰到一位老人，开了柴门，早起打扫路上的雪，自虚便停马向他问讯，老人回答说："这里是我的老朋友右军彭特进的庄园。郎君昨晚在哪里住的？看样子有些像是迷了路。"自虚跟他说了夜晚见到的情况，老人拄着扫帚惊讶地说："太奇怪了！大奇怪了！昨晚天气刮风下雪，农家先前有一头病骆驼，担心被风雪冻死，便把它牵到佛寺的北面念佛社屋中。还有几天前，河阴的公家脚夫经过的时候，有一头疲惫不堪的驴不能继续往前走了。我可怜它还有口气，就用一斛小米换下了它，也没有拴它。那圈里的瘦牛，都是农家养的。刚才听了你的话，不知什么原因如此作怪。"自虚说："昨夜我跟运送行李的车马失散了，现在又冷又饿，还有些事也不能细说，大致情况就这样，难以详细叙述。"于是打马奔向前方。到了赤水店后，见到了大小仆人，仆人们正惊讶主人跟他们失散了，开始忙着寻访。自虚非常感慨，一连好几天都像丢了魂一样。

卷第四百九十一　杂传记八

谢小娥传　杨娼传　非烟传

谢小娥传李公佐撰

小娥姓谢氏，豫章人，估客女也。生八岁丧母，嫁历阳侠士段居贞。居贞负气重义，交游豪俊。小娥父畜巨产，隐名商贾间，常与段婿同舟货，往来江湖。时小娥年十四，始及笄，父与夫俱为盗所杀，尽掠金帛。段之弟兄，谢之生侄，与童仆辈数十悉沉于江。小娥亦伤胸折足，漂流水中，为他船所获。经夕而活。因流转乞食至上元县，依妙果寺尼净悟之室。初父之死也，小娥梦父谓曰："杀我者，车中猴，门东草。"又数日，复梦其夫谓曰："杀我者，禾中走，一日夫。"小娥不自解悟，常书此语，广求智者辨之，历年不能得。

至元和八年春，余罢江西从事，扁舟东下，淹泊建业。登瓦官寺阁，有僧齐物者，重贤好学，与余善，因告余曰："有孀妇名小娥者，每来寺中，示我十二字谜语，某不能辨。"余遂请齐公书于纸，乃凭槛书空，凝思默虑，坐客未倦，了悟其文。令寺童疾召小娥前至，询访其由。小娥呜咽良久，乃曰："我父及夫，皆为贼所杀。迩后尝梦父告曰：'杀我者，车中猴，门东草。'又梦夫告曰：'杀我者，禾中走，一日夫。'岁久无人悟之。"余曰："若然者，吾审详矣，杀汝父是申兰，杀汝夫是申春。且'车中猴'，'车（車）'

谢小娥传李公佐撰

小娥姓谢，是豫章人，也是商人的女儿。在她八岁的时候母亲去世了，小娥被许配给了历阳的一位侠义之士叫段居贞。段居贞刚强好胜，重视义气，喜欢结交豪情侠士。谢小娥的父亲积蓄了许多的财产，并且隐姓埋名在那些商人当中，经常和女婿坐一条船去卖货，在江湖上来往。当时谢小娥只有十四岁，刚好到了成婚的年纪，小娥的父亲和丈夫却都被强盗杀死了，那些金钱财物也全被抢走。段居贞的兄弟，谢家的外甥和侄子，并且还有仆人们这些十几口人全部被沉到了江中。谢小娥的胸口和脚也都受了重伤，她漂浮在水中，后来被其他的小船给救了上来。经过一个晚上才苏醒过来。因为流浪乞讨小娥来到了上元县，暂时住在了妙果寺的尼姑净悟的房间。父亲刚死去的时候，谢小娥梦见父亲托梦对自己说："杀我的人叫，车中猴，门中草。"然后又过了几天，谢小娥又梦见她的丈夫托梦对她说："杀我的人叫，禾中走，一日夫。"谢小娥自己不能理解这些话的意思，就经常把这些话写下来给别人看，到处去恳求那些有智谋的人来解释它，但是经过了一年也没有人能解释它。

一直到了元和八年春天，我被罢免到了江西当官，在我乘着小船向东走的时候，来到了建业城停船并在这里停留。当我登上了瓦官寺的阁楼，有一个叫齐物的和尚，他重视有才能的人并且喜欢学习，和我相处得也很友好，然后有一天他告诉我说："有个名叫谢小娥的寡妇，当她每次来到寺庙里的时候，都会给我看一个有十二个字的谜语，但是我却无法解出谜底。"然后我就请求齐物把谜语写到一张纸上，我就靠在栏杆上用手比画着在空中写字，然后集中精神一个人默默地思索，当坐在座位上的游客都还没有感觉疲惫的时候，我就已经明白了那个字谜的谜底是什么。我叫寺庙里的小童赶快去字，去上下各一画，是‘申’字，又申属猴，故曰‘车中猴’；‘草’下有‘门’，‘门’中有‘东’，乃‘兰（蘭）’字也；又‘禾中走’，是穿田过，亦是‘申’字也。‘一日夫’者，‘夫’上更一画，下有日，是‘春’字也。杀汝父是申兰，杀汝夫是申春，足可明矣。”小娥恸哭再拜，书申兰、申春四字于衣中，誓将访杀二贼，以复其冤。娥因问余姓氏官族，垂涕而去。

尔后小娥便为男子服，佣保于江湖间，岁余，至浔阳郡，见竹户上有纸榜子，云召佣者。小娥乃应召诣门，问其主，乃申兰也。兰引归，娥心愤貌顺，在兰左右，甚见亲爱。金帛出入之数，无不委娥。已二岁余，竟不知娥之女人也。先是谢氏之金宝锦绣，衣物器具，悉掠在兰家。小娥每执旧物，未尝不暗泣移时。兰与春，宗昆弟也，时春一家住大江北独树浦，与兰往来密洽。兰与春同去经月，多获财帛而归。每留娥与兰妻兰氏同守家室，酒肉衣服，给娥甚丰。或一日，春携文鲤兼酒诣兰，娥私叹曰：“李君精悟玄鉴，皆符梦言，此乃天启其心，志将就矣。”是夕，兰与春会，群贼毕至，酣饮。暨诸凶既去，春沉醉，卧于内室，兰亦露寝于庭。小娥潜锁春于内，抽佩刀，先断兰首，呼号邻人并至。春擒于内，兰死于外，获赃收货，数至千万。初，兰、春有党数十，暗记其名，悉擒把谢小娥叫到我面前来，然后我就向她询问事情的经过。谢小娥呜咽着哭了好一会儿，才说："我父亲和我的丈夫，全部被强盗杀了。在他们死后不久我经常梦见我的父亲告诉我说："杀我的人叫车中猴，门东草。'然后又梦见丈夫托梦告诉我说：'杀我的人叫，禾中走，一日夫。'但是过了很多年也没有人能明白这些话到底是什么意思。"我接着说："如果这么说，那么我就能清楚这些话是什么意思了，杀你父亲的人叫申兰，而杀你丈夫的人叫申春。并且"车中猴"的意思，是这个车字上下各去一画，就是"申"字（指繁体"車"字），又因为申是属猴，所以就说"车中猴"；"草"字下有个"门"，而"门"中有个"东"，就是"兰"字（指繁体'蘭'）；又因为"禾中走"是指穿田过，这说的也就是"申"字啊。"一日夫"的意思呢，就是"夫"再加上一画，那么下有"日"呢，就是指的"春"字啊。那么杀你父亲的叫申兰，杀你丈夫的叫申春，这些就足以来证明了。"谢小娥非常悲伤和痛苦地哭着对我拜了两拜，然后把"申兰、申春"这四个字写在了衣服里面，并且发誓要去寻找然后杀死这两个贼人，以报自己的冤仇。谢小娥接着又问了我的姓名和家世，然后流着眼泪离开了。

从此以后谢小娥就换上了男人穿的衣服，她就在江湖上给别人当佣工，在一年多之后，谢小娥来到了浔阳郡，她看见竹门上有一张纸是关于招帖的，那张纸上面说要招收佣工。谢小娥于是按照这张招帖找到了那家店，询问那家的店主是谁，竟然就是申兰。申兰带着谢小娥回去，谢小娥虽然心中感到非常愤怒，但是外表上却表现得很恭顺，待在申兰身边，谢小娥非常受申兰喜欢和信任。金银钱财的收入和支出的数目，申兰都交给谢小娥管理。就这样两年多过去了，申兰竟然不知道谢小娥是一个女子。谢家从前的金银财宝锦衣绣缎，还有衣物器具，全部被抢到了申兰的家中。谢小娥每次拿起这些旧物的时候，没有一次不偷偷地哭泣好久。申兰与申春是堂兄弟的关系，当时申春的家居住在长江北面的独树浦那里，和申兰家来往密切，关系融洽。申兰与申春一起出去了一个月，回来的时候就带着许多钱财。每次都把谢小娥留下和申兰的妻子兰氏一起在家守护，并且把好酒好肉还有精致的衣服送很多给小娥。直到有一天，申春携就戮。时浔阳太守张公，善娥节行，为具其事上旌表，乃得免死。时元和十二年夏岁也。复父夫之仇毕，归本里，见亲属。里中豪族争求聘，娥誓心不嫁，遂剪发披褐，访道于牛头山，师事大士尼蒋律师。娥志坚行苦，霜春雨薪，不倦筋力。十三年四月，始受具戒于泗州开元寺，竟以小娥为法号，不忘本也。

其年夏月，余始归长安，途经泗滨，过善义寺，谒大德尼令操。见新戒者数十，净发鲜帔，威仪雍容，列侍师之左右。中有一尼问师曰："此官岂非洪州李判官二十三郎者乎？"师曰："然。"曰："使我获报家仇，得雪冤耻，是判官恩德也。"顾余悲泣。余不之识，询访其由。娥对曰："某名小娥，顷乞食孀妇也。判官时为辨申兰、申春二贼名字，岂不忆念乎？"余曰："初不相记，今即悟也。"娥因泣，具写记申兰、申春，复父夫之仇，志愿粗毕，经营终始艰苦之状。小娥又谓余曰："报判官恩，当有日矣，岂徒然哉！"

带着鲤鱼和好酒来到了申兰家，谢小娥偷偷叹息地说：“李君精确的分析还有神妙的判断，全都符合梦中所说的话，他的思想被上天启发了，那我的心愿也即将要实现了。”到了那天晚上，申兰和申春聚到了一起，那群贼人全部来了，他们喝酒喝得很开心。终于等到那些贼人都离开了以后，申春喝得大醉，躺在了屋内，而申兰也喝醉了躺在庭院里。谢小娥悄悄地把申春锁在了里屋，抽出自己随身带的剑，用剑砍下了申兰的头颅，然后大声呼喊着把周围的人都吸引过来。申春在里屋被人抓住，申兰死在了房屋外面，搜查得到了许多赃物赃款，数量达到了千万。刚开始，申兰、申春的同伙有几十人，谢小娥都偷偷把他们的姓名记了下来，一个一个把他们抓来杀了。当时浔阳的太守张公，非常赞赏谢小娥这种正直的行为，就向皇上讲述了她的故事并且对小娥进行了表彰，小娥这才免去一死。当时是元和十二年夏天。谢小娥报完了父亲和丈夫的仇之后，就回到了自己的故乡，去拜访了亲朋好友们。故乡中的有钱人家争着向小娥求婚，但是小娥在心中发誓绝对不会再改嫁，然后小娥就剪去了自己的头发，还穿上了粗布做的衣服，来到了牛头山去拜访有学问的僧人，并拜很有学问又严格遵守戒律的蒋老尼姑为师。谢小娥志向非常坚定，言行举止谨慎又非常肯吃苦，无论是寒霜春日还是下雨小娥也坚持打柴，身体也不感觉到疲倦和筋疲力竭。到了元和十三年四月，开始在泗州的开元寺承受了“具足戒”，竟然用小娥来作为她的法号，这是让她不忘本的意思。

直到那年夏天，我又回到了长安，路过了泗水滨，经过了善义寺，去拜见了大德尼姑令操。接着去看了新受戒的几十个人，他们都剃光了头发并戴着新的披肩，每个人举止严肃并且有法度，在师父左右排列侍奉着。他们当中有一位尼姑忽然问老师：“这个官员难道不是洪州李判官的二十三郎吗？”老师回答说：“是的。”又接着说：“他帮助我报了家仇，帮我洗雪了冤仇耻辱，多亏了这位判官的帮助啊。”她看着我悲伤地哭了起来，但是我却不认识她，就去询问她为什么会这样说。小娥对我说：“我的名字叫谢小娥，就是从前讨饭的那个寡妇。判官当时帮我分析出了申兰和申春两个贼人的名字，难道还没嗟乎！余能辨二盗之姓名，小娥又能竟复父夫之仇冤，神道不昧，昭然可知。小娥厚貌深辞，聪敏端特，炼指跛足，誓求真如。爰自入道，衣无絮帛，斋无盐酪；非律仪禅理，口无所言。后数日，告我归牛头山。扁舟泛淮，云游南国，不复再遇。

君子曰：誓志不舍，复父夫之仇，节也；佣保杂处，不知女人，贞也。女子之行，唯贞与节，能终始全之而已，如小娥，足以儆天下逆道乱常之心，足以观天下贞夫孝妇之节。余备详前事，发明隐文，暗与冥会，符于人心。知善不录，非《春秋》之义也，故作传以旌美之。

杨娼传房千里撰

杨娼者，长安里中之殊色也。态度甚都，复以冶容自喜。王公巨人享客，竞邀致席上，虽不饮者，必为之引满尽欢。长安诸儿一造其室，殆至亡生破产而不悔。由是娼之名冠诸籍中，大售于时矣。

有记起来吗？”我说：“刚开始没有想起来，现在已经记起来了。”谢小娥因此又哭了起来，然后又详细地把申兰、申春的名字写了下来，也报了父亲和丈夫的冤仇，愿望实现的基本经历和所承受的种种艰苦情况。接着小娥又对我说：“当初说报答判官的恩情，一定会有机会的，怎么能随便说说呢？”

唉！我之所以能分析出这两个强盗的姓名，小娥又能终于报了父亲和丈夫的冤仇，神明之道不会不显现出来，从这件事就看得很清楚了。小娥外貌看起来老实，说的话感觉却很深刻，她聪明敏捷，非常正直，烧自己的手指，带着自己瘸着的腿也坚持侍奉佛祖，发誓一定要追求永恒的真理。于是她自从进入了佛门，就不穿絮帛制的衣服，也不吃有盐酪做的斋饭；如果不是佛教戒律和关于思维静虑的修行之道，就什么也不会说。后来过了几天，小娥告诉我她要回牛头山，想要乘着小船在淮水上漂浮，到南方的城市四处游历一下，应该不会再有机会遇到了。

君子说：“既然立下了志向就不要放弃，直到报了父亲和丈夫的仇，这就是气节；去做佣工和男人们待在一起，并且没有暴露出自己是女人的身份，这就是贞节。女子的行为，只有清白和骨气从一开始到最后都能保全就可以了，就像小娥，这已经足够警醒天下那些背叛道德，违反道德伦常的行为，也足够能分辨清白的男人还有孝顺的女人的正直了。我详细地记录下上面提到的事情，解释清楚哑谜，并在暗中和鬼魂托梦时所说的话相符合，也是比较符合人们心中所想的。明知道是好事却不记录下来，这不合《春秋》一书的主旨意思，所以我写了这篇文章以表彰赞美这件事。

杨娼传房千里撰

杨娼是一个长安里巷妓院中非常漂亮的女子。她的姿态和风度很好，同时又能把自己打扮得很好看并且自己也感到高兴。王公大人请客吃饭的时候，争着想要邀请她来宴席上，就算是不喝酒的人，也一定会因为她的到来而喝酒喝得很开心。长安那些年轻人为了能去她家一次，几乎已经到了就算失去性命、为了她倾家荡产也丝毫不后岭南帅甲，贵游子也。妻本戚里女，遇帅甚悍。先约，设有异志者，当取死白刃下。帅幼贵，喜淫，内苦其妻，莫之措意。乃阴出重赂，削去娼之籍，而挈之南海，馆之他舍。公余而同，夕隐而归。娼有慧姓，事帅尤谨。平居以女职自守，非其理，不妄发。复厚帅之左右，咸能得其欢心。故帅益嬖之。

会间岁，帅得病，且不起。思一见娼，而惮其妻。帅素与监军使厚，密遣导意，使为方略。监军乃绐其妻曰："将军病甚，思得善奉侍煎调者视之，瘳当速矣。某有善婢，久给事贵室，动得人意。请夫人听以婢安将军四体，如何？"妻曰："中贵人信人也，果然。于吾无苦耳，可促召婢来。"监军即命娼冒为婢以见帅，计未行而事泄，帅之妻乃拥健婢数十，列白挺，炽膏镬于廷而伺之矣。须其至，当投之沸鬲。帅闻而大恐，促命止娼之至。且曰："此自我意，几累于渠。今幸吾之未死也，必使脱其虎喙，不然，且无及矣。"乃大遗其奇宝，命家僮傍轻舠，卫娼北归。

悔的地步。因为这样杨娼的名声在长安城著名妓女中也算是首屈一指的，在当时是非常受欢迎的。

岭南有一位带兵的主将甲某，是一个没有官职的贵族的儿子。他的妻子本来是皇帝外戚的女儿，之前对待这位主将非常凶狠。并且一开始就约定了，如果变心了，就要当场用刀杀死他。主将小时候娇贵、好色，但因为京城中妻子的凶悍，就没有办法为所欲为。于是他在暗地里用了许多钱财，销去了杨娼的妓女身份，接着带着她去了南海，并且把她安置在别人的房子里面居住。他没有公事的休闲时间就去跟杨娼一起住，到了晚上就偷偷地回家。杨娼的性格聪明伶俐，照顾主将非常的小心谨慎。平日坚守妇女的职责，不是合情理的，就不会随便妄自乱说话。对待主将身边的侍从非常好，让他们都对她满意。所以主将越来越喜欢她。

隔了一年，主将得了重病，并且卧床不起。主将非常思念杨娼，想要见一见杨娼，但是又害怕他的老婆。但是主将跟监军使的交情一直都很好，就偷偷地派人去转达自己的想法，让他给自己想个办法。监军就骗主将的妻子说："将军的病非常严重了，想要找一个擅长侍奉煎药调药的人来照顾他，这样主将的病可能会好得快一些。我就有一个好的婢女，长时间在贵族人家中侍奉，做事深得人心。希望夫人任用这个婢女以便伺候好将军的身体，夫人觉得怎么样呢？"主将的妻子说："你是诚实的人，如果真是这样的话，对于我来说没有什么害处，那么可以赶快把那个婢女带来。"接着监军就让杨娼扮成婢女来见主将，没想到计划还没实施就被泄露了出去，然后主将的妻子就带着几十个健壮的婢女，拿着白木棍排列成了一排，在主将办公的地方把油锅烧得滚烫，然后等待着杨娼的到来。并且打算等待她来了，就要把她扔进沸腾的油锅里面。主将听到这后感到非常惊恐，赶紧叫人去阻止杨娼过来。接着说："这只是我的想法，却几乎连累了她。不过现在幸好我还没死，所以一定要让她脱离虎口，不然的话，就要来不及了。"然后他叫人给杨娼送去了很多奇珍异宝，并且叫家中年轻的仆人乘着轻快的刀形小船逃跑。保护着杨娼去了北方。

自是帅之愤益深，不逾旬而物故。娼之行适及洪矣，问至，娼乃尽返帅之赂，设位而哭曰：“将军由妾而死，将军且死，妾安用生为？妾岂孤将军者耶？”即撤奠而死之。

夫娼以色事人者也，非其利则不合矣。而杨能报帅以死，义也；却帅之赂，廉也。虽为娼，差足多乎！

非烟传皇甫枚撰

临淮武公业，咸通中，任河南府功曹参军。爱妾曰非烟，姓步氏，容止纤丽，若不胜绮罗；善秦声，好文笔，尤工击瓯，其韵与丝竹合。公业甚嬖之。其比邻天水赵氏第也，亦衣缨之族，不能斥言。其子曰象，秀端有文，才弱冠矣，时方居丧礼。忽一日，于南垣隙中，窥见非烟，神气俱丧，废食忘寐。乃厚赂公业之阍，以情告之。阍有难色，复为厚利所动，乃令其妻伺非烟间处，具以象意言焉。非烟闻之，但含笑凝睇而不答。门媪尽以语象，象发狂心荡，不知所持，乃取薛涛笺，题绝句曰：“一睹倾城貌，尘心只自猜。不随萧史去，拟学阿兰来。”以所题密缄之，祈门媪达非烟。烟读毕，吁嗟良久，谓媪曰：“我亦曾窥见赵郎，大好才貌。此生薄福，不得当之。”盖鄙武生粗悍，非良配耳。乃复酬篇，写于金凤笺曰：“绿惨双娥不自持，只缘幽恨在新诗。郎心应似琴心怨，脉脉春情更拟谁？”封付门媪，令遗象。象启缄，吟讽数四，拊掌喜曰：“吾事谐矣。”又以剡溪玉叶纸，赋诗以谢曰：“珍重佳人赠好音，彩笺芳翰两情深。薄于蝉翼难供恨，密似蝇头未写心。疑是落花迷碧洞，只思轻雨洒幽襟。百回消息千回梦，裁作长谣寄从这以后主将的烦闷变得更加严重，没过十天主将就去世了。杨娼向着北方走刚好到了洪州，接着听到了主将去世的消息，杨娼就全部退回了主将送给她的财物，并且为主将设置了灵位，哭着说：“将军都是因为我才死的。将军都死了，那我还活着是为了什么呢？我怎么能让将军一个人孤独地离开呢？”于是就撤掉祭奠跟着将军死了。

娼妓一般是以美色伺候人的，对于她们来说没有利的事情是不会跟人一条心的。可是杨娼却能用死来报答主将，这就是义气；将主将的财物退回去，这就是清白。虽然是娼妓，但是她也还是非常值得赞美的。

非烟传皇甫枚撰

临淮的武公业，在咸通这一年，担任河南府曹参军这一官职。他最宠爱的妾的名字叫非烟，姓步，她的容貌和举止非常细小柔美，好像承受不了华丽的衣服似的；她擅长秦国的音乐，喜欢写文章，并且在敲击一个叫瓯的乐器方面是非常厉害的，敲击出来的音律可以和弦乐、管乐相配合。也因为这样公业非常宠爱她。他的邻居是天水籍一位姓赵的住宅，他也是官宦人家，但是不方便把他的名字直接说出来。赵氏的儿子名字叫象，长得清秀端庄并且很有文采，但是他只有二十岁。在那个时候赵象正在守孝。突然有一天，赵象路过南墙的时候，从那个缝隙中偷看到了非烟，这一看好像一下子把赵象的精神和魂魄全部勾走了，想非烟想的吃不下饭也睡不着觉。就用很多的钱财去贿赂武公业的看门人，让那个看门人去把自己的心意转告给非烟。看门人露出为难的表情，但是那么多的钱财又让他很动心，所以就叫他的妻子在服侍非烟休息的时候，把赵象的心意全部向非烟说了。非烟听后，什么也没说只是含笑斜眼看着看门人的妻子。看门人的老婆把情况如实地告诉了赵象，赵象欣喜若狂，忍不住心摇意荡，竟然一时之间不知道应该怎样来控制自己的情绪了，就去取出了薛涛笺，并在上面写了一首绝句：“一睹倾城貌，尘心只自猜。不随萧史去，拟学阿兰来。”然后赵象把写的诗给密封好，请求看门绿琴。”

诗去旬日，门媪不复来，象忧恐事泄，或非烟追悔。春夕，于前庭独坐，赋诗曰：“绿暗红藏起暝烟，独将幽恨小庭前。沉沉良夜与谁语，星隔银河月半天。”明日，晨起吟际，而门媪来传非烟语曰：“勿讶旬日无信，盖以微有不安。”因授象以连蝉锦香囊，并碧苔笺诗曰：“无力严妆倚绣栊，暗题蝉锦思难穷。近来嬴得伤春病，柳弱花欹怯晓风。”象结锦囊于怀，细读小简，又恐烟幽思增疾，乃剪乌丝阑为回简曰：“春日迟迟，人心悄悄，自因窥觏，长役梦魂。虽羽驾尘襟，难于会合；而丹诚皎日，誓以周旋。况又闻乘春多感，芳履违和。耗冰雪之妍姿，郁蕙兰之佳气，忧抑之极，恨不翻飞；企望宽情，无至憔悴。莫孤短韵，宁爽后期；恍惚寸心，书岂能尽？兼持菲什，仰继华篇。”诗曰：“见说伤情为见春，想封蝉锦绿蛾颦。叩头为报烟卿道，第一风流最损人。”门媪既得回简，径赍诣烟阁中。

人的老婆送给非烟。非烟读完后，感慨叹息了好久，然后对看门人的老婆说："曾经我也偷偷地看到过赵郎，他的才貌非常好，可惜我这辈子是没有福气了，配不上他。"这些话的意思其实是觉得武公业粗鲁凶暴，不是自己理想的另一半。接着又回复了一首诗给赵象，写在了金凤笺上，说："绿惨双娥不自持，只缘幽恨在新诗，郎心应似琴心怨，脉脉春情更拟谁？"非烟把诗密封好交给了看门人的老婆，让她送给了赵象。赵象打开了信封，把诗反复读了好几遍，拍着手兴奋地说："我的事情终于成功了。"接着又用剡溪玉叶做的纸，又写了一首诗来感谢说；"珍重佳人赠好音，彩笺芳翰两情深。薄于蝉翼难供恨，密似蝇头未写心。疑是落花迷碧洞，只思轻雨洒幽襟。百回消息千回梦，裁作长谣寄绿琴。"

赵象的诗已经送去了十天，但是看门的老婆却没有再来过，赵象害怕事情会泄露出去，又担心非烟是不是后悔了。在一个春天的晚上，赵象在前院一个人坐着，吟诗说："绿暗红藏起暝烟，独将幽恨小庭前。沉沉良夜与谁语，星隔银河月半天。"到了第二天，赵象早晨起来吟诵的时侯，那看门人的老婆却来传达了非烟的话，说："不要奇怪为什么十天没有消息，那是因为非烟身体有点不舒服。"接着又交给赵象一个连蝉锦制作的香囊和一首写在碧苔笺上的诗，诗这样写道："无力严妆倚绣栊，暗题蝉锦思难穷。近来嬴得伤春病，柳弱花欹怯晓风。"赵象把锦囊放在怀中，并仔细读这小小的诗，又害怕非烟因为思念加重病情，就剪下一缕头发并回信说："春天让人觉得懒洋洋的，但是又那么长，而且人的内心会很忧愁，我自从偷偷地看见了你，连做梦也总是想念你。我们虽然像是神仙与凡人，很难见面；但是我的一片真心可以对天发誓，我一定会永远追随你。又何况我听到你因为春伤心，导致身体不适，损害了像冰雪一样美好的身体，像蕙兰一样的气息抑郁不畅，所以我也因此非常忧愁郁闷，不顾一切想要来到你身边；希望你能放宽心，不要过于劳累，也不要错误理解我在这首诗里想要表达的意思。怎么会没有再见面呢？我的心也非常的恍惚不安，通过写信怎么能完整表达呢？再送来一首浅薄的诗，为了来仰攀和接续您所作的华美的诗篇。"诗这样写着："见武生为府掾属，公务繁夥，或数夜一直，或竟日不归。是时适值生入府曹，烟拆书，得以款曲寻绎，既而长太息曰：“丈夫之志，女子之心，情契魂交，视远如近也。”于是阖户垂幌，为书曰：“下妾不幸，垂髫而孤。中间为媒妁所欺，遂匹合于琐类。每至清风朗月，移玉柱以增怀；秋帐冬釭，泛金徽而寄恨。岂期公子，忽贻好音，发华缄而思飞，讽丽句而目断。所恨洛川波隔，贾午墙高，联云不及于秦台，荐梦尚遥于楚岫。犹望天从素恳，神假微机，一拜清光，九殒无恨。兼题短什，用寄幽怀。”诗曰：“画檐春燕须同宿，洛浦双鸳肯独飞。长恨桃源诸女伴，等闲花里送郎归。”封讫，召门妪，令达于象。象览书及诗，以烟意稍切，喜不自持，但静室焚香，虔祷以俟息。

一日将夕，门妪促步而至，笑且拜曰：“赵郎愿见神仙否？”象惊，连问之。传烟语曰：“今夜功曹直府，可谓良时。妾家后庭，郎君之前垣也。若不逾惠好，专望来仪。方寸万重，悉俟晤语。”既曛黑，象乃跻梯而登，烟已令重榻于下。既下，见烟靓妆盛服，立于花下。拜讫，俱以喜极不能言，乃相携自后门入堂中。遂背釭说伤情为见春，想封蝉锦绿蛾颦。叩头为报烟卿道，第一风流最损人。”看门人的老婆拿到赵象的回信后，直接送到了非烟居住的内室当中。

武公业是官府中的属官，公务非常多，有时侯几天晚上就要值班一次，有时侯甚至一整天都不会回家。这时候刚好赶上武公业要去曹府办事，非烟就拆开了书信，仔细地阅读信中想要表达的含义，看完信之久她长长地叹息说：”男人的志向，女子的愿望，只要情投意合心灵相通，就算在远处也好像就在近处。”然后关上门，放下了帘子，给赵象写信说：“我的生活不太如意，在小时侯就失去了父亲，在长大的时候又被一个媒人骗了，就和一个小人成亲了。每次到了月圆的时候，我弹琴转移注意力反而会增加我的思念；秋天在床上，冬天看着灯光，我也只能用琴来表达我的遗憾。怎么也没想到，公子的突然到来给我美好的想法，每次打开华美的信封我都情不自禁地浮想联翩，读着优美的词句，让我望眼欲穿。让我感到遗憾的是洛水总有波浪隔断我们，贾午周围的墙也很高，想要联结巫山的云，却没有秦穆公修建的凤台，想要托梦给你却离楚山太远了。希望上天可以顺从我恳切的愿望，仙人能给我一点机会，让我能见你一面，就算让我死上多少次也没有怨恨。接着又写了一首短诗，让他把我深深的情怀传送过来。”诗中写着：“画檐春燕须同宿，洛浦双鸳肯独飞。长恨桃源诸女伴，等闲花里送郎归。”将信和诗一起封好后，就把看门人的老婆叫进来，让她去送给赵象。赵象将信和诗看完之后，因为从非烟的诗中感受到了她的情意渐渐亲切，赵象控制不住自己的高兴，却只能在安静的房间里烧香，非常虔诚地祷告为了等待好消息。

有一天快要黄昏的时侯，看门人的老婆很快地向赵象走过来，一边笑着一边拜见赵象说：“赵郎君想不想见见姑娘？”赵象听到之后感觉很惊讶，连忙询问看门人的老婆为什么这么说。看门人的老婆这才传达非烟的话说：“今天晚上武公业会去曹府值夜班，可以说这是一个很好的机会。妾身家的后院就是郎君家前面的墙。如果你对我的感情还没有改变的话，我会在那里一直等着你的到来。我想解幌，尽缱绻之意焉。及晓钟初动，复送象于垣下。烟执象泣曰："今日相遇，乃前生因缘耳，勿谓妾无玉洁松贞之志，放荡如斯。直以郎之风调，不能自顾，愿深鉴之。"象曰："挹希世之貌，见出人之心，已誓幽庸，永奉欢狎。"言讫，象逾垣而归。

明日，托门媪赠烟诗曰："十洞三清虽路阻，有心还得傍瑶台。瑞香风引思深夜，知是蕊宫仙驭来。"烟览诗微笑，因复赠象诗曰："相思只怕不相识，相见还愁却别君。愿得化为松下鹤，一双飞去入行云。"封付门媪，仍令语象曰："赖妾有小小篇咏，不然，君作几许大才面目。"兹不盈旬，常得一期于后庭。展微密之思，罄宿昔之心，以为鬼神不知，天人相助。或景物寓目，歌咏寄情，来往频繁，不能悉载。如是者周岁。

无何，烟数以细过挞其女奴，奴阴衔之，乘间尽以告公业。公业曰："汝慎言，我当伺察之。"后至直日，乃伪陈状请假。迨夕，如常入直，遂潜于里门。街鼓既作，匍伏而归。循墙至后庭，见烟方倚户微吟，象则据垣斜睇。公业不胜其忿，挺前欲擒，象觉跳去，业搏之，得其半襦。乃入室，呼烟诘之。烟色动声战，而不以实告。公业愈怒，缚之大柱，鞭楚血流。但云："生得相亲，死亦何对你说的话，就等见面的时候再说吧。”到了那天晚上，赵象就踩着梯子登上墙头，非烟已经叫人在墙根那个地方放上了好几层床垫，让赵象踩在床垫上下来。赵象刚下来，就看见非烟画着好看的妆，并且穿戴得很漂亮，在花下站着。互相拜见之后，两个人都感觉非常高兴，以至于都不知道说什么，接着两个人牵着手从后门走进了正屋。然后背对着灯光，将床帘放下了，尽情地表达了之间缠绵的情意。到了早上钟声刚响起的时候，非烟拉着赵象的手不愿放手哭着说：“现在能遇见，不过是前世的缘分罢了，不要说我没有美好和坚定的品行，觉得我如此放荡。不过是因为您的风度才华，让我控制不住自己，希望您可以深深地理解我。”赵象回答说：“你拥有世界上很少才有的美貌，也表现出比常人更高的心性，我已经对鬼神发过誓，愿意为你献上我永远的亲密。”说完这些话，赵象翻过院墙回到了自己家。

第二天，赵象让看门人的老婆送给非烟一首诗：“十洞三清虽路阻，有心还得傍瑶台。瑞香风引思深夜，知是蕊宫仙驭来。”非烟看了诗之后笑了笑，接着又回赠给赵象一首诗：“相思只怕不相识，相见还愁却别君。愿得化为松下鹤。一双飞去入行云。”然后把诗密封好又交给了看门人的老婆，叫她转告赵象说：“幸好我还能写几篇小诗，否则，不知道你还能有多少才学。”过后每次不到十天，就经常在后院约会一次，相互诉说彼此之间的思念之情，尽情地实现从前的愿望，他们认为这件事除了鬼神谁也不会知道，上天和人都在帮助他们。有时候他们会一起观赏风景，写诗来寄托感情，他们来往非常频繁，也无法一一记载。这种情形持续了将近一年。

没过多久，非烟一次因为婢女犯了小错误就惩罚她，婢女因此一直怀恨在心，寻找到一个机会就把这件事情全部告诉了武公业。但武公业说：“你说话要小心点，我会去找机会了解这个事情的情况。”后来到了值班的日子，公业就请假说有事情，向长官请了假。到了晚上，武公业假装像平常一样去值夜班，但是却藏在了小巷的门口。当街上打更的鼓声开始响了起来，武公业就爬着回到了家里。顺着墙根躲到了后院，看见非烟正靠着门小声吟诵，那赵象就挨着墙恨！”深夜，公业怠而假寐。烟呼其所爱女仆曰：“与我一杯水。”水至，饮尽而绝。公业起，将复笞之，已死矣。乃解缚举置阁中，连呼之，声言烟暴疾致殒。后数日，窆于北邙，而里巷间皆知其强死矣。象因变服易名，远窜江浙间。

洛阳才士有崔李二生，常与武掾游处，崔赋诗末句云：“恰似传花人饮散，空床抛下最繁枝。”其夕，梦烟谢曰：“妾貌虽不迨桃李，而零落过之。捧君佳什，愧仰无已。”李生诗末句云：“艳魄香魂如有在，还应羞见坠楼人。”其夕，梦烟戟手而言曰：“士有百行，君得全乎？何至矜片言苦相诋斥？当屈君于地下面证之。”数日，李生卒，时人异焉。

在那看着非烟。武公业觉得非常愤怒，就冲上去想要捉住赵象，赵象察后就从墙上准备逃跑，公业跟赵象搏斗，也只是扯下了他半截衣服。公业就进屋，把非烟叫出来进行审问。非烟听到变了脸色，声音颤抖着，却不说实话。公业听了更加愤怒，就把非烟绑在一根大柱子上，用鞭子来抽打非烟，血都流出来了。非烟却只是说："活着只要能互相亲近，就算死了也没什么遗憾了。"到了夜深，公业累了，就坐在那里睡觉。非烟叫她最喜欢的婢女说："拿杯水给我吧。"婢女把水拿过来，非烟喝完就断气了。武公业醒了之后，想要去再鞭打她，但是看到非烟已经死了，就把她从柱子上解下来抱到了卧室中，多次叫她都没醒，就对外声称非烟是突然生了一场大病死的。后来过了几天，将非烟埋葬在了北邙山上，可是府中的人都知道她是被打死的。赵象也因此改变服装和名字，跑到了江浙一带。

洛阳很有学问的读书人是崔生和李生，经常和曹武功一起游玩交往，崔生写了一首诗的最后一句是："恰似传花人饮散，空床抛下最繁枝。"那天晚上，就梦见非烟来道谢说："我的外貌虽然比不上桃李，可是凋落的样子却超过它们。读了您的佳作，觉得惭愧仰慕不止。"而李生诗的最后一句说："艳魄香魂如有在，还应羞见坠楼人。"到了那天晚上，李生就梦见非烟指着他说："读书人的百种品德，您都具备了吗？为什么一定要用那几句话来污蔑我呢？委屈您来阴间跟我当面解释一下。"没过几天，李生就去世了，当时的人觉得这件事很奇怪。

卷第四百九十二　杂传记九

灵应传

灵应传

泾州之东二十里，有故薛举城，城之隅有善女湫，广袤数里，蒹葭丛翠，古木萧疏，其水湛然而碧，莫有测其浅深者，水族灵怪，往往见焉，乡人立祠于旁，曰“九娘子神”，岁之水旱祓禳，皆得祈请焉，又州之西二百余里，朝那镇之北，有湫神因地而名，曰“朝那神”。其肸蚃灵应，则居善女之右矣。

乾符五年，节度使周宝在镇日，自仲夏之初，数数有云气，状如奇峰者，如美女者，如鼠如虎者，由二湫而兴，至于激迅风，震雷电，发屋拔树，数刻而止。伤人害稼，其数甚多。宝责躬励己，谓为政之未敷，致阴灵之所谴也。至六月五日，府中视事之暇，昏然思寐，因解巾就枕。寝犹未熟，见一武士冠鍪被铠，持钺而立于阶下，曰：“有女客在门，欲申参谒，故先听命。”宝曰：“尔为谁乎？”曰：“某即君之阍者，效役有年矣。”宝将诘其由，已见二青衣历阶而升，长跪于前曰：“九娘子自郊墅特来告谒，故先使下执事致命于明公。”宝曰：“九娘子非吾通家亲戚，安敢造次相面乎？”言犹未终，而见祥云细雨，异香袭人。俄有一妇人，年可十七八，衣裙素淡，容质窈窕，凭空而下，立庭庑之间。容仪绰约，有绝世之貌。侍者十余辈，皆服饰鲜洁，有如妃主之仪。顾步徊翔，渐及卧所。宝将少避之，以候其意。侍者趋进而言曰：“贵主以君之高义，可申诚信之托，故将冤抑之怀，诉诸明公。明公忍不救其急难乎？”宝遂命升阶相见，宾主之礼，颇甚肃恭。

灵应传

在泾州以东二十里处，从前有一个薛举城，在薛举城角是善女潭，长宽有几里，蒹葭茂盛翠绿，古树稀疏生长。善女潭水清澈碧绿，没人能测算出善女潭水深浅。一些灵异奇特的水生生物，常常可以在潭里见到。乡人在潭水边建造了一座祠庙，称为“九娘子神”。每年出现水灾，发生旱灾，乡人都会来此祈求请愿。又在泾州西部二百里，在朝那镇的北部，有一个水神因地而命名，称为“朝那神”。朝那神灵通显影的程度，比善女还高。

乾符五年，节度使周宝在这里治理时，从仲夏之初，多次出现云雾缭绕的现象，云雾形状有的像奇山异峰，有像窈窕淑女，有的像老鼠老虎等动物，都从两个潭水中生起。以致形成激猛迅速的风，打雷闪电，掀房拔树，几刻后就停止了。因此受伤的人，受害的庄稼有很多。周宝责备并且勉励自己，说是因为自己治理不善，才受到神灵的惩罚。六月五日，在官府工作后休息时，脑袋昏昏沉沉地想睡觉，因此解下头巾当枕头而睡。周宝迷迷糊糊还没睡熟，见一个武将戴头带盔身穿铠甲全副武装，拿着钺刀站在台阶下，说：“有一位女客人站在门外，想来申请拜见你，所以先来问问你。”周宝问：“你是什么人？”武将回答道：“我是你的守门人，为你办事好几年了”。周宝刚想追问原因，就看见两个身着青衣的人沿着台阶缓缓走上来，在周宝面前跪下说：“九娘子从郊外的农舍专程来到这里拜见您，因此先让手下传达明公。”周宝说道：“九娘子并非同族亲属，怎敢贸然相见呢？” 周宝还没说完，突然发现祥云细雨，奇异的香迎面而来。突然，有一个妇人，十七八岁，衣服裙摆素白淡静，容貌身材窈窕，突然从天而降，亭亭立于在庭院之中。面貌姿态柔美，有举世无双的容貌。侍从十多个，衣服饰品都干净鲜丽，似乎是妃主的礼节。妇人登榻而坐，祥烟四合，紫气充庭，敛态低鬟，若有忧戚之貌。宝命酌醴设馔，厚礼以待之。俄而敛袂离席，逡巡而言曰："妾以寓止郊园，绵历多祀，醉酒饱德，蒙惠诚深。虽以孤枕寒床，甘心没齿，茕嫠有托，负荷逾多。但以显晦殊途，行止乖互。今乃迫于情礼，岂暇缄藏？倘鉴幽情，当敢披露。"宝曰："愿闻其说。所冀识其宗系，苟可展分，安敢以幽显为辞？君子杀身以成仁，狥其毅烈；蹈赴汤火，旁雪不平，乃宝之志也。"对曰："妾家世会稽之鄮县，卜筑于东海之潭，桑榆坟陇，百有余代。其后遭世不造，瞰室贻灾，五百人皆遭庾氏焚炙之祸。纂绍几绝，不忍戴天，潜遁幽岩，沉冤莫雪。至梁天监中，武帝好奇，召人通龙宫，入枯桑岛，以烧燕奇味，结好于洞庭君宝藏主第七女，以求异宝。寻闻家仇庾毗罗，自鄮县白水郎，弃官解印，欲承命请行，阴怀不道。因使得入龙宫，假以求货，覆吾宗嗣，赖杰公敏鉴，知渠挟私请行，欲肆无辜之害，虑其反贻伊戚，辱君之命。言于武帝，武帝遂止，乃令合浦郡落黎县欧越罗子春代行。妾之先宗，羞共戴天，虑其后患，乃率其族，韬光灭迹，易姓变名，避仇于新平真宁县安村。披榛凿穴，筑室于兹，先人弊庐，殆成胡越。今三世卜居，先为灵应君，寻受封应圣侯；后以阴灵普济，功德及民，又封普济王，威德临人，为世所重。妾即王之第九女也，笄年配于象郡石龙之少子。良人以世袭猛烈，血气方刚，宪法不拘，严父不禁，残虐视事，礼教蔑闻。未及期年，果贻天谴，覆宗绝嗣，削迹除名。唯妾一身，仅以获免，父母抑遣再行，妾终违命。王侯致聘，接轸交辕，诚愿走路回首灵动，渐渐地走到了周宝的卧房，周室稍稍避开，期待来意。侍者于是走进屋说：“我们尊贵的主人因为您有高尚的品德义气，认为可以向您倾诉真诚的嘱托，所以想把冤屈压抑的心事，都同您诉说。您应该不会忍心不去解决心中急难吧？”周宝于是请她们上台阶相谈。主宾互相行礼，很严肃恭敬。

妇人登上榻前坐下，吉祥的烟气聚集在周围，紫气祥云充斥着庭院，妇人收敛起笑容低着头，像是心中十分担心忧愁的样子。周宝命人倒酒设宴，用丰厚的礼节接待。不久，她收拢起衣袖离开桌子，来回徘徊地说：“我因为在郊外的农舍里生活，长时间享受着祭祀，吃饱喝足，深受您们的恩惠。虽然我心愿一人孤枕寒床，因为你们的祭祀让我这寡妇也有了依托，身上承担的责任也越来越多。但因为阴阳有别，行为举止也相互地不和谐。今天迫于情势危急，怎么敢还隐藏？假如你看出我有私心，应当揭露。”周宝说：“愿闻其详。希望可以知道你的宗族关系，如果我可以帮得上你，怎么敢以阴阳有别作为说辞？君子即使失去生命也要成就仁义，为忠烈之事而献身；即使赴汤蹈火，帮助洗刷不公正的冤情，是我的志愿。”妇人回答道：“我家世代居住于会稽的鄮县，在东海深潭旁建造房屋，世代繁衍，已有百代。后来遭受世变，建造房屋都被毁烧，五百多家人全死于庚氏之火烧，血脉几乎断绝，我不能忍受这不共戴天之仇，悄悄地逃到幽暗的山野，冤屈始终没能洗刷。在梁朝天监年中，梁武帝非常好奇，派人与龙宫沟通，进入了枯桑岛，用火烤燕子等难得的美味佳肴，和洞庭君宝藏洞主排名老七的女儿结好，用来求得奇异的宝贝。不久听说家仇庚毗罗，担任鄮县的白水郎，放弃官位和官印，想接命请求前行，私下却心怀异想。假使派他进入龙宫，他便想假借寻求宝物的缘故，彻底消灭我们宗族。幸好杰公敏察，知道他携带私心请求出使，想肆意杀害无辜之人，考虑到他会辜负君上的使命。他便将事情跟武帝说，武帝于是不同意他出行，就让合浦郡落黎县欧越一个叫罗子春的人代行。我的祖先，对和庚氏共存于天地之间感到羞耻，害怕会有后患，于是带领族人，藏起锋芒消灭行踪，改姓，在新平真宁县安村安居以躲避仇敌。先祖砍榛丛，挖地基，在这里既坚，遂欲自劓。父母怒其刚烈，遂遣屏居于兹土之别邑，音问不通，于今三纪。虽慈颜未复，温凊久违，离群索居，甚为得志。

“近年为朝那小龙，以季弟未婚，潜行礼聘，甘言厚币，峻阻复来。灭性毁形，殆将不可。朝那遂通好于家君，欲成其事，遂使其季弟权徙居于王畿之西，将质于我王，以成姻好。家君知妾之不可夺，乃令朝那纵兵相逼。妾亦率其家僮五十余人，付以兵仗，逆战郊原，众寡不敌，三战三北，师徒倦弊，掎角无怙。将欲收拾余烬，背城借一，而虑晋阳水急，台城火炎。一旦攻下，为顽童所辱，纵没于泉下，无面石氏之子。故《诗》云：‘泛彼柏舟，在彼中河。髧彼两髦，实维我仪。之死矢靡他。母也天只！不谅人只！’此卫世子孀妇自誓之词。又云：‘谁谓鼠无牙，何以穿我墉？谁谓女无家，何以速我讼？虽速我讼，亦不女从。’此邵伯听讼，衰乱之俗微。贞信之教兴，强暴之男，不能侵凌贞女也。今则公之教，可以精通显晦，贻范古今。贞信之教，故不为姬奭之下者。幸以君之余力，少假兵锋，挫彼凶狂，存其鳏寡。成贱妾终天之誓，彰明公赴难之心。辄具志诚，幸无见阻。”

建造房屋，祖先的住地，最后和这里就成了南北两地。如今已有三代在此居住，最初人们称为灵应君，不久被封名为应圣侯，后来因为先祖阴间神力而普遍地救济于人，功德到百姓的身上，又被追封为普济王，威德世人都知晓，世人很崇敬。我便是普济王第九个女儿，十五岁便和象郡石龙的小儿子结为夫妻。我的郎君因为世代遗传便有着凶猛暴烈的性格，血气方刚，不注意法规，连他严厉的父亲也管不了，处理事情非常残暴，蔑视礼教，几年不到，便遭受到上天的谴责，宗族全部覆灭，断绝后代，剥夺爵位，除去姓名。唯独我一个人存活了下来。父母逼迫我再嫁，我违背了命令。王侯将相前来说媒的，一车连着一车。我非常坚定，打算自己割去鼻子，毁坏容貌。父母对我性格刚烈非常气愤，于是让我居住到其他地方去，也不和我通信，就这样生活了三十六年。虽然不能与父母相见，亲情很久也没感受到，但是远离宗族独自生活，也是我的心愿。

最近几年有个名叫朝那小龙的人，因为他四弟迟迟还未成亲，便偷偷地送给我聘礼，甜言蜜语丰厚礼品，被我拒绝后依旧来。即使他指责我的本性，诋毁我的身材，我也没有答应。朝那于是和我的父母结交，以推动他的好事，便让他四弟弟暂时迁移到我父亲居住的西面，放他在我父亲的身旁作人质，用来推动婚姻。父亲明白我的志向难以动摇，便叫朝那使用武力强迫，于是我带领着五十多个家仆，交给他们兵器，在郊野上迎战。但是寡不敌众，三次打仗，我们三次都失败了，家仆们疲惫困顿，两面受敌毫无依靠。我们集起全部的力量，与敌人决一死战。但是又想到晋阳水流湍急，台城火炎绝境？一旦败战，便会被那可恶的小子所侮辱，如果去世后到了阴间，也无颜面对丈夫。《诗经》中说：‘柏木小船在漂荡，漂泊荡漾河中央。垂发齐眉少年郎，是我心中好对象。至死不会变心肠。我的老天呀我的娘！没人相信我的心呀！’这首诗是卫国世子的孀妻发誓所说。还有句说：‘谁说老鼠没有牙？何以钻透我的墙？谁说你还没有家？为何逼我上公堂？即使逼我上公堂，也不嫁黑心郎！’这是邵伯诉讼之后所作的诗歌。如今，衰败混乱的风气已经微弱，忠烈实诚的风俗兴起，因此，即使是暴烈的男子，也难以侵犯忠烈的女子。现宝心虽许之，讶其辨博，欲拒以他事，以观其词，乃曰：“边徼事繁，烟尘在望，朝廷以西鄙陷虏，芜没者三十余州。将议举戈，复其土壤，晓夕恭命，不敢自安。匪夕伊朝，前茅即举。空多愤悱，未暇承命。”对曰：“昔者楚昭王以方城为城，汉水为池，尽有荆蛮之地。籍父兄之资，强国外连，三良内助。而吴兵一举，鸟迸云奔，不暇婴城，迫于走兔，宝玉迁徙，宗社凌夷，万乘之灵，不能庇先王之朽骨。至申胥乞师于嬴氏，血泪污于秦庭，七日长号，昼夜靡息。秦伯悯其祸败，竟为出师，复楚退吴，仅存亡国。况芊氏为春秋之强国，申胥乃衰楚之大夫，而以矢尽兵穷，委身折节，肝脑涂地，感动于强秦。矧妾一女子，父母斥其孤贞，狂童凌其寡弱，缀旒之急，安得不少动仁人之心乎？”

宝曰：“九娘子灵宗异派，呼吸风云，蠢尔黎元，固在掌握。又焉得示弱于世俗之人，而自困如是者哉？”对曰：“妾家族望，海内咸知。只如彭蠡洞庭，皆外祖也；陵水罗水，皆中表也。内外昆季，百有余人，散居吴越之间，各分地土。咸京八水，半是宗亲。若以遣一介之使，飞咫尺之书，告彭蠡洞庭，召陵水罗水，率维扬之轻锐，征八水之鹰扬。然后檄冯夷，说巨灵，鼓子胥之波如今，周公的教以联通阴阳，给后世作为典范，忠烈实诚的教养，已经不低于姬奭之下。我希望借你微薄之力，稍稍借与我点兵力，使我能挫败那个凶残的人，让我孤独可以保留。成全我这终生之愿的同时，彰显您助人的心怀。我所说句句属实，希望我不要被拒绝了。”

周宝虽然在心里已经答应了她，但是对她的口才和博识过于惊讶，因此想先用别的理由推辞，再仔细琢磨她所说，由此说道：“国家边界战事多发，战烟弥漫到了眼前。朝廷因西部边陲被占据，西部三十多个州已变得荒无人烟。将领们都说发动战争，收回疆土。我早晚都在等候命令，不敢独自做安排。如果傍晚或者是早晨，举起前茅就出发。我白白地积思求解，毫无空闲接受你的请求。”她于是说：“曾经楚昭王以方城作为城墙，依靠汉水为护城河，最大限度上保留了楚国的土地。依靠着父兄的资源，与强国进行外连，三个贤才作为内助。但是吴军一起兵，楚国就如同鸟儿四相逃窜向云中飞奔一样地倒台了，连婴城都来不及保护，被逼得像一只逃命的兔子四处逃蹿。宝贝玉器都被迁移走，宗庙社稷受到损害，连万乘之尊的国王，却不能庇护先王的坟墓。再到申包胥向嬴政乞求出兵，血泪弄脏了秦国的朝廷。七天没日没夜长声哭泣，白天黑夜也未停息。秦伯对灾祸和失败感到怜悯，居然为他出兵，打败了吴国，恢复了楚国的境地，只有一个亡国被存留了下来。况且芊氏是春秋时强国之一，申包胥是衰落的楚国的大夫，而在弓箭都用光，兵力穷尽之时，委身放弃气节，肝脑涂地，强大的秦国终于被感动。况且我只是一个弱女子，父母斥责我孤傲贞烈，那狂妄的小子欺辱我孤寡弱小，情况危机，还不能打动仁爱之人的心吗？”

周宝回答道：“九娘子是神灵一派，呼吸之间风云变幻，我乃愚昧的平民，手中掌握着我们的命运。怎么会向我这种世俗之人示弱，然而自己怎么会困到如此地步？”她回答道：“我的家族名气和声望，世人皆知。如彭蠡湖和洞庭湖，都是外祖父的地盘；陵水河和罗水河，都是外兄弟姐妹亲属；内外宗族兄弟，便有百多，零零散散在吴越一带居住的，各自有各自的地盘。在咸京八水四周的，大半是宗亲。如果你不相信的话，可以派一个使者，传递文书，询问彭蠡湖和涛，混阳侯之鬼怪，鞭驱列缺，指挥丰隆，扇疾风，翻暴浪，百道俱进，六师鼓行，一战而成功。则朝那一鳞，立为齑粉；泾城千里，坐变污潴。言下可观，安敢谬矣。顷者泾阳君与洞庭外祖，世为姻戚。后以琴瑟不调，弃掷少妇，遭钱塘之一怒，伤生害稼，怀山襄陵，泾水穷鳞。寻毙外祖之牙齿，今泾上车轮马迹犹在，史传具存，固非谬也。妾又以夫族得罪于天，未蒙上帝昭雪，所以销声避影，而自困如是。君若不悉诚款，终以多事为词，则向者之言，不敢避上帝之责也。”宝遂许诺，卒爵撤馔，再拜而去。宝及晡方寤，耳闻目览，恍然如在。

翼日，遂遣兵士一千五百人，戍于湫庙之侧。是月七日，鸡初鸣，宝将晨兴，疏牖尚暗。忽于帐前有一人，经行于帷幌之间，有若侍巾栉者。呼之命烛，竟无酬对，遂厉而叱之。乃言曰：“幽明有隔，幸不以灯烛见迫也。”宝潜知异，乃屏气息音，徐谓之曰：“得非九娘子乎？”对曰：“某即九娘子之执事者也。昨日蒙君假以师徒，救其危患，但以幽显事别，不能驱策。苟能存其始约，幸再思之。”俄而纱窗渐白，注目视之，悄无所见。宝良久思之，方达其义。遂呼吏，命按兵籍，选亡没者名，得马军五百人，步卒一千五百人。数内选押衙孟远，充行营都虞候，牒送善女湫神。是月十一日，抽回戍庙之卒。见于厅事之前，转旋之际，有一甲士仆地，口动目瞬，问无所应，亦不似暴卒者。遂置于廊庑之间，天明方悟。遂使人诘之，对曰：“某初见一人，衣青袍，自东而来，相洞庭湖，或者征召陵水和罗水，带领扬州一带的精锐士兵，聚集起八水之地像鹰一样的勇士。然后给冯夷发檄文，去游说巨大的灵神，劝说伍子胥的波涛军队，把阳侯鬼神掺杂在一起，用马鞭驱动闪电，指挥雷神，吹疾风，翻巨浪，百匹马车共同行走，军队击鼓行军，一战便可以成功。那么朝那如鱼鳞一般，立刻变为齑粉。泾州城方圆千里，即将变成污水塘。我所说都能看见，怎么敢乱说？之前，泾阳君和洞庭湖外祖，世世代代都为婚姻亲戚。后来因为夫妻不和，丈夫抛弃了结婚没多久妻子。钱塘君主听闻后非常生气，怨气杀害生灵，危害庄稼，泛起洪水环绕着高山，淹没了襄陵，泾水的鱼也穷尽了。不久杀死了我外祖父左膀右臂，如今泾水底下车轮马蹄的痕迹依然存在，史书记传也记载着，这不是胡说。我又因为丈夫宗族获罪了上天，并未得到上帝昭雪，因此很少公开出面，因此才自己困苦到如此地步。您如果明白我真诚的心意，一直用以事情多的缘由作为托辞，那么前面说的话，就不敢躲避上天的责罚。”周宝于是应允了，放下酒杯撤掉宴席，拜了几次便离去了。到了黄昏周宝才睡醒，耳朵所听到过的，眼睛所看到过的，恍惚都在眼前。

次日，便遣派了士兵一千五百人，防守在水神庙的旁边。就在这个月的七号，鸡鸣没多久，周宝刚要起床洗漱，纸窗上还有点暗黑。突然在床帐前出现了一个人，在床边帷幔之间行走，像是侍奉洗漱的仆人。周宝呼喊叫那个人点上蜡烛，那人居然没有回答，周宝于是严厉地喝斥道。那个人才说：“阴阳有隔，希望您不要用灯烛光来强迫我。”周宝于是才明白异常，就抑住声息，缓慢地对他说：“你是九娘子吗？”他回答说：“我是九娘子手下做事的人，昨天感谢你能借给我们士兵，救我们于危难之中，但是阴阳有别，我们不能指示士兵。如果能够保留最开始的约定，希望你再考虑这件事。”不久纱窗慢慢发白变亮，周宝集中精力看着，周围静悄悄地并没有看见什么。周宝想了很久，才思索出他说的话。于是叫官吏，命令他根据兵士的名册籍，画出已经死亡的战士名字，获得五百个骑兵，一千五百个步兵。在其中挑选出押衙官孟远，充当行营都的虞侯，写成文书送到善女湫神庙中。在此月十一日这天，周宝调回了守卫神庙的士兵。周宝见甚有礼。谓某曰：‘贵主蒙相公莫大之恩，拯其焚溺，然亦未尽诚款。假尔明敏，再通幽情，幸无辞免也。’某急以他词拒之，遂以袂相牵，懵然颠仆。但觉与青衣者继踵偕行，俄至其庙，促呼连步，至于帷薄之前。见贵主谓某云：‘昨蒙相公悯念孤危，俾尔戍于弊邑。往返途路，得无劳止。余近蒙相公再借兵师，深惬诚愿。观其士马精强，衣甲铦利，然都虞候孟远，才轻位下，甚无机略。今月九日，有游军三千余，来掠我近郊。遂令孟远领新到将士，邀击于平原之上，设伏不密，反为彼军所败。甚思一权谋之将，俾尔速归，达我情素。’言讫，拜辞而出，昏然似醉，余无所知矣。”宝验其说，与梦相符。意欲质前事，遂差制胜关使郑承符以代孟远。

是月三日晚，衙于后毬场，沥酒焚香，牒请九娘子神收管。至十六日，制胜关申云：“今月十三日夜，三更已来，关使暴卒。”宝惊叹息，使人驰视之，至则果卒，唯心背不冷。暑月停尸，亦不败坏。其家甚异之。

忽一夜，阴风惨冽，吹砂走石，发屋拔树，禾苗尽偃，及晓而止。云雾四布，连夕不解。至暮，有迅雷一声，划如天裂。承符忽呻吟数息，其家剖棺视之，良久复苏。是夕，亲邻咸聚，悲喜相仍。

在官署视事问案的厅堂前出现，突然之间，有一个穿着硬甲衣的士兵扑伏在地，嘴巴在动，眼也在转，问他却没有回答，也不像突然去世的样子。周宝于是就让他躺在走廊上，那个人天亮时才醒过来。周宝于是派人问他，他回答道："我起初看见一个人，身穿青袍，从东面走过来，碰见我的时候，非常有礼貌，和我说：'我家主人受你家相公很大的恩情，救我们于水火之中，但是没有尽全诚意。于是想借您聪明机敏的性子，再沟通一下难言情绪，希望您不要推辞。'我紧忙用其他的缘由拒绝，但他就碰了下我的衣袖，然后我没有知觉地扑伏在地了。只想着和青衣人一块走，不久便走进了一座庙，他敦促我走快点，到了帐幕前。看见了主人对我说道：'之前承蒙相公可怜我孤苦危难，派遣你们守卫我的乡邑。来返于路，劳累没有奖励。前段时间又承蒙相公借给我士兵，非常感谢你家相公的诚意。但我看那些士兵和马匹精壮强烈，甲衣和武器坚硬锋利，但是相较于都虞侯孟远，才能少地位低，没有计谋策略。这月九日，有散兵三千多人，来攻击离我较近的郊区，于是就命令孟远带领新来的将士，约定在平原上迎战。但是由于我们埋伏不精密，反而被敌军打败。所以我特别想得到一位精通权谋的将军，希望你赶紧返回，替我传达我的想法。'她说完，我便行了拜礼，辞别出来，脑袋昏沉沉地像喝醉了一样，剩下的就不知道了。"周宝查验他的说法，居然和自己的梦相匹配，于是派制胜关大使郑承符去替换孟远。

在这个月十三号晚上，在衙府后面球场上，周宝沥酒烧香，烧文书请求九娘子神收管。到了十六日，制胜关跟周宝报告说："此月的十三号夜间，三更已经到的时候，关使突然去世。"周宝非常惊奇哀叹，派人骑马去看，果然已经去世了，只有心口处和后背没有发冷。即使是炎热的夏天停放尸体，尸体依旧没有腐坏。他的家人对此感到很奇怪。

忽然有天晚上，阴风寒凛凌冽，甚至吹飞了沙石，掀起屋顶拔出树木，禾苗都紧伏着地，直到天亮才停止。四周云雾缭绕，连续几天也不解散。到了傍晚，有霹雳雷声，划向天空像是要裂开一般，郑承符忽然呻吟吸气，他的家人就打开棺材看，过了不久郑承府便复苏信宿如故，家人诘其由，乃曰："余初见一人，衣紫绶，乘骊驹，从者十余人，至门下马，命吾相见。揖让周旋，手捧一牒授吾云：'贵主得吹尘之梦，知君负命世之才，欲遵南阳故事，思殄邦仇。使下臣持兹礼币，聊展敬于君子。而冀再康国步，幸不以三顾为劳也。'余不暇他辞，唯称不敢。酬酢之际，已见聘币罗于阶下，鞍马器甲锦彩服玩櫜鞬之属，咸布列于庭。吾辞不获免，遂再拜受之。即相促登车，所乘马异常骏伟，装饰鲜洁，仆御整肃。

"倏忽行百余里，有甲马三百骑已来，迎候驱殿。有大将军之行李，余亦颇以为得志。指顾间，望见一大城，其雉堞穹崇，沟洫深浚，余惚恍不知所自。俄于郊外，备帐乐，设享。宴罢入城，观者如堵，传呼小吏，交错其间，所经之门，不记重数。及至一处，如有公署，左右使余下马易衣，趋见贵主。贵主使人传命，请以宾主之礼见。余自谓既受公文器甲临戎之具，即是臣也，遂坚辞，具戎服入见。贵主使人复命，请去櫜鞬，宾主之间，降杀可也。余遂舍器仗而趋入，见贵主坐于厅上，余拜谒，一如君臣之礼。拜讫，连呼登阶，余乃再拜，升自西阶。见红妆翠眉，蟠龙髻凤而侍立者，数十余辈；弹弦握管，秾花异服而执役者，又数十辈；腰金拖紫，曳组攒簪而趋隅者，又非止一人也；轻裘大带，白玉横腰，而森罗于阶下者，其数甚多。次命女客五六人，各有侍者十数辈，差肩接迹，累累而进。余亦低视长揖，不敢施拜。坐定，有大校数人，皆令预坐，举酒进乐。酒至贵主，敛袂举觞，将欲兴词，叙向来征聘之意。

过来。到了晚上，亲戚邻居都聚在一块，悲喜交加。而后两天夜里都是如此，家人询问缘由，郑承符才说："我起初看见一个人，身穿紫色绶带，骑着强壮黑骏马，后面跟从的人有十多个，在门下下马，命令我去相见。相互揖让以后，手中捧着一个公文交付给我并说：'我家主人做了一个得到良将的梦，听说你身怀闻名于世的才能，于是想效仿南阳三顾茅庐的故事，帮助家主消灭灭邦之敌。于是遣使我带着礼物钱财，稍稍向您表示敬意。希望你再次整顿装备，希望不要以三顾茅庐来劳烦主人'。我来不及说其他话了，只能连忙说不敢。正在相互敬酒的时候，就看见已经把聘礼罗列在台阶下，带黑色的鞍马，武器铠甲，彩色锦缎，精美古玩，甚至用来装弯弓和利箭器具都分列在庭院中。我推辞并没有答应，于是我又拜了拜就接受了。随后他催促我上车，我所乘坐的这匹马异常强大威猛，装饰整洁鲜艳，随从的仆人骑得马也很整齐严肃。

不一会就走了一百余里，此时骑着三百匹马的骑兵前来，随后我被迎接到殿内。殿堂里准备着大将军使用的行李衣服，我也觉得非常得志。不一会，便远远地望见一个大城，齿状的城墙十分高大，护城河深，河水湍急。我突然恍惚不知道从哪里走。不久，到了郊外，为我准备了帐布和舞乐，安排了酒宴。迎接的宴会结束后，便进城。观看我的居民堵成一堵人墙，传递呼喊消息的小官吏，交错地穿梭在人群间。我此间经过的大门，记不得有多少道了。一个地方到了，像是公署，左右让我下马更衣，赶快去拜见尊贵的主人。贵主让人传达命令，以主宾身份相见。我说我既然受命于公文、武器盔甲等用之兵器，便是臣子的，于是坚决辞托，穿着军服觐见。主人又派人传达指令，拖去放弓箭的兵器，主宾之间，降低礼节相见。我于是舍弃兵器然后快步走进去，只看见贵主坐在厅上，我走上前去拜见贵主，像行君臣之礼一样。行礼完后，贵主连连招呼我走上阶梯，我便又拜了拜，从西侧走上台阶。只看见画着红色的妆容描着翠绿色的眉峰，梳着龙凤髻的使女侍立两旁有十余人。又有十几个把手放在古琴弦，手握着管类乐器，头戴花饰身穿奇异服装准备弹奏的人。腰中佩戴金印，垂挂紫色印绳，插着步摇快步走向角落的人，也不止一

“俄闻烽燧四起，叫噪喧呼云：‘朝那贼步骑数万人，今日平明，攻破堡寨，寻已入界。数道齐进，烟火不绝，请发兵救应。’侍坐者相顾失色，诸女不及叙别，狼狈而散。及诸校降阶拜谢，伫立听命。贵主临轩谓余曰：‘吾受相公非常之惠，悯其孤茕，继发师徒，拯其患难。然以车甲不利，权略是思。今不弃弊陋，所以命将军者，正为此危急也。幸不以幽僻为辞，少匡不逮。’遂别赐战马二匹，黄金甲一副，旌旗旄钺，珍宝器用，充庭溢目，不可胜计。彩女二人，给以兵符，锡赉甚丰。

“余拜捧而出，传呼诸将，指挥部伍，内外响应。是夜出城，相次探报，皆云，贼势渐雄。余素谙其山川地里，形势孤虚，遂引军夜出。去城百余里，分布要害，明悬赏罚，号令三军，设三伏以待之。迟明，排布已毕。贼汰其前功，颇甚轻进，犹谓孟远之统众也。余自引轻骑，登高视之，见烟尘四合，行阵整肃。余先使轻兵搦战，示弱以诱之。接以短兵，且战且行。金革之声，天裂地坼。余引兵诈北，彼亦尽锐前趋，鼓噪一声，伏兵尽起，千里转战，四面夹攻。彼军败绩，死者如麻，再战再奔，朝那狡童，漏刃而去，从亡之卒，不过十余人。余选健马三十骑追之，果生置于麾下。由是血肉染草木，脂膏润原野，腥秽荡空，戈甲山积。贼帅以轻车人。身穿轻皮大衣腰系宽大的带子，洁白色玉横在腰间，整齐排列站在台阶下的人数量便更多了。随后贵主又命五六个女客，各自有仆人十余人，接踵而进，一批一批进入堂屋。我也只向下面看一直作揖，不敢拜见。我坐下以后，大校正数人，贵主都命令他们参预坐下，众人举酒进乐。酒轮到贵主喝时，她聚集起衣袖举起酒杯，正想说几句，便说明征聘我的理由。

倏然战火四起，叫喊大声喧哗说：'朝那贼人带领步兵和骑兵几万人，今日天刚亮的时候，便攻破了堡寨，现如今已经进入界内。几路军队一齐进攻，战火连绵不断，现请求发兵应援。'侍坐的人相互看着变了脸色，各位女子来不及叙述道别，便狼狈走散。等到各位将军走下阶梯拜谢的时候，站在台阶下接受命令，贵主走过来到栏杆旁边跟我说：'我蒙受相公不同程度的恩惠和帮助，他怜惜我孤独无人依靠，一次又一次地派士兵，帮助与我于危难之中。但是依旧由于武器兵士不充足，于是想到谋略才干。你不嫌弃我们国家的残破简陋来到了这里。我之所以请将军，是想让你协助我们摆脱危难。希望你不要用这是偏僻阴间作为借口，全力以赴吧。'因此贵主又独特赏赐给我两匹强壮的战马，一副崭新的黄金甲，战旗和兵器、珍宝以及各种器具，东西都摆满了庭院。有穿着彩色衣服的两个女子，授予我兵符，赐给我很多钱财物资。

我拜了礼后捧着兵符出来，传令给诸位将领，指示各位士兵，从将领到士兵都一致响应。这天夜里出城之后，各位探子相继来报，都说，敌人的势力越来越庞大。我平常就对山川河流的地理位势很熟悉，形势严峻，于是援引军队前去，离城有一百多里，将士兵分布在要害地区，明确赏赐和惩罚，号令军队，设置三道防线来等待敌人。黎明的时候，士兵的排布已经完成。敌人觉得去前总打胜仗，又轻率地进军，以为还是孟远在指挥军队呢。我骑着一匹马，登到高处向远处看，看见烟尘四起，士兵队伍整齐待发。我先派出软弱的部队，显示士气不振来诱惑敌人。以短兵器相接，一边打仗一边行军。兵器相互撞击，像是天崩地裂的声音。我带领兵队假装失败而逃，敌人便用尽全力追赶，突然敲鼓声和呐喊声此起彼伏，埋伏的驰送于贵主，贵主登平朔楼受之。举国士民，咸来会集，引于楼前，以礼责问，唯称死罪，竟绝他词。遂令押赴都市腰斩。临刑，有一使乘传，来自王所，持急诏，令促赦之。曰：‘朝那之罪，吾之罪也，汝可赦之，以轻吾过。’贵主以父母再通音问，喜不自胜，谓诸将曰：‘朝那妄动，即父之命也；今使赦之，亦父之命也。昔吾违命，乃贞节也；今若又违，是不祥也。’遂命解转，使单骑送归，未及朝那，已羞而卒于路。

“余以克敌之功，大被宠锡，寻备礼拜平难大将军，食朔方一万三千户。别赐第宅，舆马宝器，衣服婢仆，同林邸第，旌幢铠甲。次及诸将，赏赉有差。明日大宴，预坐者不过五六人，前者六七女皆来侍坐，风姿艳态，愈更动人。竟夕酣饮，甚欢。酒至贵主，捧觞而言曰：‘妾之不幸，少处空闺，天赋孤贞。不从严父之命，屏居于此三纪矣。蓬首灰心，未得其死。邻童迫胁，几至颠危。若非相公之殊恩，将军之雄武，则息国不言之妇，又为朝那之囚耳。永言斯惠，终天不忘。’遂以七宝钟酌酒，使人持送郑将军。余因避席，再拜而饮。余自是颇动归心，词理恳切，遂许给假一月，宴罢出。明日，辞谢讫，拥其麾下三十余人返于来路，所经之处，闻鸡犬，颇甚酸辛。俄顷到家，见家人聚泣，灵帐俨然。麾下一人，令余促入棺缝之中，余欲前，而为左右所耸。俄闻震雷一声，醒然而悟。”

军队全部冲了出来，辗转千里来进攻，四面受敌，敌人战败，死伤者无数，一边打仗一边逃跑，有一个狡猾的人，从刀下逃脱，跟着他一起逃跑的人，不过十个人左右。我挑选健壮的骑兵去追赶他，把他活捉了回来，打仗流下的鲜血染红了草木，尸体犹如膏脂来肥沃土壤，腥秽的气味飘散在空中，兵器和战士的衣甲堆积如山，敌人的首领用轻车来送到主帅的帐前，贵主登上平朔楼接受了它。全国的士兵和人民，都来集合，引到平朔楼前，用礼仪来责问他，只有死罪一条，竟然没有其他的言辞。于是将他押解到断头台进行斩首。接受死刑的时候，有一使者，来自皇宫，手持急诏，命令快速释放他。说："朝那的罪过，是我的罪过，你可以赦免他，来减轻我的罪过。"贵主因为父母的缘故又跟他沟通，开心溢于言表，对各位将士说：'朝那狂妄的行动，是我父母的过错；如今释放他，同样是我父母的命令。之前我违背命令，是为了保持贞节；如今又违背，是不详的征兆。'于是命令释放他，使一辆车送他回来，没到释放朝那，已经因为羞愧而死在路上。

我因为克敌之功，而被大大封赏，不久被封赏为平难大将军，可以拥有朔方一万三千户。另外赏赐院宅，车马宝石器物，衣服和奴婢仆人，园林和铠甲。次日到了封赏各位将领，赏赐各有差别。第二日大宴的时候，预计坐者不到五六人，刚开始的时候有六七女子都来侍坐，风姿绰约，更加动人。到了晚上竟然还在酣饮，很是欢乐。酒接到了贵主手上，捧酒杯而说：'妻妾的悲楚，是独守空闺，每天守着贞洁孤独活着。不听从严格的父亲的命令，屏居于此三年多了。蓬头垢面心如死水。邻居孩子逼迫威胁，几近濒危。如果不是相公之特殊的恩惠，将军之雄武英资，则息国不言说的妇人，都成了朝那的囚犯罢了。永远说着他的恩惠，终生不忘。'于是用七宝钟酌酒，使人拿着送给郑将军。余因此避席，再一次拜礼而饮。余自此颇为动了归家之心，词理诚恳急切，于是批许给假期一个月，宴会结束后出来。第二日，辞谢后，他的部下三十多个人返回于来路，所经过的地方，听到鸡鸣犬吠，很是酸辛。一会儿后到家，见家人都在聚众哭泣，灵帐安设得像真的一样，我的一个手下让我赶快钻入到棺缝之中，我想要承符自此不事家产，唯以后事付妻孥。果经一月，无疾而终。其初欲暴卒时，告其所亲曰：“余本机钤入用，效节戎行。虽奇功蔑闻，而薄效粗立。洎遭衅累，谴谪于兹，平生志气，郁而未申。丈夫终当扇长风，摧巨浪，摧太山以压卵，决东海以沃萤。奋其鹰犬之心，为人雪不平之事。吾朝夕当有所受，与子分襟，固不久矣。”其月十三日，有人自薛举城，晨发十余里，天初平晓，忽见前有车尘竞起，旌旗焕赫，甲马数百人，中拥一人，气概洋洋然。逼而视之，郑承符也。此人惊讶移时，因伫于路左，见瞥如风云，抵善女湫。俄顷，悄无所见。

上前，而被左右所阻挡。一会儿后听到很大的一声雷，突然醒悟。”

郑承符从此不再管理家产，只有后事交付与妻子儿女。果经过一个月之后，没有疾病而寿终。刚开始时快要暴卒时，告诉他的亲属说：“余本因为机警入用，效节戎行。虽然我的功劳很少听闻，而微略的效果马上显现。多次遭受背叛所累，贬谪于此，平生志气，抑郁而没有得到实现。丈夫始终应当扇长风，摧巨浪，抱起泰山压在鸡蛋上，引来东海的水浇熄萤火的光亮。振奋其鹰犬之心，为人打抱不平之事。吾早晚当有所受，与子分襟，本来就不久了。”这个月十三日，有人举城，早晨出发十余里，天天刚破晓，忽见前有车尘飞扬，旌旗挥扬，甲马几百个人，中拥护着一人，气概浩然。逼而视她，郑王拿着兵符也。此人惊讶时，因伫立于路的左边，见他像一阵风飘过一样，走到了善女湫。一会儿，又看不见了。

卷第四百九十三　杂录一

夏侯亶

梁夏侯亶为九列，家贫而好置乐。妓无衣装饰，客至，即令隔帘奏曲。时人以帘为夏侯妓衣。（出《独异志》）

王　肃

后魏尚书令王肃字恭懿，琅邪人。肃，齐雍州刺史奂之子。赡学多通，才辞美茂，为齐秘书丞。太和十八年，北归后魏。时高祖新营洛邑，凡所造制，肃博识旧事，大有裨益。高祖甚重之，常呼曰王生。肃在江南之日，聘谢氏女为妻，及至京师，复尚公主。其后谢氏入道为尼，亦来奔肃，见肃尚主，谢作五言诗以赠之。其诗曰："本为薄上蚕，今作机上丝。得络逐胜去，颇忆缠绵时。"公主代肃答谢云："针是贯线物，目中恒任丝。得帛缝新去，何能纳故时？"肃甚怅恨，遂造正觉寺以憩之。（出《伽蓝记》）

李延寔

后魏太傅李延寔者，庄帝舅也。永安中，除青州刺史。将行奉辞，帝谓寔曰："怀砖之俗，世号难治。舅宜好用心，副朝廷所

夏侯亶

梁朝的夏侯亶被列为九卿之一，他家里很穷却喜欢组建乐队。歌伎没有好看的衣服来打扮自己，等客人来的时候，他就让歌妓隔着帘子为客人们演奏乐曲。在当时人们就把帘子说成夏侯家歌妓的衣服。（出《独异志》）

王肃

王肃是后魏时期的尚书令，字恭懿，是琅邪人，同时也是齐朝雍州刺史王奂的儿子。他博学多才，能说会道，长相俊俏，是齐朝的秘书丞。太和十八年，王肃归顺了北方后魏。当时高祖重新修建洛阳城，凡是建筑制造的东西，因为王肃非常了解以前的事情，大有好处。高祖也因此非常器重他，还经常叫他“王生”。当时王肃在江南的那段时间，用聘礼与谢家女儿结为夫妻，到了京城的时候，又娶了公主为妻。后来谢氏出家去做了尼姑，也跑来投奔王肃。见王肃已经娶了公主，谢氏就写了一首五言诗来送给王肃。这首诗说：“本为薄上蚕，今作机上丝。得络逐胜去，颇忆缠绵时。”公主替王肃感谢说：“针是贯线物，目中恒任丝。得帛缝新去，何能纳故时。”王肃感到非常惆怅后悔，就修建了一座正觉寺让谢氏能在里面休息。（出《伽蓝记》）

李延寔

李延寔是后魏的太傅，也是庄帝的舅舅。在永安年间，他被贬为青州刺史。在准备出发的时候去和皇帝道别，皇帝对他说：“怀砖委。”寔答曰：“臣年迫桑榆，气同朝露；人间稍远，日近松丘。臣已久乞闲退，陛下渭阳兴念，宠及老臣，使夜行非人，裁锦万里。谨奉明敕，不敢失堕。”时黄门侍郎杨宽在帝侧，不晓怀砖之义，私问舍人温子昇，子昇曰：“吾闻至尊兄彭城王作青州刺史，闻其宾客从至青州者云。齐土之民，风俗浅薄，虚论高谈，专在荣利。太守初欲入境，百姓皆怀砖叩头，以美其意。及其代下还家，以砖击之，言其向背速于反掌。是以京师谣语曰：狱中无系囚，舍内无青州。假令家道恶，肠中不怀愁。怀砖之义，起在于此也。”颍川荀济，风流名士，高鉴妙识，独出当世。清河崔淑仁称齐士大夫曰：“齐人者，外矫庶几，内怀鄙吝。轻同毛羽，利等锥刀。好驰虚誉，阿附成名。威势所在，促共归之。苟无所资，随即舍去。”言嚣薄之甚也。（出《伽蓝记》）

李义琛

李义琛，陇西人，居于魏。自咸阳主簿拜监察。少孤贫，唐初草创，无复生业。与再从弟义琰、三从弟上德同居，事从姑，定省如亲焉。武德中，俱进士。共有一驴，赴京。次潼关，大雨，投逆旅。主人鄙其贫，辞以客多，不纳。进退无所舍，徙倚门旁。有咸阳商客见而引之，同舍多喑呜。商客曰：“此三人游学者，今无所止，奈何睹其狼狈？”乃引与同寐处。数日方晴，道开。义琛等议鬻驴以一醉，商客窃知，固止之，乃资以道粮。琛既擢第，历任咸阳。召商客，与之抗礼，商客不复识，但悚惧逊退。琛语其由，乃这个习俗，社会上说这是很难治的病，舅父应该好好思考一下，要对得起朝廷的委任。”李延寔回答说：“为臣的年龄已经接近晚年了，精力就像早晨的露水，会慢慢远离人世间，越来越接近坟墓。为臣早就已经请求退休，但是陛下看在甥舅之间的情感，很照顾臣，才让我这个夜晚行走的残疾人管理如此广阔的土地。老臣遵从皇上的诏令，不敢出现失误差错。”正好黄门侍郎陪在皇帝身边，不知道怀砖的意思，之后在私下询问温子升，温子升回答说：“据说皇帝的哥哥彭城王被任命为青州刺史，跟着他一起到青州的随从说，齐地的百姓，风俗浅薄，漫无边际地大发议论，只讲名誉和利益。太守刚入境的时候，百姓们都在怀里装着一块砖头磕头，用来博取太守的高兴。等到他被下一任取代回家时，百姓们又用这些砖来打他，这就是说人心的背叛比翻转手掌还要快。因此京城里的民谣就说：狱中无系囚，舍内无青州。假令家道恶，肠中不怀愁。怀砖的含义是从这里产生的。”颍川的苟济是一个很有才能的名士，她的鉴赏能力很厉害，在当时是少有的人物。清河的崔淑仁提到齐地的士大夫说：“齐地的人，表面上装作喜欢学习非常上进，但是心里却非常卑鄙和小气。像羽毛一样轻浮，像刀子锥子一样锋利。喜欢追求虚名，去巴结那些有名气的人。只要是威严有势力的，他们就赶紧去投奔。如果他们得不到好处了，就会离开。”这就是说他们非常轻浮。（出《伽蓝记》）

李义琛

李义琛是陇西人，居住在魏国，从咸阳主簿升职为监察刺史。义琛小时候父亲就去世了，家里也很贫困。唐朝刚开国的时候，他也没有什么工作，跟二堂弟李义琰还有三堂弟李上德一起居住。照顾从祖姑姑，按时问候就像对待父母一样。武德年间，三个人都考中了进士。三人一起用一头驴去京城。第二天走到潼关，碰到下大雨，就去投奔旅店。店主人看不起他们穷困，用客多的理由推辞了，不想收留他们。三人向前走向后退都找不到房子可以休息，只好靠在店门旁边。有个咸阳的商人看到了就拉他们一起住，同屋的人大多数都感到不满。商人说：“这三个人是要去外地学习的，他们现

悟，因引升堂。后任监察。（出《云溪友议》）

刘龙

刘龙后名义节，武德初，进计于高祖曰："今义师数万，并在京师，樵薪贵而布帛贱。若采街衢及苑中树木作樵，以易帛，岁取数十万匹。又藏内缯绢，每匹皆有余轴之饶。使截剩物，以供杂费，动盈万段矣。"高祖并从之。（出《谭宾录》）

裴玄智

武德中，有沙门信义习禅，以三阶为业，于化度寺置无尽藏。贞观之后，舍施钱帛金玉，积聚不可胜计。常使此僧监当。分为三分，一分供养天下伽蓝增修之备，一分以施天下饥馁悲田之苦，一分以充供养无碍。士女礼忏阗咽，施舍争次不得，更有连车载钱绢，舍而弃去，不知姓名。贞观中，有裴玄智者，戒行精勤，入寺洒扫。积十数年，寺内徒众，以其行无玷缺，使守此藏。后密盗黄金，前后所取，略不知数，寺众莫之觉也。因僧使去，遂便不还。惊疑所以，观其寝处，题诗云："放羊狼颔下，置骨狗前头。自非阿罗汉，安能免得偷！"更不知所之。（出《辨疑志》）

在没有住的地方，怎么可以看他们这样狼狈却不管？”就拉着他们和自己一起睡。几天后才天晴，路上也可以行走了，义琛三个人商量把驴卖了为了请商客吃顿饭。商客暗中知道了，坚决地阻止了他们，然后又拿了一些路上所需的粮食给他们。等到李义琛考中之后，到了咸阳做官，就去把商人找来，和他以平等的礼节对待。商人没有认出他，只是恐惧着谦让退避。李义琛告诉了他原因，商人这才明白过来，就拉着商人到正堂去。李义琛后来又担任了监察。（出《云溪友议》）

刘 龙

刘龙后来改名为义节。在武德初年，向高祖提出计策说：“现在仁义的军队有好几万，都在京城当中，柴很昂贵但是布帛便宜。如果砍伐街路上还有花园中的树木来做成柴来换布匹，每一年就可以换得数十万匹的帛。并且仓库内收集的缯绢，每一匹都多出了一些。让人把多出的裁剪下来，用来供给杂费的用处，这一动就足够万段了。”高祖全采纳了他的提议。（出《谭宾录》）

裴玄智

武德年间，有个法号为信义的僧人学习佛教的禅宗理论，就用三层台阶来放置自己的作业，并且在化度寺建立了一个名叫“无尽藏”的仓库。从贞观时代开始，人们施舍的金银财宝，在库里堆积的多得数不过来，就经常让这个和尚在那个地方看管。这些财物被分成了三份，一份是供天下寺庙修理的费用，一份用来帮助天下穷困的人，一份拿来供佛用品和招待僧人，让他们没有那么困难。满寺院都是男男女女的来礼拜忏悔，争着施舍都排不上号。更有的人用许多辆车送钱和绢，然后卸完车子走了连姓名也不留下。到了贞观年间，有个叫裴玄智的人，严格遵守戒律，专心勤奋工作。在寺里洒水扫地，工作了十多年。寺内的人们觉得他的品行没有什么不好的地方，就让他去看守那个仓库。再后来他偷偷地盗走了仓库的黄金，前

度支郎

贞观中，尚药奏求杜若，敕下度支。有省郎以谢朓诗云“坊州采杜若”，乃委坊州贡之。本州曹官判云：“坊州不出杜若，应由读谢朓诗误。郎官作如此判事，岂不畏二十八宿笑人耶？”太宗闻之大笑，改授雍州司法。（出《国史》）

虞世南

太宗将致樱桃于酅公，称奉则尊，言赐则卑。问于虞世南。世南对曰：“昔梁武帝遗齐巴陵王称饷。”从之。（出《国史》）

尉迟敬德

尉迟敬德善夺槊，齐王元吉亦善用槊，高祖于显德殿前试之。谓敬德曰：“闻卿善夺槊，令元吉执槊去刃。”敬德曰：“虽加刃，亦不能害。”于是加刃。顷刻之际，敬德三夺之。元吉大惭。（出《独异志》）

虞世基

虞世南兄世基与许敬宗父善心，同为宇文化及所害。封德彝时为内史舍人，备见其事。因谓人曰：“世基被戮，世南匍匐以请后拿走了不知道有多少，寺里人们都没有发现。直到他被派去办一件事，接着就没再回来。大家很惊疑他为什么这样做，就到他的住处去看，发现他作了一首诗："放羊狼领下，置骨狗前头。自非阿罗汉，安能免得偷！"就不知道他到哪里去了。（出《辨疑志》）

度支郎

贞观年间，负责药物的大臣向皇上上奏征求供应杜若这种药。于是皇上就下令让户部的度支承办。有个部里的郎官凭借谢朓诗中的"坊州采杜若"这一句，就委托坊州进贡杜若这个药。坊州的某曹的官员回复说："坊州不生产杜若，恐怕大人误解了谢朓的诗。郎官做出这样决定的事情，难道就不怕二十八年后笑话人吗？"唐太宗听后哈哈大笑，于是把那个郎官改变官职为雍州司法。（出《国史》）

虞世南

唐太宗打算送一些樱桃给酅公，如果说"奉"就显得太尊敬了，如果说"赐"又会显得对方的地位太低了，就打算去问虞世南。虞世南就回答说："之前梁武帝赠送东西给齐国巴陵王的时候用'饷'。"唐太宗听从了他这个意见。（出《国史》）

尉迟敬德

尉迟敬德擅长夺槊，而齐王元吉又擅长用槊，高祖就想在显德殿前让他们比试一下。接着对敬德说："朕听说你擅长夺槊，那么朕叫元吉拿着槊而不用刃。"敬德说："就算加上刃，也伤不了我。"于是高祖又叫元吉加上了刃。没过一会儿，敬德把元吉的槊夺了三次过来，元吉觉得非常惭愧。（出《独异志》）

虞世基

虞世南的哥哥虞世基还有许敬宗的父亲许善心，都被宇文化及陷害了。封德彝当时是内史的手下，目睹了那件事的全部过程。他对

代；善心之死，敬宗蹈舞以求生。”（出《谭宾录》）

来 恒

来恒，侍中济之弟，弟兄相继秉政，时人荣之。恒父护儿，隋之猛将也。时虞世南子无才术，为将作大匠。许敬宗闻之，叹曰：“事之倒置，乃至于斯！来护儿儿为宰相，虞世南男作木匠。”（出《大唐新语》）

欧阳询

文德皇后丧，百官缞绖。率更令欧阳询状貌丑异，众或指之。中书舍人许敬宗见而大笑，为御史所劾，左授洪州司马。（出《谭宾录》）

许敬宗

太宗征辽，作飞梯临其城。有应募为梯首者，城中矢石如雨，因竞为先登。英公李世勣指之谓中书舍人许敬宗：“此人岂不大健？”敬宗曰：“非健，要是未解思量。”帝闻，将罪之。（出《国史纂异》）

元万顷

元万顷为辽东道管记，作檄文，讥议高丽，“不知守鸭绿之险”。莫离支报云：“谨闻命矣。”遂移兵守之。万顷坐是流于岭南。（出《谭宾录》）

别人说："虞世基被杀的时候，虞世南趴在地上请求代死；许善心死的时候，许敬宗却只是反复叩拜行礼求来生。"（出《谭宾录》）

来恒

来恒是侍中来济的弟弟，兄弟先后掌管权力，那时的人都觉得他们非常荣耀。来恒的父亲来护儿是隋朝著名的猛将。那时虞世南的儿子没有才能和心机，就做了管理宫殿建筑的大匠官。许敬宗听说了这件事，就叹息说："事情的颠倒，竟然做到了这种地步！来护儿的儿子做了宰相，虞世南的儿子却做了木匠！"（出《大唐新语》）

欧阳询

文德皇后去世了，文武百官都要带孝。听说欧阳询相貌丑陋而且脾气古怪，大家对这件事都指指点点。中书的官员许敬宗看到后笑得停不下来，就被御史告发检举了，然后许敬宗就被贬为了洪州司马。（出《谭宾录》）

许敬宗

太宗去攻打辽国，制作了云梯搭在了敌军的城墙上。就去招募愿意第一个登梯的人，城中的箭和石头就像雨点般投射下来，在这种情况之下应募者就争先恐后地登上梯子攻城。英公李世绩就指着这个人对中书的舍人许敬宗说："难道这个人不是大壮士吗？"敬宗回答说："他不是壮士，主要是不知道思考。"皇帝听说后，就打算判他罪。（出《国史纂异》）

元万顷

元万顷是辽东道的管记，就写了一篇檄文，嘲笑高丽不知道应该守住鸭绿江险要的地方。莫离支在就回报的文章中说："我一定恭敬地听从你的指示。"于是就调兵去守住鸭绿江险要的地方。万顷因为犯了这个错误就被流放到了岭南。（出《谭宾录》）

郭务静

沧州南皮丞郭务静性糊涂，与主簿刘思庄宿于逆旅，谓庄曰："从驾大难。静尝从驾，失家口三日，于侍官幕下讨得之。"庄曰："公夫人在其中否？"静曰："若不在中，更论何事？"又谓庄曰："今大有贼。昨夜二更后，静从外来，有一贼，忽从静房内走出。"庄曰："亡何物？"静曰："无之。"庄曰："不亡物，安知其贼？"静曰："但见其狼狈而走，不免致疑耳。"（出《朝野佥载》）

唐临

唐临性宽仁，多恕。常欲吊丧，令家僮归取白衫，僮乃误持余衣，惧未敢进。临察之，谓曰："今日气逆，不宜哀泣，向取白衫且止。"又令煮药不精，潜觉其故，乃谓曰："今日阴晦，不宜服药，可弃之。"终不扬其过也。（出《传载》）

苏瓌 李峤子

中宗常召宰相苏瓌、李峤子进见。二子皆僮年，上迎抚于前，赐与甚厚。因语二儿曰："尔宜忆所通书，可谓奏吾者言之矣。"颋应之曰："木从绳则正，后从谏则圣。"峤子亡其名，亦进曰："斮朝涉之胫，剖贤人之心。"上曰："苏瓌有子，李峤无儿。"（出《松窗录》）

郭务静

沧州南皮县的县丞郭务静性情比较糊涂，和主簿刘思庄在旅馆居住的时候，郭务静对刘思庄说：“跟皇帝一起出行太困难了。我之前跟着皇帝一起出行，在家人丢失了三天后，在侍从官员的帐篷当中找了回来。”刘思庄问他说：“您的夫人也是在这里面吗？”郭务静回答说：“如果她不是在这里面，那我还说什么呢？”接着对庄说：“现在的贼太多了。昨天晚上二更天的时候，我刚从外面回来，就看到有一个贼，突然从我的房里面跑出来。”刘思庄说：“是丢了什么东西吗？”郭务静说：“没有丢什么东西。”刘思庄说：“你没有丢东西，怎么说他是贼呢？”静回答说：“只是看见他很狼狈地逃走，难免不会产生怀疑。”（出《朝野佥载》）

唐临

唐临的性格宽厚仁慈，通常都会原谅别人。之前有一次想去给别人吊唁，就叫家里的仆人回去取白衫，家仆拿错了别的衣服，心里感到害怕就不敢进去。唐临知道了这个情况，就对家仆说：“今天我呼吸不太顺畅，不适合伤心哭泣，刚刚叫你取白衫的事情就暂时不办了。”又有一次家僮熬药不仔细，唐临悄悄觉察出了原因，就对阿童说：“今天天气不好，不适合吃药，可以把药给扔了。”他始终都不直接说是家仆的过错。（出《传载》）

苏瓌　李峤子

中宗经常召见宰相苏瓌和李峤的儿子。两个儿子都还是童年，皇上走过去把他们拉到面前抚摸他俩，赏赐很多东西给他们。并且告诉两个孩子：“你们现在可以回忆一下学懂了的书，想到可以跟我说的就告诉我。”苏颋回答他说：“木头按照墨线就是直的，国君如果听从劝谏就会圣明。”而李峤的儿子不知道叫什么名，也说了两句话：“把早晨过河人的小腿斩断，将贤人的心挖出来。”皇上说：“苏瓌有儿子，而李峤没有儿子。”（出《松窗录》）

娄师德

天后朝，宰相娄师德温恭谨慎，未尝与人有毫发之隙。弟授代州刺史，戒曰："吾甚忧汝与人相竞。"弟曰："人唾面，亦自拭之而去。"师德曰："只此不了，凡人唾汝面，其人怒也。拭之，是逆其心。何不待其自干？"而其保身远害，皆类于此也。（出《独异志》）

又则天禁屠杀颇切，吏人弊于蔬菜。师德为御史大夫，因使至于陕。厨人进肉，师德曰："敕禁屠杀，何为有此？"厨人曰："豺咬杀羊。"师德曰："大解事豺。"乃食之。又进鲙，复问何为有此。厨人复曰："豺咬杀鱼。"师德因大叱之："智短汉，何不道是獭？"厨人即云是獭，师德亦为荐之。（出《御史台记》）

李 晦

李晦为雍州长史，私第有楼，下临酒肆。其人尝候晦言曰："微贱之人，虽则礼所不及，然家有长幼，不欲外人窥之。家逼明公之楼，出入非便，请从此辞。"晦即日毁其楼。（出《谭宾录》）

宋之问

宋之问，天后朝，求为北门学士，不许。作《明河篇》以见其意。诗云："明河可望不可亲，愿得乘槎一问津。更将织女支机石，还访城都卖卜人。"则天见其诗，谓崔融曰："吾非不知之问有才调，但以其有口过。"盖以之问患齿疾，口常臭故也。之问终身

娄师德

武则天当朝的时候，宰相娄师的德行温和谦恭谨慎，没跟别人有过一点的隔阂。娄师德的弟弟被皇帝委任为代州的刺史，娄师德就告诫他说：“我非常担心你会和别人起争执。”弟弟却说：“如果人家向我的脸吐口水，我自己擦干净走开就是了。”师德说：“如果只做到这点还是不够的。凡是吐你脸，说明那个人当时一定很生气，你擦掉它，这就不和那人的心了，那你为什么不等它自己干呢？”说明那些为了保护自身，而就远离危害的事，跟这差不多。（出《独异志》）

又，武则天非常严厉地禁止屠杀，官吏们苦于只能吃蔬菜。师德作为御史大夫，因为到陕西出差，吃饭的时候厨师送上了肉，师德却说：“皇上发布号令禁止屠宰，为什么还会有这东西？厨师说：“这是豺咬死的羊。”师德说：“那这个豺真是太懂事了。”然后就吃了肉。接着又端上了切细的鱼肉，娄师德又问怎么有这种东西。厨师又接着说：“这是豺咬死了鱼。”师德就大声骂他：“不聪明的男人，为什么不说这是獭咬死的呢？”厨师马上改口说是獭咬死的。娄师德也替他推荐给别人。（出《御史台记》）

李 晦

李晦作为雍州长史，私人住宅中有楼房，下临酒肆。但是那的人等着李晦来的时候说道：“我是个低微卑贱的人，虽然说礼是涉及不到的，但是家中也有大人和小孩，不想让别人偷看他们。我家挨大人家的楼很近，出入经常感到不舒服，请大人允许我从这里离开。”当天李晦就把那座楼拆了。（出《谭宾录》）

宋之问

宋之问在武则天当政的时候，请求成为北门的学士，武则天不同意。宋之问为了表达自己的心意就写了一首《明河篇》。诗里说：“明河可望不可亲，愿得乘槎一问津。更将织女支机石，还访城都卖卜人。”武则天看到那首诗后，就对崔融说：“我并不是不知道宋

惭愤。（出《本事诗》）

陆元方

陆元方为鸾台阁侍郎，居相国。则天将有迁除，必先访之。元方密以进，不露其恩，人莫之知者。先所奏进状章，缄于函中，子弟未尝见。临终，命焚之。曰："吾阴德于人多矣，其后福必不衰也。吾本当寿，但以领选曹，铨择流品，吾伤心神耳。"言毕而终。（出《御史台记》）

陈希闵

司刑司丞陈希闵以非才任官，庶事凝滞。司刑府史，目之为"高手笔"，言秉笔之额，半日不下，故名"高手笔"。又号"按孔子"，言窜削至多，纸面穿穴，故名"按孔"。（出《朝野佥载》）

李 详

李详字审己，赵郡人。祖机衡，父颖，代传儒素。详有才华胆气，放荡不羁。解褐盐亭尉。详在盐亭，因考，为录事参军所挤。详谓刺史曰："录事恃纠曹之权，当要害之地，为其妄褒贬耳。若使详秉笔，亦有其词。"刺史曰："公试论录事考状。"遂授笔。详即书录事考曰："怯断大按，好勾小稽。自隐不清，言他总浊。阶前两竞，斗困方休。狱里囚徒，非赦不出。"天下以为谈笑之最焉。（出《御史台记》）

之问很有才情，主要是因为他口腔有毛病。”原来是宋之问有牙病，嘴里经常会发出臭味。宋之问对此终生都感到羞惭和气愤。（出《本事诗》）

陆元方

陆元方做门下省和中书省的侍郎，是相当于宰相的地位。武则天想要降升官员的时候，一定会先去征求他的意见。陆元方都是暗地里向皇上献上自己的意见，不故意显示皇上对他的宠爱，因此也没有人知道这个情况。以前上奏过的奏章，都藏在一个匣子里，子孙们也没有见过。在快要死去的时候，他叫人把那些奏章都烧了，说：“我积下的阴德太多了，到了以后福分一定不会衰减的。我本来可以再多活几年，但是因为又兼任选人这个职务，选拔评定官阶高低，我太费心劳神了。”他说完就死了。（出《御史台记》）

陈希闵

司刑司丞的陈希闵因为没有才能而担任了这个官职，很多事情都办得很不顺畅。司刑府吏就把他作是“高手笔”，意思是说他拿着笔的上面，却半天都落不下去，所以才叫“高手笔”。也叫他“按孔子”，意思是说他删除的东西很多，导致纸都穿孔了，所以又叫“按孔”。（出《朝野佥载》）

李 详

李详字审己，赵郡人。祖父叫机衡，颖是他的父亲，世代都以儒者的品德操行来进行传承。李详不仅有才华，还有胆量和勇气，行动无拘无束。李详后来穿上了官服，做了盐亭尉。李详在做官盐亭的时候，因为考核的事情，被录事的参军所排挤。李详就对刺史说：“录事参军因为他可以检举众人的权力，处在重要的位置，就把别人胡乱地褒贬。如果是我拿着笔，我也会有我的说法。”刺史说：“那您试着讨论一下录事参军的考核情形。”接着把笔拿给他。李

详马上就写下了录事考核的情况并接着说："大事的考核我不敢妄自下判断，小事情的考核我却津津有味。对自己不清白的地方隐瞒，谈到别人就都是混浊的地方。大堂上双方争着辩论，直到都觉得疲惫不堪才停止。狱里的囚犯，没有遇到赦免都不放出来。"天下人认为这就是最有趣的笑话了。（出《御史台记》）

卷第四百九十四　杂录二

房光庭

房光庭为尚书郎，故人薛昭流放，而投光庭，光庭匿之。既败，御史陆遗逸逼之急。光庭惧，乃见时宰。时宰曰："公郎官，何为匿此人？"曰："光庭与薛昭有旧，以途穷而归光庭，且所犯非大故，得不纳之耶？若擒以送官，居庙堂者，复何以待光庭？"时宰义之，乃出为慈州刺史，无他累。光庭尝送亲故之葬，出鼎门，际晚且饥，会鬻糕饼者，与同行数人食之。素不持钱，无以酬值。鬻者逼之，光庭命就我取直，鬻者不从。光庭曰："与你官衔，我右台御史也，可随取值。"时人赏其放逸。（原缺出处，陈校本作出《御史台记》）

崔思兢

崔思兢，则天朝，或告其再从兄宣谋反，付御史张行岌按之。告者先诱藏宣家妾，而云妾将发其谋，宣乃杀之，投尸于洛水。行岌按，略无状。则天怒，令重按，行岌奏如初。则天曰："崔宣反状分明，汝宽纵之。我令俊臣勘，汝毋悔。"行岌曰："臣推事不若俊臣，陛下委臣，须寔状。若顺旨妄族人，岂法官所守？臣必以为陛下试臣尔。"则天厉色曰："崔宣若寔曾杀妾，反状自然明矣。

房光庭

房光庭是尚书郎，当老朋友薛昭被流放的时候，就跑来投奔光庭，光庭就把他藏了起来。当事情败露之后，御史陆遗逸逼他跟他要人，并且要得很急。光庭感到害怕，就去见了当时的执政官。但是当时的执政官跟他说：“您是郎官，为什么要藏这个人呢？”房光庭回答说：“我和薛昭是很好的朋友，现在他因为走投无路才来投奔我，而且他犯的也不是大事，怎么能不收留他呢？如果把他抓起来送到宫中，那么朝廷上的人，还会用什么态度来对待光庭呢？”当时的执政官觉得他很讲义气，就安排光庭离开朝廷去做慈州刺史，光庭这才没受到连累。光庭为之前的亲戚送葬，离开了鼎门，已经快接近黄昏，而且肚子也很饿了。正好看到有卖糕饼的，光庭就跟一起走的几个人吃了起来，但因为身上一向不带钱，没法去付钱。但是卖饼的人却逼着要钱，光庭就叫卖饼的人和他一起去拿钱，结果卖饼的人却不同意。光庭说：“我告诉你我的官衔！我是右台御史，现在可以跟我去拿钱了。”当时的人都很欣赏他的放任自由。（原缺出处，陈校本作出《御史台记》）

崔思兢

崔思兢在武则天执政的时候，有人告发他，说他的堂兄崔宣谋反，然后武则天就让御史张行岌去调查这件事情。告密的人先使用引诱的手段把崔宣家的妾藏了起来，却说崔妾要去揭发崔宣的阴谋，崔宣就杀了她，然后把她的尸体扔到了洛河的水中。张行岌调查的时候，连一点证据也没有查出来。武则天感到很生气，就命令张行岌去重新调查。经过重新调查后，张行岌上奏内容仍然像上次的不获妾，如何自雪？”行岌惧，逼宣家令访妾。思兢乃于中桥南北，多置钱帛，募匿妾者，数日略无所闻。而其家每窃议事，则告者辄知之。思兢揣家中有同谋者，乃佯谓宣妻曰：“须绢三百匹，顾刺客杀告者。”而侵晨伏于台前。宣家有馆客姓舒，婺州人，言行无缺，为宣家服役，宣委之同于子弟。须臾，见其人至台赂阍人，以通于告者。告者遂称云：“崔家顾人刺我，请以闻。”台中惊忧。思兢素重馆客，不知疑。密随之，到天津桥，料其无由至台。乃骂之曰：“无赖险獠，崔家破家，必引汝同谋，何路自雪？汝幸能出崔家妾，我遗汝五百缣，归乡足成百年之业。不然，则亦杀汝必矣。”其人悔谢，乃引思兢于告者之家，搜获其妾。宣乃得免。（出《大唐新语》）

崔湜

唐崔湜，弱冠进士登科，不十年，掌贡举，迁兵部。父揖，亦一样。武则天说："崔宣造反表现得很明显，你却这么放纵他。我要让来俊臣来调查这件事，你可千万别后悔。"张行岌回答说："我推断事情的能力比不上俊臣，陛下委托我来调查这件事，我就得掌握实情，但如果只是顺从圣旨胡乱地将别人灭族，这哪里是执法官应该做的呢？我认为这一定是陛下在考验我罢了。"武则天严肃地说："如果崔宣真的杀了那个妾，造反的表现自然就很清楚了。如果不把小老婆找出来，他要怎么证明自己的清白？"张行岌害怕了，就逼着崔宣家去找那个妾。思兢就在中桥南面和北面，放了很多钱还有绸缎，来广泛悬赏征求知道窝藏妾的人，但是过了好几天，连一点消息也没有听到。但是他家中每次偷偷商量的事情，告密的人却全知道。思兢猜测家里面应该有同谋的人，就假装对妻子说："快去用三百匹的绢，去雇刺客来杀死那告密的人。"在天刚亮的时候思兢就已经潜伏在御史的门前了。崔宣家有个姓舒的门客，是婺州人，平时说话和举动都没有什么缺点，而且一直为崔宣家干活。崔宣交代他办事就像交代自己的子孙一样放心。过了一会儿，思兢就看见姓舒的那个门客去贿赂看门人，为了让他去把这些事情告诉那个告密的人。告密的人就说："崔家要雇人来刺杀我，请你把情况全告诉我。"御史府中到处惊慌混乱。思兢一直器重这个门客，从来没怀疑过他。就偷偷跟着他，一直到了天津桥，思兢想了想他也不会再到御史府去，就骂他说："你是个无赖阴险的獠子，崔家要是被弄得家破人亡，一定会招供出你是同谋，看你到时候有什么办法来洗清自己的罪名，如果你恰巧可以找出崔家的小妾，我就送你五百匹缣，让你回到家乡也足够可以建成百年的基业。如果你不这样做，那么你一定也会被一起杀掉。"那个人感到后悔道歉，于是就带着思兢来到了告密者的家里，找出了那个小妾。崔宣这才得以免除罪名。（出《大唐新语》）

崔湜

唐代的崔湜在二十岁的时候就考中了进士，还没到十年的时间，他就开始主要管理国家考试选用人才的工作，直到后来又升职尝为礼部，至是父子累日同省为侍郎。后三登宰辅，年始三十六。崔之初执政也，方二十七，容止端雅，文词清丽。尝暮出端门，下天津桥，马上自吟："春游上林苑，花满洛阳城。"张说时为工部侍郎，望之杳然而叹曰："此句可效，此位可得，其年不可及也。"（出《翰林盛事》）

吕太一

吕太一为户部员外郎，户部与吏部邻司。时吏部移牒，令户部于墙宇自竖棘，以备铨院之交通。太一答曰："眷彼吏部，铨惣之司，当须简要清通，何必竖篱种棘。"省中赏其清俊。（出《御史台记》）

许诫言

许诫言为瑯邪太守，有囚缢死狱中，乃执去年修狱典鞭之。修狱典曰："小人主修狱耳，如墙垣不固，狴牢破坏，贼自中出，犹以修治日月久，可矜免。况囚自缢而终，修狱典何罪？"诫言犹怒曰："汝胥吏，举动自合笞，又何诉？"（出《纪闻》）

杜丰

齐州历城县令杜丰，开元十五年，东封泰山，丰供顿。乃造棺器三十枚，置行宫。诸官以为不可，丰曰："车驾今过，六宫偕行，忽暴死者，求棺如何可得？若事不预备，其悔可追乎？"及置顿使为兵部的侍郎。崔湜的父亲叫崔揖，之前也做过礼部侍郎，现在父子每天都在同一个官署中做侍郎。在后来许多次都登上了辅政大臣的位置，但是年龄才三十六岁。在崔湜刚开始执政的时候，也只有二十七岁，外貌举动端正各方面都很不错，文章的词句也很清新华美。曾经在黄昏的时候出了端门，来到了天津桥，坐在马背上自己吟诵着："春游上林苑，花满洛阳城。"张说当时也是工部侍郎，看见了崔湜意味深长地叹息着说："这句子可以仿照，这个地位也是可以得到，但是他的年龄却是达不到的。"（出《翰林盛事》）

吕太一

吕太一是户部的员外郎。户部与吏部的官署相临。当时吏部发送文书，让户部的人在院墙外栽上酸枣树，防止吏部的人过去。太一回答说："我想吏部，是一个选拔人才，总管许多内务的部门，应该简明扼要，清楚流畅，没有必要竖起篱笆，种上那酸枣树。"部内许多人都称赞他的清高超群。（出《御史台记》）

许诚言

许诚言担任瑯邪太守时，有一个囚犯在狱中上吊自杀了，他就把去年主管修狱的人抓来打他。主管修狱的人说："我只是掌管修监狱而已，就像墙壁不坚固，牢狱被破坏，犯人从里面逃出来了，还可以说是因为修建时间太长了而免去他的罪行，更何况这是囚犯自己上吊死去的呢？那么主管修监狱的人又有什么罪呢？"许诚言仍然生气地说："你就是一个小官，这样的行为自然应该受到鞭打，又有什么好反驳的呢？"（出《纪闻》）

杜丰

齐州的历城县令叫杜丰，在开元十五年的时候，皇帝去泰山祭天，就是由杜丰准备和安顿。杜丰就制造了三十口棺材，放在了行宫中。各位官员都认为这样做不可以，但是杜丰说："皇帝现在过来，入行宫，见棺木陈于幕下，光彩赫然，惊而出，谓刺史曰："圣主封岳，祈福祚延长，此棺器者，谁之所造？且将何施？何不祥之甚？"将奏闻，刺史令求丰。丰逃于妻卧床下，诈称赐死，其家哭之。赖妻兄张抟为御史，解之，乃得已。丰子钟，时为兖州参军，都督令掌厩马刍豆。钟曰："御马至多，临日煮粟，恐不可给，不如先办。"乃以镬煮粟豆二千余石，纳于窖中，乘其热封之。及供顿取之，皆臭败矣。乃走，犹惧不免。命从者市半夏半升，和羊肉煮而食之，取死，药竟不能为患而愈肥。时人云，非此父不生此子。（出《纪闻》）

修武县民

开元二十九年二月，修武县人嫁女，婿家迎妇，车随之。女之父惧村人之障车也，借俊马，令乘之，女之弟乘驴从，在车后百步外行。忽有二人出于草中，一人牵马，一人自后驱之走，其弟追之不及，遂白其父。父与亲眷寻之，一夕不能得。去女家一舍，村中有小学，时夜学，生徒多宿。凌晨启门，门外有妇人，裸形断舌，阴中血皆淋漓。生问之，女启齿流血，不能言。生告其师，师出户观之，集诸生谓曰："吾闻夫子曰，木石之怪夔魍魉，水之怪龙罔象，土之怪坟羊。吾此居近太行，怪物所生也，将非山精野魅乎？盍击之？"于是投以砖石，女既断舌，不能言，诸生击之，竟死。及六宫都跟着一起，如果突然得了急病死去了，要怎么能临时找到棺材？如果事情不预先做好准备，那就是后悔也来不及了。”一直等到安排停顿好了之后，才让官员进入行宫里面，官员看到棺材放在了帐幕下，光彩触目惊心，都吃惊地跑了出来，对刺史说：“圣明的国君到泰山来祭天，祈求福气可以延长，那么这些棺材，到底是谁制造的？想要用它来做什么？多么不吉利呀？”就打算上奏给皇帝，刺史让人去把杜丰找过来，但是杜丰藏到妻子睡觉的床底下，并且假称皇帝已经让他死，他家里的人都为他哭。后来又仗着大舅哥张抟做了御史，从中周旋排解，才把这件事给解决了。杜丰的儿子叫杜钟，当时是做兖州的参军，都督让他去掌管马圈里的那些马和草料。杜钟说：“皇帝的马非常多，到了用的时候再煮小米，害怕供应不上，不如先做一些。”于是就用锅煮了两千多斤的小米还有豆子，放进了窖里，趁着热就把窖封严了。等到供应的时候取出来一看，都已经腐烂发臭了。于是逃跑，仍然害怕不能免去他的罪，就叫随行的人买了半升半夏，混着羊肉里煮着吃了，为了更好地自杀，可是这个竟然不能毒死人，人越吃反而越胖了。当时的人就说：“不是这样的父亲就不会生出这样的儿子。”（出《纪闻》）

修武县民

开元二十九年二月，修武县有一户人家的女儿出嫁，女婿家前来迎娶媳妇，都是带着车去的。但是女方的父亲害怕村里的人挡住了路导致车不能前进，就去借了匹好马，让女儿去骑着它，女方的弟弟就骑着驴在姐姐的车后百步以外走着。突然有两个人从草丛中出来，一个人牵着驮新娘子的马，另一个人在后面赶着马跑，然而新娘的弟弟追不上他们，就去报告了父亲。父亲就和亲戚一起寻找新娘子，找了一个晚上也没找到。在距离新娘子家三十里的地方，那个村子里有所学校，因为当时上夜学的原因，所以学生大多数住宿。早晨起来开门的时候，他们看见门外有一个妇女，裸露着身体，舌头也被弄断了，她的阴部也是血淋淋的。学生问她话，结果那个女人一张口就是血流不止，也说不出话来。学生就跑去告诉了老师，老师出门来明，乃非魅也。俄而女家寻求，至而见之，乃执儒及弟子诣县。县丞卢峰讯之，实杀焉，乃白于郡。笞儒生及弟子，死者三人，而劫竟不得。（出《纪闻》）

李元皛

李元皛为沂州刺史，怒司功郄承明，命剥之屏外，承明狡猾者也。既出屏，适会博士刘琮琎后至，将入衙。承明以琮琎儒者，则前执而剥之，绐曰：“太守怒汝衙迟，使我领人取汝，令便剥将来。”琮琎以为然，遂解衣。承明目吏卒，擒琮琎以入，承明乃逃。元皛见剥至，不知是琮琎也，遂杖之数十焉。琮琎起谢曰：“蒙恩赐杖，请示罪名。”元皛曰：“为承明所卖。”竟无言，遂入户。（出《纪闻》）

王 琚

玄宗在藩邸时，每游戏于城南韦杜之间，尝因逐狡免，意乐忘返。与其徒十数人，饥倦甚，因休息村中大树之下。适有书生，延帝过其家，其家甚贫，止村妻一驴而已。帝坐未久，书生杀驴看了看，并召集学生们告诉他们：“我听孔夫子讲过，这山上的怪物叫夔魍魉，而水里的怪物叫龙罔象，那么土里的怪物叫坟羊。并且我们住的这个地方比较靠近太行山，这是怪物生长的地方，那么这个女人怕不是山精野妖吗？为什么不一块打她呢？”于是学生和老师就一起用砖石去打她，那个女的舌头已经断了，也说不了话，学生们不停地打她，最后就被打死了。等到天亮了一看，发现她并不是妖怪。没过一会儿这个女人的家里人到这个地方来寻找，来的时候看到了女儿惨死的样子，就把那个教书的先生还有他的学生都抓到了县城里去。县丞卢峰来审判这件事，审讯证明的确是师生杀了人，然后就上报到了郡。并且判先生和学生笞刑，被鞭笞死去的有三个人，但是那两个真正的劫人犯，一直到最后也没有抓到。（出《纪闻》）

李元皛

李元皛是沂州刺史，对于司功郗承明感到很生气，就叫人到屏帐外面去脱他的衣服，因为承明是一个很狡猾的人。从屏帐出来以后，正好碰到了来晚的博士刘琮进来，快要进入衙门。承明知道琮璡是一个文人，就跑上去抓住他，把他的衣服脱下来，说：“因为你来晚了太守很生气，让我带着人来抓你，并且叫你马上脱了衣服带上去。”琮璡认为是真的，就把衣服脱下了。接着承明给那个吏卒使眼色，让他们抓着琮璡进去，然后承明就逃走了。元皛见脱下衣服的人进来了，也不知道他是琮璡，就命令人用棍子打了几十下。琮璡就站起来说：“承蒙你的恩惠，给我赏了这么多棍。请你告诉我是犯了什么罪？”元皛说：“罪名是被承明出卖。”琮璡一时间竟没话说，便进了门。（出《纪闻》）

王琚

玄宗在诸侯王府的时候，经常在长安城南之间的韦曲和杜曲玩游戏，之前因为去追赶狡猾的兔子，太高兴却忘了回家。他和他的手下十几个人，都已经饿得非常厉害了，于是就在村里的大树下面休煮秫，备膳馔，酒肉滂沛，帝顾而甚奇之。及与语，磊落不凡，问其姓，乃王琚也。自是帝每游韦杜间，必过琚家，琚所语议，合帝意，帝日益亲善。及韦氏专制，帝忧甚，独密言于琚。琚曰："乱则杀之，又何亲也？"帝遂纳琚之谋，戡定内难。累拜琚为中书侍郎，实预配飨焉。（出《开天传信记》）

李適之

李適之入仕，不历丞簿，便为别驾；不历两畿官，便为京兆尹；不历御史及中丞，便为大夫；不历两省给舍，便为宰相；不历刺史，便为节度使。（出《独异志》）

白履忠

白履忠博涉文史，隐居梁城，王志愔、杨玚皆荐之。寻请还乡，授朝散大夫。乡人谓履忠曰："吾子家贫，竟不沾一斗米，一匹帛，虽得五品，止是空名，何益于实也？"履忠欣然曰："往岁契丹入寇，家家尽署排门夫。履忠特以读少书籍，县司放免，至今惶愧。虽不得禄赐，且是五品家。终身高卧，免有徭役，不易得之也。"（出《谭宾录》）

息。正好碰到个书生，就邀请玄宗去他家，但是他的家中非常贫困，只有一位乡下的妻子和一头驴。玄宗还没坐多长时间，书生就把驴杀了煮黏高粱，并准备饭食，酒肉非常丰盛，玄宗看到感觉很奇怪。等到和书生聊天的时候，才发现书生的性格非常洒脱、直率、开朗，和一般人不一样。玄宗就问他姓名，原来是王琚。之后玄宗每次到韦和杜之间游玩，都一定会去造访王琚，王琚的谈话和主张，都比较符合玄宗的心意，因此玄宗一天天跟他变得更加亲近友好。直到韦后专权的时候，玄宗感到很忧虑，就单独跟王琚谈了这件事。王琚说："如果乱政就杀了她，又有什么可怜惜的？"玄宗就采纳了王琚的主意，然后平定了朝廷里面的祸乱。连续提升最后任命王琚为中书侍郎。在他死后也成为配享之臣。（出《开天传信记》）

李適之

李適之进入了仕途，不想做县丞主簿，就去做了别驾；不想做东西两京附近的官员，就去做了京兆尹；不想做御史和中丞，就去做了大夫；不想做两省的给事中和舍人，就去做了宰相；不想做刺史，就去做了节度使。（出《独异志》）

白履忠

白履忠阅读文史书籍非常广泛，在梁城隐居，王志愔、杨玚都非常推荐他。没过多久白履忠请求回到乡下，朝廷就给他授朝散大夫的官职。乡里的人就对白履忠说："您的家里很穷，但是你竟然不接受一斗米和一匹帛，虽然做了五品官衔，但也只是一个空名，这对实际的生活又有什么好处呢？"但是白履忠却很高兴地说："去年契丹入侵的时候，每家都要派人来守城门。我履忠只是因为读了少数的书籍，导致县里主管就免了我的差事，一直到现在我还感觉到惭愧惶恐。尽管没有俸禄，但至少还是个五品之家。一生都高枕才睡觉，不用服徭役，这也是不容易才得到的呀。"（出《谭宾录》）

夜明帘

姚崇为相，尝对于便殿。举左足，不甚轻利。上曰：“卿有足疾耶？”崇曰：“臣有心腹疾，非足疾也。”因前奏张说罪状数百言。上怒曰：“卿归中书，宜宣与御史中丞共按其事。”而说未之知。会吏报午后三刻，说乘马先归。崇急呼御史中丞李林甫，以前诏付之。林甫谓崇曰：“说多智，是必困之，宜以剧地。”崇曰：“丞相得罪，未宜太逼。”林甫又曰：“公必不忍，即说当无害。”林甫止将诏付于小御史，中路以马坠告。说未遭崇奏前旬月，家有教授书生，通于说侍儿最宠者。会擒得奸状，以闻于说。说怒甚，将穷狱于京兆。书生厉声言曰：“睹色不能禁，亦人之常情。缓急有用人乎，公何靳于一婢女耶？”说奇其言而释之，兼以侍儿与归。书生一去数月余，无所闻知。忽一日，直访于说，忧色满面。言曰：“某感公之恩，思有以报者久矣。今闻公为姚相国所构，外狱将具，公不知之，危将至矣。某愿得公平生所宝者，用计于九公主，可能立释之。”说因自历指己所宝者，书生皆云，未足解公之难。又凝思久之，忽曰：“近者有鸡林郡以夜明帘为寄者。”书生曰：“吾事济矣。”因请说手札数行，恳以情言，遂急趋出。逮夜，始及九公主第。书生具以说事言，兼用夜明帘为贽。且谓主曰：“上独不念在东宫时，思必始终恩加于张丞相乎？而今反用谗耶？”明早，公主上谒，具为奏之。上感动，因急命高力士就御史台宣：“前所按事，并宜罢之。”书生亦不复再见矣。（出《松窗录》）

夜明帘

姚崇做宰相时，曾在皇帝休息娱乐的偏殿中回答皇帝的问题，抬起左脚时的时候，显得很不轻松，也不利索。皇上就问他："你的脚有病吗？"姚崇回答："我的心腹上面有点病，这不是脚病。"于是就走上前跟皇帝叙述张说的罪状，说了大概有数百句。皇上听后生气地说："你是属于中书省的，就应该去御史中丞反映，一同举报他的罪恶。"但是张说一点也不知道这件事。刚好有个小吏报告说午后三点张说骑着马就先回去了。姚崇赶忙找来了御史中丞李林甫，还把前段时间皇帝发布的命令交给了他。林甫便对姚崇说："张说是非常足智多谋的，如果想把他给困起来，就应该让他在险恶的环境中生存。"姚崇说："丞相犯了罪，不应该这样太胁迫。"林甫又说："我知道您一定不忍心那么做，张说也不会有什么灾祸的。"林甫只是把诏书交给了小御史，在中途的时候，用从马上摔下的理由来请了假。张说在没有收到姚崇参奏的一个月之前，家里有一个教书的书生，居然跟张说最喜欢的侍女私通，刚好被人发现了，就去告诉了张说。张说觉得非常生气，就打算把这个案子拿去交给京兆尹来处理。书生严肃地说："如果看到美丽的女子感到情不自禁，这是人之常情的事情。当您遇到紧急情况的时候有可用的人吗？为什么您对一个婢女却这样吝惜呢？"张说觉得他说的话很有道理，就下令放了他，并把侍女送给他，让他们一起回家了。书生一离开就是好几个月，连一点消息也没有听到。直到突然有一天，书生直接到张说拜访，一脸愁容。接着说："我非常感激您的恩情，因为考虑应该报答的时候很久了。现在我听说您被姚宰相所陷害，而且对外的审判材料也快要完备了，但是您却还不知道，已经到了非常危险的时候了。我希望可以得到您一生最宝贵的东西，拿在九公主身上用计谋，立刻就可能化解了您的危险。"张说便全部说出了自己最宝贵的东西，书生又接着说："这还不足以解除您的灾难。"张说又仔细想了好一会儿，突然说："最近鸡林郡找人送了我一件夜明帘。"书生接着说："那我们的事情就成了。"然后请张说亲自写了几行话，要用真情来进行恳求。然后书生就带信急匆匆地走了。一直到了晚上，书生才到达九公主的住宅。

班景倩

开元中，朝廷选用群官，必推精当。文物既盛，英贤出入，皆薄具外任。虽雄藩大府，由中朝冗员而授，时以为左迁。班景倩自扬州采访使入为大理少卿，路由大梁。倪若水为郡守，西郊盛设祖席。宴罢，景倩登舟，若水望其行尘，谓掾吏曰："班公是行，何异登仙乎？为之驺殿，良所甘心。"默然良久，方整回驾。既而为诗投相府，以道其诚，其词为当时所称赏。（出《明皇杂录》）

薛令之

神龙二年，闽长溪人薛令之登第，开元中，为东宫侍读。时宫僚闲淡，以诗自悼，书于壁曰："朝日上团团，照见先生盘。盘中何所有？苜蓿上阑干。饭涩匙难绾，羹稀箸多宽。只可谋朝夕，何由度岁寒。"上因幸东宫，见焉。索笔续之曰："啄木嘴距长，凤凰毛羽短。若嫌松桂寒，任逐桑榆暖。"令之因此引疾东归。肃宗即位，诏征之，已卒。（出《闽川名仕传》）

接着书生把张说的事情全部告诉了公主，然后又送上了夜明帘作为见面礼，并且对公主说："皇上难道忘记了在东宫的时候，一定想要加恩给张丞相吗，现在怎么反倒采纳了这些谗言呢？"第二天早上，公主上朝拜见皇上，然后把书生的话全部告诉给了皇帝。皇上听了很感动，就连忙命令高力士去御史台宣布圣旨："之前检举张说的事，就应该全部停止，不要再追究了。"但是这个书生从那以后再没有见到。（出《松窗录》）

班景倩

开元年的时候，朝廷选用各个职位的官员，一定要推荐足够精干的人物。当时礼乐典章制度非常发达，杰出的人才出出进进，都只是用简单的宴会来招待那些到外地做官的人。就算是强大的藩镇还有辖区广大的府邸长官，都是由朝中多余的官员暂时任命，当时都认为这是被贬低了官职。班景倩是从扬州的采访使入朝任大理寺少卿的。经过大梁。倪若水是这郡郡守，就在城外西郊准备了盛大的饯行宴会为班景倩饯行。宴会结束，景倩上船赶路，倪若水远远地望着他的人马的背影对手下说："班公这么一去，和登了仙境有什么区别呢？给他做侍从，跟在他的后面，这也实在是心甘情愿的啊。"沉默了很久，才整理好人马回到府衙。不久倪若水就写了诗寄到了宰相府去，用来表达自己的真情实感，因此他的诗句在当时也被人们称赞欣赏。（出《明皇杂录》）

薛令之

神龙二年的时候，福建长溪人薛令之去考试考中了，开元年间，在东宫担任侍读。当时宫中的官吏非常清闲无聊，就用诗来表达自己的伤感，并写在了墙上："早上的太阳升起来了，圆圆的，照到了先生的盘子。那盘中有什么东西呢？只有一些较长的纵横交错的苜蓿。连饭涩匙子也插不进去。汤稀筷子显得很自在。也只能考虑眼前的温饱，要怎么才能度过寒冷的冬天呢。"皇上因为到东宫去了，就看见

了这首诗，拿笔来接着写道："啄木鸟的嘴还有后脚爪都很长，但凤凰的羽毛很短，要是嫌弃松树上寒冷，也可以任凭你追求桑树和榆树上的温暖。"令之还为这件事生病东归故乡。当肃宗当上皇帝后，就下令寻找令之，但是令之已经死了。（出《闽川名仕传》）

卷第四百九十五　杂录三

宇文融

玄宗命宇文融为括田使，融方恣睢，稍不附己者，必加诬谮。密奏以为卢从愿广置田园，有地数百顷。帝素器重，亦倚为相者数矣；而又族望宦婚，鼎盛于一时，故帝亦重言其罪，但目从愿为多田翁。从愿少家相州，应明经。常从五举，制策三等，授夏县尉。自前明经至吏部侍郎，才十年。自吏部员外至侍郎，只七个月。（出《明皇杂录》）

哥舒翰

天宝中，哥舒翰为安西节度，控地数千里，甚著威令，故西鄙人歌之曰："北斗七星高，哥舒夜带刀。吐蕃总杀尽，更筑两重濠。"时差都知兵马使张擢上都奏事，值杨国忠专权黩货，擢逗留不返，因纳贿交结。翰续入朝奏，擢知翰至，惧，求国忠拔用。国忠乃除擢兼御史大夫，充剑南西川节度使。敕下，就第辞翰。翰命部下捽于庭，数其事，杖而杀之，然后奏闻。帝却赐擢尸，更令翰决尸一百。（出《乾膗子》）

宇文融

唐玄宗任命宇文融当括田使，宇文融当时正放纵横行，只要遇到稍有不依附自己的人，就一定要去诬谄和进谗言。他秘密地向皇上报告卢从愿大量购买田地和庄园，有土地几百顷。皇上平时非常看重卢从愿，也多次想要他来做丞相，并且又是名门望族，广泛和官宦人家通婚，这时候，当时家族非常兴盛，所以皇上也不敢轻易说他有罪，也只是把卢从愿当作一个有非常多田产的老翁。卢从愿小时候家住在相州，之前参加过五次的明经科的考试，对策考试为三等，任命他去担任夏县县尉的职位。从参加明经考试到做吏部侍郎，也只有十年。而从吏部员外到吏部侍郎，也只有七个月的时间。（出《明皇杂录》）

歌舒翰

天宝年间，歌舒翰是当时的安西节度使，掌控着方圆千里的地方，在当时很有实力和声望，那时西北边疆的人赞颂他说："北斗七星高高挂在天上，歌舒翰夜间佩带着刀，要杀光那些吐蕃人，再去修筑两道护城河。"当时派都知兵马使张擢就去都城上报这个事情，正好赶上杨国忠专权受贿，他就在京城里逗留，通过贿赂去巴结杨国忠。歌舒翰后来也到了朝廷来上报这个事情，张擢听到歌舒翰来了，觉得很害怕，就请求杨国忠可以提拔任用自己，杨国忠就让张擢再去兼任御史大夫，还有担任剑南西川节度使。当任命书发下来之后，张擢就到歌舒翰居住的地方去跟他告别，歌舒翰去命令部下把张擢抓到庭下，还一一列举了他的罪状，又用板子来打他，打死了张擢，之后才报告给皇上。皇上又把张擢的尸体赏赐给了歌舒翰，

崔隐甫

梨园弟子有胡雏善吹笛，尤承恩。尝犯洛阳令崔隐甫，已而走入禁中。玄宗非时，托以他事，召隐甫对，胡雏在侧。指曰："就卿乞此，得否？"隐甫对曰："陛下此言，是轻臣而重乐人也，臣请休官。"再拜而去。玄宗遽曰："朕与卿戏也。"遂令曳出，至门外，立杖杀之。俄而复敕释，已死矣。乃赐隐甫绢百匹。（出《国史补》）

萧嵩

玄宗尝器重苏颋，欲倚以为相，礼遇顾问，与群臣特异。欲命相前一日，上秘密，不欲令左右知。迨夜艾，乃令草诏，访于侍臣曰："外庭直宿谁？"遂命秉烛召来。至则中书舍人萧嵩，上即以颋姓名授嵩，令草制书。既成，其词曰："国之瓌宝。"上寻绎三四，谓嵩曰："颋，瓌之子。朕不欲斥其父名，卿为刊削之。"上仍命撤帐中屏风与嵩，嵩惭惧流汗，笔不能下者久之。上以嵩杼思移时，必当精密，不觉前席以观。唯改曰："国之珍宝。"他无更易。嵩既退，上掷其草于地曰："虚有其表耳。"嵩长大多髯，上故有是名。左右失笑。上闻，遽起掩其口，曰："嵩虽才艺非长，人臣之贵，亦无与比，前言戏耳。"其默识神览，皆此类也。（出《明皇杂录》）

歌舒翰又打尸体一百鞭子。（出《乾䐑子》）

崔隐甫

梨园弟子中有一个少年胡人擅长吹笛子，而且皇上特别宠爱他，之前触犯洛阳令崔隐甫，就跑进禁宫中去。唐玄宗经常托他办一些别的事情。有一次召崔隐甫来问事，当时那个少年胡人也在他旁边，唐玄宗就指着少年胡人说：“我想把这个人从你那里要来，可以吗？”崔隐甫回答说：“陛下说这个话，是看不起我而更看重乐师，所以我请求你能免去我的官职。”然后拜了又拜，就走了。唐玄宗急忙说：“我那是和你开玩笑呢。”然后就命令人把那个少年胡人拖出去，一直拖到门外，马上就用刑杖打死了他。过了一会儿皇上又下令去释放他，结果已经死了。然后赐了一百匹绢给崔隐甫。（出《国史补》）

萧嵩

唐玄宗之前很器重苏颋，就准备倚重他当宰相，对他的礼节待遇和询问问题，和所有的大臣都是很不一样的。在准备下令让他当宰相的前一天，皇上就秘密行动，但是不想让左右的人知道，一直等到晚上，才去找人草拟的诏书。皇上又向侍臣打听说：“外庭是谁在值宿？”然后就派人拿着蜡烛去叫人来，到了一看是中书舍人萧嵩。皇上就将苏颋的姓名交给了萧嵩，让他来起草制书。等萧嵩写完之后，皇上看到那上面有句词说：“国之瑰宝”，之后皇上斟酌了三四次，就对萧嵩说“苏颋是苏瑰的儿子，我不想让他使用他父亲的名讳，你帮我改正过来。”之后皇上让人撤掉帐幕中的屏风拿给萧嵩使用，但是萧嵩惭愧恐惧让他流了很多汗，过了很久都不能下笔。皇上认为萧嵩思考了一段时间后，改的一定应当是非常精密了，之后不知不觉就走到萧嵩的坐席去看，最后却只改成了：“国之珍宝”，其他的都没有改变。萧嵩退出去之后，皇上就把他草写的纸扔到了地上说：“真的是白白地有一个好外表。”萧嵩身形高大，胡须浓密，所以皇

陈怀卿

陈怀卿，岭南人也，养鸭百余头。后于鸭栏中除粪，粪中有光烂然，试以盆水沙汰之，得金十两。乃觇所食处，于舍后山足下，土中有麸金，消得数千斤。时人莫知，卿遂巨富，仕至梧州刺史。（出《朝野佥载》）

邹凤炽

西京怀德坊南门之东，有富商邹凤炽，肩高背曲，有似骆驼，时人号为邹骆驼。其家巨富，金宝不可胜计，常与朝贵游，邸店园宅，遍满海内。四方物尽为所收，虽古之猗白，不是过也。其家男女婢仆，锦衣玉食，服用器物，皆一时惊异。尝因嫁女，邀诸朝士往临礼席，宾客数千。夜拟供帐，备极华丽。及女郎将出，侍婢围绕，绮罗珠翠，垂钗曳履，尤艳丽者，至数百人。众皆愕然，不知孰是新妇矣。又尝谒见高宗，请市终南山中树，估绢一匹。自云："山树虽尽，臣绢未竭。"事虽不行，终为天下所诵。后犯事流瓜州，会赦还。及卒，子孙穷匮。又有王元宝者，年老好戏谑，出入里市，为人所知。人以钱文有"元宝"字，因呼钱为王老，盛流于时矣。（出《西京记》）

上用这样的话说他。皇帝左右的人都失声笑了出来。被皇上听见了，急忙站起来捂住口说："萧嵩尽管不擅长才艺，但是人臣的尊贵，也是没有人能比得上的，那刚才说的都是笑话。"皇上悄悄观察识别和用心地去看人，都是像这样的。（出《明皇杂录》）

陈怀卿

陈怀卿是岭南人，他养了一百多只鸭子。后来在鸭栏中清理鸭粪，粪里面有灿烂的光，试着用盆子像淘沙一样地淘鸭粪，得到十两金子。于是就去查看鸭子吃东西的地方，在屋后的山脚下，土里面有沙金，经过淘出熔化后得到几千斤黄金。但是当时没有人知道这个事情。陈怀卿就成了个大富翁，他做官还做到梧州刺史。（出《朝野佥载》）

邹凤炽

西京怀德坊南门的东边，有一个富商叫邹凤炽，他的两肩高但是后背弯曲，就像骆驼一样，当时的人就叫他邹骆驼。他的家里非常有钱，家里的金银珠宝多得数都数不过来，他经常交往的都是朝廷中的权贵们，天下到处都有他的邸店和有园林的住宅。他买了四面八方全部的货物，就是古时候的猗顿，也不能超过他。他家的男仆女仆，全是穿着昂贵的衣服吃着美味的食物，穿和用的东西，都是当时让人感到惊异的东西。之前因为女儿出嫁，他邀请朝廷中的官员去参加女儿的婚礼酒席，光是来庆祝的宾客就有几千人。到了晚上，还提供帐幕休息，里面非常华丽。等到姑娘快要出来的时候，一大群女仆在她身边围绕着，都穿着好看的绮罗佩戴着珠翠，她低着头，小步走路，特别艳丽的，这些就有几百人。大家都楞住了，不知道哪个才是新娘子。他之前拜见高宗皇帝，请求买下终南山中的树，一棵树的价格就是一匹绢，他自己却说："就算山上的树卖光了，但是我的绢不会用完。"这件事情虽然没有实行，但是却被天下人传诵。他后来因为犯罪被流放到瓜州，遇到了大赦回来了，等他死去之后，他的子又一说，玄宗尝召王元宝，问其家私多少。对曰：“臣请以绢一匹，系陛下南山树，南山树尽，臣绢未穷。”又玄宗御含元殿，望南山，见一白龙横亘山间。问左右，皆言不见。令急召王元宝问之，元宝曰：“见一白物，横在山顶，不辨其状。”左右贵臣启曰：“何故臣等不见？”玄宗曰：“我闻至富可敌贵。朕天下之贵，元宝天下之富，故见耳。”（出《独异志》）

高力士

高力士既谴于巫州，山谷多荠，而人不食。力士感之，因为诗寄意。“两京作斤卖，五溪无人采。夷夏虽有殊，气味终不改。”其后会赦，归至武溪，道遇开元中羽林军士，坐事谪岭南。停车访旧，方知上皇已厌世，力士北望号泣，呕血而死。（出《明皇杂录》）

王 维

天宝末，群贼陷两京，大掠文武朝臣，及黄门宫嫔，乐工骑士。每获数百人，以兵仗严卫，送于洛阳。至有逃于山谷者，而卒能罗捕追胁，授以冠带。禄山尤致意乐工，求访颇切。于旬日，获梨园弟子数百人，群贼因相与大会于凝碧池，宴伪官数十人。大孙却很穷困。又有个叫王元宝的人，在年老了喜欢说笑话，经常进出在市集上，后来被人们知道了，人们因为钱上面有元宝字样，于是就把钱叫作“王老”，这个话在当时流传也被广泛。（出《西京记》）

又出现一种说法，玄宗皇帝之前召见王元宝，询问他有多少家产。他就回答说：“臣请求用一匹绢捆一棵树来解释，捆陛下南山上的树，就算南山上的树被捆光了，也用不完我的绢。”又有一次，玄宗来到含元殿，望着南山，就看见一条白龙在两座山之间横架。问身边的人，却都说没看见。就让人赶快去叫王元宝想问问他到底看见没有，王元宝说：“我看见一个白色的东西，在山顶上面横架着，但是我看不清它的样子。”皇上身边的地位比较高的大臣问皇上说：“为什么我们看不见呢？”玄宗说：“因为我听说最富的人可以比得上尊贵的人，那我是天下最尊贵的人，而王元宝是天下最富有的人，所以我们能看见。”（出《独异志》）

高力士

高力士被贬到了巫州之后，那里的山谷里生长了很多的荠菜，但是人们都不吃它。因此高力士很感慨这件事，所以写诗来寄托自己的心意：“在西安和洛阳都是按斤出卖，到了五溪这里却没有人去采摘，人虽然有夷和夏的不同，但是荠菜的滋味无论到哪里都不会改变。”在那之后遇到了大赦，让他回武溪去，结果在路上碰到了开元时代的羽林军的官兵，这官兵因为犯了罪被贬谪到岭南来了。停下车子问一下老朋友，这才知道原来唐明皇已经去世了，高力士望着北边的方向大声哭泣，也吐血死了。（出《明皇杂录》）

王维

天宝末年，叛军的部队攻打下了西安和洛阳，到处去捉拿朝廷的文臣武将，还有宦官、宫女、乐师和骑兵这些人。每次捉拿几百人，就用兵器来严加看守，然后送到洛阳。甚至还有逃到山谷里去的，最后却都被追拿逼迫，给他们穿官帽官服。但是安禄山特别留陈御库珍宝，罗列于前后。乐既作，梨园旧人不觉歔欷，相对泣下。群逆皆露刃持满以胁之，而悲不能已。有乐工雷海清者，投乐器于地，西向恸哭。逆党乃缚海清于戏马殿，支解以示众，闻之者莫不伤痛。王维时为贼拘于菩提佛寺中，闻之，赋诗曰："万户伤心生野烟，百官何日更朝天。秋槐叶落空宫里，凝碧池头奏管弦。"（出《明皇杂录》）

史思明

安禄山败，史思明继逆。至东都，遇樱桃熟，其子在河北，欲寄遗之，因作诗同去。诗云："樱桃一笼子，半已赤，半已黄。一半与怀王。一半与周至。"诗成，左右赞美之，皆曰："明公此诗大佳，若能言'一半周至，一半怀王'，即与'黄'字声势稍稳。"思明大怒曰："我儿岂可居周至之下？"思明长驱至永宁县，为其子朝义所杀。思明曰："尔杀我太早，禄山尚得至东都，而尔何亟也。"思明子伪封怀王，周至即其傅也。（出《芝田录》）

豆谷

至德初，安史之乱，河东大饥。荒地十五里生豆谷，一夕扫而复生，约得五六千石。其实甚圆细美，人皆赖此活焉。（出《传载》）

意乐师，寻找乐师找的很迫切，在短短十日之内，就捉到梨园弟子几百人，贼人们就在凝碧池举行大聚会，邀请叛贼任命的几十个官吏。许多皇帝库藏的珍奇宝物，都前前后后罗列着。音乐演奏起来的时候，梨园原来的乐师都默默地叹气，一个一个地互相看着流下眼泪。叛贼们个个手拿着刀来威胁他们，却不能停止人们的悲哀。有个叫雪海清的乐师把乐器扔在地上，朝着西面痛哭，逆贼就把雪海清绑到戏马殿上，把他大卸八块用来示众。听到的人都感到伤心。王维当时被逆贼拘捕在菩提佛庙里的时候，他听说了这件事情，就写了一首诗说："万户伤心生野烟，百官何日更朝天。秋槐叶落空宫里，凝碧池头奏管弦。"（出《明皇杂录》）

史思明

安禄山失败了，但是史思明继续叛变，一直到了东都洛阳。正好赶上樱桃成熟了，史思明的儿子住在河北，他想给儿子寄些樱桃，就写了一首诗一起送去。诗中写道："樱桃一笼子，半已赤，半已黄，一半与怀王，一半与周至。"诗写完了，身边亲近的人称赞他，都说："明公的这首诗写得非常好，如果说一半要送给周至，一半要送给怀王，就和上面的'黄'字的音韵比较和谐了。"史思明就生气地说："我的儿子怎么可以排在周至的后面呢？"史思明就直接冲进永宁县，结果被他的儿子史朝义给杀了。史思明说："你现在杀我杀得太早了，安禄山还能到东都来，那你为什么这么着急呢？"史思明的儿子被伪政权封为怀王，最后周至成了他儿子的师父。（出《芝田录》）

豆谷

到了德初年，发生安史之乱，黄河东边闹大饥荒。有一块荒地长十五里，地里生出豆谷，晚上扫起来收回去后，地里就又长了新的出来。大约收获了五六千石豆谷。那些豆粒长得非常圆，看起来质地细腻味道也很好，人们都靠着它才活了下来。（出《传载》）

润州楼

润州城南隅，有楼名万岁楼。俗传楼上烟出，刺史即死，不死即贬。开元已前，以润州为凶阙。董琬为江东采访使，尝居此州。其时昼日烟出，刺史皆忧惧狼狈，愁情至死。乾元中，忽然又昼日烟出，圆可一尺余，直上数丈。有吏密伺之，就视其烟，乃出于楼角隙中，更近而视之，乃蚊子也。楼下有井，井中无水，黑而且深，小虫蠛蠓蛛蜩之类，色黑而小。每晚晴，出自于隙中，作团而上。遥看类烟，以手揽之，即蚊蚋耳。从此知非，刺史亦无虑矣。（出《辨疑志》）

丘为

丘为致仕还乡，特给禄俸之半。既丁母丧，州郡疑所给，请于观察使韩滉。滉以为授官致仕，本不理务，特令给禄，以恩养老臣。不可以在丧为异，命仍旧给之。唯春秋二时，羊酒之直则不给。虽程式无文，见称折衷。（出《谭宾录》）

裴佶

朱泚既乱，裴佶与衣冠数人，佯为奴，求出城。佶貌寝，自出称甘草。门兵曰："此数子，必非人奴。如甘草，不疑也。"（出《国史补》）

润州楼

润州城南边的角落，有一座楼叫万岁楼。民间传说，只要楼上出现烟，那么刺史就会死去，就算不死也会被贬职。开元年间之前，都认为润州是一个凶城。董琬在江东担任采访使，曾住在润州。当时大白天出现了烟，这让刺史又担心又害怕，显得十分狼狈，导致他心情愁闷就死去了。到乾元年间，忽然大白天又出现了烟，有一尺多粗，一直向上飘去有几丈高。直到有个官吏到近处看那烟，发现那是从楼角的缝隙中跑出来的。慢慢靠近再看那烟，竟然都是蚊子。楼下有一个井，但是井中没有水，看起来黑乎乎的而且很深，好像有蠛蠓小虫和蜘蛛魍魉这一类的东西，颜色都很黑而且小，每次晚上晴天的时候，蚊子就会从缝隙中出来，从而形成一群向上飞，但是远看却像烟一样。用手搅一下，就可以知道是蚊子和蚋虫。从那以后就知道是弄错了，刺史也就没有什么可以担心的了。（出《辨疑志》）

丘为

丘为辞去官职回到故乡，皇上特准发一半的俸禄给他。正好赶上他母亲死去，州郡长官不知道是否应该继续发放俸禄给他，就去请示观察使韩滉。韩滉认为官员辞官回乡，确实没有打理政事，但是上边特别指令州郡发放给他俸禄，是为了施恩供养老臣，就不可以在丧期改变，就命令按照以前一样供给俸禄。但是春秋两季的羊还有酒的钱就不给了。这件事虽然没有成文，但是却被称作一个折中的好办法。（出《谭宾录》）

裴佶

朱泚叛乱之后，裴佶和几个士绅，乔装打扮成奴仆的样子，想要出城。裴佶的外貌不好看，就出来自称叫甘草，那守门的士兵说："这几个人，肯定不是人家的奴仆，像甘草那样的，才不会被人怀疑。"（出《国史补》）

李抱贞

李抱贞镇潞州，军资匮缺，计无所为。有老僧，大为郡人信服。抱贞因请之曰：“假和尚之道，以济军中，可乎？”僧曰：“无不可。”抱贞曰：“但言择日鞠场焚身，谋当于使宅凿一地道通连。俟火作，即潜以相出。”僧喜从之，遂陈状声言。抱贞命于鞠场积薪贮油。因为七日道场，昼夜香灯，焚呗杂作，抱贞亦引僧入地道，使之不疑。僧乃升坛执炉，对众说法。抱贞率监军僚属及将吏，膜拜其下。以俸入擅施，堆于其傍。由是士女骈填，舍财亿计。满七日，遂送柴积，灌油发焰，击钟念佛。抱贞密已遣人填塞地道，俄顷之际，僧薪并灰。数日，籍所得货财，辇入军资库。别求所谓舍利者数十粒，造塔贮焉。（出《尚书故实》）

杨志坚

颜真卿为抚州刺史，邑人有杨志坚者嗜学而居贫，乡人未之知也。其妻以资给不充，索书求离。志坚以诗送之曰：“当年立志早从师，今日翻成鬓有丝。落托自知求事晚，蹉跎甘道出身迟。金钗任意撩新发，鸾镜从他别画眉。此去便同行路客，相逢即是下山时。”其妻持诗，诣州公牒，以求别适。真卿判其牍曰：“杨志坚早亲儒教，颇负诗名。心虽慕于高科，身未沾于寸禄。愚妻睹其未遇，曾不少留。靡追冀缺之妻，赞成好事；专学买臣之妇，厌弃良人。污辱乡闾，伤败风教，若无惩诫，孰遏浮嚣？妻可笞二十，任自

李抱贞

李抱贞在潞州镇守，但是军队缺少经费，也没有想出什么好办法。有个老和尚。郡里的人都很相信他。然后李抱贞就请求他说：“想要借用你的道行，用来提供军队的花销，可以吗？”和尚回答说：“没什么不可以。”李抱贞又说：“你只要选择哪天在球场上自焚，我就事先在刺史的住宅里挖一条地道来和球场接通起来，等到火烧起来，你就可以偷偷地从地道里跑出来。”和尚就高兴地答应了他，然后照着商量好的办法将消息传了出去。李抱贞叫人在球场上把木柴堆积起来，准备好油脂，然后还为他准备了七天的道场，在白天和黑夜都点着灯烧着香，佛教的赞歌唱得一会儿高一会儿低，李抱贞就领着和尚进入了地道观看，不让他产生疑心。接着和尚就登上了佛坛，并且拿着香炉，然后对听众讲述佛法。李抱贞带领着监军、同僚和军官，就在坛下进行顶礼膜拜。然后把钱随便地施舍，堆积在讲坛的旁边。接着，士女们也连续进行施舍。施舍的钱财大概有一亿以上。道场连续做满了七天，然后就送上木柴，泼上了油脂点火，并敲钟念佛。然而李袍贞已经悄悄地派人堵塞了地道。没过一会儿，和尚和木柴全部成了灰。几天后，这样得到的钱财，就用车子送进军资库。还另外寻找了几十颗舍利子，做了一座塔做藏起来。（出《尚书故实》）

杨志坚

颜真卿当抚州刺史的时候，县城里有一个叫杨志坚的人，非常喜欢学习但是家里很贫困，同乡人也不知道他。他的妻子因为他的钱财给的太少，就向他要休书离婚。杨志坚就写了一首诗来送给她说：“当年立志早从师，今日翻成鬓有丝。落托自知求事晚，蹉跎甘道出身迟。金钗任意撩新发，鸾镜从他别画眉。此去便同行路客，相逢即是下山时。”他的妻子拿着诗，就到州里办理官府的公文，以便于改嫁。颜真卿就在批判的公文上写道：“杨志坚早期就钻研儒家学说，非常有作诗的名声，虽然心里羡慕能考中科举，但是自身却

改嫁。杨志坚秀才，饷粟帛，仍署随军。”四远闻之，无不悦服。自是江表妇人，无敢弃其夫者。（出《云溪友议》）

没有享受到任何一点俸禄。他愚昧的妻子见他始终都没有考中功名，就不想再和他一起生活下去，而不愿意像冀缺的妻子，去帮助丈夫完成事业；就只想学朱买臣的女人，去讨厌并抛弃自己的丈夫。给家乡带来耻辱，道德败坏，如果不给她一点惩罚来警诫，怎么可以制止这种轻浮的行为呢？妇人就应该打二十板子，随她去改嫁。而杨志坚秀才，就资助他粮食布匹让他跟着军队暂时担任个职务。”四面八方人们听说了这件事情，就没有不信服的。从那之后江表一带的女人，就没有敢抛弃自己丈夫的了。（出《云溪友议》）

卷第四百九十六　杂录四

赵　存　严　震　卢　杞　韦　皋　陆　畅　马　畅　吴　凑
袁　傪　李　勉　于公异　邢君牙　张　造　吕元膺　李章武
元　稹　于　頔　薛尚衍

赵 存

冯翊之东窟谷，有隐士赵存者，元和十四年，寿逾九十。服精术之药，体甚轻健。自云：父讳君乘，亦享遐寿。尝事兖公陆象先，言兖公之量，固非凡可以测度。兖公崇信内典，弟景融窃非曰：“家兄溺此教，何利乎？”象先曰：“若果无冥道津梁，百岁之后，吾固当与汝等。万一有罪福，吾则分数胜汝。”及为冯翊太守，参军等多名族子弟，以象先性仁厚，于是与府寮共约戏赌。一人曰：“我能旋笏于厅前，硬努眼眶，衡揖使君，唱喏而出，可乎？”众皆曰：“诚如是，甘输酒食一席。”其人便为之，象先视之如不见。又一参军曰：“尔所为全易，吾能于使君厅前，墨涂其面，着碧衫子，作神舞一曲，慢趋而出。”群寮皆曰：“不可，诚敢如此，吾辈当敛俸钱五千，为所输之费。”其二参军便为之，象先亦如不见。皆赛所赌，以为戏笑。其第三参军又曰：“尔之所为绝易，吾能于使君厅前，作女人梳妆，学新嫁女拜舅姑四拜，则如之何？”众曰：“如此不可，仁者一怒，必遭叱辱。倘敢为之，吾辈愿出俸钱十千，充所输之费。”其第三参军，遂施粉黛，高髻笄钗，女人衣，疾入，深拜四拜。象先又不以为怪。景融大怒曰：“家兄为三辅刺史，今乃成天下笑具。”象先徐语景融曰：“是渠参军儿等笑具，我岂为笑哉？”

赵存

在冯翊的东边山谷，有个名字叫赵存的隐士，在元和十四年的时候，年纪已经超过九十岁了。经常吃黄精白术等养生的药品，身体非常轻快矫健。他说他父亲的名字叫君乘，也是非常长寿。曾经在兖公陆象先手下做事。他说兖公的度量，绝对不是一般人可以揣度的。兖公陆象先信奉佛经，他的弟弟陆景融曾私下议论他说："哥哥你醉心于佛教，有什么好处呢？"陆象先说："若是真的没有通向地府的桥梁，去世之后，我和你当然是平等的。但是万一有罪福的分别，我就理所当然地要超过你。"当陆象先做了冯翊太守，手底下担任参军的人大多是贵族子弟，因为象先性情仁厚宽容，他们就和幕僚们共同约赌娱乐。有一个人说："我可以在大厅上旋转笏板，瞪大眼睛，扬眉举目地给使君作揖，叉手行礼，大声呼喊着出去，信不信？"众人都说："你要是真敢这么做，我们甘愿赔给你一桌酒席。"那人就照着自己说的做了，陆象先就如同没看见一样。又出来一个参军说："你做的实在是很容易，我可以在使君的办公厅上，将脸涂黑，穿上绿布衣服，扮作神跳一曲舞，然后慢慢地走出去。"众人都说："不能，你要是敢这样，我们就筹集俸禄五千钱，作为输给你的赌注。"第二个参军也照样做了，陆象先仍然像没看见一样。大家都参与这场赌约，以此作为娱乐。第三个参军又说："你们两个做的都太简单了，我能在使君的办公厅前，学习女人梳妆打扮，模仿新嫁娘拜公婆四拜，又有怎么样的赌注呢？"众人都说："这样做可不行，惹仁义的人生气，必定会遭到斥责辱骂的。如果你真的敢这么做，我们甘愿拿出俸禄一万钱，当作输掉赌约的赌注。"于是这第三个参军就施粉描眉打扮好，挽上发髻插好金钗，穿上女人的衣服，细步走初，房琯尝尉冯翊，象先下孔目官党芬，于广衢相遇，避马迟，琯拽芬下，决脊数十下。芬诉之，象先曰："汝何处人？"芬曰："冯翊人。"又问："房琯何处官人？"芬曰："冯翊尉。"象先曰："冯翊尉决冯翊百姓，告我何也？"琯又入见，诉其事，请去官。象先曰："如党芬所犯，打亦得，不打亦得；官人打了，去亦得，不去亦得。"后数年，琯为弘农湖城令，移摄闵乡。值象先自江东征入，次闵乡，日中遇琯，留迨至昏黑，琯不敢言。忽谓琯曰："携衾裯来，可以宵话。"琯从之，竟不交一言。到阙日，荐琯为监察御史。景融又曰："比年房琯在冯翊，兄全不知之。今别四五年，因途次会，不交一词。到阙荐为监察御史，何哉？"公曰："汝不自解。房琯为人，百事不欠，只欠不言。今则不言矣，是以为用之。"班行间大伏其量矣。（出《乾𦠆子》）

严震

严震镇山南，有一人乞钱三百千，去就过傲。震召子公弼等问之，公弼曰："此诚不可。旨辄如此，乃患风耳，大人不足应之。"震怒曰："尔必坠吾门，只可劝吾力行善事，奈何劝吾吝惜金帛？且此人不辨，向吾乞三百千，的非凡也。"命左右准数与之。于是三川之士，归心恐后，亦无造次过求者。（原缺出处，明抄本出《因话录》，陈校本出《乾𦠆子》）

进大厅，深拜四拜。陆象先还是不觉得奇怪。陆景融生气地说："兄长身为三辅刺史，现在成了天下的笑话了。"陆象先慢悠悠地对陆景融说："是那些青年参军成了笑话，我怎么会成了笑话呢？"

当初，房琯曾做冯翊太尉，陆象先手底下的孔目官党芬，和他在大街上碰面，党芬没有来得及回避他，被房琯拽下马来，背上被打了几十下板子。党芬告诉了陆象先这件事，陆象先对他说："你是哪里的人？"党芬说："冯翊人。"陆象先又问："房琯是哪里的官呢？"党芬答："他是冯翊太尉。"陆象先说："冯翊太尉打了冯翊的百姓，告诉我干什么呢？"房琯来拜见陆象先，也讲了那件事，请求解去自己官职。陆象先说："像党芬所犯的错误，可以打也可以不打；当官的打了，可以解去官职也可以不解去官职。"过了好几年，房琯做了弘农湖的城令，改为代管阌乡，正好赶上陆象先从长江以东调往京城，在途中住在了阌乡。一天中午遇到了房琯，一直停留到了天色昏黑，房琯不敢说话。陆象先不经意间对房琯说："你去带衾被来，晚上我们好谈一谈。"房琯照他的话做了，竟然没有说一句话。等到了京城的时候，陆象先就推荐房琯去当监察御史。陆景融又问："那些年房琯在冯翊，兄长你一点不知遇他，如今分别了四五年，就因为旅途暂住而相遇，没交谈一句话，到了京城却要推荐他做监察御史，这样做的原因是什么呢？"陆象先说："你不明白，房琯的为人处世都没什么缺点，只是缺少不说话，现在他不讲话了，所以我因此重用他。"同僚们都十分佩服陆象先的气度。（出《乾𦠆子》）

严震

严震镇守在山南。有一个人向他乞讨要三百千钱，言行举止非常傲慢。严震把儿子公弼等人叫来问怎么处理他。公弼说："这肯定是不行的啊，如果总是这样，就败坏了风俗。您不应该回应他。"严震生气地说："你必定会损坏我的门风，你只应该劝我多做好事，怎么可以劝我吝惜金钱呢？何况此人没有说明缘由，就向我要三百千钱，确实很不一般。"于是就命令手下的侍从如数给他三百千钱。从此之后三川内的有识之士，争先恐后地归附于严震，也没有人敢轻易

卢杞

卢杞为相，令李揆入蕃。揆对德宗曰："臣不惮远，恐死于道路，不达君命。"帝恻然悯之，谓卢曰："李揆莫老无？"杞曰："和戎之使，且须谙练朝廷事，非揆不可。且使揆去，则群臣少于揆年者，不敢辞远使矣。"揆既至蕃，蕃长曰："闻唐家有第一人李揆，公是否？"揆曰："非也，他那李揆，争肯到此？"恐为拘留，以谩之也。揆门地第一，文学第一，官职第一。揆致仕归东都，司徒杜佑罢淮海，入洛见之，言及第一之说。揆曰："若道门户，门户有所自，承余裕也，官职遭遇耳。今形骸凋悴，看即下世，一切为空，何第一之有？"（出《嘉话录》）

韦皋

韦皋在西川，凡军士将吏有婚嫁，则以熟锦衣给其夫氏，以银泥衣给其女氏，各给钱一万。死丧称是，训练称是，内附者富赡之，远游者将迎之。极其赋敛，坐有余力，以故军府盛而黎氓重困。及晚年为月进，终致刘闢之乱，天下讥之。（出《国史补》）

陆畅

李白尝为《蜀道难》歌曰："蜀道难，难于上青天。"白以刺严

提什么过分的要求。（原缺出处，明抄本出《因话录》，陈校本出《乾𦠆子》）

卢杞

卢杞在做宰相的时候，派遣李揆到吐蕃去访问。李揆对唐德宗说："我不害怕路途遥远，只是怕死在去吐蕃的路上，不能够完成皇上下达的使命。"唐德宗动了恻隐之心非常可怜他，对卢杞说："李揆不是老了吗？"卢杞说："派往少数民族结盟的使者，必须十分熟悉朝廷的大小事务，除了李揆其他人都不行。而且派李揆去的话，那些比他年轻的臣子们，就不敢推拖去远处的差事了。"等李揆到了吐蕃，蕃长说："听说唐朝有个第一人李揆，是不是你呢？"李揆说："不是我，那个李揆，怎么会乐意到这里来呢？"李揆是害怕被蕃长拘禁扣留，因此欺骗了蕃长。论门第，李揆排第一；论文学，李揆排第一；论官职，李揆排第一。李揆辞官返乡回到了东都洛阳，司徒杜佑罢官回到淮海，到洛阳来拜见李揆，说起了"第一"的事情，李揆说："若是论门第，门第都是有渊源的，是可以由前代继承下来的；官职也只是一时的机遇罢了。如今的我身体不好，眼看就要离开人世，一切都是虚妄的，哪里还有什么第一呢？"（出《嘉话录》）

韦皋

韦皋在西川生活时，只要是军士将吏有婚嫁娶妻的，就给男方送熟锦衣，给女方送银泥衣，再另外每人给一万钱。办丧事和训练士兵也是采取这种办法，归附于他的，待遇丰厚，远道而来的就出去迎接他。韦皋极力地聚敛赋税，坐在那里就能够获得足够的财富，因此军府的仓库都是满的而百姓处于困顿之中。到了晚年就是按月征税，终于导致了刘辟作乱，天下的人都讥笑他。（出《国史补》）

陆畅

李白曾经在《蜀道难》中写道："蜀道的艰险胜过上青天。"李武也。后陆畅复为《蜀道易》曰："蜀道易，易于履平地。"畅佞韦皋也。初畅受知于皋，乃为《蜀道易》献之。皋大喜，赠罗八百匹。及韦薨，朝廷欲绳其既往之事，复阅先所进兵器，刻"定秦"二字。不相与者，因欲构成罪名。畅上疏理之云："臣在蜀日，见造所进兵器，'定秦'者匠名也。"由是得释。（出《尚书故实》）

马畅

马燧之子畅，以第中大杏馈窦文场，以进德宗。德宗未尝见，颇怪之，令中使就封杏树。畅惧进宅，废为奉诚园，屋木皆拆入内。（出《国史补》）

吴凑

德宗非时召拜吴凑为京兆尹，便令赴上。凑疾驱，诸客至府，已列筵矣。或问曰："何速？"吏曰："两市日有礼席，举铛釜而取之。故三五百人馔，常可立办。"（出《国史补》）

袁傪

袁傪之破袁晁，擒其伪公卿数十人。州县大具桎梏，谓必生致阙下。惨曰："此恶百姓，何足烦人？"乃遣笞臀逐之。（出《国史补》）

白借此来讥讽严武。后来陆畅就写了《蜀道易》，在里面说：“蜀道容易，胜过走平地。”陆畅借此来谄媚韦皋。当初陆畅受到了韦皋的知遇，就写下了《蜀道易》进献给他。韦皋十分高兴，送给他八百匹罗锦。等到韦皋去世，朝廷想要追究陆畅过往的罪过，又查到他以前所进献的兵器上面刻着“定秦”两个字。那些和陆畅关系不和睦的人，想要因此定他的罪。陆畅上奏疏为自己辩解说：“我在蜀地的时候，看到过那些制造的进献兵器，知道了‘定秦’是一个工匠的名字。”陆畅因此得到了释放。（出《尚书故实》）

马畅

马燧的儿子叫马畅，把家里的大杏子馈赠给了窦文场，窦文场又把它进献给了唐德宗。唐德宗从来没有见过这么大的杏子，感到很是惊奇，于是命令中使立刻把杏树查封。马畅害怕进入那座宅院，就把宅院作废了改建成了奉诚园，把房屋的木材都拆下来放进了内院。（出《国史补》）

吴凑

唐德宗破格下诏将吴凑任命为京兆尹，命令他立即上任。吴凑驾马非常快，各路宾客到达吴凑府上时，宴席早已经摆好。有人问：“怎么这么快就准备好了？”小吏回答道：“两个市场内每天都准备有宴席，拿锅去取回来就可以了，所以三五百个人的饭菜，一般可以立即办好。”（出《国史补》）

袁傪

袁傪打败了袁晁，活捉到袁晁自封的官员几十号人。州县衙门给他们准备了大量的脚镣和手铐，说务必要把他们活着押送到京城。袁傪说：“这么一些刁民，哪里值得那么麻烦人特意押送？”袁傪就下令杖打了他们的屁股然后把他们驱逐走了。（出《国史补》）

李 勉

故相李勉任江西观察使时，部人有父病蛊。乃为木偶人，置勉名位，瘗于其垄。或发以告勉，勉曰：“为父禳灾，是亦可矜也，舍之。”或曰：“李勉失守梁城，亦宜贬黜。”议曰：“不然，当李希烈之怙乱，其锋不可当，天方厚其罪而降之罚也。矧应变非长，援军不至，又其时，关辅已俶扰矣，人心摇动矣。以文吏之才，当虎狼之隧，乃全师南奔，非量力者能乎？”（出《谭宾录》）

于公异

李晟平朱泚之乱，德宗览收城露布曰：“臣已肃清宫禁，祇谒寝园。钟簴不移，庙貌如故。”上感涕失声，左右六宫皆呜咽。露布乃于公异之辞也。议者以朝廷捷书露布，无如此者。公异后为陆贽所忌，诬以家行不谨，赐《孝经》一卷，故坎坷而终。（出《国史补》）

邢君牙

贞元初，邢君牙为陇右临洮节度，进士刘师老、许尧佐往谒焉。二客方坐，一人仪形甚异，头大足短，衣麻衣而入。都不待宾司引报，直入见君牙。拱手于额曰：“进士张汾不敢拜。”君牙从戎多年，殊不以为怪，乃揖汾坐，曾不顾尧佐、师老。俄而有吏过桉，宴设司欠失钱物。君牙阅历簿书，有五十余千散落，为所由隐漏。君牙大怒，方令分折去处。汾乃拂衣而起曰：“且奉辞。”牙

李勉

已经故去的宰相李勉担任江西观察使的时候，队伍里有个人的父亲神志不清，于是这个人就用木偶做了一个人，写上了李勉的名字和职位，埋进了坟墓里。被人看见后就告诉了李勉，李勉说："替他的父亲消除灾祸，是值得我们同情的，放了他吧。"有人说："李勉没有把梁城把守住，应当罢免他的官职。"众人议论说："不应该这样做，李希烈作乱的时候，气势没有人可以抵挡，上天正是先加重他的罪行然后再降下惩罚。何况当时情况变幻莫测，支援的士兵没有来，加上当时的边关京畿也已开始动荡不安，人心也开始动摇。李勉用文官的才能，阻挡虎狼的行为，为了保全军队向南撤退，不能正视自己力量的人能做到像他那样吗？"（出《谭宾录》）

于公异

李晟平定了朱泚挑起的动乱，唐德宗看到被收复的城池捷报上写着："臣已经清除干净了宫室的动乱，恭敬地拜谒了皇家陵园，那里钟虡未动，庙堂像原来一样。"皇上感动的失声流泪，大臣和嫔妃们也纷纷哭了起来。这封奏书就是于公异写的。人们议论过后认为写给朝廷的捷报书，没有比得上于公异这一份的。后来于公异被陆贽忌恨，诬陷他家风不严，于是皇帝就赐给了他一卷《孝经》，于公异历经坎坷之后去世了。（出《国史补》）

邢君牙

贞元年刚开始，邢君牙任职陇右临洮节度，进士刘师老和许尧佐前去拜访他。这两位客人才刚坐下，就有一个外貌很奇特，头大脚短，穿着粗布衣服的人走了进来。他也不等待侍从进去禀报，直接进去会见邢君牙，把手拱起来放在额头前面说："进士张汾不敢给你行大礼。"邢君牙当了很多年的军人，一点也不感到奇怪，就回了礼请张汾坐下，竟不搭理许尧佐和刘师老。过了一会儿有个官吏送来了案卷，说宴设司亏空缺失了钱财物品。邢君牙查看记账的账簿，谢曰："某适有公事，略须决遣，未有所失于君子，不知遽告辞，何也？"汾对曰："汾在京之日，每闻京西有邢君牙上柱天，下柱地。今日于汾前，与设吏论牙三五十千钱。此汉争中？"君牙甚怪，便放设吏，与汾相亲。汾谓君牙曰："某在京应举，每年常用二千贯文，皆出往还。剑南韦二十三，徐州张十三，一日之内，客有数等，上至给舍，即须法味。中至补遗，即须煮鸡豚或生或鲙。"既而指师老、尧佐云："如举子此公之徒，远相访，即膳胡而已，何不如此耶？"尧佐矍然。逡巡，二客告辞而退，君牙各赠五缣。张汾洒扫内厅安置，留连月余，赠五百缣。汾却至武功，尧佐方卧病在馆，汾都不相揖。后二年及第，又不肯选，遂患腰脚疾。武元衡镇西川，哀其龙钟，奏充安抚巡官，仍摄广都县令，一年而殂。（出《乾𦠆子》）

张造

贞元中，度支欲取两京道中槐树为薪，更栽小树。先下符牒华阴，华阴尉张造判牒曰："召伯所憩，尚不翦除；先皇旧游，岂宜斩伐？"乃止。（出《国史补》）

有五十多千钱没有登记入账，被经手的差役隐瞒私藏了。邢君牙十分生气，准备派人去调查清楚钱的去向，张汾于是拍拍衣服站起来说：“我暂且告辞了。”邢君牙道歉说：“我刚好有一点公事，需要稍微去处理一下，对你也并没有什么失礼的地方，不知道你着急离开是因为什么呢？”张汾回答他说：“我在京城的时候，经常听说京西有个顶天立地的人物叫邢君牙。但是今天在我面前的，却是和一个设吏追查自己的三五十千钱，这样的男人怎么能配得上这样的评价呢？”邢君牙觉得非常奇怪，就打发走了设吏，和张汾亲切交流起来。张汾对邢君牙说：“我在京城参加科举考试的时候，常常每年花费二千贯钱，都花在了与别人的来往上。比如剑南的韦二十三，徐州的张十三，在一天的时间里我要宴请的客人有好几等。上等客人有品味，就需要讲究味道；中等客人有补遣，就需要炖上鸡肉和猪肉招待他们，还有的是生拌，还有的是鱼块。”然后张汾接着指着刘师老和许尧佐说：“像这种参加考试的考生，从远方前来拜访你，就像肮脏的胡人一样，你为什么不那么对待他们呢？”许尧佐十分惊讶。过了一段时间，两个客人告辞离开了，邢君牙给每个人赠送了五匹细绢。对待张汾却是打扫干净厢房安排他住下来，住了一个多月，赠给他五百匹细绢。张汾回到武功，许尧佐病倒在了馆舍的床上，张汾也不去看望他。后来过了两年张汾考中了，但是不愿意当候选官员，于是得了腰病和脚疾。武元衡镇守西川的时候，看他年老行动不便，很是可怜，于是上奏朝廷让他担任安抚巡官的职位，还兼任广都县县令的职位，过了一年之后去世了。（出《乾䐗子》）

张造

贞元年间，度支想要砍掉两京沿途道路的槐树当柴烧，然后重新栽上小树苗。他先写符牒告诉了华阴尉，华阴尉张造批评他说：“召穆公休息过的地方都没有被砍伐，先皇帝曾经游玩过的地方，怎么可以砍伐呢？”度支就停止了砍树的想法。（出《国史补》）

吕元膺

吕元膺为鄂岳团练，夜登城，女墙已锁。守者曰："军法夜不可开。"乃告之曰："中丞自登。"守者又曰："夜中不辨是非，中丞亦不可。"元膺乃归。及明，擢为大职。（出《国史补》）

李章武

李章武学识好古，有名于时。唐太和末，敕僧尼试经若干纸，不通者，勒还俗。章武时为成都少尹，有山僧来谒云："禅观有年，未尝念经，今被追试，前业弃矣，愿长者念之。"章武赠诗曰："南宗向许通方便，何处心中更有经？好去苾刍云水畔，何山松柏不青青？"主者免之。（出《本事诗》）

元稹

元稹为御史，奉使东川，于襄城题《黄明府》诗，其序云："昔年曾于解县饮酒，余恒为觥录事。尝于窦少府厅，有一人后至，频犯语今，连飞十数觥，不胜其困，逃席而去。醒后问人，前虞卿黄丞也，此后绝不复知。元和四年三月，奉使东川，十六日，至裒城。望驿有大池，楼榭甚盛。逡巡，有黄明府见迎。瞻其形容，仿佛以识，问其前衔，即曩日之逃席黄丞也。说向事，黄生惘然而悟，因馈酒一尊，舣舟邀余同载。余时在诸葛所征之路次，不胜感今怀古，遂作《赠黄明府》诗云：昔年曾痛饮，黄令困飞觥。席上当时走，马前今日迎。依稀迷姓字，即渐识平生。故友身皆远，他乡眼暂明。便邀联榻坐，兼共刺船行。酒思临风乱，霜棱拂地平。不堪

吕元膺

吕元膺是鄂岳的团练。一天晚上想要进城去，但是城墙上的矮墙已经被锁上了。守门的人说："军法规定晚上不能打开城门。"吕元膺就告诉他说："是中丞要亲自登城。"守门的人又说："晚上分不清楚到底是不是，中丞也不能登城。"吕元膺就回去了。天亮之后吕元膺就提升守门人去担任重要的职务。（出《国史补》）

李章武

李章武博学多识喜欢研究古文，在当时名气非常的大。在唐朝太和末年，皇上勒令僧人和尼姑要参与经文考试，无法通过考试的人，就必须还俗。当时的李章武是成都的少尹，有个山里的僧人来拜访他说："我参悟禅道多年，没有念过佛经，如今被迫考试，前面所做的努力都将白费，希望您可以帮帮我。"于是李章武赠给他一首诗，写道："南宗向许通方便，何处心中更有经？好去苾刍云水畔，何山松柏不青青？"于是主考官就免除了这个僧人的考试。（出《本事诗》）

元　稹

元稹在做御史的时候，带着命令出使东川。到达襄城的时候写下《题黄明府》这首诗。诗的序中说："当年在解县喝酒的时候，我经常担当觥录事的角色，曾在窦少府的客厅上喝酒，有一个人在后面才来，又频频地触犯酒令，接连喝了十几杯酒，然后不胜酒力，偷偷地从宴席上溜走了。酒醒之后我问了别人，才了解到他是以前的虞卿黄丞，从此之后再也不没有听过他的消息。元和四年三月我奉命出使东川的时候，十六日到达了裒城。在远处就看见驿站有个大池子，里面楼台亭榭林立。过了一段时间，有个姓黄的县令出来迎接我。我看到他的长相，感觉似曾相识，就问起他以前的官职，原来他就是从前逃席的黄丞。说起从前的事情，黄丞才恍然大悟，于是就赠给了我一坛酒，将船停靠在岸边并邀请我上船。我当时在诸葛亮出征的

深浅酌，还怆古今情。逦迤七盘路，坡陁数丈城。花疑褒女笑，栈想武侯征。一种埋幽石，老闲千载名。”（出《本事诗》）

于 頔

丞相牛僧孺应举时，知于頔奇俊，特诣襄阳求知。住数日，两见，以游客遇之，牛怒而去。去后，忽召客将问曰：“累日前有牛秀才发未。”曰：“已去。”“何以赠之？”曰：“与钱五百。”“受乎？”曰：“掷于庭而去。”于大恨，谓宾佐曰：“某事繁，总盖有阙遗者。”立命小将，赍绢五百匹，书一函，追之。曰：“未出界，即领来；如已出界，即以书付。”小将界外追及，牛不折书，揖回。（出《幽闲鼓吹》）

薛尚衍

于頔方炽于襄阳，朝廷以大阉薛尚衍监其军。尚衍至，頔初不厚待，尚衍晏如也。后旬日，请出游，及暮归第，幄幕茵毯什器，一以新矣；又列犊车五十乘，实以彩绫。尚衍颔之，亦不言。頔叹曰：“是何祥也！”（出《国史补》）

路上住下，忍不住怀古伤今。于是就写下一首《赠黄明府》赠给他，诗中是这样写的：昔年曾痛饮，黄令困飞觥。席上当时走，马前今日迎。依稀迷姓字，即渐识平生。故友身皆远，他乡眼暂明。便邀联榻坐，兼共刺船行。酒思临风乱，霜棱拂地平。不堪深浅酌，还怆古今情。逦迤七盘路，坡陁数丈城。花疑褒女笑，栈想武侯征。一种埋幽石，老闲千载名。”（出《本事诗》）

于 頔

当朝丞相牛僧孺当年参加科举考试的时候，就了解到于頔十分杰出，特地赶到襄阳城来拜谒求教。住了好几天，见了两次面，都把他当作普通游客那样接待，牛僧孺非常生气地离开了。他走了以后，于頔忽然叫来客将问道：“几天前来拜见的那个牛秀才走了没有？”客将回答说：“他已经走了。”“给他送了什么呢？”“给了他五百钱。”“他接受了吗？”“他扔在院子里就离开了。”于頔感到非常遗憾，对宾客说：“我要处理的事情太多了，难免会有缺漏。”然后立即命令小将，带上五百匹绢绸，书信一封，去追赶牛僧孺，并嘱咐小将说：“他没出襄阳的话，就把他接回来，如果已经出了襄阳城，就把我的信给他。”小将到襄阳城外追上了牛僧孺，牛僧孺并没有看于頔的信，只是拱拱手行礼之后就走了。（出《幽闲鼓吹》）

薛尚衍

于頔在襄阳城得势的时候，朝廷派遣叫薛尚衍的太监督控他的军队。薛尚衍到达襄阳的时候，于頔开始并没有好好招待他，但是薛尚衍却表现得很平静。过了十来天，于頔邀请他外出游玩，到了晚上回到住所的时候，窗帘地毯等各种家具，都换成了新的，又摆出五十辆牛车，用彩色绸缎装扮。薛尚衍只是微微点头，也不说话。于頔感叹地说：“这是个什么样的征兆呢？”（出《国史补》）

卷第四百九十七　杂录五

高　逞

高逞为中书舍人九年，家无制草。或问曰："前辈皆有制集，焚之何也？"答曰："王言不可存于私家。"（出《国史补》）

吕元膺

吕元膺为东都留守，常与处士对棋。棋次，有文簿堆拥，元膺方秉笔阅览。棋侣谓吕必不顾局矣，因私易一子以自胜，吕辄已窥之，而棋侣不悟。翼日，吕请棋处士他适，内外人莫测，棋者亦不安，乃以束帛赆之。如是十年许，吕寝疾将亟，儿侄列前，吕曰："游处交友，尔宜精择。吾为东都留守，有一棋者云云，吾以他事俾去。易一着棋子，亦未足介意，但心迹可畏。亟言之，即虑其忧慑；终不言，又恐汝辈灭裂于知闻。"言毕，惘然长逝。（出《芝田录》）

王　锷

泓师云："长安永宁坊东南是金盏地，安邑里西是玉盏地。"

高 逞

高逞当了九年的中书舍人，家里从来没有诏令的草稿。有的人就问高逞：“中书舍人的前辈家中都藏有诏令的集子，但是你为什么把它们都烧掉了呢？”高逞回答说：“皇帝的话不可以自己藏在私人家里。”（出《国史补》）

吕元膺

吕元膺当东都留守的时候，之前和一个隐士下棋。正在下着棋，就会有一些文件堆积起来，吕元膺就停下手中的棋拿起笔批阅。棋友认为吕元膺肯定顾不上棋局，就悄悄地换了个棋子为了取胜。吕元膺却已经把一切都看在眼里，但是棋友却不知道。到了第二天，吕元膺就让他到别处去，所有人都不明白这到底是怎么回事，但是棋友却感到非常内疚，就给吕元膺留了一份很贵重的告别礼物。就这样大约过了十年，吕元膺卧病在床就要死了，儿子侄子们都站在他的床前，吕元膺说：“交朋友，一定要谨慎仔细地选择。当初我在东都留守，遇到一个和我下棋的人，趁我去做别的事的时候，偷偷地换了一着棋，其实这也是不值得介意，但是却反映出这人的心迹可怕。有好几次想说这件事，但是又怕那个人因为这样而忧愁悲戚；我就始终没有说，但是又怕你们在这一类的事情上毁掉，所以就告诉了你们。”话刚说完，吕元膺就怀着惆怅死去了。（出《芝田录》）

王 锷

泓师说：“长安的永宁坊东南方向那个地方是像金盏一样的宝地，而安邑里朝西的那个方向是像玉盏一样的宝地。”后来永宁这个后永宁为王锷宅，安邑为北平王马燧宅。后王马皆进入官。王宅累赐韩弘及史宪诚、李载义等，所谓金盏破而成焉；马燧为奉诚园，所为玉盏破而不完也。

又一说，李吉甫安邑宅，及牛僧孺新昌宅，泓师号李宅为玉杯，一破无复可全。金碗或伤，庶可再制。牛宅本将作大匠康䛒宅，䛒自辨冈阜形势，以其宅当出宰相。后每年命相有按，䛒必引颈望之。宅竟为僧孺所得。李后为梁新所有。（出《卢氏杂说》）

江西驿官

江西有驿官以干事自任，白刺史，驿已理，请一阅之。乃往。初一室为酒库，诸醖毕熟。其外画神，问曰：“何也？”曰：“杜康。”刺史曰：“功有余也。”又一室曰茶库，诸茗毕贮，复有神，问何也？曰：“陆鸿渐。”刺史益喜。又一室曰菹库，诸茹毕备，复有神。问何神也？曰：“蔡伯喈。”刺史大笑曰：“君误矣。”（出《国史补》）

王仲舒

王仲舒为郎官，与马逢友善。每责逢曰：“贫不可堪，何不求碑志相救？”逢曰：“适见谁家走马呼医，吾可待也。”（出《国史补》）

地方成了王锷的住宅，宏邑就成了北平王马燧的住宅。之后王锷和马燧都进了皇宫做官。王锷的住宅就分别赐给了韩弘和史宪诚、还有李载义等，就是人们所说的“金盏碎了可复原”。而马燧的住宅变成了奉诚园，就是人们所说的“玉盏碎了而恢复不了原样”。

另一种说法是，李吉甫的安邑宅还有牛僧孺的新昌宅，李宅被泓师叫作“玉杯”，如果碎了就不能复原了。但是金碗如果有了损伤，差不多就可以再复制。因为牛僧孺的住宅之前本来就是主管宫殿建筑的官员康䛒的住宅，因为康䛒自己会看住宅风水，就认为自己的宅院一定会出现宰相。后来每年当有任命宰相文告的时候，康䛒就一定会伸长脖子去看看。他的宅院竟然被牛僧孺拿去了。李吉甫的宅院后面归了梁新。（出《卢氏杂说》）

江西驿官

江西有个驿官认为自己很有办事才能，就去报告刺史大人，说驿站已经整理好，邀请大人去视察。然后刺史就前往查看。当刺史见到的第一个屋子是酒库的时候，各种肉酱都已经做熟了，外面还画着一个神，刺史便问：“这画的是谁？”驿官回答：“这是杜康。”刺史接着说：“那你很有功劳。”走进去第二个看到的就是茶库，各种各样的茶叶都准备好了，然后外面也画着一个神，刺史又问这神是谁？驿官接着答：“是陆鸿渐。”刺史就更高兴了。然后第三个见到的是菜库，各式各样的蔬菜都已经备齐。外面也还是画着神。又问是什么神？驿官再回答：“这是蔡伯喈。”刺史就哈哈大笑说：“你搞错了。”（出《国史补》）

王仲舒

王仲舒是一个郎官，和马逢交往非常友好，但是经常责怨马逢说：“你家里太穷了，为什么不去帮人写写碑文呢？”马逢回答说：“刚才我看见谁的家在骑马找医生了，我现在可以等着了。”（出《国史补》）

周 愿

元和中，郎吏数人省中纵酒，话平生各有爱尚及憎怕者。或言爱图画及博奕，或怕妄与佞。工部员外周愿独云：“爱宣州观察使，怕大虫。”（出《传载》）

张 荐

张荐自筮仕至秘书监，常带使职，三入蕃，殁于赤岭。（出《传载》）

莲花漏

越僧僧澈得莲花漏于庐山，传之江西观察使韦丹。初惠远以山中不知更漏，乃取铜叶制器，状如莲花。置盆水上，底孔漏水，半之则沉，每昼夜十二沉，为行道之节。虽冬夏短长，云阴月黑，无所差也。（出《国史补》）

唐 衢

进士唐衢有文学，老而无成。善哭，每发一声，音调哀切。遇人事有可伤者，衢辄哭之，闻者涕泣。尝游太原，遇享军，酒酣乃哭。满坐不乐，主人为之罢晏。（出《国史补》）

脂粉钱

湖南观察使有夫人脂粉钱者，自颜杲卿妻始之也。柳州刺史

周愿

元和年间，有一些官员聚在一起就在官府喝酒，喝酒的时候大家都谈起自己一生所喜欢崇尚还有憎恶害怕的事情。有的人说喜欢绘画和下棋，还有的害怕无知妄为还有阿谀奉承的人。只有工部员外郎周愿回答：“喜欢宣州观察使，惧害老虎。”（出《传载》）

张荐

张荐做官做到秘书监察，他经常担任出使的事情，三次进入了吐蕃，死在了赤岭。（出《传载》）

莲花漏

越地的和尚僧澈在庐山找到了一个莲花漏，最后传到江西观察使韦丹的手里。最开始惠远和尚因为山里不知道时间的变化，就使用铜片制造了这个东西。它的形状像朵莲花，把它放在水盆中，然后它的下面有些小孔可以漏水，当漏进一半的时候，它就会沉到水底，每当昼夜沉十二次的时候，就会作为修行生活的标准时间。尽管冬夏有短长之分，而且天气有变化，但是这个莲花漏所检测的时间却并没有什么偏差。（出《国史补》）

唐衢

进士唐衢非常有文才，但是到老了也没有做出什么成就。非常擅长哭，每次一哭，声音听起来凄切哀婉。只要碰到有什么让人感到悲伤的事情，唐衢就会哭，听到的人也会因为他而落泪。唐衢之前在太原一带游览，碰到军队设宴席，等到酒兴正浓厚的时候，唐衢就哭了起来。在坐的人都觉得很扫兴，主人就只好撤了宴席。（出《国史补》）

脂粉钱

湖南观察使关于有夫人脂粉钱的事情，是从颜杲卿的妻子才开

亦有此钱，是一军将为刺史妻致，不亦谬乎！（出《嘉话录》）

韦执谊

元和初，韦执谊贬崖州司户参军，刺史李甲怜其羁旅，乃举牒云："前件官久在相庭，颇谙公事，幸期佐理。勿惮縻贤，事须请摄军事衙推。"（出《岭南异物志》）

李光颜

李光颜有大功于时，位望通显。有女未适人，幕客谓其必选嘉婿。因从容，乃盛誉一郑秀才，词学门阀，人韵风流，冀光颜以子妻之。他日又言之，光颜乃谢幕客曰："光颜一健儿也，遭逢多难，偶立微功，岂可妄求名族，以掇流言者乎？某自己选得嘉婿，诸贤未知。"乃召一典客小吏，指之曰："此为某女之匹也。"即擢升近职，仍分财而资之。从事闻之，咸以为惬当矣。按光颜居鼎盛文朝，虑弓藏之祸，事当远害，理在避嫌。岂敢结强宗，固隳本志者欤？与夫必娶国高，求婚王谢者，不其远哉？（出《北梦琐言》）

李益

长庆初，赵宗儒为太常卿，赞郊庙之礼。罢相三十余年，年七十六，众论其精健。有常侍李益笑曰："赵乃仆为东府试官所送

始的。柳州的刺史也会有这种钱，是军队的一个将领帮刺史的妻子收缴起来的，这听起来不也太荒谬了吗！（出《嘉话录》）

韦执谊

元和初年，韦执谊被贬职为崖州的司户参军，刺史李甲觉得他寄居在外很可怜，就写文书来推荐他说："前一件文书提到的官员在相府的时间待很长了，已经很熟悉公务，希望让他来帮助打理事务，不要害怕束缚贤才，有些事务需要他任军事衙推。"（出《岭南异物志》）

李光颜

李光颜为当代立了大功，他官高位显。有个女儿没有嫁人，那些幕客们都说他一定会选一个好女婿，然后就向他极力赞扬郑秀才的从容，说郑秀才出身名门世家，仪表风流倜傥，并希望李光颜可以把女儿嫁给郑秀才。过了几天又这么说，李光颜就谢绝了幕客的好意，说："我只是一个普通的兵，遭遇了许多的灾难，偶然立下的功劳，又怎么敢痴心妄想高攀名门贵族，从而招来闲言碎语呢？我自己已经选好了女婿，你们都不知道。"然后就叫来一个典客小官吏，指着他说："他就是我女儿的配偶。"然后提升他在身边任职，还用自己的钱财来资助他。随从们听说这个事后，都认为这件事很妥当。从这件事可以看出来，李光颜之所以能够在这个朝代鼎盛，是因为考虑到了鸟尽弓藏的祸端，所以做事应该远避祸患，应该回避嫌疑，哪里还敢攀结高门显贵，违背自己当初的志向呢？这和那些一定要娶像国子、高子那样大官的女儿，向王谢那样的世族大家求婚的人相比，不是相差很远吗？（出《北梦琐言》）

李益

长庆初年，赵宗儒担任太常卿的职务，负责辅佐管理庙堂的这些礼仪。虽然不当宰相已经三十多年了，他也已经七十六岁了，大家

进士也。”（出《摭言》）

吴武陵

长庆中，李渤除桂管观察使，表名儒吴武陵为副使。故事，副车上任，具櫜鞬通谢。又数日，于毬场致宴，酒酣，吴乃闻妇女于看棚聚观，意甚耻之。吴既负气，欲复其辱，乃上台盘坐，褰衣裸露以溺。渤既被酒，见之大怒，命卫士送衙司枭首。时有衙校水兰，知其不可，遂以礼而救止，多遣人卫之。渤醉极，扶归寝，至夜艾而觉，闻家人聚哭甚悲，惊而问焉。乃曰：“昨闻设亭喧噪，又闻命衙司斩副使，不知其事，忧及于祸，是以悲耳。”渤大惊，亟命递使问之，水兰具启：“昨虽奉严旨，未敢承命，今副使犹寝在衙院，无苦。”渤迟明，早至衙院，卑词引过，宾主上下，俱自克责，益相敬。时未有监军，于是乃奏水兰牧于宜州以酬之。武陵虽有文华，而强悍激讦，为人所畏。又尝为容州部内刺史，赃罪狼籍，敕史令广州幕吏鞫之。吏少年，亦自负科第，殊不假贷，持之甚急。武陵不胜其愤，因题诗路左佛堂曰：“雀儿来逐飓风高，下视鹰鹯意气豪。自谓能生千里翼，黄昏依旧入蓬蒿。”（出《本事诗》）

都说他精神非常饱满身体也非常健康。有个叫李益的常侍笑着说：“赵宗儒还是我做东府主考官时候选送的进士。”（出《摭言》）

吴武陵

长庆年间，李渤担任桂管观察使，表奏名儒吴武陵作为副使。按照先例，副职上任时，应该拿着弓箭袋表示谢意。过了一段日子，李渤在球场设宴请客，酒喝到高兴的时候，吴武陵就听到一些妇女聚集在棚上观看，吴武陵当时觉得这是一件耻辱的事情。就非常生气，想要报复她们一下，于是就上高台盘腿而坐，并且提起衣裙尿尿。李渤因为喝了酒，看到后非常愤怒。就命令士兵把吴推到衙门斩首。当时有一个叫水兰的衙门校官，想到这样做不好，就很巧妙地制止了这件事情，派了许多人去保护吴武陵。李渤喝得大醉，被人们搀扶着带回去睡觉，直到天亮才醒过来。听到家里的人聚集在一起哭得非常伤心，就惊奇地询问。家里人就说：“昨天晚上听到球场非常喧闹，又听说你下令衙司去斩吴副使，因为不知道是什么原因，但是都怕闯出祸来，所以才会这么哭。”李渤感到非常惊慌，就立即派人前去衙门打听，水兰就把情况都解释清楚了：“昨晚虽然是奉了严命，但是却没敢那么做，现在吴副使还在衙院里睡着，没有受苦。”李渤这才知道真相，第二天就早早来到了衙院，非常谦虚地承认了自己的过错，分宾主落座之后，都互相自责，并且更加互相尊敬起来。在当时还没有监军，所以李渤就向皇上奏明请求让水兰担任宜州州长，并以此来答谢水兰。吴武陵虽然有才华，但是性情比较强悍暴烈，人们都很怕他。他之前做过容州部内刺史，也犯过许多的罪行，皇帝的使者就命令广州的幕吏去逮捕他。而这个小官吏正当年轻，也自负是科举的出身，就一点也不宽恕，办案也特别急迫。吴武陵感到很气愤，所以就在路边佛堂里题诗写道：“雀儿来逐飓风高，下视鹰鹯意气豪。自谓能生千里翼，黄昏依旧入蓬蒿。”（出《本事诗》）

韦乾度

韦乾度为殿中侍御史，分司东都。牛僧孺以制科敕首，除伊阙尉。台参，乾度不知僧孺授官之本，问何色出身，僧孺对曰：“进士。”又曰：“安得入畿？”僧孺对曰：“某制策连捷，忝为敕头。”僧孺心甚有所讶，归以告韩愈。愈曰：“公诚小生，韦殿中固当不知。愈及第十有余年，猖狂之名，已满天下，韦殿中尚不知之。子何怪焉？”（出《乾𦠆子》）

赵宗儒

赵宗儒检校左仆射为太常卿，太常有师子乐，备五方之色，非朝会聘享不作。至是中人掌教坊之乐者，移牒取之，宗儒不敢违，以状白宰相。宰相以为事在有司，其事不合关白。宗儒忧恐不已，相座责以懦怯不任事，改换散秩，为太子少师。（出《卢氏杂说》）

席夔

韩愈初贬之制，舍人席夔为之词曰：“早登科第，亦有声名。”席既物故，友人多言曰：“席无令子弟，岂有病阴毒伤寒而与不洁？”韩曰：“席不吃不洁太迟。”人曰：“何也？”曰：“出语不当。”是盖忿责词云“亦有声名”耳。（出《嘉话录》）

韦乾度

韦乾度是殿中侍御史，分管东都。牛僧孺凭借科考第一，担任了伊阙尉。来拜访韦乾度，但是韦乾度不了解牛僧孺当官的缘由，就问他是什么出身，牛僧孺回答他说：“进士出身。”韦乾度又问：“是怎样进的京城呢？”僧孺回答说：“我对策连胜，才有幸成为第一名。”牛僧孺心里觉得很惊讶，回去后就把这件事告诉了韩愈。韩愈说：“你是个年轻人，韦殿中当然不知道你了。我进士及第十多年了，而且文章奔放的名声已经传遍天下，但是韦殿中还是不知道，你有什么觉得好奇怪的呢？”（出《乾膦子》）

赵宗儒

赵宗儒作为检校左仆射担任太常卿的职务。在太常寺里有一种叫“师子乐”的东西，具备东西南北中五个方向的特色，除了臣子朝见天子还有诸侯向朝廷进献都是不演奏的。有一个管理教坊音乐的宦官，为了移送文书就来调用，赵宗儒不敢违抗他的话，就把这个情况报告给了宰相。宰相认为每个事情都应该由各个部门分管，那么这个事就不该向他报告。赵宗儒觉得忧愁恐惧得不能控制自己，宰相却责备他怯懦不能做大事，就给他改换成了闲散而且没有一定职守的官职，去做了太子的小老师。（出《卢氏杂说》）

席夔

韩愈第一次被贬的文书上面，舍人席夔在上面写上了这样的话：“年轻就登科及第，也算有些名声。”当席夔死后， 大多数朋友都说：“席夔之所以没有好的子弟，难道是因为他有了阴毒、伤寒这一类的病，给他吃了不干净的东西吗？”韩愈接着说：“席夔不吃不干净的东西的时候已经太晚了。”有人就问：“这是什么意思呢？”韩愈就说：“他自己说话不恰当。怎么会有把气愤、指责的话也说成是‘也有些名声’的呢？”（出《嘉话录》）

刘禹锡

牛僧孺赴举之秋，每为同袍见忽，尝投贽于补缺刘禹锡，对客展卷，飞笔涂窜其文。且曰："必先辈期至矣。"虽拜谢砻砺，终为怏怏。历三十余岁，刘转汝州，僧孺镇汉南。枉道驻旌，信宿酒酣，直笔以诗喻之。刘承诗意，才悟往年改牛文卷。因戒子咸佐、承雍等曰："吾立成人之志，岂料为非。况汉南尚书，高识远量，罕有其比。昔主父偃家，为孙弘所夷；嵇叔夜身死锺会之口，是以魏武戒其子云：'吾大忿怒，小过失，慎勿学焉。'汝辈修进，守中为上也。"僧孺诗曰："粉署为郎四十春，向来名辈更无人。休论世上升沉事，且阅樽前见在身。珠玉会应成咳唾，山川犹觉露精神。莫嫌恃酒轻言语，会把文章谒后尘。"禹锡诗云："昔年曾忝汉朝臣，晚岁空余老病身。初见相如成赋日，后为丞相扫门人。追思往事咨嗟久，幸喜清光语笑频。犹有当时旧冠剑，待公三日拂埃尘。"牛吟和诗，前意稍解。曰："三日之事，何敢当焉！"宰相三朝主印，可以升降百司。于是移宴竟夕，方整前驱。（出《云溪友议》）

滕 迈

滕倪苦心为诗，远之吉州，谒宗人迈。迈以吾家鲜士，此弟则千里之驹也。每吟其诗曰："白发不能容相国，也同闲客满头生。"又《题鹭障子》云："映水有深意，见人无惧心。"迈且曰："魏文酷陈思之学，潘岳褒正叔之文，贵集一家之芳，安以宗从

刘禹锡

牛僧孺进京赶考的时候，经常被同辈的人所忽视，曾写过一篇文章投到了补缺刘禹锡的门下，并且刘禹锡还当着客人的面打开了文卷，拿起笔来涂改他的文章。还说："肯定是前辈的期望到了。"牛僧孺虽然感谢过他的批改，但是终究不大高兴。这个事情经过了三十多年，刘禹锡转到了汝州，牛僧孺去镇守汉南，牛僧孺绕道过来看他。在第二夜酒兴正浓厚的时候，牛僧孺提笔写诗喻指之前的事情。刘禹锡读了诗之后，才想起许多年前曾改过牛僧孺的文章。他就告诫儿子咸佐和承雍等说："我树立了帮人成功的志向，怎么会料到结果不是自己想的那样。更何况汉南的尚书，见识高，而且度量大，很少有人能比得了的。之前主父偃的一家人被孙弘杀掉，然后嵇康被钟会给诬陷致死，所以曹操劝告他的儿子说：'因为我对小的过失也会感到非常愤怒，所以你们千万不要学习我这一点。'你们应该修业进德，要以中和为上。"牛僧孺所作的诗是这样写的："粉署为郎四十春，向来名辈更无人。休论世上升沉事，且阅樽前见在身。珠玉会应成咳唾，山川犹觉露精神。莫嫌恃酒轻言语，会把文章谒后尘。"而刘禹锡的诗却是这样写的："昔年曾忝汉朝臣，晚岁空余老病身。初见相如成赋日，后为丞相扫门人。追思往事咨嗟久，幸喜清光语笑频。犹有当时旧冠剑，待公三日拂埃尘。"牛僧孺读完他的诗后，之前那种不高兴的心情都渐渐消解了，还说道："打扫三天的埃尘我可担当不起啊。"宰相三朝主印，可以升降百司。于是另外设宴席，和刘禹锡喝了整整一夜的酒，直到天放亮才收拾行李出发。（出《云溪友议》）

滕　迈

滕倪苦心学习如何作诗，到很远的吉州，拜见本家的兄弟滕迈。滕迈却认为我们家很少会有名士，倪弟你就是其中一匹千里马。滕迈经常吟诵滕倪的诗句："白发不能容相国，也同闲客满头生。"还有就是《题鹭障子》的诗句："映水有深意，见人无惧心。"滕迈疏远也？”倪既秋试，捧笈告游，乃留诗一首为别。滕君得之，怅然曰：“此生必不与此子再相见也。”乃祖于大皋之阁，别异常情。倪至秋深，逝于商於之馆舍，闻者莫不伤悼焉。倪诗曰：“秋初江上别旌旗，故国有家泪欲垂。千里未知投足处，前程便是听猿时。误攻文字身空老，却返樵渔计已迟。羽翼凋零飞不得，丹霄无路接瑶池。”（出《云溪友议》）

还说："魏文帝非常喜欢弟弟曹植的才学，潘岳也曾赞美过侄子潘正叔的文才，重要的是在采集一家的精华，而不是哪里是本家就亲近，是别人就疏远呢？"滕倪参加完秋试之后，就带着书外出远游，在临走的时候就留下了一首诗告别。滕迈读了之后，灰心地说："我这一生一定不可以再和他见面了。"然后就在大皋城的楼阁当中设宴为他送行，可是离别的情形和常情非常不一样。当滕倪到了秋深的时候，却死在了商于的客栈里，凡是听到的就没有不伤心的。滕倪的诗中说："秋初江上别旌旗，故国有家泪欲垂。千里未知投足处，前程便是听猿时。误攻文字身空老，却返樵渔计已迟。羽翼凋零飞不得，丹霄无路接瑶池。"（出《云溪友议》）

卷第四百九十八　杂录六

李宗闵

李德裕在维扬，李宗闵在湖州，拜宾客分司。德裕大惧，遣专使，厚致信好，宗闵不受，取路江西而过。非久，德裕入相，过洛，宗闵忧惧，多方求厚善者致书，乞一见，欲以解纷。复书曰："怨则不怨，见则无端。"初德裕与宗闵早相善，在中外，交致势力。及位高，稍稍相倾。及宗闵在位，德裕为兵部尚书，自得歧路，必当大用，宗闵多方沮之。及邠公杜悰入朝，即宗闵之党也，时为京兆尹。一日，诣宗闵，值宗闵深念。杜曰："何念之深也？"答曰："君揣我何念？"杜曰："得非大戎乎？"曰："是也，然何以相救？"曰："某则有策，顾相公必不能用耳。"曰："请言之。"杜曰："大戎有词学，而不由科第。若与知举，则必喜矣。"宗闵默然，良久曰："更思其次。"曰："更有一官，亦可平其慊。"宗闵曰："何官？"曰："御史大夫。"曰："此即得也。"邠公再三与约，乃驰诣曰："适宗相有意旨，令某传达。"遂言亚相之拜，德裕惊喜，双泪遽落，曰："此大门官也，小子岂敢当此荐拔？"寄谢重叠。杜还报，宗闵复与杨虞卿议之，竟为所隳，终致后祸。（出《幽闲鼓吹》）

李宗闵

李德裕在扬州，而李宗闵在湖州，李宗闵被朝廷任命为宾客，在洛阳任职。而李德裕感到很害怕，就派出专人，去向李宗闵表示自己的诚信友好，但是李宗闵却不接受，因为要取道江西但是却专门绕过扬州。没过不久，李德裕到京城做了宰相，经过洛阳，这时候李宗闵又担心害怕，到处寻找和李德裕有交情的人给李德裕捎信，请求可以见一面，想要这样来排解两个人之间的纠纷。但是李德裕回信说："怨恨倒是没有什么怨恨，所以见面也就没什么理由了。"最开始李德裕和李宗闵的关系很好，不断在中央和地方扩大自己的势力，等到两个人地位高了，就开始互相倾轧。当李宗闵登上相位的时候，李德裕就担任兵部尚书，因为李德裕自己选择了一条很独特的路，所以必然会受到重用，但是李宗闵千方百计地去阻止他。然后等到郊公社悰入朝，他就变成了李宗闵的同党，那时是京兆尹。直到有一天，杜悰就去拜访李宗闵，正好赶上了李宗闵在那里仔细思考。杜悰就说："在想什么想得这么专心呢？"李宗闵回答说："你猜猜我在想什么？"杜悰就说："大概是关于李德裕吧？"李宗闵说："对了，但是应该怎么挽救呢？"杜悰接着说："我倒是有个办法，只是你不一定会采用。"李宗闵又说："请你说说看。"杜悰说："李德裕有丰富的词章学问，但是却没有科考功名，如果可以从这方面给他知遇荐举，他一定会很高兴。"李宗闵没有说话，过了老半天才说："还是再想想其他的办法。"杜悰又说："现在还有一个官职，也是可以消除他的怨恨的。"李宗闵说："是什么官？"杜悰接着说："御史大夫。"李宗闵说："这就可以了。"杜悰与李宗闵多次商量约定之后，然后杜悰就骑着马到李德裕那里说："刚刚李宗闵宰相有一个想法，就派我来传达。"然后就说了要封李德裕为亚相的事情。李德裕觉

冯宿

冯宿，文宗朝，扬历中外，甚有美誉，垂入相者数矣。又能曲事北司权贵，咸得其欢心焉。一日晚际，中尉封一合，送与之。开之，有乌巾二顶，暨甲煎面药之属。时班行结中贵者，将大拜，则必先遗此以为信。冯大喜，遂以先呈相国杨嗣复，盖常佐其幕也。冯又性好华楚鲜洁，自夕达曙，重衣数袭。选骏足数匹，鞍鞯照地，无与比。冯以既有的信，即不宜序班，欲穷极称惬之事，遂修容易服而入。至幕次，吏报有按，则伪为不知。比就，果有按。谒者捧麻，必相也。将宣，则谒者向殿，执敕罄折，朗呼所除拜大僚之姓名，既而大呼曰："萧仿。"冯乃惊仆于地，扶而归第，得疾而卒。盖其夕拟状，将付学士院之时，文宗谓近臣曰："冯宿之为人，似非沉静；萧仿方判盐铁，朕察之，颇得大臣之体。"遂以易之。（出《玉堂闲话》）

李回

太和初，李回任京兆府参军，主试，不送魏謩，謩深衔之。会得又惊又喜，接着泪水很快就落了下来，说：“这是大门官，我怎么能担当得起这样的推荐和提拔呢？”他反复道谢。杜悰就回去给李宗闵作了汇报。李宗闵又和杨虞卿商量了一下这件事，居然被他否定了，最后导致了这后来的祸患。（出《幽闲鼓吹》）

冯宿

冯宿在唐文宗还在位的时候，为官的政绩在朝中朝外都很闻名，非常有声誉，他有好多次都差点儿当上宰相。而且又很能奉承北司那边的豪门贵族，深得他们的欢心。一天傍晚，中尉送来了一个密封的盒子，他打开后，就看到里面放着两顶乌纱帽，还有甲香防冻膏这类的东西。在当时朝中的官员为了和显贵宦官交往，如果将要升大职，就一定先用这些东西来通消息。冯宿觉得欣喜万分，就把这些拿来送给了宰相杨嗣复，大概就是因为冯宿经常辅佐他。冯宿喜欢穿华丽干净整洁的衣服，从早到晚就要换几套华贵的衣服。还要挑选几匹骏马，鞍鞯被擦的光亮照地和无与伦比。冯宿自认为已经有了可靠的消息，就不按照依序上班，想要尽情享受自己称心如意的快乐，就修整好容貌换好衣服去相府。到了幕府附近的时候，有小吏通报说是已经有了诏书，但是冯宿却假装不知道。一直等到了幕府，看到果然已经有诏书。宾客的近侍拿着诏书，这看来一定就是宰相的位置。当将要公布的时候，那近侍就面向大殿，弯腰拿着诏书，大声地叫着所授大官的名字，然后接下去大声叫道：“萧倣。”冯宿突然惊诧得扑倒在地，一直到别人搀扶他回到家，他就得病死了。原来是那晚准备拟定委任状然后送到学士院的时候，唐文宗突然对亲近大臣说：“冯宿的为人，好像是不够沉稳的；萧仿兼任盐铁官的时候，我观察过他，就很有大臣的风度。”所以用萧仿代替了冯宿。（出《玉堂闲话》）

李回

太和初年，李回担任京兆府参军，由他主持考试，因为没有送昌中，回为刑部侍郎，谮为御史中丞。常与次对官三数人，候对于阁门。谮曰：“某顷岁府解，蒙明公不送，何事今日同集于此？”回应声曰：“经音颈。如今也不送。”谮为之色变，益怀愤恚。后回谪刺建州，谮大拜，回有启状，谮忿不纳。既而回怒一衙官，决杖勒停。建州衙官，能庇徭役，求隶籍者，所费不下数十万。其人不恚于杖，止恨停废耳，因亡命至京师，投时相诉冤，诸相皆不问。会亭午，憩于槐阴，颜色憔悴，旁人察其有故，私诘之，其人具述本志，于是诲之曰：“建阳相公素与中书相公有隙，子盍诣之？”言讫，见魏导骑自中书而下。其人常怀文状，即如所诲，望尘而拜。导从问之，对曰：“建州百姓诉冤。”魏闻之，倒持麈尾，敲鞍子令止。及览状，所论事二十余件。第一件，取同姓子女入宅，于是为魏极力锻成大狱。时李已量移邓州刺史，行次九江，遇御史鞫狱，却回建阳。竟坐贬抚州司马，终于贬所。（出《摭言》）

周复

元稹在鄂州，周复为从事。稹尝赋诗，命院中属和。复乃簪笏见稹曰：“某偶以大人往还，谬获一第，其实诗赋皆不能。”稹嘉之曰：“质实如是，贤于能诗者矣。”（出《幽闲鼓吹》）

魏谟，所以魏谟很恨他。会昌年间，李回担任刑部侍郎，而魏谟担任御史中丞，经常和地位低的三个等级对应的官员，在内阁等候传唤。魏谟就说：“前些年官府推荐我入京考试，但是承蒙您不送我，有什么事情今天都聚集在这里了？”李回应说道：“但是估计今天你肯定也不会送我。”魏谟听了这句话，脸色都变了，就更加怀恨在心了。后来李回被贬为了建州刺史，但是魏谟却高升，只要是李回有诉状的时候，魏谟都不会接受。不久后李回愤怒地责备一个衙官，并且处以杖刑然后勒令停用。但是建州的衙官，只要能够让人躲避劳役，就请求在他们的手下登记，花费要不了几十万。那个衙官并不怨恨受了杖刑，只是怨恨停了他的职务，然后他就逃到京城，去找宰相伸冤，各个宰相都不想理他。正好赶上正午，衙官就躲在槐树荫下休息，脸色非常憔悴。旁边的人看他好像有事的样子，就去询问他。衙官就详述了事情经过，然后那人就告诉他：“建阳相公和中书相公一直有仇，那你为什么不试试去找中书相公呢？”刚说完这句话，就看见魏谟的随从从中书省走出来。衙官就带着诉状，立即按照那人教的，望尘跪拜。随从就问他，他说：“建州的百姓要诉冤。”魏谟听到后，就拿拂尘，敲敲马鞍并命令停下。看到那诉状，一共列了二十多条。第一条：把同姓子女娶到家中，然后，被魏谟判成重案。当时李回已经被调任为邓州刺史，途中住宿九江，遇到御史审讯案件，然后被退回建阳，居然无缘无故被贬为了抚州司马，死在贬所。（出《摭言》）

周复

元稹在鄂州的时候，周复就做他的从事。元稹曾写过一首诗，并让其他人来步韵奉和。周复就带着那簪笔笏板来见元稹，并且说道：“我偶然因为和一个大官来往，就错误地让我考中，实际上我写诗作赋都不会。”但是元稹赞许地说：“你如此诚实，就比会写诗的贤得多。”（出《幽闲鼓吹》）

杨希古

杨希古，靖泰诸杨也，朋党连结，率相期以死。权势熏灼，力不可拔。与同里崔氏相埒，而敦厚过之。希古性迂僻，初应进士举，以文投丞郎，丞郎奖之。希古乃起而对曰："斯文也，非希古之作也。"丞郎讶而诘之，曰："此舍弟源幡为希古作也。"丞郎大异之曰："今子弟之求名者，太半假手也。苟袖一轴，投知于先达，靡不私自炫耀，以为莫我若也。如子之用意，足以整顿颓波矣。"性酷嗜佛法，常置僧于第，陈列佛像，杂以幡盖，所谓道场者。每凌旦，辄入其内，以身俯地，俾僧据其上，诵《金刚经》三遍。性又洁净，内逼如厕，必散衣无所有，然后高屐以往。（出《玉泉子》）

刘禹锡

刘禹锡自屯田员外左迁朗州司马，凡十年，始征还。方春，作《赠看花诸君子》诗曰："紫陌红尘拂面来，无人不道看花回。玄都观里桃千树，尽是刘郎去后栽。"其诗当日传于都下。有嫉其名者，白于执政，又诬其有怨愤。他见日，时宰与坐，慰甚厚。既辞，即曰："近者新诗，未免其累，奈何？"不数日，出为连州刺史。禹锡自叙云："贞元二十一年春，予为屯田员外时，此观未有花。是岁出牧连州，至荆南，又贬朗州司马。居十年，诏至京师。人人皆言，有道士手植仙桃，满观盛如红霞，遂有前篇，以志一时之事耳。旋又出牧，于连州至十四年，始为主客郎中，重游玄都，荡然无复一树，唯兔葵燕麦，动摇于春风耳。因再题二十八字，以俟后游。时太和二年三月也。"诗曰："百亩庭中半是苔，桃花静尽菜

杨希古

杨希古，是靖泰杨姓之一，杨姓人也结成同党，聚集在一起相约着生死与共，权柄势力威焰逼人，力量大到不能将他打败。和同乡崔氏的势力相当，但是却比他们更诚朴宽厚。杨希古的性格迂阔怪僻。之前考进士的时候，他拿一篇文章投给了丞郎，丞郎就赞赏他。杨希古却站起来说："这篇文章却不是我写的。"丞郎就惊讶地议论起来，杨希古接着说："这是我弟弟源嶓帮我写的。"丞郎就非常吃惊地说："现在的年轻人为了求取功名，都多半找人代笔，要是能拿到一篇好文章，去投到有名望的前辈的那里，就没有不私下炫耀，自认为没有能比得上自己的。就像你这种做法，足够来整顿颓败的风气。"杨希古又非常喜欢佛教，经常把和尚请到家里去，并且供上佛像，还插上幢幡华盖，就算是所说的"道场"。每天早上，就是先进道场，做五体投地，然后让和尚骑在他上面诵读三遍的《金刚经》。杨希古又比较爱干净，去上厕所，一定要一丝不挂，然后穿上厚底鞋才进去。（出《玉泉子》）

刘禹锡

刘禹锡从屯田员外被降职成朗州司马，在那里待了一共十年，才被调回京城。当时正好是春天，就写下了一首《赠看花诸君子》的诗，诗中写道："非常繁华的京城大道，看到红尘拂面而来，路上人人都说是看桃花刚回来。那玄都观里的一千棵桃树，都是我刘禹锡离开京城以后才栽的。"这首诗在当天就在京城传开了。有些嫉妒刘禹锡的，就去禀告给执政长官，还诬陷他心中有怨恨。从此以后，宰相和刘禹锡就一起坐，还去深切安慰他。直到寒暄完了，他就说："最近有一首诗，惹了一点麻烦，但是有什么办法呢？"不久，他担任连州刺史。刘禹锡自己说道："在贞元二十一年春天，我作为屯田员外郎，当时在这个观里是没有花的，直到那年出任连州刺史，我到了荆南，却又被贬了为朗州司马。在那里待了十年，皇上召我回京，每个人都说有一个道士亲手栽植了些仙桃树，满观盛开就像红霞一样，

花开。种桃道士今何在，前度刘郎今独来。”（出《本事诗》）

催阵使

会昌中，王师讨昭义，久未成功。贼之游兵，往往散出山下，剽掠邢、洛、怀、孟。又发轻卒数千，伪为群羊，散漫山谷，以啖官军。官军自远见之，乃分头掩捕。因不成列，且无备焉，于是短兵接斗，蹂践相乘，凡数十里，王师大败。是月，东都及境上诸州，闻之大震，咸加备戒严。都统王宰、石雄等，皆坚壁自守。武宗坐朝不怡，召宰臣李德裕等谓之曰：“王宰、石雄不与朕杀贼，频遣中使促之，尚闻逗挠依违，岂可使贼党坐至东都耶？卿今日可为朕晚归，别与制置军前事宜奏来。”时宰相陈夷行、郑肃拱默听命。德裕归中书，即召御史中丞李回，具言上意。曰：“中丞必一行，责戎帅，早见成功，慎无违也。”回刻时受命，于是具名以闻。曰：“今欲以御史中丞李回为催阵使。”帝曰：“可。”即日，李白银台戒路，有邸吏五十导从，至于河中，缓辔以进，俟王宰等至河中界迎候，乃行。二帅至翼城东，道左执兵，如外府列校迎候仪。回立马，受起居寒温之礼。二帅复前进数步，罄折致词，回掉鞭，亦不甚顾之。礼成，二帅旁行，俯首俟命。回于马上厉声曰：“今日当直令史安在？”群吏趺马听命，回曰：“责破贼限状来。”二帅鞠躬流汗，而请以六十日破贼，过约，请行军中令。于是二帅大惧，率亲军而鼓之，士卒齐进。凡五十八日，攻拔潞城，枭刘稹首以献。功于是就有前面一首诗，来记录当时的事情。没过不久就又出任连州刺史，现在已经十四年了，我又回来做了主客郎中，然后重游玄都观，但是却空荡荡地没有一棵树，只有兔葵燕麦在春风里摆动。然后又题了二十八个字，为了等待后来的游人来指教。在太和二年三月记录。”那诗里说：“一百亩的庭院里有一半长了青苔，没有桃花只有野花在开放了。种桃的道士去哪里了呢，以前的刘郎今天却独自来了。”（出《本事诗》）

催阵使

会昌那年，皇室军队去讨伐昭义，很久也没成功。而敌人的流动部队，就往往散布在山下，到处去抢劫邢州、洛阳、怀州和孟州那一带。又发出了几千轻装的兵，就扮作一群羊，然后散布在山谷，让使官府军兵来捉它们。官府军兵远远地看见了，就打算分头去捉拿，因为不成行列，而且又没有准备，导致短兵相接，蹂躏践踏，遍及了几十里，官府军队被打败了。在那天，东都洛阳还有边境的各个州，听说这件事后都大受震惊，然后加强防备实行戒严。都统王宰和石雄等人，都坚守壁垒进行自卫防守。唐武宗在朝廷上很不高兴，召来大臣和宰相李德裕等人说：“王宰和石雄，不给我杀退贼兵，多次派中使督促，但是他们还是在徘徊观望迟疑不决，怎么能让贼兵轻而易举得到洛阳呢？你们今天就为我晚些再回去，另外制定安排军前事务的办法上奏上来。”当时宰相陈夷行和郑肃，就拱手沉默地听从命令。然后李德裕回到了中书省，接着就召来了御史中丞李回，还详细地说了皇帝的意图。接着说：“中丞你一定要亲自去一趟，去督促军中的主帅，早点成功，希望你千万不要违抗命令。”李回立即就接受命令，李德裕然后署名上报说：“那么现在就让御史中丞李回作为催阵使。”武宗说：“可以。”就在当天，李回就从银台出发，有王府小吏大概五十人当他的随从。直到河中一带，李回放松了缰绳，让马慢慢前进，等待王宰等人在河中来迎接，然后继续前进。二军帅到了翼城的东边，站在道左手拿着兵器，按州郡官署排列军队的欢迎仪式。李回把马停住，然后接受日常的问候礼节。二军帅又前进了几

成，回复命。后六十日，由御史中丞拜中书侍郎、平章事。（出《芝田录》）

李群玉

李群玉既解天禄之任，而归涔阳，经二妃庙，题诗二首曰：“小孤洲北浦云边，二女明妆尚俨然。野庙向江春寂寂，古碑无字草芊芊。东风近墓吹芳芷，落日深山哭杜鹃。犹似含颦望巡狩，九疑如黛隔湘川。”又曰：“黄陵庙前莎草春，黄陵女儿茜裙新。轻舟小楫唱歌去，水远山长愁杀人。”后又题曰：“黄陵庙前春已空，子规滴血啼松风。不知精爽落何处，疑是行云秋色中。”李自以第二篇，春空便到秋色，踟蹰欲改之，乃有二女郎见曰：“儿是娥皇、女英也，二年后，当与郎君为云雨之游。”李乃志其所陈，俄而影灭，遂礼其神像而去。重涉湖岭，至于浔阳。太守段成式素与李为诗酒之友，具述此事。段因戏之曰：“不知足下是虞舜之辟阳侯也。”群玉题诗后二年，乃逝于洪州。段乃为诗哭之曰：“酒里诗中三十年，纵横唐突世喧喧。明时不作弥衡死，傲尽公卿归九泉。”又曰：“增话黄陵事，今为白日催。老无儿女累，谁哭到泉台？”（出《云溪友议》）

步，还恭敬地来致欢迎词，然后李回摇着马鞭，也是没有理睬。直到礼仪完毕，二军帅陪着他走，俯首听从他的命令。李回就马上厉声问道："今天值班的人在哪里？"众军吏骑着马跑过来等候命令，李回就说："现在给我拿出击破贼军的期限状来。"二军帅就弯下身子流下汗来，并请求六十天之内击退敌人，如果过了期限，就按军令处罚。结果二帅非常害怕，就率领亲兵去亲自督阵，然后士兵一起进攻，一共花了五十八天，最后攻下潞城，砍下了刘稹的头献了上去。最后大功告成，李回就回去复命。在之后的第六十天，李回就由御史中丞被提升为了中书侍郎平章事。（出《芝田录》）

李群玉

李群玉辞去天禄的职务之后，回到了涔阳，路过了二妃庙，还题诗二首："孤独的小洲北面浦云边之上，二妃的装扮还像以前一样完好。寂寂的春色中有个荒凉的古庙正对着长江，萋萋的荒草里面只有一个无字的古老的碑碣。当春风吹拂墓地的芳草，夕阳落入了深山，杜鹃一声接着一声地啼哭。就像皱眉望着那舜帝出巡的青青的九疑山就在那边的湘水。"又接着写道："黄陵庙前面的莎草长得欣欣向荣，黄陵的女儿穿的红裙也崭新。轻舟小桨随着歌声远去，山水的遥远却愁坏了路人。"后面又题诗："黄陵庙前的春天已经走了，子规在松风中悲伤地啼哭直到流出血来，也不知道灵魂落在哪里，就像在秋天的行云当中。"李群玉自己认为第二篇，那春天去得很快秋天就来了这样有些不妥，但是犹豫着想改一下，这时眼前就出现了两个女人，她们对他说："我们是娥皇和女英，两年之后，我们会和你有一番男女之间的交往。"李群玉记住了她们所说的话，不一会儿两个身影就消失了。然后李群玉对着神像进行施礼后也离开了，重新渡过湖岭，到达了浔阳。太守段成式和李群玉一直是写诗饮酒的好朋友，然后李群玉就详细和他说了这件事。段成式就开玩笑地说："没想到你还是虞舜的辟阳侯啊。"李群玉写诗过后二年，就在洪州死了。段成式就写诗来哭悼他的朋友："饮酒作诗了三十年，世上喧闹纵横纷乱。醒来的时候不要像弥衡那样地死去，笑傲世上所有的公

温庭筠

温庭筠有词赋盛名，初将从乡里举，客游江淮间，扬子留后姚勖厚遗之。庭筠少年，其所得钱帛，多为狭邪所费。勖大怒，笞且逐之，以故庭筠卒不中第。其姊赵颛之妻也，每以庭筠下第，辄切齿于勖。一日，厅有客，温氏偶问客姓氏，左右以勖对。温氏遂出厅事，前执勖袖大哭。勖殊惊异，且持袖牢固，不可脱，不知所为。移时，温氏方曰："我弟年少宴游，人之常情，奈何笞之？迄今无有成遂，得不由汝致之？"复大哭，久之方得解。勖归愤讶，竟因此得疾而卒。（出《玉泉子》）

苗 耽

苗耽进士登第，闲居洛中有年矣，不堪其穷。或意为将来通塞，可以响卜。耽即命子侄扫洒厅事，设几焚香，束带秉笏，端坐以俟一言。所居穷僻，久之无所闻。日晏，有货枯鱼者至焉，耽复专其志而谛听之，其家童连呼之，遂挈鱼以入。其寔无一钱，良久方出。货者迟其出，固怒之矣，又见或微割其鱼，货者视之，因骂曰："乞索儿，卒饿死耳，何滞我之如是邪？"初耽尝自外游归，途遇疾甚，不堪登升。忽见有以辇棺而回者，以其价贱，即僦而寝息其间。至洛东门，阍者不知其中有人，诘其所由来。耽谓其讶己，徐答曰："衣冠道路得病，贫不能致他物，相与无怪也。"阍者曰：

侯却后命归九泉。”又接着说：“再说黄陵往事，都被光阴催走了，到老了都没有儿女之累，那谁去哭送他呢？”（出《云溪友议》）

温庭筠

温庭筠有擅长词赋的名声，当初要在乡里参举，居住游览在长江和淮河之间，扬子的儿子姚勖送了他一大笔钱。但是温庭筠还年轻，得到的钱财，都大多数是为寻花问柳给浪费了。姚勖感到非常生气，就把他打了一顿然后赶走了他，因此温庭筠一直没有考上。赵颛的妻子是他的姐姐，每次想起温庭筠落榜，就会对姚勖产生咬牙切齿的痛恨。直到有一天，家里面来了客人，温氏偶然问起客人的姓名，身边的人就告诉她是姚勖。然后温氏走到前厅，上前扯住姚勖的袖子号啕大哭起来。姚勖觉得非常惊讶，但是袖子被拽得很牢，也不能摆脱，不知道她要干什么。直到过了好一会儿，温氏才说：“我弟弟年轻喜欢宴饮游乐，这也是人之常情，但是为什么要打他呢？导致他到现在也没有做出什么成就，难道不是你一手造成的吗？”说完又大哭起来，过了很久，姚勖才得以解脱。姚勖回去后觉得又惊又气，竟然因此得病死了。（出《玉泉子》）

苗　耽

苗耽中进士之后，在洛中闲居已经有几年了，却不能忍受那种贫穷。有时候心里想着将来通达能不能用响声占卜。就下令让晚辈打扫客厅，摆了好几案就开始焚起香来，然后苗耽扎上了腰带还拿着笏板，端端正正地坐着等待一句话。但是住的地方太偏僻了，过了很久什么也没有听到。一直到日暮时分，有一个卖干鱼的来了，然后苗耽又专心去听，甚至家僮连续叫了他好几下也没搭理，然后家僮就拿着鱼进来了。但是实际上家里面没有一文钱，直到过了很久苗耽才出来。那卖鱼的嫌他出来得晚了，本来就很生气了，然后又看见他的鱼被稍微割去了一些，接着就骂道：“乞丐，你早晚得饿死，为什么要耽误我这么久？”之前，苗耽从外面游历回来，在路上病得厉害，不

“吾守此三十年矣，未尝见有解语神榀。”后耽终江州刺史。（出《玉泉子》）

裴勋

裴勋容貌幺麽，而性尤率易。与父坦会饮，坦令去声。飞盏，每属其人，辄自言状。坦付勋曰：“矬人饶舌，破车饶楔。裴勋千分。”勋饮讫而复其盏曰：“蝙蝠不自见，笑他梁上燕。十一郎十分。”坦第十一也，坦怒笞之。慈恩寺连接曲江，及京辇诸境，每岁新得第者，毕列姓名于此。勋常与亲识游，见其父及诸家榜，率多物故，谓人曰：“此皆鬼录也。”（出《玉泉子》）

邓敞

邓敞，封教之门生。初比随计，以孤寒不中第。牛蔚兄弟，僧孺之子，有气力，且富于财。谓敞曰：“吾有女弟未出门，子能婚乎？当为君展力，宁一第耶？”时敞已婿李氏矣，其父常为福建从事，官至评事，有女二人皆善书，敞之所行卷，多二女笔迹。敞顾已寒贱，必不能致腾踔，私利其言，许之。既登第，就牛氏亲。不日，敞挈牛氏而归。将及家，敞绐牛氏曰：“吾久不到家，请先往俟卿，可乎？”牛氏许之。洎到家，不敢泄其事。明日，牛氏奴驱其辎橐直入，即出牛氏居常所玩好幕帐杂物，列于庭庑间。李氏惊曰：“此何为者？”奴曰：“夫人将到，令某陈之。”李氏曰：“吾即能走路。突然看见有人力车拉棺材回城的，因为便宜，就租用并躺在棺材里面。到了洛城东门，守门人不知道棺材里面有人，就询问棺材是从哪儿来的。苗耽以为是对他说的，就慢慢地回答："这斯文的人在路上病了，因为太穷了坐不了别的，所以你不要觉得奇怪。"守门人继续说："我在这里守了三十年了，还没见过有懂人语的神奇棺材。"后来，苗耽就死在了江州刺史任上。（出《玉泉子》）

裴勋

裴勋的容貌很丑陋，性格也特别率直平易近人。和父亲裴坦一起喝酒，裴坦就让轮流来喝酒，轮到谁，谁就得说一段话。裴坦把杯子交给了裴勋说："矮人好多嘴，破车楔子多。裴勋千分。"当裴勋喝完酒就把杯子交还给裴坦说："蝙蝠因为看不见自己，所以笑话房梁上的燕子。十一郎十分。"裴坦在家排行第十一，就很生气地打了儿子。然后慈恩寺连接着曲江还有京城的各个地方，每年新考中的人，都一定会把姓名写在慈恩寺上面。裴勋经常和父亲去识记和游览，看到父亲和各家的题榜，但是题榜的人大多数都已经死了，就对人说："这些都是记载鬼的。"（出《玉泉子》）

邓敞

邓敞，是封敖的弟子。第一次随计吏进京赶考，因为自己贫寒就未能考中。牛蔚两兄弟，都是牛僧孺的儿子。很有力气，而且有钱财。就对邓敞说："我有一个妹妹还没有出嫁，你可以娶她吗？我可以替你出力，你愿意考中吗？"当时邓敞已经娶了李氏，而且他父亲曾经是福建从事，然后做官做到了评事。他有两个女儿都擅长书法，邓敞应科举所写的诗文，大多数都是这两个女儿抄写的。邓敞看到自己很贫穷地位也很低，肯定不能高升，就暗自认为牛蔚的话是对自己有利的，然后就答应了他。当考中之后，就和牛氏结了婚。没过几天，邓敞带着牛氏回乡，快要到家的时候，就骗牛氏说："因为我很久没回家了，所以我先回家，然后在家等着迎接你，可以吗？"牛氏就答妻也，又何夫人焉？”即抚膺大哭顿地。牛氏至，知其卖己也，请见李氏曰：“吾父为宰相，兄弟皆在郎省，纵嫌不能富贵，岂无一嫁处耶？其不幸，岂唯夫人乎？今愿一与夫人同之。夫人纵憾于邓郎，宁忍不为二女计耶？”时李氏将列于官，二女共牵挽其袖而止。后敞以秘书少监分司，悭啬尤甚。黄巢入洛，避乱于河阳，节度使罗元杲请为副使。后巢寇又来，与元杲窜焉，其金帛悉藏于地中，并为群盗所得。（出《玉泉子》）

应了他。等他到了家，邓敞不敢泄露他已经结婚的这件事。到了第二天，牛氏的奴仆就赶着行李车一直前进，拿出了牛氏平常最喜欢的帐幕等还有其他东西，摆放在庭堂走廊中。李氏吃惊地说："这是在干什么？"奴仆回答说："夫人就要到了，让我先布置好地方。"李氏回答说："我就是他妻子，哪里还有什么其他的夫人？"然后就拍胸跺地地大哭起来。当牛氏到了，才知道自己被欺骗了，就请求见李氏，然后说："我的父亲是当朝宰相，哥哥们都在郎省。就算自己不能富贵，难道自己还没有一个可以出嫁的地方吗？难道那种不幸，是只有你有吗？我是愿意和你共侍一夫，你就算对邓郎感到失望，难道不能为两个女儿考虑一下吗？"当时李氏就要去见官，被两个女儿拉着她的袖子来阻止她。后来邓敞担任秘书少监分司，就显得更加吝啬了。当黄巢攻入洛阳时，到河阳躲避战乱，那里的节度使罗元杲请他来做副使。后来黄巢军队又攻来，就和罗元杲一起狼狈逃窜了。他的钱财都埋在地下，被黄巢军兵给查获了。（出《玉泉子》）

卷第四百九十九　杂录七

崔　铉　王　铎　李　蠙　韦保衡　衲衣道人　路　群　卢弘正
毕　诚　李师望　高　骈　韦　宙　王氏子　刘　蜕　皮日休
郭使君　李德权

崔 铉

崔铉，元略之子。京兆参军卢甚之死，铉之致也，时议冤之。铉子沆，乾符中，亦为丞相。黄巢乱，赤其族，物议以为甚之报焉。初崔瑄虽谏官，婚姻假回，私事也；甚虽府职，乃公事也。相与争驿厅。甚既下狱，与宰相书，则以己比孟子，而方瑄钱凤。瑄既朋党宏大，莫不为尽力。甚者出于单微，加以铉亦瑄之门生，方为宰相，遂加诬罔奏焉。瑄自左补阙出为阳翟宰，甚行及长乐坡，赐自尽。中使适回，遇瑄，囊出其喉曰："补阙，此卢甚结喉也。"瑄殊不怿。京城不守，崔氏之子亦血其族。呜呼！谓天道高，何其明哉！（出《玉泉子》）

王 铎

故相晋国公王铎为丞郎时，李骈判度支。每年江淮运米至京，水陆脚钱，斗计七百。京国米价，每斗四十。议欲令江淮不运米，但每斗纳钱七百。铎曰："非计也。若于京国籴米，必耗京国之食；若运米实关中，自江淮至京，兼济无限贫民也。"时籴米之制业已行，竟无敢沮其议者。都下官籴，米果大贵。未经旬，而度支请罢，以民无至者故也。于是识者乃服铎之察事矣。铎卒以此

崔铉

崔铉，是崔元略的儿子。京兆参军卢甚的死亡，就是他一手造成的，在当时，人们对这件事议论纷纷，说是冤枉了卢甚。崔沆是崔铉的儿子，在乾符年间，他也是丞相。当黄巢作乱的时候，就灭了他的族人。人们当时议论都认为是卢甚冤魂的报复。虽然当初崔瑄是谏官，当结婚请假，那就是私事；卢甚虽然是在府中担任职务，就是为的公事。当两个人在驿厅里争执起来，然后卢甚入狱之后，就给宰相一封信，然后把自己比作孟子，之后把崔瑄比作钱凤。崔瑄的同党有很多，没有一个人不为他尽力的。但是卢甚势单力薄，再加上崔铉也算是崔瑄的门生，他正做宰相，然后就上奏来诬陷卢甚。接着崔瑄从左补缺就升为杨翟宰。卢甚走到了长乐坡，就被赐自尽。当时宫中使者刚好回来，就遇上崔瑄，然后从口袋里拿出了卢甚的喉咙说：“补缺，这就是卢甚的喉结。”崔瑄觉得非常不高兴。京城都没守住，崔家的人也全部被杀掉了。唉，大家都说天道高远，这是多么明显啊！（出《玉泉子》）

王铎

前宰相晋国公王铎当丞郎的时候，李骈还兼任度支。每年从长江到淮河那一带运米来到京城，水陆运费一斗米就需要七百钱。京城的米价每斗才四十钱。李骈建议让江淮一带不再运米，只需每斗交七百钱。王铎说：“这不是一个好办法。如果可以从京城买米，那么就必然减少京城的粮食；如果说运米充实关中地区，那么从江淮运到京城，在沿途也可以救济许多贫苦的百姓。”但是当时买米的制度已经推行出去了，竟然没有能够阻止这种主张的。京城里官方购买

大用。（出《闻奇录》）

李 蠙

李蠙与王铎进士同年，后俱得路，尝恐铎之先相，而己在其后也。迨路岩出镇，益失其势。铎柔弱易制，中官爱焉。洎韦保衡将欲大拜，不能先于恩地。将命铎矣，蠙阴知之。挈一壶家酒诣铎曰："公将登庸矣，吾恐不可以攀附也。愿先事少接左右，可乎？"即命酒以饮。铎妻李氏疑其堇焉，使女奴传言于铎曰："一身可矣，愿为妻儿谋。"蠙惊曰："以吾斯酒为鸩乎？"即命一大爵，自引满，饮之而去。（出《玉泉子》）

韦保衡

韦保衡欲除裴修为省郎。时李璋为右丞，韦先遣卢望来申意，探其可否。李曰："相公但除，不合先问某。"卢以时相事权，设为李所沮，则伤威重。因劝韦勿除。（出《卢氏杂说》）

衲衣道人

唐有士人退朝诣友生，见衲衣道人在坐，不怿而去。他日，谓友生曰："公好毳褐夫，何也？吾不知其言，适且觉其臭。"友生答曰："毳褐之外也，岂甚铜乳。铜乳之臭，并肩而立，接迹而趋。公处其间，曾不嫌耻，乃讥予与山野有道之士游乎？南朝高人，以蛙粮食，导致粮食价格突然猛涨。没到十天，李骈就请求罢免度支，是因为没有人来卖粮食的缘故。所以有见识的人都非常佩服王铎的这种明察能力，王铎也因为这样被重用了。（出《闻奇录》）

李蠙

李蠙和王铎是同年中的进士，他们后来都步入了仕途，李蠙经常害怕王铎比他先做了宰相，而自己落在了他的后面。等到路岩担任镇将，就失去了更多优势。王铎的性格非常柔顺容易领导，朝廷中的官员都很喜欢他，到了韦保衡将被提升的时候，不能比恩人升职得早，就得任命王铎。但是李蠙暗地知道这件事后，就提一壶家酒到了王铎的地方说："你就要被选拔重用了，但是我恐怕不能依附于你，如果事先交接你的左右，可以吗？"然后接着让斟满畅饮。王铎的妻子李氏就怀疑他的诚意，就让女仆传话跟王铎说："你一个人也就算了，希望你可以替你的妻子儿女想想。"李蠙惊讶地回答："你以为我的酒是毒酒吗？"他就让仆人拿了一个大酒杯来，自己倒满，喝完后就走了。（出《玉泉子》）

韦保衡

韦保衡想要让裴修当省郎。但是当时的右丞相是李璋，韦保衡就先派卢望去表明自己的想法，以此来探测李璋的想法。李璋就说："相公只管任命，就不应该先来问我。"卢望认为当时应该是宰相掌权，所以如果被李璋阻止了，这样就会损伤威严，然后就劝韦保衡不要去任命裴修。（出《卢氏杂说》）

衲衣道人

唐朝的时候有一个士人退朝之后去看朋友，就看到有一个穿补丁衣服的道人在那里坐着，就很不高兴地走了。到了另一天，他对他的朋友说："你为什么会喜欢穿着毛毡衣服的人呢？我还没听到他说的话，就只是闻到了他的臭味。"朋友就回答说："那毛毡衣服的气

鸣及蒿菜胜鼓吹。吾视毳褐，愈于今之朱紫远矣。”（出《国语》）

路群 卢弘正

中书舍人路群与给事中卢弘正，性相异而相善。路清瘦古淡，未尝言市朝；卢魁梧富贵，未尝言山水。路日谋高卧，有制草，则就宅视之；卢未尝请告，有客旅，则就省谒之。虽所好不同，而相亲至。一日都下大雪，路在假，卢将晏入，道过新昌第，路方于南垣茅亭，肆目山雪。鹿巾鹤氅，构火命觞，以赏嘉致。闻卢至，大喜曰：“适我愿兮。”亟命迎入。卢金紫华焕，意气轩昂；路道服而坐，情趣孤洁。路曰：“卢六，卢六，曾莫顾我，何也？”卢曰：“月限向满，家食相仍。日诣相庭，以图外任。”路色惨曰：“驾肩权门，何至于是？且有定分，徒劳尔形。家酿稍醇，能一醉否？”卢曰：“省有急事，俟吾决之。”路又呼侍儿曰：“卢六欲去，特早来药糜分二器，我与卢六同食。”卢振声曰：“不可。”路曰：“何也？”卢曰：“今旦饭冷，且欲遐征，家馔已食炮炙矣。”时人闻之，以为路之高雅，卢之俊迈，各尽其性。（出《唐缺史》）

味是外在的，难道会比铜乳的味道还厉害吗？铜乳的臭味，无论是并肩站着，还是前后走着都可以闻到。如果你和他们在一起，难道不会觉得可耻，又怎么会嘲讽我和山野中那些有学问的人交往呢？还有南朝的高尚之人，就认为蛙鸣和草野的声音，胜过正式乐队演奏的音乐。我看那些毛毡衣服，都超出了今天的朱紫官服很远了。”（出《国语》）

路群　卢弘正

中书舍人路群和给事中卢弘正，他们的性格虽然有各自的特点但是却相处得很好。路群显得清瘦脱俗，不爱慕荣利，也不曾谈论集市；而卢弘正就魁梧富贵，他不曾谈过山水。路群每天都在想安闲无事，当有要起草皇帝的诏令任务的时候就会拿回家去完成；卢弘正却不曾请示，如果有客人，就在官署里接待他们。虽然他们各自的喜好不同，但是却互相亲善。有一天京城下大雪，而路群在休假，卢弘正晚上回家的途中正好路过新昌第，路群正好在南垣的茅草亭中观赏山中的雪景。戴着鹿皮围巾穿着鹤毛大氅，一边围着火喝酒，一边欣赏雪中美景。路群听说卢弘正来了，就高兴地说：“这正合我的心意呀。”然后立即叫人把他请进来。看到卢弘正穿着那些艳丽富贵的衣服，显得意气昂扬；而路群穿道服坐着，显得情趣孤洁。然后路群说：“卢六，卢六，你居然敢不来看我？”卢弘正回答说：“一个月的时间就快要到了，家里面又跟着要吃的，所以每天都到相府去，想要图个地方官来当当。”但是路群却脸色凄惨地说：“你身在权门，为什么会这样？而且什么都要有个定分，为什么苦苦白费精力。家里正好有刚酿好的酒，我们一起喝个大醉怎么样呢？”卢弘正就说：“省府有急事，还等着我去裁决。”路群就叫侍从说：“卢六要走了，赶快盛两碗药粥过来，我要和卢六一块吃饭。”卢六就大声说：“不行。”路群就问：“为什么呢？”卢弘正回答说：“今天饭菜太凉了，而且我要出远门，在家里吃饭的时候已吃过烤肉了。”当时的人听说这件事情后，认为路群的高雅，还有卢弘正的英俊出众，都充分地体现了出来。（出《唐缺史》）

毕诚

毕诚家本寒微，咸通初，其舅尚为太湖县伍伯。诚深耻之，常使人讽令解役，为除官。反复数四，竟不从命。乃特除选人杨载为太湖令，诚延之相第，嘱之为舅除其猥籍，津送入京。杨令到任，具达诚意。伍伯曰："某贱人也，岂有外甥为宰相耶？"杨坚勉之，乃曰："某每岁秋夏，恒相享六十千事例钱，苟无败缺，终身优足，不审相公欲除何官耶？"杨乃具以闻诚，诚亦然其说，竟不夺其志也。王蜀伪相庾传素与其从弟凝绩，曾宰蜀州唐兴县。郎吏有杨会者微有才用，庾氏昆弟念之。洎迭秉蜀政，欲为杨会除马长以酬之。会曰："某之吏役，远近皆知。忝冒为官，宁掩人口。岂可将数千家供侍，而博一虚名马长乎？"后虽假职名，止除检校官，竟不舍县役矣。（出《北梦琐言》）

李师望

李师望，乃宗属也，自负才能，欲以方面为己任。因旅游邛蜀，备知南蛮勇怯，遂上书，请割西川数州，于临邛建定边军节度。诏旨允之，乃以师望自凤翔少尹擢领此任。于时西川大将嫉其分裂巡属，阴通南诏。于是蛮军为近界乡豪所道，侵轶蜀川，戎校窦滂不能止遏。师望亦因此受黜焉。（原缺出处，今见《北梦琐言》）

毕诚

毕诚家原本非常贫寒，在咸通初年，他的舅舅都还是太湖县的伍长，所以毕诚就感到很羞耻，经常派人婉转地去劝他舅舅辞去那个差事，并且会为他授官。但是劝了许多次舅舅还是没听他的。他就特地任命候选官员中的杨载为太湖县令，毕诚还把他请到相府，嘱咐他帮舅舅解除卑贱的身份，乘船送入京城。杨载到任之后，详细地转达了毕诚的意图。伍长就说："如果我是一个卑微的人，那我怎么会有外甥还当宰相呢？"杨载多次劝他，他就说："我每年的秋夏，都可以平稳地享受我六十千钱的事例钱，也没有犯过错误，那我的一辈子就已经很优厚满足了，所以我不明白还要升什么官职？"杨载就去告诉了毕诚。毕诚也认为舅舅说得有道理，就没有再勉强他。前蜀的伪宰相庾传素还有他的堂弟凝绩，曾经担任蜀州唐兴县宰。就有个叫杨会的郎吏有点才干，然后庾氏兄弟就记住了他。一直等到两人轮流掌管蜀州政权的时候，就想任杨会来担任马长来酬谢他。杨会就说："我这份差使，远近皆知，如果硬是去做什么官，毋宁是去堵人家的嘴。怎么敢用几千家的供奉来侍候，才换得一个马长的虚名呢？"就算以后虽然挂上了官衔，也只是任检校官罢了，竟然不放弃县役的职务。（出《北梦琐言》）

李师望

李师望，属于皇帝的同族，因为有才所以自负，就想自己可以担任一方的军政事务。由于他到邛州蜀州游历，就很了解南蛮的英勇。于是上奏书，请求割取西川的几个州，在临邛建定边军节度。皇帝下诏同意了，就把李师望从凤翔的少尹提升到了定边军的节度使。当时西川大将非常憎恨他分裂了自己的属地，就悄悄地和南诏勾结。导致南蛮军队被近界的乡绅富豪引导着，来侵犯蜀川。戎校的窦滂，不能阻止，所以李师望也被罢免了。（原缺出处，今见《北梦琐言》）

高骈

渤海王太尉高骈镇蜀日，因巡边，至资中郡，舍于刺史衙。对郡山顶有开元佛寺，是夜黄昏，僧徒礼赞，螺呗间作。渤海命军候悉擒械之，来晨，笞背斥逐。召将吏而谓之曰：“僧徒礼念，亦无罪过。但以此寺十年后，当有秃子数十作乱，我故以是厌之。”其后土人皆髡执兵号大髡小髡，据此寺为寨。（出《北梦琐言》）

韦宙

相国韦宙善治生，江陵府东有别业，良田美产，最号膏腴；积稻如坻，皆为滞穗。咸通初，授岭南节度使。懿宗以番禺珠翠之地，垂贪泉之戒。宙从容奏曰：“江陵庄积谷，尚有七千堆，固无所贪矣。”帝曰：“此所谓足谷翁也。”（出《北梦琐言》）

王氏子

京辇自黄巢退后，修葺残毁之处。时定州王氏有一儿，俗号王酒胡，居于上都，巨富，纳钱三十万贯，助修朱雀门。僖宗诏令重修安国寺毕，亲降车辇，以设大斋。乃扣新钟十撞，舍钱一万贯。命诸大臣，各取意而击。上曰：“有能舍一千贯文者，即打一槌。”斋罢，王酒胡半醉入来，径上钟楼，连打一百下。便于西市运钱十万入寺。（出《中朝故事》）

高骈

渤海王太尉高骈在镇守蜀地的时候，因为巡视边界，就到了资中郡，住在了刺史衙门。资中郡对面的山顶上，有一个开元佛寺，这天黄昏时分，僧侣礼赞、法螺和念经声交替着出现。渤海王命令军侯把他们全部抓住绑起来，到了第二天早晨，鞭打后背之后就驱逐他们。又叫来几个将士吏卒来告诉他们说："僧侣做礼赞，本来也没有什么罪过。但是这个佛寺，十年之后，就会有几十个秃子捣乱，所以我这样来镇压他们。"从那以后，当地的人都剃了头发拿着兵器号称是"大髡""小髡"，还把这个佛寺作为军营。（出《北梦琐言》）

韦宙

相国韦宙擅谋生计，江陵府东面就有他的别墅，那些良田美产，是最为肥沃的。堆积的稻子就像小陆地，都是些成熟的稻穗。到了咸通初年，他被授为了岭南节度使。懿宗认为番禺是出产珍珠翡翠的地方，就告戒他不要贪婪这些。韦宙从容回答说：江陵庄堆积的粮食，还有七千堆，所以就没有什么可贪的了。"皇帝就说："这真是个拥有多粮的老头。"（出《北梦琐言》）

王氏子

京都从黄巢退兵之后，就开始修补被破坏的地方。当时定州王氏还有一个儿子，绰号就叫"王酒胡"，居住在上都，他是大富翁，交付了三十万贯钱，来资助重修朱雀门。然后僖宗就下诏重新修建安国寺，等修完后，亲自乘辇前来参观，并设置大斋。还敲了新挂的钟十下，并且施舍一万贯钱。让各位大臣，都按自己的想法去敲钟。皇帝继续说："要是有能施舍一千贯钱的，就可以敲一下钟。"等吃斋之后，王酒胡半醉半醒地起来了，径直走到了钟楼，连敲了一百下，就去到西市运了十万贯钱送到安国寺。（出《中朝故事》）

刘蜕

刘蜕，桐庐人，早以文学进士。其父尝戒之曰："任汝举进取，穷之与达，不望于汝。吾没后，慎勿祭祀。"乃乘扁舟，以渔钓自娱，竟不知其所适。蜕后登华贯，出典商於，霜露之思，于是乎止。临终，亦戒其子，如先考之命。蜀礼部尚书纂，即其息也，常为同列言之。君子曰："名教之家重丧祭，刘氏先德，是何人斯？以蜕之通人，抑有其说，时未谕也。"（出《北梦琐言》）

皮日休

咸通中，进士皮日休上书两通。其一，请以《孟子》为学科。其略云：臣闻圣人之道，不过乎经。经之降者，不过乎史。史之降者，不过乎子。子不异道者，孟子也。舍是而诸子，必斥乎经史，圣人之贼也。文多不载。请废《庄》《列》之书，以《孟子》为主，有能通其义者，科选请同明经。其二，请以韩愈配飨太学。其略曰：臣闻圣人之道，不过乎求用。用于生前，则一时可知也；用于死后，则万世可知也。又云：孟子、荀卿翼辅孔道，以至于文中子。文中子之道旷矣，能嗣其美者，其唯韩愈乎！"日休字袭美，襄阳竟陵人，幼攻文，隐于鹿门山，号醉吟先生。初至场中，礼部侍郎郑愚以其貌不扬，戏之曰："子之才学甚富，其如一日何？"对曰："侍郎不可以一日而废二日。"谓不以人废言也，举子咸推伏之。官至国子博士，寓苏州。与陆龟蒙为文友，著《文薮》十卷，《皮子》三卷，人多传之。为钱镠判官。（出《北梦琐言》）

刘蜕

刘蜕，是桐庐人，早期凭借辞章修养考中了进士。他父亲曾告诫他说："无论你科考是否上进，困窘和发达，我也不寄希望于你。我只要死后，你千万不要祭祀。"就乘上一叶小船，以钓鱼自我娱乐，最终竟然也不知道他到哪里去了。刘蜕后来登上了显贵而且重要的高位，掌管那些商于地区，归隐的想法就停止了。临死之前，他还告诫他的儿子，就像他父亲当初告诫他的一样。蜀地的礼部尚书刘纂，也就是他的儿子，之前和同伴们也说起过这件事。君子却说："有名望有教养的家庭都重视丧礼祭祀。刘家是一个有德行的前辈，是什么样的人呢？像刘蜕那样古今博通的人，也会有那种说法，导致当时人很不理解。"（出《北梦琐言》）

皮日休

咸通年中的时候，进士皮日休曾两次上奏书。第一次的时候，要求将《孟子》作为人们学习科目。大致是说："我听说圣人的道理，是没有超过经书的。低于经书的就是史书，低于史书的就是诸子文章。诸子文章如《孟子》是离不开圣人之道的。除此之外的各派学者，肯定会排斥经书史书之类的，这是圣人的灾害，所以文献上面大多不记载。就请求废除《庄子》还有《列子》之类的书籍，而是以《孟子》为主。那些有能贯通它道理意义的，就要经过明经考试来进行科举选拔。"第二次的时候，他请求让韩愈在太学里享受祭祀。大概内容是说："我听说圣人的主张只不过是要求有用罢了。活着的时候用了，一时是可以知道的；如果死后用了，那么万代相传也都可以知道。"然后又说："孟子和荀卿，是在保护辅佐孔子的学说，传到了文中子王通。但是文中子的学说太广阔了，要是能继承他的精华，大概也只有韩愈吧！"皮日休字袭美，属于襄阳景陵人，从小就钻研文章，隐居在鹿门山里，又叫"醉吟先生"。第一次到官场中，礼部侍郎郑愚觉得他长相难看，就戏弄说："虽然你很有才学，但是又能对一个'日'（指皮日休）字怎么样呢？"皮就回答说："侍郎不可能就因为

郭使君

江陵有郭七郎者，其家资产甚殷，乃楚城富民之首。江淮河朔间，悉有贾客仗其货买易往来者。乾符初年，有一贾者在京都，久无音信。郭氏子自往访之，既相遇，尽获所有，仅五六万缗。生耽悦烟花，迷于饮博，三数年后，用过太半。是时唐季，朝政多邪，生乃输数百万于鬻爵者门，以白丁易得横州刺史，遂决还乡。时渚宫新罹王仙芝寇盗，里闾人物，与昔日殊。生归旧居，都无舍宇，访其骨肉，数日方知。弟妹遇兵乱已亡，独母与一二奴婢，处于数间茅舍之下，囊橐荡空，且夕以纫针为业。生之行李间，犹有二三千缗，缘兹复得苏息，乃佣舟与母赴秩。过长沙，入湘江，次永州北江。壖有佛寺名兜率，是夕宿于斯，结缆于大槠树下。夜半。忽大风雨，波翻岸崩，树卧枕舟，舟不胜而沉。生与一梢工拽母登岸，仅以获免。其余婢仆生计，悉漂于怒浪。迟明，投于僧室，母氏以惊得疾，数日而殒。生慞惶，驰往零陵，告州牧。州牧为之殡葬，且复赠遗之。既丁忧，遂寓居永郡。孤且贫，又无亲识，日夕厄于冻馁。生少小素涉于江湖，颇熟风水间事，遂与往来舟船执梢，以求衣食。永州市人，呼为捉梢郭使君，自是状貌异昔，共篙工之党无别矣。（出《南楚新闻》）

一个‘日’字而废掉两个‘日’吧（昌）。”举子们都非常佩服他。皮日休任国子博士时，就住在苏州，并和陆龟蒙是文学朋友。他著有《文薮》十卷和《皮子》三卷，人们对此争相传颂。他当时也做了节度使钱镠的判官。（出《北梦琐言》）

郭使君

江陵有个朋友叫郭七郎，他的家里很有钱，也是楚城有钱人的首户。在长江、淮河和黄河以北之间，商人都是依靠着他的货来经商的。直到乾符初年，有一个商人在京城，很久没有音信，郭七郎就亲自去查找。等见面后，就把他所有的钱财都给要了过来，多达五六万吊。当时郭七郎迷上了妓女，便沉湎于饮酒和赌博，直到三四年后，已经把钱花掉一大半了。当时是唐朝末年，朝廷坏人专权，所以郭七郎就用几百万钱送给卖官的人，由一个白丁就变成了横州刺史，然后决定回家。当时江陵才被王仙芝洗掠过，街道上的人和以前都不一样了。直到郭七郎回到旧房，看到房屋都没了，到处打听亲人，过了几天后才知道弟弟和妹妹碰上了乱兵已经死了，只有母亲带一两个丫环住在几间茅草房里，钱袋里面也空无一文，只能靠白天夜里做针线活来过日子。在郭七郎的行李中，还有二三千吊钱，所以生活才算得以好转了。就雇船和母亲一起去上任。经过长沙，进入了湘江，在永州北江停泊。岸上有一座庙还叫兜率寺，他们当晚就住在了船上，还把船系在了大槠树下边。到了半夜，忽然地刮大风下大雨，然后波浪翻滚汹涌冲毁了河岸，大树也倒了压住了船，船经受不住最后就沉没了。郭七郎和一个船公一起把母亲拽到了岸上，这才保住了性命。其余奴仆和东西都被波涛给卷走了。天亮之后，他们到了庙里，母亲因为受惊得病，过了几天后死了。这时候郭七郎一筹莫展，就跑到零陵，把具体情况都告诉了州牧。州牧帮他安葬了母亲，还赠给他一些钱。因为要为母亲守丧，所以就暂时在永郡租房子住下来。自己孤身一人，在这里很穷又没有亲戚熟人，早晚都在为吃穿发愁。因为郭七郎从小就在江湖之上来往，所以很熟悉行船的这一套，然后就给来往的船只帮忙掌舵，为了解决衣食。永州街上的人们，都叫他捉梢

李德权

京华有李光者，不知何许人也。以谀佞事田令孜，令孜嬖焉，为左军使。一旦奏授朔方节度使，敕下翌日，无疾而死。光有子曰德权，年二十余，令孜遂署剧职。会僖皇幸蜀，乃从令孜扈驾，止成都。时令孜与陈敬瑄盗专国柄，人皆畏威。李德权者处于左右，遐迩仰奉。奸豪辈求名利，多赂德权，以为关节。数年之间，聚贿千万，官至金紫光禄大夫，检校右仆射。后敬瑄败，为官所捕，乃脱身遁于复州，衣衫百结，丐食道途。有李安者，常为复州后槽健儿，与父相熟。忽睹德权，念其蓝缕，邀至私舍。安无子，遂认以为侄。未半载，安且死，德权遂更名彦思，请继李安效力，盖慕彼衣食耳。寻获为牧守圉人，有识者，皆目之曰："看马李仆射。"（出《南楚新闻》）

郭使君，从那以后，他的面貌就和以前不大一样了，同船工们也没有什么区别了。（出《南楚新闻》）

李德权

京城里面有一个叫李光的人，但是不知道他是哪里人。不过他在田令孜手下很会阿谀侍奉，所以令孜很宠爱他，就派他做左军使。直到有一天奏明皇上给李光北方节度使的职务，在任命的第二天，李光就得什么病死了。李光还有个儿子叫德权，今年二十多岁了，令孜就让德权代理他父亲这个重要职务。正好赶上僖宗皇帝要去蜀地，德权就和令孜一起去护君驾，一直到了成都。在当时田令孜还有陈敬瑄两个人盗取了国家大权，所以人们都非常害怕他们。因为李德权在他们俩的身边，所以远近都在巴结他。有钱的势力小人为了求得名利，经常贿赂德权，因此打通关节。短短几年之间，李德权受贿有上千万，还当上了金紫光禄大夫和检校右仆射。到后来敬瑄败露，就被官府逮捕了，李德权就逃出来跑到了复州，他的衣服破烂不堪，只能沿街乞讨。有一个叫李安的人，之前是复州的看马军士，和德权的父亲比较熟悉，突然看到德权，就可怜他已经到了这个地步，把他接到了自己家。因为李安没有儿子，就认德权做了侄子。不到半年，李安就要死了，德权就去改名叫彦思，希望能够继承李安的职位，不过是贪图那点吃穿罢了。不久后成为看马的人，那些有知道和认识他的，都瞧着他说："你个看马的李仆射。"（出《南楚新闻》）

卷第五百 杂录八

孔 纬

鲁国公孔纬入相后，言于甥侄曰："吾顷任兵部侍郎，与王晋公铎充弘文馆学士，判馆事。上任后巡厅，晋公乃言曰：'余昔任兵部侍郎，与相国杜邠公悰，充弘文馆直学士，判馆事。暮春，留余看牡丹于斯厅内。言曰："此厅比令无逸无逸乃邠公子，终金州刺史。居之，止要一间。今壮丽如此，子殊不知，非久须为灰烬。"余闻此言，心常铭之。又语余曰："明公将来亦据此座，犹或庶几。由公而下者，罹其事矣。"以吾今日观之，则邠公之言，得其大概矣。'"是时昭宗纂承，孔纬入相，朝庭事体，扫地无余，故纬感昔言而伤时也。（出《闻奇录》）

李克助

李克助为大理卿。昭宗在华州。郑县令崔鍪，有民告举放絁绢价。刺史韩建令计以为赃，奏下三司定罪。御史台刑部奏，罪当绞。大理寺数月不奏，建问李尚书："崔令乃亲情耶？何不奏？"克助云："禆公之政也。"韩云："崔令犯赃，奈何言我之过也？"李云："闻公举放，数将及万矣。"韩曰："我华州节度，华民我民也。"李曰："华民乃天子之民，非公之民。若尔，即郑县民，乃崔令民也。"建伏其论，乃舍崔令之罪，谪颍阳尉。（出《闻奇录》）

孔纬

鲁国公孔纬做丞相之后，就告诉他的外甥侄子：“我不久前当兵部侍郎的时候，和晋公王铎，一起充当弘文馆学士，就是审理馆中事务。当我上任后，就开始巡视办公厅。然后晋公说他之前任兵部侍郎的时候，和宰相邠公杜悰也充当了弘文馆直学士，也是审理馆中的事务。到了晚春，我留他在这个大厅里观赏牡丹，还说道：“这个办公厅要等到让无逸无逸是邠公的儿子，最终做到金州刺史。住的时候，只要一间。现在看起来如此壮丽，但是你不知道，它过不久就会化为灰烬。”他听了这个话，就记在了心里。接着他又告诉我说：“明公以后也会在这个位置上，也许还可以。但是从你以后的人，他们就会遭遇那种事情。”从现在的情况来看，按照邠公的话，已经说中了现在大概的情况。”这时候昭宗继承了帝位，孔纬担任宰相，朝廷的各种体统，已经被破坏得没剩下什么了，所以孔纬觉得从前邠公说的话而伤感时势。（出《闻奇录》）

李克助

李克助是大理寺正卿，昭宗帝在华州。郑州的县令是崔鋈，有百姓就举报他提高了丝绸的价格。刺史韩建就下令登记按贪赃处理，还上奏朝廷请求让三司给他定罪。然后御史台刑部就上奏，如果按罪应当绞死。但是大理寺几个月都没有上奏，韩建就问李尚书：“崔鋈他是你的亲戚吗？你为什么现在还不上奏？”李克助回答说：“这是帮助您的方法呀。”韩建就说：“崔县令贪赃枉法，为什么要说是我的过错呢？”李克助接着说：“听说你提高了丝绸价格，数量快要

京都儒士

近者京都有数生会宴，因说人有勇怯，必由胆气。胆气若盛，自无所惧，可谓丈夫。座中有一儒士自媒曰："若言胆气，余实有之。"众人笑曰："必须试，然可信之。"或曰："某亲故有宅，昔大凶，而今已空锁。君能独宿于此宅，一宵不惧者，我等酬君一局。"此人曰："唯命。"明日便往，实非凶宅，但暂空耳。遂为置酒果灯烛，送于此宅中。众曰："公更要何物？"曰："仆有一剑，可以自卫，请无忧也。"众乃出宅，锁门却归。此人实怯懦者，时已向夜，系所乘驴别屋，奴客并不得随。遂向阁宿，了不敢睡。唯灭灯抱剑而坐，惊怖不已。至三更，有月上，斜照窗隙。见衣架头有物如鸟鼓翼，翻翻而动。此人凛然强起，把剑一挥，应手落壁，磕然有声，后寂无音响。恐惧既甚，亦不敢寻究，但把剑坐。及五更，忽有一物，上阶推门，门不开，于狗窦中出头，气休休然。此人大怕，把剑前斫，不觉自倒，剑失手抛落，又不敢觅剑，恐此物入来，床下跧伏，更不敢动。忽然困睡，不觉天明。诸奴客已开关，至阁子间，但见狗窦中血淋漓狼籍。众大惊呼，儒士方悟。开门尚自战栗。具说昨宵与物战争之状，众大骇异。遂于此壁下寻，唯见席帽，半破在地，即夜所斫之鸟也。乃故帽破弊，为风所吹，如鸟动翼耳。剑在狗窦侧，众又绕堂寻血踪，乃是所乘驴，已斫口喙，唇齿缺破。乃是向晓因解，头入狗门，遂遭一剑。众大笑绝倒，扶持而归，士人惊悸，旬日方愈。（出《原化记》）

达到上万了。”然后韩建说：“我作为华州节度使，华州百姓就是我的百姓。“李克助又说：“华州百姓都是天子的，他们不是你的。就像你所说的，那么郑县的百姓也就是崔县令的百姓啊。”韩建很佩服李克助的说法。就免去了崔鋈的死罪，接着把他贬为了颍阳尉。（出《闻奇录》）

京都儒士

近来京城里面有几个读书人经常聚集在一起喝酒，就说起来人是有勇敢和怯懦的区别，这都来自内心中的胆气。如果胆气强盛，那么自己就是无所恐惧，这样的人就是叫男子汉。当时在座的有一个儒士做自我介绍的时候说：“如果要说胆气啊，那我是真有哇。”大家就笑着说：“那必须先试试，然后才可以信你。”还有一个人说：“我的亲戚中有一座宅院，过去看来是非常不吉祥，而且现在已经没有人居住锁上门了。要是您可以单独住在这个宅子里面，只要你一晚上不害怕，我们几个就人酬谢你一桌酒席。”然后这个人就说：“那就按你们说的做。”第二天就去了，其实并不是什么不吉祥的宅子，只是因为没有人住罢了。然后就准备酒肉瓜果灯烛，拿去送到了宅院里面。大家都说：“你还需要什么东西吗？”他就说：“我有一把剑，可以用来自卫，也请你们不要担心我。”然后大家都离开了宅子，接着锁上门回去了。其实这个人是一个怯懦的人，到了晚上，这人就把驴拴到了另一间屋子里面，连仆人也不许跟着。然后他就在卧室里休息，但是却一点也不敢睡，就只是熄灭了灯，然后抱着剑坐着，感到惊恐不止。一直到了半夜，当月亮升起来了，那个光从窗缝里斜照进来。这个人看见衣架上面有一个东西就像鸟在展翅，轻飘飘地动。然后他鼓起勇气站了起来，用剑一挥舞，那东西就随手落在了墙根，掉下来的时候发出了声音，然后就一点动静也没有了。因为他特别害怕，所以就不敢去寻找，只是握着剑坐在那里。一直到了五更天，突然有一个东西，就上台阶来推门，但是门却没有推开，就从狗洞里伸个头进来，然后咻咻地喘气。这人感到害怕极了，就握着剑朝前面砍去，但是自己却不由自主地倒在了地上，剑也失手落在了地

孟乙

徐之萧县，有田民孟乙者善网狐猪。百无一失。偶乘暇，持矟行旷野。会日将夕，见道左数百步，荒冢岿然，草间细径，若有人迹。遂入之，以矟于黑暗之处搅之。若有人捉拽之，不得动。问：“尔鬼耶人耶？怪耶魅耶？何故执吾矟而不置？”暗中应曰：“吾人也。”乃命出之。具以诚告云：“我姓李，昨为盗，被系兖州军候狱。五木备体，捶楚之处，疮痏遍身。因伺隙逾狱垣，亡命之此，死生唯命焉。”孟哀而将归，置于复壁中，后经赦乃出。孟氏以善猎知名，飞走之属，无得脱者，一旦荒冢之中，而得叛狱囚以归。闻者皆大笑之。（出《玉堂闲话》）

上，但是这个人又不敢去找剑，他害怕那东西进来，就钻到床下蜷伏着，一动也不敢动。然后突然困倦起来就睡着了，在不知不觉中天就亮了。当时人们已经来开门了，到了内室，就看见狗洞里面鲜血淋漓非常杂乱。大家都吃惊地大声叫喊，儒士这才醒过来，开门的时候还在战栗。然后他详细地说了在昨晚和怪物搏斗的场景，大家也感到异常害怕，就来到墙壁下面去找，只是看到帽子被砍成了两半散在地上，原来这就是昨天晚上所砍的那个“鸟”。那原来就是个旧帽子，已经十分破烂了，然后被风一吹，所以像鸟在扇动翅膀。那剑就在狗洞的旁边，接着大家又绕着屋寻找血迹，原来是他骑的那头驴，已经被砍破了嘴，它的唇齿已经破损了。原来是天快要亮的时候挣脱了缰绳，然后头伸入了狗洞里才遭遇了这么一剑。大家都哈哈大笑，而且笑得前仰后合，然后大家就搀着儒士回去了，儒士感到惊恐心跳，过了十天才好。（出《原化记》）

孟乙

徐州的萧县，有一个打猎的百姓叫孟乙很擅长用网来抓狐狸和貉子，网一百次也没有出现一次失误。偶尔有一天趁着空闲的时间，拿着长矛在旷野中行走。当太阳偏西的时候，看到道左边数百步的地方，有一个高大的野坟，在那个草地的小道上就像是人的脚印。然后他就走了进去，孟乙用长矛就在黑暗的地方乱搅。忽然感觉好像有人把他的长矛拽住了，就搅不动了，然后就问：“你是人还是鬼？是妖怪还是鬼魅呢？为什么要抓住我的长矛不放手？”黑暗中的人回答说：“我是个人呐。”然后就让孟乙把他给救出来。接着他就把实情告诉了孟乙，说：“我姓李，之前是个小偷，然后被关押在了兖州军侯的监狱当中，接受到各种体罚，被棍子和荆条抽打的地方都是伤痕累累的。就找了一个机会越狱逃了出来，一直逃到这个地方，现在生死就听天由命吧。”孟乙觉得他很可怜，把他带回了家，藏在了夹壁中，一直到后面遇大赦才把他从壁中接出来。孟乙因为擅长打猎所以出了名，飞禽走兽这类没有能够逃脱的，但是却忽然从荒坟之

振武角抵人

光启年中，左神策军四军军使王卞出镇振武。置宴，乐戏既毕，乃命角抵。有一夫甚魁岸，自邻州来此较力，军中十数辈躯貌膂力，悉不能敌。主帅亦壮之。遂选三人，相次而敌之，魁岸者俱胜。帅及座客，称善久之。时有一秀才坐于席上，忽起告主帅曰："某扑得此人。"主帅颇骇其言，所请既坚，遂许之。秀才降阶，先入厨，少顷而出，遂掩绾衣服，握左拳而前。魁梧者微笑曰："此一指必倒矣。"及渐相逼，急展左手示之，魁岸者懵然而倒，合座大笑。秀才徐步而出，盥手而登席焉。主帅诘之："何术也？"对曰："顷年客游，曾于道店逢此人，才近食桉，踉跄而倒。有同伴曰：'怕酱，见之辄倒。'某闻而志之。适诣设厨，求得少酱，握在手中。此人见之，果自倒，聊助宴设之欢笑耳。"有边岫判官，目睹其事。（出《玉堂闲话》）

赵 崇

赵崇凝重清介，门无杂宾，慕王濛、刘真长之风也。标格清峻，不为文章，号曰无字碑。每遇转官，旧例各举一人自代，而崇未尝举人。云："朝中无可代己者。"世以此少之。（出《北梦琐言》）

中，带了一个从狱中逃跑的囚犯回家。听到这件事的人都哈哈大笑起来。（出《玉堂闲话》）

振武角抵人

在光启年间，左神策军四军的军使王卞出朝去镇守振武。就举行宴会，在奏乐舞蹈过后，就下令举办摔跤比赛。有一个男人长得特别魁梧，是从邻州来这里比力气的，军中的十几个人无论是在体形外貌还有体力方面，都比不过他。就连主帅也觉得他非常健壮，就选了三个人，先后和他进行比试，魁梧的人都赢了。主帅和座上的客人都称赞了他好久。在当时有一个秀才就坐在席上，他突然站起来对主帅说："我可以来打倒这个人。"但是主帅对他说的话感到很吃惊，由于他坚决的请求，然后就答应了他。秀才走下了台阶，先去了厨房，没过一会儿就出来了，他把衣服系紧了一些，握着左拳走到上面去。魁梧的人就微笑着说："这个人我用一个手指就能使他倒下。"等到两个人渐渐靠近的时候，秀才迅速展开了左手让他看，这时魁梧的人不知不觉地就倒在了地上，满座哈哈大笑。秀才就慢慢走出了圈外，洗洗手然后又登上了坐席。主帅就问他："你这是什么招术？"他回答道说："我这些年旅游，曾在路上遇到过这个人，当时这个人刚接近饭桌，就踉踉跄跄地倒在了地上。有一个同伴说：'他害怕大酱，一见到就会晕倒。'我听到之后就记在了心上。刚才去厨房的时候，就要了点大酱，将大酱握在了手中，这个人看到后，果然就倒下了，姑且就为宴会助助兴取乐罢了。"有一个叫边岫的判官，他亲眼看到了这件事。（出《玉堂闲话》）

赵崇

赵崇这个人是非常庄重、清高和耿直的人，他的家中没有闲杂的客人，他同时很羡慕王濛和刘真长的风度。所以他格调高洁，也不写文章，就号称"无字碑"。每次遇到调任到其他职的时候，按照惯例就需要推荐一人来代替自己，可是赵崇却从来没有推荐过任何

韩偓

韩偓，天复初入翰林。其年冬，车驾幸凤翔，偓有扈从之功。返正初，帝面许用偓为相。偓奏云："陛下运契中兴，当须用重德，镇风俗。臣座主右仆射赵崇，可以副陛下是选。乞回臣之命授崇，天下幸甚。"帝甚嘉叹。翼日，制用崇，暨兵部侍郎王赞为相。时梁太祖在京，素闻崇轻佻，赞又有嫌衅，乃驰入请见，于帝前，具言二公长短。帝曰："赵崇乃韩偓荐。"时偓在侧，梁王叱之。偓奏："臣不敢与大臣争。"帝曰："韩偓出。"寻谪官入闽。故偓诗曰："手风慵展八行书，眼病休看九局基。窗里日光飞野马，案前筠管长蒲卢。谋身拙为安蛇足，报国危曾捋虎须。满世可能无默识，未知谁拟试齐竽。"（出《摭言》）

薛昌绪

岐王李茂贞霸秦陇也。泾州书记薛昌绪为人迂僻，禀自天性，飞文染翰，即不可得之矣。与妻相见亦有时，必有礼容，先命女仆通转，往来数四，可之，然后秉烛造室。至于高谈虚论，茶果而退。或欲诣帏房，其礼亦然。尝曰："某以继嗣事重，辄欲卜其嘉会。"必候请而可之。及从泾帅统众于天水，与蜀人相拒于青泥岭。岐众迫于辇运，又闻梁人入境，遂潜师宵遁，颇惧蜀人之掩袭。泾帅临行，攀鞍忽记曰："传语书记，速请上马。"连促之，薛在草庵下藏身。曰："传语太师，但请先行，今晨是某不乐日。"戎

人。他自己说："朝廷里没有什么人能够代替我。"世人因此都看不起他。（出《北梦琐言》）

韩偓

韩偓，天复初年的时候进入翰林院。那年的冬天，皇帝到凤翔巡幸，韩偓有随从护驾的功劳，当时国家由乱而治才刚开始，皇帝就当面答应了让韩偓做宰相。韩偓却启奏说："您的运气非常符合中兴，用人应该用有大德的人，来安定风俗。我当年考试叫赵崇的主考官右仆射，就非常符合陛下的这个选择。请陛下收回成命能改授赵崇，那么天下的百姓一定就会很幸运。"皇帝非常赞叹。到了第二天，皇帝就下令任用赵崇和兵部侍郎王赞作为宰相。当时梁太祖（朱温）在京城，听说了赵崇一向很轻佻，而且他又和王赞有隔膜，就赶紧骑马入宫去请见皇帝。他在皇帝面前，全面地陈述了两个人的优缺点。但是皇帝却说："赵崇是韩偓推荐来的。"当时韩偓就在场，梁太祖就斥责他。然后韩偓启奏说："我不敢和大臣争辩。"皇帝就说："韩偓，那你出去吧！"没过多久他被贬到了福建做官。因此韩偓的诗中才会写道："手风慵展八行书，眼病休看九局基。窗里日光飞野马，案前�管长蒲卢。谋身拙为安蛇足，报国危曾捋虎须。满世可能无默识，未知谁拟试齐竽。"（出《摭言》）

薛昌绪

岐王李茂贞称霸了秦陇一带。泾州书记官薛昌绪的为人比较迂腐怪僻，他的天性就是如此，并且在快速写作的方面，就是谁也赶不上了。和妻子见面也是有时有刻，一定要有礼节法度，先叫使女去通告一声，并且往来多次，直到允许了，他才拿着蜡烛进到室内，并高谈阔论一番，再喝杯茶，吃一些水果就回去了。有时候想去卧室，那个礼节也是像这样的。他之前说过："我把传宗接代的事情看得很重要，总是想要事先算好那刚好的聚会日子。"一定要等候邀请才可以。当跟着泾州大帅带领大兵到天水和蜀人在青泥岭对峙的时候，岐王的将士因为使用拉车运东西限制住了，又听说梁人这时候

帅怒，使人提上鞍轿，捶其马而逐之，尚以物蒙其面。云：“忌日礼不见客。”此盖人妖也。秦陇人皆知之。（出《玉堂闲话》）

姜太师

蜀有姜太师者，失其名，许田人也，幼年为黄巾所掠，亡失父母。从先主征伐，屡立功勋。后继领数镇节钺，官至极品。有掌厩夫姜老者，事刍秣数十年。姜每入厩，见其小过，必笞之。如是积年，计其数，将及数百。后老不任鞭棰，因泣告夫人，乞放归乡里。夫人曰：“汝何许人？”对曰：“许田人。”“复有何骨肉？”对曰：“当被掠之时，一妻一男，迄今不知去处。”又问其儿小字，及妻姓氏行第，并房眷近亲，皆言之。及姜归宅，夫人具言，姜老欲乞假归乡，因问得所失男女亲属姓名。姜大惊，疑其父也，使人细问之：“其男身有何记验？”曰：“我儿脚心上有一黑子，余不记之。”姜大哭，密遣人送出剑门之外。奏先主曰：“臣父近自关东来。”遂将金帛车马迎入宅，父子如初。姜报挞父之过，斋僧数万，终身不挞从者。（出《王氏见闻》）

也入了境，于是就偷偷地在晚上逃跑了，因为泾州大帅非常害怕蜀人来偷袭。泾州大帅临走的时候，刚准备上马，突然就想到了薛昌绪，就说："快给书记官传话，请他快点上马。"连催了好几回，薛昌绪都在草庵中藏着，回答说："去告诉太师，让他们赶紧先走，今天是我不太高兴的日子。"军帅觉得很生气，就派人把薛昌绪提上了马鞍，然后用棍子鞭打那马赶它快点走。在这个时候薛昌绪仍然用东西来蒙住自己的脸说："今天是忌日，按照礼数应当不见人。"这说的大概就是人妖吧。秦陇人都知道这件事情。（出《玉堂闲话》）

姜太师

蜀地有一个姓姜的太师，也弄不清他叫什么名字，只知道是许田人，小时候遭遇到黄巾军的抢掠，然后失去了双亲。之后就跟随先主刘备南征北战，多次立下战功。后来有了几个镇的军权，他的官位也到了正一品。他手下有一个姜老头是管马圈的，他从事喂牲口的工作已经有数十年了。姜太师每次进入牲口圈，都看到姜老头有些地方错了，就一定会用鞭子抽他。然后就这样过了好多年，现在计算一下，姜老被打的次数也将近几百次了。后面姜老头实在是受不了鞭打，就哭着去告诉姜太师的夫人，想要乞求姜太师可以让他回到故乡。夫人问他说："你是哪里的人？"姜老头说："我是许田人。"夫人又问："那你还有什么其他的亲人吗？"姜老头回答说："当初我家被抢掠的时候，只有一个妻子还有一个儿子，现在不知道他们的下落。"夫人又询问他儿子的小名和妻子的姓氏，以及家里的排行次第和家族分支，还有亲属和离得比较近的亲戚，姜老头全说了。直到姜太师回府，他的夫人告诉他说："姜老头想要请假回乡，我去问出了姜老头他失去的男女的亲属姓名。"姜太师听后感到非常惊讶，就怀疑姜老头是他的父亲，就派人去仔细问："他儿子的身上有没有什么特殊记号？"姜老头回答说："我儿子的脚心上有一颗黑痣，其他的都不记得了。"然后姜太师就大哭起来，接着暗地里安排人把姜老头送到了剑门关外面。然后去奏明先主，就说："为臣的父亲最近从关东回来了。"然后用金帛和车马把姜老头接到了府中，并且恢复了之前的父子

康义诚

后唐长兴中，侍卫使康义诚，常军中差人于私宅充院子，亦曾小有笞责。忽一日，怜其老而询其姓氏，则曰姓康。别诘其乡土亲族息胤，方知是父，遂相持而泣。闻者莫不惊异。（出《玉堂闲话》）

高季昌

后唐庄宗过河，荆渚高季昌谓其门客梁震曰："某事梁祖，仅获自免。龙德已来，止求安活。我今入觐，亦要尝之。彼若经营四方，必不縻我。若移入他镇，可为子孙之福。此行决矣。"既自阙回。谓震曰："新主百战，方得河南。对勋臣夸手抄《春秋》，又竖指云：'我于指头上得天下。'则功在一人，臣佐何有？且游猎旬日不回，中外情何以堪？吾高枕无忧。"乃筑西面罗城，拒敌之具。不三年，庄宗不守。英雄之料，顷刻不差，宜乎贻厥子孙。（出《北梦琐言》）

沈尚书妻

有沈尚书失其名，常为秦帅亲吏。其妻狼戾而不谨，又妒忌，

关系。姜太师想要弥补当初鞭打父亲的过错，就把数万钱的斋食拿去施舍给了僧人，然后就再也不打随从了。（出《王氏见闻》）

康义诚

在后唐长兴年间，担任侍卫使的康义诚，曾经把军队中的军人派遣到他自己家中当仆人，也曾经轻微地打板子惩罚他。忽然有一天，康义诚看这个衰老的仆人可怜，就询问他姓什么，仆人回答说姓康。然后又询问了他的家乡、亲戚、家族、子女和后代，这个时候才知道仆人是他的父亲，于是两人抱在一起痛哭流涕。知道这件事的人没有不感到惊奇的。（出《玉堂闲话》）

高季昌

后唐庄宗渡过黄河之后，来自荆渚的高季昌对庄宗的门客梁震说："我在后梁太祖的手底下为他办事，能够得到的仅仅是自己不被他处罚。自从龙德初年以来，我只求能够安稳地活下去。我现在要去朝见庄宗，试探一下他。他若是想要得到天下，就一定不会囚禁我。若是要进军去其他地方，那可是给子孙后代谋得的福分。这次行动就这么决定了。"从皇宫拜见完庄宗回来以后，他告诉梁震说："现在的国主经历了很多的战斗，才得到了河南这个地方。对有功的大臣自夸他亲手抄录了《春秋》。又竖起手指头说：'我是从指头上得到了这个天下。'这个意思就是功劳都在一个人的身上，哪里还会有辅佐他的大臣！并且去游玩狩猎十天都没有回来，朝廷内外人群的心情怎么能够承受得住？我现在是可以高枕无忧了。"于是在西方增加建设了罗城，又打造了用来阻挡敌人的兵器。不到三年的工夫，庄宗果然没有支撑住河南。英雄能够想到的，一点都没有出差错，难怪他要说福分都留给子孙了。（出《北梦琐言》）

沈尚书妻

有个姓沈的尚书已经弄不清叫什么名，曾经在秦地主帅的手底沈常如在狴牢之中。后因闲退，挈其妻孥，寄于凤州，自往东川游索，意是与怨偶永绝矣。华洪镇东蜀，与沈有布衣之旧，呼为兄。既至郊迎，执手叙其契阔，待之如亲兄。遂特创一第，仆马金帛器玩，无有阙者，送姬仆十余辈，断不令归北。沈亦微诉其事，无心还家。及经年，家信至，其妻已离凤州，自至东蜀。沈闻之大惧，遂白于主人，及遣人却之。其妻致书，重设盟誓，云："自此必改从前之性，愿以偕老。"不日而至。其初至，颇亦柔和；涉旬之后，前行复作。诸姬婢仆悉鞭棰星散，良人头面，皆孥擘破损。华洪闻之，召沈谓之曰："欲为兄杀之，如何？"沈不可。如是旬日后又作，沈因入衙，精神沮丧。洪知之，密遣二人提剑，牵出帷房，刃于阶下，弃尸于潼江，然后报沈。沈闻之，不胜惊悸，遂至失神。其尸住急流中不去，遂使人以竹竿拨之，便随流。来日，复在旧湍之上，如是者三。洪使系石缒之，沈亦不逾旬，失魂而逝。得非怨偶为仇也！悲哉！沈之宿有仇乎？（出《王氏见闻》）

下做过亲近小吏。他妻子的性格贪婪残暴而且不谨慎，又喜欢嫉妒别人，沈尚书经常像在监牢里生活一样。后来因为清闲而辞去了官职，带着妻子和儿女，寄住在凤州，自己去往东川游玩散心，想要和自己的这位配偶永远不来往了。华洪镇守在蜀地东部，与沈尚书在平民时交情很好，称沈尚书为兄长。沈尚书到达后，华洪到郊外迎接他，拉着手讲述久别的情义，对待他像自己的亲哥哥一样。特地给他建造了一处宅院，仆人、马匹、金银、绸缎、器具、玩物，没有什么遗漏的，送给他小妾丫鬟十多个，坚决阻止沈尚书回到北方去。沈尚书也稍微告诉了他和妻子有关的一些事情，表示已经没有再回家的想法了。一年之后，家里送来的信到了，信上说他的妻子已经离开了凤州，直接奔着东川来了。沈尚书听到这个消息非常害怕，就把它告诉了华洪，并且派遣人去让她返回。于是他的妻子又送信过来，重新立下了誓言说："从此以后一定会改掉以前的脾性，愿意和你一起白头偕老。"没过几天他的妻子就到了。她刚到来的时候，很温柔和睦，经过了十多天后，又恢复成以前的性格，小妾侍女和仆人被她打得四处逃散，丈夫的头和脸都被她抓出很多伤痕。华洪听说了这种情况，把沈尚书叫来对他说："我想要帮兄长杀了她，这个办法怎么样？"沈尚书没有同意。就这样十天过后沈尚书的妻子又发作了一次。于是沈尚书就来到了衙门，神情十分沮丧，华洪一看这种情况就明白了。于是秘密地派出两个人拿着剑，把沈尚书的妻子拉出屋外，在台阶下把她杀了，并且把她的尸体扔进了潼江，做完之后告诉了沈尚书。沈尚书听到这个消息后，非常惊恐，以至于变得神经不正常。沈尚书妻子的尸首在湍急的河流中停住了不走，华洪就派人用竹竿拨动尸体，然后就随水流漂走了。但是到了第二天，尸体又停在原来急流的位置上了，这样反复了很多次。华洪派人把尸体捆在石头上，尸体才沉了下去。沈尚书不到十天，就像失掉了魂魄似的去世了。大概就是那个不和睦的配偶回来找他报仇了吧？真可悲啊，难道沈尚书以前和她有仇吗？（出《王氏见闻》）

杨蘧

王赞，中朝名士。有弘农杨蘧者，曾至岭外，见杨朔荔浦山水，心常爱之，谈不容口。蘧尝出入赞门下，稍接从容，不觉形于言曰：“侍郎曾见杨朔荔浦山水乎？”赞曰：“未曾打人唇绽齿落，安得见耶？”因大笑。此言岭外之地，非贬不去。（出《稽神录》）

袁继谦

晋将作少监袁继谦常说：“顷居青社，假一第而处之，闻多凶怪，昏暝即不敢出户庭，合门惊惧，莫能安寝。忽一夕，闻吼声，若有呼于瓮中者，其声重浊，举家怖惧，必谓其怪之尤者。遂于窗隙窥之，见一物苍黑色，来往庭中。是夕月色晦，睹之既久，似若狗身，而首不能举。遂以挝击其脑，忽轰然一声，家犬惊叫而去。盖其日庄上人输税至此，就于其地而糜，釜尚有余者，故犬以首入空器中，而不能出也。因举家大笑，遂安寝。”（出《玉堂闲话》）

帝羓

晋开运末，契丹主耶律德光自汴归国，殂于赵之栾城。国人破其腹，尽出五脏，纳盐石许，载之以归。时人谓之“帝羓”。（出《玉堂闲话》）

杨蘧

王赞，是朝廷中很有名气的人士。有个来自弘农的杨蘧，曾经去过五岭山脉以南的地方，看到了阳朔荔浦的山水风光，心里非常喜爱，赞不绝口。杨蘧曾经出入王赞门下，渐渐地有些轻松，就不自觉地问王赞说：“您见过阳朔荔浦的山水景色吗？”王赞说：“没有把人打得唇裂齿落，怎么能够见到那里的山水呢？”于是就大笑起来。这话是说，五岭以南的地方，不是被贬谪的人是不会想去的。（出《稽神录》）

袁继谦

晋将少作监袁继谦经常说：“刚到东方土神庙的时候，借住在一间房内，就听说这里出现过凶神恶怪，天色一黑人们就都不敢出家门，全家人都感到害怕，没有能够睡安稳的人。突然有一天晚上，人们听到了吼叫声，好像有什么东西在大瓮中呼喊，声音沉重混浊，全家人害怕极了，都认为一定是个大妖怪。于是就趴在窗缝上窥探，看见有一个苍黑色的东西，在庭院中来回地走动。这天晚上月色阴暗，这家人看了很长的时间，看起来像是狗的身子，但是头不能抬起来。于是就用木棍打它的头，突然“轰”的一声，家里的狗惊叫着逃跑了。原来是那天村里的人到这里来交纳税款，就在地上煮粥，锅里还有一些剩余，狗就把头伸到了中空的器具里，然后却不能把头脱出来。全家人大笑过后，都安安稳稳地睡下了。”（出《玉堂闲话》）

帝羓

后晋开运末年，契丹的国王耶律德光从汴梁出发回契丹，死在了赵国境内的栾城，于是契丹国人就剖开了他的腹腔，把内脏都拿了出来，用一石左右的盐装进腹腔内，然后用车运回国内，当时的人把这叫作“帝羓”（帝王的干肉）。（出《玉堂闲话》）